La sinfonía de Julia

MERCEDES GUERRERO

La sinfonía de Julia

Grijalbo

Papel certificado por el Forest Stewardship Council®

MIXTO
Papel | Apoyando la silvicultura responsable
FSC® C117695

Penguin Random House Grupo Editorial

Primera edición: septiembre de 2023

ISBN: 978-84-253-6567-6
Depósito legal: B-12.191-2023

Compuesto en La Nueva Edimac, S. L.

Impreso en Rotoprint By Domingo, S. L.
Castellar del Vallès (Barcelona)

GR 6 5 6 7 6

Era como si alguien nos hubiese quitado de los hombros una gran piedra. Y una buena parte de la recuperación de nuestro amor a la vida se la debíamos a la música, a aquella música de Bach difundida día y noche por todos los altavoces. Una música que nos recordaba constantemente que el ser que había sido la encarnación de la locura y de la crueldad no estaba ya en este mundo.

EUGENIA GINZBURG,
El vértigo

Obertura

Costa del Sol, España
Septiembre de 1992

El Renault Laguna rojo se detuvo en la entrada de una bonita casa de dos pisos y fachada blanca rodeada por un coqueto jardín, cuya parte posterior se abría al mar ofreciendo unas maravillosas vistas de la playa de Torremolinos, en la Costa del Sol. El conductor bajó del coche y se dirigió a la puerta de entrada, que estaba abierta. Era un hombre de cuarenta años y complexión atlética, con ojos azules y cabello rubio ceniza. Vestía vaqueros, una sudadera negra y zapatillas deportivas.

La sala principal a la que accedió estaba recién amueblada y había cajas por todos lados. Conor Taylor fue sorteándolas hasta quedar frente a Linda Doyle, que salía de la cocina con un paquete de cubiertos entre las manos. Acababa de instalarse, y después de varios días de intenso trabajo veía como aquel inmueble iba tomando forma para convertirse en su nuevo hogar.

—Hola, Conor. Ya queda menos —sonrió al verlo.

—Te dije que vendría a ayudarte. No sé por qué no me has esperado.

—Puedo hacerlo yo. No tengo tu fuerza, pero sí ganas de poner orden en este caos. Y en mi vida. —Sonrió con tristeza.

Linda tenía cuarenta y un años, ojos azules y rasgados y pelo rubio y liso. Su rostro de pómulos altos mostraba un atractivo especial, diferente, y aunque no era demasiado bella, poseía una mirada enérgica y perspicaz. Medía apenas ciento cincuenta y cinco centímetros y exhibía una extrema delgadez que le confería una apariencia de fragilidad, pero no era así. Poseía un fuerte carácter modelado a base de duras experiencias, de abandonos y pérdidas que la habían hecho madurar demasiado aprisa.

Cuando Charlie Doyle, el marido de Linda, falleció en un accidente de tráfico en Irlanda, Conor le propuso cambiar de vida y de país, algo que ambos habían estado haciendo cada cierto tiempo desde que superaron la adolescencia. A ojos de extraños, y a pesar de su estrecha relación, nadie podía sospechar que eran hermanos. Él era frío y poco sociable; ni siquiera con su sobrina Melanie, a quien había visto nacer y crecer, se mostraba cariñoso o amigable, mientras que Linda era todo lo contrario. Ella lo entendía bien; ambos compartían un pasado que nadie conocía, y tras la muerte de Charlie decidieron que había llegado la hora de abandonar la isla Esmeralda y empezar de nuevo. Conor estaba seguro de que superarían aquel nuevo reto.

Una vez instalada en Torremolinos, Linda barajó la posibilidad de abrir su propio restaurante, una ilusión que le rondaba desde hacía años, pues la cocina era su gran pasión y después de dar tumbos por medio mundo había aprendido y conocido muchos secretos culinarios. Había hablado de aquel proyecto con Conor y él estaba dispuesto a financiarlo, pero ahora tenía otras prioridades, como la de buscar un buen colegio para Melanie y ofrecer la apariencia de una familia corriente.

Conor había comprado una casa para Linda y su hija en Torremolinos y otra para él en las afueras de Benalmádena, cerca del puerto deportivo. Cada vez que se trasladaban a un nuevo país procuraban no establecerse demasiado cerca para no llamar la atención, y en aquella zona esperaban pasar desapercibidos entre los miles de británicos y europeos que disfrutaban de sus vacaciones o vivían allí de forma permanente.

Conor era un excelente informático y en los últimos años había ganado mucho dinero gracias a la venta de originales videojuegos que él mismo había creado. Era un negocio que movía miles de millones de dólares en todo el mundo y sus proyectos habían conseguido captar la atención de los más importantes fabricantes de videoconsolas, tanto japoneses como estadounidenses. El dinero estaba a buen recaudo en diferentes bancos de paraísos fiscales como Luxemburgo, Jersey o islas Caimán, a nombre de empresas tecnológicas que su abogado había creado para guardar con celo su fortuna.

Linda observó que Conor tenía un aire pensativo y silencioso mientras cargaba las cajas y ayudaba a vaciarlas. No era demasiado hablador, pero lo conocía bien y sabía que algo rondaba en su cabeza. Cuando abrió una de las cajas, que contenía álbumes de fotos, vio que se quedaba absorto mirándolas.

—¿Qué te pasa? Te has quedado helado —dijo Linda.

Él suspiró lentamente y se volvió hacia su hermana.

—¿Te acuerdas de los nombres que mamá enviaba a aquella gente? —Habían resuelto desde hacía años no nombrar nunca a la Agencia Central de Inteligencia estadounidense.

—Bueno, recuerdo que se recibían listados, pero no sabría repetir uno solo de ellos.

—Yo los recuerdo todos y he comenzado a buscarlos por la red; he hallado mucha información.

—Conor, no debes tocar ese asunto, podrían localizarnos... —dijo ella con desasosiego.

—No te preocupes, sé lo que hago. Además, ya no hay peligro: nadie sabe que estamos vivos.

—Es que no quiero volver a pensar en esos años. ¿No lo

hemos hablado ya? Me duele recordar que mamá prefirió trabajar con ellos antes que vivir con nosotros.

—Mamá decía que nos quería.

—Vamos, hermano, despierta de una vez. Nos utilizó y después nos dejó solos con esa gente.

—No, estoy seguro de que no fue así —dijo con su monótono timbre de voz.

—No era nuestra madre biológica. Solo estuvo con nosotros... ¿Cuánto? ¿Cuatro años? En ese tiempo fraguó su plan y lo llevó a cabo. Nos utilizó. Todo era mentira: el juego, el código musical... Cuando vio tu extraordinaria capacidad, decidió poner en marcha un plan para ganar dinero pasando información a la... —Guardó silencio.

—Estoy planeando viajar a Moscú, ahora que todo ha cambiado allí.

—¿Para qué? No vas a encontrar nada. Mejor ve a Alemania. Allí están abriendo los archivos de la Stasi.

El hombre guardó silencio y decidió no decirle que había estado ya en Berlín, donde halló una interesante información sobre su padre que no quiso compartir con ella.

—¿De verdad no sientes curiosidad por saber lo que realmente pasó?

—No. Ya acepté hace tiempo que ella prefirió el éxito con su música antes que a nosotros —murmuró con rencor la mujer.

—No digas eso. Mamá nos ofreció más amor que papá. ¿Acaso tienes algún recuerdo bueno de él?

—No, pero nunca le perdonaré a ella la vida que nos hizo pasar al dejarnos solos.

—Nos explicaron que no pudo escapar y quedó atrapada en Berlín tras el cierre del Muro...

—Es lo que acepté hasta que me hice mayor. Pero la realidad es que éramos un lastre para su carrera. —Lo miró con tristeza—. Nos convertimos en un estorbo para ella.

—No es cierto. Si no pudo venir a vivir con nosotros fue porque se lo impidieron. Tengo que averiguar si realmente murió.

—Haz lo que quieras. No voy a apoyarte.

—No me engañas, Linda.

La contempló con una mirada en apariencia fría que escondía una gran intuición.

—Está bien —suspiró, rendida—. Es verdad que siento curiosidad por saber qué fue de ella, pero no me gustaría reabrir la herida para comprobar que estoy en lo cierto.

—Guardas demasiada rabia.

—Ya no. La he tenido durante toda mi vida, pero he superado el hecho de haber crecido con un padre que no nos quería y con una madre que a la primera de cambio nos dejó tirados.

—¿Recuerdas las discusiones que mamá tenía con la Petrova para defendernos?

—¡Claro! Aquella niñera nos trataba con mucha dureza, sobre todo a ti. Mamá le paró los pies.

—Por supuesto, era muy buena.

—Pero nos defraudó. Estuve disculpándola durante mucho tiempo, incluso cuando perdí toda esperanza de volver a verla. Pero ya no, Conor. Tengo una hija y sabes cuánto la quiero; jamás me separaría de Melanie. Tengo claro que una madre adoptiva puede amar a un hijo igual que una biológica. Pero ella no lo hizo. La realidad es que prefirió quedarse con su marido.

—Y lo pagó muy caro.

—El que juega con fuego acaba quemándose. Es el riesgo que corrió al traicionar a su país. Prefirió la política a la familia. Despierta de una vez.

Conor se quedó pensativo. Pensaba de forma diferente, tenía una mente analítica y detectaba fácilmente a los mentirosos. Su madre les había dicho que los quería y lo creía firmemente. Por el contrario, su hermana Linda era muy sentimental y pasional. Él nunca se había enamorado ni tenido una pareja estable. Todas las mujeres que había conocido le decían que era muy frío y que no mostraba emociones, y llevaban razón. Pero tenía la habilidad de captar la sinceridad y los sentimientos de los demás, y supo, durante los años que Julia Lerner ejerció de madre tras contraer matrimonio con su padre, que los había querido de verdad.

Linda llegó muy temprano a la casa de Conor aquella soleada mañana de diciembre después de dejar a su hija en el colegio. La casa de dos plantas y de grandes salones estaba situada frente al mar y rodeada de un amplio jardín tapizado de verde. Conor, con la ayuda de un decorador y la opinión de Linda, había acondicionado la planta baja como vivienda y llevaba cuatro meses instalado, los mismos que su hermana en Torremolinos. Algunos cuadros de grandes artistas estaban separados de forma minuciosa, con la misma distancia entre uno y otro. Los muebles también estaban escogidos y colocados de tal forma que exhibían orden y geometría, lo que hacía pensar que alguien especial vivía allí.

En la planta superior se había ejecutado una costosa rehabilitación para dejarla diáfana, con techos abuhardillados y muros trepanados por grandes cristaleras que atrapaban la luz natural y ofrecían excelentes vistas al puerto deportivo. En la gran sala había varias mesas y enormes pantallas de ordenador dispuestas en impecable orden y perfectamente alineadas. Nada indicaba que algo no estaba en su sitio.

—Veo que estás a gusto aquí, ha quedado muy bien —dijo Linda al visitar la sala de ordenadores.

—Sí. Todo está dispuesto tal como lo diseñé.

—Bueno, aquí me tienes. ¿Qué es eso tan urgente que tenías que contarme?

—Mamá está viva.

—¿Qué estás diciendo? —Linda se detuvo en seco.

—He captado varios mensajes suyos.

Conor se dirigió a una de las mesas y puso en marcha un ordenador donde introdujo un CD. En pocos segundos, un concierto para piano y orquesta comenzó a sonar por los grandes altavoces colocados en varios puntos de la sala.

—Quiero que escuches esto —dijo mientras le mostraba la funda de un CD con la foto y el nombre de un pianista ruso, Arkady Morozov. Conor tocó el ratón para detener la música.

»Aquí está el primer mensaje. —Conor comenzó a recitar en alemán—: "Soy Julia Lerner, 23 de febrero de 1971". —De nuevo sonó la música—. "Estoy presa en la cárcel de Yaroslavl". —Melodía—. "Ayúdenme".

La mujer dio un brinco y quedó petrificada, mirándolo fijamente.

—¿Es cierto eso? —preguntó Linda en el mismo idioma.

—Sí. Y hay más.

Volvió a mover el ratón y adelantó una buena parte del concierto. La música sonó de nuevo y la detuvo.

—«Oleg, Karina, soy mamá». —Melodía—. «Estoy viva». —Melodía—. «Noviembre de 1971».

Conor detuvo el disco y los dos hermanos se miraron de hito en hito.

—Es de 1971, hace ya más de veinte años... —dijo Linda.

—Tengo más. Espera y escucha.

Cambió el disco y tomó otra funda con la foto y el nombre del mismo músico y realizó la misma operación.

—«25 marzo de 1972... Soy Julia Lerner... Sigo presa en Yaroslavl... Oleg, Karina, os quiero... Sacadme de aquí...».

Linda se levantó y comenzó a mesarse el pelo con nerviosismo.

—Aún quedan dos más.

Conor volvió a cambiar el CD y de nuevo sonó un concierto de piano y orquesta.

—«Soy Julia Lerner... Enero 1973... Yaroslavl... Ayuda».

Oleg colocó un cuarto disco y descifró un mensaje parecido a los anteriores.

—«Soy Julia Lerner... Pronto libre... Agosto 1973... Estaré en Moscú».

Linda tomó la funda del CD y lo examinó.

—¿Quién es este hombre?

—Se llama Arkady Morozov y es un compositor y pianista ruso. Tengo toda su discografía, la he escuchado y estudiado a fondo. Hasta la composición en la que se incluyen los primeros mensajes, su estilo es diferente. A partir de ahí he notado un cambio, y estoy convencido de que las siguientes no han sido compuestas por la misma persona. Mamá tenía un estilo especial: lo he reconocido en esas obras que escribió mientras estaba presa en esa cárcel.

—Pero ¿cómo llegaron a manos de ese músico? Esto es... desconcertante...

—Aún no te lo he contado todo. Hace una semana estuve en París, donde me reuní con mi abogado y unos clientes. La noche antes de volver supe que había un concierto de este pianista ruso, Arkady Morozov, y decidí asistir. Fue durante su interpretación cuando capté el primer mensaje de mamá. ¡Menuda sorpresa me llevé! Al finalizar lo esperé a la salida junto a varios admiradores que le pedían un autógrafo. Entonces le pregunté en ruso si había conocido a Julia Lerner. De repente quedó paralizado por el miedo, se dio la vuelta y salió huyendo hacia el coche que lo estaba esperando.

—¡Dios! ¿Qué has hecho? —El hombre observó el semblante aterrado de Linda—. ¿Le dijiste quién eras?

—No, claro que no. Apenas pudo verme; me mezclé entre un grupo grande de admiradores. Puedes estar tranquila.

—Si ha reaccionado así debe de tener sus motivos. Quizá conozca el paradero de mamá.

—He averiguado que está realizando una gira por Europa.

—No pensarás ir a hablar con él... —La mirada de Linda mostraba temor.

—Podría enviar a alguien...

—No debemos tentar a la suerte.

—Estamos en 1992 y el Muro cayó hace años.

Se hizo un silencio en la gran sala, interrumpido por el sonido de los ordenadores encendidos.

—En cuanto a mamá, ¿crees que podría estar viva? —preguntó Conor.

—No lo sé, pero si en estos veinte años no nos ha localizado... —respondió Linda con escepticismo.

—¿Cómo iba a hacerlo si estamos oficialmente muertos?

—Debemos buscarla —resolvió ella, convencida al fin—. Yo no creo en las casualidades, pero lo de París ha sido una señal.

—Llevo desde entonces intentando averiguar algo. Estoy indagando por la red, pero no hay nada a su nombre: ni un teléfono, ni una propiedad... Necesitamos saber si vive todavía y conocer la verdad de lo que ocurrió en Berlín en 1961, cuando nos separamos.

Se hizo un silencio de nuevo.

—¿Y si contactamos con la tía March? Quizá sepa algo —sugirió Linda—. No hemos tenido noticias de ella desde que escapamos de Estados Unidos.

—Ya lo he hecho. El pasado miércoles inserté un mensaje en la página de anuncios por palabras en el *Washington Post*, tal como ella nos indicó, pero no he obtenido respuesta. La he buscado en la base de datos de la CIA y Gisela Keller aparece como jubilada, pero no encuentro un número de teléfono ni una dirección en Estados Unidos. También he enviado una carta a la embajada de Alemania en Moscú solicitando información, por si mamá hubiera contactado con esta al salir de la cárcel. Estoy a la espera de respuestas.

—Va a ser difícil... —Linda movió la cabeza con pesimismo.

—No hay que perder la esperanza.

Cuando se quedó solo, Conor se sentó delante de la cristalera para contemplar el mar. Desde que había regresado de París sentía un desasosiego que le impedía concentrarse delante de las pantallas de los ordenadores. La imagen de su madre, desdibujada en las últimas décadas, había regresado nítida a su mente, unida a los momentos felices que pasó junto a ella.

Conor estaba seguro de que debieron de ser motivos de peso los que la llevaron a separarse de sus hijos y a dejarlos en manos de unos desconocidos. Algo grave tuvo que sucederle para que no volvieran a verla. Quizá nunca llegarían a averiguarlas, pero estaba seguro de que le asistieron grandes razones para obrar como lo hizo y esa curiosidad no dejaba de inquietarle cada día, unida a la frustración por no hallar información sobre ella.

Se preguntaba ahora quién fue realmente Julia Lerner, la gran pianista alemana de la década de los sesenta, la única mujer que les había ofrecido calor familiar y un amor sincero y desinteresado. ¿Fue solo una espía o realmente los quiso? ¿Seguía viva? ¿Habría conseguido salir de la cárcel y rehacer su vida? ¿Dónde estaría ahora?

Sonata 1

Dresde

Primer movimiento

Me llamo Julia Lerner y vine al mundo en Dresde en 1933. He dedicado toda mi vida a la música y me he decidido, al fin, en homenaje a mi familia, a escribir estas memorias a modo de composiciones musicales, porque solo puedo evocar los recuerdos a través de ellas.

El espejo del salón donde escribo me devuelve un rostro con apariencia de cuidado, porque el maquillaje oculta las manchas de mi piel, una huella más de las brutalidades que sufrí durante los años de encierro. Mi salud no es demasiado robusta y las articulaciones me duelen cada vez más. La cicatriz del rostro, que tantos complejos me provocó en la adolescencia, está ahí, recordándome aquel funesto día del final de la guerra en que perdí a parte de mi familia, mi hogar y mi futuro. En ese surco visible está el presente, pero hay otra herida más profunda que va cicatrizando conforme escribo: la del corazón, el sufrimiento y la traición que viví durante los años en que creí ser feliz en Alemania Oriental, gozando de una exitosa carrera y unos hijos maravillosos.

Nací en el seno de una familia unida, con unos padres que se amaban. Mi madre, Enrieta, era una gran dama de mirada serena, ojos azules y pelo rubio, todo lo contrario que yo, que era el vivo reflejo de mi padre, de origen español, con ojos oscuros y pelo lacio y castaño. Era hijo de un diplomático austriaco afincado en Madrid con una española, por lo que el alemán era también su lengua materna. Mamá decía que me parecía a él incluso en los gestos. Sin embargo, Herbert, mi hermano mellizo, era rubio de ojos azules como ella. Cuando éramos pequeños mi madre bromeaba:

—Herbert es mío y Julia es de papá. Cada uno tiene el suyo.

En mi adolescencia hubiera preferido ser de mamá. Aunque llegué a tener casi su misma estatura, tenía el pecho pequeño y creía que nunca llegaría a poseer su mirada serena, su saber estar, su clase... Podía vestirse de sirvienta y aun así estar elegante. Era de esas personas que con solo mirarte te bendecían, y cuando posaba los ojos en mi padre, su mirada se iluminaba. ¡Había tanto amor entre ellos...! Mamá lo llamaba cariñosamente «mi apasionado español» porque tenía mucho carácter y su tono de voz era muy alto, y cuando se enfadaba maldecía en su idioma natal, el mismo con el que se dirigía a Herbert y a mí con el fin de que creciéramos bilingües.

—Por favor, Agustín, baja un poco el tono, que no estamos sordos. —Mamá, que había sido educada en la más estricta norma de discreción, solía llamarle la atención. Él reía, mirándola.

—Es que aquí habláis en un susurro, pero yo necesito expresar lo que siento, cariño.

Mis padres se conocieron en Berlín al final de la década de los felices años veinte. Papá era corresponsal en Alemania de un diario español y mi madre estudiaba Periodismo en la universidad para relevar en el futuro a su padre en el rotativo que este presidía en Dresde. Durante dos años mantuvieron una romántica relación, y cuando mi padre fue destinado a otro país, mamá le propuso matrimonio y le ofreció un trabajo en el periódico propiedad de su familia. Papá comentaba en broma que, aunque él tenía un elevado tono de voz, era mi madre quien tomaba las decisiones y daba las órdenes en casa con simples susurros.

Aún recuerdo las largas veladas junto a mi abuelo. Este adoraba a su yerno, y papá sentía por él un sincero aprecio y respeto. Mi abuelo contaba como anécdota que, cuando mi madre le confesó que había conocido a un español, él torció el gesto, pues hubiera preferido a un alemán para no sentir temor de que el pretendiente regresara a su país llevándose a su única hija. Sin embargo, cuando mi padre le fue presentado, comprobó que era una persona noble, de mirada franca y enamorado de Enrieta, así que pensó, sin equivocarse, que podía confiar en él. Por lo tanto accedió, tal como su hija le había pedido, a ofrecerle un puesto en su periódico; primero como corresponsal en Berlín y, tras su boda, de redactor jefe en Dresde, con el fin de que ambos se establecieran en la ciudad. Mamá terminó la carrera de Periodismo y también se incorporó al diario, pero cuando nacimos Herbert y yo decidió quedarse en casa para atender los problemas de salud de mi hermano mellizo. Poco a poco, el abuelo fue delegando en papá la responsabilidad del periódico.

Al poco de nuestro nacimiento, comenzó el auge del nacionalsocialismo de Hitler y de sus seguidores. Yo apenas entendía nada, pues era demasiado pequeña, pero oía a la familia comentar durante la cena los problemas en el periódico. Mi padre estaba preocupado por la situación política que se estaba generando en Alemania, y para colmo, llegaron noticias sobre el inicio de la Guerra Civil en España en 1936. Su madre estaba sola, pues no tenía hermanos y mi abuelo paterno había fallecido antes de que yo naciera, así que en 1938 y en pleno conflicto decidió volver a España durante un tiempo como corresponsal de guerra, acreditando su profesión de periodista con la intención de traer a mi abuela a Alemania. Recuerdo que mi madre no lo encajó demasiado bien, y aunque la decisión era firme por parte de papá, ella estuvo muy nerviosa durante los días previos a su marcha. Herbert y yo la vimos llorar de miedo y ansiedad los cuatro meses que estuvo fuera. Mi abuelo lo aceptó y asumió de nuevo las responsabilidades que había delegado en papá, a la espera de su regreso.

Volvió devastado por el dolor, la miseria y la violencia que había dejado en España. En cuanto a su madre, la halló muy enferma debido a un problema renal del que apenas pudo ser atendida por las circunstancias de la guerra, y al poco falleció en sus brazos. Papá era creyente y decía que Dios lo había iluminado para que regresara junto a ella en aquel preciso momento para así poder despedirse. Después, continuó apesadumbrado durante mucho tiempo.

A la desolación de papá por la muerte de su madre y por el estado en que había dejado a su querido país —enfrascado en una guerra fratricida que estaba destrozando a tantas familias y amigos—, se le unieron los problemas que el nacionalsocialismo provocaba en una sociedad que se iba polarizando a manos de unos fanáticos, empujados por otro aún más poderoso que movilizaba a la opinión pública a través de una propaganda infame y mezquina.

En casa estaban preocupados por el rumbo que había tomado el país, que pronto se rindió ante el temor a las represalias que diariamente sufrían los comercios o los profesionales judíos. Comenzaron a silenciarse las voces críticas; mi abuelo fue amenazado por algunos cuadros políticos de la ciudad de ideología nazi y vio con impotencia como algunos de sus redactores eran sancionados y su periódico acallado. Tuvo que doblegarse al fin, ante la evidencia de que cualquier rebeldía podría ser considerada una traición al país.

En los últimos meses de 1939 el abuelo cayó enfermo y papá tomó las riendas del periódico. Pero la política lo fue invadiendo todo y llegaron tiempos muy difíciles. Cuando comenzó la guerra, tras la invasión de Polonia por tropas alemanas en septiembre de aquel mismo año, mi padre continuó en su puesto, pero cada día regresaba a casa indignado por no poder publicar las noticias que recibía de los corresponsales en el extranjero, que informaban de lo que realmente estaba pasando en vez de las instrucciones que recibían desde Berlín. Tenía un carácter muy fuerte y le costaba doblegarse ante los chantajes nazis, que cada vez eran más frecuentes. Mamá, más pragmática, lo apaciguaba convenciéndolo de no exponerse, pues estaba en juego no solo la continuidad del diario, sino su integridad física y la de toda la familia.

El abuelo falleció en los días previos a la Navidad de 1940 y papá asumió la dirección del periódico. Mi hermano y yo seguíamos escuchando, agazapados tras la puerta, las discusiones entre nuestros padres, cada vez más frecuentes, y fuimos testigos de cómo se fue enrareciendo el ambiente.

—No puedes hacer otra cosa, cariño; solo callar.

—Pero es indignante lo que está pasando. Me he negado a publicar una noticia falsa que me ha llegado esta mañana desde el Ministerio de Propaganda, sobre los combates aéreos que se están librando en el Canal de la Mancha desde hace meses contra los ingleses. He sabido a través de la BBC de que la RAF ha vencido, que hemos sido derrotados; sin embargo, me exigen que publique todo lo contrario, que es el ejército alemán el que ha ganado esa batalla... —Movió la cabeza con consternación.

—Agustín, por favor, piensa en nosotros cuando te propongan algo así. No arriesgues nuestra seguridad, debes armarte de paciencia...

Él emitió un hondo suspiro.

—Sí, veo que no me queda otra opción.

—Aguanta, Agustín; calla y resiste, esto terminará algún día. Ojalá pronto nos libremos de ese dictador que nos está llevando a esta terrible situación. Acuérdate de nuestros amigos judíos, que están siendo hostigados y despojados de todo su patrimonio, incluso los están encerrando en campos de trabajo...

—Nunca creí que un país tan culto y avanzado como Alemania pudiera llegar a esto. Es inaceptable.

—Así es, inaceptable, por eso tenemos que ser prudentes para que no nos coloquen en su diana. Están castigando a cualquiera que se atreva a emitir opiniones diferentes a las de ellos. No podemos hacer más que callar, callar y callar. —De ese modo concluían algunas conversaciones que escuchábamos a escondidas.

Dicen que empezamos a tener recuerdos de nuestros primeros años de vida a partir de los cuatro años, pero no es cierto, porque yo recuerdo las melodías al piano que mi madre interpretaba desde que yo apenas podía gatear por la moqueta. Cada vez que escucho un *Nocturno* de Chopin o la *Sonata Claro de Luna* de Beethoven me transporto a mi hogar, un hogar del que recuerdo cada rincón, cada mueble, cada lámpara. Mamá tocaba el piano y yo empecé a hacerlo desde que tuve edad y estatura para sentarme a su lado en la banqueta y llegar a las teclas. Ella pudo haber desarrollado una excelente carrera como pianista, pero decidió abandonar los estudios en el conservatorio, un hecho que su padre le reprochó más de una vez; mamá le respondía que aquello era un pasatiempo y que no quería compromisos ni ataduras. A mis cinco años yo ya estaba familiarizada con el teclado y observaba el movimiento de sus manos cuando me sentaba a su lado. Aún recuerdo su mirada de asombro cuando un día empecé a interpretar melodías de oído sin partituras, pues no había aprendido todavía a leer los pentagramas.

Mi madre decidió que debía iniciar cuanto antes los estudios de Música y ella misma me enseñó con paciencia y a modo de juego las notas musicales: la diferencia entre los círculos negros y los blancos, los círculos unidos, los solitarios, la colocación en el pentagrama, los que tenían un «palito», los que tenían «palitos y velas» con una o más líneas, los silencios... A partir de entonces empezamos a componer melodías como un pasatiempo. Mi madre me tarareaba un arpegio y me gustaba ver el asombro en sus ojos cuando yo no solo lo interpretaba al piano, sino que lo ampliaba y lo complementaba. Recuerdo que un día me miró y, uniendo sus palmas, exclamó:

—¡Tenemos aquí a un prodigio de la música! Dios mío, Julia, ¡eres una reencarnación de Mozart!

—Bueno, no tiene por qué ser una reencarnación. Yo soy medio austriaco, como él. ¿Y si tengo algún antepasado familiar perteneciente a su línea genealógica? Cabe pensar que, aunque muy remota, existe una posibilidad —bromeó papá.

—¡Claro! Este don con la música es gracias a ti, ¿no?

—¿Por qué no? —Recuerdo que terminaron los dos riendo.

Yo no sabía quién era ese tal Mozart, pero ¡qué orgullosa me sentía cuando mis padres me miraban con arrobo mientras tocaba el piano! Mamá era todo lo que yo aspiraba a ser cuando fuera mayor, con esa elegancia natural, esa mirada tan inteligente, tan cosmopolita... Era el mayor estímulo para seguir creando y perfeccionando mi técnica. Quería ser una gran pianista porque ella lo deseaba. A veces hablábamos sobre mi futuro y en él estaba la música por encima de todo, siempre que yo estuviera de acuerdo, decía mirándome.

—Sí que quiero, mamá. Me gusta tocar el piano —le decía entusiasmada.

Yo no lo sabía entonces, porque mis padres al principio solo detectaron aquel don con la música. Conforme fui creciendo me di cuenta de que era capaz de memorizar una larga lista de números con un solo golpe de vista. En el colegio tenía fascinación por las matemáticas y me aburría en clase porque entendía a la primera la explicación, lo que me llevaba a avanzar en el libro de tareas por mi cuenta. Con ocho años ya alternaba los estudios en el colegio, donde obtenía excelentes notas, con un profesor de música particular, un afamado pianista austriaco perteneciente a la Orquesta Filarmónica de Dresde con quien llegué a considerar el piano una extensión más de mi cuerpo.

En la otra cara de la moneda estaba mi hermano. Herbert era un ser frágil y vulnerable, siempre triste, dolorido y enfermo. Arrastraba desde que era un bebé numerosas infecciones de garganta y de oídos que fueron empeorando conforme crecía, con episodios graves durante el invierno. Con apenas nueve años tuvo una fuerte recaída que los médicos no pudieron curar con medicamentos, y tras un penoso período de fuertes dolores, fiebre y temor incluso por su vida, tuvo que ser intervenido en una operación de urgencia. Al principio, la posibilidad de que no sobreviviera a la grave intervención nos llenó de temor. Cuando nos informaron tras la operación de que había perdido la audición, mis padres quedaron devastados. Fueron momentos de angustia para todos, pero por fortuna consiguió recuperarse, aunque le quedó aquella secuela. A partir de entonces nuestra vida dio un vuelco y todos nos esforzamos por consolarlo y comunicarnos con él.

Con la ayuda de especialistas y profesores particulares que mi padre contrató, Herbert aprendió el lenguaje de los signos y también a leer los labios. Con mucha paciencia, me dedicaba a leerle libros de cuentos día y noche y le pedía que me los repitiera. A modo de juego le decía «¿Qué he dicho?», y él repetía las frases. En poco tiempo, gracias a nuestro empeño, aprendió. Así perfeccionamos nuestra comunicación y a los once años ya podía mantener una conversación fluida con cualquier persona leyendo sus labios.

Llegó al punto de que apenas era perceptible su discapacidad para los que no la conocían de antemano, y pudo continuar su educación tras un año de paréntesis.

Aquella circunstancia supuso un gran cambio en nuestra relación. Estábamos más unidos si cabe. Me convertí en su protectora y entre nosotros se creó una complicidad mayor, pues aprendí también a leer los labios e inventamos un lenguaje diferente de signos que solo él y yo conocíamos. De esta peculiar manera, ambos nos comunicábamos sin necesidad de emitir sonidos, guardando así nuestros secretos y travesuras infantiles. Herbert volvió a ser un niño alegre, y su minusvalía había servido para probar la solidez y el amor de nuestra familia. Quizá lo arropábamos en exceso, pero le ofrecíamos lo mejor de cada uno. Yo era su sombra y compartíamos tal compenetración que era capaz de leer no solo sus labios, sino sus pensamientos, dispuesta siempre a protegerlo ante cualquier eventualidad.

Cuando perdió por completo la audición, mi dolor fue grande, casi tanto como el suyo, porque me costaba aceptar que no pudiéramos compartir la música. Yo lo necesitaba cerca, y cuando se sentaba frente al piano a escuchar mi interpretación me decía que notaba las vibraciones, aunque no estaba segura de si lo hacía para consolarme, porque sabía lo importante que era para mí. Aún hoy, cuando estoy al piano, imagino que lo tengo frente a mí con su sonrisa de aprobación.

A partir de la operación de mi hermano, todo fue de mal en peor en la sociedad alemana, en nuestra familia, en el periódico, en todo lo que significó la idílica niñez que habíamos vivido hasta que la guerra lo ensombreció todo. Mi padre ya no era el hombre alegre y desenfadado que hablaba con estridencia. Cuando tocaba el piano para él lo veía sonreír, pero sabía que su cabeza estaba en otro sitio. Solo le quedaba el amor de mi madre y el nuestro... Hasta que aquel fatídico 13 de febrero de 1945 acabó por destrozar nuestras vidas.

Segundo movimiento

Tenía solo doce años cuando oí el primer estruendo. Iba en el coche con mi padre de regreso a casa tras concluir la clase de piano. Giré la cabeza y vi una nube de humo y polvo provocada por una gran explosión a unos cien metros detrás de nosotros. De pronto, vi en el cielo unos puntos negros que emitían un sonido parecido al de un enjambre de abejas, y conforme se acercaban aumentaban en tamaño y ruido, formando un terrorífico mosaico de acero bajo las nubes. Mi padre comprendió al instante el peligro y aceleró para salir lo antes posible de la ciudad, pero otra explosión se produjo justo al lado de la calle por donde pasábamos y se vio obligado a dar volantazos para sortear los cascotes que caían sobre nosotros en medio de un ruido ensordecedor. Ya quedaba menos, estábamos a punto de abandonar los últimos bloques de pisos e íbamos en dirección contraria a la de los aparatos de la armada inglesa y estadounidense, que vomitaban plomo desde sus panzas.

Aquel 13 de febrero de 1945, Dresde, la capital de Sajonia, situada a ciento ochenta y siete kilómetros de Berlín, se encontraba totalmente desprotegida, pues el agonizante régimen de Hitler había retirado toda la artillería antiaérea y, al contrario que en otras ciudades alemanas, no se habían construido búnkeres para la protección de la población civil, una circunstancia que los Aliados conocían.

Mi padre y yo respiramos aliviados al salir a la carretera, a pesar de que el número de reactores sobre nuestras cabezas se perdía hasta donde alcanzaba la vista, dirigiéndose hacia el centro de la ciudad. Nuestra mansión estaba situada a unos dos kilómetros a las afueras de Dresde, en una zona residencial rodeada por un frondoso bosque que la protegía de la vista desde la altura. Al llegar a casa, Katrina, nuestra empleada doméstica, nos recibió en la puerta con semblante demudado mientras las explosiones se sucedían una tras otra y el fuego era ya visible desde allí.

—¿Y la señora Enrieta y el pequeño Herbert? ¿No vienen con ustedes? —preguntó.

En aquel instante advertí la mirada de pánico de mi padre y me puse a temblar.

—¿Acaso no están aquí? —preguntó.

—No. Herbert tenía cita hoy con el médico, por su dolor de oídos. Bruno los llevó en el coche al centro y regresó con instrucciones de recogerlos dentro de dos horas.

—¡Dios santo! —exclamó mi padre, dando media vuelta para dirigirse al coche.

—¡No, papá! —supliqué con la voz quebrada por el pánico— . No puedes volver, mira cómo están cayendo las bombas...

—Tu madre y tu hermano están allí... —dijo con voz estremecida y mirada de pánico al observar las columnas de humo y las incesantes explosiones que se estaban produciendo en la ciudad—. Vete con Katrina y Bruno al sótano —ordenó mientras regresaba al coche y ponía rumbo a la ciudad.

Súbitamente, uno de los aviones que volaban bajo abrió su cavidad inferior y lanzó dos grandes obuses que fueron a caer a solo unos metros de la verja de entrada, provocando una gran sacudida. Mi padre perdió el control del coche, que se dio de bruces contra un tilo centenario situado junto al muro que rodeaba la mansión. En pocos minutos todo fue destrucción. La tapia cayó hacia dentro, los cascotes sobre el coche, y el fuego prendió entre los setos y árboles del bosque exterior que rodeaba la propiedad.

Salí corriendo junto a la criada. Bruno, el empleado que

hacía las veces de chófer y jardinero y que vivía en una casita aneja a la mansión, había presenciado el accidente y echó a correr también para auxiliar a mi padre. El vehículo yacía junto al muro con los cristales rotos, cubierto de cascotes y el morro plegado y humeante. En una desesperada carrera, el jardinero y yo logramos abrir la puerta posterior y con mucho trabajo conseguimos sacar a mi padre, aturdido y con un fuerte golpe en la frente y varios rasguños en la cara y manos, que sangraban en abundancia. Apenas podía andar debido al impacto con el volante en la violenta colisión contra el árbol, una de cuyas ramas crujió y fue a caer sobre nosotros. De repente, sentí un fuerte golpe en la frente y en la nariz, y mi horrorizado rostro se cubrió de sangre.

—Enrieta, Herbert... Debo ir a por ellos, están en peligro... —balbució mi padre en estado de semiconsciencia.

El jardinero, que había esquivado el golpe del árbol, lo llevó sujeto por las axilas hacia la casa mientras Katrina acudía a auxiliarme en la crisis nerviosa que me sobrevino.

Dresde, la joya cultural de Sajonia y destino turístico, de arquitectura barroca y renacentista, famosa por su música y los barrios residenciales cuyos edificios y palacios no tenían nada que envidiar a los de París o Praga, se había convertido en un infierno. Durante dos días con sus respectivas noches, casi un millar de bombarderos de la Real Fuerza Aérea Británica y del ejército de Estados Unidos lanzaron cuatro mil bombas pesadas y artefactos incendiarios sobre el centro histórico de la ciudad, que quedó completamente arrasado por el fuego y la destrucción.

La circulación quedó paralizada en el centro, todo cubierto de escombros y cráteres provocados por las bombas. El palacio de Zwinger; la Semperorper, el edificio que albergaba la ópera; la Frauenkirche, iglesia luterana de estilo barroco; la iglesia de Santa Sofía, el Palacio de Dresde... Todo quedó reducido a añicos. La mayoría de las industrias ubicadas en la ciudad estaban dañadas, y las infraestructuras que daban apoyo a estas, como el gas o la electricidad, completamente destruidas. Sin embargo, las fábricas de material bélico situadas en el extrarradio que surtían al Reich quedaron intactas, pues eran un objetivo que proteger por parte de los Aliados.

Yo había sufrido un corte profundo en la frente que me llegaba al centro de la nariz. Mi padre tenía la pelvis y varias costillas rotas. No pudimos ser trasladados al hospital debido al caos provocado en la ciudad. La escasez de médicos ante la avalancha de heridos en los hospitales que permanecieron en pie fue otro agravante más para nuestra tragedia.

Mientras mi padre seguía postrado en la cama maldiciendo al ejército aliado por la crueldad con la que se habían ensañado con nosotros, yo escuchaba cada día en la radio junto a Katrina las desalentadoras noticias que llegaban de la ciudad. Las llamas habían consumido miles de hogares y muchos de los que habían buscado refugio en los sótanos de sus casas murieron asfixiados o calcinados por las altas temperaturas que produjeron los dos tipos de bombas que cayeron sobre ellos: las sísmicas, que hacían derrumbarse los edificios, y las incendiarias, que provocaron un fuego mortal y destructor.

Las autoridades locales intentaron poner orden en una ciudad llena de cadáveres y destrucción, y en pocas semanas las líneas del ferrocarril y del tranvía fueron liberadas para que el tránsito regresara a las calles principales. Hombres, mujeres, ancianos, niños, todos los supervivientes nos pusimos manos a la obra, dedicados a la ardua tarea de retirar escombros en una ciudad devastada y convertida en un gran cementerio, donde el olor a carne quemada y podrida provocaba un ambiente irrespirable. Poco a poco, Dresde fue recuperando el pulso, convertida en un desierto de casas sin techos, de montañas de cascotes y de cadáveres. Se fue normalizando también el dolor, la muerte, el caos, los oficios funerarios, el hambre…

Pasaron varias semanas antes de que las autoridades locales y nacionales pudieran ofrecer un balance de daños y desaparecidos. El número de víctimas nunca llegó a ser confirmado con exactitud, aunque las estimaciones rondaban entre veinticinco mil y cuarenta mil, la mayoría civiles. Entre ellas, Enrieta y Herbert Lerner, mi madre y mi hermano mellizo, cuyos cuerpos nunca aparecieron.

Nadie alcanzaba a entender el motivo de aquel desproporcionado castigo por parte de las Fuerzas Aliadas a la población civil y a una de las ciudades más bellas de Alemania. Pero la estrategia estaba clara: conocían la importancia del gran nudo ferroviario que suponía Dresde para las campañas alemanas: el eje norte-sur enlazaba Checoslovaquia con Alemania, y el este era la puerta de acceso a Polonia y el enlace de transporte, tanto de tropas como de prisioneros judíos a los campos de concentración situados en aquel país. En cuanto a la maquinaria bélica, en los alrededores había más de cien instalaciones de industrias químicas que elaboraban gas venenoso, granadas, componentes aeronáuticos, electrónicos, ópticos… todos provistos de abundante mano de obra forzosa procedente de los campos de prisioneros. También había en Dresde varios pelotones militares. En aquellos días, miles de soldados estaban destacados en los cuarteles, y en las vías ferroviarias se preparaban cientos de vagones repletos de suministros dirigidos hacia el este para unirse al frente ruso. Con aquel ataque pretendían sembrar el pánico entre la población alemana y doblegar la resistencia ante el avance hacia el este de las tropas aliadas. Y lo consiguieron. Pero los destinatarios, la población civil, jamás olvidaríamos aquel injustificado y cruel castigo.

El edificio que albergaba el periódico propiedad de mi familia también se había librado del bombardeo, aunque la falta de electricidad y de papel impidió el reinicio de su funcionamiento durante las semanas posteriores, así como la muerte o la desaparición de muchos de los periodistas y empleados de la imprenta. Poco a poco se fue recuperando la normalidad, una tarea nada fácil, pues todo funcionaba mal.

Mi padre se recobraba lentamente de sus heridas y se movía ayudado por muletas. Ahora dirigía el periódico desde casa y yo me trasladaba a diario en bicicleta a la ciudad para realizar encargos y llevar documentos a la sede. Después me unía al grupo de desescombro en los alrededores del Zwinger, donde sabía que habían estado mi madre y Herbert, en un intento de localizar algún resto de ellos. Cada día preguntaba por los cadáveres aparecidos, y aunque solo tenía doce años, no me faltaba el coraje para ir a examinarlos con la esperanza de identificarlos, a pesar de que aquellas imágenes quedaron para siempre en mi retina y me provocaron continuas pesadillas en los años posteriores.

La calle donde estaba ubicada la consulta del médico al que habían acudido había quedado devastada por los incendios y continuamente aparecían cuerpos carbonizados e irreconocibles. Los voluntarios que integraban el grupo de trabajo se apiadaban de mí, una adolescente con la frente vendada y una fea herida en la nariz, y en ocasiones me evitaban el examen de los cuerpos, mostrándome los enseres personales por si pudieran pertenecer a mis familiares. A pesar del empeño y el tiempo que empleé trabajando en los desescombros, nunca llegué a localizar una sola pista sobre mi madre y mi hermano, por lo que pasaron a engrosar la lista de fallecidos.

¡Qué cambio tan brutal sufrió mi vida a partir de aquel

día! Mis sueños se habían ido al diablo, las ilusiones de llegar algún día a ser una gran pianista, tal como mi madre deseaba, se habían evaporado; la afición por la música quedó varada, como tantas vidas en Dresde aquel nefasto 13 de febrero. Pero aquellos anhelos no fueron nada comparados con el dolor por la pérdida de mi madre y, sobre todo, de Herbert, al que estaba tan unida. Cuando desapareció en el bombardeo sentí que faltaba una parte de mí misma, un sentimiento desgarrado que nunca he llegado a superar plenamente.

Mi padre lloraba en silencio su desgracia mientras batallaba sin éxito en el periódico contra el férreo marcaje del Ministerio de Propaganda alemán, que presionaba a toda la prensa del país para que publicara fotos de niños y mujeres abrasados por las bombas y artículos que magnificaban la masacre de civiles en Dresde. Sin haber contrastado el número de víctimas, aseguraban desde el gobierno que el bombardeo había ocasionado más de doscientos mil muertos; eran sumas especulativas, pues no se había llevado a cabo un recuento oficial, lo que hacía sospechar que el ministerio de Goebbels había manipulado las cifras añadiendo un cero al número real. El riguroso control nazi no les permitió publicar que las Fuerzas Aliadas estaban muy cerca, que a primeros de abril se había iniciado una ofensiva en Italia o que los partisanos de Yugoslavia habían liberado Croacia, Eslovenia y Sarajevo. Semanas más tarde dio comienzo el asalto final a Berlín por parte del ejército soviético, que había recuperado la zona de Polonia ocupada por Alemania.

Solo cuando el día 30 de abril de aquel mismo año el ejército soviético tomó Berlín y Hitler se suicidó en un búnker al día siguiente, se les permitió publicar la noticia, si bien ensalzando la figura del líder, tal como les habían ordenado. Joseph Goebbels también se había suicidado después de asesinar a su familia, por lo que mi padre supuso que había llegado a su fin la dictadura fascista nacionalsocialista que los obligaba a eludir en los artículos la auténtica realidad de la guerra y a escribir sobre la sociedad alemana que tanto había cambiado en los últimos años.

Mi padre nunca fue seguidor de Hitler y se indignó al conocer lo que habían hecho con los judíos y otros colectivos en los campos de concentración. Años atrás, algunos artículos publicados en su periódico le habían supuesto la amenaza de cierre y la detención de algunos de sus periodistas más valientes. No tuvo más remedio que claudicar, pues era mucho lo que se jugaba: el futuro de su periódico, el de su familia, su integridad física e incluso su libertad. No, no eran las noticias que a él le habría gustado publicar en aquella última década, cuando todo se volvió del revés, cuando las hordas de jóvenes nazis guiadas por un iluminado de febriles consignas arrastraron lentamente al desastre a aquella nación que tanto trabajo había costado levantar tras la Gran Guerra, en una ensoñación inalcanzable de la que solo despertaron cuando las bombas comenzaron a caer sobre sus tejados para conducirlos a una nueva pesadilla.

La guerra terminó al fin y Alemania la había perdido. Los Aliados llegaron a Berlín y ocuparon una parte de Alemania en la zona oeste. Dresde quedó bajo la órbita de la Unión Soviética, que se había atribuido la parte oriental mientras Estados Unidos ocupaba el sur, Francia el suroeste y Reino Unido el noroeste. Berlín, la capital, situada en la zona este, quedó dividida en cuatro sectores.

Los gobernantes de las potencias ocupantes habían acordado considerar Alemania como una única unidad económica administrada por el Consejo de Control Aliado, cuya máxima autoridad sería el gobernador militar de cada zona. Sin embargo, la Unión Soviética se alejó pronto del acuerdo, instaurando sus políticas económicas y sociales en su zona ocupada. El Ejército Rojo tomó posiciones en los principales puestos de mando en Dresde y mi padre creyó que al fin éramos libres, que en aquellas circunstancias eran preferibles unos libertadores comunistas que un dictador fascista.

Cuán equivocado estaba...

Seis meses más tarde, la destrucción física de la ciudad iba en paralelo a la destrucción económica y la represión. El Estado se fue apoderando del control de la sociedad por medio de su policía secreta, que vigilaba a las organizaciones civiles e incluso los grupos juveniles, y muchos de sus miembros fueron arrestados y deportados ante las sospechas de haber pertenecido a grupos nazis o de ser anticomunistas.

Todos los mandos políticos y locales nazis fueron destituidos o encarcelados, y en su lugar colocaron a ciudadanos que se habían declarado abiertamente antifascistas —aunque con la boca pequeña— y a numerosos vecinos que regresaron del exilio desde países neutrales o comunistas que abrazaron sin fisuras la ideología marxista. Los soviéticos también se hicieron con el control de la economía y de los medios de comunicación. Una de las primeras medidas del nuevo orden instaurado en la Alemania ocupada por los rusos fue purgar a los directores de las empresas y de la industria, incluido el periódico de mi familia. Muchos empresarios e inversores alemanes fueron detenidos y otros huyeron del país; las fábricas, industrias y plantaciones agrícolas pasaron a ser nacionalizadas sin compensaciones ni contemplaciones por el gobierno soviético a modo de «reparación por la guerra». Nadie se atrevió a oponerse a la confiscación de prácticamente todo el tejido productivo, un principio ya conocido en la Europa del Este.

Fueron meses de grandes turbulencias, donde hubo luchas de poder y miles de represaliados, entre ellos mi padre, a quien se le acusó de no haber opuesto resistencia a publicar las consignas que le ordenaban desde la cúpula nazi. Según el nuevo orden venido de Moscú, las autoridades podían despojar de sus bienes e incluso detener a cualquiera que hubiera ostentado una buena posición tanto económica como de autoridad, pues consideraban que le debían su éxito a su cercanía con el régimen anterior.

Varios periodistas que habían sido despedidos durante la década anterior tomaron el mando de nuestro periódico y establecieron una línea editorial de carácter marxista, aunque supervisados por las autoridades soviéticas. Por otro lado, los recién llegados colocaron su diana en las propiedades privadas, como mansiones de lujo, apartamentos o castillos, con la excusa de que habían pertenecido a los nazis. En ellas se instalaron los cuadros militares y políticos soviéticos, y también muchos comunistas alemanes que ahora ostentaban cargos públicos o de seguridad, con el pretexto de que se necesitaban oficinas para el Partido y viviendas para ellos. No obstante, también requisaron con descaro las residencias de vacaciones de muchos honrados alemanes, vehículos de lujo, dinero de las cajas fuertes de las empresas, tesoros de las iglesias y obras de arte de los museos, incluso la comida de las tiendas. Todo era considerado como botín de guerra en resarcimiento por el daño que Alemania había infligido a su país.

Mi padre se resistió a ser destituido como director del periódico, apelando sin éxito a la propiedad de la familia de su esposa desde la fundación hacía más de cien años. En aquellos días recibió la visita de un antiguo colaborador para convencerlo de ceder el mando de forma pacífica. Yo escuché, agazapada tras la puerta del salón, la violenta discusión que se produjo. Definitivamente nada pudo hacer por conservar nuestro patrimonio, y para mayor escarnio, con el fin de dar ejemplo al resto de los «colaboracionistas nazis», nuestra mansión familiar fue confiscada en favor de un alto mando soviético que acababa de instalarse en la ciudad procedente de Moscú.

De un día para otro nos vimos obligados a dejar nuestro hogar para instalarnos en la casita aneja a la mansión y a compartirla con Bruno, el jardinero, que había perdido a su mujer hacía unos años y a sus dos hijos varones en la batalla de Minsk en 1941. Ahora, los tres estábamos bajo las órdenes del nuevo inquilino de nuestra casa, un comisario político encargado de coordinar a los mandos recién instalados en la ciudad, una ciudad que había pasado a estar bajo la órbita de la Unión Soviética.

Tercer movimiento

En los años posteriores al fin de la guerra, y aunque apenas recibíamos noticias del extranjero, nos dábamos cuenta de cómo la tensión con la zona occidental iba aumentando, sobre todo cuando el gobierno de esta decidió cambiar el *reichsmark*, la moneda común utilizada en Alemania desde 1924, por el marco alemán. Como respuesta a esa medida, las autoridades soviéticas decretaron unilateralmente cortar el suministro de electricidad y gas e impidieron el acceso a Berlín Occidental por tren, por carretera o los canales, provocando el bloqueo de la ciudad. Meses después, en 1949, la separación de las dos Alemanias era un hecho y al poco de crearse la República Federal Alemana en la zona occidental fue proclamada la República Democrática Alemana en la parte soviética, reconocida solo por la Unión Soviética y los países europeos bajo su dominio como Albania, Bulgaria o Checoslovaquia, además de regímenes similares como el de la República Popular China o Corea del Norte. A partir de entonces nos convertimos *de facto* en ciudadanos de un régimen comunista, pues las fuerzas soviéticas nunca abandonaron el país.

Papá ya no era el hombre de mi infancia, el que tenía el

tono de voz alto y alegre. Ahora casi había enmudecido, necesitaba un bastón para andar y la rotura de las costillas le había provocado una lesión en los pulmones que le impedía hacer esfuerzos. Entre los pocos enseres personales que nos permitieron salvar de la casa, además de nuestra ropa, estaban las fotos familiares enmarcadas que él contemplaba en silencio con la mirada fija en aquellas imágenes de un pasado feliz. A veces me agarraba de la mano y me dirigía sus ojos, marrones como los míos, pero vacíos. Pasaba el día leyendo libros que yo tomaba a hurtadillas de la biblioteca de mi antiguo hogar y que después devolvía, o escribiendo febrilmente para desahogar su dolor e impotencia por el cruento ataque que sufrimos aquel fatídico día en que perdimos a parte de la familia y nuestro hogar. En cuanto al periódico, ahora estaba dirigido por una persona designada por el nuevo régimen, al igual que toda la industria, tal como determinaba la doctrina marxista.

Crecí haciéndome cargo de la casa. Bruno, el jardinero, murió en 1946 y nos quedamos solos en el hogar que él había ocupado. Había reanudado las clases en el colegio, pero también mi carácter se había vuelto taciturno y solitario. Echaba de menos a mamá, y sobre todo a mi otra mitad, mi querido hermano. Solía escuchar música en la vieja gramola que también pudimos rescatar, aunque los discos ya estaban ajados de tanto uso. A veces escribía composiciones musicales que rondaban en mi cabeza, y con la connivencia de Katrina, la criada que trabajó para mi familia y que seguía en la mansión sirviendo al nuevo inquilino, me colaba a hurtadillas en el salón para practicar al piano e interpretar mis melodías. Desde que nos instalamos en la casita del jardinero nadie le había arrancado una nota, y cuando el comisario salía a trabajar, cargaba con mis partituras y recordaba las clases de música sentada ante aquel instrumento que había pertenecido a mi familia desde varias generaciones atrás.

Mi interés por las matemáticas aumentaba también y a los quince años podía realizar mentalmente largas sumas o multiplicaciones, provocando la admiración entre los compañeros y profesores por la rapidez de mis cálculos. En los ratos libres leía libros de insignes matemáticos y físicos de la época que pedía en la biblioteca de mi escuela, pues sentía una gran pasión por esas materias. Con los años consideré la música una parte de las ciencias y concluí que había una conexión entre ellas. Creaba melodías relacionando notas musicales con números; era una forma de no olvidarlas y así poder incluso ampliarlas.

Estábamos en 1950 y acababa de cumplir diecisiete años, había crecido y tenía una figura delgada con pocas curvas debido al pequeño tamaño de mis senos. En mi rostro de piel blanca y ojos oscuros era visible una cicatriz que nacía en el inicio de la frente y se deslizaba hasta la mitad de la nariz, cuyo tabique estaba torcido; fue la secuela que arrastré desde el bombardeo, pues no pude ser tratada a tiempo en las semanas posteriores debido al caos hospitalario de aquellos días. Cada vez que me miraba al espejo no era un rostro femenino lo que veía, sino el recuerdo imborrable de aquel infausto día que marcó mi vida y mi físico. Pese a aquella imperfección, seguí adelante sin darle mucha importancia. En los últimos años había visto demasiados mutilados y heridos en la ciudad, y observarlos me ayudaba a superar aquel trauma y me hacía dar gracias a Dios por seguir viva y entera.

Una tarde de marzo de 1950 estaba practicando al piano en la mansión cuando el nuevo morador regresó antes de la hora prevista. Al oír la melodía se detuvo en la puerta y quedó en silencio. Yo interpretaba la *Balada n. 4* de Frédéric Chopin. Cuando terminé la partitura, recogí mi cuaderno, bajé la tapa del piano con delicadeza y me dispuse a regresar a casa. Una silueta en el umbral de la puerta me provocó un tremendo sobresalto. Era un hombre de complexión ancha, de unos cuarenta años, alto y de rostro cuadrado, con ojos de un azul intenso y frío y modales serenos. El comisario Kozlov percibió mi mirada de pánico al ser descubierta e hizo una señal con las manos para tranquilizarme, indicando que le había gustado lo que había oído y que continuara un poco más.

—¿De quién es? —preguntó en alemán.

—Chopin.

—Te llamas Julia, ¿no es así? —Yo asentí—. Vamos, interpreta otra —pidió mientras se servía una copa y se sentaba a escuchar.

Decidí interpretar una de mis composiciones y al concluirla advertí que el hombre mostraba su agrado.

—¡Bravo! ¿Quién es el compositor?

—Es mía, señor. Me gusta componer.

—Así que eres compositora... Por favor, toca otra obra tuya.

Tras concluir la última pieza, Kozlov quedó admirado por la belleza de la melodía y mostró una amplia sonrisa.

—Tienes mucho talento. Puedes venir a tocar el piano cuando quieras. Debes seguir practicando.

—Muchas gracias, señor —me despedí haciendo una reverencia con la cabeza, aturdida por el incidente que acababa de protagonizar.

Unas semanas más tarde, el comisario nos llamó a su presencia para informar de que había hablado con el alto mando de Berlín y que habían acordado apoyar mi carrera musical.

—Vas a ir a Berlín, Julia. Allí está la Orquesta Filarmónica de Moscú ofreciendo varios conciertos. Su director, Samuil Samosud, y el violonchelista Mstislav Rostropóvich están participando en una selección de nuevos talentos de la República Democrática de Alemania. He enviado un informe sobre ti y en dos días partirás hacia allí para realizar una audición. Prepara una buena composición y convéncelos para que te incluyan en el programa de adiestramiento de grandes talentos de la Unión Soviética en el gran Conservatorio de Moscú.

Durante unos instantes, papá y yo nos quedamos en silencio, y al mirarnos reparamos en que coincidíamos en nuestra respuesta.

—Gracias, comisario Kozlov, pero Julia solo tiene diecisiete años y no entra en nuestros planes que abandone la ciudad en estos momentos —respondió mi padre con respeto.

—Mi padre me necesita, está delicado de salud y no puedo dejarlo solo —insistí.

—Señor Lerner, no le estaba pidiendo permiso. La decisión está tomada.

No era una invitación, sino una orden. Después se dirigió a mí:

—Julia, mañana recibirás los billetes de tren y tienes reservada una habitación en Berlín. En cuanto a usted —dijo a mi padre—, y apelando a su bienestar y seguridad, le recomiendo no entorpecer la carrera de su hija —concluyó con autoridad, indicando que la conversación había terminado.

Al volver a casa nos miramos desolados. Mi padre se sentó en su sillón e inclinó su espalda hacia delante, colocando los codos en las rodillas mientras se mesaba el pelo con las manos muy nervioso. Súbitamente se levantó con una mirada extraña y fue al dormitorio.

—¡Haz las maletas! Nos vamos a Berlín esta noche y pasaremos a la zona occidental —ordenó en un estado de excitación fuera de lo normal—. Deberíamos haber escapado hace tiempo. Llevo meses pensando en la posibilidad de regresar a España...

—¡No, papá! No podemos hacer eso. Hemos recibido una orden y se ha dado cuenta de que no nos ha gustado. Estarán ya vigilándonos. Para huir hay que pasar los controles hasta Berlín Oeste y quizá nos apunten en las listas de los no autorizados a salir. Podrían detenernos en la frontera.

Papá se detuvo pensativo y se sentó en la cama, cabizbajo. Me senté a su lado.

—¡Ay, Dios! Hablas como tu madre. Callar, callar, obedecer, aguantar... ¡Estoy harto! Hemos salido de una dictadura y estamos en otra. ¿Por qué no podemos hacer lo que nos dé la gana? Si tú no quieres ir, no debes ir.

—Papá, es una orden; incluso te ha amenazado...

—A mí me da igual, pero tú... Podrías escapar sola, cuando llegues a Berlín debes ir directamente a la frontera y...

—¿Y si me detienen? Sería nuestro final y tomarían represalias contra ti...

Papá emitió un hondo suspiro de desesperación.

—Debimos irnos a España cuando acabó la guerra. Dios, ¿por qué me has castigado de esta forma? ¿Por qué me sigues mortificando? ¿No vas a darme un instante de paz? Te llevaste a mi hijo, a mi mujer, y ahora quieres separarme de lo único que me queda. ¿No crees que ya es suficiente? ¿Qué he hecho para merecer tanto tormento? —exclamó, prorrumpiendo en un desconsolado llanto.

Era la segunda vez que lo veía llorar. La primera había sido cinco años antes, cuando mi madre y Herbert desaparecieron bajo las bombas, y en ambas ocasiones sentí la vulnerabilidad del ser a quien más amaba y admiraba en la vida. Nos abrazamos envueltos en lágrimas.

—Lo siento, papá, ha sido por mi culpa. Si yo no me hubiera colado en la casa a practicar el piano, el comisario no me habría descubierto.

—¡No digas eso! Era tu destino. Tarde o temprano tenía que ocurrir, el don que tienes no podía pasar desapercibido y es una gran oportunidad para ti. No te sientas culpable. —Se levantó más calmado, aceptando la evidencia de nuestra separación—. Vamos, tienes que ir a esa audición en Berlín. Hemos de preparar tu viaje. ¿Sabes?, te pareces a mamá mucho más de lo que crees. Eres tan sensata como ella. Siempre decía que tú eras mía, ¿te acuerdas? Pero por suerte no has heredado mi carácter, sino el de ella. Eres más reflexiva que yo, y más inteligente también. —Trató de sonreír para consolarme.

—Haré una interpretación desastrosa y me mandarán de vuelta a casa.

—¡No, no! ¡Jamás! Tienes que darlo todo. ¿Pretendes dejar en evidencia a Kozlov para que tome represalias contigo y te considere una traidora? No, Julia, podrías sufrir graves consecuencias; hazme caso, debes ofrecer el mejor concierto de tu vida, dejarlos boquiabiertos.

—Pero...

—Dame tu palabra, prométemelo —me interrumpió, alzando mi barbilla y mirándome con lágrimas en los ojos—. Conozco hasta dónde puedes llegar, sé cómo eres. Tienes que impresionarlos: obtén esa beca y conviértete en una gran estrella. Serás mi orgullo, el orgullo de Dresde, de Alemania o de lo que queda de ella. Hazlo bien, sé que puedes. Bastante desastrosa es ya nuestra vida. Te espera un gran futuro y no quiero que fracases como yo.

—Papá, tú no has fracasado. Eres la mejor persona del mundo, has sido un buen periodista, eres un buen padre y un gran hombre. —Me abracé a él llorando con desconsuelo.

Con todo mi pesar, dos días más tarde tuve que dejarlo solo, no sin antes arrancar la promesa a Katrina de que se haría cargo de él dentro de sus posibilidades mientras yo estaba fuera.

Cuarto movimiento

La audición salió bien, por lo que pude apreciar. El director y varios miembros de la Orquesta Sinfónica de Moscú quedaron asombrados, según supe después, por mi soltura al piano y mis dotes de armonía durante la interpretación del *Concierto para Piano número 2* de Prokófiev.

—Señorita Lerner, nos han dicho que también compone. ¿Podría interpretar una obra suya? —pidió el director.

Cuando terminé de interpretar mi composición, Heinrich Neuhaus, el famoso pianista y profesor del Conservatorio de Moscú, le susurró algo al oído a Samosud. Más tarde, cuando fui requerida ante ellos me informaron de que había sido seleccionada para el programa especial y me dijeron que si me esforzaba y trabajaba duro tendría un gran futuro en el mundo de la música. Luego, a través de uno de los profesores, supe que tenían grandes planes para mí, que era una apuesta segura para ser exhibida más allá de la órbita soviética, dada la obsesión del Kremlin por mostrar su superioridad tanto en las ciencias como en las artes.

Después de la audición, mi vida cambió para siempre. Me concedieron la beca para estudiar en el Conservatorio de Moscú y solo tuve una semana para regresar a casa y despedirme de mi padre antes de partir hacia Rusia. A mis diecisiete años recién cumplidos me aguardaba una aventura incierta en un país del que había oído hablar muchísimo en los últimos años en el colegio, donde habían impuesto el estudio del ruso como segunda lengua sustituyendo al inglés, y donde también era obligatorio estudiar los libros de Karl Marx, Engels o Lenin.

Papá me estaba esperando con expectación y advertí como intentaba disimular el dolor por nuestra próxima separación manifestando su orgullo por el exitoso futuro que me aguardaba. Aquella tarde salimos al centro de Dresde para realizar las últimas compras antes de mi partida. Mientras paseábamos, no paró de darme instrucciones:

—No confíes en nadie allí. El que más amigo te parezca será el que te traicione. Tienes que pasar desapercibida, no confieses a nadie que sabes leer los labios, pero léelos a los que te rodean y obsérvalos, es tu única arma de protección. No destaques en ninguna materia que no sea la música y finge ser poco observadora, deja que crean que no eres demasiado lista. Recuerda la frase del escritor Kurt Tucholski que solía repetir tu abuelo: «La ventaja de ser inteligente es que así resulta más fácil pasar por tonto. Lo contrario es mucho más difícil». Céntrate en el piano y en la composición. Harán de ti una estrella, pero te vigilarán estrechamente y tratarán de manipularte. He oído tantas cosas terribles ocurridas antes y después de la guerra allí, tantas detenciones arbitrarias y encarcelamientos de millones de inocentes... Tengo miedo por ti; aquel país es peligroso y cualquier opinión contraria a su ideología puede ser considerada una traición.

—No temas, papá; estaré alerta.

—Cuando estés a solas, juega y compón música, pero nadie debe conocer tu don para recordar números o para retener datos. Mantén los ojos muy abiertos, sé que tienes la suficiente capacidad para adelantarte y sortear los peligros que van a acecharte.

—Te escribiré a diario.

—Ten cuidado con lo que me escribes, no critiques nada ni a nadie. Las cartas serán interceptadas.

—Me estás asustando; no sé si podré vivir así, tan controlada...

—Pequeña, estoy seguro de que sabrás adaptarte. Tu madre y yo siempre supimos que llegarías lejos, lo hablamos en más de una ocasión y estábamos entusiasmados con tus capacidades al ver como avanzabas en el colegio. Te hicimos pruebas entre juegos desde muy pequeña, y advertimos que eras un ser especial. Tienes algo que muy poca gente posee, pero ese don no debe caer en manos de nadie, ya sean profesores, representantes o miembros del gobierno que están al acecho. Has madurado demasiado deprisa. Llevas una carga demasiado pesada desde hace años y has vivido unas experiencias que no merecías.

—Tú tampoco merecías lo que te ha pasado. Me apena tanto separarme de ti...

—Ya es inevitable. Recuerda bien todo lo que acabo de decirte. Tienes que engañarlos, decir a todo que sí, hacer lo que te ordenen, interpretar la música que ellos quieran, decir lo que ellos esperan que digas y hacerles creer que eres una buena soviética, que crees en su doctrina. A solas, en tu interior, vive en libertad. Ellos pretenden convertirte en una gran artista, así que esfuérzate hasta conseguirlo, triunfa, pero por ti misma, por mí, por mamá, por Herbert... —me susurró al oído—. Rezaré mucho por ti, pequeña. Ojalá te envíen de vuelta a Alemania cuando termines el conservatorio. Es lo que más deseo, pero tengo que dejarte marchar para que se cumpla tu destino.

Durante el vuelo a Moscú aún resonaban en mis oídos las palabras de papá. Fue tan doloroso separarme de él... Jamás pensé que el don que según él Dios me había dado provocaría nuestra separación y aquel inesperado vuelco en mi vida. Una mezcla de ilusión, inquietud y nostalgia me invadieron durante el viaje. Tenía solo diecisiete años y era consciente de la gran oportunidad que se abría ante mí al poder estudiar en el Conservatorio de Moscú junto a los más prestigiosos músicos del mundo, pero no conseguía desterrar el temor ante lo desconocido, en un país extraño y completamente sola.

Sonata 2

Nicolás

Primer movimiento

Nada más llegar a Moscú me instalé en una amplia habitación del albergue del lujoso Conservatorio Estatal Tchaikovski. Me adjudicaron una asignación mensual para gastos y recibí bonos canjeables por ropa y artículos de uso personal en los grandes almacenes estatales, cuya entrada estaba reservada en exclusiva para funcionarios, miembros del Partido y privilegiados como yo. Tras una semana de adaptación a la nueva vida en aquel país comenzaron las clases con mi mentor, el profesor del conservatorio y miembro de la Orquesta Sinfónica de Moscú Heinrich Neuhaus, quien se empleó a fondo para perfeccionar mi técnica. Yo tenía unas manos normales, no demasiado grandes, y creía que eso sería un obstáculo para ser pianista profesional. Sin embargo, mi profesor insistía en que aquello no era un impedimento, pues la técnica residía principalmente en el cerebro. Más que el tamaño, lo importante en las manos era la flexibilidad, la agilidad y su musculatura, unas cualidades que yo poseía.

Al poco de ingresar en el conservatorio me afilié al Partido Comunista, tal como me sugirieron los profesores. Entre las materias a estudiar no solo estaba la música, sino también la historia de Rusia, reescrita desde la Revolución bolchevique, y los fundamentos del marxismo y la nación socialista en la que vivíamos. Estudié intensivamente el ruso, perfeccioné el inglés y aprendí francés, pues los planes proyectados por el Kremlin para los privilegiados estudiantes seleccionados en aquella academia estaban ya fijados a largo plazo.

También asistí junto a los compañeros y profesores a teatros y conciertos en los que nuestros maestros nos advertían de los fallos, a veces casi imperceptibles, que cometían algunos artistas ya consagrados. Aprendí también a leer los labios en las distintas lenguas que estaba estudiando, sobre todo en ruso, una circunstancia que me sería de gran ayuda para salir de más de un aprieto en los años turbulentos que siguieron. Jamás revelé a nadie aquella habilidad, tal y como mi padre me había ordenado, en un afán de autoprotección y también de rebeldía contra aquel país que nos había vuelto a someter tras la pesadilla nazi.

En los primeros meses apenas percibí la asfixiante realidad de la sociedad soviética, pues vivía en una residencia rodeada de músicos y de artistas. Era como una pequeña burbuja donde se respiraba arte y cultura, aunque los comentarios que algunos vertían en secreto sobre la dureza de la vida exterior se oponían completamente a la Arcadia particular que yo estaba viviendo. Conocí tristes y duros testimonios de compañeros que, al destacar en algunas materias musicales desde niños, habían sido separados de sus familias y llevados a Moscú para que continuaran su aprendizaje en pro del prestigio nacional. Me sentí identificada con ellos, pero no les confesé la traumática separación de mi padre ni mi escaso entusiasmo por estar allí.

En nuestras conversaciones observé que la mayoría de ellos carecían de una familia completa; muchos habían perdido a sus padres o hermanos, unos por la guerra y otros por las purgas, aunque de esto último pocos hablaban y algunos preferían decir que estaban desaparecidos, cuando en realidad estarían en la Lubianka o en algún campo de trabajo a miles de kilómetros. En aquellos años en la Unión Soviética se vivía en paz, una paz llena de secretos, de silencios, de susurros en las cocinas, aunque las palabras «guerra» y «cárcel» formaron parte de la vida cotidiana de aquel pueblo durante mucho tiempo. Los adultos de aquellos años vivían traumatizados y extenuados por la guerra, devastados por las experiencias en campos de Siberia o con miedo a ser detenidos en cualquier momento y sin motivo alguno por culpa de la delación de alguien cercano que, impulsado por la envidia o la codicia, podría arruinarles la vida para siempre, según me relataría más tarde mi compañero Nicolás Toledo durante nuestros paseos.

En la Rusia de la posguerra nada funcionaba bien: había serias dificultades para el abastecimiento de alimentos, ya fuera por problemas en los trenes, que nunca llegaban a tiempo, o por las deficientes carreteras que impedían a los camiones de reparto realizar con eficacia su trabajo. La comida escaseaba en los almacenes estatales y desaparecía a las pocas horas de ser colocada en los estantes, pasando a manos de miles de ciudadanos que empleaban horas en largas colas de espera para poder abastecerse.

La posibilidad de leer los labios me ayudó también a desenmascarar a algunos de los compañeros que decían ser amigos y que a la menor oportunidad traicionaban o delataban por cualquier comentario a su círculo más cercano. Aprendí que en la URSS no podía confiar en nadie, tal como indicó mi padre antes de partir. Y lo fui comprobando a lo largo de aquellos años.

A pesar de las cualidades como pianista y compositora que los profesores destacaban en mí, también me reprochaban la falta de expresividad durante las interpretaciones. Cuando el resto de mis compañeros confesaba que la música era un sentimiento, yo les rebatía argumentando que solo era una combinación de notas musicales estratégicamente colocadas en un pentagrama, y que el músico debía limitarse a entonarlas.

Como tenía facilidad para crear códigos secretos, ideé uno de números con el que escribía un diario sobre mi día a día y las experiencias que estaba viviendo en el conservatorio. Fueron aquel diario y sus consecuencias los que me abrieron definitivamente los ojos sobre la estrecha vigilancia a la que estaba sometida, incluso por mis más «fieles» compañeros.

Una tarde fui llamada al despacho del director, que me estaba esperando junto a dos miembros del Comisariado del Pueblo para Asuntos Internos, el NKVD. Alguien había entrado en mi dormitorio para robar mi diario y entregarlo a las autoridades. Sentí pánico al ver la mirada inquisitiva de aquellos hombres cuando el director extrajo el cuaderno de una carpeta y me pidió explicaciones. Respondí que era un diario personal.

—En este país nada es personal —respondió uno de los agentes—. Explíquenos qué ha escrito ahí, letra a letra, palabra por palabra.

—Está en español, pero puedo traducirlo mientras lo leo.

—No —ordenó el de más autoridad—. Explique qué significa cada número. Ya nos encargaremos nosotros de descifrarlo.

Durante un buen rato me vi obligada a aclarar el significado de cada signo para que fuese traducido a palabras. Cuando satisfice su demanda, me dejaron regresar a la habitación. Apenas pegué ojo esa noche, y tampoco la siguiente. Por primera vez desde el bombardeo, la ansiedad se apoderó de mí y solo me tranquilizaba el hecho de que lo escrito en aquel cuaderno eran reflexiones normales de una adolescente en un país ajeno y lejos de casa. No ofrecía datos sobre aquella sociedad ni realizaba crítica alguna de nadie en particular.

Dos días más tarde fui convocada de nuevo al despacho del director. Me sorprendió ver allí también, además de a los dos miembros del NKVD, a Nicolás Toledo, un compañero del conservatorio que estudiaba violonchelo con el que había interpretado algunas composiciones en clase. Era un tipo de aspecto adusto, ojos marrones y pobladas cejas tan oscuras como su recio y corto cabello. Tenía dieciocho años, uno más que yo, aunque parecía mayor, pues no solía compartir risas y juegos con el resto de los compañeros de la residencia. No obstante, cuando interpretaba cualquier partitura, me percataba de su gran talento y de su esfuerzo por mejorar día a día. Su mirada se cruzó con la mía, y la frialdad que desprendía me inquietó sobremanera.

Uno de los agentes me entregó el diario para que lo leyera en voz alta, con el fin de comprobar si se ajustaba a la transcripción que ellos tenían. Comencé a recitar en ruso, traduciendo del español, pero uno de ellos alzó la mano y me hizo callar.

—Léalo en español —ordenó.

Empecé a leerlo y observé que Nicolás tenía unas hojas mecanografiadas e iba asintiendo conforme pasaba las páginas. Cuando terminé la lectura completa, mi compañero indicó que se ajustaba exactamente a lo que estaba escrito en aquellos papeles. Todos asintieron en silencio y uno de los agentes explicó que mi cuaderno había sido analizado y traducido al ruso.

—Tenga cuidado, señorita Lerner. Escribir de esta forma puede llevar a la confusión. Entiendo que desee expresar sus sentimientos en la intimidad, pero el método que ha utilizado no es el más adecuado para que confiemos en usted.

—No volverá a ocurrir, se lo aseguro. Ha sido una estupidez por mi parte... —dije con lágrimas en los ojos, amedrentada por aquellas miradas sobre mí.

El incidente no pasó de una anécdota, pero tardé en olvidar la humillación que supuso hacer públicos mis más íntimos sentimientos de soledad, de añoranza y reflexiones personales, además del miedo que había pasado.

Necesité una semana para recuperar el sosiego tras aquel sobresalto; mientras tanto, observé en clase a Nicolás Toledo. Cada vez que posaba mis ojos sobre él, reparaba en que bajaba la mirada con un rictus de turbación, seguramente avergonzado por haber intervenido en la trama de vigilancia. Nunca refirió que hablara español, aunque, a decir verdad, jamás habíamos cruzado más de dos palabras, y yo tampoco lo había indicado en mi expediente académico.

Una tarde, tras concluir la clase, decidí quedarme en el auditorio y ensayar una partitura al piano. Mientras la interpretaba, advertí que Nicolás entró con su violonchelo, cerró la puerta y se acercó con la intención de practicar. Se sentó al lado de la banqueta para estar más cerca de mí, en vez de hacerlo frente al piano. Yo dejé de tocar y lo miré, pero sin mediar palabra él tomó un atril, colocó una partitura y me ofreció otra para que comenzáramos a tocarla juntos. Durante un buen rato fue la música la que sonó en la sala. Después me hizo señas para que continuara sola al piano. Mientras lo hacía, empezó a hablarme en un susurro, en español y acercándose aún más a mí.

—Siento lo que ha pasado. No sabía nada hasta que me convocaron en el despacho del director... Ha sido Iván Naomóvich quien te ha denunciado.

Dejé de tocar y dirigí a Nicolás una mirada entre incrédula y asustada.

—No me lo puedo creer. —Mientras yo hablaba, él comenzó a tocar su instrumento y me indicó que bajara el tono de voz—. ¿Cómo lo sabes? —Señaló que continuara yo al piano.

—Aquí las paredes oyen —mascculló con precaución—. Reconozco a los chivatos y están más cerca de lo que imaginas. Mañana voy a salir a dar una vuelta por la ciudad. Si quieres, podemos vernos al final de la calle, a las cinco. No quiero que nos vean salir juntos. ¿Estás de acuerdo?

Yo asentí mientras continuaba interpretando al piano y él me acompañaba con su instrumento hasta que terminamos la partitura.

De regreso a mi habitación, seguía dándole vueltas a la conversación con Nicolás y pensaba en Iván Naomóvich, el supuesto delator y compañero de clase. Provenía de un pueblo rural de la república de Georgia y, aunque no destacaba demasiado con el clarinete, aprendió rápidamente y le fue concedida una beca, más por la condición de proletario que por sus especiales dotes musicales (como él había varios en la escuela de música). Pese a ello, se había ganado la simpatía de todos los estudiantes y profesores por su buen humor y agradable trato. Parecía estar dispuesto siempre a hacer un favor, a escuchar problemas y consolar a los compañeros que sentían nostalgia de su familia o de su hogar. Jamás se me habría ocurrido señalarlo como soplón.

Aquella tarde salí al encuentro de Nicolás y caminé por la avenida Bolshaya Nikitskaya Ulitsa. La tarde estaba cayendo, estábamos en el mes de abril y un tímido sol pugnaba por hacerse hueco en un cielo gris plomo que ofrecía una atmósfera blanquecina. Encontré a Nicolás en un tramo más adelante que hacía esquina y continuamos el paseo. Fue el primero en romper el silencio.

—Cuidado con lo que hablas y con quién hablas. No te fíes de nadie —murmuró en español.

—¡Pero si yo no hablo! No pueden acusarme de nada.

—No estés tan segura. Son capaces de inventarse una barbaridad sobre cualquiera de nosotros y dejarnos fuera de juego. Mi padrastro está en la Milicia y me contó que hace unos años, un portero conocido de la familia hizo más de cien denuncias de vecinos de su propio bloque y de la misma calle. Eran gente corriente: fruteros, maestros, carpinteros, conductores de autobús...

—Pero ¿por qué los denunciaba?

—Simplemente para demostrar su fidelidad al Partido, para que vieran qué buen comunista era.

—¿Y esas personas eran culpables?

—No, no había un solo culpable entre ellos. En este país cualquiera puede ser denunciado y condenado a diez o veinte años de encierro en campos de trabajo de Siberia, de los que la mayoría no regresan, y los que lo hacen llegan convertidos en auténticas piltrafas. ¿Sabes dónde está hoy este portero del que te he hablado? Es un alto cargo del Partido, secretario del Comité Ciudadano. Tipos como ese puedes encontrarlos en cualquier estamento del Estado o en un despacho como alto funcionario. Ten cuidado con los que todavía están abajo, porque su intención es medrar y llegar a donde llegó de la manera más fácil el tipo del que te hablo: denunciando.

Yo lo escuchaba con incredulidad.

—Pero si son inocentes, ¿de qué los pueden acusar?

—Los harán confesar bajo tortura, amenazando con detener también a su familia. Así firmarán lo que les ordenen. Hace poco, y a espaldas de mi familia, visité a un amigo de mi madre que ha regresado de uno de esos campos convertido en un desecho humano. Ha sufrido lo indecible y te puedo asegurar que era inocente, tan inocente como tú o como yo. Simplemente, tuvo la desgracia de cruzarse con un indeseable. Debes tener cuidado, no te fíes de nadie, y cuando alguien como Iván Naomóvich comente algo sobre política o exprese alguna queja o crítica, no abras la boca. Está a la caza de nuevas víctimas para acumular méritos. Tú sabes tan bien como yo que no es demasiado bueno al clarinete, pero estoy seguro de que algún día triunfará en la música y quizá en unos años lo veamos en la orquesta del Bolshói, aunque tenga menos cualidades que cualquiera de nuestros compañeros. —Lo miré aún escéptica—. Y ya he hablado demasiado. No volveremos a tener una conversación como esta nunca más. Te doy por advertida.

Pero no ocurrió así. Volvimos a hablar durante los años que siguieron sobre los problemas de convivencia en la Unión Soviética, pues Nicolás y yo nos convertimos en grandes amigos, aunque apenas lo demostrábamos en las clases. En las ejecuciones musicales nos compenetrábamos muy bien y fuera del conservatorio salíamos solos a recorrer las calles y parques de aquella gran urbe que era Moscú. Era agradable hablar la lengua que siempre utilicé con mi padre, a quien tanto añoraba.

Conocí el pasado de Nicolás y el motivo por el que hablaba en perfecto español. Había nacido en España y tenía seis años cuando llegó a Moscú en 1938 con la última expedición de refugiados acogidos en la Unión Soviética durante la Guerra Civil. Su padre fue maestro y se alistó en el bando republicano, pero falleció en el frente. Su madre, también maestra de profesión, decidió ponerse a salvo con su hijo en la Unión Soviética. Durante los primeros años vivió con ella en un internado de Moscú junto a un numeroso grupo de niños y cuidadores españoles, todos refugiados como ellos. Más tarde, en 1940, su madre se casó con un miembro de la Milicia, salieron del internado para instalarse en su casa y tuvo dos hijas con él.

—Mi padrastro es un buen hombre, me trató muy bien, pero siempre fue un cobarde...

—¿Por qué dices eso?

—Porque no obró correctamente, y mi madre tampoco. Tras casarse, ella continuó manteniendo una estrecha relación con los refugiados españoles, a pesar de no vivir ya con ellos. Había un maestro en el internado, también español, al que yo admiraba porque era amable, gastaba bromas y nos regalaba golosinas. Tenía una relación casi de hermanos con mi madre, incluso con mi padrastro. Pero un día desapareció junto a varios empleados del internado. Ocurrió unos meses antes de que empezara la guerra, en la primavera del cuarenta y uno. Yo apenas tenía nueve años, pero intuí que algo iba mal por las conversaciones y discusiones entre mi padrastro y mi madre acerca de aquel amigo y del resto de los detenidos. A pesar de que jamás se había mezclado en asuntos políticos, este profesor tuvo la desgracia de trabajar al lado de un soviético que también daba clases de ruso en el internado. Este último fue arrestado de forma arbitraria, como suelen serlo aquí, y para no ser torturado y a cambio de su libertad ofreció una lista de supuestos traidores que trabajaban en el centro, tanto rusos como españoles, desde profesores hasta el cocinero o una empleada de la limpieza. Por su culpa, diez familias quedaron destrozadas, señaladas y despreciadas para siempre por el resto de sus amigos y vecinos.

—¿Qué les ocurrió? ¿Los encerraron a todos sin pruebas? —pregunté, sobrecogida por el relato.

—Hace poco he conocido la verdad. He sabido que, cuando se realizaron las detenciones, mi padrastro lo supo enseguida por pertenecer a la Milicia, pero el miedo a las represalias fue más fuerte que la lealtad de mi madre hacia sus amigos y, siguiendo sus indicaciones, tuvo que renegar de ellos y no fue a declarar a su favor en los juicios-farsa habituales que suelen hacerse aquí, donde la confesión sacada a los detenidos bajo torturas y amenazas pesa más que las pruebas o los testimonios que demuestren la inocencia.

—¿Qué pasó con el maestro?

—Fue condenado a diez años en un campo de trabajo en Siberia y acaba de salir en libertad hace un mes. Me lo encontré de casualidad por la calle la semana pasada y me costó reconocerlo. Vive en una habitación alquilada a una viuda y trabaja como operario fabricando muebles y ataúdes en un *artel*, una especie de cooperativa de economía colectiva. A pesar de estar libre de culpa y de haber conseguido el permiso de residencia en Moscú, ninguno de sus antiguos compañeros ha vuelto a hablar con él. Cuando le dije a mi madre que lo había visto, me contó la verdad, rogándome que me olvidase de él, pero no podía hacerlo y fui a visitarlo. Si te narrara las penurias que ha pasado... —Inclinó la cabeza, moviéndola de un lado a otro—. Después de la bronca que tuvimos por este asunto, mi relación con mi madre no es demasiado buena y apenas hablo con mi padrastro. Sé que lo están pasando mal, pero estoy tan decepcionado... En cuanto al chivato, ahora es el vicerrector de la Universidad Estatal de Moscú.

Por un instante no supe qué decirle. Me vino a la memoria el pragmatismo de mi madre, que recomendaba callar y ceder a todo, frente a la pasión de mi padre y su impetuosidad. A mis diecisiete años, habría encontrado irreales o exageradas aquellas atrocidades si no hubiera padecido el incidente con mi diario. Nicolás me abrió los ojos a la realidad que muchos de mis compañeros, procedentes como yo de países que quedaron bajo la órbita soviética, no percibían con la misma nitidez. En las largas noches de insomnio y reflexiones, concluí que el miedo era la sensación más paralizante del ser humano, el que hacía aflorar las pasiones más bajas, azuzado por nuestro innato instinto de conservación. Compartía la indignación de Nicolás, pero también entendía a su madre. En aquella sociedad de delatores y arribistas había que actuar como en un teatro, obedeciendo y callando.

Segundo movimiento

Durante los siguientes años de conservatorio se produjeron más incidentes, como registros casi imperceptibles de las habitaciones o la marcha de varios alumnos que tuvieron la osadía, impulsada por su juventud, de decir lo que pensaban. Muchos fueron requeridos por la Milicia y se despidieron de nosotros con un alegre y despreocupado «hasta pronto». Jamás regresaron, y sus nombres fueron eliminados de las listas del alumnado junto a los de algunos profesores, que también desaparecieron del conservatorio y de sus hogares para siempre.

Debido a mi carácter introvertido me costaba integrarme entre los compañeros de clase. Prefería la soledad para componer las melodías que constantemente aparecían en mi cabeza y que reproducía en los cuadernos de pentagramas. Componía sonatas para piano y las interpretaba en clase, provocando la admiración de los profesores. Durante esos años no perdí de vista al delator, Iván Naomóvich, quien comentaba entusiasmado mis composiciones y para el que creé algunas para piano y clarinete. Nicolás lo entendía, porque sabía que era una forma de autoprotección. Necesitaba ganarme su simpatía y evitar así una nueva acusación.

Mi relación de amistad con Nicolás se fue consolidando en nuestras salidas por separado del conservatorio para quedar unas calles más adelante. Éramos dos solitarios que se apoyaban mutuamente, unidos por la necesidad de aliviar nuestro desamparo. Me sentía segura a su lado, era la única persona en quien confiaba, pues no solo me había demostrado nobleza al confesarme sus problemas familiares, sino que también me prevenía de cualquier peligro que acechase, ya fuera en forma de compañeros sospechosos o alguna de mis partituras, advirtiéndome de la posible censura que podría sufrir.

Estábamos muy compenetrados tanto a nivel musical como personal, cada vez más, y yo me daba cuenta de que mis sentimientos iban siendo más profundos. Hasta que un día lo supe: le amaba, pero no me atrevía a confesárselo por temor a enturbiar nuestra amistad. Había crecido llena de inseguridades debido a mi físico. Además de la cicatriz del rostro que me marcaba indefectiblemente, no me sentía a gusto delante de un espejo, y mi carácter introvertido y desconfiado tampoco ayudaba demasiado.

Él nunca me habló de amor, a pesar de que a veces le sorprendía una mirada sobre mí que inequívocamente significaba algo más que una simple camaradería. Pero todo cambió una tarde de primavera de 1952, mientras paseábamos por el parque Gorki. Hacía frío y el cielo amenazaba con descargar una fuerte nevada mientras charlábamos sobre las clases, comentando el carácter de algunos de nuestros compañeros más peculiares. Ese día estaba más callado que de costumbre y, de repente, se detuvo y me miró durante unos instantes con gesto serio.

—Julia, yo... —Bajó los ojos y quedó en silencio.

—¿Qué ocurre? —demandé desconcertada.

—Tengo que decirte algo... —Me dirigió de nuevo su mirada serena—. ¿Te acuerdas del agente del NKVD que te interrogó cuando tuviste el incidente del diario?

—¡Claro! ¡Cómo podría olvidarme de aquella cara achinada y tan fea! —bromeé.

—Me llamó al despacho del director hace dos días. Me ha ordenado vigilar a varios alumnos del conservatorio, entre ellos a ti —dijo, esperando mi reacción.

—¿A mí? —repetí muerta de miedo—. ¿Por qué?

—Tranquila, no tiene importancia. Ellos suelen elegir a diferentes alumnos para que los informen sobre el resto, y esta vez me ha tocado a mí. Ya sabes cómo funciona esto. Quieren conocerlo todo de todos. No admiten una sola indisciplina...

—¿Te vas a unir a Iván Naomóvich en los registros de las habitaciones de tus compañeros?

—No pienso denunciar a nadie. Y menos a ti...

De repente, sentí un leve hormigueo por el pecho, y la ciudad entera quedó muda y a oscuras. Solo estaba él, su cuerpo junto al mío, y me acerqué lentamente hasta rozar mis labios con los suyos. Fue una caricia dulce, lenta. Era mi primer beso y cerré los ojos dejándome llevar.

—Nicolás... —dije tomando sus manos entre las mías—, aunque esté mal que sea la chica quien se declare, quiero que sepas que me gustas mucho. Sé que no me correspondes y soy una simple amiga para ti. Lo entiendo, no soy nada atractiva y...

—¡No digas eso! —me cortó con ímpetu, soltando sus manos y rodeando con ellas mi rostro para besarme de nuevo. Me abracé a él y respondí a aquella caricia—. Lo siento... lo siento. Siento haber sido un cobarde. No podía perjudicarte ni perjudicarme yo...

—¿Qué quieres decir?

—Julia... —murmuró, alejando sus labios y uniendo su frente a la mía—. Tenemos orden de informar sobre cualquier relación amorosa entre los alumnos...

—¿Vas a obedecer?

—No. Esta vez voy a saltarme las reglas. Desde que te conocí llevo fingiendo que entre nosotros solo hay amistad, que eres como una hermana para mí, pero no es verdad. Iván Naomóvich y otros compañeros nos vigilan de cerca, por eso nunca he podido decirte cuánto te quiero. Te he querido siempre y siempre te querré.

Al oír aquellas palabras, sentí que levitaba. A pesar de su adustez, hallé en él una ternura desconocida al unir mis labios de nuevo a los suyos.

—No quiero ponerte en un aprieto, pero no puedo ocultar más lo que siento por ti —continuó, abrazándome con fuerza.

—¿Qué vamos a hacer ahora?

—Debemos seguir así, saliendo a escondidas y sin relacionarnos en el conservatorio.

—¿Hasta cuándo? —demandé impaciente.

—Tenemos que terminar los estudios. Después, todo será diferente...

El plan de estudios en el conservatorio constaba de cinco años para vocalistas y seis para instrumentalistas, y los viví intensamente a nivel artístico. Escribía largas cartas a mi padre describiendo el ambiente musical y las grandes experiencias que estaba viviendo en Moscú, unas misivas que sabía que serían filtradas antes de ser enviadas, por lo que me guardaba de emitir juicio alguno sobre las claras diferencias sociales que existían en aquel país de la «igualdad de clases» bajo los principios del socialismo y sobre la falta de libertad, sometidos todos a una estrecha vigilancia. Mientras tanto, Nicolás y yo continuamos con nuestra clandestina e inocente relación hasta el final de nuestras carreras.

El Comité Central del Partido, el único del país, era el encargado de reglamentar el arte, ya fuera en música, letras o pintura. Las obras de grandes compositores y directores de orquesta soviéticos como Dimitri Shostakóvich o Serguéi Prokófiev, que componían loas a Stalin y a la Unión Soviética, eran alternativamente alabadas o denostadas por la prensa oficial o por el Partido Comunista de la Unión Soviética. El régimen sugería —ordenaba— volver al lenguaje musical del siglo XIX en vez de seguir al de Occidente, donde, según ellos, imperaba la corrupción. Ahora, los compositores debían componer música sin abstracciones y melodías que pudieran identificarse con la tradición folclórica de Rusia.

También nos tocó asistir a un acontecimiento histórico: la muerte de Stalin en 1953, que provocó una convulsión nacional. Por entonces yo había desarrollado una clara habilidad para decir o hacer lo que los demás esperaban de mí. Realizaba composiciones a gusto de mis profesores, interpretaba magistralmente las partituras, acudía a las tediosas reuniones obligatorias del Partido (donde nadie discrepaba, pues todo el mundo pensaba de la misma forma), obedecía las consignas y alababa el gran Estado marxista-leninista. El hecho de hallarme sola en un país extraño y a veces hostil me hizo desarrollar un instinto de autoprotección, especialmente tras reparar en cómo fueron amonestados algunos compañeros desde la dirección del conservatorio por atreverse a interpretar a Bach, a quien tildaban de «hombre de iglesia»; a Chopin, «el esteta de salón»; a Tchaikovski, a quien acusaban de ser «un parásito de la aristocracia rusa» o a Stravinski, «un desvergonzado profeta del modernismo burgués».

En 1956, el último año de mis estudios, tuve el privilegio de actuar con la Orquesta Filarmónica de Moscú y de interpretar una de mis composiciones en el teatro Bolshói, además de codearme con los mejores músicos del momento. El hecho de haber estudiado en aquel prestigioso conservatorio con afamados compositores y participado en la mejor orquesta del mundo, según rezaba la propaganda socialista, fue el último impulso a mi carrera, la plataforma ideal para mi presentación mundial como una de las mejores pianistas de la Unión Soviética.

Aún hoy recuerdo el día en que me informaron de mi primer destino: una plaza en la Orquesta Sinfónica de Berlín, fundada en 1952 por el gobierno de la RDA. Fue como un regalo del cielo, y no solo por el importante puesto, sino porque regresaba a Alemania junto a mi padre. Lo recordaba a diario, porque sabía que en las cartas que me escribía no me contaba toda la verdad. Añoraba su abrazo, aquella voz potente que había perdido, el calor de su mano estrechando la mía. Necesitaba una ración de hogar familiar, aunque fuera prestado. Durante aquellos años de separación apenas pude visitarlo en dos ocasiones y advertí con dolor que se había rendido. Pronto regresaría a casa y no volveríamos a separarnos.

La despedida de mis compañeros fue emocionante y dolorosa a la vez, pues a pesar de las restricciones y del férreo control al que estuvimos sometidos, habíamos recibido una excelente educación musical y se licenciaron grandes intérpretes y compositores en aquel año. El conservatorio organizó una fiesta en el hotel Metropol, situado entre la Plaza Roja y el teatro Bolshói, para celebrar el fin de la carrera y compartir los destinos de cada uno en diferentes puntos de la Unión Soviética. Mi querido Nicolás iba a formar parte de la Orquesta Filarmónica Estatal de Rusia gracias a su mentor, el también violonchelista y director de orquesta Samuel Samosud. En cuanto al delator, Iván Naomóvich, fue destinado a la Orquesta Sinfónica de Radio Moscú.

Todos nos felicitamos y nos deseamos suerte en nuestros respectivos destinos aquella noche. En un instante de la fiesta, Nicolás y yo nos escabullimos a una sala vacía y a oscuras, conscientes de que la cercanía que habíamos compartido durante aquellos años había terminado.

—Esto es una despedida, Julia. Ha llegado la hora de que vueles por ti misma.

Yo me abracé a él, hecha un mar de lágrimas.

—Vente conmigo a Alemania, Nicolás... No podemos separarnos ahora...

—Sabes que eso no es posible, amor mío...

—¿Por qué no nos dejan ser felices? Malditos los comisarios, maldito este país y maldito sea Iván Naomóvich... —dije entre sollozos—. Llevo desde niña escuchando lo mismo: hay que callar, hay que obedecer. Cuando estaba Hitler, mi familia tuvo que agachar la cabeza en Alemania. Y cuando supuestamente nos liberaron, también debí someterme a ellos. ¿Cuándo vamos a ser libres?

—Lo siento Julia, esto es lo que he vivido y no podemos hacer otra cosa. Yo también me rebelo a veces, pero nos jugamos el futuro, nuestra libertad. No nos queda otra.

—Hablas igual que mi madre. —Emití un hondo suspiro—. Odio este sistema. Quiero ser libre. ¡Estoy harta de obedecer!

—Aguanta, Julia. A partir de hoy te espera un futuro lleno de éxitos. Vas a viajar y a visitar los mejores teatros del mundo. No te mortifiques, disfruta con la música. Eres una gran compositora y sé que vas a llegar muy lejos. Puede que algún día puedas esca… —Enmudeció, asustado por su desliz.

—Sí, dilo, algún día podré escapar —musité.

—¡Calla, calla! ¡No digas eso! No podemos rebelarnos, tenemos que obedecer. Conozco mejor que tú cómo funciona este país —susurró en mi oído, fundidos en un abrazo que no quería que acabara nunca.

—Sí, Nicolás. Algún día tú y yo nos veremos fuera de aquí y viviremos en libertad, y formaremos un dúo musical e interpretaremos juntos a Ravel, y a Mozart, y haremos de nuestra vida lo que se nos antoje —musité, besándolo de nuevo.

—Algún día, amor mío.

—¿Irás a visitarme a Alemania?

—Lo intentaré.

—Yo también puedo volver a Moscú. A partir de ahora ya no habrá impedimento para que podamos casarnos… —dije con osadía, esperando su reacción.

—Ojalá, pero debemos dejar pasar un tiempo prudencial…

—Te escribiré.

—Vamos, tenemos que regresar, nos estarán buscando.

Aquella noche nos alojamos todos en el hotel Metropol;

la mayoría habíamos bebido más de la cuenta y cuando nos retiramos a dormir, esperé una hora encerrada en mi habitación. Cuando dieron las dos de la madrugada me escabullí por el pasillo para dirigirme a la habitación de Nicolás. Llamé con los nudillos suavemente y esperé, muerta de miedo y mirando a todos lados. La puerta se abrió tras unos instantes eternos y al verme en el pasillo Nicolás tiró de mí hacia el interior, no sin antes echar una ojeada al corredor apenas iluminado.

—Julia... —murmuró en la oscuridad—. No puedes estar aquí...

Yo coloqué mis dedos sobre sus labios y elevé mis pies hasta unir mi boca a la suya.

—Yo no estoy aquí y nos queremos como hermanos, ¿verdad?

Nicolás se inclinó hacia mí y nos besamos de nuevo. Sentí su mano en mi garganta y con la otra rodeó mi espalda.

—Julia... esto es peligroso... —musitó en mi oído.

Podía sentir el palpitar de su corazón sobre mi pecho. Se separó y comenzó a desabotonarme la blusa. Besó mis hombros, que quedaron desnudos. La prenda cayó al suelo y sus labios siguieron recorriendo mi cuello mientras las yemas de sus dedos lo hacían por mi espalda en un dulce cosquilleo. Jamás había experimentado aquellas sensaciones. Con manos torpes desabroché los botones de su pijama y quedamos desnudos al fin, uno frente al otro, en la cómplice oscuridad que nos envolvía. Ya no era la tímida estudiante ni él el introvertido músico que apenas me miraba en clase. Nos tumbamos desnudos en la cama, mi cuerpo bajo el suyo, las piernas rodeando su espalda como tantas veces había imaginado en mis noches de soledad.

—Julia...

—Nicolás... —le decía entre sábanas revueltas y caricias.

Aquello era real. Era mi primera vez, mi primera experiencia con el sexo. Fueron horas de pasión, de besos, mordiscos y caricias que no quería que acabaran nunca. Al amanecer tuvimos que separarnos y me recompuse como pude para regresar a mi habitación, tras ofrecerle otra cascada de besos y caricias. Antes de abrir la puerta me volví hacia él por última vez.

—Algún día, Nicolás. Algún día estaremos juntos para siempre.

Sonata 3

Berlín

Primer movimiento

Regresé en 1956 a una Alemania muy diferente a la que había dejado seis años atrás. La ciudad de Berlín que recordaba de mi niñez antes de la guerra había desaparecido para convertirse en una isla dentro de la zona soviética, dividida a su vez en dos partes perfectamente definidas, igual que el país. Había cuatro sectores que pertenecían a Estados Unidos, Reino Unido y Francia en la zona occidental y a la Unión Soviética en la oriental. Berlín Oeste, a pesar de tener cerradas las comunicaciones por tierra, florecía día a día, y las autoridades soviéticas no conseguían detener el flujo de emigración hacia allí por parte de los ciudadanos de la zona oriental.

Me instalé, por cortesía del gobierno de la República Democrática Alemana hacia una de sus ilustres artistas nacionales, en un amplio apartamento en el centro de Berlín, de techos altos y gran confort. En los días siguientes me dediqué a recorrer la ciudad y advertí que la reconstrucción tras la guerra se ejecutaba con gran lentitud.

La avenida Unter den Linden, una de las más hermosas de Alemania y antaño centro neurálgico de la capital, era muy transitada por los berlineses que a diario salían a trabajar a la zona occidental, debido a la cercanía de los puntos fronterizos. Aún exhibía casas sin techo, en cuyo interior la maleza campaba a sus anchas, y edificios que habían perdido las plantas superiores y conservaban incrustadas en sus fachadas las huellas de la artillería.

En contraste con Unter den Linden, apareció ante mí la colosal avenida de Stalin, que comenzó a construirse en la primera década de los años cincuenta entre el distrito Mitte y Friedrichschain. Era un gigantesco bulevar lleno de bloques de pisos populares que albergaba a más de diez mil personas, con amplias calles, cines, restaurantes y servicios con los que el nuevo gobierno pretendía mostrar al mundo el poder de la protección y la ayuda a la clase obrera frente a la «especulación occidental». Sin embargo, las familias que no habían tenido la suerte de conseguir una vivienda allí se hacinaban por la periferia, en casas medio derruidas o barracones sin agua corriente ni servicios sanitarios, con la colada tendida en las ventanas ofreciendo una imagen deplorable.

Tampoco era agradable pasear de noche por algunas calles que permanecían a oscuras, donde los escasos coches que circulaban eran viejos. Solo la estrella roja colocada en algunas fachadas y los carteles de neón de los bares del Estado ofrecían algo de luminosidad. Todo era anticuado y deslucido en aquellos años. La radio estatal solo transmitía música y partes informativos cargados de política sobre Berlín Oriental, pues a pesar de la cercanía con la otra ciudad, las estaciones de radio externas estaban intervenidas y era difícil captarlas.

No obstante, los jardines se llenaban de gente y había música y baile al aire libre en los días festivos. El acceso a la educación, tanto superior como técnica, junto con la sanidad gratis y universal eran un aliciente para los berlineses, conscientes de que no les faltaría nunca el trabajo y un sueldo a final de mes que les permitía vivir dignamente, aunque sin lujos. En aquellos años la producción de industria pesada y química se había duplicado con respecto a antes de la guerra, y la mayoría de las fábricas y las tierras de cultivo estaban siendo nacionalizadas.

Estaba ansiosa por volver a ver a mi padre y dos días después de instalarme tomé el tren a Dresde para pasar unos días con él. No quise avisarlo de mi visita, pues quería darle una sorpresa. Al llegar, advertí que la mansión que nos había pertenecido tampoco estaba recibiendo el mantenimiento que requería una construcción tan antigua. Los jardines crecían selváticos y las enredaderas trepaban por los árboles con total despreocupación, sin una mano firme que las guiara. Recordé el mimo con el que los cuidaba Bruno, el viejo jardinero que vivió en la casita que pasó a convertirse en el único hogar que mi padre y yo tuvimos desde que el ejército soviético ocupó aquella parte del país tras la guerra.

El comisario Kozlov, que me envió seis años antes a Berlín, se había marchado y la casa había sido adjudicada a un cargo del Partido Socialista Unificado de Alemania, el SED. El ocupante era un conocido abogado de la ciudad cuya lucha contra el gobierno nazi le había supuesto vivir en la clandestinidad durante los años de Hitler y posteriormente había aceptado sin fisuras la ideología marxista, convirtiéndose en el azote de sus convecinos, a quienes hostigaba a la menor sospecha de traición. No se esforzó por ser amable con mi padre, aun siendo consciente de que estaba viviendo en su casa y disfrutando de sus comodidades; y tampoco lo fue conmigo, a pesar de conocer el prestigio que había adquirido en Moscú y mi nuevo destino en la orquesta de Berlín.

Al entrar en la pequeña vivienda hallé a mi padre sentado en el viejo sillón junto a la ventana que daba al jardín, en un precario estado de salud. Al principio no me identificó, debido al contraluz de la puerta.

—¿Katrina? —escuché su voz cansada.

—No, papá. Soy yo —dije avanzando hacia él, observando con dolor que había envejecido mucho a pesar de no haber cumplido aún los cincuenta años.

—¡Julia! —dijo levantándose con mucho esfuerzo para ofrecerme un cálido abrazo—. ¡Mi niña! Has vuelto… ¿Por qué no me has avisado?

—Quería darte una sorpresa.

Me tomó las manos y observé como sus ojos se llenaban de lágrimas.

—Mi niña… Ya no eres una niña, eres toda una mujer… ¡Cuánto he soñado con este momento! Creí que no llegaría a verte más… —Bajó los ojos con tristeza.

—¿Por qué? ¿Cómo puedes pensar ese disparate?

—Es que… no me encuentro muy bien…

—¿Qué tienes? ¿Por qué no me has dicho nada en tus cartas?

—No quería preocuparte…

—Papá, deberías habérmelo dicho, habría pedido permiso para venir a cuidarte…

Él aceptó mi riña con una mustia sonrisa.

—Ven, siéntate a mi lado, cuéntame cómo te ha ido en estos años. Ayer mismo recibí tu última carta desde Moscú, donde me indicabas que regresabas a Alemania, pero no te esperaba tan pronto…

Durante un buen rato le estuve contando mis experiencias y hablándole del nuevo destino que me habían ofrecido en Berlín.

—Te vendrás conmigo. Tengo un piso enorme y…

—No, cariño. Yo me quedo aquí. No quiero ser una carga para ti…

—Papá, eres lo único que tengo… —dije con lágrimas en los ojos—. No puedo vivir allí sabiendo que tú estás aquí solo y enfermo…

—Todos tenemos nuestro propio destino y debemos seguirlo. Quiero quedarme aquí, con mis recuerdos, junto a las almas de tu madre y tu hermano, que descansan en algún lugar de esta ciudad. No quiero alejarme de ellos...

—Yo también los echo de menos, papá. No sabes cuánto...

Durante unos instantes compartimos nuestro dolor y, envueltos en lágrimas, dimos rienda suelta a nuestros sentimientos más profundos.

Solicité a mis superiores un permiso para quedarme allí unas semanas, pero solo me concedieron una, ya que estaba cerca el inicio de la temporada de conciertos en la Staatsoper Unter den Linden y tenía que asistir a los ensayos. Visité al médico que trataba a mi padre y me explicó sin rodeos que su pronóstico era grave, debido a una dolencia cardiaca de la que me ofreció escasas esperanzas de recuperación. Hablé también con Katrina, nuestra antigua empleada, que había sido despedida por el nuevo inquilino del que fuera mi hogar, y la contraté para que lo visitara a diario para adecentar la casa y cuidar de él.

Regresé desolada a la capital dejando de nuevo solo a mi padre, que se negó a trasladarse a vivir conmigo y a abandonar aquel hogar prestado. Ya no era el hombre enérgico y vivaz que yo había conocido, el español apasionado que hablaba casi gritando. Se había convertido en un espectro enfermo y débil. A partir de entonces lo visitaba cada vez que tenía días libres y advertía con dolor como su salud se iba deteriorando con rapidez. Se había rendido y parecía aguardar con resignación un final que presentía próximo.

Los comienzos en la orquesta fueron algo extraños e incómodos. No era demasiado comunicativa y algunos de mis compañeros, sobre todo los de más edad, recelaban de una chica de poco más de veinte años del Conservatorio de Moscú que venía precedida por una aureola de estrellato fabricada por el gobierno soviético. Eran los comentarios que leía en sus labios sin que ellos lo percibieran. Aquella arma secreta me ayudó a seleccionar y desenmascarar a algunos músicos que solían adularme y después denostarme cuando se creían a salvo de mis oídos. Poco a poco fui integrándome y recibí su respeto cuando comenzaron los conciertos.

La primera vez que visité la otra mitad de Berlín quedé impactada. El límite entre las dos ciudades era la Puerta de Brandemburgo, que había quedado en la zona oriental, donde la bandera roja con la hoz y el martillo daba la bienvenida a los miles de berlineses que a diario pasaban de un lado a otro, y también a numerosos turistas, que quedaban absortos ante el contraste de las dos ciudades separadas por una línea fronteriza que marcaba dos formas de vida opuestas por completo.

Berlín era una ciudad dividida en dos y no solo físicamente, sino social y económicamente. Más de un millón de alemanes habían renegado ya de las políticas opresivas e ideológicas de la República Democrática Alemana y de su deteriorada economía, del todo planificada y centralizada. Desde que terminó la guerra, las autoridades del Este advertían con impotencia que la mano de obra cualificada se marchaba al sector occidental, provocando millones de pérdidas. Para abandonar el país en busca de una vida mejor solo tenían que cruzar la frontera caminando o en el metro.

Berlín Oeste estaba irreconocible. Era una ciudad de grandes avenidas con miles de coches de marca estadounidense circulando por ellas y extensas zonas de parques provisionales, situados donde antes hubo calles con edificios desaparecidos tras los bombardeos de la aviación aliada. Había grúas por todas partes y rascacielos en construcción con fachadas de cristal junto a barracones para el descanso de los operarios que los estaban construyendo. Por un instante me pareció que, más que en Alemania, estaba en una ciudad de Estados Unidos, donde había carteles de Coca-Cola en vallas publicitarias y grandes almacenes en los bajos de los edificios que ofrecían lo último en moda o electrodomésticos, todo acompañado por el característico sonido del despegue y aterrizaje cada dos minutos de los aviones en el aeropuerto de Tempelhof, situado en el centro de la ciudad. Había turistas norteamericanos deseosos de conocer la peculiar situación de aquella ciudad enclavada en pleno corazón de la República Democrática Alemana y a quinientos kilómetros de Occidente, una isla sin conexión ni relación con el exterior, donde los precios de los productos estadounidenses eran significativamente más bajos que en el propio país de origen, gracias a las subvenciones de su gobierno y al Plan Marshall, el conjunto de medidas de ayuda para la reconstrucción de los países europeos que ofreció Estados Unidos tras la guerra. Berlín Oeste era una ciudad en la que apenas había industria, excepto la publicitaria, cuyo objetivo era exhibir la bonanza y la modernidad occidental frente a la Alemania comunista, animando así a sus ciudadanos a rebelarse contra la dictadura de austeridad y escasez al otro lado de la frontera.

Pero lo que más me asombró fue el contraste del estado anímico entre los berlineses de las dos ciudades. Frente al bullicio, las compras y la alegría del Berlín Occidental, en toda la RDA hallé tristeza y una angustia permanente, como si en su conciencia, los ciudadanos estuvieran haciendo algo ilegal por el simple hecho de haber comprado un artículo en la zona occidental. Muchos trabajaban en un lado y vivían en el otro con el fin de aprovechar las ventajas de cada sistema. En aquellos años había zonas por las que bastaba con atravesar una calle para ir de una ciudad a otra, y aunque en teoría las operaciones comerciales tenían que estar justificadas documentalmente, lo cierto es que las autoridades no ponían demasiado empeño en el control y hacían la vista gorda con el mercado de intercambio entre las dos partes de la ciudad; los trabajadores de la zona oriental pasaban a diario productos de alimentación de primera necesidad que tenían un precio bajo y se los ofrecían a los occidentales, quienes, a cambio, los proveían de utensilios y electrodomésticos que no se podían conseguir en la RDA.

En mi cabeza siempre estaban bullendo ideas, números y melodías. Mi vida estaba dedicada por entero a la música y empleaba las horas en practicar al piano y componer de forma frenética algunas obras que, tras pasar el filtro del director, se unieron al repertorio de la orquesta con gran aceptación del público. También creaba e interpretaba en casa otras que no podía compartir con nadie, al no estar en la línea política que imperaba. En esas melodías estaban mis recuerdos familiares. A veces, delante del piano, me parecía estar frente a mi hermano Herbert, la persona con la que mejor me comunicaba en aquellas conversaciones silenciosas que manteníamos antes de que nos dejara para siempre. También recordaba a mi madre, sentada a mi lado y tocando a cuatro manos. Procuraba entonces convencerme de que debía disfrutar de aquel momento de gloria y de los privilegios que estaba logrando, con los que muchos de mis compañeros soñaban. Sin embargo, en mi interior, habría cambiado aquel éxito por la posibilidad de volver a Dresde, a una vida que no regresaría nunca.

Meses más tarde salí de Alemania para acompañar a la orquesta de Berlín en una gira por diferentes países del Pacto de Varsovia. Ofrecimos un concierto en Praga, donde actué como estrella invitada bajo la dirección del prestigioso director checo Karel Ancerl. La crítica fue unánime sobre mi «apoteósica» interpretación. En la recepción que se celebró después me sentí abrumada al recibir las calurosas felicitaciones de las autoridades políticas y militares allí reunidas. Me había esmerado en el maquillaje y el peinado para disimular mi tristeza interior y lucía un elegante traje largo de fiesta negro. Había perdido la timidez de la adolescencia, pero la inseguridad regresaba con fuerza en aquellos eventos sociales donde la preocupación por mi padre enfermo y la visible tara en el rostro —que la propaganda política del régimen había realzado en mi biografía oficial, revelando que fui víctima de los bombardeos de Dresde por parte del «pérfido» ejército de Occidente que representaba la maldad, la corrupción y la muerte— me impedían disfrutar plenamente de aquel éxito.

Estaba reflexionando sobre aquello en el hotel donde me hospedaba, cuando alguien llamó a la puerta de la habitación. Era el asistente del director y portaba en sus manos un telegrama que había sido abierto. Era de Katrina y me informaba del repentino fallecimiento de mi padre. Aquella noche lloré de dolor y añoranza por una vida que jamás regresaría. Pero no fue nada comparado con la rabia sorda que me invadió al observar que aquella comunicación tenía fecha del día anterior. El comisario político responsable de la orquesta había conocido la noticia con antelación y ordenó darme el telegrama en cuanto el concierto hubiera finalizado. Mi padre había muerto en la más amarga soledad, sin una mano que estrechar antes de partir para siempre.

Me concedieron dos semanas para regresar a Alemania y asistir al entierro y posteriormente me reincorporé a la gira. De regreso en Berlín, comenzó la temporada de conciertos y en la Staatsoper colgaban el cartel de «completo» a diario. La prensa alemana escribía elogiosos artículos sobre mis actuaciones, pero yo apenas reparaba en ellos y prefería la soledad frente al piano, donde daba rienda suelta a mis sentimientos.

En las largas noches de soledad pensaba en Nicolás. No

había recibido noticias suyas durante aquel ajetreado año donde la música ocupó todo mi tiempo, ya fuera en ensayos y conciertos o componiendo en casa. Le había escrito en varias ocasiones a la dirección familiar de Moscú que me ofreció antes de separarnos, pero no obtuve respuesta. Trataba de pensar que quizá no le llegaron mis cartas, pero él habría podido localizarme con facilidad a través de la orquesta. Las dudas sobre la sinceridad de su amor fueron socavando mi confianza y traté de convencerme de que solo fui una atracción pasajera que se apagó tras mi marcha y que quizá habría conocido a otra mujer más atractiva que yo. Conforme pasaban los meses sin tener noticias suyas, la decepción fue difuminando mi esperanza de volver a verlo.

Laura Braun tocaba el violín en la orquesta. Era menuda, de cabello rubio y largo recogido en una coleta y ojos azules. Aunque éramos de la misma edad, ella tenía un aire infantil y parecía aún más joven. Pasaba casi desapercibida entre los compañeros de orquesta, con los que apenas se relacionaba. Yo me veía reflejada en ella, pues era callada y muy aplicada. Siempre consideré que merecía ser la *concertino* por su especial virtuosismo, pero ese puesto lo ocupaba Oleg Menkel, un tipo simpático con excelentes amistades entre los miembros del patronato de la orquesta y, según se rumoreaba, también entre las altas esferas políticas. A veces coincidía con Laura a la salida de los ensayos y caminábamos juntas un trecho del camino hacia nuestros respectivos domicilios. Así supe que vivía sola en un piso de la avenida de Stalin. La guerra le había arrebatado a sus padres y a su única hermana, y también su casa familiar, que cayó bajo las bombas de los Aliados.

Yo no era demasiado comunicativa ni dada a manifestar mis sentimientos, pero era agradable hablar con Laura y le confesé mi tragedia familiar y la reciente pérdida, que me había sumido en una profunda melancolía que solo la música y las horas febriles de composición eran capaces de mitigar. Nuestra relación se fue afianzando y nos convertimos en buenas amigas. Ella me habló del amor platónico y secreto que profesaba por uno de los fagots de la orquesta, August Klein, aunque nunca se había atrevido a acercarse a él por timidez. Me sentí tan identificada con ella que compuse una sonata para piano, fagot y violín. Semanas más tarde invité a Laura y a su amado a una de las salas de ensayo y observé el brillo de sus ojos mientras interpretábamos el tema. Después los dejé solos sugiriéndoles que ensayaran las partituras para interpretarlas en una próxima ocasión.

Poco a poco me fui integrando entre los miembros de la orquesta y de vez en cuando salía a cenar con algunos de ellos y sus parejas a los restaurantes del Estado. En aquellas conversaciones pude conocer lo que pasaba realmente en la ciudad y en el país. La gente de más edad detestaba el régimen que nos habían impuesto. Sin embargo, los más jóvenes, que habían crecido sin conocer el sistema anterior, estaban siendo educados por el Estado y sabían que al finalizar los estudios tendrían un trabajo fijo y un sueldo, así que su porvenir estaba asegurado y no se preocupaban de nada más.

Frances y Dieter Beck tocaban la viola y el violín respectivamente. Rozaban la cuarentena y tenían dos hijas. Eran un matrimonio agradable y compenetrado y aquel domingo nos habían invitado a un grupo de músicos a almorzar en su casa, situada en las afueras de la ciudad. Con ellos y con los comentarios que se vertieron allí comencé de verdad a tomar el pulso de la nueva Alemania a la que había regresado. Alguien hizo referencia al terror que los ciudadanos sentían por la policía del Estado y la animadversión hacia los soldados rusos que estaban por todas partes, con sus ametralladoras al hombro.

—Es normal que los odien, viendo la represión a la que nos tienen sometidos —comentó Ulrich Werner, un clarinetista de unos treinta años, moreno y de ojos azules que había acudido con su mujer.

—¿De qué represión hablas? —respondió veloz Marius Mott, un violonchelista de unos cincuenta años cuya esposa lo había abandonado un año antes y se había instalado en Austria para ejercer su profesión de profesora. Se decía de él que bebía en exceso y que estaba teniendo problemas en los ensayos por su impuntualidad y bajo rendimiento.

—De Hungría, por ejemplo. ¿Acaso no sabes lo que ha ocurrido en Budapest? —replicó Werner.

—Bueno, hemos oído algo sobre las manifestaciones de los estudiantes, que el gobierno ha dimitido y ahora hay otro presidente... —respondió con timidez el anfitrión.

—¿Es lo único que sabes? Pues hay más. No fue una irrelevante manifestación de estudiantes. La revuelta se extendió por todo el país y provocó la dimisión del gobierno prosoviético. ¿Y qué pasó después? Que cuando el ejecutivo entrante anunció que quería sacar a Hungría del Pacto de Varsovia y celebrar unas elecciones libres, Moscú envió sus tanques y soldados a invadir el país y se acabó: todos volvieron al redil a costa de miles de muertos, de detenidos y de deportados a campos de trabajo soviéticos; los políticos y los militares fueron purgados, colocaron en el gobierno a un títere de su confianza y el ejército ruso se ha quedado para siempre en el país. ¿No os parece que es suficiente demostración de represión?

—¡Vaya! No sabía nada de eso —murmuré.

—¡Cómo vamos a saberlo si aquí se oculta todo! Los muertos, los presos, los deseos de ser libres... —lanzó August Klein, el fagotista y amor platónico de mi amiga Laura.

Dieter Beck, el anfitrión, intervino con incomodidad:

—Amigos, compañeros, os hemos invitado a casa para

pasar un rato agradable, así que preferiría que se evitaran temas políticos...

—No podemos cerrar los ojos ante la censura que sufrimos a diario, a la vigilancia a la que nos somete la Stasi cada vez que salimos del país, incluso aquí mismo. Yo no sé vosotros, pero en el Oeste el ambiente es diferente. ¿Acaso no lo veis? —insistía el clarinetista.

—¿Y por qué no te has marchado ya al Oeste? —preguntó Laura con incomodidad.

Él la miró con furia, descolocado por la pregunta.

—Porque esta es mi ciudad, aquí están mis raíces y mi casa familiar. Tengo esposa, padres y hermanos a los que no puedo abandonar. No es tan fácil como crees.

La discusión terminó de forma abrupta y me trasladó a los años de estudio en el Conservatorio de Moscú. La cangrena del comunismo represivo se había extendido como un manto por todos los países ocupados, y el temor a hablar más de la cuenta, a los delatores, a aparecer como sospechoso de desear vivir fuera de las fronteras soviéticas también había llegado a Alemania. Aquellas charlas se sucedían también en los descansos de los ensayos y yo los observaba en un silencio expectante, intentando descubrir a algún soplón entre aquellos aduladores y detractores del gobierno.

Meses después, la Orquesta Filarmónica Estatal de Rusia fue invitada a Berlín para ofrecer una serie de conciertos. Mi corazón dio un vuelco cuando conocí la noticia, pues Nicolás era uno de los integrantes y esperaba con expectación su llegada. Pero fue en vano. Lo busqué, pregunté por él a uno de los músicos de la orquesta y este me informó que solo había permanecido unos meses en la Filarmónica, pero no supo decirme dónde estaba ni cuál era su destino actualmente. A la decepción por no poder verlo se unió mi preocupación por la suerte que habría corrido. A pesar de su pragmatismo, Nicolás se rebelaba contra la injusticia y era un hombre de principios, como pude conocer tras el incidente del profesor español excarcelado que me relató una vez. ¿Qué podría haberle sucedido para que abandonara la prestigiosa orquesta adonde había sido destinado? Él era un gran músico y estaba segura de que jamás lo habría hecho voluntariamente. ¿Y si lo habían encarcelado? Esa podría ser la explicación de la ausencia de noticias suyas. Mi inquietud aumentaba por momentos, presintiendo que algo grave le había pasado.

Tras el primer concierto de la orquesta invitada asistí a una recepción de la embajada de la Unión Soviética en Berlín Oriental. Fue un evento elegante donde la jerarquía comunista llegaba en coches americanos con chófer y las esposas de los dirigentes políticos y militares lucían carísimas joyas. La cultura de la austeridad, de la construcción de la sociedad en la igualdad solo se aplicaba a los obreros y a la gente del pueblo.

Una cara conocida emergió entre los invitados que poblaban el salón. Era Iván Naomóvich, mi antiguo compañero del conservatorio, el delator, que ya había iniciado su carrera de medrador profesional y estaba en Berlín acompañando a la delegación soviética. Fue un reencuentro agradable, a pesar de mis recelos hacia él. Durante unos instantes regresamos a Moscú, a nuestras clases de música, recordando viejas anécdotas de profesores y alumnos por los que me fui interesando sobre su actual destino. Supe que él seguía en la Orquesta Sinfónica de Radio Moscú y alternaba los ensayos con su nuevo cargo como miembro de la Unión de Compositores de la Federación Rusa.

—¿Y Nicolás Toledo? Cuando dejé Moscú le asignaron esta orquesta como destino, pero he comprobado que no está aquí.

—Nicolás fue una gran decepción para todos, tanto para la orquesta como para su mentor, Samuel Samosud, que lo había patrocinado y apostado por él.

—¿Qué pasó? —pregunté inquieta y tratando de aparentar indiferencia, presintiendo los malos augurios que tuve cuando detecté su ausencia en la orquesta.

—Se marchó a España. Abandonó un brillante futuro en la mejor orquesta del mundo para instalarse en un país gobernado por un fascista. —Naomóvich movió la cabeza con indisimulada incomodidad y decepción.

—¡Qué barbaridad! —exclamé, conteniendo el aliento por la sorpresa y exagerando una decepción que no sentía—. Pero ¿por qué lo dejaron salir de la Unión Soviética?

—Nuestro gobierno llegó a un acuerdo con el de España y permitió el regreso de un colectivo de refugiados españoles que llegó en los años treinta, durante la Guerra Civil en su país. Él tenía la doble nacionalidad, así que decidió volver.

—¡Vaya! Jamás habría esperado algo así de él, después de todo lo que el Estado invirtió en su preparación...

—Así es, un desagradecido. Su madre, a instancias de su mentor, trató de convencerlo para que no se marchara.

—¿Ella se ha quedado?

—¡Por supuesto! Está casada con un soviético; nunca tuvo intención de volver, pero él... —Alzó los hombros mostrando decepción.

Mi semblante de consternación fue auténtico. Acababa de recibir la dolorosa constatación de que Nicolás y yo jamás tendríamos futuro. Creía, esperaba, anhelaba que en unos años pudiéramos iniciar una relación que fuera aceptada al fin. Tras la muerte de mi padre, las raíces en Alemania ya no eran tan profundas y planeaba solicitar en un razonable espacio de tiempo el traslado a Moscú para estar cerca de él. Ahora acababa de conocer que me había abandonado para siempre, que nunca le importé gran cosa y a la menor oportunidad prefirió largarse de la Unión Soviética, olvidándose de mí y de nuestro proyecto en común. Me sentí traicionada, abandonada. Tenía ganas de llorar, de gritar, de maldecir.

En estas reflexiones estaba cuando se acercó a nosotros un hombre de cabello rubio oscuro, ojos azules y cara cuadrada. Era corpulento, de unos treinta años, con una mirada segura que me pareció intimidante cuando posó sus ojos en mí en el momento de ser presentados por Iván. Se llamaba Boris Ivanov y acababa de instalarse en Berlín como corresponsal del periódico *Pravda*. Tenía una sonrisa extraña, porque al expandir los labios, sus ojos no se movían, una peculiaridad que me llamó la atención, pues no sabía si era un gesto forzado o espontáneo. Apenas se separó de mí en lo que quedó de velada, contándome detalles sobre su nuevo destino y de los viajes que realizaba por todo el país.

El hecho de que Boris fuera periodista me agradó por la afinidad con mi familia. Aquella noche hablamos de los turbulentos años que viví durante la guerra. Supe que era viudo. Tenía una hija de seis años y un hijo de cinco, pero los había dejado en Moscú al no poder dedicarles todo el tiempo que habría deseado. Su esposa había fallecido durante el parto de su hijo menor.

Durante las semanas que siguieron, Boris se convirtió en mi sombra, invitándome a los mejores restaurantes de la ciudad y acudiendo a mis conciertos, donde monopolizaba mi compañía tras las celebraciones posteriores. Tenía la voz ronca y entrecortada, con una mirada tranquila y observadora. Parecía estar muy seguro de sí mismo y de su vida. Yo era demasiado joven e ingenua para vislumbrar entonces su fanatismo y escasa empatía hacia el dolor o los problemas ajenos. Me sentía halagada por las atenciones que me dedicaba. Era la primera vez que alguien se interesaba por Julia, no por la pianista.

Mi amor hacia Nicolás se había diluido en una mezcla de decepción y rencor, perdida toda esperanza de volver a verlo. El cortejo de Boris era insistente a base de llamadas, flores y regalos. No estaba segura de mis sentimientos hacia él, pero debido a mi precario estado de ánimo y a los múltiples complejos que arrastraba por mi físico, me sentí tan agasajada que pensé en darme una oportunidad para espantar la soledad que me asfixiaba cada vez más al lado de un hombre enamorado que me infundía seguridad.

La primera vez que hicimos el amor fue tras un concierto. El público había aclamado mi recital y se había puesto en pie durante largos minutos. Esa noche había bebido champán en exceso, siempre al lado de Boris, que estaba exultante junto a las autoridades alemanas y soviéticas que ensalzaban mi maestría. Tras la fiesta me acompañó a casa y se despidió con un casto beso en la frente como en las anteriores veladas. Fui yo, en mi desinhibición etílica, quien colocó las manos en su cuello y le ofrecí mis labios pidiéndole más.

Fue una noche de amor urgente y sexo vehemente; él accedió a mi intimidad llenándome de caricias hasta hacerme llegar al delirio. Jamás había experimentado unas sensaciones tan intensas. Boris era un gran experto, un perfecto amante que me abrió la puerta del placer. Repetimos noche tras noche aquel intenso ritual de caricias. Me sentía atraída como una adolescente por aquel hombre de ojos inexpresivos y manos expertas que había aflojado una válvula en mi solitario corazón, así que decidí rendirme y dejarme llevar. Boris era amable y tenía una mirada que me cautivaba. A su lado estaba conociendo y disfrutando del sexo en una explosión de hormonas, fantasías y nuevas experiencias que hasta entonces no había vivido. A veces lo comparaba con Nicolás y concluía que aquel fue un amor noble y templado. Boris era pura pasión, impaciencia y exaltación. Mi dependencia de él había surgido de una forma violenta, ciclónica, y por primera vez sentía que no estaba sola. Él prometía que estaríamos siempre juntos, que aquella relación no había hecho más que empezar y que sería para siempre.

A veces, en la cama, hablábamos de nuestro pasado. Una mañana me contó las desgracias que se habían cebado en su familia. Su madre había fallecido cuando él nació. Su padre, también periodista, se había vuelto a casar y tenido una hija con su nueva esposa, una mujer de origen alemán procedente de los alrededores de Sarátov, donde hasta el inicio de la guerra había existido una extensa colonia alemana asentada allí desde el siglo XVIII conocida como los Alemanes del Volga. Era la razón por la que Boris hablaba perfectamente mi idioma. Tras la invasión de Hitler en 1941, Stalin declaró a aquel colectivo y a cualquier habitante de la URSS con ascendencia alemana enemigo del Estado soviético y los expulsó de sus tierras, ordenando la deportación a campos de trabajo diseminados por Siberia y Kazajistán. La madrastra y la hermana fueron detenidas ante la impotencia de su padre, que no pudo evitarlo a pesar de ser un reconocido y prestigioso periodista. Un año después fallecieron en un campo de Kazajistán. Al poco tiempo, su padre se quitó la vida al no poder soportar su pérdida.

—Veo que tu vida tampoco ha sido fácil —murmuré tras escuchar su relato—. ¿Estabas muy unido a tu hermana?

—Hermanastra —puntualizó veloz con incomodidad—. Yo era cinco años mayor y llevaba varios fuera de casa, estudiando.

—Debió de ser muy duro para ti... —traté de consolarlo acariciando su rostro.

—Así son las guerras...

Hablaba con mirada ausente y una frialdad extraña, impasible, sin rastro de dolor, como si hubiera relatado las desgracias de un conocido en vez de las suyas.

Los seis meses que siguieron fueron de felicidad plena. Interpretaba al piano con un ímpetu desconocido, superado ya el luto por la pérdida de mi padre. Aquel impulso sexual y amoroso estimuló mi creatividad y realicé composiciones de gran calidad artística y musical, cuya interpretación con la orquesta recibió alabanzas por parte de los críticos musicales, y no solo a nivel soviético: también se hicieron eco los medios occidentales de mi calidad como compositora. Mi autoestima, que se había elevado tras iniciar la relación con Boris, subió un poco más al conocer las maravillosas críticas que leía en la prensa.

Boris tenía dos hijos de corta edad; un día le confesé que quería conocerlos y que debería traerlos a Alemania.

—Yo solo presentaré a mis hijos a la mujer con la que vaya a compartir mi vida.

Lo miré con extrañeza. No sabía si aquello era una declaración o una despedida.

—Entonces ¿qué piensas con respecto a mí? ¿Me consideras una aventura más?

—Julia, jamás he conocido a nadie como tú, y nadie me ha inspirado un amor tan profundo como el que siento por ti. Llevo semanas dándole vueltas, pero me asusta pedirte que seas mi esposa. Tienes una carrera de éxito y no puedo ni quiero entorpecerla con la responsabilidad de hacerte cargo de unos hijos que no son tuyos y formar una familia a mi lado... —Tomó mi mano entre las suyas y la besó con auténtica devoción.

—Boris, yo... estaría encantada de ser tu mujer... Mi carrera no sería un impedimento... Quiero tener una familia contigo. Mi piano toca cada día para ti. Ayer mismo compuse una partitura y le he puesto tu nombre.

—Quiero escucharla...

Me senté al piano a interpretarla, sintiendo sus manos en mi espalda reptando bajo la blusa, llegando a mis pechos;

sus labios en mi cuello en una caricia vehemente que me hizo estremecer y detener la interpretación.

—Continúa —susurró en mi oído con sus manos entre mis piernas, provocándome un intenso estado de excitación—. ¿Te casarás conmigo? —pidió mientras sus dedos interpretaban bajo mi falda otra música que me llevó al éxtasis.

—¡Sí, sí, sí...! —dije en un suspiro, exhausta y plena de gozo.

Sonata 4

Boris

Primer movimiento

La boda se celebró al mes siguiente, en febrero de 1958. Fue una ceremonia sencilla en el Ayuntamiento de Berlín. Laura Braun y el director de la orquesta fueron mis testigos, y por la parte de Boris, el director del *Pravda* en Berlín y dos amigos que pertenecían a la embajada de la URSS. Informado el Ministerio de Cultura alemán sobre nuestro matrimonio, nos ofreció una bonita casa cercana a la embajada rusa en los alrededores de Unter den Linden, la principal avenida de Berlín cercana a la Puerta de Brandemburgo.

Boris tenía que regresar a Moscú por asuntos de trabajo y me propuso que lo acompañara. Pasaríamos unos días de vacaciones en la costa con sus hijos y los traeríamos de vuelta para que se instalaran con nosotros. Yo tenía unas semanas libres de conciertos y preparé las maletas muy ilusionada con la nueva vida que me esperaba: nueva casa, un marido y una familia.

Durante el vuelo, Boris me comentó que el pequeño Oleg nació con problemas y necesitaba cuidados especiales. Lo habían tratado ya los mejores especialistas, pero ninguno le había ofrecido demasiadas esperanzas de que con el tiempo llegara a ser un niño normal.

—Esa es la principal razón por la que temía pedirte matrimonio. Sé que es una carga adicional, pero...

—¡No digas eso! Es tu hijo y será también el mío.

—No voy a permitir que sea un obstáculo en tu carrera. La niñera que los ha criado desde que llegaron al mundo vendrá con nosotros.

—Como quieras.

Durante un instante albergué un destello de duda sobre el paso que acababa de dar. De repente tenía un marido, unos hijos que necesitarían atención, en especial el pequeño, y una niñera que nos ayudaría con ellos, pero que rompería nuestra intimidad. Acababa de dar un salto a lo desconocido. Después de tanto tiempo viviendo sola, me sentí abrumada por el cambio que iba a producirse en mi vida.

—Por cierto, ¿hablan alemán?

—No. Hablarlo me traía recuerdos dolorosos de mi familia desaparecida, así que opté por obviarlo. Paso mucho tiempo fuera de casa y tampoco podría haberles enseñado demasiado.

—Bueno, empezaré yo; son pequeños y aprenderán con rapidez. Tienen que adaptarse a su nuevo país —sonreí.

—Eres la mujer más maravillosa que he conocido —susurró besándome en los labios.

Al llegar a Moscú, nos trasladamos en un coche con conductor hacia una zona residencial en las afueras, plena de lujosas mansiones rodeadas de jardines. Cuando nos detuvimos ante la enorme entrada, miré a Boris con extrañeza.

—¿Vives aquí?

—Es mi casa familiar. La heredé tras la muerte de mi padre.

Aún recuerdo el instante en que conocí a sus hijos. Estaban en el salón, esperándonos. La niñera se situó detrás de ellos tomándolos por los hombros, como si fueran de su propiedad. Zoa Petrova era delgada, de cara cuadrada, nariz respingona y ojos pequeños y marrones que destilaban una mirada eficiente y dura. Le calculé unos treinta años. El pelo negro recogido en un moño trenzado que rodeaba su cabeza a modo de diadema contrastaba con la blancura de su piel.

Oleg era un niño retraído y silencioso, según me contó Boris durante el vuelo. Había cumplido seis años y tenía el pelo rubio oscuro y ojos azules. Observé que no conseguía mantener la mirada fija en nada, como si viviera en otro mundo. Karina, de siete años, me dio la bienvenida con modales educados y conquistó mi corazón desde el primer instante. Aquella muñeca de ojos azules era alegre y despierta y, según advertí en los días que siguieron, estaba tremendamente necesitada de cariño; a pesar de su corta edad, percibí la madurez adquirida por haber asumido la responsabilidad de cuidar a su hermano menor. Por un instante me identifiqué con ella. Observando a los dos hermanos me trasladé a los años en que Herbert perdió el oído y la tragedia que eso supuso para toda la familia, en especial para mí.

Tras instalarnos, Karina tomó mi mano y me invitó a recorrer la casa. Al finalizar me aguardaba una grata sorpresa: estaba aprendiendo a tocar el piano y tecleó una sencilla melodía que hizo las delicias de todos. Observé que tenía buen oído musical y me llenó de felicidad. El trato con Oleg fue más complicado. Traté de acercarme a él en los días posteriores y advertí el fuerte vínculo que le unía a su hermana. Una tarde tomé sus manos con la pretensión de que me dirigiera la mirada, pero no lo conseguí a la primera. Sin embargo, le llamó la atención la cicatriz de mi frente y soltó la mano para posar el dedo índice en mi rostro con la intención de recorrerla.

Durante una semana permanecimos en Moscú, porque Boris tenía trabajo en el periódico y diferentes reuniones. Después nos fuimos todos a pasar unos días a Sochi, a orillas del mar Negro, un maravilloso lugar de clima templado durante todo el año rodeado de montañas y vegetación tropical que hizo las delicias de los pequeños, habituados a los gélidos inviernos de escasa luz en Moscú. Aquel lugar había sido antes de la Revolución la ciudad de vacaciones de la nobleza, cuyos palacios y mansiones se habían convertido en hoteles. También había enormes y austeros edificios que albergaban una combinación de sanatorios y balnearios mandados construir por el Estado durante la década de los años veinte y treinta con la finalidad de ofrecer vacaciones con terapias innovadoras a los trabajadores y también a sus familias. Desde que Stalin decidió construir allí su *dacha*, la zona tomó un nuevo impulso y se había transformado en un centro turístico muy visitado por los soviéticos como lugar de descanso.

Nos alojamos en un palacio que había pertenecido a un aristócrata ruso, destinado en exclusiva al hospedaje de los altos funcionarios del Partido y del Estado. Durante los primeros días tomamos el sol en bellas playas junto a familias y grupos de colegiales con uniformes de pioneros que pasaban unos días de vacaciones organizadas por sus respectivos colegios. Karina era muy receptiva a las atenciones y me sentí muy unida a ella desde el primer instante. Oleg estaba siempre bajo la supervisión de la niñera, que lo trataba como a un mueble moviéndolo de un sitio a otro.

Aquella mañana estábamos en la playa y la Petrova le ordenó estarse quieto, pero el pequeño se removía en su silla porque quería acompañarnos en los juegos en la arena. Me acerqué y tomé de la mano a Oleg, mirando a la niñera con desafío y dejando claro quién mandaba ahora sobre ellos. Nos sentamos cerca de la orilla y el pequeño comenzó a tomar puñados de arena entre las manos, abriéndolas para dejar correr los granos entre los dedos. Estaba concentrado, repitiendo una y otra vez aquella acción. Yo lo observaba con atención esperando otro movimiento, pero al comprobar que no variaba lo tomé de la mano con la intención de llevarlo junto a su hermana a darnos un baño. Oleg aceptó dócilmente y caminó hacia la orilla con nosotras. Pero al sentir el contacto de sus pies con el agua comenzó a gritar, se llevó las manos a la cabeza y a mesarse con fuerza el pelo, presa de un ataque de nervios. Traté de tranquilizarlo agarrándolo de los hombros, pero aquel contacto provocó el efecto contrario al esperado y comenzó a correr hacia atrás con movimientos torpes, de tal manera que cayó de bruces sobre la arena sin dejar de gritar. La Petrova acudió inmediatamente, ordenándole que callase y regresara a su silla, pero el pequeño no solo no obedeció, sino que chilló más, tendido y ocultando la cabeza entre sus brazos a modo de defensa.

—¿Ha visto lo que ha provocado? —me increpó con genio, inclinándose para sujetar las muñecas del pequeño e inmovilizarlo con la intención de llevárselo.

—No debería tratarlo así —le dije amedrentada.

—Señora, yo sé cómo manejar a este niño —respondió alzando la mirada hacia mí con autoridad.

—Pero ¿no ve que lo está poniendo más nervioso? —reclamé, observando el pánico del pequeño, que se encogió en postura fetal mientras luchaba para zafarse de las garras de la mujer.

—¿Acaso cree que puede hacerlo mejor? Pues ahí lo tiene, todo suyo.

Lo soltó con enojo, dirigiéndome una mirada de furia contenida y desprecio mal disimulado. Dio media vuelta y regresó a su silla, preparada para observarnos como si estuviera en un cine. Me senté en la arena al lado del pequeño y Karina lo hizo al otro extremo. Comencé a hablarle con suavidad, diciéndole que no debía tener miedo.

—Vamos, Oleg. Tenemos una mamá y es muy simpática —parloteó la pequeña con inocencia.

—Si no te gusta mojarte los pies en el agua, podemos dar un paseo por la playa... —le sugerí, acercando mi mano a la suya y rozándola con mucho cuidado.

Advertí que el cuerpo de Oleg se relajaba, y con lentitud comenzó a incorporarse hasta quedar sentado entre su hermana y yo, mirando a la playa.

—Me gusta el... el... el agua...

—Pero estaba muy fría, ¿verdad? —añadió veloz su hermana.

El crío afirmó con un brusco ademán.

—Si quieres, podemos jugar a construir un castillo de arena... —sugerí.

—Quiero ver el agua... —dijo mirando las olas que rompían en la orilla.

—¡Hagamos un castillo mientras Oleg mira el agua! —propuso Karina levantándose y colocándose justo detrás de nosotros.

Durante un buen rato amontonamos arena con las palas para construir un castillo de almenas y un foso que llenábamos de agua con los cubos de plástico. Oleg apenas se movió de su posición, con la mirada concentrada en la orilla. A mediodía le indiqué con suavidad que teníamos que regresar al hotel para almorzar. Se levantó, y al ofrecerle la mano, la aceptó y caminó a mi lado hacia la caseta.

La Petrova cruzó su mirada con la mía y advertí su rencor. Aquel primer tropiezo no fue el único. No estaba de acuerdo con el proceder tan brusco y áspero de aquella mujer y lo hablé con Boris, pero él le restó importancia.

—Déjalo estar, cariño. No quiero que los problemas de mis hijos interfieran en tu carrera. Ella sabe cómo hacer su trabajo.

—Boris, ahora somos una familia y quiero involucrarme. Han crecido sin madre y con un padre muy ocupado que siempre está fuera. Necesitan una figura materna y tengo la sensación de que le tienen miedo a esa mujer. No creo que sea la persona adecuada para ofrecerles una infancia feliz.

—¿Y tú sí? —replicó sarcástico.

—Crecí en el seno de una familia unida, con unos padres que se amaban. Es algo que percibíamos mi hermano y yo de niños —respondí, a pesar de la contrariedad que me había provocado aquel comentario—. Quisiera darles la estabilidad que les ha faltado desde que perdieron a su madre.

—Julia, entiendo y agradezco tu preocupación, pero aceptarás con el tiempo que Oleg no es un niño normal; ya te darás cuenta cuando sufras sus pataletas. Hay días en los que no habla apenas y otros en que interrumpe las conversaciones, tira cosas al suelo, le dan ataques de histeria y no hay más remedio que maniatarlo para que se tranquilice.

—¿Maniatarlo? Eso es un despropósito. Ya he visto a esa mujer intentando reducirlo por las bravas y provocándole más ansiedad en vez de tranquilizarlo.

—Está bien, hablaré con ella —claudicó.

—Lo haré yo, si tú me autorizas. —Lo miré, esperando su aprobación.

—De acuerdo.

Llevábamos una semana de vacaciones cuando una mañana comencé a sentir un fuerte dolor en el estómago y el abdomen. Boris se preocupó e hizo venir a un médico, el doctor Grigórievich, un afamado cirujano de la Unión Soviética que se alojaba en nuestro hotel y trabajaba en un sanatorio de Sochi. Era un hombre alto y delgado de unos cincuenta años, con abundante pelo canoso y peinado hacia atrás. Su mirada a través de las gafas con montura de pasta negra y varios anillos en el cristal debido a la miopía llegó a inquietarme, más por su frialdad que por la forma de observarme mientras me auscultaba.

—Podría ser una apendicitis —sugirió—. Lo más prudente sería llevarla al sanatorio para realizar algunas pruebas.

Aquella misma mañana, Boris me trasladó al sanatorio Ordzhonikidze, situado a pocos kilómetros de nuestro hotel y rodeado de un extenso parque tropical. Lo que más me impresionó fue la inmensidad de la construcción, erigida a finales de la década de los años treinta en estilo neoclásico imitando al Renacimiento italiano, aunque dentro de la más pura expresión estalinista, con grandes escalinatas que accedían a soportales flanqueados por enormes columnas. Tenía nueve imponentes edificios formando un semicírculo, en cuyo centro había una fuente de grandes dimensiones, como el resto de la construcción.

Boris me acompañó al percibir mi angustia, y tras las pruebas, que confirmaron las sospechas del médico, se despidió en la puerta del quirófano con un suave beso en los labios. Al despertar, lo primero que vi fue su mirada sobre mí, sonriente. No sabía cuánto había durado la operación y empezaba a estar dolorida. Pero él me tranquilizó diciendo que todo había salido bien y que pronto estaría de vuelta en casa. Una semana después levantaron los vendajes y pude ver la cicatriz en el centro del abdomen. Pasados unos días me dieron el alta y regresé al hotel con los niños.

Segundo movimiento

De vuelta en Berlín, adopté legalmente a los dos hijos de Boris, y poco después me incorporé a la rutina de los ensayos, donde recibí las cálidas felicitaciones de los miembros de la orquesta por la nueva familia que había creado. Ahora tenía dos hijos adoptados legalmente. A pesar de que Boris opuso alguna resistencia, claudicó al comprobar mi firme voluntad de formar parte para siempre de la vida de aquellos niños vulnerables y ganarme así su confianza. Estaba empeñada en encargarme personalmente de su educación, ya que él pasaba mucho tiempo fuera debido a su trabajo como corresponsal, tanto en el país como en el extranjero.

La primera tarde que los llevé a la sala donde tenía el piano y componía, Karina se sentó en una silla junto a Oleg bajo la vigilante mirada de la Petrova, de pie, a su lado, manteniéndolo inmóvil.

—Ya puede irse, Zoa. No la vamos a necesitar esta tarde —le ordené. Ella me miró con falsa sumisión y abandonó la estancia.

Los invité a sentarse frente al teclado, y con gran agitación tomaron sus sillas y las colocaron una a cada lado.

—Vamos a aprender un poquito el sonido de las teclas, ¿vale, Oleg? Tu hermana ya las conoce, ahora te toca a ti.

Comencé a recitar los nombres de las notas musicales mientras las tecleaba y senté al pequeño en mi banqueta para que jugara con ellas. Él las repitió, jugando. Después le tocó a la pequeña.

—Veamos, Karina. He compuesto una melodía muy sencilla para que puedas interpretarla —dije colocando una partitura y levantándome para ofrecerle mi sitio.

La pequeña comenzó a interpretar la obra musical mientras Oleg observaba con atención las manos de su hermana sobre el teclado.

—¡Es preciosa, mamá! —exclamó Karina.

Aquella fue la primera vez que oí esa palabra, y aún recuerdo la emoción que me embargó.

—Yo también quiero to... tocar... —pidió el pequeño.

—Pero si tú no sabes música... —replicó su hermana con cariño.

—Yo también quiero tocar... quiero tocar... quiero tocar...

Karina le cedió el sitio y le ajusté la altura para acercarlo al teclado. Al menos había conseguido interesarlo por compartir una actividad con nosotras, pues solía aislarse y abstraerse mirando a cualquier mueble u objeto.

Para nuestro asombro, Oleg colocó sus dedos sobre el piano y repitió la melodía que antes había interpretado Karina. ¡Y sin leer el cuaderno de pentagramas...! Probé a retirarle la partitura del atril, pero él, ajeno a la maniobra, siguió interpretando hasta el final en el mismo tono, las mismas notas, los mismos tiempos...

—¡Pero si sabes tocar el piano...! —gritó de emoción la pequeña.

—Me gusta la música... Me gusta la música... Me gusta... —afirmó, concentrando su mirada en el teclado y repitiendo la melodía.

—¡Muy bien! —Karina aplaudió a su hermano.

—¿Cómo has aprendido a tocar, Oleg? —pregunté, aún sorprendida.

—He visto cómo lo hacía Karina. Es fácil... es fácil... fácil...

Definitivamente, aquel niño era diferente, muy especial. Necesitaba ayuda, pero no la que le estaba ofreciendo Zoa Petrova con el trato frío y severo que a veces rayaba la violencia; tampoco la de su padre, que había claudicado y lo consideraba un enfermo.

Una idea se estaba fraguando desde hacía tiempo en mi cabeza y decidí pasar a la acción. Cuando mi hermano perdió el oído tras la operación, sufrió mucho y tuvo episodios de melancolía, de silencios. Apenas se relacionaba con nadie que no fuera de la familia. Así, mi padre decidió ponerlo en manos de un buen especialista y todos viajamos a Berlín a la consulta de un afamado psiquiatra infantil, el doctor Sierich. Recuerdo que mi madre consideró conveniente que yo también asistiera, con el fin de que conociera la realidad y así pudiera ayudar a Herbert siguiendo las instrucciones del médico.

La consulta estaba situada por los alrededores de la enorme explanada de Potsdamer Platz. Cuando estuve allí con mis padres era la plaza más bulliciosa de Alemania y se alzaban lujosos hoteles en los alrededores. Recordé que nos alojamos en el Excelsior, cerca de los elegantes edificios de embajadas y grandes mansiones que rodeaban el Tiergarten, la zona del zoológico situada cerca del edificio del Reichstag y de la Puerta de Brandemburgo.

Un día, al salir del ensayo, me dirigí a la frontera y pasé a Berlín Oeste para ver si encontraba el lugar. Ahora, la plaza estaba en ruinas, pues tras los bombardeos y la posterior división de la ciudad había quedado en el área donde se unían las zonas ocupadas por Estados Unidos y la Unión Soviética, separadas por una línea en el asfalto. De la estación de trenes de Anhalter, que antaño fue una de las más grandes del mundo, solo se conservaba su histórica y elegante fachada de ladrillo naranja. El resto fue destruido bajo las bombas y desde entonces no llegaban trenes allí. Aquel lugar se había convertido en un solar silencioso rodeado de edificios abandonados y mucho tráfico por las calles.

Al alejarme un poco más, mi corazón dio un vuelco al reconocer el edificio en Leipziger Strasse y comprobar que la placa dorada con el nombre del médico grabado en ella permanecía allí. Con intensa emoción subí las amplias escaleras hasta el segundo piso y llamé al timbre. Una señora mayor me abrió la puerta y al preguntarle por el doctor Sierich, me informó que estaba terminando una visita y no podría atenderme. Le expliqué que deseaba que examinase a un niño y le ofrecí una breve descripción sobre su dolencia. La mujer tomó el cuaderno de notas y me dio cita para una semana más tarde.

Llegué a casa deseando compartir aquella novedad con Boris.

—Mi hijo no va a ser un conejillo de indias para los experimentos de ese médico —fue su airada respuesta—. Y menos de un occidental.

—Pero quizá podría avanzar algo, puede que haya algún tratamiento...

—¡He dicho que no! Ya lo han visto los mejores médicos de Moscú y no han conseguido nada. El diagnóstico está claro desde su nacimiento y no necesita más.

Yo no me rendí y le pedí a Laura Braun que me acompañara a espaldas de Boris a la cita que había concertado. Aquella tarde del mes de mayo informé a la Petrova de que me encargaría personalmente de recoger a Karina del colegio y me llevaba de paseo también a Oleg, pues había quedado con una amiga para pasar la tarde en el zoológico de la zona oeste.

—Señora, necesitará de mi ayuda para controlar a Oleg. No podrá con los dos...

—No se preocupe. —Traté de ser amable ante su adusta y dominante mirada—. Me las arreglaré bien.

—Insisto, debo acompañarlos... —dijo desprendiéndose de su bata e ignorando mi respuesta.

—¡He dicho que voy sola! ¡Usted se queda aquí! —ordené con genio, mirándola con determinación y tomando de los hombros al pequeño.

Salimos sin esperar respuesta. Oleg se aferraba a mi mano buscando seguridad y yo se la ofrecí con todo mi instinto protector. Caminamos hacia el colegio de Karina, que estaba cerca de casa, y vi como se iluminaban sus ojos al vernos. Laura Braun también se unió y nos dirigimos hacia el distrito de Mitte, al punto fronterizo situado en la calle Friedrichstrasse, donde diariamente cruzaban miles de berlineses del este para visitar a su familia, a trabajar o a estudiar en la parte occidental. Cruzamos el Checkpoint Charlie y tomamos un taxi que nos dejó en la puerta del zoológico. Me despedí de Karina y Laura, que se disponían a esperarnos visitando las instalaciones mientras que Oleg y yo nos dirigíamos a la casa del doctor Sierich.

El médico que nos recibió era una sombra del que recordaba: un hombre de unos cuarenta años, de pelo moreno y ojos amables detrás de unas lentes. Habían pasado más de quince años desde la última visita y aquel día hallé a un anciano prematuro, de cabello canoso y ademanes lentos y cansados, aunque reconocí su mirada sagaz y profesional. Me dedicó un gesto amable cuando le dije quién era. Se acordaba de mi hermano y también de mis padres, a quienes había tranquilizado ofreciéndoles una clara explicación sobre el diagnóstico y recomendando unas pautas de comportamiento con él que llegaron a mejorar su estado de ánimo. Tras los saludos, pasé a exponerle el problema de conducta que se observaba en Oleg. El doctor me pidió que le explicara su comportamiento cotidiano y le realizó varias pruebas neurológicas.

—¿Suele hablar?

—Hasta que me integré en la familia hablaba muy poco, según han contado. Ahora sí lo hace, sobre todo con su hermana o conmigo, aunque a veces lo sorprendo hablando solo. Le estoy enseñando a hablar alemán y noto que aprende con rapidez, pues no olvida las palabras, y tengo la sensación de que me entiende cuando le hablo.

—¿Sabe si en las familias de sus padres ha habido algún antecedente parecido?

—No lo sé. Mi marido ya no tiene a nadie y apenas habla de su pasado.

—Entiendo. ¿Lo está tratando algún médico?

—No. Boris me explicó que lo habían examinado en Moscú y que no le dieron esperanzas.

—¿Tienen a alguien que le ofrezca cuidados especiales?

—Solo una niñera que, le confieso, no pone demasiado

empeño en él. Los dos hermanos han estado bajo su supervisión desde que nacieron. Mi marido apenas para en casa debido al trabajo.

El médico asintió tranquilo.

—Verá, es difícil ofrecer un diagnóstico claro sobre su dolencia.

Lo miré con expectación, atenta a sus palabras.

—Existe un estudio de una psiquiatra infantil soviética, Grunia Sújareva, que se publicó en 1925 sobre la *Psicopatía esquizoide*. Casi dos décadas después fue revisitado por un doctor austriaco, Hans Asperger, con el nombre de *Psicopatía autista*. El comportamiento de su hijo coincide en algunos aspectos con el diagnóstico de este trastorno, aunque no podría asegurarlo categóricamente. Esta anomalía empieza a manifestarse a partir de los tres o cuatro años de vida y los niños suelen tardar en hablar, aunque consiguen hacerlo correctamente si se los estimula. Sin embargo, les cuesta interactuar con los demás. La coordinación de manos y piernas es más lenta y sus movimientos suelen ser algo torpes. ¿Va al colegio?

—Aún no. Me gustaría que empezara el próximo curso.

—Sería interesante que, antes de ir, le ayudasen en su integración social, pues si es lo que sospecho, tendrá dificultades para relacionarse con normalidad. Estos niños suelen tener una conducta diferente y pueden desconcertar al resto. Se sienten más seguros en soledad.

—¿Existe algún tratamiento médico? ¿Hay alguna forma de curarlo?

—Me temo que no. Podría, con el tiempo, llegar a comunicarse con normalidad, y, dependiendo del empeño que pongan en él, avanzar más rápido o más lento. Todo depende de la familia o de sus cuidadores.

—¿Qué me sugiere, doctor? ¿Qué podemos hacer?

—Obsérvelo, siga educándolo en casa, estimule su creatividad. Estos pacientes necesitan de una rutina para sentirse seguros. Les aterran los cambios bruscos o los ruidos repentinos. Le prevengo de que tendrán que armarse de paciencia. Aunque le parezca extraño, su hijo puede tener una inteligencia normal, incluso superior. —Sonrió con bondad.

—¿Conoce más casos como este?

—Sí, he tenido varios pacientes con sintomatologías parecidas, pero los diagnósticos son confusos al no existir unos síntomas o reacciones comunes para todos. Lo que sí es una evidencia es que no suelen hacer una vida como la de cualquier persona corriente. En la mayoría de los casos las familias se rinden pronto y abandonan cualquier esperanza de cura, así que optan por encerrarlos en casa y considerarlos discapacitados, o por ingresarlos de por vida en centros especiales, ya me entiende.

—¿Se refiere a una institución para enfermos mentales?

El médico afirmó mirándome por encima de sus gafas.

En el camino hacia el zoológico para reunirme con Laura y Karina fui fraguando una idea a la que llevaba dándole vueltas desde hacía tiempo. Le había confiado a mi amiga los problemas de Oleg y hablado de la niñera rusa, así como de la negativa de mi marido a que lo viera cualquier otro médico; por esa razón se había prestado a ayudarme aquella tarde para llevar al pequeño a espaldas de su padre.

—Laura, me referiste una vez que conocías a una amiga de tu madre que es maestra, ¿no? —le pregunté cuando regresábamos a la ciudad.

—Sí. Es vecina mía. Ya no trabaja, pero estuvo en un colegio hasta hace un año.

—Verás, necesito una profesora particular para los niños. El médico me ha dicho que, con cuidados especiales, Oleg podría avanzar en la comunicación con los demás.

¿Y si la contratara para enseñarles alemán? Sería una manera de que aprendieran más rápido y al mismo tiempo tendría a una persona de confianza cerca de ellos cuando estén solos en casa.

—Me parece una buena idea. Déjame consultarlo con ella. Te aseguro que es la persona con más paciencia que he conocido. Y tiene mucha experiencia con los niños.

Tercer movimiento

A diario solía encerrarme en la sala de música a practicar con el piano y a ensayar los próximos conciertos, aunque procuraba emplear algunas horas con los niños, sobre todo por las tardes, cuando Karina regresaba del colegio y se unía a los juegos con Oleg. Y si Boris no llegaba a tiempo a la hora de la cena, comía con ellos mientras jugaba a enseñarles palabras y expresiones en alemán, con el fin de que aprendieran con la mayor rapidez a desenvolverse en el país. Aquella tarde estábamos solos en la cocina practicando el idioma.

—¿Vamos, Karina? —dije dándole la mano—. *Wie geht es dir?*, ¿cómo está usted?

La pequeña apretó mi mano e imitó el saludo.

—Ahora tú, Oleg. —Repetí la misma operación ofreciéndole mi mano.

El pequeño repitió el saludo varias veces en perfecto alemán, aunque no me ofreció la mano.

—¡Bravo! —exclamé, aplaudiendo. Karina se me unió en la felicitación.

—*Bist du hungrig?*, ¿tienes hambre? —pregunté—. Y tenéis que responder: *Ja, ich bin hungrig*; Sí, estoy hambriento.

Primero lo hizo Karina y de inmediato Oleg lo repitió tres veces correctamente, aunque fijando la vista en la mesa.

—Pues si estáis hambrientos, os habéis ganado un premio para el postre —dije sacando del bolso unas chocolatinas que había comprado el día anterior, y se las ofrecí.

—¿Qué es? —preguntó la pequeña, mirándolas con curiosidad.

—Chocolate.

—¿Qué es el chocolate? —demandó de nuevo ante mi asombro.

—Pruébalo y ya me dirás si te gusta.

Karina desenvolvió la chocolatina con expectación y se la llevó a la boca.

—¡Está muy bueno, me gusta mucho...! Pruébalo, Oleg, te va a encantar —le indicó a su hermano, que no había tocado aún el dulce.

Abrí el envoltorio y se lo ofrecí. Él lo miró durante unos segundos con las manos quietas.

—Vamos, tómalo y prueba. Te va a gustar —dije colocando mi mano con el chocolate sobre la mesa.

El pequeño fijó su mirada en el dulce y con lentitud y titubeos alargó su mano hasta cogerlo. Advertí que su coordinación no era buena, pues le costó trabajo llevárselo a la boca. Karina acudió presta a ayudarle tomando la mano y acercándosela.

—Dale un bocado, Oleg. —El pequeño obedeció y tras unos instantes lo vimos sonreír.

—Está bueno, ¿verdad? —preguntó la pequeña. Oleg asintió contento y se introdujo en la boca el resto del chocolate, pero era demasiado y comenzó a babear.

Me acerqué a él para limpiar los churretes marrones de la cara cuando apareció la niñera. Pude percibir el miedo en la mirada de Karina.

—¿Qué está haciendo, señora? —exclamó con rudeza, increpándome como si fuera uno de los niños—. Oleg recibe una alimentación especial, no puede darle chocolate...

Al escuchar su voz, Oleg se revolvió y comenzó a escupir

el contenido de la boca con el rostro desencajado por el pánico.

—No es asunto suyo, señora Petrova —repliqué con desagrado.

—¡Claro que lo es! Su padre me ha dejado al cargo de ellos y debo cuidarlos adecuadamente.

—Le recuerdo que yo soy su madre y están bajo mi responsabilidad.

Me lanzó una furibunda mirada, y sin amedrentarse, levantó la mano señalándome con su dedo índice.

—¡Usted no es su madre!

—¡Lo soy! ¡Y usted es una simple empleada! Y como se atreva a increparme de nuevo o a interferir en la educación de mis hijos, saldrá de esta casa inmediatamente. ¡¿Ha quedado claro?! —exclamé, alzando la voz al estilo de mi difunto padre.

Durante unos eternos segundos me mantuvo la mirada desafiante, resoplando por la nariz y procurando contenerse. Acto seguido dio media vuelta y salió de la cocina dando un portazo. Karina lanzó una mirada entre asustada y sorprendida. Oleg miró la mesa donde había quedado el chocolate que había escupido. La pequeña le ofreció el resto que le quedaba, pero él hizo un movimiento negativo, aterrorizado aún por la irrupción de la niñera. Me levanté, limpié la mesa y me coloqué a su lado para inspirarle confianza. Le susurré que no debía tener miedo, pues yo estaba a su lado para protegerlo. Noté su expresión de alivio, y con timidez alargó la mano para tomar la chocolatina. Karina y yo nos miramos sonrientes y satisfechas al observar como disfrutaba de nuevo con la golosina.

A la Petrova le faltó tiempo para relatar a Boris el incidente nada más llegar a casa por la noche. Yo iba a contárselo durante la cena, pero advertí que ya estaba al corriente.

—No deberías haberles dado chocolate a los niños. Entiendo que quieras ganarte su afecto, pero no a base de interferir en su alimentación.

Al escuchar aquello, la sangre me subió a la cabeza de indignación.

—¿Cómo puedes darle la razón a la niñera sin escuchar primero mis explicaciones? Esa mujer...

—Esa mujer los ha cuidado desde que nacieron. Los conoce mejor que tú, así que déjala trabajar. Sabe lo que hace.

—¡No, no y no! No me gusta su forma de educarlos. Le tienen miedo, es dura e inflexible. Oleg es un niño especial y necesita cuidados específicos, no una niñera que lo trate como si fuera un discapacitado.

—¿Acaso no lo es? —respondió, con una frialdad que me dejó descolocada.

—Es tu hijo, Boris, y necesita más atención desde el cariño y el amor de sus padres. Estoy pensando contratar a otra niñera y...

—¡No necesitamos a otra niñera! —Me miró, dando un golpe en la mesa—. Deja las cosas tal como están y concéntrate en tu carrera.

—¡No voy a permitir ni una falta de respeto más por parte de esa mujer! —repliqué testaruda, dando otro golpe en la mesa y desafiándolo—. ¡Y no metas a mi carrera en esto, porque no voy a dejarlos en sus manos por mucha confianza que tengas en ella!

Le sostuve la mirada durante unos segundos sin amedrentarme. Estábamos midiendo nuestras fuerzas, quería saber hasta dónde llegaría él, y su actitud me sorprendió una vez más.

—Está bien. Hablaré con ella —dijo conciliador—. No quiero que la nueva vida que estamos iniciando se vea empañada por los problemas con mis hijos.

—Ahora son también míos —remarqué con terquedad—, y ellos no son el problema.

Aún estaba desconcertada por su reacción. Boris había descargado la responsabilidad del cuidado de Oleg en una mujer que hasta un ciego podía ver que no era la adecuada, y me dolió que tuviera que ser yo, que apenas llevaba unos meses compartiendo sus vidas, quien se viera obligada a reñir con él para proteger a su propio hijo.

A partir de aquel incidente, el comportamiento de la niñera cambió. Cuando Boris no estaba en casa cenábamos los tres sin su supervisión y la notaba incómoda cuando tenía que consultarme las instrucciones que antes no consideraba necesario. Uno de los cambios que realicé fue instalarlos juntos en un dormitorio cercano al nuestro. Antes, la Petrova dormía con Oleg y Karina lo hacía sola en una habitación aneja a la de ellos en otra ala de la casa. Ahora, la niñera seguía en el mismo lugar, pero los niños dormían cerca de nosotros. Cada noche, al llevarlos a la cama, les leía cuentos y dejaba la puerta entreabierta para que se sintieran seguros.

Una tarde, cuando llegó Boris, le hablé de la intención de emplear a una profesora de alemán con el argumento de que los pequeños podrían integrarse mejor en el país. Aunque la segunda lengua de estudio en los colegios de la RDA era el ruso y Karina no tenía problemas, consideré necesario que hablara con fluidez el alemán. Y también podría dedicar más tiempo a Oleg y tenerlo así distraído. A él no le pareció mal la idea y me sentí culpable por ocultarle mi visita al médico la semana anterior. Conocía la poca esperanza que tenía sobre el avance del pequeño, pero me sentía en la obligación de hacer todo lo posible por Oleg, al ver que su propio padre había perdido toda esperanza con él.

Adolfina Neumann era una mujer extremadamente delgada con grandes surcos en el rostro, pelo oscuro donde destacaba el avance de las canas y mirada inteligente y amable. Tenía cincuenta y cinco años, aunque aparentaba más. Su marido fue militar de la Wehrmacht y murió en la campaña de Stalingrado. No tenía hijos y había dedicado su vida a la enseñanza. Ella también había sufrido los bombardeos y padecía una ligera cojera en la pierna izquierda, debido a un trozo de metralla que impactó en su gemelo rompiéndole el hueso y haciéndole perder masa muscular. Al finalizar la guerra continuó ejerciendo de maestra hasta el año anterior, cuando su colegio fue clausurado por falta de alumnos. La mayoría de los maestros más jóvenes fueron reubicados en otros centros, pero, debido a su edad, el Comisariado de Educación le ofreció pasar a la reserva. Ahora malvivía con una exigua pensión y ofreciendo clases particulares a los hijos de amigos y vecinos, con los que conseguía llegar a fin de mes.

Tras el ensayo, Laura y yo visitamos a Adolfina. Le hablé de los niños y también del carácter especial de la Petrova. Al día siguiente llegó a casa y se la presenté a la niñera, exhibiendo mi autoridad y advirtiendo su rictus de desagrado.

—Zoa, le presento a Adolfina Neumann, la nueva profesora de los niños. A partir de mañana les dará clases a Oleg por la mañana, y por las tardes también a Karina, cuando vuelva del colegio. Voy a estar muy ocupada con los ensayos y pronto comienza la temporada de conciertos, así tendrá menos trabajo con este nuevo apoyo.

La niñera saludó a la maestra con mirada fría e inexpresiva.

En las semanas que siguieron, Adolfina se entregó con ahínco a estimular a Oleg en el habla y en poco tiempo advertimos un avance. La amiga de Laura era muy paciente y estableció una relación especial con el pequeño, que empezó a mostrarse más sociable.

Una tarde, la maestra me refirió a solas que con ella el niño se sentía relajado y había comenzado a hablar, pero en el momento que la Petrova entraba en la sala, cambiaba de actitud; parecía entrar en pánico y regresaba a su mutismo. Cuando Adolfina se marchó, me dirigí a la sala donde la Petrova estaba vigilando a Karina mientras hacía los deberes y la cité en la cocina.

—A partir de ahora la señora Neumann se hará cargo de Oleg.

—Yo soy la responsable de sus cuidados —protestó, altiva.

—Está usted muy equivocada. La responsable soy yo. El pequeño tiene que aprender a leer y escribir en alemán y la maestra se encargará de enseñarlo —concluí sin esperar una respuesta, abandonando la cocina y dejándole claro quién daba las órdenes.

Cuarto movimiento

Laura había iniciado un tímido acercamiento al fagotista August Klein, el chico que le gustaba. Gracias a mi mediación con la composición que realicé para ellos, solían reunirse para ensayar y desde entonces habían intimado un poco. A veces, al terminar el ensayo, acostumbrábamos a hacer corrillos para charlar un rato. August era de cabello oscuro y lacio y ojos muy negros; contó que provenía de una estirpe de músicos desde su abuelo, un gran pianista alemán de primeros de siglo, hasta su padre, que perteneció a aquella misma orquesta de Berlín y había fallecido en un bombardeo durante la guerra. Decía que llevaba la música en la sangre, que era su vida y aspiraba a honrar la historia de su familia. Pero había algo en él que me inspiraba desconfianza, quizá porque su actitud era similar a la de Iván Naomóvich, el compañero delator en el Conservatorio de Moscú.

Aquella tarde, al comenzar el ensayo, uno de los músicos señaló que Ulrich Werner, el clarinetista que había comentado los sucesos de Hungría en casa del matrimonio Beck, no había llegado aún. El director esperó un buen rato, pero tuvo que iniciar el ensayo sin él. Al día siguiente un violinista nos trajo la noticia de que Werner había sido detenido por la Stasi dos días antes. Su esposa seguía a la espera del regreso, pero aún no sabía nada. Un silencio sepulcral se extendió por todo el auditorio.

Me parecía terrible el trato recibido por una persona valiente como él, que tuvo el coraje de expresar sus ideas. Con aquel incidente confirmé algo que había observado desde mi regreso: la sociedad alemana apenas había cambiado desde los años de Hitler. En la actualidad vivía bajo la violencia y el terror, implantados esta vez por una autoridad venida de fuera. Las políticas sociales que imponían desde Moscú en los países ocupados no habían conseguido doblegar a los ciudadanos de forma pacífica, y el único medio efectivo para acallarlos era la propaganda del miedo y las amenazas a través de la policía secreta. El término «fascista» no solo se utilizaba para señalar a los antiguos colaboradores nazis, sino que se fue ampliando a cualquiera que mostrara su opinión en contra del nuevo sistema comunista o manifestara alguna queja sobre los ocupantes soviéticos.

Ulrich Werner se había atrevido a criticar la brutalidad del régimen de Moscú aquel día en que nos reunimos algunos músicos. No tenía claro si la delación había partido de uno de los asistentes o quizá de algún otro amigo o vecino, pero era evidente que había hablado demasiado en presencia de quien no debía. No obstante, algo me hizo sospechar que entre los compañeros de orquesta había un traidor y decidí poner más atención a los movimientos de los labios, sobre todo cuando concluían los ensayos y se formaban corrillos.

Mis temores se confirmaron una tarde en una recepción oficial. En la obsesión por mi seguridad, vigilaba las conversaciones de mis compañeros y de la gente más cercana. Observé a August, el fagotista, conversando con un miembro del Ayuntamiento de Berlín al que un rato antes me había presentado mi marido, quien solía ser invitado a aquellos eventos por su condición de periodista. Busqué un punto estratégico y me dispuse a leer sus labios.

—Hay un grupo de estudiantes en el conservatorio algo alborotados —dijo August con una copa en la mano.

Su interlocutor estaba de espaldas, pero no sentí curiosidad por su respuesta. Eran las palabras del fagotista las que habían captado mi atención.

—Sé que van a tener una reunión con el profesor Fischer, del aula de Armonía. Dicen que los está animando a marcharse al otro lado, donde a su parecer tendrían más oportunidades.

—...

—No te preocupes, te mantendré informado.

De repente, y durante unos segundos, August cruzó su mirada con la mía y le dediqué una expresión forzada que pretendía ser una sonrisa. Por un instante sentí angustia, temiendo haber sido descubierta. Busqué a Laura con la mirada y la encontré charlando con un grupo de invitados en el que estaba mi marido. Decidí que no era el momento de hablar de aquello, pero por lealtad y también temor a que le pasara algo grave, tenía que advertirla en cuanto hallara la ocasión. Durante el rato que duró el cóctel no perdí de vista al interlocutor del fagotista y me percaté de una conversación suya con un alto mando de la Stasi. Apenas pude ver su rostro, pero distinguí en sus labios con claridad la palabra «conservatorio».

Una semana más tarde se confirmaron mis sospechas y, tras el ensayo, uno de los músicos informó de que se había producido una redada en el conservatorio y habían detenido a un grupo de alumnos y a dos profesores, uno de ellos Fischer. August estaba junto a Laura y presté atención a su reacción.

—Fischer es un gran músico y un excelente profesor. No entiendo nada... —comentó Oleg Menkel, el *concertino*.

—Es una auténtica barbaridad. No podemos vivir así, vigilados y atemorizados... —exclamó August, moviendo la cabeza con indignación.

¡Cuánto cinismo hallé en su semblante!

—¡Tienes razón! Esto ya se está saliendo de madre. Han purgado a uno de nuestros compañeros y ahora van a por los profesores y sus alumnos... —expresó Laura, influida por la rabia impostada de su enamorado.

—Vamos a tranquilizarnos todos —tercié con sensatez y tirando del codo de Laura para alejarla de aquella conversación.

Todos quedamos en silencio y nos dispusimos a regresar a casa. Durante el camino, Laura seguía insistiendo en la injusticia que se acababa de cometer y la presión a la que se sentía sometida en aquella incómoda sociedad.

—¿Cómo te va con August? —pregunté para cambiar de conversación.

—Regular. Ensayamos a veces y charlamos, pero no veo interés alguno por mí. Intento acercarme a él en sus posturas políticas, pero...

—No lo hagas, Laura. Podrías terminar como esos alumnos y él no se lo merece. Te estás poniendo en peligro.

—Sospechas, como yo, que hay un delator en la orquesta, ¿verdad? —manifestó con angustia.

—Sí, y he descubierto quién es. —Se detuvo y me miró expectante—. Es August, Laura. Lo siento...

Ella bajó los ojos y continuó en silencio.

—¿Sabes? Lo había sospechado. Estoy enamorada, pero no ciega. He captado algunos detalles en él que no me han parecido... normales. ¿Cómo lo has sabido?

No podía confesarle mi secreto, así que tuve que mentir un poco en la forma, aunque no en el contenido.

—Fue en la recepción de la semana pasada. Durante unos instantes me detuve detrás de una puerta esperando a que me sirvieran una copa. Le oí decirle a alguien que los alumnos del conservatorio estaban muy alborotados y que ese profesor los estaba incitando a pasarse a Berlín Oeste.

—¡Qué miserable! Se hace el rebelde para hacernos hablar y después delatarnos...

—Si supieras a cuántos he conocido así... —murmuré para consolarla.

—¿Qué puedo hacer? Me he significado ante él más de una vez, criticando la situación política. ¡Qué imbécil he sido!

—Ten cuidado. Debemos medir nuestras palabras y con quién hablamos... —la previne al despedirnos.

En aquellos años todos sabíamos que en la nueva Alemania había delatores entre las personas normales que ocultaban su infamia tras una sonrisa. Fueron muchos los que, al conocer la dureza de las fuerzas de seguridad, se rindieron pronto. Así surgió el ejército de informantes y espías de la Stasi. Todo el mundo comenzó a vigilar a todo el mundo: maridos que vigilaban a sus esposas, mujeres a los maridos, hijos a los padres, vecinos a sus vecinos, hermanos a sus hermanos, a compañeros de clase, de trabajo... En pocos años la República Democrática Alemana se había convertido en una gran pecera donde todos eran acechados por todos, donde había micrófonos en las casas, en los salones, en las habitaciones de los hoteles.

Los informadores, aunque pueda parecer extraño, eran gente amable que leía literatura alemana y escuchaba a sus grandes compositores. Hombres y mujeres dispuestos a compartir lo poco que tenían con los demás, que visitaban a los amigos enfermos o les prestaban dinero a quienes tenían problemas, pero que, en un momento dado, no tenían escrúpulos en denunciarlos en pro de su propia seguridad y así evitar que el foco de la sospecha recayera sobre ellos mismos. Y si alguna vez eran desenmascarados, alegarían que fueron empujados y amenazados, que todos eran culpables menos ellos, que era el fiscal quien los había acusado, que simplemente habían señalado a alguien que consideraban que no había obrado de forma correcta. El resto no era cosa suya, sino del juez que los había enviado a prisión; ellos se habían limitado a informar, como era su obligación. ¿Por qué iban a sentirse culpables si eran otros los que habían actuado mal? Esa era su moral para irse a la cama cada noche a dormir tranquilos.

Llegué a casa consternada por la noticia de la detención. Boris no tenía un horario fijo y a veces viajaba a Moscú o a países del Pacto de Varsovia durante varios días, incluso semanas, y cuando estaba en Berlín solía encerrarse en su despacho a teclear las crónicas que enviaba al periódico. Aquella tarde estaba allí y me senté frente a él.

—Hola, cariño. ¿Qué te ocurre? Pareces contrariada... —preguntó, deteniendo sus manos sobre la máquina de escribir.

Le conté con indignación los detalles de la detención meses antes de un músico de la orquesta, y la del profesor del conservatorio junto con varios alumnos que se había producido recientemente.

—No tienen derecho a hacer esto. Si quieren marcharse, deben dejarlos ir.

—¡Claro! ¡Que se vayan todos! El Estado invierte dinero y medios en su preparación y, en agradecimiento, se van sin decir ni adiós, ¿no? ¡Que disfruten otros del excelente trabajo que Alemania ha hecho con esos músicos! —Alzó la mano con enojo.

—Bueno, puedo entender tus razones. Pero bastaba con

impedirles la salida, no era necesario detenerlos y encarcelarlos.

—Considero que tendrá un efecto disuasorio para el resto de la orquesta. Que aprendan así en qué lado deben estar y a quién le deben lealtad.

—Es una manera demasiado drástica, a mi parecer. Los alemanes aún no hemos conseguido entender el concepto soviético de la palabra «libertad».

—¿Acaso no te sientes libre?

—Yo sí, y me considero una privilegiada. Tengo un sueldo desproporcionado en comparación con el del resto de mis compatriotas y vivo en una gran casa con personal de servicio, pero no todos los alemanes viven como nosotros. A veces veo miedo en los rostros de la gente y eso antes no ocurría.

—¿A qué te refieres con ese «antes»? ¿Cuando gobernaban los nazis? ¿Qué crees tú que le habrían hecho a mi hijo en el maravilloso país de la libertad del que hablas? Oleg estaría muerto porque Hitler lo habría mandado eliminar, como hizo con tantos enfermos y discapacitados. ¿Es esa la libertad que añoras de tu querido país?

Decidí no hacer comentario alguno al ver el rictus crispado de Boris. Ante sus firmes argumentos no deseaba iniciar una discusión sosteniendo que tanto el régimen nazi como el marxista, a pesar de sus diferencias, tenían aspectos coincidentes en cuanto a la libertad de opinión y normas de comportamiento individual, y que antes de la llegada de Hitler al poder existió en Alemania una libertad que era difícil de hallar ahora. Vivíamos en una dictadura comunista trasplantada desde la Unión Soviética, pero los alemanes no éramos rusos aunque se empecinaran en establecerla por medio de detenciones y de inspirar terror.

—¡Malditos occidentales! —continuó con enojo—. Están ocupando nuestra ciudad y se creen superiores a nosotros.

Stalin pensó que iban a marcharse con el bloqueo que les impuso en el cuarenta y ocho y lo único que consiguió fue reforzar su estancia aquí.

—¿Qué pasó? Yo vivía en Dresde en esos años y no conozco ese incidente.

—Hace diez años, las administraciones ocupantes decidieron cambiar la moneda en la zona oeste. Fue una provocación, querían hundir el comercio entre ambas partes y desde Moscú llegó la orden de bloquear Berlín Oeste por carreteras, ferrocarriles y ríos, con el fin de forzarlos a comprarnos los suministros y conseguir así recuperar la mitad de la ciudad que ocupan las fuerzas aliadas. ¿Y sabes lo que conseguimos? Que crearan un puente aéreo y se autoabastecieran. Novecientos vuelos diarios con provisiones. ¡Y delante de nuestras narices! En un año de bloqueo lo único que consiguió el Kremlin fue reforzarlos y terminar humillado.

Decidí guardar silencio y lo dejé solo. No podía confesarle que ya apenas reconocía la ciudad donde residía y que me gustaba más Berlín Oeste, donde la vida era diferente, no solo por los edificios modernos y elegantes que contrastaban con las fachadas negras y exentas de mantenimiento en este otro lado, sino por la libertad que se respiraba allí, donde el trabajo era un incentivo para aspirar a vivir mejor y no una obligación para sobrevivir, sin expectativas de ascender o de cobrar más el resto de tu vida; donde podías comprar un atuendo a la moda a un precio asequible y no debías emplear el jornal de todo un mes para adquirir los horribles vestidos de tela basta que se vendían en las tiendas controladas por el Estado. En cuanto a los vehículos, frente a los últimos modelos de fabricación norteamericana, el más popular y barato que se fabricaba en Alemania Oriental era el Trabant, por el que había que esperar varios años: un coche ruidoso y sencillo con motor de dos cilindros y carrocería de duroplast, un plástico creado con fibras naturales como el algodón.

La vida en Berlín Oriental era, aunque sin lujos, más barata que al otro lado; la mayoría de los obreros trabajaban en empresas cuyo propietario era el Estado, compraban en tiendas oficiales, los hijos estudiaban en escuelas públicas y sus casas habían sido proporcionadas también por organismos estatales. Esa era la razón por la que muchos habían renunciado a su rebeldía, plegándose a las nuevas normas venidas de fuera, o al menos fingiendo que lo hacían. En el imaginario del pueblo existía un doble lenguaje, una especie de esquizofrenia entre lo que se hablaba ante los vecinos o amigos y lo que realmente se pensaba. La mayoría quería vivir en paz simulando una neutralidad política, aunque era complicado e incluso peligroso quedarse callado cuando el resto alababa las virtudes del sistema que los vigilaba y dirigía. Era la mejor, o quizá la única forma de sobrevivir en aquel claustrofóbico estado de vigilancia continua.

A Boris le parecían insuficientes los cambios que en pocos años se habían promovido en el país desde la llegada de los soviéticos, a pesar de que en las universidades ahora se estudiaba de forma obligatoria las asignaturas de Historia marxista, Filosofía marxista o Derecho marxista a cargo de una nueva hornada de profesores muy jóvenes y fuertemente adoctrinados e ideologizados. Cuando los más experimentados catedráticos de esas materias se marchaban al oeste, a las autoridades no les molestaba demasiado. Un problema menos. Pero cuando eran científicos, músicos o ingenieros quienes lo hacían, la respuesta era diferente.

Sonata 5

Oleg

Primer movimiento

Pasé el año 1959 entre conciertos, ensayos y dedicando el tiempo libre a mi nueva familia. Karina había adquirido mucha soltura con el piano, gracias a su talento y a mi empeño. En cuanto a Oleg, decidí no escolarizarlo aún, a pesar de que Adolfina había indicado que aprendía con una rapidez inusual para su edad, y no solo a hablar o entender alemán, sino también a leer. La escritura se le hacía más lenta, pues sus problemas de motricidad eran evidentes, pero era suficiente para nosotras. Cuando se sentía seguro conmigo o con la maestra, era capaz de responder con fluidez en nuestro idioma, incluso nos interrumpía en las conversaciones. Sin embargo, cuando estaba en presencia de la niñera o de su padre, no abría la boca y su mirada regresaba al vacío.

A pesar de que Boris estaba muy ocupado, observaba que no era cariñoso con sus hijos y que ellos tampoco le tenían demasiado apego. Cuando yo volvía del ensayo los niños salían corriendo a abrazarme y compartía su alborozo, pero si llegaba Boris apenas se movían. En realidad, él tampoco se preocupaba por saludarlos, por ofrecerles una caricia o traerles un juguete. A veces ni se percataba de su presencia, sobre todo de Oleg, a quien ignoraba deliberadamente. Karina le ofrecía un beso de vez en cuando y él le correspondía con frialdad. Me dolía ver que aquellos niños solo recibían atenciones mías y de Adolfina, quien se esforzaba día a día por ganarse su cariño y confianza. En cuanto a nuestra relación, seguíamos compartiendo buen sexo y mi atracción hacia él continuaba intacta, a pesar de su carácter distante y poco dado al afecto, debido quizá a las secuelas de su doloroso pasado familiar. Me consolaba pensando que el hueco que había en mi vida sentimental lo ocupaban con creces la música y los niños.

Aquella mañana estaba inspirada y tras practicar unas horas al piano me senté a componer una obra infantil dedicada a los niños. Adolfina tocó con los nudillos en la puerta, solicitando entrar en la sala de música. La niñera había salido para llevar a Karina al colegio y Oleg estaba en el cuarto de juegos leyendo un cuento. Entró con timidez y la invité a sentarse frente a mí, en el sitio que ocupaban los pequeños cuando jugábamos con el piano.

—Julia, llevo observando a Oleg desde que llegué a esta casa hace un año. Verá, en mi larga carrera como maestra he tratado con algunos niños así, diferentes. La mayoría de ellos tenían problemas para relacionarse con el resto de la clase, eran callados, con aire de despistados… —sonrió—. Muchos de mis compañeros los daban por perdidos, pues apenas atendían en clase y a veces tenían pataletas o no respondían cuando los llamaban por su nombre, o se quedaban ensimismados mirando cualquier detalle de la sala.

—Todos esos rasgos de conducta me resultan familiares… —comenté, muy atenta a sus palabras.

—Sí, su hijo tiene ese tipo de comportamiento. Lamentablemente, mis compañeros perdían la paciencia y en más de una ocasión se conminaba a los padres a sacarlos del colegio. Los señalaban como discapacitados, tanto las familias como los maestros…

Emití un suspiro de impotencia.

—Entiendo. Sé que en esta casa también está sucediendo. Mi marido y la niñera tienen esa misma actitud hacia Oleg.

—Sí. Pero quiero contarle algo. En una ocasión me preocupé por una niña de siete años con estas características especiales y comprobé que tenía una capacidad de observación increíble. Dibujaba con una precisión que me dejaba asombrada y una de mis compañeras comentó que sabía hacer sumas y multiplicaciones con una rapidez extraordinaria. El motivo por el que no atendía en clase de matemáticas era por aburrimiento, porque captaba antes que el resto de sus compañeros las explicaciones.

—¿Qué intenta decirme, Adolfina?

—Oleg es un niño especial, con una gran capacidad, pero necesita un ambiente relajado y en orden, y estar al lado de personas que le inspiren confianza, como usted o yo. Y si se le habla despacio, entiende mejor. A veces, cuando estoy con ellos, se comporta como un niño normal, pero en cuanto aparece la señora Petrova se pone rígido y regresa a su mutismo.

—Lo he advertido también. He intentado prescindir de ella, pero mi marido... —Moví la cabeza con pesar—. Es rusa, como ellos, y los ha cuidado desde que nacieron.

—Entiendo. Solo quería decirle que necesita más paciencia y que se trabaje más con él para potenciar sus habilidades. No sé si ha observado que, cuando habla en alemán, lo hace con más soltura que su hermana, incluso con un vocabulario más amplio. Cuando consigo que lea lo hace con rapidez y... bueno, hoy me ha dejado con la boca abierta. Ese es el motivo por el que estoy aquí.

—¿Qué ha pasado?

—Esta mañana, tras el desayuno, le he puesto a leer un cuento, «Hansel y Gretel», de los hermanos Grimm. Al principio me ha mirado con desgana, pero le he convencido para hacerlo. Entonces ha empezado a recitar el libro... ¡Sin leerlo!

Lo ha memorizado todo, con puntos y comas, ¡y solo se lo ha leído un par de veces...!

La miré, tan sorprendida como ella.

—Eso es... extraordinario, pero no me sorprende.

Le conté con detalle aquella vez que fue capaz de repetir una melodía al piano sin leer las partituras, con solo observar la interpretación de su hermana.

—He conocido a niños así a lo largo de mi carrera, como ya le he dicho, pero, por desgracia, la mayoría fueron estigmatizados y no se supo estimular sus destrezas.

—¿Qué podemos hacer, Adolfina? Usted tiene más experiencia que yo en estos casos...

—Si usted me autoriza, quiero trabajar con él, intentar socializarlo y enseñarle todo lo que sea capaz de aprender. No es un discapacitado, Julia, es solo que su mente funciona de otra manera. Tenemos que sacar partido a esas habilidades que le estamos descubriendo.

—Por supuesto. Es usted una buena maestra y una gran persona. Oleg está en muy buenas manos —sonreí agradecida.

—¿Sabe? No tengo familia, estoy sola y Oleg me devuelve a mis años de maestra. Me resulta estimulante verlo avanzar. Esta vez voy a poner empeño para que no termine en el mismo lugar donde acabaron algunos niños de los que le he hablado...

—¿Dónde?

—Internados de por vida en una institución para enfermos mentales... —respondió antes de dejar la sala.

Algunas veces me encerraba con los niños en el estudio de música y jugábamos a componer. Una tarde senté a Oleg a mi lado en la banqueta frente al piano y comencé a teclear despacio mientras nombraba las notas musicales hasta llegar al final, indicándole que las siete notas se iban repitiendo en tonos más altos. Ya habíamos compartido antes aquel juego, pero esta vez decidí avanzar un poco más.

—¿Te atreves a repetirlas con su nombre? —le propuse con expectación.

Primero repitió mecánicamente los nombres de las notas, incluidas las teclas negras. Después tecleé de forma aleatoria formando una melodía sin sentido. Para mi asombro, la reconoció. A continuación interpreté el inicio de *Para Elisa*, de Beethoven, y vi como distinguía y recitaba mecánicamente todas y cada una de las notas, incluso con el tono que le correspondía. Tras unas cuantas pruebas, me convencí de que Oleg tenía una memoria extraordinaria y una capacidad inimaginable para retener al detalle las composiciones musicales.

Desde aquella tarde, una idea comenzó a rondar en mi cabeza: comunicarme con él en un lenguaje propio. ¿Y si convirtiera las notas musicales en letras y las letras en palabras? Cuando estaban presentes su padre o la niñera, apenas abría la boca, pero de esa forma podría recibir los mensajes que yo le enviaría a través de la música.

A la mañana siguiente me dispuse a crear la manera de transmitirle palabras a través de un código musical: 7 notas multiplicadas por las 7 octavas que tenía el piano daban un total de 49 teclas blancas, que, sumadas a las 35 negras, a una por agudo y a las tres por la parte grave, hacían un total de 88. El alfabeto alemán tenía 30 letras, así que debía distribuirlas.

Comencé con una disposición sencilla, asignando las letras del alfabeto a las cinco primeras octavas utilizando solo las teclas blancas de izquierda a derecha en el piano. ¡Ya tenía el código! Ahora debía trabajar con Oleg. Dibujé las letras en un papel, las recorté y las pegué con adhesivo en cada una de las teclas. A la tarde siguiente llevé a los niños al estudio y cerré la puerta con el fin de no ser interrumpida por la Petrova. Senté a Oleg a mi lado en la banqueta y le dije que íbamos a jugar a asignar una letra a cada nota. Mientras él recitaba la nota con el tono, yo nombraba la letra, y así hasta el final del alfabeto. Reprodujimos un par de veces el ejercicio y al final hice una prueba a modo de juego.

—Vamos, Oleg. Recita las letras según toco las teclas.

El pequeño las declamó siguiendo la música y sin mirar el teclado. Para comprobar si de verdad lo había captado, pulsé aleatoriamente algunas teclas y el pequeño identificó las letras que correspondían, indicando el nombre de las notas a las que pertenecían. Mi asombro aún no había llegado al límite y decidí crear una palabra. Senté a Oleg frente al piano junto a Karina, la tecleé y alcé la mirada hacia ellos.

—¿Qué he dicho?

Karina se encogió de hombros con una ingenua sonrisa infantil.

—Has dicho «Hola. Do, re, sol, do» —respondió Oleg con voz titubeante y declamando el tono.

Mi sorpresa fue mayúscula. Seguí probando con una frase y el pequeño volvió a responder.

—«Me gusta jugar» —indicó tras oír la melodía. Acto seguido detalló las notas que correspondían a cada palabra—: «La, sol, si, do, la, si, do, mi, do, si, do, la».

Karina miró a su hermano y se dirigió a mí, expectante.

—¿Has tocado eso, mamá?

—Así es —respondí con estupefacción—. Oleg, a partir de ahora no menciones las notas musicales, solo las palabras.

Aún incrédula por lo que acababa de presenciar, probé con frases más largas, y Oleg respondía con tal naturalidad que parecía estar conversando. Karina seguía encandilada por la capacidad de su hermano.

—¿Cómo lo haces? Yo no entiendo nada... —Lo contempló con admiración.

—Tu hermano es especial, cariño. Es capaz de hacer cosas que nosotros no podemos. De todas formas, vamos a guardarlo en secreto, ¿de acuerdo? —Me dirigí a ella, que sonrió feliz por poder compartir aquella forma de comunicarme con Oleg a través de la música.

—Yo también quiero jugar, mami —respondió entusiasmada.

—Por supuesto. Ven aquí. Tienes las letras señaladas en el teclado.

Karina tecleó despacio y pasamos un agradable rato viendo como Oleg respondía a la melodía que le dictaba.

—¡Pronto vamos a darle una sorpresa a papá! —dije ilusionada.

Al día siguiente añadí detalles nuevos al código, como la asignación de los números 0 al 9 en las teclas negras de las dos primeras octavas y también los espacios entre palabras, señalados con dos golpes seguidos en la tecla negra central de la primera octava, fa sostenido o sol bemol.

Al principio solo utilicé las figuras redondas para practicar, pero al ver como Oleg las trascribía con rapidez, decidí introducir notas más cortas, como negras, corcheas, etcétera, y quedé admirada al comprobar que el pequeño las discriminaba igualmente y captaba las palabras. Durante varias tardes nos encerramos en la sala de música y jugamos, comprobando cómo Oleg, con su extraordinaria capacidad, nos deleitaba traduciendo melodías.

Poco a poco fui perfeccionando el código y marqué la señal del inicio y del final de cada frase dentro de una composición más larga, con el fin de que pasara inadvertida dentro de una pieza musical. La señal del inicio eran dos notas semicorcheas en la primera tecla negra de la primera octava, es decir en do sostenido o re bemol, y para indicar el final del mensaje, otros dos golpes en la última tecla negra de la tercera octava, en la sostenido o si bemol. De nuevo, Oleg reconoció perfectamente el contenido dentro de una sonata de Chopin la primera vez que la interpreté para ellos.

Estábamos cerca de las fiestas navideñas, que ahora se celebraban de manera laica y en las que se fomentaba la solidaridad socialista. Aunque el 25 de diciembre seguía siendo no laborable, el día más destacado de las fiestas era el de Año Nuevo, cuando en los hogares se adornaba el árbol sin motivos religiosos y se intercambiaban regalos. No obstante, muchas familias continuaron manteniendo las tradiciones religiosas en el ámbito privado. La niñera había solicitado unos días de descanso para regresar a Moscú y Boris tampoco estaba aquellos días en la ciudad. Esperaba regresar para fin de año, así que, durante aquellos días de ensayos diarios debido al inminente concierto de Navidad, Adolfina permanecía casi todo el día en casa para hacerse cargo de mis hijos. La radio estatal de Berlín Este iba a transmitir el concierto de la orquesta y en el programa habían incluido una composición mía. Advertí a los niños para que estuvieran atentos a la radio, porque iba a enviarles un mensaje desde el edificio de la ópera.

Antes del comienzo del concierto, mientras el *concertino* afinaba los instrumentos de cuerda, introduje unas notas de forma aleatoria, casi desordenadas, y al finalizar hice lo mismo. Cuando regresé a casa me recibieron con alborozo, emocionados por haber captado el mensaje.

—¿Qué dije exactamente? —pregunté mirando a Oleg.

El pequeño levantó la mirada.

—«Hola, hijos, os quiero mucho».

—Y después dijiste «Feliz Navidad» —añadió Karina con júbilo.

—¡Exacto! —respondí emocionada, abrazándolos con mucho amor.

¡Qué momento tan feliz! Oleg tenía una mente prodigiosa y cada vez estaba más convencida de que el diagnóstico del doctor Sierich era el acertado. Desde que seguí sus instrucciones, y con el apoyo de Adolfina y mi obstinación, el pequeño había avanzado mucho en su interacción social. Poseía una mente difusa, pero con unas dotes increíbles a las que estábamos sacando un partido que nadie había podido imaginar.

—Vamos a darle una sorpresa a Adolfina —anuncié indicándole que nos acompañara a la sala de música—. Vamos, Karina, esta vez lo interpretas tú.

Adapté la banqueta al piano para ella y coloqué la partitura sobre el atril. Cuando concluyó, Oleg empezó a hablar:

—«Hola, me llamo Oleg. Me gusta leer cuentos, me gusta comer chocolate y jugar con mi hermana Karina».

La pequeña y yo comenzamos a reír al ver la cara de asombro de Adolfina.

—¿De verdad la música decía eso?

—Sí. Tenemos aquí a un gran intérprete de códigos musicales.

Boris regresaba a casa la víspera de fin de año y le preparé una sorpresa a través de Oleg. En mi ingenuidad, esperaba que mi marido se convenciera de que nuestro hijo no era un discapacitado, sino una persona extraordinaria con unas dotes excepcionales. Durante los días previos preparé un mensaje en el piano. Karina iba a interpretar la partitura y Oleg debía transcribir el mensaje. Ensayamos varias veces y comprobé que el pequeño repetía con naturalidad las frases.

Llegó la cena de fin de año y cuando dieron las doce y recibimos el Año Nuevo, nos dirigimos al estudio. Karina se sentó al piano y comenzó a interpretar la melodía que había compuesto para Boris con el mensaje dentro. Al terminar, todos dirigimos la mirada hacia Oleg para que nos recitara la frase «Feliz año nuevo, papá» que había incluido en las notas musicales. Entonces advertí una mirada de miedo al dirigir los ojos a su padre. Bajó la cabeza y quedó en silencio.

—Vamos, Oleg —le pedí con suavidad—. Si lo has hecho muy bien esta mañana...

Pero el pequeño había desconectado y miraba al vacío, callado. De forma imprevista se encogió, puso sus manos en la cabeza y comenzó a tirarse del pelo, gritando de manera ininteligible. La Petrova entró en la sala y se dirigió a él sujetándolo por las manos, un acto que le provocó más ansiedad aún. Oleg empezó a dar patadas, moviendo todo el cuerpo para escapar de sus garras.

Boris tuvo que intervenir y le dio un fuerte cachete en la mejilla para tranquilizarlo, pero su efecto fue el contrario. El pequeño estaba dominado por una crisis de pánico que no parecía remitir. Boris ayudó a la Petrova sujetándolo por los pies y alzándolo en el aire mientas la niñera sacaba un lazo del bolsillo. Karina y yo asistíamos a aquella escena consternadas, al ver a Boris salir de la sala portando sobre el hombro a Oleg, como un fardo tembloroso e histérico. Los seguí hasta el dormitorio y advertí con impotencia como aquella mujer lo inmovilizaba amarrando sus manos y pies a los barrotes de la cama con gran pericia.

—Boris, esa no es forma de calmarlo... —le recriminé con lágrimas en los ojos.

Él me dirigió una dura mirada.

—Este niño no es normal. No sé qué tipo de expectativas tienes con él. No va a mejorar nunca. Cuanto antes lo asumas, mejor para todos.

El desprecio que destilaron sus palabras rayó la maldad y me dolió a mí más que al pequeño, que lloraba sin consuelo maniatado sobre la cama. Inmediatamente cerró la puerta y lo dejó solo. Fue en aquel instante cuando me convencí de que Boris no amaba a sus hijos, en particular al benjamín, quien parecía provocarle un rechazo visceral. La niñera se detuvo en el umbral de la puerta con los brazos cruzados y tuve la sensación de que mostraba satisfacción por mi fracaso en hacer avanzar al pequeño.

Di media vuelta y me dirigí, impotente, al dormitorio, donde Boris estaba desnudándose para ir a la cama con una indiferencia que me dejó pasmada.

—Boris, no puedes tratar así a Oleg. Es muy vulnerable, pero con paciencia y...

—Déjalo ya, Julia —ordenó alzando su mano con enojo—. Entiendo tu preocupación, pero no pienso dejar que ese niño condicione nuestro matrimonio.

—«Ese niño» es de tu sangre, y nuestro matrimonio ha estado condicionado por él desde el principio. Te dije que me haría cargo de ellos y lo intento a diario, pero...

—Yo no te lo he pedido —interrumpió, con una dureza que me dejó descolocada.

—¿Acaso esperabas que los ignorase? ¿Que viviera bajo el mismo techo y me comportase como si no existieran? —le grité, cruzándome de brazos con furia.

—Julia, Julia... —Se acercó a mí con voz conciliadora—. Tienes una carrera y no voy a permitir que mis hijos interfieran en ella. Deja que se encargue la niñera. —Acarició mi rostro—. Lamento lo que ha pasado, pero ya has podido comprobar por ti misma que Oleg no tiene remedio...

—Pero es tu hijo y podemos ayudarlo...

—Y tú eres mi mujer... Y no pienso renunciar a ti.

Me rodeó por la cintura acercando sus labios a los míos, pero yo lo rechacé y me aparté de él con furia. Después me fui a la cama y le di la espalda.

Una hora más tarde, Boris dormía plácidamente mientras yo me debatía entre ir a desatar a Oleg y arriesgarme a continuar con la bronca o esperar a que amaneciera. No entendía ni aceptaba la actitud de Boris, que parecía anteponer su unión conmigo al bienestar de su propio hijo. ¿Qué clase de amor era aquel? ¿Qué clase de padre era Boris?

Segundo movimiento

A partir de aquel incidente, Oleg se volvió silencioso y durante un tiempo se negó a unirse a nosotras para jugar con el piano por las tardes. Me costó tiempo y paciencia recomponer el destrozo emocional que Boris había perpetrado en la evolución de aquel ser sensible. Incluso Karina acudía con desgana al estudio para seguir practicando con el piano.

Una mañana, Karina me dijo que Oleg había dormido muy poco y que estaba triste. Lo hallé en la habitación tumbado en la cama en posición fetal. Me senté a su lado, y acariciándole la frente le pregunté qué le pasaba. Él se colocó la mano en el vientre y me indicó que le dolía. Lo palpé con cuidado y se puso a llorar con desconsuelo. La niñera estaba en la puerta observando la escena y me dirigí a ella.

—¿Qué cenó anoche? —pregunté.

—Apenas comió, decía que le dolía la tripa.

—¿Por qué no nos informó cuando regresamos del concierto?

—Es un simple dolor de estómago, no le di importancia; pueden ser gases. A veces les pasa a los niños... —respondió con indiferencia.

—Voy a llamar al médico.

Una hora más tarde, el doctor Martens llegó a casa y tras auscultarlo me indicó que podría ser una indigestión, aunque los síntomas no estaban demasiado claros.

—¿Qué debo hacer, doctor?

—Obsérvelo y si empeora o advierte que tiene fiebre o vómitos, llévelo al hospital. Podría tratarse de apendicitis.

El pequeño no probó bocado en todo el día y el dolor fue en aumento en vez de calmarse. Boris llegó por la tarde y lo puse al corriente del problema del pequeño.

—No creo que sea nada importante. Y tú ya deberías estar preparando las maletas. Volamos esta noche a Checoslovaquia.

—No pienso dejarlo solo. Creo que deberíamos llevarlo al hospital. Estoy muy preocupada.

—Cariño, estará bien. Este viaje es muy importante para tu carrera. Vas a actuar como solista en el Rudolfinum de Praga.

—Boris, debemos llevarlo al hospital y salir pronto de dudas. Si es apendicitis, podría ser peligroso dejarlo para más tarde.

Boris suspiró con enojo, incómodo por mi insistente preocupación por la salud de su propio hijo.

—Está bien. Llamaré de nuevo al doctor a ver qué dice.

—¡Hay que llevarlo al hospital! ¡Ya! —grité irritada.

—¡Tenemos que salir en tres horas! —replicó con brusquedad.

—No podemos dejarlo en este estado. Llama para cancelar mi actuación... —le pedí con determinación.

—¿Estás loca? ¿Cómo vas a suspender el concierto? Vas a perjudicar tu carrera —bramó furioso—. Tienes que cumplir con tu obligación.

—¿Acaso no te parece un motivo suficientemente justificado? —Lo miré desafiándolo—. Es tu hijo, Boris. El médico ha dicho que podría ser grave.

—La Petrova lo llevará al hospital. Y tenemos a Adolfina también. No debemos perder el vuelo —insistió por última vez.

—No voy a ningún sitio. ¿Cómo puedes pensar en marcharte dejando a tu hijo en estas condiciones? ¿No te preocupa su salud? —grité enfadada—. Voy a quedarme con él.

Bajo ningún concepto dejaría a Oleg en manos de la detestable niñera, después de haber vivido ya el desprecio y el escaso interés que le dedicaba. El pequeño solo se sentía seguro bajo mi protección, así que la decisión estaba tomada. Reparé en la mirada de furia contenida de Boris mientras hablaba por teléfono. Estaba muy molesto, pero apenas abrió la boca y salió dando un portazo.

Fue una larga noche de angustia e incertidumbre a la espera del resultado de la exploración médica. Cuando se confirmó el diagnóstico de apendicitis, Oleg tuvo que ser intervenido con urgencia debido a una posible peritonitis. Al amanecer, los doctores nos anunciaron que estaba fuera de peligro y en una semana volvería a casa.

—¡Gracias a Dios! —exclamé, a punto de echarme a llorar.

—Es una excelente noticia —añadió Boris con frialdad—. Ahora vámonos a descansar.

—No. Voy a esperar a que despierte. Si se encuentra solo puede ponerse nervioso. Sabes que requiere mucha atención.

—Enviaremos a la niñera para que se quede con él.

—Prefiero quedarme yo. Sé que me va a necesitar.

—Te has tomado muy en serio tu papel de madre —dijo con su peculiar mueca, que me pareció cargada de ironía.

Estuve a punto de soltarle que al menos uno de los dos se comportaba como debían hacerlo unos padres normales y que no entendía su desapego hacia aquel niño, que solo necesitaba un poco más de cuidados. Pero decidir callar a tiempo.

—Es nuestro hijo, Boris. Tuyo y mío.

Me quedé sola en el hospital, pues Boris tenía que trabajar, según me aseguró. Cuando el pequeño despertó, yo estaba sobre él y percibí su mirada tranquila.

—Hola, pequeño, ¿cómo te encuentras?

—Bien —replicó con un hilo de voz, elevando su mano

hacia mi rostro y recorriendo con el dedo índice mi cicatriz, desde la frente hasta la nariz—. ¿Te duele? —me preguntó.

—No, solo al principio. Dentro de poco tú tendrás aquí una como la mía y también dejará de dolerte. —Señalé su abdomen.

Por la tarde, Boris vino al hospital a anunciarme que salía aquella misma noche para Varsovia.

—Me ha surgido un asunto urgente y tengo que estar allí mañana a primera hora.

Lo miré y me quedé callada. Tras la discusión de la tarde anterior no quise reprocharle nada más. Era su padre y quizá consideraba que, si yo estaba al cuidado del pequeño, él no era necesario. Pero me pareció otra muestra más de lo poco que se interesaba por Oleg.

—De acuerdo. Yo estaré al cuidado.

Se despidió con un frío beso en mi mejilla y no volvimos a vernos hasta una semana después. Oleg ya estaba recuperándose en casa cuando Boris regresó y apenas se asomó al umbral del dormitorio para verlo. Después se fue al despacho, guardó el pasaporte en el cajón de su mesa y se puso a teclear en la máquina de escribir.

Sonata 6

Sorpresas

Primer movimiento

En marzo de 1960, Menkel, el *concertino* de la orquesta que sospechábamos que gozaba de grandes influencias fuera del ámbito musical, nos confesó que estaba harto de tanta presión y que pensaba salir pronto de la ciudad para volar con su familia hacia la RFA, pues había solicitado una plaza en la orquesta de Bonn y se la habían concedido. Dos días más tarde, nos llegó la noticia de que Menkel había sido detenido por la Stasi en la frontera con Berlín Oeste. Su familia había vuelto a casa, pero nada sabían de él desde entonces. Laura fue la elegida para ocupar su puesto en la orquesta, y aunque era una gran oportunidad para ella, no estaba del todo satisfecha por la forma en que lo había conseguido.

—Esperemos que tenga más suerte que Werner, el clarinetista, pues aunque August hizo correr el rumor de que lo habían destinado a una orquesta fuera de Alemania, su esposa le confesó a otro violinista que había sido deportado a Moscú. No han vuelto a tener noticias suyas —comenté a Laura de regreso a casa.

—August es un malnacido —exclamó ella con rabia contenida—. Estaba presente cuando Menkel nos dio la noticia de su próximo destino y le deseó buena suerte. Y mira dónde ha acabado, por ser demasiado confiado.

—Laura, he oído algo y no sé cómo decírtelo.

—¿Qué ocurre?

—Esta tarde, al finalizar el ensayo, August ha hecho un corrillo con algunos músicos. Yo no estaba entre ellos, pero los tenía cerca y le oí con nitidez. —No quise confesarle que lo que realmente hice fue leer sus labios—. Ha empezado a hablar de la mala suerte que había tenido Menkel y que le parecía sospechoso que desde que tú te habías incorporado a la orquesta, dos de nuestros mejores músicos habían sido detenidos...

—¿Qué? ¿Me está acusando esa sanguijuela de ser yo la delatora? —exclamó con los ojos abiertos de la impresión.

—Insinuó que deseabas su puesto de *concertino* desde que llegaste a la orquesta.

—Pero es absurdo, Menkel pensaba marcharse de todas formas. ¿Cómo puede insinuar tal monstruosidad sobre mí?

—Ya conoces su falta de escrúpulos. En cualquier caso, varios de ellos mostraron incredulidad y salieron en tu defensa.

—¿Y tú, Julia? ¿A quién crees?

Detuve el paso y la miré con franqueza.

—A ti, Laura, por supuesto. Te lo he contado para prevenirte. Ese indeseable está lanzando rumores para desviar la atención. Hoy te ha tocado a ti, y mañana podría ser cualquier miembro de la orquesta, incluso yo.

—Gracias por tu apoyo, Julia. No voy a olvidarlo nunca. —me abrazó entre lágrimas. Después tomó el tranvía y yo continué a pie.

Al llegar a casa, Boris me estaba esperando para cenar y al reparar en mi semblante contrariado preguntó si había ocurrido algo. Como un torrente, le detallé lo que había sucedido con un segundo compañero de la orquesta. Le hablé de August el fagotista, y de mis sospechas sobre su delación y la deliberada propagación de falsos rumores acerca de otra de las violinistas.

Lo miré esperando una reacción, pero se cruzó de brazos y se retrepó en la silla.

—De manera que el tal August es un soplón y está acusando a otra persona.

—No tiene ninguna gracia, Boris —repliqué, desconcertada al advertir una divertida expresión en su semblante—. No es agradable que uno de los compañeros acuse a mi amiga de algo tan tremendo para que la señalen por algo que no ha hecho...

—¿Cómo estás tan segura de que ese August es el delator y no la persona señalada?

—Porque alguien lo vio hablando con un mando de la Stasi hace tiempo.

Le repetí la misma explicación ofrecida a Laura de la conversación que detecté en aquella fiesta sobre el profesor y los alumnos del conservatorio y lo que sucedió después, aunque eludiendo decir que ese «alguien» era yo. Boris alargó sus manos sobre la mesa y tomó las mías.

—Es mejor no tomar en cuenta esos rumores, realmente no tienen importancia.

—¿Es que no entiendes la situación? Mañana podría ser yo la diana de las acusaciones del delator. Se ha instalado un ambiente extraño y de desconfianza entre los miembros de la orquesta.

—No tienes de qué preocuparte. Si alguien se atreve a emitir una sola acusación sobre ti recibirá su merecido, te lo aseguro.

—Boris, no te cuento esto para pedirte ayuda. Eres un periodista ruso en Alemania y no espero que vayas a escribir un artículo contra él. Solo te estoy pidiendo consejo sobre cómo actuar para atajar de raíz esas denuncias.

—Lo que debes hacer es continuar con tu rutina y no hacer caso de habladurías. Nadie va a manchar tu reputación. —Sonrió de aquella manera tan peculiar, sin mover los ojos.

Una semana más tarde, supimos por uno de los violinistas que Menkel, el *concertino* detenido en la frontera, había vuelto a casa. Tenía un nuevo destino en la orquesta de Leipzig y estaba preparando el traslado con su familia a aquella ciudad. Muchos respiramos tranquilos al conocer que había sido liberado, pues temíamos que hubiera corrido la misma suerte que Werner, el clarinetista, del que seguían sin tener noticias. Pero a nadie se le escapó que el traslado a Leipzig no era un ascenso en su carrera, sino una advertencia al resto de los músicos, por si alguno más tenía la tentación de cruzar la frontera de forma permanente. Laura y yo compartimos una cómplice mirada al ver las muestras de alegría que exhibió el chivato al conocer la noticia.

—August debe recibir su merecido. Hay que librarse de ese soplón como sea —susurró Laura al término del ensayo.

—Debemos ser prudentes y cuidar mucho lo que hablamos y con quién. Ya has visto cómo se las gastan aquí.

Segundo movimiento

Cada vez me resultaba más incómoda la presencia de la niñera en casa, así que, con el argumento de que me encargaría personalmente de los niños en los días que no tuviera obligaciones con la orquesta, le di permiso para disponer de más tiempo libre. De esta forma pude librarme de la Petrova algunos fines de semana e incluso en días laborables, en los que Adolfina y yo empleábamos nuestro tiempo y esfuerzo en facilitar un entorno estable a Oleg y ganarnos su confianza, tras el chasco con su padre en la noche de fin de año.

Boris y yo llevábamos más de dos años casados y mi matrimonio solo iba bien en la cama. Le referí en más de una ocasión que quería tener un hijo propio y que deberíamos ir al médico, pues no me quedaba embarazada. Pero me daba largas con el argumento de que ya teníamos dos y que era suficiente; además estaba mi carrera y no podía permitirme una pausa maternal. Él tenía un lado oscuro e impenetrable, era frío en el trato y no demasiado dado a las muestras de cariño. La fogosidad que me dedicaba en la cama se la cicateaba a sus hijos, a los que nunca les ofreció una caricia. Yo tampoco me sentía arropada por él y llegué a la conclusión de que ni siquiera éramos amigos. Boris era así, lo conocí así y en mi ceguera no supe o no quise ver las señales que cada vez se volvían más nítidas.

Hasta que un día saltó la chispa y me abrió los ojos de golpe.

En el verano de 1960 nos desplazamos a mi ciudad natal, donde había sido invitada por la Orquesta Estatal de Dresde a participar en un concierto. Fue un sueño estar allí, y tras la función asistimos a una recepción de autoridades donde pude conversar y mostrarle mi admiración al director y también pianista Otmar Suitner. Él me felicitó efusivamente por la interpretación y charlamos durante unos instantes. Boris se unió a nosotros y estuvimos comentando el concierto durante unos minutos. Cuando nos quedamos solos de nuevo, alguien se acercó.

—Disculpen... —saludó en alemán un hombre de unos cuarenta años con fuerte acento inglés—. Señora Lerner, mi más sincera enhorabuena por su interpretación. Ha sido un concierto inolvidable.

—Muchas gracias.

Boris lo miró con curiosidad.

—¿Nos conocemos?

—Perdonen. Me llamo Albert Todd. Soy periodista del diario *The Times*. Estoy en Alemania desde hace unos meses y me he desplazado a Dresde para escribir un artículo sobre este magnífico concierto.

—Mucho gusto —dijo Boris ofreciéndole la mano—.

Mi nombre es Boris Ivanov, y soy también periodista en el *Pravda*.

—¡Vaya! ¡Qué casualidad! Es un placer...

Uno de los asistentes me requirió y los dejé solos en plena conversación. Durante un buen rato charlé con los invitados, emocionada por estar de nuevo en Dresde y sintiéndome profeta en mi tierra. Después busqué con la mirada a Boris y comprobé que seguía dialogando con el periodista británico. Estaban en una esquina del salón, lejos de cualquier grupo de invitados, y concentré mi vista en sus labios por simple curiosidad; quería saber qué tipo de confidencias solían darse entre periodistas.

Pero lo que vi me provocó un gran desconcierto. Ambos hablaban en ruso y, por lo que aprecié, concluí que era imposible que acabaran de conocerse.

—¡Por supuesto! —estaba diciendo Boris—. Me han contado que el *rezident*, el jefe de la oficina del KGB de nuestra embajada en Londres, ha conseguido una excelente información. En Moscú aún no dan crédito. Es una tecnología que nos va a ahorrar muchos millones en investigación.

—Así es. Oro puro —respondió el periodista inglés.

—¿Tiene bien cubiertas las espaldas nuestro hombre?

—Es todo un playboy con excelentes amistades entre la clase alta de Londres. Un rico empresario canadiense que jamás levantaría sospecha alguna.

—¿Y el resto?

—Bien. Excepto Davies. Realiza un buen trabajo en la base naval de la isla de Portland, aunque últimamente bebe demasiado.

—En Moscú recelan de esos puntos vulnerables. Puede poner en peligro al resto. —Boris se dirigía a su interlocutor como a un igual.

—Lo sé. Pero es el único que tiene acceso a los documentos clasificados sobre el submarino nuclear de los ingleses.

No podemos prescindir de él. He advertido a Novikov para que lo tenga bajo estrecha vigilancia.

—Si percibes cualquier movimiento en falso, ya sabes lo que tienes que hacer.

El otro asintió con la cabeza.

—Julia, quería felicitarla por su extraordinaria interpretación. —Uno de los invitados requirió mi atención.

Con pesar tuve que abandonar mi puesto de vigilancia e integrarme en el grupo de asistentes. Aquel fue el primer indicio de que Boris no era quien decía ser, y el periodista inglés, tampoco.

Durante el camino de regreso al hotel me debatí entre preguntarle abiertamente a qué se dedicaba o fingir que no sabía nada. Comencé a recordar detalles, conversaciones, silencios que empezaban a encajar, y llegué a la certeza de que Boris era algo más que un periodista. De madrugada di vueltas y vueltas en la cama, dudando si abordar aquella situación y pedirle que me explicara quién era de verdad o callar y fingir que no estaba enterada de sus extrañas conversaciones con gente que no era lo que aparentaba ser. Después de pensarlo detenidamente, decidí poner en práctica el dicho de mi abuelo que también heredó mi padre: «La ventaja de ser inteligente es que así resulta más fácil pasar por tonto...». Estaba amaneciendo cuando tomé la decisión de que debía fingir ignorancia sobre aquel asunto, a la espera de que fuera él quien me confesara la verdad.

Aquel día la niñera tenía el día libre y Boris no llegaría hasta la hora de cenar. Estaba sola en casa con el pequeño Oleg y lo dejé en el cuarto de juegos dibujando mientras yo ensayaba para el próximo concierto. Cuando concluí, entré en el despacho de Boris y me puse a curiosear entre sus papeles con cuidado de no mover nada. Abrí el primer cajón de la mesa y hallé su pasaporte. Comencé a revisar las páginas con los sellos de aduanas que estaban impresos y una fecha me llamó la atención: el 9 de febrero, el día siguiente a la operación de urgencia de Oleg y al concierto previsto en Praga que tuve que cancelar. Ese día Boris llegó al hospital para despedirse porque le había surgido un viaje inesperado a Varsovia y estuvo varios días fuera. Sin embargo, en el pasaporte constaba el sello de entrada en Praga y su posterior salida el día que regresó a casa, lo que me llevó a la conclusión de que aquel viaje a Checoslovaquia estaba ya previsto para él, se celebrase o no el concierto que yo tenía programado ofrecer. De ahí su insistencia. Otra mentira más.

Tercer movimiento

Una tarde llegué a casa antes de la hora prevista. Estaba entusiasmada por la comunicación recibida por parte del responsable cultural del Estado, que informaba de la próxima gira de conciertos por las principales salas de Europa Occidental. Tenían ya las fechas cerradas para un concierto en el Royal Albert Hall de Londres, en la Ópera de París y en La Scala de Milán. Estaba deseando compartirlo con Boris para que informara a su periódico y pudiera acompañarme, como hacía regularmente en mis salidas al extranjero. Al llegar a casa busqué a la Petrova y vi que se encontraba en el jardín junto a mi marido. Desde el ángulo que tenía detrás de la ventana en el interior no podían verme, pero estaban colocados de tal forma que podía divisar los rostros, así que comencé a leer sus labios. Parecían muy relajados, se tuteaban y hablaban con familiaridad en ruso.

Y lo que vi me dejó petrificada.

—Bueno, al menos la profesora ha puesto empeño en hacerlo hablar y me está liberando de esa carga —decía Zoa Petrova.

Un escalofrío recorrió mi espalda sin control.

—Julia está muy encariñada con ellos y no podemos perturbar su inspiración. —Boris rio con malicia.

—¿Hasta cuándo va a durar este teatro?

—Lo que haga falta. ¿Acaso no estás bien aquí?

—Añoro mi tierra.

—Quizá en un tiempo no muy lejano regresemos.

—¿Con Julia?

—¡Claro! Ella no tiene a nadie aquí. Pero no te preocupes, vas a dejar de verla durante una temporada. Pronto iniciará una gira de conciertos por Europa. Nos vamos al extranjero.

¿Había dicho Boris «nos vamos»? ¿Acaso ya estaba informado de la noticia que iba a darle?

—¿Adónde vais a ir?

—Primero a Londres, después a París y a Milán.

—¿Y no me vas a llevar? —La mujer exhibió un mohín de disgusto.

—Esta vez te quedas. Tienes que cuidar de mis hijos —sonrió.

—Al menos me dejará tranquila una temporada. Estoy harta de tener que aguantar a esta madre postiza que se cree con derecho a darme órdenes. —Le observé una mueca de aversión.

—Pues si no estás a gusto, vuelve a Moscú. —Él entrecerró los ojos haciéndose el interesante.

—¿A quién vas a encontrar mejor que yo para cuidar de ti y de esos mocosos?

—Pues no sé qué decirte. La maestra alemana es muy eficiente.

—Sí, muy eficiente. Se cree que me va a quitar el puesto... ¡Ja! Otra que juega a curar al niño... —Mostró una mueca de burla.

—Nadie va a quitarte el puesto. Eres muy especial para mí...

Ambos se miraron con una complicidad que me dejó pasmada.

—Bueno, me voy a la cocina. Tu querida esposa estará a punto de llegar.

Al ver las últimas palabras, salí corriendo hacia la puerta de la entrada, la abrí y seguidamente la cerré dando un golpe para avisar de mi llegada. Saludé a la Petrova, que regresaba del jardín, tratando de disimular la consternación que me envolvía.

—Hola. ¿Y los niños?

—Están en la sala con la maestra. Su marido acaba de llegar.

Observé que su mirada y ademanes habían cambiado. De nuevo pasaba a desempeñar el papel de criada eficiente, dejando atrás la actitud relajada de antes.

—¿Ah, ¿sí? ¿Dónde está?

—Afuera, en la terraza.

Cuando llegué hasta él, besó mis labios dedicándome aquella sonrisa de ojos inmóviles que me inquietaba cada vez más.

—¿Cómo te ha ido el día?

—Muy bien. La semana que viene tenemos concierto y el director está muy satisfecho. ¿Y los niños?

—Pues... no lo sé. Imagino que con la maestra. Yo también acabo de llegar.

Lo dejé solo y fui al dormitorio. Cerré la puerta del baño y me senté en el suelo con las manos temblorosas y el corazón a punto de estallar, tratando de asimilar lo que había descubierto aquella tarde. Tenía ganas de gritar, de salir corriendo, de escapar de aquella casa. De pronto, mi vida se había vuelto del revés y no paraba de repetir mentalmente cada palabra de la conversación que acababa de sorprender.

Miles de preguntas se agolpaban en la cabeza: ¿Quién era Boris? ¿Quién era la Petrova? ¿Eran amantes? ¿Por qué la Petrova hablaba con desprecio de los hijos de Boris y él se lo permitía? ¿Tenían planes para llevarme a vivir a Moscú? ¿Por qué se casó conmigo? ¿Había sido nuestra boda un montaje desde el principio, una misión encomendada por sus superiores? ¿Cuál era mi papel en aquella farsa en que se había convertido nuestra vida?

Ya en la cama en aquella larga noche, miré su rostro sobre la almohada mientras dormía plácidamente. No podía imaginar lo que había detrás. Me preguntaba tantas cosas... Empecé a atar cabos y recordé que los días en que la niñera libraba y estaba fuera de casa, él tampoco aparecía, argumentando viajes encomendados por su periódico. Y también conocía lo de la gira al extranjero incluso antes que yo. De nuevo me sentí utilizada. No solo era una mujer engañada, sino la tapadera perfecta de un agente del KGB.

Aquellas preguntas recibirían respuesta en poco tiempo. Ya no albergaba dudas de que Boris pertenecía al KGB y de que la Petrova era su amante. Me resistía a creer que nunca me amó, que no le inspiraba sentimiento alguno. Pero la cruda realidad estaba allí, con él y esa mujer compartiendo mi vida cotidiana, vigilando y controlándolo todo.

Al día siguiente, tras regresar del ensayo, traté de comportarme con normalidad y le hablé de la gira que habían programado para el mes de noviembre.

—¡Eso es estupendo! —exclamó, haciéndome creer que acababa de enterarse—. Hablaré en el periódico para solicitar autorización y cubrir la información.

Durante unos instantes nos quedamos en silencio, mirándonos.

—¿Qué te ocurre? No te veo demasiado entusiasmada...

—Me hace mucha ilusión. Pero vamos a dejar solos a los niños durante varias semanas.

—Julia —dijo tomando mis manos sobre la mesa—, solo debes pensar en tu carrera. Eres la celebridad de Alemania y de la Unión Soviética. Ya es hora de que te conozcan y admiren en el resto del mundo. Nuestros hijos siempre han estado bien cuidados por la niñera.

—Ya lo sé, pero después de lo de Oleg, me preocupa estar tanto tiempo fuera de casa.

—Todo saldrá bien…

Sonata 7

Reencuentros

Primer movimiento

Al llegar al aeropuerto de Gatwick, una representación de la embajada de la RDA nos estaba esperando para acompañarnos al hotel St. James, situado en el exclusivo barrio de Mayfair de Londres. Tras instalarnos, salimos a dar un paseo por los alrededores acompañados por una «discreta» escolta formada por cuatro hombres. A pesar de la inclemencia del tiempo, quedé absorta al llegar a Trafalgar Square, una bulliciosa plaza llena de vida y colores donde se respiraba un ambiente de libertad parecido al de Berlín Oeste. Tras recorrer Oxford Street y deleitarme contemplando escaparates de las tiendas de moda, visitamos los almacenes Harrods. Mis ojos no paraban quietos recorriendo las plantas de aquel emblemático almacén repleto de vestidos elegantes, complementos y cualquier artículo que se me pudiera ocurrir.

Boris se empeñó en comprarme varios modelos de fiesta y valiosas joyas para los eventos previstos. El precio era muy elevado, pero apenas le dio importancia. Más que como un marido, se comportaba como un tutor junto a su pupila, a la que deseaba exhibir en público envuelta en lujo y elegancia.

—Boris, estas joyas son demasiado caras, no podemos... —le susurré delante del mostrador de cristal repleto de alhajas cuando la empleada nos dio la espalda para buscar más modelos.

—Tranquila, tengo autorización del secretario de Cultura para presentar estos gastos.

—¿Y por qué no me lo permiten a mí? ¿Acaso creen que no sé manejar dinero o hacer compras? —repliqué, molesta.

—Cariño, tú solo dedícate a la música, no debes preocuparte por estas nimiedades. Para eso estoy yo. —Sonrió besando mi frente, un gesto que me molestó más que su tono condescendiente.

Aún recuerdo la noche de mi estreno en el Royal Albert Hall, el edificio de conciertos más emblemático de Reino Unido. El público abarrotaba la sala y se puso en pie tras mi actuación. Yo lucía un clásico vestido largo y negro entallado con lentejuelas brillantes alrededor del cuello, el pelo recogido en un elegante moño y un collar de oro y brillantes con un zafiro en forma de almendra en el centro. Soñaba, mientras agradecía en pie los aplausos del público, con vivir allí o en otro lugar de Occidente, sola con mis hijos, lejos de la opresora sociedad donde estaba y del hogar vigilado por un marido y su amante a quienes debía convencer a diario de mi ignorancia sobre su verdadero cometido.

Tras el concierto, se celebró una fiesta en mi honor en la embajada de la RDA. Asistieron, además de representantes de la política y de la cultura londinense, numerosos miembros de las embajadas de los países del Pacto de Varsovia y otras delegaciones diplomáticas, donde destacó el nutrido grupo de la Unión Soviética compuesto por militares, miembros del KGB y personal de la embajada. El champán francés y el caviar ruso abundaban en las mesas y en las bandejas de los uniformados camareros que deambulaban por la elegante sala de paredes cubiertas de espejos y enormes lámparas de Bohemia en los techos. Todo era lujo y elegancia en aquel palacete, que representaba a un país cuyos ciudadanos sobrevivían a duras penas, hablaban con miedo y miraban a todos lados cuando salían a la calle, temiendo ser detenidos por la aterradora policía política.

Boris y yo nos separamos en la sala, pues los invitados me requerían continuamente y cambiaba de un corrillo a otro. No obstante, no lo perdía de vista. Ahora charlaba con un grupo de militares cargados de medallas. Lo tenía de espaldas, pero avisté la conversación de algunos sobre la reciente victoria en Estados Unidos de John F. Kennedy en las elecciones que acababan de celebrarse a primeros de noviembre.

Más tarde, en medio de felicitaciones y charlas insulsas con los invitados, observé confidencias al más alto nivel entre un militar de cara cuadrada con otro más delgado, enfundado en un elegante frac negro con pajarita:

—... tenemos ya a un periodista. Estamos trabajando en él... —decía aquel hombre.

—¿Está seguro de su fiabilidad? —preguntó el militar.

—De total confianza. En cuanto Kennedy tome posesión podrá acercarse a su círculo más cercano.

—En Cuba están algo nerviosos y esperan que sea menos beligerante que Eisenhower —replicó el militar.

—Ese periodista será una extraordinaria vía de acceso al nuevo presidente, pero hay que esperar. Le mantendré informado.

Busqué de nuevo a Boris y lo hallé junto a la puerta de acceso a la terraza. Charlaba con un hombre vestido con un elegante traje a medida de unos cuarenta años, de pelo rubio corto y gafas de concha. Yo estaba rodeada de invitados a los que respondía aparentando interés, y cambié de posición para tener a mi marido de espaldas y que no me sorprendiera mirándolo, y concentré mi vista en los labios de su acompañante.

—¡Claro que sí! Por cierto, y cambiando de tema, ¿cómo están tus hijos?

No pude ver lo que contestaba, pero advertí una expresión relajada al oír la respuesta de Boris.

—Me alegro mucho.

Boris afirmó y añadió algo que no pude descifrar. Seguía charlando y traté, con disimulo, de buscar un ángulo para mejorar la visión y poder acceder a sus labios. Conseguí una posición en la que veía el rostro de los dos y al fin logré saber lo que mi marido exponía.

Y quedé petrificada.

—Sí, claro. Está muy encariñada con ellos. Es una buena madre. Demasiado, para mi gusto —decía Boris con gesto de fastidio.

—Eso está muy bien; un modelo de familia soviética, unida y feliz.

—A veces tengo que llamarle la atención para que se concentre más en la música y deje a la niñera que haga su trabajo.

—¡Aun así, no sabes cómo te envidio! Ya me habría gustado a mí que me ofrecieran una misión como la tuya: enamorar a una pianista famosa y darme la gran vida viajando al extranjero con ella.

Boris sonrió con malicia.

—Tú ya estabas casado cuando me destinaron a este trabajo.

—Ese fue mi error, casarme demasiado pronto... Ja, ja...

Ambos rieron por la ocurrencia.

Mi corazón latía con fuerza cuando fui requerida por una invitada, que me condujo hasta el grupo de esposas de los diplomáticos. En aquel instante necesitaba gritar y salir corriendo, y en vez de eso me bebí dos copas de champán de un trago para aplacar la crisis nerviosa que estaba a punto de asaltarme.

Estaba devastada. Acababa de descubrir la clase de mentes perversas que compartían el salón conmigo. Volví a tomar otra copa al imaginar que tendría que dormir con Boris esa noche. Después salí a la terraza a tomar el aire. Aquella monstruosidad que había descubierto superaba todas las conjeturas sobre el papel que Boris estaba desempeñando a mi lado. Una hora más tarde regresamos en silencio al hotel en el coche oficial de la embajada. Él se acercó y acarició mi rostro.

—Estoy muy orgulloso de ti. Me encanta ser el marido de la gran Julia Lerner.

—Sí, hoy ha sido un día extraordinario —respondí ocultando mi consternación—. Me han tenido de un lado para otro en la fiesta. Siento haberte dejado solo demasiado tiempo.

—No debes preocuparte por mí. En estos eventos tú eres la estrella y debes atenderlos a todos.

—¿Conocías a mucha gente en la fiesta?

—Apenas a nadie, pero me desenvuelvo bien. Soy periodista, ya sabes —sonrió de nuevo.

En aquella larga madrugada lo entendí todo al fin. Ya no había dudas. Mi matrimonio era una farsa, y mi presente también. Todo estuvo previsto de antemano. Yo solo era un medio, un peón utilizado como tapadera para que él realizara su trabajo sin levantar sospechas, tanto en el bloque del Este como en Occidente, y comprendí por qué disponía de un elevado presupuesto para gastar en compras personales. Estaba segura de que aquella gira era la excusa perfecta para contactar con agentes soviéticos diseminados por Europa.

Estaba horrorizada y me invadió la espantosa sensación de que había errado en las resoluciones que había tomado en los últimos años. No debí casarme tan precipitadamente, pero había abierto los ojos cuando era demasiado tarde; ya no había vuelta atrás y era imposible deshacer el camino andado. Boris me insinuaba a menudo que le parecía una frivolidad el excesivo interés que tenía por los niños; ahora conocía el motivo: su misión consistía en pasearme como un mono de feria por los teatros del mundo sin interferencias, con el fin realizar la misión que le habían encomendado.

Tenía que pensar en algo, quería escapar, pero ¿qué sería de Oleg si se quedaba solo en manos de aquel monstruo? Yo era la única que podría proteger a mis hijos.

Segundo movimiento

La primera vez que pisé el palacio de la Ópera de París quedé impactada por la grandiosidad del edificio, que me recordó al palacio de la Ópera Semper en Dresde, antes de que fuera parcialmente destruido durante los bombardeos de 1945.

Durante varios días acudí a los ensayos y posteriormente paseábamos por las grandes avenidas y los típicos muelles del Sena. Las calles estaban llenas de vida, de grupos de jóvenes ataviados con pantalones vaqueros, gafas de sol imposibles y camisas de vivos colores. Aquella tarde nos dirigimos desde el Arco del Triunfo, situado en la zona alta de los Campos Elíseos, hasta la place de l'Étoile, repleta de tiendas de lujo y restaurantes. Allí volví a disfrutar de abundantes compras en una exclusiva boutique donde tenía concertada una cita. Asesorada por la responsable, me fui probando bellos vestidos de tarde y de fiesta acompañados con bolsos y zapatos a juego a unos precios desorbitados, si los comparaba con el nivel de vida de mi país. Boris ordenó a la encargada que lo enviara todo a nuestro hotel y nos dirigimos a un lujoso restaurante. Había hecho una reserva para cuatro personas y al preguntarle por nuestros acompañantes, me miró con ojos entrecerrados y aire misterioso.

—Es una sorpresa...

¡Y bien que me la llevé…! Nada más acomodarnos en el reservado, el corazón me dio un vuelco al ver en el umbral a mi primer amor, Nicolás, con sus ojos oscuros y pobladas cejas que me miraban de aquella manera tan intensa mientras caminaba hacia nosotros. Tuve que hacer un esfuerzo de contención al cruzar mis ojos con los suyos. Tras él caminaba Iván Naomóvich, el clarinetista que me delató en el Conservatorio de Moscú y que intervino para que Boris y yo nos conociéramos. Cuando nos reencontramos en Berlín tres años antes ya había iniciado su carrera medrando en política y era miembro de la Unión de Compositores de la Federación Rusa. Actualmente, según supe durante el almuerzo, ocupaba el cargo de agregado cultural de la embajada de la URSS en París.

Al reparar en su llegada, Boris se levantó para saludarlos de forma efusiva. Yo me quedé sentada y ambos me ofrecieron su mano con emoción.

—¡Vaya sorpresa me tenías preparada, Boris! —exclamé al fin, cuando conseguí recuperarme del impacto.

—Yo participé en ella —intervino Iván, satisfecho por su hazaña—. Sabía que te alegrarías de reunirte de nuevo con tus compañeros del conservatorio y le pedí a Boris que guardara el secreto.

—Ha sido una casualidad. Estaba en París por motivos de trabajo y conocí por la prensa que estabas aquí para dar un concierto. Me dirigí a la embajada de la RDA para dejarte un mensaje y adivina a quién encontré allí —explicó Nicolás mirando a Iván.

—Sí, fue una agradable coincidencia. Había ido a la embajada alemana para coordinar los últimos detalles sobre tus conciertos con mi homónimo de Cultura y Nicolás apareció como caído del cielo.

—Cuando concertó esta comida me hizo mucha ilusión. Quería darte personalmente la enhorabuena por tu éxito,

Julia. Estaba seguro de que llegarías muy lejos. Por cierto, y con permiso de tu marido, estás guapísima... —concluyó Nicolás con una respetuosa sonrisa.

—Así es. —Boris marcaba terreno—. Julia ha sufrido una gran metamorfosis, tanto en su físico como en lo artístico. Es la gran estrella de la Unión Soviética y de la República Democrática Alemana. En esta primera gira en Occidente está cosechando un gran reconocimiento.

—Siempre tuviste un talento innato para la música. —Nicolás volvió a dirigirse a mí con formalidad.

—Por cierto, ¿cómo te va la vida en la España del dictador fascista? —preguntó Boris, que, al parecer, ya sabía quién era Nicolás y dónde vivía, algo que me habría extrañado en otras circunstancias.

El aludido guardó silencio durante unos instantes.

—Bueno, al principio tuve algunos problemas con las autoridades, que me vigilaban como si fuera un delincuente, y tuve que asistir a desagradables interrogatorios. Pero no quise saber nada de política y me dejaron en paz; me gano la vida dirigiendo una escuela de música.

—Así que eres maestro... —musitó Boris en un tono que yo conocía bien y destilaba desprecio—. ¿No te has planteado regresar a Moscú con tu familia?

—Ahora tengo una familia en España.

—Entiendo...

Durante unos segundos bebí un sorbo de vino para ocultar mi desolación al saber que Nicolás ya había creado una familia, igual que yo. Nada podía reprocharle. Cada uno había elegido su propia vida y no había vuelta atrás. Él abandonó Moscú consciente de que también me abandonaba a mí. Por segunda vez en pocos días me sentí pequeña, fea, insignificante; quise desaparecer, hacerme invisible. Mi primer amor me olvidó al poco de separarnos y el hombre con el que estaba casada solo estaba cumpliendo una misión a mi lado, y para más escarnio, mantenía un romance con la odiosa Zoa Petrova delante de mis narices.

La comida discurrió con jovialidad, entre las bromas de Iván y los recuerdos de nuestros años de estudio. En ningún momento crucé la mirada con Nicolás, a quien observé incómodo y desubicado entre aquel grupo de «leales marxistas».

Al día siguiente interpreté mi primer concierto en el palacio de la Ópera dirigido por el violonchelista y director de orquesta soviético Mstislav Rostropóvich. A pesar de la emoción al compartir el escenario con el prestigioso músico, mi corazón y mi mente estaban en otro sitio: en el palco que la delegación alemana tenía reservado para las autoridades donde Nicolás, invitado gracias a las gestiones de Iván Naomóvich, ocupaba un asiento junto a Boris. Durante la interpretación reflexioné sobre cómo habría sido nuestra vida si no se hubiera marchado a España y yo me hubiera instalado en Moscú. Pero ya era demasiado tarde para hacer elucubraciones. Él eligió su destino y escapó. Yo quedé atrapada y habíamos creado nuestras propias familias. Estábamos separados para siempre por miles de kilómetros y por una barrera política inexpugnable.

Tras el concierto se celebró una fastuosa fiesta en la embajada de la República Democrática Alemana a la que asistieron invitados procedentes de la política francesa, de la alta sociedad parisina y de las delegaciones diplomáticas asentadas en la capital. Boris y yo nos unimos a un grupo de integrantes de la embajada alemana con sus respectivas parejas. Estaba maravillada por los extraordinarios modelos de alta costura que desfilaban ante mis ojos, pero tampoco perdía de vista a mi marido, que intercambiaba saludos con invitados a los que yo no conocía. Nicolás también estaba allí, aunque algo desubicado, pues apenas conocía a nadie, y nuestro común amigo, Iván Naomóvich, andaba de un lado a otro saludando a los asistentes.

En un instante de la fiesta Nicolás y yo nos quedamos solos y nos escabullimos en la terraza, al amparo de la oscuridad de la noche. Al cruzar nuestras miradas sentí que estábamos de nuevo en Moscú, en aquella habitación del hotel Metropol donde dimos rienda suelta a nuestro secreto y contenido amor.

—¿Qué tal te va en España? —pregunté—. ¿Eres feliz con tu mujer?

—¿Qué mujer?

—Esta tarde en el almuerzo has dicho que tenías una familia.

—No estoy casado. Tu marido me preguntó y le respondí que tenía familia, y es verdad: tengo tíos y primos que he recuperado al regreso. Pero esposa, no.

—Siempre dando la última nota. —Sonreí mientras una pregunta pugnaba por salir de mis labios—: ¿Por qué te fuiste?

Él me miró y bajó los ojos.

—A los pocos meses de marcharte, envié solicitudes a diferentes orquestas de Alemania, de Checoslovaquia, e incluso de Polonia, para estar cerca de ti. Los responsables políticos de la Orquesta Filarmónica Estatal de Rusia fueron informados de mi intención de abandonarla y cuando me citaron para preguntarme el motivo, alegué razones personales. No les gustó demasiado mi respuesta y se encargaron de que no me aceptaran en ninguna. Después comenzaron a ignorarme y apenas me convocaban para los conciertos. Me convertí en un apestado entre mis compañeros... —Movió la cabeza con pesadumbre.

—Lo siento... No sabía nada... —dije consternada por su relato.

—En aquellos meses presentí que mi carrera había acabado nada más comenzar... Entonces supe que el gobierno estaba autorizando el regreso a España a los refugiados que llegamos a la Unión Soviética durante la Guerra Civil, así que decidí probar suerte. Mi intención era, una vez instalado allí, volar a Berlín para llevarte a Madrid. Pero tardé demasiado. Mis inicios en España no fueron fáciles, estaba muy vigilado y no tenía posibilidad de viajar al extranjero sin permiso de las autoridades, ni siquiera me atreví a escribirte. Comencé a dar clases de música gracias a unos familiares que me ayudaron económicamente, y tuvieron que pasar dos largos años hasta que conseguí abrirme paso y moverme en libertad. Ahora dirijo una escuela de música, pero no soy un «maestro», como insinuó despectivamente tu marido. Mi academia de Madrid está funcionando muy bien y estoy preparando la apertura de nuevas sedes en Barcelona y en Valencia. Cuando supe que ibas a estar en París ofreciendo estos conciertos viajé solo para verte y llevarte conmigo, pero he llegado demasiado tarde.

Un silencio atronador se impuso entre nosotros.

—Conocí a Boris el mismo día en que Iván me informó de que te habías marchado a España para siempre. Él nos presentó.

—¡Vaya con Iván! Siempre haciendo de las suyas...

—Perdí toda esperanza de volver a verte... Me sentí abandonada, traicionada...

—Lo siento.

De nuevo nos quedamos callados.

—¿Eres feliz en tu matrimonio? —preguntó Nicolás.

—No —fue mi tajante respuesta.

—¿Y por qué te casaste con él?

—Estaba muy sola, mi padre había fallecido y me convencí de que nunca me habías amado, de que preferiste marcharte antes que estar conmigo. Entonces llegó Boris con su cortejo, su interés por mí... Al principio te confieso que fui feliz a su lado, me enamoré de él, pero poco a poco nuestra relación se ha ido enfriando, y ahora somos un matrimonio... normal.

—Normal... —repitió Nicolás, incitándome a continuar.

—Él y yo... no sé cómo explicarlo, nunca hemos sido amigos como lo fuimos nosotros. Tenemos pocas cosas en común, y hace poco he sabido que... —Guardé silencio, sin atreverme a contarle todo lo que había descubierto días antes en Londres—. Pertenece al KGB, pero él aún no me lo ha dicho.

—Eso se llama confianza —ironizó—. Me duele tanto saber que estás con él...

—Creí que jamás volvería a verte... Lo siento. Me equivoqué, cometí el error más grande de mi vida casándome.

—Me siento responsable por tu decisión. Debería haberme arriesgado y contactar contigo cuando llegué a España, pero estaba en una situación muy complicada y me faltó valor...

—No debes culparte. Te entiendo. —Lo miré sin rencor.

—¿Qué vamos a hacer ahora?

—No lo sé. No puedo dar marcha atrás. Debo seguir así y buscar el momento adecuado para recuperar mi libertad.

—Dime cómo puedo ayudarte. Porque voy a esperarte...

—Ojalá pudiera decirte que no desistas, pero no quiero. —Lo miré con una súplica—. Vivo en una pecera, vigilan mis movimientos y Boris cree que estoy enamorada de él. Tengo que representar un papel que cada vez detesto más.

—Puedes divorciarte...

—Conoces bien las normas del Estado policial donde vivo. Es más complicado de lo que crees, pero no puedo hablarte de ello ahora. Si abandonara a Boris sufriría graves consecuencias.

—Puedes escapar. Muchos lo están haciendo. Aquí mismo, en Francia, si pidieras asilo político, el gobierno te acogería con los brazos abiertos.

—¿Crees que es tan fácil abandonarlo todo? ¿Crees que después de desertar podría vivir tranquila y feliz en España a tu lado?

—Bueno, pero...

—¿No has leído lo que le ha pasado a un disidente ruso en Gran Bretaña? Ha aparecido muerto de forma misteriosa. Lo leí en un diario de Londres la semana pasada. Hay tejida una tela de araña demasiado espesa a mi alrededor y es demasiado fuerte como para poder burlar la vigilancia del KGB. Debemos ser realistas, Nicolás. Ya sabes cómo se las gastan. Ojalá puedas aceptarlo sin sufrir demasiado.

—Entonces, esto es una despedida... —murmuró dándome la espalda y acercándose a la baranda de mármol de la terraza.

—Nunca pierdas la esperanza. Ahora es muy complicado, pero más adelante quizá se produzca un cambio en la política y consiga salir de una forma menos comprometida.

Nos quedamos callados mirando a la nada.

—Iván me ha pedido que colabore con el KGB en España.

—¿Lo ves? También tienen agentes allí. ¿Qué le has contestado?

—Le he dicho que me lo voy a pensar. Le daré largas todo lo que pueda. Temo las consecuencias si le doy un «no» rotundo ahora.

—No te dejes enredar.

—Por supuesto que no. Vivo muy tranquilo en España y no pienso buscarme problemas. Jamás voy a colaborar con un gobierno al que he detestado desde que tuve uso de razón, desde que vi lo que hacía con la gente. Solo genera miseria, tanto moral como social.

—Ten cuidado, Nicolás. Piensa cómo se lo vas a decir.

—Ya se me ocurrirá algo. Me he ganado un prestigio y una posición económica allí que jamás habría conseguido en la Unión Soviética, y no puedo correr riesgos. Hice una prueba para ingresar en la Orquesta Nacional de España y he sido admitido. Voy a incorporarme el mes que viene.

—Te lo mereces. Eres un gran músico y han sabido valorarte.

De nuevo nos quedamos en silencio.

—Ojalá podamos estar juntos algún día. Regreso mañana a España.

—¿No vas a asistir al próximo concierto?

—No. Solo vine a verte. —Me miró, envolviéndome con sus ojos—. Te quiero, Julia, y voy a esperarte.

—Nicolás, te digo ahora como aquella vez en Moscú, en nuestra última noche: algún día estaremos juntos. Algún día... Te quiero.

Di media vuelta y lo dejé solo, a punto de echarme a llorar.

Busqué a Boris en la sala y lo hallé hablando con un hombre muy delgado vestido de chaqué, con el pelo rubio peinado hacia atrás. Lo tenía de frente mientras que Boris permanecía de espaldas a mí, así que me centré en sus labios.

—¿Y tus nuevos colaboradores?

Boris respondió algo que no pude ver.

—¡Vaya! Has cazado una buena pieza. Nada menos que el agregado comercial de la embajada de Italia. Deben de estar contentos en Moscú.

—...

—Por supuesto. Estás haciendo un buen trabajo.

Decidí unirme a ellos y el hombre me recibió con una reverencia, besando mi mano y felicitándome por el concierto.

—Julia, te presento a Vasili Petrov. Es el agregado de Prensa de nuestra embajada en París.

—Enhorabuena, Julia. Ha sido un concierto extraordinario, es usted un orgullo para la Unión Soviética y para la República Democrática Alemana.

—Muchas gracias. Es una experiencia maravillosa estar aquí, representando a mi país junto al gran maestro Rostropóvich y mostrando al mundo nuestra excelencia en la música.

—Ya no solo destacamos en tecnología y ciencias. En la actualidad somos la envidia de Occidente, gracias a la voluntad del Estado soviético de impulsar la cultura y las artes.

—Julia es ya una estrella mundial. Esta ha sido la primera salida a Occidente, su presentación oficial, pero no será la última. El mundo está conociendo y reconociendo su gran talento —proclamó Boris con orgullo, rodeando mi cintura en lo que me pareció un gesto de posesión.

Sonata 8

Secretos

Primer movimiento

Durante el vuelo desde Italia a Berlín noté a Boris pensativo y más callado que de costumbre. No es que fuera un gran conversador, pero solía ofrecer una cara amable y serena, y eso me preocupaba más, pues nunca sabía qué estaba pensando o maquinando. Habíamos compartido en aquellos años de convivencia algunas situaciones incómodas y en todas fui yo quien alzó la voz debido a mi fuerte carácter. Al principio creí que Boris era de condición tranquila y conciliadora, pero ahora sabía que era un ser frío y cínico a quien le interesaban muy poco mi opinión o mis sentimientos; es más, ya sabía que apenas le importaba. Cumplía órdenes, yo era el medio, la tapadera perfecta para viajar y contactar discretamente con agentes encubiertos o con miembros del KGB repartidos por toda Europa, dando instrucciones sin mostrar emoción alguna y con un poder de mando que amedrentaba, como fui evidenciando con el tiempo.

Estábamos a punto de aterrizar en el aeropuerto de Berlín-Shönefeld cuando hizo una sugerencia que llegó a aterrorizarme.

—Julia, he estado pensando que... bueno... ¿Qué te parecería si nos instaláramos en Moscú? Estoy seguro de que te recibirían con los brazos abiertos... —Me miró con curiosidad, esperando mi reacción—. Y estoy pensando en los niños; ellos son rusos y estarían mejor en su país natal.

Durante unos segundos lo miré, ocultando mi consternación por aquella sugerencia que sabía que no había sido espontánea. De nuevo el Estado me estaba marcando el camino a seguir a través del marido/guardián.

—Estamos en diciembre, en plena temporada de conciertos... No podría abandonar la orquesta así, de improviso...

—Bueno, no estaba pensando en un traslado inminente, podríamos programarlo para el próximo otoño, coincidiendo con el inicio de la temporada de conciertos y del colegio para los pequeños. ¿Qué te parece?

—No sé, Boris...

Mi cabeza era un torbellino de emociones. Aquello era una encerrona. Si decía que no, podría tener problemas en mi carrera, y si aceptaba, las consecuencias serían fatales para mi vida. Durante un instante contemplé la idea de escapar. Pensé en Nicolás y en su declaración de amor. Y también en Karina y Oleg. ¿Qué sería de ellos si yo cruzara la frontera hacia Berlín Oeste una tarde y no regresara nunca?

—Piénsalo, cariño. Creo que es lo mejor para la familia, y también para ti. —Sonrió con los ojos inmóviles.

Al llegar a casa y abrazar a los niños percibí en ellos una sensación de miedo y alivio a la vez. Supe por Adolfina que la niñera había aprovechado nuestra ausencia para imponer su perniciosa influencia y la había relegado a un segundo plano, arguyendo que era la responsable de ellos mientras sus padres estuvieran ausentes. Oleg había vuelto a su mutismo y Karina había perdido el entusiasmo por practicar al piano.

Llegó el Año Nuevo sin apenas celebraciones, pues Boris estuvo muy ocupado fuera de la ciudad durante aquellas fiestas que cada vez se celebraban menos en el país, y en casa esta vez no hubo sorpresas musicales, tras el fiasco del año anterior. La Petrova se tomó dos semanas de vacaciones para regresar a Moscú, así que me quedé sola con los niños.

Aprovechamos aquellos días para cruzar a Berlín Oeste y disfrutar de las calles iluminadas para las fiestas navideñas, repletas de turistas norteamericanos, con escaparates adornados donde exponían preciosos juguetes y regalos. Todo era luz y color en aquella isla capitalista rodeada de comunismo, una ciudad donde los edificios estaban recién construidos y donde los pequeños saborearon palomitas de maíz, bebieron Coca-Cola y montaron en las atracciones infantiles instaladas en las plazas. Nada que ver con el ambiente gris y oscuro del otro lado, con almacenes emplazados en inmuebles sin restaurar donde se vendían productos de ínfima calidad, o restaurantes pésimamente decorados con espejos y alfombras de filos dorados, o calles cuyos bloques de pisos aún seguían sin techo. No solo había una separación económica entre las dos ciudades, también lo era anímica.

Segundo movimiento

Una de aquellas tardes quedé con Laura para volver a Berlín Oeste con los niños, y durante el camino por Unter den Linden hacia la frontera me hizo una confesión inesperada.

—Tengo que confiarte un secreto, Julia. Me voy. Tuve un compañero en el conservatorio que pertenece ahora a una orquesta de Berlín Occidental. Me informó de que había quedado libre la plaza de *concertino*. Hice una prueba hace unos días y me han admitido.

Mi primera reacción fue de confusión, aunque también de comprensión.

—¿La vas a aceptar?

—No lo sé. Por una parte, aquí están mis raíces, mi pasado, pero no tengo a nadie y últimamente no estoy a gusto en la orquesta ni en esta ciudad. ¿Tú qué opinas?

—Vete. Será un paso positivo en tu carrera. Te voy a echar de menos, pero no debes desaprovechar la oportunidad.

—Bueno, no me voy al fin del mundo. Tú puedes salir cuando quieras y seguiremos viéndonos.

—Por supuesto. Pero no debes comentarlo con nadie —le aconsejé con prudencia.

—¡Claro que no! Es un secreto.

—Ojalá yo pudiera hacer lo mismo... —murmuré con tristeza.

—¿Tú también deseas marcharte? —Me miró con espanto—. Creía que estabas a gusto aquí. Eres la estrella de la RDA.

—No es eso. Soy muy feliz componiendo e interpretando, pero a veces desearía no tener cargas familiares para dar el salto y escapar.

—No eres feliz con Boris... —afirmó, mirándome con temor.

Nos habíamos sentado en un parque cerca de la frontera y observábamos a los pequeños jugar en los columpios.

—Mi matrimonio fue un error. Estaba sola y me conquistó con sus atenciones. Me casé muy enamorada, pero... —Moví la cabeza sin atreverme a confesarle que me arrojé en sus brazos llevada en parte por el despecho al enterarme de que Nicolás me había abandonado—. Cada vez tenemos menos cosas en común, y ahora soy madre de dos niños, uno de ellos muy especial que necesita ayuda. Si no fuera por ellos...

—Es tu vida, Julia. Y los niños tienen a su padre para cuidarlos.

—No, solo me tienen a mí. Boris apenas para en casa y... bueno, no es demasiado cariñoso con ellos.

—¿Lo amas?

—No. Pero no puedo dejarlo. Y estoy segura de que tiene una aventura. Casi no lo veo, incluso estando en Berlín.

—Debes reflexionar, Julia. Pide el divorcio y cruza la frontera.

—No puedo —negué, testaruda.

—Pues bien, voy a contarte algo que no te va a gustar, pero no puedo callarlo por más tiempo, y menos después de lo que me has explicado. No sé cómo empezar, es muy delicado...

—Vamos, habla.

—Se trata de tu marido: se me insinuó hace tiempo.

—¿Cuándo? —La miré con curiosidad.

—Hace unos meses, en la fiesta de inauguración de la temporada de conciertos. Me indicó que le gustaría invitarme a cenar para hablar sobre una entrevista para el *Pravda* que había pensado dedicarme. Yo me sentí muy violenta y le di largas. Semanas más tarde, cuando fue a recogerte tras un ensayo, me abordó diciendo que seguía esperando una respuesta. Yo le dije que estaba muy ocupada y me zafé como pude. Lo siento. Eres mi mejor amiga y quiero ser honesta contigo. No sé si he hecho bien en decírtelo, pues no deseo que tengas problemas con él, pero ya no lo puedo callar más. Me da miedo, tiene importantes relaciones y podría ocasionarme problemas, aunque realmente eres tú la que me preocupa. He pensado muchas veces en contarte esto y considero que ha llegado el momento.

—Te creo, Laura. No debes preocuparte. Él es muy peculiar y entre nosotros las cosas no marchan demasiado bien. Agradezco tu sinceridad.

Definitivamente estaba sola, con un futuro tan incierto como el de una rosa recién cortada sobre la arena del desierto. Y los pequeños también. Me había casado con un desconocido a quien estaba desenmascarando poco a poco. Era como una *matrioska*, una muñeca rusa que, conforme se iba abriendo, destapaba una nueva faceta que cada vez se tornaba más inquietante y peligrosa. La puerta que había traspasado se había cerrado a mi espalda y no había nadie para ayudarme a regresar.

Tercer movimiento

Días después de hablar con Laura y aprovechando que seguía sola, decidí volver al despacho de Boris para buscar más información sobre sus actividades. Registré entre las carpetas y los documentos que contenían. Eran artículos para el periódico, nada fuera de lo normal. Abrí el primer cajón y los de abajo hasta que hallé el último cerrado con llave. Miré por los alrededores porque creía conocer a Boris y le consideraba algo previsible. Estaba segura de que no llevaba la llave encima. Era su despacho y creía, confiado, que yo jamás hurgaría entre sus cosas. Había advertido en más de una ocasión que infravaloraba mi capacidad de resolución y yo tampoco le había dado muestras de ser curiosa o celosa. Lo que él ignoraba era que mi facultad de observación era muy superior a la suya.

Miré en los otros cajones palpando con las manos las partes superiores, los bajos de su sillón de cuero, pero no hallé nada. Sentada en el sillón dirigí la mirada en torno a mí. Había un florero en una mesa cercana al mueble biblioteca que tenía unos huecos alrededor de las asas. Era un sitio demasiado fácil; de todas formas, introduje los dedos en las rendijas y... *voilà!* Allí estaba la llave. Me fijé en cuál de los huecos estaba y la posición que tenía para devolverla más tarde de la misma forma.

Abrí el cajón y extraje una carpeta con el logotipo de la Stasi. Comencé a leer y reconocí nombres de músicos de la orquesta, de vecinos, incluso de diplomáticos. Había un dossier completo sobre Ulrich Werner, el clarinetista arrestado dos años antes por la Stasi que había sido deportado a Moscú. El informe detallaba sus movimientos, los amigos con los que se relacionaba e incluso transcripciones de grabaciones realizadas en su propia casa y las conversaciones familiares. El agente adscrito a su vigilancia exponía con claridad el peligro que suponían las opiniones que Werner vertía sobre el Estado, en las que criticaba la sumisión del gobierno alemán al de la Unión Soviética, la falta de libertad de prensa y opinión y la excesiva presencia de la policía política en cualquier ámbito de la sociedad. Ojeando aquel dossier sentí bochorno al ver la exhaustiva vigilancia a la que estuvo sometido, con su intimidad violada y expuesta en aquellas páginas.

La siguiente carpeta llamó aún más mi atención. Tenía el anagrama del KGB y en la portada estaba impreso el nombre de August Klein, el fagotista y delator del profesor del conservatorio y, estoy segura también, del *concertino* que habló en un ensayo sobre su próxima marcha a Occidente antes de ser detenido en la frontera. En aquellas páginas se describía con detalle su trabajo como músico y también como informador de la Stasi, enumerando las últimas operaciones de vigilancia realizada por él a varios músicos de la orquesta. El autor del expediente exponía la torpeza de aquel informador, que había sido descubierto por algunos de sus compañeros, y aconsejaba su traslado a otro lugar.

¡Dios santo! ¡Había sido yo quien le había hablado a Boris de August y de mis sospechas sobre su participación como informador de la Stasi...!

Pero lo más alarmante estaba por llegar en otra carpeta del KGB, en cuya portada rezaba el nombre de Adolfina Neumann y contenía un resumen detallado sobre su pasado, de su profesión como maestra y del actual cometido en nuestra casa al cargo de los hijos de Boris. Hablaban de su marido, que fue militar en la Wehrmacht y fallecido en la guerra. Nada fuera de lo normal, excepto la minuciosa vigilancia a la que la tenían sometida, con un concienzudo orden cronológico sobre sus movimientos y conversaciones con amigas o vecinas en su propia casa. Leí despacio las transcripciones y respiré aliviada al comprobar que no había nada fuera de lo normal.

En otra carpeta estaban escritas a mano las palabras «Orquesta Berlín». Al ojearla hallé una breve biografía de cada uno de mis compañeros. Busqué mi nombre, pero no estaba allí, aunque sí el de Laura Braun en un informe donde se advertía sobre un sospechoso acercamiento a la esposa de un alto mando del KGB en Berlín Este, Julia Lerner.

Un escalofrío recorrió mi espalda. Ahí estaba la confirmación. ¿Cómo pude estar tan ciega en aquellos años de matrimonio? Durante unos segundos me sentí estúpida, tan estúpida como Boris creía que era. Continué leyendo extractos de conversaciones íntimas de ella con amigas o familiares que la habían visitado, lo que indicaba que también habían colocado micrófonos en su domicilio. La última transcripción tenía fecha de la semana anterior, por lo que no había información alguna sobre la intención de Laura de marchar a Berlín Oeste. Estaba tan nerviosa que decidí guardarlo todo con extremo cuidado para que no se notara mi presencia allí. Cerré el cajón y volví a colocar la llave en su lugar.

Adolfina estaba con los niños en la sala de estudio y la requerí un instante para que me acompañara al jardín. Estábamos solas, la Petrova regresaba al día siguiente y mi marido tardaría en llegar para la cena. Nos acercamos a la fuente situada en el centro y le hablé con cautela.

—Adolfina, necesito que le envíe un mensaje urgente a Laura.

—Sí, por supuesto. La visitaré cuando regrese esta tarde. Ya sabe que vivimos muy cerca.

Suspiré hondo, intentando buscar las palabras adecuadas sin ofrecer demasiada información para no alarmarla.

—Adolfina, la casa de Laura no es... segura... quiero decir, puede que alguien esté escuchando lo que hablan... Y en la suya también.

Me miró con ojos de espanto.

—¿La Stasi? ¡Oh, Dios! —exclamó horrorizada—. ¿Nos han puesto micrófonos? ¿Por qué?

—No lo sé. Actualmente vigilan a todo el mundo. Mi marido es ruso, como sabe... Por eso la he traído aquí, tampoco me fío de la seguridad de mi casa.

—¿Y cómo lo ha sabido usted? —Me miró con desconfianza.

—Confíe en mí —dije tras un silencio colocando mi mano sobre su hombro para tranquilizarla—. Ahora debe ir a avisar a Laura. Salgan a dar un paseo y cuando estén a solas dígale que tiene que salir cuanto antes de la ciudad y sin equipaje... Ella sabe por qué.

—Ella me confesó hace unos días que tenía intención de marcharse al Oeste... ¿Cree que podría tener problemas por querer trabajar allí?

—Ya lo han tenido algunos compañeros de la orquesta por esa misma razón. Debe avisarla de inmediato, y procure actuar con naturalidad.

—¿Y si la detienen? —preguntó con temor.

—Ella no ha hecho nada malo. Como sabe, están saliendo del país muchos técnicos y profesionales hacia Occidente y eso no les gusta a las autoridades. Últimamente hay controles más exhaustivos en los puntos fronterizos.

—Sí, lo he notado. Pero hay muchos jóvenes que estudian en la universidad en Berlín Oeste y vuelven a su casa, y miles de trabajadores que a diario cruzan las fronteras...

—Pero no son tan valiosos como el *concertino* de la Orquesta Sinfónica de Berlín Oriental. Si se enteran, podrían trasladarla a otra ciudad, como hicieron con el anterior, o quizá algo peor...

—Entiendo. A lo mejor la policía ya está enterada de su intención de marchar...

—Recemos para que no. Dígale que salga por la zona de menor vigilancia. El metro, por ejemplo.

—De acuerdo.

—Y ahora vaya con ella...

Adolfina regresó a casa al día siguiente y me susurró al oído en la cocina que Laura ya estaba a salvo. Había tomado el metro la tarde anterior portando lo imprescindible y con varias capas de ropa encima.

Aparentemente todo había regresado a la normalidad, excepto en la orquesta. Aquel primer día de ensayo tras el paréntesis de diciembre había un ambiente extraño. El director exhibió un gesto serio y preocupado al constatar que faltaban dos músicos. Uno de ellos era Laura, de la que nadie tenía noticias. Otro era August Klein, el chivato, del cual conocimos que había sido trasladado a una orquesta de la ciudad de Weimar, en el estado de Turingia.

Tras haber leído el expediente que Boris guardaba en casa sobre August, estaba segura de que ese traslado no había sido casual y estaba relacionado con la conversación que mantuve con él días después de la detención del *concertino*. La sospecha sobre su intervención se había convertido en certeza.

Cuarto movimiento

La situación en Alemania Oriental se degradaba por momentos. Una tarde de febrero de 1961, durante la cena, observé en Boris una expresión adusta y sombría mientras leía el *Neues Deutschland*, el diario oficial del gobierno que difundía y respaldaba sin fisuras las decisiones del Partido Socialista Unificado de Alemania, el SED.

—¿Ocurre algo?

Me miró en silencio y continuó comiendo la sopa.

—Este país no merece lo que se está haciendo por él. No es consciente del esfuerzo de Moscú por su bienestar. Preparamos a los jóvenes ofreciéndoles estudios universitarios y cuando terminan, se largan a Occidente. Esa frontera es un peligro para el desarrollo de Alemania. Doscientas mil personas salieron el año pasado. Y ya no solo pasan la frontera los de Berlín Oriental, ahora llegan desde países vecinos como Checoslovaquia o Polonia. Cada día salen miles de personas para no volver.

—Quizá el Estado debería plantearse ofrecer mejores condiciones de trabajo, o subir los salarios... —insinué con suavidad.

—¿Para qué? ¿Para que se lo gasten en el otro lado? Ahí tienes a los más de cincuenta mil «fronterizos» que trabajan en Berlín Oeste pero viven aquí, aprovechándose de los bajos precios de la comida, de la vivienda y de las prestaciones que se les ofrecen. Se están burlando del resto de sus compatriotas.

—¿Y qué solución crees adecuada para evitarlo?

—Solo hay una: cerrar la frontera.

Levanté la cabeza para mirarlo con espanto.

—Pero eso provocaría que muchos obreros que se ganan la vida al otro lado perdieran el trabajo...

—Significaría que los ciudadanos de la RDA vivirían y trabajarían en la RDA, ¿no te parece bien?

—¡Claro! Sería una solución... —asentí para convencerle de mi conformidad.

A la mañana siguiente, Adolfina me habló en la cocina

con tono misterioso. La Petrova acababa de salir a acompañar a Karina al colegio y Boris estaba en el trabajo.

—Tengo noticias de Laura —musitó extrayendo un sobre doblado de su bolsillo y entregándomelo—. Me lo ha hecho llegar a través de un vecino que trabaja en el Oeste.

Era una nota sin importancia, solo para decirme que estaba muy contenta en la nueva orquesta y que me añoraba, así que proponía vernos el sábado en el zoológico para pasar el día juntas y con los niños, como hacíamos antes. Yo intuía que había algo más, así que envié una respuesta afirmativa a la maestra para que se la trasladara.

Aquella tarde me despedí de la niñera, pues Boris estaba en Moscú, y tomando de la mano a los niños nos dispusimos a pasar un día en la zona occidental.

—Señora, no debería llevarlos tan lejos y completamente sola. Oleg es demasiado pequeño y podría tener problemas... —insinuó la Petrova.

—Ya lo he hecho otras veces. No debe preocuparse. Cuando pasemos la frontera tomaremos un taxi, como hago siempre.

—Tenemos un zoológico aquí, el Tierpark Berlín...

—A Oleg le gustan los animales que están allí, ¿verdad? —Lo miré esperando su respuesta.

—Sí... Sí... El hipopótamo es muy simpático... Se llama Knautschke. Me gusta el hipopótamo, es muy simpático...

Salimos caminando hacia el punto fronterizo y tomamos un taxi hasta el zoológico. Allí, en la puerta, nos esperaba Laura, quien recibió a los niños con un cariñoso abrazo que fue correspondido. Durante el paseo me contó que se había instalado provisionalmente en una pensión por la zona de Charlottenburg mientras buscaba un piso de alquiler y me habló entusiasmada de su nueva vida en aquella ciudad tan diferente y a la vez tan cerca de donde había nacido y crecido. Aquel Berlín tampoco era el que recordaba de antes de la guerra; le parecía estar viviendo en una ciudad de Estados Unidos, pues la lengua inglesa se hablaba por todas partes: en los grandes almacenes, en las cartas de los restaurantes o en las cinco emisoras de radio que había en aquel trozo de Occidente rodeado de comunismo.

—Gracias por avisarme. Adolfina estaba muy apurada cuando me trasladó tu mensaje. No imaginaba que estuviera tan vigilada, pero tras los intentos de salida de nuestros compañeros entraba dentro de lo normal que la Stasi actuara así para evitar más fugas. ¿Y tú? ¿Cómo sigues? ¿Cómo están en la orquesta?

—Bien, resignados y algo desmoralizados desde que han visto cómo pierden a sus compañeros. No solo has sido tú quien ha dejado el país. Desde que comenzó el año ha habido ya dos miembros más que se han pasado a este lado, además de nuestro amigo August, que ha sido trasladado a otra orquesta lejos de Berlín.

—¡Vaya! No lo sabía. En fin. No me arrepiento de haber salido. Al contrario, creo que fue una buena decisión... Ahora te toca a ti. —Me miró con reserva.

—Ya sabes cuál es mi situación. —Señalé con la mirada a los niños, que estaban ofreciendo comida a los animales.

—Julia, alguien ha contactado conmigo... Un alto mando de la Comandancia Aliada de Estados Unidos, para más señas.

—¿Y?

—Me preguntó por ti, sabe que somos amigas. Están interesados en hablar contigo.

—No sabía que estaban al corriente de nuestra vida en el otro lado...

—Estas dos ciudades están más vigiladas de lo que parece, y nosotros también. Hay espías y delatores por todas partes. Seguramente también a ti te han seguido.

—Es posible. ¿Y qué desean de mí?

—Me preguntó si eras feliz en tu matrimonio, si tenías ideología marxista, si habías comentado alguna vez que desearas vivir en Occidente... En fin, lo imprescindible para saber si te gustaría pedir asilo. En Estados Unidos estarían encantados de recibirte. Eres una de las mejores pianistas del mundo —sonrió.

—¡Cómo ha funcionado la propaganda comunista!

—No digas eso. Eres la mejor.

—Y tú, ¿qué le has contado sobre mí?

—La verdad. Que no eres feliz, pero que quieres demasiado a esos niños como para dejarlos solos —los señaló—, a pesar de que no son tuyos. También me ha dicho que tu marido es un alto cargo del KGB en Berlín Este... —Me miró, a la espera de confirmación.

—Así es. Boris nunca me lo ha contado, pero lo he sabido hace poco por otros medios.

—El aviso que me enviaste para que saliera de la ciudad no fue casual...

Asentí.

—Él no suele hablarme de su trabajo como periodista, y mucho menos de este asunto, pero hace poco he descubierto su verdadero cometido. Lo del puesto de corresponsal de *Pravda* en Berlín es pura tapadera.

—Los americanos saben quién es y lo que hace. Me han pedido que te transmita su deseo de hablar contigo, pero entiendo que es peligroso.

—¿Y qué quieren de mí?

—Pues imagínatelo... Saber si conoces sus actividades, si estarías dispuesta a colaborar con ellos o si serías capaz de abandonarlo.

Me quedé en silencio, pensativa, observando el juego de los niños en aquel día de cielo plomizo y oscuro.

—Bueno, ya me has dado el mensaje. —Suspiré.

—Tenía mis dudas sobre hablarte de esto, pues sé que puedes exponerte a un gran peligro y no quiero que te pase nada.

—No te preocupes, confío en ti plenamente. Eres mi mejor amiga.

—Ya sabes cuántos músicos, artistas y escritores han decidido abandonar el país para ser libres. ¡Anímate a vivir tu propia vida!

—Voy a pensarlo. Ahora no puedo tomar una decisión tan importante. Es todo tan complicado...

—Desde que vivo aquí he abierto los ojos de golpe. No puedes imaginar la crueldad del gobierno comunista. Aquí están muy indignados por la muerte de unos niños que se ahogaron en el río. Pudieron haberse salvado, pero la mezquindad y el miedo de la gente de aquí hacia los soldados orientales superaron el impulso de ir a rescatarlos...

—¿Qué ocurrió?

—Fue en el barrio de Kreuzberg. Estaban jugando en la orilla del río Spree, que hace frontera con las dos ciudades, como sabes. Uno de los niños cayó al río y no sabía nadar. El amigo se lanzó al agua para ayudarlo y tampoco pudo salir. Gritaron pidiendo ayuda a los que pasaban cerca, pero nadie se atrevió a entrar en el río por miedo a que los soldados de la zona oriental, que acechaban y apuntaban hacia allí desde las torres de vigilancia, creyeran que estaban ayudando a un fugitivo a cruzar a este lado y les dispararan. Llegaron buzos de esta zona, pero no podían entrar en el agua sin una autorización. Los chicos fallecieron delante de una multitud que no se atrevió a mover un pie para sacarlos del agua por temor a ser tiroteados por los militares del otro lado. Tenían siete y nueve años... —Movió la cabeza con pesar.

—¡Qué espanto! —exclamé indignada.

—Los cuerpos fueron recogidos una hora más tarde por una patrullera de la zona oriental. Los padres tuvieron que cruzar la frontera para recogerlos.

—No había oído nada de esa tragedia.

—¿Cómo ibas a saberlo en esa ciudad donde no hay un periódico que diga la verdad? Julia, solo tienes veintiocho años y estás en tu mejor momento profesional. Deja ya de hostigarte. Ha llegado la hora de marchar y de vivir en libertad.

—Déjame pensarlo —dije besando su mejilla a modo de despedida.

Aquella noche apenas pude conciliar el sueño. Tenía ante mí un futuro en colores y la posibilidad de abandonar el mundo en blanco y negro donde vivía, así como la oportunidad de librarme de un matrimonio falso para buscar la felicidad en España, la tierra de mi padre, junto a Nicolás.

Nicolás... Su rostro regresó como un ciclón. ¡Qué podía hacer! Tenía que elegir entre mi felicidad y la de unos seres inocentes. Pensaba en Oleg, a quien aguardaba un futuro incierto. En mi conciencia estaba elegir entre mi vida o la de ellos. Durante toda la noche recé, hablando con mis padres, y deseé convencerme de que aconsejaban quedarme. Llevábamos casi tres años de matrimonio y estaba aceptando la imposibilidad de tener un hijo propio. Me consideraba la madre biológica y legítima de aquellos niños y estaba segura de que nunca viviría feliz con aquel peso en la conciencia si los abandonaba a su suerte. Jamás me lo perdonaría.

Al amanecer, la decisión estaba ya tomada. No podía marcharme, los amaba como mis padres nos amaron a Herbert y a mí. Vería crecer a Oleg y Karina y asumiría el coste de una vida vacía de amor y de libertad, aunque plena de música y maternidad.

Sonata 9

Decisión

Primer movimiento

Boris había insinuado veladamente que daba por hecho nuestro traslado a Moscú, sobre todo cuando hablaba de las próximas giras que iba a realizar a lo largo del año al extranjero. En aquellas ocasiones yo no respondía y él se preocupaba por transmitirme noticias sobre los grandes éxitos que cosechaba el Bolshói en danza, en la ópera o en los conciertos cuando leía la prensa durante el desayuno. Entonces era yo quien cambiaba de conversación y le hablaba sobre los avances de nuestros hijos; de Karina, que cada vez tenía más soltura al piano, y de Oleg, que había aprendido a hablar alemán con gran facilidad. Me proponía ahora enseñarles mi segunda lengua: el español.

—No creo que debas perder el tiempo en esas tareas. Si quieres que lo aprendan, contrataremos a otra profesora de español. Tienes una carrera como compositora que debes seguir desarrollando, cariño.

—A mí no me supone ningún trabajo. Me gusta emplear en ellos mi tiempo libre.

—Como quieras —accedió, doblando el periódico sobre la mesa—. Voy a estar ocupado estos días. Hay muchas novedades que debo cubrir. Se está poniendo interesante a nivel periodístico el momento que estamos viviendo.

—No sabía que estuviera ocurriendo nada especial...

—Bueno, estamos a la espera de cómo va a ser el entendimiento entre el recién elegido presidente de Estados Unidos, John Fitzgerald Kennedy, y Nikita Jruschov. Parece que nuestro líder ha solicitado una reunión con él para hablar sobre los problemas pendientes, entre ellos el de Berlín.

—¿Y cuáles son los problemas de Berlín? —pregunté con aparente ingenuidad.

—Los de siempre: la difícil convivencia entre estas dos ciudades tan diferentes y cercanas. Walter Ulbricht, el jefe del Estado de la RDA, le ha enviado una carta a Jruschov solicitándole que subsane de una vez este sinsentido y que ponga punto final a la absurda ocupación de nuestra ciudad.

—¿Quieres decir que le ha pedido que expulse a las Fuerzas Aliadas?

—Por supuesto. La existencia de Berlín Occidental es un disparate. El Kremlin lleva anunciando desde hace más de dos años la intención de incorporarla a este país o de que quede bajo el manto de las Naciones Unidas, y le ha dado un plazo a los Aliados. Esa ciudad está en el suelo de la RDA y es una anomalía que distorsiona nuestra sociedad y corrompe a nuestros compatriotas. Estados Unidos está gastando millones de dólares en mantener un espejismo artificial. Berlín Oeste es una ciudad escaparate donde no hay industrias, solo propaganda, con la que atraen a nuestros jóvenes más preparados y nos roban a los mejores especialistas... —Hablaba con enojo—. Esto tiene que parar. Esperemos que Kennedy acepte la propuesta, por el bien de todos.

—¿Y si no lo hace?

—No quiero imaginar que se inicie una nueva guerra por un insignificante trozo de tierra que nunca les ha pertenecido.

—¿Debo preocuparme? —demandé con aparente ingenuidad.

Él sonrió para tranquilizarme.

—No creo que los políticos norteamericanos lleguen hasta el final con sus impertinencias. Estoy seguro de que el nuevo presidente se avendrá a las poderosas razones que le asisten a Jruschov. Sobre todo después de las derrotas que está cosechando en Cuba. Ese Kennedy es un principiante con ínfulas de gran estadista, pero yo lo veo como un payaso que solo provoca risa. —Sonrió señalando el periódico que acababa de depositar en la mesa y levantándose para marcharse a la redacción.

Al quedarme sola alargué la mano para tomar el diario. Conocí entonces el estrepitoso fracaso de las tropas de mercenarios anticastristas que la CIA había enviado a las costas cubanas de Bahía Cochinos. La misión era invadir la isla y derrocar a los nuevos dirigentes revolucionarios que, apoyados por el Kremlin, habían implantado un gobierno abiertamente marxista tras expulsar al antiguo dictador pro estadounidense Fulgencio Batista. La prensa del régimen dedicaba grandes alabanzas al ejército cubano, enumerando uno a uno los fracasos del gobierno estadounidense para desestabilizar a Fidel Castro y magnificando las victorias de los revolucionarios con su dirigente a la cabeza.

Aquella tarde comuniqué a la niñera que había decidido salir yo misma a recoger a Karina del colegio y dejé a Adolfina con Oleg en la sala de juegos. Deseaba dar un paseo para recibir el tímido sol de la primavera que comenzaba a acompañarnos. Al regresar llevé a la pequeña con la maestra y al asomarme a la ventana del dormitorio que daba al jardín, advertí que Boris había regresado y charlaba con la Petrova. Estaban más lejos de mi punto de visión que la vez anterior y recordé que guardaba en el cajón de la mesilla unos coquetos anteojos que utilizaba para asistir a la ópera desde el palco.

Me coloqué detrás del visillo con el fin de que no se percataran de mi presencia y comencé a leer los labios para averiguar qué se traían entre manos esta vez.

—Pues vamos a ver cómo se lo toma, con el genio que tiene —decía la Petrova.

—Yo sé cómo convencerla. No hay de qué preocuparse. Solo es una niña mimada que juega a ser mamá. Es la única posibilidad que va a tener —decía con desdén Boris—. Pero tendremos que hacer algo para preparar el terreno y que compruebe por sí misma la necesidad de internarlo.

—Si quieres empiezo ya. Sé cómo ponerlo nervioso y hacer que arme un buen escándalo gritando y pataleando. —Lo miró con una mueca de maldad—. Esperaré a que tú estés presente cuando se haya marchado la maestra.

¿Hablaban de Oleg? ¿De internarlo?

—No. Aún no. Espera al verano para que no pierda la concentración. Ya sabes que es capaz de cancelar un concierto para quedarse a cuidarlo. Un par de meses de gritos y ataques de nervios y ella misma aceptará, en cuanto nos instalemos en Moscú, que Oleg necesita ayuda y estará mejor en un centro especializado. He recibido la información sobre el sanatorio que me ha hecho llegar el director, a quien conozco desde hace años y me debe algunos favores.

—¡Vaya! Cuántas atenciones tienes con ella... —Lo miró con reproche.

—Julia es muy valiosa, ya lo sabes. Nosotros cuidamos muy bien de nuestros artistas.

—Todo sea por la patria soviética... —A continuación, se levantó con intención de regresar al interior.

Esperé unos minutos en el dormitorio. La Petrova se dirigía a la cocina y saludó con sumisión, indicándome que Boris había regresado y que le había solicitado una copa de vino. Iba a dar la orden a la empleada del servicio para que se la llevara.

En aquel instante no podía ni quería mirar a Boris a los ojos, después de lo que acababa de presenciar. «Es la única posibilidad que va a tener...», repetía una y otra vez. ¿Qué habría querido decir?

Entré en la sala de juegos y recibí una cálida sonrisa por parte de Oleg que, sentado en su pupitre de trabajo, me mostró una hoja en la que había pintado un dibujo muy detallado de la estantería donde se colocaban los juguetes.

—Mire, Julia. También es un prodigio dibujando —explicó Adolfina señalando el papel—. He pensado, si le parece bien, que deberíamos enseñarlo a jugar al ajedrez. Quiero comprobar si también su cerebro es capaz de concentrarse en los movimientos de las piezas.

—Por supuesto. Es una gran idea. Yo jugaba al ajedrez cuando era adolescente. Actualmente apenas lo practico, pero será interesante hacer una competición con él. Voy a enseñarle las reglas para ver cómo lo acepta. Ya puede volver a casa, Adolfina. Yo me hago cargo de ellos.

Durante un buen rato me quedé con Karina y Oleg, explicándoles los nombres y los movimientos de cada una de las piezas y las jugadas más fáciles. Oleg quiso ser el primero en jugar y me ofrecí a usar las negras mientras él iniciaba el juego con las blancas. Observé que movía las fichas con rapidez, casi sin pensar, o eso creía yo... ¡Y llegó al jaque mate en apenas quince movimientos!

Solo con imaginar el futuro que había preparado Boris para aquel ser tan excepcional me daban ganas de gritar, y observándolo jugar con su hermana tomé una decisión: tenía que sacarlo de allí y apartarlo de las garras de aquellos seres perversos de ideas maquiavélicas.

La decisión que había tomado la semana anterior sobre renunciar a escapar se tambaleó aquella tarde. Laura me había insistido una y otra vez para que abandonara a Boris y cruzara la frontera de una vez y para siempre. Ahora, las circunstancias habían cambiado y tenía que actuar con apremio. No iba a permitir de ninguna manera que ingresaran a Oleg en una institución mental.

A la mañana siguiente hablé con Adolfina en voz baja cuando nos quedamos solas en la cocina.

—Buenos días, Adolfina. Voy a ir el sábado a llevar a los pequeños al zoológico de la zona oeste. ¿Podría decirle a su vecino que avise a Laura de que nos acompañe? Me ha dicho que tiene un amigo especial y quiere que lo conozca.

—Ah, ¿sí? ¿Tiene novio?

—Bueno, están comenzando una relación y está muy ilusionada. Me dijo que le gustaría presentármelo.

—De acuerdo, le daré el mensaje.

—Dígale que el sábado por la tarde estaremos por allí.

La niñera se había tomado el fin de semana libre y Boris lo pasaría también en el norte del país, en el distrito de Rostock, así que planeé aquella cita sin tener que dar explicaciones.

Como de costumbre, caminé con los pequeños de la mano a lo largo de la avenida Unter den Linden y cruzamos el Checkpoint Charlie. Esta vez noté un mayor control, con interrogatorios sobre el motivo de la visita al otro lado tras mostrar mi documentación y la de los pequeños. Pensé, durante el recorrido en el taxi que nos llevaba al zoológico, que cada vez eran más exigentes y antipáticos los oficiales alemanes, en contraste con los amables estadounidenses.

Laura nos recibió con un efusivo abrazo en la puerta del

zoológico. Ya en el interior, los niños caminaban alegres y embelesados mirando a los animales mientras Laura y yo charlábamos.

—He captado tu mensaje, Julia. Vamos a la zona del hipopótamo que tanto le gusta a Oleg.

—¿Va a venir alguien? —susurré con temor.

—No. Me han dicho que nos sentemos en ese banco en concreto.

Los pequeños estaban en la barrera jugando y deleitándose con Knautschke, el hipopótamo.

—Aquí, debajo de este broche de flor que llevo en la chaqueta, hay un micrófono. Creo que en este banco hay algo más.

Acto seguido abrió el bolso con disimulo y sacó una especie de polvera redonda que colocó sobre su falda. Parecía un pequeño altavoz.

—Tú hablarás a través del micrófono y podrás oír por aquí —indicó señalando la cajita—. Hola, ya estamos aquí —anunció Laura mirando hacia delante.

Una voz metálica con fuerte acento estadounidense emergió desde el pequeño aparato.

—Soy el coronel Kaplan de la CIA. Buenos días, señora Lerner. Laura nos ha indicado que desea hablar con nosotros. Dígame qué podemos hacer por usted.

—Verá, coronel...

—Por favor, hablen con naturalidad entre ustedes. Sonrían de vez en cuando. Nosotros las vemos con claridad, pero es posible que alguien más las esté observando.

—De acuerdo. Coronel, deseo marcharme con mis dos hijos. Mi marido tiene prevista nuestra mudanza a la Unión Soviética dentro de unos meses, pero no quiero abandonar el país, y tampoco que los niños se vayan. Por esa razón les pido ayuda para instalarme en Occidente con ellos.

—Señora Lerner, no podemos aceptar a sus hijos sin una

autorización paterna. Si usted desea pedir asilo hoy mismo, puede quedarse y la trasladaremos a un lugar seguro; ya nos encargaríamos de devolver los niños a su padre.

—No. Ellos tienen que venir conmigo.

Se hizo un silencio.

—Lo que nos propone es inviable. Son los hijos de un alto cargo del KGB a quien usted pretende llevarse, un hecho que sería considerado como secuestro. No podemos provocar un conflicto con las autoridades soviéticas. ¿Por qué quiere abandonar a su marido?

—Él no ama a sus hijos, ni a mí. Solo soy una marioneta en sus manos y en las del KGB. Boris tenía asignado su papel en este teatro. Debía casarse conmigo y utilizarme como pretexto para viajar al extranjero y contactar con agentes encubiertos del KGB. Ahora lo sé, y tengo que salvar a esos niños. No voy a permitir que crezcan con el miedo que he padecido desde la adolescencia, primero con Hitler y ahora con este gobierno marxista. Quiero que vivan en libertad.

Laura me miró con extrañeza.

—¿Ha pasado algo, Julia?

—Sí. He sabido que Boris quiere internar a Oleg en un centro para enfermos mentales en cuanto nos instalemos en Moscú y no estoy dispuesta a permitirlo. Mi pequeño es diferente y solo necesita un poco más de atención. Es un niño especial, pero con paciencia y mucho amor podría tener una vida normal. No merece estar encerrado ni separado de su familia. Sin embargo, mi marido lo considera un discapacitado. Por esa razón he dado este paso. Haré cualquier cosa con tal de apartarlo de las garras de su padre.

—Lamento su situación, pero nuestra oferta de ayuda se limita solo a usted. Puede solicitar el divorcio cuando decida quedarse a este lado de la frontera.

—No pienso irme sin ellos.

—Lo siento. No tenemos más opciones que ofrecerle.

Durante unos instantes quedé en silencio, pensando rápido y buscando una salida viable.

—¿Y si se llevaran a los niños primero? Yo permanecería un tiempo más en casa y saldría en cuanto solicitara el divorcio. Podrían simular... no sé, un secuestro, o su muerte en un accidente...

—Nos está pidiendo algo imposible, señora Lerner —continuó la voz metálica desde la caja de Laura—. Lo sentimos, ha sido un placer cono...

—¿Y si les ofreciera algo a cambio? —le interrumpí.

—¿A qué se refiere?

—Tengo acceso a información muy sensible. Si ustedes se llevan a los niños, puedo quedarme y transmitirles todo lo que pueda obtener. Y cuando pase un tiempo me ayudarán a escapar a mí también. Es urgente que mis hijos salgan ya. No pueden volver a Moscú.

—¿A qué clase de información tiene acceso?

—Voy a confesarles un secreto que ni siquiera Boris conoce. Solo lo sabía mi familia, que por desgracia ya no existe. Yo sé leer los labios en español, en alemán y en ruso, incluso me defiendo en inglés. Puedo captar una conversación a lo lejos sin tener que oírla.

—¡Vaya! —Sonó una exclamación por el altavoz—. Es una habilidad extraordinaria.

—Y he sorprendido interesantes conversaciones de mi marido con altos mandos del KGB y diplomáticos durante recepciones y eventos.

—¿Qué es exactamente lo que podría ofrecernos?

—Voy a darles un anticipo como prueba de mi voluntad por cooperar. El periodista británico Albert Todd, del diario *The Times*, colabora con el KGB. El verano pasado, en una fiesta tras un concierto en Dresde, le dijo a Boris que un tal Davies estaba facilitando información sobre un submarino nuclear británico desde la base naval de Portland, pero que bebía demasiado y estaba vigilado por un tal Novikov. También le habló de un canadiense muy rico y popular entre la clase alta de Londres que no levantaba sospechas sobre sus actividades. ¿Ha tomado nota?

—Por supuesto.

—En la embajada de Italia de Berlín Oriental hay un agregado comercial que también está muy colaborador con mi marido. —Continué mirando a Laura como si estuviera hablando con ella—. Y voy a contarle algo que atañe a su país. Tienen a un periodista estadounidense infiltrado en el entorno del nuevo presidente desde antes de que tomara posesión en enero de este año. ¿Le parece suficiente?

Hubo un incómodo silencio tras mi revelación.

—Bien. Es una información muy importante. ¿Estaría dispuesta a seguir ofreciéndonos datos como estos?

—Por supuesto. Pero ya sabe lo que quiero a cambio. Todo tiene un precio.

—Verá, no es fácil hacer desaparecer a dos menores. La única forma de extraerlos sin levantar sospechas sería simulando su muerte, como nos ha sugerido, pero deberemos estudiarlo con calma.

—Tienen hasta el verano. Boris quiere que nos traslademos en cuanto termine la temporada de conciertos, con el fin de que los niños comiencen allí el próximo curso en el colegio.

—De acuerdo, estaremos en contacto a través de la señorita Braun.

—Mientras tanto, intentaré recabar toda la información que pueda y se la enviaré a través de los niños cuando salgan definitivamente.

—¿Cómo?

—Si consiguen rescatarlos, mi hija llevará en su mochila una carpeta con una obra musical que voy a componer. La información irá oculta en un código musical que he creado;

solo mi hijo sabe traducir la música en palabras. Cuando Karina las interprete al piano, él se la recitará.

—Pero... —Hizo una pausa que indicaba incredulidad—. Eso es... complicado.

—Para él no. Oleg tiene una mente extraordinaria. Será el receptor de la información que voy a enviarles en forma de música.

—¿Ha meditado bien el paso que va a dar?

—Sí, voy a correr un gran riesgo y espero que ustedes estén a la altura. No puedo permitir que encierren de por vida a Oleg, a quien considero mi propio hijo. Tiene una capacidad increíble, pero ni su padre ni nadie en su entorno lo ve. Y si tengo que arriesgarme para que tenga un futuro, lo haré. En estos años de matrimonio con Boris he sido la única persona que le ha ofrecido calor familiar, amor y comprensión. Boris no lo quiere y... —Callé durante unos instantes.

—Un momento... No hable ahora... —interrumpió la voz desde el regazo de Laura—. Tenemos controlado el perímetro del zoológico y a los visitantes. La persona que lleva siguiéndola desde que salió de su casa está acercándose a ustedes. Hablen con naturalidad. La tienen a la izquierda, es una mujer con una chaqueta azul. Laura, guarde el altavoz.

La aludida me miró, y con el rabillo del ojo también la localizó.

—Sí. La tengo frente a nosotros.

—¡Vaya, no esperaba tanto control! —exclamé, dirigiendo la mirada a mi amiga con sonrisa fingida.

—Tu marido es un pez gordo —murmuró Laura.

—Hablaremos más adelante en otro encuentro —se despidió la voz metálica.

—Dígame cuál es su respuesta —insistí antes de que se marchara, pendiente ya de la mujer que me seguía.

—Vamos a prepararlo todo. Alguien de los nuestros la

abordará y le hablará de música. La palabra clave será «Teclado». Ahora reúnanse con los niños.

—Sonríe, Julia, sonríe... —pidió Laura con risa forzada—. Ten cuidado. Temo mucho por ti...

Karina llegó hasta nosotras, me tomó de la mano y nos unimos a ellos para saludar al hipopótamo.

—Dile hola a Knautschke, mamá —gritó Oleg con inocencia.

Rodeé a los pequeños por los hombros y saludé al animal, que hizo las delicias de todos. Tras un rato de paseos y carreras por el parque, regresamos en taxi hacia la frontera.

Aquella noche se quedaron dormidos enseguida, agotados por el paseo y las emociones, pero yo apenas descansé, pensando en el paso tan arriesgado que acababa de dar. Tenía que registrar el despacho de nuevo y observar las conversaciones de Boris para enviar información a la CIA. Era la única manera de pagar lo que iban a hacer por los niños y por mí; tenían que valorar la labor que podía hacer desde dentro y también el riesgo que iba a correr.

Tercer movimiento

Dos semanas más tarde asistí a una fiesta con Boris tras el estreno de una ópera en la Staatsoper, donde nos presentaron a un médico llamado Julius Schwarz.

—Por fin la conozco, señora Lerner. He oído hablar tanto de usted... Soy un gran melómano y no me pierdo ni un concierto suyo. Tengo la frustración de no haber continuado los estudios de piano. De joven soñaba con dedicarme a la música y convertirme en un nuevo Mozart o Chopin, pero dijeron que mis manos no eran adecuadas para el teclado y he acabado siendo cirujano.

—Bueno, al menos tiene habilidad con ellas, aunque sea para otra labor que también es necesaria... —bromeó Boris—. He oído hablar de usted. Dicen que es uno de los mejores de la ciudad.

—Muchas gracias. Adoro mi trabajo y procuro hacerlo lo mejor posible —sonrió mirándome.

Había citado la palabra clave: «Teclado». Lo miré y sus ojos se clavaron en los míos durante unos instantes. Tras las típicas frases convencionales, Boris divisó a lo lejos a un conocido y se disculpó por dejarnos solos, dirigiéndose al otro extremo de la sala.

—Es un placer tenerla cerca, Julia. —Acto seguido comenzó a mover los labios continuando con su charla, pero no emitió sonido alguno—. Esperaba esta ocasión para hablar con usted.

Estábamos rodeados de gente y la música de la orquesta sonaba muy alto, pero yo estaba entendiendo su conversación. Aquel hombre era uno de ellos y se dirigía a mí en silencio.

—¿A qué se debe su interés? ¿Está relacionado con la música? —respondí con cautela.

—Tenemos amigos comunes muy interesados por usted. Me han dicho que le traslade que ya tienen preparado el plan de extracción. Solo tiene que decir el día y la hora.

—¿Cómo?

—Van a simular un accidente con un coche que va a incendiarse. Solo hay una condición: usted no puede ir con ellos, pero tampoco pueden viajar solos.

En ese momento miraba a todos lados, sonriendo, como si estuviéramos charlando de música; él continuaba hablando sin emitir sonidos.

—Tengo que pensarlo. ¿Cómo y cuándo puedo darle una respuesta?

—Vaya a la farmacia de la calle Spandauer y pida un medicamento para la migraña. Se lo van a preparar y le dirán cuándo tiene que volver a recogerlo.

—De acuerdo.

A partir de aquella noche empecé a darle vueltas a lo que iba a hacer. Estudiando el plan, rezaba para que saliera bien. Aguardaría un tiempo razonable tras el supuesto fallecimiento de los niños simulando una fuerte depresión. Mientras tanto, indagaría entre los documentos de Boris para continuar enviando información al exterior. Más adelante le plantearía que sin hijos ya no había familia ni matrimonio, un día pasaría la frontera y solicitaría el divorcio cuando ya estuviera a salvo. Después cambiaría de identidad para instalarme con ellos en Estados Unidos. Tenía que hacerlo aunque corriera un gran riesgo.

Mi vida iba a cambiar y también la de los niños, que iban a estar solos durante un tiempo. ¿Quién los cuidaría mientras tanto? La idea de que estaba obrando de manera irresponsable me martilleaba una y otra vez. ¿Me atrevería a hacerlo? Y respondía que no. Estaba asustada por el paso que estaba a punto de dar, pero había llegado demasiado lejos contactando con los enemigos de mi marido y del país.

En los días que siguieron me sobrevenían repentinas crisis de pánico. Jamás habría imaginado hacer algo tan arriesgado. Era un salto al vacío, y si todo salía bien tendría una nueva vida junto a mis hijos, pero ¿y si algo salía mal? ¿Qué podría salir mal? Estaba inmersa en un mar de dudas, nerviosa.

Boris lo notó y preguntó si me ocurría algo.

—No. ¿Por qué lo dices?

—No sé, te noto pensativa, diferente.

—Estoy creando una composición y me siento intranquila porque no sé si tendrá buena acogida. Cuando estoy inspirada empiezo a componer una melodía, pero más tarde... Ya sabes, llegan los censores...

—No debes abrigar esos temores. Conoces bien lo que les gusta a tus seguidores. Eres una gran patriota, ¿verdad, cariño?

—Por supuesto.

Aquella pregunta me hizo estremecer. ¿Acaso sospechaba algo? Suponía que estaba informado de mis salidas con los niños al otro lado de la frontera y recé para que creyera que las citas con Laura eran inocentes encuentros con una íntima amiga. Todos conocían nuestra relación, lo habían escrito en el informe que hallé en el despacho de Boris. ¿Habrían averiguado la verdadera naturaleza del último encuentro? ¿Estarían vigilando a Laura en Berlín Occidental? ¿Y si ya estaban al corriente del plan de extracción de los pequeños? Durante unos instantes me invadió el pánico y pensé que debía dar marcha atrás. No podía correr más riesgos ni quería separarme de los niños. Pero acto seguido pensaba en Oleg, en las palabras de desprecio de Boris y en sus intenciones para con él. Solo el temor por su futuro me impulsaba a seguir adelante.

Yo también jugaba con ventaja. Él desconocía que le había leído los labios en las conversaciones con la Petrova y no podría imaginar que estuviese al corriente de sus planes. ¿Por qué tendría que saber él los míos? Mi corazón comenzó a latir más despacio. Jamás permitiría que Boris encerrara a Oleg en un infame sanatorio, y menos en Rusia. Tenía que estudiar y planificarlo todo con calma. Estaba decidida a darles una nueva vida aunque me costara la cárcel o el infierno. La decisión estaba tomada y debía prepararlos.

A partir de aquella tarde comencé a perfeccionar el código, incluyendo variantes para que fuera menos perceptible en la interpretación de cualquier obra.

—Oleg, hasta ahora las palabras comenzaban en la primera octava, es decir, en las primeras teclas del piano empezando por la izquierda, ¿no es cierto? —El pequeño asintió—. Pues ahora vamos a intentarlo comenzando por la segunda y por la tercera. A ver si eres capaz de distinguirlos.

Había compuesto una melodía y colocado una frase comenzando en la primera octava. Seguí interpretando y tecleé dos veces el do sostenido de la segunda indicando el inicio y el si bemol indicando el final de cada mensaje. Lo mismo hice desde la tercera y continué hasta terminar la melodía. Cuando concluí miré a Oleg.

—¿Lo has captado?

—Sí, mamá. Has dicho: «Mañana vamos a ir al zoo». Después: «Vamos a ver a Knautschke el hipopótamo». Y también has dicho: «Voy a compraros palomitas de maíz» —concluyó con su habla lenta e insegura.

—¡Muy bien, Oleg! Ahora lo vamos a complicar un poco más.

Esta vez envié una frase cuyas palabras había repartido en diferentes octavas intercaladas en una melodía de Franz Liszt. Oleg consiguió captarla y repitió las frases que había incluido en la partitura.

—¡Oh, mami! ¿Por qué no puedo entender los mensajes como Oleg? —preguntó Karina con tristeza y admiración a la vez.

—Ya sabes que tu hermano es diferente, cariño. Pero también tendrás un papel en este juego. Oleg te va a dictar las notas donde yo he enviado el mensaje. ¿Eres capaz? —me dirigí a él.

—¡Claro! —respondió, contento por poder jugar con su hermana.

—Toma el cuaderno, Karina. Ve apuntando lo que te va a dictar. Vamos a la primera frase: «Mañana vamos a ir al zoo».

Oleg recitó mecánicamente las notas y figuras musicales que correspondían a cada letra, los silencios y la señal de inicio y de final de la frase, mientras Karina las escribía en el cuaderno de pentagramas.

Durante los días que siguieron apenas ensayé ni compuse, aunque les decía a todos que estaba inmersa en mi nueva obra. Por la mañana creaba composiciones musicales que iba guardando para enviarlas algún día con un mensaje incluido entre sus notas. Por las tardes trabajaba con Oleg afinando su oído, complicando cada vez más el código y comprobando que lo captaba con facilidad. En poco tiempo aprendió mecánicamente a identificar las notas musicales y a traducirlas a palabras y frases.

Con la intención de protegerlo, preparé también una señal que indicaba que no debía repetir a nadie el mensaje. Cuando la oyera, Oleg debía quedar en silencio y escuchar mis instrucciones.

—Chicos, vamos a jugar a traducir un cuento a notas musicales; Oleg, vas a dictar a Karina las que correspondan a cada palabra y después ella lo interpretará al piano para que tú nos lo recites. ¿Qué os parece?

—¡Sí, sí, mami!

La pequeña estaba feliz por compartir con su hermano un juego que, entonces ella lo ignoraba, se convertiría en un original código de comunicación que jamás sería detectado, a través del cual la CIA obtendría una valiosa información durante más tiempo del que yo había previsto.

Ya tenía el medio para transmitir mensajes: Oleg. Y podría hacerlo a través de una melodía grabada o de un cuaderno de pentagramas con una inocente composición, incluso en un concierto, donde incluiría unas notas que solo él sería capaz de descifrar. Tenía que aleccionarlo para que nunca descubriera el código a nadie. Si querían tener acceso a mis mensajes, Oleg y Karina deberían estar bien protegidos y cuidados, porque solo el pequeño sería capaz de transcribir la información que yo había prometido enviar.

Era un buen plan, pero quedaba la parte más complicada: la forma de sacar a los niños acompañados por un adulto sin llamar la atención, pues yo no podría justificar que no estuviera con ellos en el coche durante el accidente. Lo difícil sería tener que decirles adiós y separarme de ellos durante un tiempo que esperaba que no fuera demasiado largo.

En la CIA lo tenían todo preparado, pero yo carecía de la justificación para hacer creíble su salida de la ciudad sin levantar sospechas. Estaba dándole vueltas y todo se me iba de las manos. Solo tenía a Laura y no estaba segura de querer pedirle aquel gran favor que podría afectar a su profesión y su futuro. ¿Y Adolfina? ¿Estaría dispuesta a colaborar conmigo?

Cuarto movimiento

Aquella mañana de abril, Adolfina llegó con aire compungido y se dirigió a la sala de los niños para iniciar las clases. Al cruzarme con ella en el pasillo le noté un gesto de tristeza. Después me encerré en el estudio para mis prácticas diarias al piano y a mediodía me reuní con ellos. La maestra aún tenía la mirada extraviada, parecía no estar concentrada en el trabajo.

—¿Le ocurre algo, Adolfina?

—Sí. Aún sigo consternada. El hijo de mi vecina, de veintidós años, está en la universidad. Como sabe, ha habido revueltas y manifestaciones en los últimos días y han detenido a muchos jóvenes. Algunos han vuelto a casa, pero otros no, y acabamos de saber que ese chico estaba encerrado en la prisión de Hohenschönhausen y ha muerto.

—¿Cómo ha sucedido?

—Su familia no sabe nada. Les han dicho que ha sido un accidente de tráfico, pero es mentira, lo había detenido la policía del gobierno. Ha estado desaparecido una semana junto con más compañeros. Algunos han sido puestos en libertad, pero aún sigue preso un grupo de universitarios. Sabe Dios lo que les estarán haciendo. Lo único cierto es que ese chico está muerto y que nadie se cree lo del accidente. Se lo han devuelto a su madre en un ataúd cerrado, ni siquiera le han permitido abrirlo para verlo por última vez. ¿Qué está pasando en este país? Es una pesadilla... —Movió la cabeza—. Esto no es vivir, por eso la gente joven huye de aquí.

—Adolfina, ¿tiene usted familia?

—No, no tengo a nadie. Vivo sola, solo me queda el piso de alquiler en la avenida de Stalin y este trabajo. A veces pienso que debería irme de aquí, pero ¿adónde iría? Soy demasiado mayor para encontrar trabajo. Aquí al menos tengo este...

Una imprevista luz surgió entre las tinieblas. Era la respuesta a mis plegarias, la señal que estaba esperando. La maestra parecía suplicarme ayuda para salir.

—Lo siento, Adolfina. Es una gran tragedia.

No quise seguir hablando y la dejé sola en el cuarto con los niños. La Petrova estaba en casa y estaba segura de que vigilaba mi relación con la maestra, y puede que incluso las conversaciones.

Esperé al día siguiente buscando la manera de abordarla y hacerle una proposición que rondaba en mi cabeza. Aquella mañana la niñera salió para llevar a Karina al colegio y me indicó que tardaría en volver porque necesitaba hacer un recado personal. Adolfina ya había llegado y yo tenía todo el día libre en casa, por lo que le dije que podía tomarse el tiempo que deseara.

Miré por la ventana y observé a Karina de la mano de la Petrova a mitad de la calle dirigiéndose hacia el colegio. Pedí a Adolfina que me acompañara al jardín y dejara a Oleg pintando. Nos sentamos en un banco de forja blanco junto al arriate de flores y, tras un incómodo silencio, la abordé sin contemplaciones.

—Adolfina, ¿usted quiere irse de aquí?

—¿Cómo voy a marcharme? Tengo cincuenta y ocho años, este trabajo y un piso.

—Adolfina, ¿puedo confesarle un secreto?

—Por supuesto, Julia. —Me miró, expectante.

—Usted ha sido como una segunda madre para los niños y, créalo, casi también para mí. Es la única persona en quien puedo confiar, ni siquiera en mi marido creo ya.

—Señora, no diga eso... —Bajó la mirada, incómoda por aquella confesión.

—Usted sabe qué clase de hombre es...

—Bueno, yo... Julia, yo no intervengo ni comento los asuntos familiares...

—Adolfina, quiero sacar a mis hijos de esta casa, de esta ciudad y de este país.

La mirada de espanto que mostró llegó a intranquilizarme, pero ya no había vuelta atrás, me había lanzado a la piscina y recé para que hubiera agua en ella.

—Yo no puedo marcharme todavía, pero ellos sí. Boris es un mal padre y una mala persona, y de la Petrova ni hablemos —continué, intentando acercarme a ella.

—Bueno, no es asunto mío —objetó. La maestra sabía que la estaban vigilando y debía ser prudente.

—Adolfina, le hablaré muy claro, voy a abrirle mi corazón, aunque sé que corro un gran riesgo haciéndolo. Solo espero de usted prudencia, su confianza, y, sobre todo, su lealtad.

—Por supuesto que la tiene, Julia. —Me miró con menos recelo.

—Pues bien, voy a confesarle algo muy grave. Mi marido quiere que nos traslademos a Moscú y tiene intención de encerrar a Oleg en un centro para enfermos mentales.

—¡Oh, Dios mío! No me diga eso... —Se llevó la mano a la boca—. ¡Cuánto lo siento!

—¡No! No me diga que lo siente, Adolfina. ¡Ayúdeme! ¡Ayúdeme a evitarlo, necesito sacarlo de aquí!

—Pero ¿cómo podría...?

—Tengo contactos en el extranjero y me ofrecen sacar primero a los niños fingiendo su muerte. Habrá un accidente de coche con un incendio posterior y supuestamente morirán carbonizados. El problema es que yo no puedo acompañarlos y debo quedarme aquí para no levantar sospechas. Tengo que salvarlos, Adolfina. Mi intención era marcharme con ellos de una forma menos complicada, pero no lo aceptan porque son hijos de Boris y no quieren problemas políticos. La única ayuda que me ofrecen es esta: fingir su muerte y hacerlos desaparecer. Pero necesitan a un adulto que los acompañe al que se le debe dar por muerto también. Cuando pase un tiempo cruzaré la frontera para no volver, pediré el divorcio y me reuniré con ellos. ¿Estaría dispuesta a ser esa persona? ¿A acompañarlos, a cambiar de identidad, de país incluso? Oleg confía en usted tanto como en mí, es la única persona a quien se lo entregaría.

Durante unos instantes nos quedamos en silencio, mirándonos de hito en hito.

—¿Qué me dice, Adolfina? Si no está dispuesta a hacerlo, olvídese de todo lo que le he contado.

—No, no, no... No quiero olvidar nada. Estoy harta. Desde que habló de los micrófonos en mi propia casa no estoy cómoda allí. Me siento vigilada, y ahora esto... Cómo están castigando a nuestros jóvenes... —Movió la cabeza de un lado a otro—. Ya no quiero seguir aquí... Este país se ha vuelto del revés. Quieren instaurar el marxismo de Rusia y no entienden que somos alemanes, que hemos conocido la vida en libertad y que nos cuesta acatar las nuevas leyes. «El gobierno del pueblo», dicen... —Hizo un amago de sonrisa—. ¿Desde cuándo los obreros son felices trabajando hasta caer rendidos y cobrando una miseria para sobrevivir? Y si quieres estrenar unos zapatos, necesitas gran parte del sueldo y tienes que comprarlos en las tiendas del gobierno, donde no se esmeran por ofrecer un poco de diseño como en las del otro lado. Veo a mis vecinas remendarse las medias porque no pueden comprarse otras. Eso no pasaba antes. Cuando yo era adolescente, antes de que llegaran los nazis, vivíamos bien, éramos los mejores de Europa, había tiendas de moda, cabarés, alegría... Y ahora se empeñan en que seamos todos iguales, pero en la pobreza. Excepto ellos, por supuesto. Sueño con volver a aquellos años, a vivir en una sola Alemania sin separaciones ni ejércitos extranjeros que nos amedrenten por las calles, quiero pasear por la otra mitad de la ciudad como antes...

—¿Estaría dispuesta a marcharse tal como le he expuesto, fingiendo su muerte, cambiando de identidad e instalarse en el extranjero? Ellos se harán cargo de todos hasta que yo pueda salir.

—¿Quiénes son ellos? ¿Ingleses, americanos?

—Americanos. Tómese un tiempo para reflexionar. Solo le pido, le suplico que... bueno... Me he puesto en sus manos...Confío en usted...

—Por supuesto, Julia. Y no tiene que esperar mi respuesta: me voy, y cuidaré de sus hijos hasta que usted también consiga salir. Cuente conmigo.

—Adolfina, no sabe lo feliz que me hace saber que va a acompañarlos. Ahora sé que puedo hacerlo. Tenía tanto miedo de dar este paso... Existía esta propuesta desde hace tiempo, pero no podía ponerla en práctica porque no tenía a nadie. Es una tranquilidad para mí saber que va a estar con ellos. Dios la ha puesto en nuestro camino.

—¡Ay! Usted también cree en Dios, como yo. Y ni siquiera podemos decirlo... Yo pertenezco a la Iglesia luterana, ¿sabe?

—Yo soy católica. Mi padre era español y profesaba esta religión, aunque mi madre no era creyente. Pero en casa nunca hubo problemas por eso. Estoy segura de que es usted el ángel que me ha enviado Dios para salvar a Oleg y cuidar de Karina...

—Sí, sí... Por supuesto. Tenemos que protegerlo. Es un niño tan extraordinario... Y aunque usted no lo crea, yo lo quiero muchísimo, tengo muchos planes para él. Si nos empeñamos puede llegar muy lejos, Julia.

—Lo sé, Adolfina. Me está demostrando el cariño que le tiene. Bueno —me levanté—, no volveremos a hablar de esto hasta que tenga más información sobre el día de salida y todos los detalles.

—De acuerdo.

—A partir de ahora sea prudente y haga su vida normal. No empiece a despedirse de sus amigos ni regale o reparta nada, que nadie piense que va a marcharse. Tiene que desaparecer como lo hizo Laura: salir y no volver. Déjelo todo tal como está, ni siquiera mueva el dinero del banco; procure ser discreta y no llame la atención sobre su futura partida.

—Sí, Julia. Gracias por sus consejos. Por supuesto. Soy una persona responsable y no la voy a defraudar. Me voy con sus hijos. Confíe en mí.

Durante varios días simulé una fuerte jaqueca. Boris y la Petrova me preguntaron si me encontraba bien y yo les decía que estaba tomando analgésicos, pero no conseguía calmar del todo el dolor de cabeza. Al cuarto día, cuando regresó la niñera del colegio con Karina, le dije que iba a salir a la farmacia para comprar un medicamento más fuerte y me dirigí a la calle Spandauer. Entré en la farmacia y hallé a un hombre de unos cuarenta años, de pelo moreno, ojos marrones y un fino bigote. Vestía traje oscuro protegido con una bata.

—Hola. Soy Julia Lerner. Llevo varios días con una fuerte migraña, no sé si tendría algún medicamento especial...

Durante unos instantes quedamos en silencio, mirándonos.

—¡Vaya! La gran pianista. Es un honor tenerla como cliente. Me gusta la música clásica y tengo discos antiguos que suelo escuchar en mi gramola, que tiene el teclado ya gastado de tanto uso... —sonrió—. Bien, pues voy a prepararle unas pastillas; vuelva mañana por la tarde, casi a la hora de cerrar, y las tendré preparadas.

Regresé a casa y seguí quejándome de mi supuesta jaqueca. Al día siguiente fui a recoger el medicamento.

—Buenas tardes, señora Lerner. Ya le tengo preparadas las pastillas. Pase al almacén. —Señaló hacia la sala situada a la derecha del mostrador. A continuación se dirigió a la puerta y dio la vuelta al cartel indicando que estaba cerrado.

La habitación estaba llena de estantes con botes de cerámica blanca y una mesa de madera en el centro. Estaba apenas iluminada por una lámpara en una esquina.

—Aquí las tiene. —Enmudeció, pero siguió hablando en la confianza de que yo podía leer sus labios—: ¿Tiene ya el plan de salida? —preguntó ofreciéndome papel y un lápiz.

Yo escribí:

> Sí. Tengo a la persona que los acompañará. Adolfina Neumann, la maestra de mis hijos.

—Escriba el día y la hora —pidió en silencio. A continuación, habló en voz alta—: Debe tomar tres al día, una por la mañana, otra en el almuerzo y la última cuando vaya a dormir.

—De acuerdo. Espero que me alivie este terrible dolor de cabeza —dije en voz alta mientras escribía:

Próximo sábado. A las tres.

—De acuerdo, pasaré la información. Las instrucciones que tengo para usted es que deben tomar un taxi que estará esperándolos en el punto fronterizo. A partir de ese momento se encargarán ellos. En cuanto estén a salvo tendrá noticias suyas. Ahora debe marcharse —explicó solo moviendo los labios. A continuación siguió de viva voz—: Estoy seguro de que va a mejorar su migraña. Es una fórmula que funciona muy bien en estos casos —concluyó, ofreciéndome el paso para regresar al despacho.

La suerte estaba echada. No había vuelta atrás.

Sonata 10

Depresión

Primer movimiento

Aún recuerdo aquel 15 de junio de 1961 de sol radiante y cielo azul, cuando abracé a mis hijos por última vez procurando ocultar la angustia que me invadía. Adolfina estaba nerviosa y lo noté, porque solo ella y yo sabíamos que era una despedida.

En las noches anteriores apenas había conciliado el sueño, preguntándome si estaba haciendo lo correcto, y la respuesta era que sí. No sabía cómo culminaría el plan de fuga, pero tenía la firme voluntad de sacarlos de allí. Desde el inicio de la semana, Adolfina y yo hablábamos con los niños en presencia de la niñera o de Boris sobre la visita que íbamos a realizar el sábado al zoológico para ver a su amigo Knautschke, el hipopótamo.

—Que sí, chicos, que sí, que vamos a ir... —les decía, aparentando impaciencia.

Y arriesgándome, pregunté a mi marido:

—Boris, ¿te apuntas a ir al zoológico con nosotros?

—No, lo siento. Tengo cosas que hacer.

—Esperemos que haga buen tiempo y que no llueva —murmuré con estudiada resignación.

La semana anterior había solicitado una reunión con el director de la orquesta para ofrecerle una audición de la nueva pieza al piano que había compuesto, sugiriéndole veladamente que el sábado me vendría bien quedar. Él consultó su agenda y apuntó la cita a las doce. Yo no había dicho nada en casa y rezaba para que, al no aparecer, llamara por teléfono para indicar que me estaba esperando.

Llegó el día señalado. La tarde anterior, Adolfina les insinuó que iba a ir con ellos al zoo, y cuando se despedía delante de la Petrova, les dijo:

—Adiós, chicos, hasta el lunes.

Karina la miró con pena.

—¿No vas a venir mañana al zoo con nosotros?

—¡Ay! ¡Es verdad! Claro que iré. No tengo nada que hacer, así que os acompaño para ver a Knautschke.

—Bien, Adolfina. Mañana nos vemos —dije a modo de despedida.

Aquella mañana la Petrova se la había tomado libre, como de costumbre. Adolfina llegó sobre la una y la recibí en la puerta.

—¡Daos prisa, chicos! ¡Que nos vamos al zoo! —exclamó la maestra.

—Un momento, Adolfina. Termino de arreglarme y nos vamos —espeté.

Estaba intranquila porque el teléfono no sonaba. El director debía de estar ya impaciente. Me estaba retrasando una hora a la cita concertada y yo sabía que le molestaba la impuntualidad. Estaba haciendo tiempo en mi dormitorio, cambiándome varias veces de ropa y esperando la dichosa llamada que no llegaba.

—¿No te vas? —preguntó Boris.

—Sí, pero antes voy a cambiarme. Me he puesto una blusa demasiado fina y hace fresco; voy a coger un jersey.

—Yo he quedado a las cuatro en la redacción.

Y al fin sonó el teléfono. Hice intención de cogerlo, pero vi que Boris estaba cerca de la mesilla y lo atendió antes. No quise mirar, pero lo escuché.

—Sí, aquí está, señor Konwitschny. Es para ti, el director de la orquesta —informó ofreciéndome el auricular.

—Hola, Franz... ¡Ah! ¡Es verdad! ¡Lo siento! Lo había olvidado por completo...Sí, claro. Estaré allí en media hora. Salgo enseguida.

—¿Qué ocurre?

—El director quiere escuchar la nueva pieza que he compuesto y me había citado hace más de una semana para que le ofreciera una audición hoy por la mañana. Se me había olvidado por completo... ¡Dios! ¡Qué hago con los niños! ¿Tú no querrías ir con ellos...? —Lo miré, temblando por su respuesta.

—No, ya te he dicho que tengo trabajo esta tarde.

—Bueno, los enviaré con Adolfina. Es de total confianza.

—¿Estás segura? Prefiero que se queden aquí.

—Si cancelamos la salida, Oleg se va a poner insoportable. Llevan toda la semana hablando de su hipopótamo...

—Bien, le diré al chófer que los lleve.

—No es necesario. Prefiero que caminen un poco. Oleg está todo el día encerrado en casa y necesita estirar las piernas.

—¿La maestra podrá controlarlo?

—Sí. Ella se maneja muy bien con los dos. No te preocupes.

Mi corazón latía muy deprisa al llegar hasta ellos.

—Lo siento, Adolfina, me acaban de llamar por teléfono. Tengo una reunión con el director esta tarde. La tenía concertada desde la semana pasada, pero la había olvidado por completo hasta que me ha llamado.

—No se preocupe, señora. Yo puedo hacerme cargo. Son unos niños muy obedientes y educados.

Boris accedía a la sala camino de la puerta de salida y escuchó nuestra conversación.

—¿De verdad que no le importa?

—Tranquila, sé cómo tratarlos.

—Cuando llegue al otro lado, debe tomar un taxi para ir al zoo.

En aquel instante Boris se despedía con la mano y cerraba la puerta. Cuando nos quedamos a solas, le hice una señal de silencio y esperamos unos minutos.

—Bien, voy a preparar a los niños.

Al observar desde la ventana que el coche de Boris se iba ya en dirección contraria a la frontera, salimos todos al exterior. Me daba miedo hablar dentro de la casa.

—Adolfina, a las tres en punto tiene que estar en la frontera. Un taxi los espera. A partir de ahí no sé qué va a pasar. Ya le irán dando instrucciones. Rezaré para que todo salga bien.

—Tranquila, Julia. Pronto volveremos a vernos —dijo ofreciéndome un abrazo. Aquello era una despedida y ambas lo sabíamos.

Jamás volví a verla.

Los niños seguían alborotados. Me incliné y abracé a Oleg con fuerza y lo besé mil veces, a pesar de advertir su gesto de incomodidad. Después hice lo mismo con Karina. ¡Cuán equivocada estaba esa tarde cuando les dije adiós! Nada salió como había planeado, pero al menos ellos quedaron a salvo.

Minutos más tarde salí caminando hacia la Staatsoper, donde estaba citada con el director. Interpreté mi partitura y la estuvimos comentando para estrenarla en el concierto de agosto. Acto seguido nos dirigimos a su despacho y durante un rato conversamos sobre las nuevas obras que se incluirían en la próxima temporada. No quería volver a casa y miraba con disimulo el reloj, pues necesitaba tener testigos cuando recibiera la noticia que estaba esperando, así que inicié una conversación sobre la orquesta, hablando de la falta de músicos, e incluso me atreví a contarle anécdotas sobre mi estancia en el Conservatorio de Moscú.

Eran las cinco cuando nos disponíamos a acabar la reunión. En aquel momento alguien llamó a la puerta del despacho con mucha energía y precipitación. Era Boris.

—Hola, Boris. ¿Qué haces aquí?

—¿No sabes lo que ha pasado? —exclamó con los ojos muy abiertos—. ¡Los niños!

—¿Qué pasa con los niños? Están en el zoo...

Observé su rostro descompuesto, no sabía si fingía o realmente lo estaba sintiendo.

—Ha habido un accidente, Julia.

—¡Un accidente! —grité, llevándome las manos al rostro, consternada—. ¿Qué ha ocurrido? ¿Cómo están Oleg y Karina?

Boris parecía conservar la calma más que yo.

—No lo sé, no lo sé... Me acaban de llamar, me han localizado en la redacción. Por lo visto tomaron un taxi para ir al zoológico.

—¡Claro! Como hacemos siempre...

—Ese taxi ha tenido un accidente, ha sido un choque contra un camión y se ha... incendiado... —murmuró, bajando la mirada al pronunciar la última palabra.

—¿Dónde están? —pregunté con pánico.

—Los han llevado a un hospital de Berlín Oeste.

—¿Cómo están? ¿Qué te han dicho?

—No sé nada. Tengo el coche en la puerta.

—¡Vámonos! ¡Ya! —exclamé dirigiéndome a la puerta.

—Lo siento, Julia... —El director intentó apaciguar mi congoja.

—Que no les haya pasado nada, por favor. Papá, mamá, Herbert, cuidad de mis chicos, ¡Ay! Que no les haya pasado nada... —suplicaba con inquietud durante el trayecto hacia la frontera—. Boris, ¿qué más te han contado?

Él me miraba en silencio. No se atrevía a decirme lo que yo ya sabía: que estaban muertos.

—No lo sé, Julia. No me han dado más información —suspiró apesadumbrado. Por una vez aquel sentimiento era sincero.

Llegamos a la frontera con el coche. Al presentar la documentación, inmediatamente cedieron el paso y nos dirigimos hacia el hospital, donde esperaba un oficial de policía de la República Federal de Alemania.

—Hola. Soy Boris Ivanov. Mis hijos han tenido un accidente.

Un doctor enfundado en una bata blanca se dirigió a nosotros.

—¿Son ustedes los señores Ivanov?

—Sí, ¿cómo están mis hijos? —preguntó Boris con angustia.

El hombre nos miró con condescendencia intentando ser empático, pero no lo consiguió.

—Lo lamento. Lo lamento de veras. Ha sido un accidente muy violento, el coche se ha incendiado y no han podido salir.

—Entonces ¿están muertos? —pregunté con voz quebrada. Lo sentía como si fuera real.

El hombre bajó la mirada, asintiendo.

—Quiero verlos. Déjeme verlos por última vez... —pedí al doctor.

—No se lo recomiendo. El estado en que han quedado los cuerpos...

Boris, recuperando la calma, avanzó decidido.

—Necesito saber que son ellos. Aún no puedo aceptarlo... —pidió compungido.

—Está bien. Acompáñenme.

El doctor nos condujo por unos pasillos hacia la parte posterior del hospital. Al llegar a una puerta que accedía a la morgue, se detuvo y me miró, aconsejándome de nuevo que permaneciera afuera.

—Julia, quédate aquí. No entres, te lo suplico. —Boris me habló en tono paternalista acariciando mi hombro.

Me quedé sola en uno de los sillones de la sala de espera. Un hombre de unos cincuenta años con bata de médico se acercó y se sentó a mi lado.

—Hola, Julia. Soy un gran amante de su obra, aunque al teclado del piano soy un desastre. —Trató de sonreír.

Alcé la cara para ofrecerle una mirada inquieta.

—¿Qué ha pasado? —le pregunté en voz baja.

—Todo ha salido según lo planeado. Sus hijos están bien y a salvo. Mañana salen en un vuelo especial hacia Estados Unidos. Ya recibirá noticias suyas. Uno de los músicos de la orquesta le hará una propuesta. Acéptela —leí en sus labios.

A continuación, se levantó y me dejó sola. Yo seguía compungida cuando Boris regresó de la morgue con gesto demudado.

—¿Los has visto, Boris? ¿Son ellos? ¿No se habrán equivocado?

Él abatió la mirada con lágrimas en los ojos.

—Son ellos... Están...irreconocibles... Me han mostrado un trozo de la mochila que se salvó del incendio... Era de Karina —concluyó con la voz quebrada.

—¡Dios! ¿Qué vamos a hacer? —continué el lamento entre lágrimas—. ¿Y Adolfina?

—También ha fallecido. Estaba con ellos. Y el taxista. Han muerto todos...

—¡Dios! ¡Dios!

—No puedo creerlo, aún me cuesta aceptarlo...

Me estrechó con fuerza, compartiendo sinceramente su dolor con el que suponía que yo sentía. Por una vez aprecié su humanidad, o al menos la que imaginaba que tenía.

Lloré no solo al fingir su pérdida, sino porque aquella noche ya no estarían a mi lado, y de emoción también, porque estaban a salvo.

Treinta años más tarde, tras la reunificación de Alemania, el *Berliner Zeitung* publicó una noticia que apenas ocupó tres líneas informando de que, al exhumar en un cementerio de Berlín los restos de dos niños fallecidos por ahogamiento en febrero de 1961 en el río Spree, los operarios habían notificado que los ataúdes estaban completamente vacíos. Pero esa ya es otra historia...

El Servicio Secreto de la RDA se encargó de trasladar aquella misma noche las dos pequeñas cajas mortuorias a Berlín Oriental. Le pregunté a Boris por el destino del cadáver de Adolfina y me respondió que las autoridades occidentales se harían cargo de su sepelio.

—Ella vivía en Berlín Este, tiene derecho a un entierro digno. Seguro que tenía amigos, vecinos, familia... Deberíamos hacernos cargo también de su traslado.

Boris me miró resignado y, respirando hondo, ordenó a uno de los oficiales que también trasladasen el cadáver de Adolfina.

Tres días más tarde se celebró el funeral. Nunca esperé que acudiera tanta gente. Había representantes del gobierno ruso, del alemán, militares, diplomáticos y numerosos periodistas, además de los miembros de la orquesta al completo. Tras la ceremonia en el cementerio ofrecimos una recepción en nuestra casa.

A partir de la supuesta tragedia, me encerré en casa y simulé una depresión, mostrando un fuerte sentimiento de culpa.

—Vamos, Julia, tenemos que reponernos...

—Eran tus hijos, Boris. Fue culpa mía. Cuando llamó el director debí dejarlos en casa e impedir que salieran con Adolfina.

—Ellos tenían el destino ya marcado; si no hubieras recibido esa llamada quizá tú también habrías... —Suspiró profundamente.

—Lo siento... Lo siento... Creo que vas a odiarme por esto...

—No, no. Jamás te culparía. Sé cuánto los querías... No tengas esos pensamientos... Solo me queda la satisfacción de que en estos últimos años a tu lado han tenido una verdadera madre y han sido muy felices. No debes sentirte culpable. Te querían tanto como tú a ellos, tanto como yo, y lo sabían. No te sientas mal, cariño, tenemos que seguir adelante... —dijo acariciando mi pelo en el sofá.

—¿Cómo vamos a vivir sin ellos? Boris, estamos solos ahora. Me siento tan vacía... —respondí entre lágrimas.

Así estuve varios días, sin apenas levantarme de la cama. Un día la Petrova entró en mi dormitorio. Yo fingí que dormía en mi papel de madre huérfana.

—Señora, tiene que levantarse ya, debe continuar con su vida, aunque le cueste...

—Zoa, usted era su niñera. Ya no vamos a necesitarla —le dije con desdén.

—Pero... He estado en esta casa desde siempre... —balbució sin disimular su desconcierto.

—Ellos ya no están y yo no la necesito.

—Está bien. Cuando el señor Ivanov me lo pida, me marcharé —respondió, dejando claro quién mandaba allí.

Al día siguiente me levanté para acompañar a Boris en el desayuno. Estaba demacrada, sin maquillar y apenas había comido en la última semana.

—Julia, me alegro mucho de que te hayas levantado. Tenemos que reponernos, hay que seguir.

—Lo voy a intentar.

—Vamos, vamos... —trató de darme ánimos—. He pensado ordenar al servicio que vacíen las habitaciones de los niños y su sala de juegos.

—¡No! Sería como hacerlos desaparecer para siempre y necesito tenerlos presentes, Boris.

—Creo que deberíamos trasladarnos a Moscú. Un cambio nos vendría bien a los dos...

Un latigazo de pánico recorrió mi cuerpo desde los pies a la cabeza.

—No, Boris —repliqué con determinación—. No voy a irme a Moscú. Querías que tus hijos vivieran en su país, pero ya no están y no tenemos motivos para volver.

—Podrías continuar tu carrera allí.

—No pienso irme. Y menos ahora, que estoy completamente sola.

—Me tienes a mí —protestó, tomando mi mano sobre la mesa.

—Este es mi país, Boris, y todavía no estoy preparada para abandonarlo. Aquí me siento bien, hablando mi idioma y entre compatriotas.

—¿Cuándo vas a volver a la orquesta?

—Pronto. He pensado que en un par de semanas regresaré a los ensayos. Mientras tanto practicaré al piano en casa.

—Eso está muy bien. Te tienes que recuperar. La vida continúa... —Nos quedamos callados—. Por cierto, me ha dicho la niñera que quieres que se vaya.

—Su cometido era cuidar a los niños y ya no la necesitamos.

—Podría cuidar de ti también.

—No. Sabes que no me gustaba cómo trataba a Oleg. Es demasiado fría. Ahora me incomoda verla porque me los recuerda a todas horas. Si ellos ya no están, debe irse.

—De acuerdo —suspiró—, pero no puedo dejarte sola tanto tiempo.

—Ella no me hace compañía.

—¿Quieres que llame a alguien? ¿Alguna amiga?

—Solo tengo a Laura. Si me encuentro mejor, quizá salga mañana a dar un paseo al otro lado para charlar con ella. Sé que vive en una pensión en Charlottenburg.

—Como quieras.

Me besó en la mejilla a modo de despedida.

Al día siguiente tomé un taxi tras cruzar la frontera y localicé la pensión donde Laura me había indicado que estaba residiendo provisionalmente. Estaba todavía allí y salimos a almorzar a un restaurante cercano. Fue entonces cuando me ofreció un relato pormenorizado de la operación de rescate: los pequeños y Adolfina tomaron el taxi que los esperaba en la frontera. El conductor sabía que lo estaban siguiendo, así que torció hacia una calle estrecha y segundos después un furgón se atravesó en la avenida, impidiendo el paso a los perseguidores. En una operación rápida y profesional, los ocupantes fueron desalojados, colocaron en su lugar cuatro cadáveres y empujaron el vehículo unos metros hasta empotrarlo en un camión. El taxi llevaba el depósito de gasolina lleno por completo y habían colocado varias cargas incendiarias para que se produjera una gran explosión. Los ojeadores solo lo perdieron de vista durante los escasos minutos que duró la operación.

—Boris vio sus cuerpos… —La miré, interrogante.

—Es todo lo que sé. Inmediatamente fueron trasladados al aeropuerto y tomaron un vuelo militar hacia Estados Unidos. Adolfina está con ellos y se encuentran muy tranquilos. Nuestros «amigos» me han dado instrucciones y he contactado de forma casual con el hijo de Fabian, el violinista de la orquesta, que va a la universidad en Berlín Occidental y vuelve a casa a diario. El chico no sabe nada, pero es amable y servicial y se ha prestado a hacer de mensajero en caso de que necesite enviar algún mensaje al otro lado. Es una vía segura que pasará inadvertida. ¿Y tú? ¿estás bien? ¿Has pasado algún aprieto?

—No, pero me siguen a todas partes, estoy muy vigilada.

—¿Cuándo vas a salir?

—Tengo que esperar, debo cumplir mi palabra y quedarme un tiempo razonable para continuar enviándoles información. Te avisaré cuando establezca contacto con el correo que me has indicado. Tú también debes ser cauta. El KGB sabe que eres mi amiga y estoy segura de que te tienen en su punto de mira —le advertí cuando me despedía para regresar a casa.

Tercer movimiento

Había transcurrido más de un mes desde la tragedia y decidí que el período prudencial del luto era suficiente; debía volver a mi rutina. En las dos últimas semanas pasé la mayor parte del tiempo en la sala de música practicando al piano y componiendo. Unos días antes, la Petrova había abandonado definitivamente la casa, despidiéndose con un frío: «Adiós, señora. Espero que le vaya bien».

Aquella tarde, durante la cena con Boris, le anuncié que iba a volver a los ensayos. Él sonrió tomando mi mano sobre la mesa.

—¡Cuánto me alegro, querida! Sé que eres fuerte, te conozco bien. Saldremos de esta —exclamó satisfecho.

¡Claro! Lo importante era que me recuperase y volviera a los conciertos y a viajar al extranjero, donde reanudaría sus contactos con agentes en Occidente y todo volvería a la normalidad, su normalidad. Me desconcertaba la rapidez con la que se había recuperado del terrible golpe y quería pensar que era debido a su carácter introvertido, que le impedía mostrar sus sentimientos. Eran sus hijos, y algún sentimiento de dolor debió de albergar hacia ellos aunque no lo manifestase.

Los compañeros me recibieron con calidez y respeto y en pocos días recuperé la rutina. Estaba ansiosa por recibir noticias de los niños. La providencia actuó en mi favor (más bien lo hicieron mis «amigos» de la CIA), y al concluir el ensayo aquella mañana, Fabian, el violinista del que me habló Laura, me indicó que su hijo, que estudiaba en Berlín Oeste y salía a diario de la ciudad, se había encontrado casualmente a Laura y le había entregado unas partituras para mí. También le había expresado su deseo de verme de nuevo y que le diera el aviso cuando planeara visitar Berlín Oeste. Aquello fue una bendición. ¡Al fin tenía noticias!

Regresé a casa con la carpeta de pentagramas en el maletín, como solía hacer a diario, y me encerré en la sala de música. Boris aún no había regresado y me dispuse a revisar el código entre las hojas de partituras que Laura había enviado.

> Hola, mamá. Hemos viajado en un avión muy grande y estamos de vacaciones en una casa muy bonita. Adolfina quiere que te diga que estés tranquila porque ella nos cuida hasta que papá y tú lleguéis. Tenemos otra maestra que se llama Sara y nos está enseñando a hablar inglés. Oleg lo está aprendiendo muy rápido, como siempre. Adolfina me ha dicho que le mandes las partituras a tu amiga Laura. Tenemos muchas ganas de verte. Hasta pronto, mami.

No pude reprimir las lágrimas al concluir. Mis niños estaban a salvo y en las buenas manos de Adolfina. Ansiaba el momento en que pudiera reunirme con ellos.

Una semana más tarde, el 5 de agosto, asistí con Boris a la inauguración de una exposición en la Casa de la Cultura Soviética en Berlín, organizada por las autoridades rusas para impulsar a los artistas alemanes. Había cuadros, esculturas y fotografías. Boris me condujo hacia un apartado donde saludó con efusión a un hombre con uniforme verde repleto de medallas e insignias. Era el general Karpenko, la máxima autoridad del KGB en la RDA, quien me felicitó efusivamente por mi trayectoria musical. Afirmó ser un amante de la música y confesó que había asistido a algunos de mis conciertos. Mientras reseñábamos la excelente calidad de las obras expuestas, el comisario de la muestra se acercó a nosotros y saludó con respeto al general. Después se dirigió a Boris y a mí con cordialidad.

—Encantado de conocerla, señora Lerner. Es un honor tenerla entre nosotros.

—El honor es mío por estar junto a grandes artistas de la República Democrática Alemana —respondí con diplomacia.

—Estaría encantado de acompañarla y mostrarle las obras. Los autores están aquí y desean conocerla.

—Por supuesto.

—Por favor, acompáñela. Sé que mi esposa admira a los creadores como ella —accedió Boris.

Recorrí la sala al lado del comisario, un joven de unos treinta años, ojos claros y cabello rubio que hablaba con soltura y se desenvolvía muy bien entre los invitados. Conforme explicaba la naturaleza de cada obra, me presentaba a los autores, quienes ofrecían una discreta pero entusiasta descripción de su creación. Aquellos artistas tenían la obligación de estar afiliados a los sindicatos para poder exponer allí sus obras, e intuí que también debían aparentar emoción por seguir las directrices en sus creaciones que les eran impuestas desde el Partido. Advertí en muchos de ellos un entusiasmo impostado al dirigirse a nosotros. Además de ser conocida por mi profesión, todos sabían con quién había llegado a la exposición y con quién conversaba Boris. Todos fingían, yo fingía.

Cuando terminamos el recorrido nos informaron de que el alcalde de Berlín acababa de acceder a la sala y observé el semblante de desazón del comisario al verse obligado a dejarme sola para atenderlo.

—Por favor, vaya con el alcalde, no se preocupe por mí. Continuaré examinando algunas de las obras que me han gustado. —Sonreí transmitiéndole tranquilidad.

—Gracias. Le pido disculpas... —Hizo un gesto con la cabeza y se dirigió al grupo de invitados que acababa de llegar.

Busqué a Boris y me coloqué en un punto de la sala donde lo tenía de espaldas, mientras que el general Karpenko estaba al alcance de mi visión. En una esquina, a varios metros de ellos y delante de una escultura a la que fingí examinar con detalle, fijé los ojos en el rostro de aquel hombre y comencé a leer sus labios:

—Por supuesto. Moscú está al corriente. Esto tiene que acabar.

Boris habló sin que pudiese leer sus labios.

—¿Y qué podía responder Walter Ulbrich ante la pregunta de esa periodista? Pues que era mentira y que no iba a cerrar la ciudad, por supuesto. Sería una información innecesaria —sonrió.

Boris le respondió, pero no pude ver qué decía.

—Sí, pero de manera drástica. Ya está bien de fanfarronadas y de que nos tomen el pelo estos americanos impertinentes. Esta vez les vamos a dar con la puerta en las narices. Ya lo hemos intentado por las buenas y no hemos conseguido resultados. Jruschov quedó en ridículo cuando solicitó, como sabes, una entrevista con Kennedy nada más tomar este posesión del cargo hace unos meses, con el fin de solucionar de una vez el problema de Berlín. ¿Y sabes cuál fue la reacción del yanqui? Ordenar una prueba de su nuevo misil nuclear intercontinental Minuteman. ¿Eso fue una respuesta? No. Fue una provocación.

Boris habló un buen rato.

—¡Así es! —dijo Karpenko sonriendo y moviendo la boca hacia un lado—. O nos entregan la ciudad o les cerramos las fronteras, ya no habrá vuelta atrás. En los últimos meses las salidas se han disparado. Nos estamos quedando sin especialistas con la zanahoria que les están poniendo estos occidentales, ofreciéndoles la ciudadanía nada más pedirla. Se creen que van a vivir allí mejor que aquí... ¡Ja! Ya quisieran ellos tener todo lo que les ofrece el Estado: seguridad, sueldo, comida, casa, trabajo... ¿Qué más quieren? Ya verás cuando tengan que enfrentarse al sistema capitalista. Se van a morir de hambre dentro de un tiempo.

Boris le respondió y Karpenko volvió a hablar:

—Estoy de acuerdo. ¿Quién se ha creído que es para amenazarnos? Dice que va a aumentar el gasto militar para contrarrestar la «amenaza comunista» y que irá a la guerra para defender la ciudad. Pues que siga gastando dólares. Aquí estamos, esperando sus bravuconadas de pistolero del lejano Oeste. Esta última ha colmado el vaso y ha conseguido que Jruschov cambie de opinión al fin.

Boris siguió hablando unos minutos.

—Por supuesto, esta vez van a recibir una respuesta contundente y les va a pesar más de lo que creen...

Tras conocer la inquietante conversación, cambié de planes con respecto a quedarme más tiempo en la ciudad y resolví que debía escapar lo antes posible. Sería el domingo siguiente, el 13 de agosto, ya que el sábado ofrecería el concierto en el que estrenaba la composición para piano y orquesta que le había presentado al director el aciago día de la desaparición de mis hijos. Tenía que darme prisa en salir no solo del país, sino del continente, pues presentía que algo grave iba a pasar y no quería estar allí cuando ocurriera.

Le indiqué a Boris que me encontraba mucho mejor y que el próximo domingo iría a ver a Laura. Y para corroborar mi inocencia, de forma natural le conté la verdad.

—El hijo de un compañero de la orquesta sale a diario a estudiar en la Universidad de Berlín Oeste. Se ha encontrado con Laura y le ha dicho que quiere quedar el domingo para charlar un rato. Creo que me voy a animar a salir de nuevo.

—No deberías relacionarte con ese tipo de personas traidoras a su patria —ordenó Boris con severidad.

—Sabes que es mi mejor amiga y una gran persona, te lo puedo asegurar. Y es leal a su país, pero también ama la música y recibió una oferta al otro lado que no pudo rechazar. No somos nadie para juzgarla.

—Entiendo que en estos duros momentos necesites hablar con alguien. Solo espero que no te dejes convencer.

—¿Convencerme? ¿De qué? —Lo miré extrañada.

—Para que te vayas también al otro lado... Sabes que, cuando la gente hace algo indebido, se siente mejor incitando a otros para que hagan lo mismo. Ya te habrá hablado de lo bien que se vive allí e intentará persuadirte. Pero yo puedo confiar en ti, ¿verdad?

—Por favor, Boris. Me estás ofendiendo. Este es mi país, Dresde es mi ciudad de nacimiento y jamás se me ha ocurrido semejante disparate. Estoy contigo. ¿Cómo has podido pensar que podría abandonarte? ¿Acaso crees que no te quiero? —Me acerqué y rodeé su cintura—. Eres lo único que tengo —dije con toda la franqueza que pude reunir.

Él emitió su mueca tan peculiar y me besó con pasión, como al principio de nuestra relación.

—Te quiero. Te quiero... ¿Te ha quedado claro?

—Lo siento... En estas últimas semanas nos han pasado tantas cosas... —se disculpó besando mi frente.

—Estamos solos. Ya no tengo familia. Solo me quedas tú —dije con lágrimas en los ojos. Él me estrechó con ternura. Lo había convencido.

«¡Qué hipócrita eres, Julia! —me dije, pegada a él—. ¡Qué buena actriz se ha perdido el Bolshói!».

Al día siguiente estaba sola en casa y decidí probar suerte husmeando en su despacho. Entré y busqué la llave en el mismo lugar y registré entre los papeles guardados en el cajón. Había una carpeta con el logotipo de la Stasi en cuya portada aparecía un título: «Operación Luciérnaga». Dentro había unas páginas mecanografiadas, pero no las originales, sino los calcos procedentes del papel carbón utilizado para realizar varias copias a la vez. Se trataba de la declaración de un detenido, un médico del hospital de la Charité.

> Tras la detención del doctor Martens y su posterior interrogatorio, declara y confiesa que pertenece a una organización criminal cuyo fin principal es conspirar contra la República Democrática Alemana, utilizando todos los medios a su alcance para colaborar con Occidente con el fin de perjudicar al país. Entre los delitos que ha confesado se encuentra la transmisión de información sobre nuestro sistema de seguridad militar, y también la vigilancia a muchos compañeros del hospital leales al país...
>
> A continuación, nos ha proporcionado una lista de colaboradores en la traición, nombrando a las siguientes personas...

Era un listado donde aparecía el nombre de un médico que me resultó familiar: el doctor Julius Schwarz, el cirujano que nos fue presentado en un evento y me indicó adónde tenía que ir para contactar con el extranjero. También había dos profesores de la Universidad de Humboldt, y lo más sorprendente fue hallar también el de dos mujeres: la esposa del agregado de Cultura de la embajada de Hungría en Berlín y una secretaria del Ministerio de Defensa del gobierno de la RDA. Por último, un nombre y un lugar que me resultaron familiares: el señor Koch, el dueño de la farmacia situada en la calle Spandauer, adonde fui a indicar la fecha de la salida de mis hijos. Advertí que aquel informe estaba fechado el día anterior, lo que significaba que la declaración se había realizado hacía menos de veinticuatro horas.

Memoricé durante unos minutos todos los nombres y lo dejé todo tal como estaba. Me fui a la sala de música y tomé una de las composiciones musicales que había creado tiempo atrás expresamente para estas comunicaciones. Allí oculté el resumen de la conversación captada entre mi marido y el responsable del KGB en Berlín Este, el general Karpenko. Completé la partitura incluyendo los nombres del listado, apremiando para que alertaran a las personas allí inscritas. Por último, les indiqué que el próximo domingo día 13 de agosto saldría definitivamente de la ciudad para pedir asilo y trasladarme a Estados Unidos.

No podía esperar para enviar aquella información, aquellas personas debían ser alertadas con premura, así que aquella misma tarde, tras el ensayo, le rogaría a mi compañero Fabian que le entregara la partitura a su hijo para que se la hiciera llegar a Laura al día siguiente.

A pesar del numerito de dolor y fidelidad que ofrecí a Boris comprobé, como cada vez que salía, que me seguían. Unas veces era una mujer y otras un hombre, que no se molestaban en disimular su presencia y se habían convertido en habituales durante mis paseos. Tras el ensayo, busqué al violinista y le ofrecí una carpeta de pentagramas.

—Fabian, Laura me pidió una composición para violín y piano y le he compuesto una. ¿Me harías el favor de decirle a tu hijo que se la entregue mañana?

—Por supuesto.

—Y que le diga también que el domingo saldré al Oeste y la esperaré en el sitio de costumbre.

—De acuerdo, Julia. No hay problema —respondió amable.

En los primeros acordes de aquella partitura había un mensaje cariñoso a mis hijos y varias instrucciones a Oleg; entre ellas, la de no transmitir a las personas que iban a escuchar el mensaje, «mis amigos», algunas frases que le enviaba. Le había enseñado que, cuando oyera una determinada nota musical repetida tres veces al inicio de una oración, debía quedar en silencio. La suerte estaba echada. Solo me quedaban seis días para ser libre y disfrutar de una nueva vida lejos de allí.

Dos días más tarde pasé cerca de la farmacia cuyo propietario estaba en la lista de la Stasi. Advertí que estaba cerrada y recé para que hubiera llegado a tiempo el aviso y que todos estuvieran a salvo al otro lado. Pronto lo sabría.

Sonata 11

Desolación

Primer movimiento

Aquel sábado 12 de agosto de 1961, el estreno de mi nueva composición para piano cosechó un gran éxito y estuve en el escenario durante varios minutos recibiendo aplausos, saliendo y entrando varias veces. Estaba emocionada, feliz por el recibimiento obtenido por la obra que había compuesto mucho tiempo antes de lo que todos pensaban, pues le hice creer a Boris que trabajaba en ella durante las semanas en que estuve preparando el código musical y aleccionando a los niños.

Tras el concierto se celebró un cóctel al que asistieron miembros de la orquesta, responsables políticos y de la vida social que nos felicitaron efusivamente, aunque eché en falta a los representantes soviéticos y al responsable del KGB en Berlín. Estaba satisfecha por el éxito, y emocionada, porque al día siguiente sería libre al fin. Había planeado salir por la mañana dando un paseo hasta el punto fronterizo con la excusa de acudir a la cita con Laura. Entonces le diría adiós a aquella asfixiante sociedad para siempre, a la vida en blanco y negro rodeada de guardianes y delatores al lado de un hombre a quien debía fingir que amaba.

Durante el regreso percibí un excesivo movimiento de camiones cargados de soldados que se dirigían hacia la Puerta de Brandemburgo. Las calles estaban oscuras, con las farolas apagadas; Boris conducía a mi lado y le pregunté por el inusual tráfico aquella noche. Entonces tomó mi mano y me miró con aire de misterio.

—Es una sorpresa.

—Ah, ¿sí? Cuéntamela —le pedí, impaciente—. Por cierto, no he visto al general Karpenko en el estreno. Decía que no solía perderse mis conciertos...

—Está muy ocupado esta noche.

Habíamos llegado hasta los alrededores de la Puerta de Brandemburgo, que aparecía rodeada de camiones. Eran más de las doce de la noche y me sorprendió ver la cantidad de militares y obreros en la zona. Había decenas de camiones deteniéndose en la frontera y cientos de soldados que descendían de ellos y se disponían a formar un cordón humano, mientras que los policías franceses, ingleses y estadounidenses los observaban en estado de alerta desde el otro lado. Grupos de hombres descargaban enormes rollos de alambre de púas que iban desplegando y colocando sobre los postes formando una barrera, utilizando incluso las farolas o los raíles de trenes para cerrar lo que parecía un improvisado parapeto. Más tarde llegaron varias excavadoras y comenzaron a destrozar las calles que conducían hasta la frontera con el fin de dejarlas intransitables.

Miré a Boris con extrañeza.

—¿Qué está pasando, Boris?

—Cariño, te voy a confesar un secreto que solo hemos compartido sesenta personas en todo el país: esta noche, la ciudad quedará cerrada. Las fronteras han sido clausuradas definitivamente. Ya no habrá más partidas hacia el otro lado.

De repente me faltó el aire, y para disimular el temblor de piernas y el estado de nervios que me estaba invadiendo le di la espalda y me dispuse a contemplar los trabajos que los operarios realizaban en medio de un colosal ruido.

—¿Esto es lo que quieres decir? ¿Que toda la ciudad va a quedar incomunicada? —pregunté sin atreverme a mirarlo, procurando recuperar el control—. ¡Vaya! Pensaba salir mañana a ver Laura. Podrías haberme avisado. Me habría gustado despedirme —bromeé para fingir naturalidad.

—Lo siento. Creo que no volverás a ver a tu amiga en un largo tiempo; años, quizá.

—¿Cómo? —Me giré hacia él, descompuesta—. Pero dejarán algún paso abierto, los trabajadores podrán salir, ¿no? ¿Y los estudiantes que van a la universidad al otro lado?

—Nadie va a salir.

—¿Y los que se han quedado afuera?

—Podrán regresar si lo desean, por supuesto. Este punto fronterizo quedará abierto para ellos.

—Pero ¿quién ha tomado esa decisión?

—Viene del Kremlin, atendiendo a la petición del gobierno alemán.

—¡Vaya! —exclamé, intentando a duras penas encubrir mi desolación—. Pues los próximos días van a ser de caos para los que acostumbraban a salir a diario. Hay muchas familias que tienen a algunos miembros viviendo afuera. Imagino que podrán salir para verlos, ¿no?

—Nadie va a salir —repitió tajante.

—¿Y los trabajadores que tenían el empleo allí? ¿Lo perderán?

—A partir de ahora trabajarán aquí, como es su obligación.

Él observaba mi reacción y yo procuraba a duras penas ocultar mi tribulación.

—Imagino que se producirá un escándalo político con los americanos y los Aliados. Habrá problemas, ¿no? —pregunté con ingenuidad.

—No es asunto nuestro. Demasiado se han burlado ya. Esto se ha acabado. Los alemanes de la RDA no van a salir: vivirán y trabajarán aquí.

—¿Han pensado en el perjuicio económico que ocasionará esta decisión?

—La URSS garantiza el trabajo a todos sus ciudadanos. ¿Acaso viven mal aquí?

—No, aunque algunos vivimos mejor que otros —traté de bromear.

—Hoy ha sido un día especial para ti, has tenido un éxito colosal, y para demostrarte lo mucho que te quiero, deseo confesarte toda la verdad sobre mí.

—¿Qué pasa? ¿Acaso no la conozco todavía? —Lo miré extrañada. Él sonrió.

—Julia, confío en ti, sé que me quieres y sabes que te quiero. Voy a compartir contigo un secreto que llevo guardado desde que nos conocimos y no he podido revelártelo hasta hoy.

—Me estás asustando, Boris... —dije sin perder de vista lo que sucedía a mi alrededor.

—Julia, además de ser periodista, trabajo para el gobierno de Moscú, pertenezco al KGB.

Lo miré y al principio no supe qué decir.

—¿De veras? —pregunté con los ojos abiertos como platos. Enseguida reaccioné y fingí estar molesta—. ¡Vaya! Cuánta confianza tienes en mí. Y yo que creía que éramos un matrimonio perfecto, compenetrado y enamorado... —Crucé los brazos mostrando enfado.

—Por favor, no te enfades... —pidió tomando mi brazo y volteándome hacia él—. No podía confesarte a qué me dedicaba cuando te conocí, temía que salieras corriendo...

—¿Por qué? ¿Acaso creías que iba a asustarme? Al contrario, estaría temerosa de que pudieras correr algún peligro.

—Me preocupaba que pudieras sentirte vigilada...

—¿Y es así? ¿Me has estado vigilando?

—¡No! Yo no, aunque tenemos escoltas que nos protegen con discreción. Pero no tiene nada que ver contigo. Es por mi posición aquí. Son asuntos del gobierno.

—Estás diciendo que me han estado controlando desde que me casé contigo...

—Solo por nuestra protección. Hay muchos enemigos de la Unión Soviética en la ciudad, disidentes que organizan huelgas y actos de rebeldía contra la doctrina marxista. El Servicio Secreto de la República Federal Alemana tiene una amplia red de informantes aquí y hemos de proteger a nuestras familias.

—¿Y qué debo hacer ahora? ¿Tengo que comportarme de alguna manera especial?

—Nada de eso. Debes continuar con tu vida normal. Deseaba confesártelo para que comprendieras mejor mis prolongadas y frecuentes ausencias de casa, pero no me lo habían permitido hasta hoy.

Aquella última frase era la confirmación de que su confidencia no había sido casual ni motivada por su confianza en mí, pero me abstuve de preguntar.

—Ya lo sabes todo y no quiero que haya más secretos entre nosotros. Te necesito a mi lado, porque eres lo mejor que me ha pasado —dijo tomando mis hombros y besándome—. Te quiero, Julia, y deseo que confíes en mí tanto como yo en ti.

—¡Claro que confío en ti, Boris! Hemos compartido tanto... Solo estamos tú y yo, una pareja, un solo cuerpo y un solo ideal.

—A partir de ahora vamos a compartir más.

Aquella noche la pasé en vela. Tenía ganas de salir corriendo y saltar el vallado que estaban colocando los soldados. ¡Qué error no haber salido unos días antes! Pero ¿quién iba a pensar que se iba a consumar aquella infamia con tanta rapidez? Odié a Boris, porque sabía que tenía planeado salir el domingo y guardó un miserable silencio.

Aún no conocía el alcance del cierre de la ciudad, pero lo presagiaba severo. El pánico se apoderó de mis sentidos junto a la duda sobre si Boris habría confesado aquello por amor o estaba jugando al gato y al ratón conmigo. Me intranquilizaba que pudiera estar al tanto de los tejemanejes que había perpetrado a sus espaldas, pero quería pensar que aquella revelación significaba una muestra de confianza. Por otra parte, había ganado un nuevo aliado: el general Karpenko. Aquella circunstancia daba lugar a pensar que no sospechaba nada sobre mi doble juego.

A fuerza de darle muchas vueltas traté de convencerme de que Boris no conocía mi capacidad de observación y retención. Yo había evitado siempre dar muestras de ser curiosa o sagaz, y rezaba para que el dicho de mi abuelo sobre la posibilidad de aparentar ser intelectualmente inferior hubiera calado en su percepción sobre mí.

Segundo movimiento

Aquel domingo 13 de agosto de 1961 la ciudad amaneció envuelta en un caos. Boris se había marchado temprano y mientras tomaba el desayuno escuché en la radio el parte de noticias en el que un locutor leía un comunicado del gobierno de la RDA anunciando que se había levantado un «Muro de Protección Antifascista para impedir las actividades agresivas de las fuerzas militares y revanchistas de Alemania Occidental», y también para proteger al país contra «la inmigración, el espionaje, el sabotaje, el contrabando, las ventas y la agresión de los occidentales».

Durante la noche anterior habían sido movilizados más de cuarenta mil hombres pertenecientes al Ejército Popular Nacional, a la Policía Fronteriza y a la Policía Popular, acompañados por los llamados Grupos de Combate de los Trabajadores, que se encargaron de impedir el paso a vehículos y personas por la frontera hacia Occidente. Otros operarios reclutados a la fuerza se afanaban por clausurar con postes y alambres los casi cuarenta y cuatro kilómetros del perímetro de la ciudad. Se interrumpieron los transportes públicos que unían las dos urbes, exceptuando las líneas de ferrocarril elevado y subterráneo, que siguieron funcionando aunque sin hacer paradas en la zona Este. La única excepción fue la línea de la estación de Friedrichstrasse, que continuó activa bajo un exhaustivo control.

La Operación Rosa, como denominaron a aquella intervención, se había llevado con sigilo por parte de los gobiernos de Moscú y de Berlín Oriental y ni siquiera los soldados y los mandos superiores congregados allí habían conocido las órdenes hasta minutos después de llegar a su destino.

Unas semanas antes, la tensa reunión entre Jruschov y Kennedy en su único encuentro cara a cara en Viena había sido un fiasco y había contribuido a subir el tono del presidente estadounidense, quien anunció días más tarde el aumento de los efectivos militares y una nueva inyección económica para la defensa de Berlín Oeste.

«Un ataque a Berlín será visto como un ataque a Estados Unidos [..] Tenemos que estar listos para resistir por la fuerza, si usan la fuerza contra nosotros», había dicho el presidente estadounidense.

Las palabras de Kennedy avivaron el temor a una confrontación bélica y desencadenaron, en las dos semanas que siguieron, una salida masiva de más de veinte mil jóvenes, en su mayoría bien cualificados. La Stasi estaba desbordada tratando de contener la avalancha, realizando múltiples redadas en los noventa pasos abiertos en trenes, calles y fronteras. Aquel sábado previo al cierre se había batido el récord con más de tres mil personas en un solo día.

Salí a la avenida Unter den Linden, que lucía abarrotada por una multitud a la que no se le permitía acercarse a cientos de metros de la barrera de alambres que rodeaban la Puerta de Brandemburgo, donde decenas de tanques y batallones de soldados soviéticos estaban apostados frente a la frontera con la orden de repeler un posible ataque militar desde la zona occidental.

Observé los rostros de consternación e incredulidad de las personas allí congregadas. Había obreros que reflejaban miedo al conocer que habían perdido el trabajo al otro lado de la valla, y familias cuyos hijos se habían quedado afuera al cerrarse la frontera en plena madrugada del sábado, cuando cientos de jóvenes solían pasar el fin de semana en Berlín Occidental para disfrutar de fiestas, conciertos y diversiones. No obstante, aunque la frontera era permeable para los ciudadanos del Este que desearan volver a casa, supe que la mayoría decidió quedarse, presintiendo el oscuro futuro que les aguardaba en una ciudad que iba a convertirse en una gigantesca prisión para sus ciudadanos.

Al volver a casa di rienda suelta a mi angustia y lloré con desconsuelo. Pensaba en Oleg y Karina, no sabía qué sería de ellos si tardaba mucho tiempo en salir. Debía buscar una vía de escape, pero no sabía por dónde empezar, así que resolví que solo cabía esperar pacientemente una señal desde el otro lado.

Boris llegó por la tarde a casa muy excitado. Lo seguí al dormitorio para sonsacarle información y mientras se desvestía para darse una ducha me explicó que las fuerzas militares rusas y alemanas estaban en alerta debido a las revueltas que se estaban produciendo.

—Muchos jóvenes han intentado burlar los controles, incluso se han lanzado a los canales y ríos fronterizos para cruzar a nado al otro lado. Las fuerzas del orden se han tenido que emplear a fondo para impedirlo. Algunos han conseguido escapar, pero otros no.

—¿Han realizado muchas detenciones?

—Ha habido numerosos detenidos y muertos.

—¿Muertos? —repetí con estupor.

—Las órdenes eran de disparar a matar a quien tratara de salir por las bravas. Espero que sirva de lección para que nadie lo intente de nuevo —mascculló con frialdad dirigiéndose al baño.

Aquella crueldad descrita con total insensibilidad me confirmó la severidad del cierre de la ciudad, y también la escasa empatía de Boris hacia unos ciudadanos que no eran compatriotas suyos y a los que aquel gobierno títere de Moscú estaba sometiendo por medio del terror, la cárcel o la muerte. Para él, el Partido lo era todo: la fuerza, el honor y el poder sin importarle la mentira en que estaba instalado.

Al día siguiente, durante el desayuno, Boris leía la prensa con expresión triunfante. El presidente de Estados Unidos había realizado unas tibias declaraciones con respecto a la decisión del gobierno de Ulbricht.

—Escucha lo que ha declarado el presidente norteamericano con respecto al cierre: «No es una solución buena, pero un muro es muchísimo mejor que una guerra» —vocalizó con voz sarcástica y burlona—. Ese hombre es imbécil... Las alambradas eran un simple aviso para demostrar hasta dónde éramos capaces de llegar, pero todo podría haberse revertido. Jruschov habría dado la orden de abrir de nuevo si se hubiera producido una gran reacción por parte de las Naciones Unidas y los Aliados. Ahora no hay marcha atrás.

—¿Estás diciendo que todo este asunto del cierre era un farol? ¡Qué complicada es la política! —exclamé con ingenuidad.

—Es como un tablero de ajedrez. Uno mueve una pieza y espera la reacción del otro. El cierre era un plan arriesgado, porque se preveía una respuesta agresiva por parte de Kennedy. Pero este ha abandonado la partida nada más comenzar, así que todo sigue adelante tal y como estaba previsto. En realidad, nos ha hecho un gran favor. Ya no habrá contacto con la zona occidental, que no hacía más que corromper a este país.

Se vivieron días de terror, de incredulidad y rebeldía entre la población de Berlín. Se desataron disturbios que fueron violentamente reprimidos por las fuerzas del orden, tanto rusas como alemanas. Numerosos inmuebles que hacían frontera con el nuevo vallado fueron desalojados a la fuerza y derruidos. Muchos vecinos de Bernauer Strasse y las calles adyacentes, cuyas aceras pertenecían al barrio de Wedding de Berlín Occidental mientras que sus casas estaban en el barrio de Mitte, en la parte oriental, vieron como las ventanas y las puertas de las plantas bajas eran tapiadas para que nadie pudiera saltar por encima.

Las cercas de alambre comenzaron a ser sustituidas por bloques de cemento, ladrillos y piedras de gran tamaño; en solo una semana la ciudad quedó rodeada por un muro de cuatro metros de altura. Más tarde se iniciaron los trabajos para levantar los ciento cincuenta y cinco kilómetros de muralla que rodearon Berlín Occidental, donde colocaron alambres de espinos, campos de minas, torres de vigilancia y francotiradores con la orden de disparar a matar a los que intentaran salir. Además del paso fronterizo de Friedrichstrasse, solo quedaron abiertos otros dos destinados en exclusiva al paso de las potencias occidentales: uno situado en Helmstedt, en la frontera entre la Alemania Democrática y la Federal, y otro en Dreilinden, en el sur de Berlín Oriental.

En las semanas que siguieron al cierre, más de cuatrocientos civiles consiguieron eludir el cerco, a pesar de que un gran número de jóvenes intrépidos pagaron con su vida el deseo de vivir en libertad. La prensa publicaba artículos a diario explicando, según fuentes del gobierno, que aquel muro no se había erigido contra los ciudadanos alemanes, sino contra «el capitalismo fascista que estaba pudriendo las instituciones y corrompiendo a los ciudadanos».

Todo eran justificaciones para un pueblo que, de repente, se había quedado incomunicado. La prensa no podía escribir ni describir, porque no la veía y tampoco se lo habrían permitido, la desolación que vivieron miles de familias a causa de las separaciones, de los hijos que se quedaron afuera sin proponérselo, de los ancianos que terminaron solos, de los padres de familia que perdieron el trabajo, un buen sueldo y la posibilidad de progresar. La incertidumbre se instaló en el país, y el miedo, y, con el tiempo, la resignación.

Tercer movimiento

A primeros de septiembre se reiniciaron los conciertos de la orquesta con un notable descenso de público debido a la escasa afluencia de ciudadanos de Berlín Occidental, que solían asistir a la temporada de abono. Yo seguía sin tener noticias del exterior y supe por mi compañero Fabian, que hizo de inocente correo, que su hijo estaba en casa. Estudiaba el último año de la carrera de Periodismo y ahora tendría que adaptarse al plan de estudios de aquí, que difería mucho del de la universidad occidental. Incluso debía asistir a cursos sobre el marxismo-leninismo para poder terminar la carrera y ejercerla. A solas, me describió el estado de ánimo de la familia y los problemas de rebeldía de su hijo, a quien a duras penas podía contener, pues no soportaba la represión a la que estaban siendo sometidos los jóvenes. La Stasi se lo había llevado en tres ocasiones para interrogarlo sobre sus relaciones en la Universidad de Berlín Occidental. Cada vez que regresaba de Hohenschönhausen, donde lo retenían varios días, lo hacía lleno de moretones y sin dormir, pero en vez de plegarse a las normas impuestas, cada vez crecía más su rebeldía.

—Varios de sus amigos han conseguido burlar a los guardias y pasarse al otro lado. El último, estrellando su coche a toda velocidad contra las barreras en Friedrichstrasse. No sé qué hacer. Se va a meter en un buen lío y nos va a arrastrar a todos. He oído que están deteniendo y encarcelando a las familias de los jóvenes que han conseguido escapar... —Bajó la cabeza con pesar.

—Lo siento, Fabian. No sé qué decirte. Si puedo ayudarte en algo...

Él me miró, resignado.

En aquel momento ignoraba que se habían producido numerosas redadas entre los asistentes a las manifestaciones, muchos de los cuales habían sido deportados a campos de trabajo de la Unión Soviética. Otros, los más «afortunados», continuaban en el país en manos de la Stasi, que estaba practicando nuevas técnicas de tortura importadas por sus «hermanos» rusos para hacer confesar a los detenidos.

Al regresar a casa tras el ensayo, Boris ya estaba allí y dejé el maletín con las partituras en mi sala de música. Cuando terminamos la cena nos sentamos un rato a escuchar la radio y a comentar los sucesos que a diario acaecían en la ciudad. De repente, Boris me abordó con una pregunta provocándome un fuerte sobresalto.

—Julia, ¿conocías al farmacéutico de la calle Spandauer? Estuviste allí, ¿no es cierto?

Durante un instante quedé en silencio, fingiendo recordar y ocultando el pánico.

—Pues... creo que sí. Estuve un par de veces, cuando padecí aquel dolor de cabeza tan fuerte que duró varios días... —Lo miré y él afirmó, recordando aquel episodio de mi supuesta migraña—. Fui a pedir un medicamento y me emplazó al día siguiente para recogerlo.

—¿Y por qué fuiste a esa farmacia en concreto? Hay otra más cerca de casa.

—Me la recomendó Laura —mentí a toda velocidad—. Ella también sufría migrañas y dijo que allí tenían unas pastillas que elaboraba el propio farmacéutico y eran muy eficaces. ¿Por qué lo preguntas?

—Porque el dueño de esa farmacia era un espía.

—¿Un espía? —Lo miré con espanto—. ¿Qué clase de información se puede vender desde una farmacia? —pregunté con ingenuidad.

—Actuar de correo, por ejemplo. En este país hay colaboradores de Occidente por todas partes.

—¿Por qué me lo has preguntado? ¿He ido a una farmacia de forma casual y soy sospechosa porque el dueño era un traidor? ¿Ahora somos espías todos sus clientes? ¿Y cómo sabes que he estado allí? —Mi tono de voz se elevaba con cada pregunta.

—Cariño, no debes molestarte, sabes que tenemos personas de seguridad que nos protegen y envían un informe de nuestros movimientos al KGB. Allí ha aparecido tu visita a esa farmacia. Eso es todo.

—¿Nos protegen o nos vigilan? —Esta vez fingí estar realmente enfadada—. Solo con pensar que pudieran considerarme cómplice de ese traidor... Ahora, cualquier persona o profesional con el que tengas un contacto esporádico puede arruinarte la vida. —Moví la cabeza con desaliento—. Ya no puedo estar tranquila ni en mi propio país.

—No tienes nada que temer. Ha sido una casualidad y ya está aclarado. Y hablando de profesionales, ¿te acuerdas del doctor Schwarz, al que conocimos en una fiesta hace meses?

Durante segundos quedé en silencio, simulando que hacía un esfuerzo por recordarlo.

—¿Quién? ¿El que nos contó que le gustaba tocar el piano pero que al final se convirtió en cirujano?

—Exacto. También era otro traidor.

—¡Vaya! Un médico y un farmacéutico. ¡Estamos rodeados! ¿Y qué hacían? ¿Vender drogas ilegales al Oeste? —traté de bromear, alejando mi enfado.

—No exactamente. Ambos eran agentes del otro lado.

—Me cuesta creerlo. ¿Cómo personas con una profesión prestigiosa o con negocio estable pueden meterse en esos líos y arriesgar la vida y la de sus familias…? —Moví la cabeza con incredulidad—. ¿Y qué ha pasado con ellos?

—Consiguieron escapar. Fue antes del cierre de la frontera. La Stasi había conseguido una lista de traidores, pero tardaron demasiado y cuando fueron a detenerlos, todos habían desaparecido. Tendrían que haberlo hecho inmediatamente, pero la burocracia retrasó la ejecución de las órdenes y los perdieron a todos.

—Por lo que veo, en la Stasi hay puntos débiles.

—El problema es que están desbordados; antes, con la vigilancia de las fronteras y ahora, tras el cierre de la ciudad, con las revueltas que estamos reprimiendo a diario. Hay ya más detenidos que oficiales del orden.

—¿Han arrestado a muchos espías?

—Bueno, hay de todo. Han encarcelado a muchos jóvenes, unos que se han manifestado y otros que no, pero hay que ser precavidos. Si los dejamos a su libre albedrío son capaces de convertirse en enemigos del pueblo.

—Quieres decir que están deteniendo a personas que no han cometido delitos para evitar que los cometan en el futuro. —Lo miré para confirmar aquella barbaridad.

—Es una forma de enseñarles cómo deben comportarse, hay que darles una lección, ¿no crees?

Durante un instante no respondí, porque intuía que esa táctica de ejercer un castigo preventivo obtendría el efecto contrario al pretendido, inoculando un odio visceral hacia el Estado.

—Soy una ferviente marxista, ya lo sabes. Pero también soy alemana, y opino que el uso excesivo de la fuerza podría generar más rebeldía, sobre todo entre los jóvenes.

—Cuando terminen con ellos en los interrogatorios y vuelvan a casa, ya darán cuenta al resto de sus amigos del futuro que les espera si no se avienen a las normas y se atreven a levantarse contra el Estado. En Moscú se hace así también.

—Por supuesto —respondí, mordiéndome la lengua y recordando a mi compañero de orquesta y su honda preocupación por el futuro de su hijo y de la familia.

—A partir de ahora todo va a cambiar en la República Democrática Alemana. Las puertas de la ciudad se han cerrado y ya no habrá más contagios de esa enfermedad capitalista que padecen los occidentales.

Conforme profundizaba en el fanatismo de Boris, más miedo me inspiraba. Desde que había confesado su pertenencia al KGB solía hablar en casa de temas de seguridad o de política, algo que antes no hacía. Para él, la implantación de la ideología marxista estaba por encima de cualquier duda moral o ética. Había veces que no discernía entre la verdad y la mentira, aunque parecía darle igual, porque lo importante era su vara de medir. El Estado tenía que convencer, y si no lo lograba por las buenas, usaba la fuerza. Una vez le oí decir que el Partido era su vida, y los que estaban contra él eran sus enemigos. Era su deber doblegar la voluntad del pueblo de Alemania que, después de dieciséis años de ocupación, seguía sin aceptar plenamente las normas provenientes de Moscú.

—Estamos rodeados de traidores —dijo—. Alemania es un país de ingratos que ni siquiera son capaces de reconocer lo que hicimos por ellos librándolos de un loco genocida. Ahora piden más libertad. Libertad… —repitió con desprecio—. Aquí se vive mejor que en la Unión Soviética y encima se quejan. No se merecen lo que estamos haciendo por ellos.

—Es difícil imponer una nueva forma de pensar y de actuar a un país que ha sufrido una guerra devastadora tras una dictadura fascista. Son demasiados cambios en pocos años. La gente mayor tiene sus tradiciones, sus costumbres...

—Pero al menos deberían estar agradecidos por haberlos liberado del tirano y pedir perdón por lo que nos hicieron.

—El pueblo alemán no tuvo la culpa, Boris. Fue Hitler quien decidió invadir Rusia.

—Tu pueblo alemán veneraba ciegamente a su líder y lo siguió hasta el final. No pretendas disculparlo.

—Mi padre no lo apreciaba, te lo aseguro.

—Pero se sometió a sus preceptos y publicaba en el periódico lo que le ordenaban.

«Igual que hace ahora la prensa de aquí», pensé. Pero no me atreví a decírselo.

—Porque estaban en juego su libertad y nuestro futuro si no lo hacía... —le rebatí con suavidad—. Boris, si no fuera porque te conozco bien, a veces pensaría que odias a los alemanes, parece que no te caemos bien...

Él tomó mi mano entre las suyas.

—Tú no eres como ellos, eres una buena soviética. Es lo que más me gusta de ti, tu pasión, tu carácter fuerte y leal. —Acercó sus labios a los míos y me besó.

En las últimas semanas había notado a Boris muy atento, más cariñoso. Hicimos el amor allí mismo, en el sofá, y aunque apenas gocé, fingí hacerlo. Resolví que, por mi seguridad, debía dejarme llevar, aparentar sumisión y amor incondicional hacia él y a la patria soviética. A veces, como en aquel instante, tenía la íntima sensación de estar prostituyéndome aunque solo fuera por el simple instinto de supervivencia.

Sonata 12

Kozlov

Primer movimiento

Aquel sábado asistimos a una recepción en la embajada de Hungría. Había muchos invitados uniformados soviéticos y alemanes. Entre ellos, me pareció reconocer a alguien del pasado, un hombre de unos cincuenta años, de complexión recia y rostro cuadrado con unos inolvidables ojos de azul intenso. Era el comisario que ocupó mi casa familiar de Dresde, quien me sorprendió tocando el piano y me envió a Berlín para hacer una audición. En definitiva, el hombre que cambió mi destino. Le pedí a Boris que nos dirigiéramos hacia él, pero me mostró su incomodidad por no haber sido reclamados. Se sentía violento por abordar a un superior, pero ignoré las reticencias de mi marido y al llegar a la altura del comisario reconocí la fría mirada que me había inspirado miedo una vez.

—¡Julia Lerner! Es un placer verla de nuevo y en circunstancias muy diferentes —exclamó complacido, haciendo una reverencia y besando mi mano.

—Comisario, ¡cuánto me alegro! —respondí con sincera alegría.

Boris se dirigió a él solicitando indulgencia.

—Le ruego que disculpe a mi esposa —dijo con desazón—. Julia, es el coronel Kozlov, el nuevo jefe de la Primera Dirección del KGB en Berlín.

Por un instante quedé desconcertada. ¿Y el general Karpenko? ¿Qué había sido de él?

—Conozco a su esposa, por supuesto —respondió el aludido—. Yo fui su mentor.

—Sí, sí —afirmé entusiasmada—. El coronel me escuchó tocar el piano y me firmó una recomendación para el Conservatorio de Moscú. Gracias a él estoy aquí. No tendré vida suficiente para agradecerle lo que hizo por mí.

—Bah, no diga eso, Julia. Ha llegado a donde merecía estar. Me limité a traerla a Berlín para hacer una audición. El resto fue cosa suya. Si no hubiera sido tan especial y la gran pianista que yo intuía, no lo habría conseguido —respondió con falsa humildad—. Lo ha hecho usted sola, ¿sabe? Después de que se marchara a Moscú compartí una agradable amistad con su padre. Algunas tardes lo invitaba a casa a jugar al ajedrez y pasábamos buenos ratos. La añoraba a diario, hablaba mucho de usted, de su amor por la música, de su facilidad para componer, aunque me decía que en otras materias como el ajedrez no era demasiado buena... —Sonrió con paternalismo.

«¿Que no era buena al ajedrez? ¡Pero si le ganaba siempre...! Jugábamos a cronometrar el tiempo que duraba la partida antes de que le lanzara un jaque mate... ¡Ay, papá! Siempre ocultando mis capacidades ante los potenciales enemigos», me dije. Gracias a sus consejos había conseguido engañarlos a todos haciéndome pasar por la persona que no era. Ahora, desde la tumba, seguía velando por mí.

—Tiene razón. Siempre estaba pensando en melodías y notas musicales. Nunca he sido demasiado observadora. Soy algo despistada —afirmé con una risita a modo de disculpa.

Boris me miró con condescendencia.

—Pero es la mejor pianista del mundo, coronel.

—¡Por supuesto! Ha estudiado en el más prestigioso conservatorio, el de Moscú. Nuestros científicos y músicos son la envidia de Occidente. Que digan lo que quieran, jamás podrán estar a nuestra altura. Julia es un orgullo para la Unión Soviética. Con artistas de su categoría pasaremos a la historia por nuestra supremacía musical y cultural.

—Por favor —imploré con humildad—, creo que está exagerando.

—¿Cómo dice? No sabe cuánto se habla de usted en Moscú. Por cierto, ¿cuándo vamos a verla en el teatro Bolshói? También allí desean disfrutar de su talento.

—Pronto, coronel —declaró Boris.

Yo los miraba fingiendo estar de acuerdo.

—Es usted una de las personas a quienes estaré eternamente agradecida. Siempre le recordé con cariño por haber iniciado mi carrera musical.

—Bah, no fue nada, Julia. Puedo distinguir a una futura estrella nada más oír su música. Y con mirarla a los ojos supe que era una persona noble y de principios. Desde que dejó Dresde he seguido de cerca su trayectoria. En el conservatorio, los profesores hablaban maravillas de usted sobre su dedicación, las ganas de aprender y sus ansias de superación. Es un modelo a seguir por la juventud soviética, un ejemplo de humildad y voluntad a la vez.

—Gracias, coronel.

—Deseo que sigamos en contacto. ¿Les gustaría venir a casa a cenar uno de estos días? Mi mujer hace una excelente ternera Stroganoff.

—Por supuesto. Será un honor —aceptó Boris con servilismo.

Segundo movimiento

Estábamos a primeros de octubre y parecía que, tras las turbulencias por el cierre de la frontera y el reforzamiento de la seguridad, la vida en Berlín estaba recuperando la calma, o más bien una resignada normalidad que se había impuesto a la fuerza y había calado en el estado de ánimo de los ciudadanos. Yo seguía añorando a Oleg y Karina. Pasaba sola la mayor parte del día y a veces incluso semanas enteras cuando Boris viajaba. Empleaba casi todo el tiempo practicando al piano y ensayando en mi sala de música.

Al llegar aquella mañana al ensayo, uno de los ujieres se dirigió a mí con sencillez. Era un hombre alto y delgado al que le calculaba unos sesenta años, de pelo negro entrado en canas con una gran calva en la parte superior de la cabeza; tenía ojos marrones y nariz muy ancha, y cojeaba de la pierna derecha debido a los estragos de las bombas durante la guerra. Se llamaba Helmut y su rasgo más visible era un semblante afable y bondadoso. Al verme acceder al recinto, se acercó a mí con su renqueante pierna y me saludó.

—Buenos días, señora Lerner.

—Hola, Helmut. Buenos días. ¿Ha llegado ya el director?

—Sí. Está en su despacho. Señora Lerner…

—Por favor, Helmut, ¿cuántas veces voy a repetirle que me llame Julia? ¿Acaso no nos conocemos desde hace años?

—Perdone, es la costumbre —dijo bajando los ojos con sencillez—. Julia, me gustaría pedirle un favor. Lamento molestarla, pero es que me ha surgido un compromiso y no sé cómo eludirlo…

—Dígame cómo puedo ayudarle.

—Verá, tengo un amigo de la infancia cuyo hijo estudia piano en el conservatorio y le gusta componer. Mi amigo me ha pedido, bueno, más bien me ha suplicado, que le hiciera llegar una de sus composiciones. Yo…verá, no quiero comprometerla…

—A ver, deme esa partitura. Le echaré un vistazo y ya le daré una respuesta, ¿le parece bien?

—¡Oh! ¡Me parece extraordinario! Pero, por favor, no

piense que quiero aprovecharme de mi cercanía con usted... —suplicó.

—Helmut, estoy aquí porque alguien creyó en mí y me ayudó. Si puedo colaborar para descubrir a un nuevo artista, no dude de que también voy a hacerlo...

—¡Oh! Gracias otra vez, Julia. Es usted una buena persona —dijo entregándome la carpeta con las partituras.

—Usted también, Helmut.

Aquel sábado nos desplazamos a Karlshorst, donde se ubicaba el cuartel general del ejército ruso y también la base del KGB en Berlín Oriental. Se alojaba allí su máximo responsable, el coronel Kozlov, quien nos recibió en la lujosa mansión que ocupaba, en la seguridad de ser el dueño de ella y de la vida de sus subordinados. Era la máxima autoridad del KGB en Alemania y su cometido no solo era dirigir la organización, sino también vigilar la instauración de la ideología marxista en Alemania Oriental. Para ello tenía bajo su mando a todos los agentes de Inteligencia desplegados por el país.

En el trayecto en coche advertí que Boris mostraba una agitación fuera de lo normal. Parecía querer decirme algo y no sabía cómo empezar. Al final se decidió.

—Cariño, antes de que lleguemos, necesito que sepas algo. El coronel va a pedirte que colabores con nuestra organización en un viaje que vas a realizar al extranjero...

Me miró con aprensión.

—¿Yo? ¿Trabajar para el KGB? —exclamé con espanto. Boris asintió—. Pero, no sé cómo...

—No tienes de qué preocuparte —me interrumpió tomando mi mano, que reposaba en mi regazo—. Será un encargo muy fácil y no vas a correr riesgo alguno, si es lo que te preocupa.

—¿Adónde tengo que ir? ¿Qué tengo que hacer?

—Prefiero que te lo cuente el coronel. Solo te daré un consejo: nunca muestres indecisión ante una orden suya. Para él lo más importante es la confianza que le manifiestan sus subordinados.

—Creo que me gané su confianza hace tiempo, según habló el otro día... —Lo miré esperando respuesta.

—Claro que sí. Ahora debes mantenerla.

Durante la cena, el coronel compartió la satisfacción por el restablecimiento del orden en la ciudad. Ludmila, su esposa, era una mujer sencilla y de mediana edad con el pelo plagado de canas recogido en un elegante moño. Durante la cena refirió que antes de la guerra había trabajado como ingeniero en una fábrica de armamento, mientras que su marido estaba en el frente al lado del ejército que combatía a los alemanes. Confesé que no recordaba haberla visto en nuestra antigua casa en Dresde. Fue el coronel quien aclaró que su esposa se unió a él al año siguiente de marcharme a Moscú.

—Recuerdo con especial cariño su hogar, Julia. Estaba amueblado con excelente gusto y era muy confortable...

—Los años que viví allí fueron los más felices de mi vida —musité, nostálgica.

—¿Los más felices? Creía que los años de éxito como artista y a mi lado eran los mejores... —reprochó de broma Boris.

—Después de la tragedia que habéis sufrido, no creo que estéis en el mejor momento... —le espetó el coronel mirándolo con dureza. No le había gustado aquel comentario.

—Por supuesto. —El tono de voz de Boris cambió, avergonzado—. Me refería a los años anteriores.

—Con Boris también he conocido la felicidad, a pesar de... —añadí, tratando de justificarlo y tomando su mano sobre la mesa.

—Ha sido muy duro, pero lo vamos superando juntos —afirmó Boris con un mal disimulado rictus de tristeza.

No supe por qué, pero tuve la intuición de que el coronel menospreciaba a Boris, así que decidí ganarme su confianza y regresé a la conversación sobre mi infancia.

—Tuve la suerte de crecer en aquel hogar al lado de unos padres maravillosos, íntegros y enamorados, que nos dieron mucho amor a mi hermano y a mí. Pero llegó la guerra y... —Alcé los hombros con pesar.

—La guerra fue una experiencia demasiado dura para todos, Julia —se lamentó Ludmila—. Yo perdí a parte de mi familia en los primeros días de la invasión, y también a uno de mis hijos... A cuántos jóvenes perdimos en esos años malditos...

—Lo siento —murmuré con sinceridad.

—Bueno, no nos pongamos nostálgicos. Hoy estamos aquí para homenajear a Julia, nuestra gran artista —sonrió el coronel—. Tengo entendido que va a ofrecer un concierto de piano interpretando al gran Shostakóvich.

—Sí. Es un gran reto y espero no defraudar... —respondí con humildad.

—Eso no ha ocurrido nunca, Julia. ¿Cuándo será el estreno? No me lo pienso perder.

—El próximo 27 de octubre.

Tras el postre, Kozlov nos invitó a la terraza para charlar a solas con Boris y conmigo.

—Querida Julia, sabemos que es usted una gran patriota, y no solo por lo que me cuenta Boris. La he tratado un poco y también conocí a su padre. Era un hombre de palabra y sé que usted también lo es. Ahora necesitamos que colabore con nuestro gobierno.

—Por supuesto. Dígame cómo —respondí mirándolo con franqueza.

—Estudió en el Conservatorio de Moscú con otro músico con el que he oído que sigue manteniendo cierta amistad, aunque sea en la lejanía. Me refiero a Nicolás Toledo.

Al oír ese nombre sentí mariposas en el estómago, pero no de emoción, sino de pánico.

—Sí, claro. Estudiamos juntos y hace casi un año volvimos a coincidir en París.

Boris confirmó con la cabeza.

—Estoy al corriente de ese reencuentro. Julia, usted conoce cómo están las relaciones con Estados Unidos y la mayoría de los países occidentales. Necesitamos utilizar todas nuestras armas para defendernos y estar alerta ante los enemigos, espías y traidores que nos rodean. —Durante unos instantes guardó silencio y me miró fijamente—. ¿Estaría dispuesta a trabajar para la Unión Soviética?

—Haré todo lo que me ordenen —declaré con vehemencia, mirando al coronel y seguidamente a Boris con ojos de enamorada.

—Bien. Así me gusta —sonrió complacido—. Verá, llevamos meses acechando a Nicolás en Madrid. Hace tiempo se le ofreció colaborar con nosotros, pero declinó la oferta alegando que temía ser represaliado. Todos los españoles que regresaron allí desde la Unión Soviética han sido objeto de continuos atropellos y amenazas por parte de la dictadura fascista que gobierna, y sabemos que él también fue vigilado e interrogado por la CIA, pero ya lo han dejado en paz. Tenemos constancia de que no tiene filiación política ni está mezclado en conspiraciones. Como sabe, es propietario de una prestigiosa escuela de música a la que asisten unos alumnos muy especiales que son motivo de nuestra atención: los hijos de Mónica Rider, la condesa de Fuentes de Oca. Esta es estadounidense, está casada con un aristócrata español y ambos son miembros destacados de la alta sociedad madrileña.

Yo seguía escuchando, expectante, sin saber adónde quería llegar el coronel.

—Sabemos que esa dama tiene relación con miembros de la CIA, a los que ha hecho algunos... trabajos, por decirlo así.

—¿Quiere decir que esa condesa es una espía?

—Exacto. Esporádicamente envía mensajes o aloja en su casa a algunos agentes que no están reconocidos por el gobierno norteamericano como miembros de su Inteligencia... En resumen, realiza un discreto pero eficaz trabajo.

—¿Y qué papel han pensado para mí?

—Nicolás es amigo y profesor de una joven llamada Silvia Gómez de Quesada que también pertenece a la alta sociedad madrileña; estudia violín en su escuela de música y lo está introduciendo en el círculo de amigos de la condesa. Esta joven aparenta ser una ferviente anticomunista, pero no es así. Es de los nuestros. Estudió en la Sorbona de París, donde mantuvo contactos con células comunistas y ha demostrado su total lealtad en algunas colaboraciones que ha realizado para ellos. El problema es que no consigue demasiada información por parte de la aristócrata.

—¿Nicolás sabe quién es ella y lo que está haciendo?

—No, no... Él no conoce las actividades de Silvia ni de la condesa. —Levantó la mano reafirmando—. Silvia le ha insinuado, a modo de anécdota, que sabe que la condesa tiene contactos discretos y esporádicos con miembros de la CIA. Eso es todo.

—No entiendo... ¿Qué esperan de él?

—Pretendemos utilizarlo, aprovechando la amistad que le une a usted, para llegar a la condesa. No sé si sabe que Nicolás es uno de los músicos más destacados de la Orquesta Nacional de España.

—Pues no. No lo sabía... —mentí.

—Silvia afirma ser una ferviente admiradora suya y ha convencido a la condesa, cuyo marido mantiene excelentes relaciones con políticos españoles, para que proponga a la Comisaría General de la Música que la inviten a actuar en Madrid, alegando sus raíces españolas.

Permanecí callada. Él continuó con voz pausada.

—En cuanto obtengamos una respuesta, viajará a España. Estamos trabajando con los responsables de Cultura alemanes para que estén atentos a la recepción de una invitación oficial por parte de algún organismo español. La idea es que ofrezca varios conciertos en Madrid.

—¿Qué debo hacer exactamente? —pregunté mostrando gran interés.

—Cuando llegue a Madrid y contacte con Nicolás, su primer cometido será convencerlo de que desea traicionar a la Unión Soviética. Va a quejarse de lo mal que se vive aquí, de la falta de libertad, de que tanto su marido como usted están hartos de esta sociedad marxista, etcétera. Deberá insinuarle que Boris tiene acceso a información confidencial, por su posición en el KGB, sobre muchos de nuestros informantes que ocupan puestos de responsabilidad en Occidente, y que estaría dispuesto a ofrecer sus nombres. ¿Entiende lo que quiero decir?

—Por supuesto.

—Debe convencerlo de que Boris desea colaborar con Occidente a cambio de dinero y de la promesa de que, en un tiempo prudencial, la CIA los ayudará a salir y a instalarse en Occidente. Este viaje será una primera toma de contacto para preparar el terreno. Más adelante, y según cómo reaccione, iniciaremos el plan que tenemos dispuesto.

—¿Y si no se presta a ayudarme? Por lo que recuerdo de Nicolás, no es una persona demasiado extrovertida, y ya saben que no le gusta meterse en líos. Él solo vive para la música...

—Y para los negocios —apostilló Boris—. Sabemos que ha abierto sucursales de la escuela de música en varias ciudades españolas y está ganando mucho dinero.

—Tendrá que hacer uso de sus dotes de persuasión, Julia, apelando a su antigua amistad.

—De acuerdo.

—El primer paso será convencer a Nicolás para que la ayude. Si consigue involucrarlo, aguardaremos a que hable con Silvia para que se lo transmita a la condesa, que es realmente nuestro objetivo.

—¿Y después?

El general sonrió magnánimo.

—A continuación volverá a Alemania; si todo se desarrolla según lo planeado y Nicolás consigue a través de nuestra agente involucrar a la aristócrata, organizaremos una gira por Europa Occidental y Estados Unidos. De esta forma, Silvia, como ferviente admiradora suya, asistirá a sus conciertos y usted le irá proporcionando la información que supuestamente Boris estará obteniendo desde el KGB para que se la haga llegar a la condesa.

—Entiendo que esta operación está concebida a largo plazo... —comenté con timidez.

—Sí. Llevamos un tiempo trabajando y esperamos que todo salga según lo hemos dispuesto. Todo depende en gran parte de ti, cariño —me dijo Boris.

—En cuanto a Toledo, es posible que trate de convencerla para que pida asilo político. El dictador Franco estaría encantado de acogerla en España.

—Es probable. Cuando alguien obra de forma incorrecta, suele incitar a los demás para que también lo hagan —aseveré mirando a Boris, que había pronunciado aquellas palabras la mañana en que le hablé sobre mi cercano encuentro con Laura cuando acababa de desertar—. Pero él conoce mis firmes convicciones marxistas.

—Si se diera este caso, usted le indicaría que Boris se ha quedado aquí como rehén. No tengo que explicarle cómo funciona esto. Cuando un colaborador sale a Occidente, la familia se queda en casa para... ya sabe.

Confirmé que para el KGB era muy importante la situación familiar de sus agentes. En aquel modelo de sociedad no había vida privada, y tener una familia era una forma de control, pues alejaría la tentación de desertar cuando realizaran viajes o trabajasen en el extranjero.

—Por supuesto. Pero no le daría opción a que me hiciera esa propuesta. Él conoce mis fuertes convicciones y cuánto amo a mi país, y también a Boris; sabe que jamás los abandonaría. —Le dediqué una mirada enamorada a mi marido y tomé su mano.

—Tampoco se atreverán a ofrecerle una vía de escape cuando reparen en la rígida vigilancia a la que estará sometida. —Aquello era una velada amenaza.

—Les confieso que estoy algo desconcertada. Últimamente no paro de recibir sorpresas. No sabía que Boris pertenecía al KGB. —Ambos me miraron con benevolencia—. Y ahora, esta propuesta. Pero quiero que sepan que estoy a su disposición. La República Democrática Alemana es mi país, y la Unión Soviética, mi patria. A ambas les debo todo lo que soy, en especial a usted, coronel Kozlov, sobre todo a usted...

—Vamos, querida. Yo no hice nada. Me limité a detectar sus capacidades y a ponerlas en conocimiento del Estado —expresó con falsa humildad.

—Pueden contar conmigo. Ha llegado la hora de devolverle todo lo que ha hecho por mí —exclamé con firmeza mirando a los ojos al coronel, que aceptó complacido.

—¡Así me gusta! Esta es la mujer que yo conocí, la joven leal a su familia, a su país, amante de la música, una persona confiable y noble. Sois un ejemplo de familia soviética —exclamó satisfecho—. Bien. La mantendremos al corriente. Ya he referido que no es algo inminente; tendremos tiempo de organizarlo para finales de este año. Si todo sale como está previsto, podría ofrecer un concierto de Navidad en España, ya sabe que allí son muy católicos. —Sonrió con ironía—. Puede que más adelante invitemos a la Orquesta Nacional de España a venir a Berlín en un interesante intercambio cultural entre ambos países.

—Estaré encantada.

—¡Qué gran equipo hacéis! Boris es un gran agente; en cuanto a usted, Julia, es un ejemplo de artista y de mujer soviética. Nuestra lucha vencerá. La Unión Soviética es grande y lo será aún más gracias a personas como vosotros. Y ahora, vayamos a reunirnos con mi mujer.

Tenía una intuición especial para conocer el interior de las personas y estaba segura de que la condición de Kozlov no se correspondía con la imagen que pretendía proyectar de sí mismo. Había algo en él que no me convencía. En aquellos ojos aparentemente entrañables de mirada bondadosa, yo veía maldad y poca empatía, incluso un alma negra. Cuando se dirigía a mí en tono paternalista ensalzando mis cualidades, no conseguía creerle. Su voz serena sonaba a falsedad, y aquella aparente humildad parecía autocomplacencia. Tenía la sensación de que no le importaba nadie. Solo creía en él mismo y en la influencia que ejercía en el país y en sus subordinados. Al compararlos, me pareció que Boris no era consciente de lo poco que Kozlov confiaba en él. Sí, esa noche me di cuenta de que era un aficionado a su lado.

Boris estaba feliz y llegó eufórico a casa.

—Cariño, te has ganado la confianza de Kozlov. Estoy muy orgulloso de ti.

—Creo que es un buen hombre y me tiene en gran estima desde que nos conocimos hace unos años.

Ya en la cama, cubrió nuestras cabezas con la sábana, me abrazó y comenzó a hablar en un susurro, como si temiera ser escuchado, confirmando así que había micrófonos en casa. Me ofreció unas pinceladas del carácter de Kozlov y de las actuaciones que había realizado con él; conforme hablaba, corroboré las sospechas sobre su retorcida personalidad.

—Procura no defraudarlo. Es implacable con los que le fallan.

—Me estás asustando... —Lo miré con temor—. No sé qué opinión le habré causado...

—Has sido sincera. Yo lo he visto y él también. No tienes de qué preocuparte. La obediencia no es debilidad, sino fuerza. Todos debemos ofrecer lealtad y el que cuestione las órdenes sufrirá las consecuencias. A Kozlov no le tiembla el pulso para firmar una orden de detención sobre cualquiera que no muestre adhesión al Estado.

Escuchando a Boris, tuve la certeza al fin de que su fanatismo era real y de que creía ciegamente en la construcción de una sociedad marxista. Para él todo era el Estado, y los que no comulgaban con el sistema no merecían vivir en libertad, ni siquiera vivir. Sin embargo, la convicción de su superior me parecía impostada. Deduje de sus palabras, que confirmé años más tarde, que Kozlov solo ansiaba el poder absoluto que ahora ostentaba y del que disfrutaba. Vivía de nuevo en una mansión con criados y tenía en sus manos no solo el futuro de los desgraciados alemanes que caían en sus garras, sino también el de Boris y el mío.

—¿Cómo ha conseguido este puesto tan importante? ¿Qué ha pasado con el anterior jefe del KGB de Berlín, el general Karpenko?

Boris guardó silencio y respiró profundamente.

—Fue destituido de manera fulminante al saberse que tuvo relaciones con una traidora.

—¿Te refieres a una espía? ¿Aquí, en Berlín? —Boris asintió.

—¿Recuerdas que te hablé de un listado de agentes que consiguió la Stasi que escaparon antes del cierre de la ciudad? —Asentí—. Él se veía con una secretaria del Ministerio de Defensa de la RDA que formaba parte de esa lista. Dicen que fue Karpenko quien dio el chivatazo para que huyeran al otro lado.

Aquella información fue como una música para mis oídos. Definitivamente, nadie sospechaba de la intervención mía en aquel asunto.

—¿Y dónde está ahora?

—Lo llamaron a Moscú.

—¿Y?

—Nada más se ha sabido de él.

—Es... muy angustioso, Boris. Tengo miedo de fallar, de que Kozlov recele de nosotros...

—Vas a hacerlo muy bien. Él confía en ti. Y yo también. —Me besó en la frente.

No pude evitar sentirme culpable por haber provocado la detención y posiblemente la tortura y encierro de un hombre inocente. Pero aquello era una guerra. Era él o yo. Y los brutales procedimientos utilizados contra los señalados como «enemigos de la Patria» los imponían ellos, no yo. Esta vez le tocó perder a Karpenko, pero ganaron todos los que integraron el listado de la Operación Luciérnaga.

Tercer movimiento

Al día siguiente madrugué y me encerré en la sala de música para ensayar la obra que se iba a estrenar el 27 de octubre, los *24 preludios y fugas Op. 87* de Shostakóvich, un reto que debía abordar con mucho ensayo, pues era un concierto de piano de más de dos horas de duración. Cuando me lo propuso el director accedí sin dudar, a pesar de la gran responsabilidad que entrañaba.

Al extraer la carpeta con la partitura, vi la otra que el bueno de Helmut me había entregado para hacerle un favor a su amigo. La dejé sobre la mesa y comencé a ejecutar la obra de Shostakóvich. Un rato después paré a descansar al notar un ligero dolor en las manos, resentidas por la extensa interpretación. Me levanté y decidí ojear la partitura del estudiante de piano.

Al abrir la carpeta, el título de la obra me desconcertó: *PRIMAVERA EN ODALCET*. ¡«Odalcet» era «teclado» al revés...! ¡Dios santo! ¡Tenía ante mí un mensaje del exterior y no había reparado en él...! Con manos temblorosas tomé una hoja en blanco y fui transcribiendo a palabras las notas musicales.

«Todos los del listado a salvo. Gracias. Estudiando extracción. Paciencia. Envíe información en ensayos generales. Alguien grabará interpretación».

Más adelante, tras varias hojas de melodía, un nuevo mensaje. Esta vez era de mis hijos.

«Mamá estamos bien. Oleg está triste. Yo también. Adolfina nos cuida. Te queremos mucho. Ven pronto».

Unas lágrimas rebeldes acudieron a mis ojos. No conseguía habituarme a seguir viviendo en aquella casa tan grande y solitaria mientras que Oleg y Karina continuaban solos. La desesperación se transformaba en auténtico dolor y arrepentimiento por no haber escapado con ellos aquel día. Sí. Fue un error. Ahora estaba atrapada, representando un odioso papel de esposa leal y patriota, cosechando éxitos como pianista y fracasos como madre.

Pensé en papá y estuve segura de que, desde el cielo, me protegía del peligro en que estaba inmersa. Era el único consuelo en aquellos momentos. Tenía la sensación de estar sentada sobre un barril de dinamita que podía estallar en cualquier instante. El problema era que, si me levantaba, explotaría igualmente. No tenía otra opción que seguir sentada y esperar una mano amiga que me ayudara a escapar de allí.

Fui a la chimenea y quemé las partituras donde estaba el

mensaje, barrí las cenizas y las tiré por el retrete. El hogar volvió a quedar limpio.

Acababa de conocer la nueva vía de transmisión: en el ensayo general programado para finales de aquel mes de octubre. Debía preparar la información para enviarla y anoté los mensajes en frases cortas y separadas, escritas en hojas de pentagramas señaladas previamente que solo utilizaría en el ensayo y que después haría desaparecer.

Coloqué de este modo el nombre del nuevo jefe del KGB en Berlín, el coronel Kozlov. Describí la propuesta realizada sobre el viaje a España, el nombre de la condesa que colaboraba con la CIA, el papel que desempeñaba Silvia Gómez de Quesada y las órdenes de hacer de correo para el KGB simulando una supuesta traición junto con Boris.

Todo podría salir tal y como lo habían planeado si Kozlov hubiera elegido a otra persona, pero yo sentía tal repulsa hacia el sistema político que nos habían impuesto que no sentía remordimientos por traicionarlo, a pesar del riesgo que estaba corriendo. Vivía en una constante esquizofrenia pensando una cosa y diciendo la contraria; mostrando una lealtad que en realidad era rechazo; aparentando obediencia ciega ante las órdenes transmitidas y maniobrando a la vez para burlarlas y fingiendo un amor hacia Boris que en realidad era recelo. Pero tenía la convicción de que estaba haciendo lo correcto. También el KGB tenía sus puntos ciegos.

Dos días más tarde, al llegar al ensayo general, me dirigí al conserje aprovechando que estaba solo en el pasillo.

—Hola, Helmut. He interpretado la composición que me envió. Puede decirle a su amigo que me ha gustado mucho; pronto le daré noticias.

—¡Qué bien! Se lo diré, por supuesto. Estoy seguro de que se alegrará mucho. Gracias otra vez, Julia —exclamó con ingenuidad.

Definitivamente, estaba convencida de que aquel buen hombre no sabía que estaba siendo utilizado. Supuse que existía aquel amigo de la infancia, pero no me atreví a preguntarle por él. Era mejor para todos ignorarlo.

Cuarto movimiento

El día anterior al concierto acudí al ensayo general e interpreté antes de comenzar, a modo de calentamiento, las notas donde había insertado el mensaje. Desde el escenario pude divisar a una veintena de personas en el patio de butacas y algunas sombras en los palcos, aunque no quise reparar en ellos y recé para que, tal como me habían informado, alguien estuviera grabándolo. Al finalizar el ensayo volví a pulsar algunas teclas con el resto de la información.

Al día siguiente, el 27 de octubre, la ciudad vivió un nuevo sobresalto. Estaba ya preparada para salir hacia la Staatsoper cuando Boris llamó por teléfono. Su voz sonaba alarmada y me ordenó unirme urgentemente al personal de la embajada soviética que estaba cerca de casa para ponerme a salvo en el búnker que tenían allí.

—¿Qué ha ocurrido? Voy a salir para el concierto...

—Hoy no habrá concierto. ¡Vamos! ¡Sal de casa y ponte a salvo! —gritó antes de colgar.

Presa del pánico, me deshice del vestido de gala y me calcé pantalones y una blusa para dirigirme a la embajada soviética. Al entrar en aquel claustrofóbico espacio advertí el miedo en el rostro de los funcionarios y de sus familias. Uno de ellos informó de que se había producido un incidente en el punto fronterizo Checkpoint Charlie. Todos presentían que la temida confrontación entre las dos potencias estaba a punto de materializarse.

—Ha debido de ocurrir algo grave para que se haya activado la alerta nuclear. No sé nada más —refirió el secretario de la embajada.

Aquella madrugada apenas nadie pegó ojo, excepto los niños que, ajenos a lo que pasaba afuera, dormían en el regazo de sus madres. A la mañana siguiente anunciaron que el peligro había pasado. Regresaba a casa cuando me detuve a contemplar la hilera de tanques rusos y alemanes junto a numerosos camiones cargados de soldados que desfilaban por la avenida Unter den Linden de vuelta a los cuarteles. Boris llegó más tarde. Tenía ojeras y tampoco había dormido.

—¿Qué ha pasado?

—Si te digo que tú eres en parte responsable de todo este lío... —dijo con una extraña mueca.

—¿Qué quieres decir? —Lo miré con horror. ¿Me habían descubierto?

De repente, comenzó a reír a carcajadas y se dejó caer en el sillón del salón.

—Ayer tarde se produjo un incidente en el punto fronterizo con un diplomático estadounidense que pretendía asistir al concierto en la Staatsoper. Los guardias de la frontera exigieron registrar los documentos que llevaba en el coche y él se negó. Ahí empezó todo: se desplegaron tanques rusos y alemanes junto a varios batallones de soldados armados apuntando hacia el exterior. Y al otro lado, los Aliados también posicionaron sus tanques y soldados a la espera de una orden para abrir fuego. Y todo por un concierto... —sonrió moviendo la cabeza de un lado a otro—. Hemos estado al borde de una guerra atómica por una estupidez...

—¡Dios santo! Esto es un polvorín... Cualquier día saltará la chispa.

—Así es. Estos malditos americanos...

Suite 1

Central de la CIA. Langley, Estados Unidos
28 de octubre de 1961

Gisela Keller era de origen judío y había nacido en Múnich. Tenía treinta y nueve años, se había quedado viuda un año antes de otro agente de la CIA y no tenía hijos. De ademanes graves y apariencia estricta y antipática, estaba acostumbrada a dar órdenes. No era una mujer bella, pero poseía una mirada inteligente y fría que inspiraba respeto. Era alta y delgada, tenía los ojos marrones y algo saltones, labios finos y nariz ancha. Su melena de color castaño reposaba sobre unos hombros huesudos. Sus padres, previendo los problemas que les acecharían en Alemania tras el auge del nacionalsocialismo, emigraron a Estados Unidos en 1935 y se establecieron en Boston. El señor Keller era un reputado sastre y con los ahorros que rescató continuó su labor y obtuvo una excelente acogida entre la clase acomodada de la ciudad. Con tesón y trabajo, su única hija pudo acceder en 1942 a la Universidad de Harvard para estudiar Física.

Al finalizar los estudios fue invitada a integrarse en la recién creada Agencia Central de Inteligencia y en los años posteriores estuvo destinada en Berlín Occidental, donde conoció a agentes de la CIA destacados allí y también del MI6 con los que solía intercambiar información.

Gisella accedió al despacho de Joseph Fischer, su compañero. Frisaba los cincuenta años, de ojos azules, cara cuadrada y pelo rubio, aunque escaso.

—Pasa, Gisela. ¿Cómo va en la casa con los niños? —le preguntó a modo de saludo.

—Nada de interés —respondió sentándose frente a él—. La maestra está avanzando en el inglés y la veo más suelta. Los niños cada vez se desenvuelven mejor con el idioma y parece que se están adaptando a sus nuevos nombres. Oliver es diferente. La primera vez que lo escuché hablar tras oír la música de piano enviada por su madre quedé estupefacta. Jamás había visto algo así.

—Yo tampoco —dijo retrepándose hacia atrás en su sillón de cuero—. Desde la máquina Enigma de los alemanes no había visto un método de transmisión tan original y a la vez difícil de detectar. He pensado que podríamos utilizarlo en otras operaciones.

—Solo tiene nueve años... —dijo Gisela con aprensión—. No debemos jugar con la ingenuidad de estos niños. Están solos e indefensos.

—Pero son responsabilidad nuestra hasta que llegue su madre... Si consigue salir algún día.

—Nadie esperaba que cerraran el Muro de Berlín en plena noche y por sorpresa. Esa mujer corre un gran peligro, aunque ella no sea del todo consciente.

—¿Que no es consciente? ¡Claro que lo era cuando nos envió a sus hijos! —respondió Joseph sin piedad.

Gisela conocía bien la ambición de su compañero, y si había puesto los ojos en aquel chaval de extraordinaria capacidad insistiría hasta conseguir hacerle una prueba para mostrarlo como un trofeo en el departamento de descodificación. Habían utilizado a personas con características similares, pero nunca a un ser tan pequeño y vulnerable.

Dos horas más tarde, Joseph asomó la cabeza por el despacho de Gisela.

—Deja lo que estés haciendo, nos vamos a Annapolis. Esta madrugada hemos recibido una grabación de piano. No sabemos si contiene algún mensaje, pero debemos salir hacia allá inmediatamente —explicó mostrándole una caja que contenía una cinta magnetofónica—. Es asombroso cómo consigue información esa mujer y el método tan ingenioso que tiene para transmitirla —comentó Fischer más tarde, mientras conducía.

—Creo que se está arriesgando demasiado. Ya sabes que los agentes infiltrados no nos duran más de año y medio.

—Si la detienen, no sé qué vamos a hacer con los niños. Oliver podría repetir los datos que está recibiendo.

—No hay que ser tan agoreros. Están bajo nuestra protección y no creo que debamos preocuparnos. Su madre está ofreciéndonos una valiosa información. Lo menos que podemos hacer por ella es cuidarlos y ayudarla a escapar cuando llegue el momento, ¿no crees? No hay motivos para preocuparse ante un hipotético e inexistente problema. Vamos, tenemos trabajo pendiente —concluyó ella con autoridad.

—Tienes razón, como siempre —dijo Fischer mientras aparcaba junto a una casa rodeada por un alto vallado en las afueras de Annapolis, la capital del estado de Maryland.

—¡Vaya! Me ha dado la impresión de que le hablabas a tu mujer en vez de a mí —bromeó ella.

Heather Lombardi era soltera y de origen italiano. Tenía cuarenta y siete años, la piel muy blanca y el vello negro, como su pelo. En su rostro ancho debido al exceso de peso destacaban los ojos oscuros y vivaces y una nariz chata. Era de gestos bruscos, habla directa y ceño fruncido. Trabajaba desde hacía veintidós años como administrativa en las oficinas de la CIA y vivía en un pequeño apartamento con dos gatos. Representaba a la típica madre americana de clase media, y cuando le ofrecieron aquel destino tan peculiar no dudó en aceptar. Su nueva responsabilidad era hacerse cargo de unos niños alemanes recién llegados de Berlín Oriental junto a una mujer también alemana, maestra y minusválida, y ocuparse del buen funcionamiento de la casa donde vivirían provisionalmente hasta que la madre se uniera a los pequeños. Estaban en una mansión en las afueras de Annapolis, en el estado de Maryland y a menos de una hora de Langley, protegidos por un extraordinario dispositivo de vigilancia apostado en los alrededores, con coches camuflados y un par de guardianes en el jardín que rodeaba la construcción.

Desde que se instalaron allí, habían recibido en varias ocasiones la visita de Joseph Fischer y Gisella Keller, los responsables del operativo de seguridad y cuidado de los niños. Heather no tenía especial simpatía por ninguno. Sabía que Fischer era un agente de pocos escrúpulos y muy ambicioso. En cuanto a Gisela Keller, era fría y distante, con grandes dotes de mando y muy exigente. No recordaba haberla visto sonreír, pero cuando conversaba en alemán con los niños advertía que sus duros rasgos se relajaban un poco.

Heather oyó el motor de un coche cerca de la puerta principal y acudió a recibir a los agentes.

—Hola. ¿Dónde están los niños? —preguntó la joven estirada de ojos fríos.

—En el salón.

Accedieron a una estancia de grandes ventanales que daban al jardín. En la pared del fondo había una chimenea y varios sillones alrededor. En la parte derecha estaba situado un gran piano de cola que ayudaba a descifrar las partituras que enviaba Julia Lerner, y en la zona opuesta, una mesa redonda con varias sillas alrededor preparada para acoger a los visitantes. Al entrar hallaron a los niños y la maestra sentados en uno de los sofás. Al verlos en el umbral se levantaron para saludarlos.

—Adelina, hoy no vamos a necesitar a Karen. Esta vez tenemos una melodía grabada —ordenó a modo de saludo Gisela Keller en alemán.

—Vamos, Karen, tenemos que estudiar. —La maestra tomó de la mano a la pequeña para dirigirse a la puerta.

Todos observaron la cara de pánico que mostró el pequeño Oliver al quedarse solo. Tenía la mirada perdida, y su escasa estabilidad mirando al suelo llamó la atención de los visitantes.

—Tranquilo, Oliver. —Heather se acercó en aquel momento y se dirigió a él con voz templada y conciliadora—. Yo me quedo contigo.

—Hola, Oliver —le habló Gisela en alemán—. ¿Qué tal estás?

El pequeño elevó los hombros sin mirarla.

—Tenemos una grabación y es posible que contenga un mensaje de tu madre.

El niño reaccionó y levantó la mirada; una tímida sonrisa apareció en su rostro.

—¿Estás preparado?

Él afirmó con un movimiento de cabeza. Se sentaron todos alrededor de la mesa y Fischer colocó una cinta redonda en el aparato mientras Gisela abría un cuaderno para tomar notas.

—Adelante. Empezamos —dijo pulsando el botón de puesta en marcha.

Unas notas al piano sonaron antes del inicio del ensayo general. De manera repentina, el pequeño alzó la cabeza y comenzó a recitar con voz mecánica en alemán.

—«Coronel Kozlov nuevo jefe KGB Berlín... Viajaré a España diciembre... Conciertos... Me ordenan contactar con Nicolás Toledo en Madrid... Es amigo de Silvia Gómez de Quesada... Silvia es del KGB y amiga de Mónica Rider... Saben que Rider pertenece a CIA...».

Comenzó el concierto de Shostakóvich y durante un buen rato permanecieron en silencio, escuchando la música del piano. Pasó más de una hora y el tedio cundió en la sala. Joseph se levantó y se encendió un cigarro mientras paseaba alrededor de la chimenea. Después el piano quedó en silencio y se oyeron algunos aplausos. El ensayo había llegado al final. Mientras se oía el ruido de sillas y voces, el piano volvió a sonar con una melodía donde había un nuevo mensaje. Oliver volvió a hablar:

—«Me ordenan simular traición... Boris al tanto... Pasaré información a Silvia para entregar a Mónica... Es una trampa... Nicolás no sabe nada».

—Muy bien, pequeño —animó la agente.

Gisela miró a su compañero con un mohín de triunfo levantando los dos pulgares. Aquella información era muy importante y Heather lo advirtió, aunque no supo de qué se trataba al no entender el idioma.

Gisela había observado un movimiento de afirmación en el rostro de Oliver antes de que los últimos acordes concluyeran, pero no habló. ¿Habría algún mensaje secreto que el niño estaba ocultando?

—¿Has captado algo más? ¿Tienes algo que decirnos? —inquirió.

Oliver la miró con ojos temerosos y se quedó callado. Le había hecho dos preguntas y no sabía contestar. No lo entendía. Él solo podía responder una cada vez.

—Vamos, habla —ordenó Joseph con sequedad y escasa empatía.

Oliver se estremeció, asustado. Él no mentía, pero tampoco podía desobedecer la orden de su madre de no decirles a esos «amigos» la parte del mensaje que ella había señalado, porque solo podía decírselo a su hermana.

Heather salió en su ayuda y se acercó para tranquilizarlo.

—No te asustes, Oliver. Son amigos de mamá, ya lo sabes. —El pequeño afirmó con la cabeza, pero no alzó la vista—. ¿Han terminado? —preguntó a Gisela con la intención de sacarlo de allí.

—Sí, ya puede llevárselo —ordenó la agente.

Al quedarse solos, Gisela tradujo al inglés los datos que había recabado. Ambos se miraron, sentados frente a frente en la mesa.

—Así que van a utilizar a la pianista para contactar con nosotros y ofrecernos información falsa... —murmuró Joseph.

—Debemos informar inmediatamente al director adjunto. Tenemos a una infiltrada muy cerca de una de nuestros agentes en Madrid.

Ya a solas en el dormitorio, Karen habló en voz baja.

—¿Te ha contado mamá algo especial?

—Sí. Pero no se lo he dicho a ellos, porque era un secreto...

—¿Ese secreto es para nosotros? —Él afirmó con brusquedad—. ¡Cuéntame! —pidió la niña con agitación.

—«Queridos hijos. Siento esta tardanza. Os echo de menos. Karina, cuida de tu hermano. No debéis confiar en nadie, solo en Adolfina. Pronto estaremos juntos. Portaos bien, estudiad mucho, sed obedientes. Os quiero».

Unas lágrimas rodaron por el rostro infantil de Karen para convertirse en un desconsolado llanto con convulsiones. Oliver se acercó a observarla. No entendía por qué lloraba, pues él estaba contento por haber recibido noticias de su madre, que les decía que pronto estarían juntos. Entonces se dirigió a la habitación de Adolfina.

—Karen está llorando. A lo mejor está malita.

Adolfina halló a la niña en la cama envuelta en lágrimas. Estaba en una etapa preadolescente y era normal aquella explosión de hormonas. Se sentó en la cama y acarició su pelo rubio.

—Echo de menos a mamá... —balbució entre lágrimas—. Quiero volver a casa con ella, a Berlín, y a la escuela a jugar con mis amigas.

—Cariño, Berlín es ahora un sitio muy peligroso y no podemos volver.

—¿Por qué mamá no se vino con nosotros?

—Porque no pudo. Es muy complicado. Vivíamos en un país donde no hay libertad, donde todos están encerrados y no los dejan salir. Tu madre pidió ayuda para sacaros de allí. Ella pensaba reunirse con nosotros un poco más tarde, pero no la dejaron. Todo le salió mal y tuvo que quedarse. Sois muy pequeños aún para entender los problemas de los mayores. Cuando tengáis unos años más comprenderéis el sacrificio que hizo renunciando a ser libre a cambio de poneros a salvo.

—Mamá va a ir a Madrid en diciembre, lo ha dicho con la música. —La maestra miró a Oleg con sorpresa.

—¿Qué más ha dicho tu madre?

—No puedo decirlo —respondió mirando al suelo con temor.

—Oleg, ¿en quién confías más, en los amigos de tu madre o en mí? —lo presionó Adolfina, llamándolo por su auténtico nombre.

—¡Claro, Oleg! Mamá ha dicho que confiemos solo en Adolfina. Puedes contárselo a ella también.

El chico comenzó a repetir palabra por palabra los mensajes que había escuchado a través del piano interpretado por su madre aquella mañana. Conforme lo escuchaba, Adolfina comprendió el alcance del interés suscitado en la CIA y sintió miedo. Aquel niño estaba siendo expuesto a una información extremadamente sensible para la seguridad de aquel país y temió por él.

Leon Morell, el director adjunto de la CIA, tenía cincuenta y cinco años, pelo castaño peinado a un lado y gafas metálicas. Presumía de buenos modales y mirada afable. Había nacido en Estados Unidos, de madre inmigrante rusa y padre obrero en una fábrica de Illinois. Hablaba y escribía perfectamente el ruso y solía leer a Tolstói y a los clásicos en su idioma materno. En aquel momento estaba reunido con los responsables de la pianista alemana, a quien le habían otorgado el alias Despina en homenaje a una de las protagonistas de la ópera de Mozart *Cosí fan tutte*, «así hacen todas».

—He leído el informe sobre el último mensaje recibido desde Berlín. Despina nos está facilitando una valiosa información, pero está corriendo un gran riesgo —dijo a modo de saludo.

—Sí. Está metida de lleno en la boca del lobo —opinó Gisela.

—Debemos proteger su identidad —ordenó—. El nombre de esa mujer no debe aparecer en ningún informe ni lista de agentes encubiertos. Ni siquiera su nombre en clave, Despina, va a constar en archivo alguno. Nadie debe saber de su existencia, solo nosotros tres y el director, además de la cuidadora. Ni un escrito, ni una mención de su identidad en este edificio. Oficialmente, esa mujer no existe. Es la única forma de mantenerla viva, ¿entendéis? —Miró por encima de sus gafas. Ambos asintieron en silencio—. La protección de ese niño es nuestra mayor prioridad, ya que es el único canal de comunicación con ella.

—Mientras lo tengamos bajo nuestra supervisión todo irá bien —tranquilizó Gisela.

—Tengo aquí una información sobre Dimitri Alexiévich Kozlov, el nuevo responsable del KGB en Berlín Oriental que ha mencionado Despina en su mensaje. Uno de nuestros agentes infiltrados lo conoce, y también a Boris Ivanov, y os aseguro que no sé cuál de los dos es más peligroso. —Leon Morell se retrepó hacia atrás con una carpeta marrón entre las manos y comenzó a ojearla—. Kozlov procede de la clase obrera, como a los dirigentes soviéticos les gusta. Estudió lo justo para sobrevivir y no está demasiado instruido, aunque es amante de la música. No obstante, no permite que nadie le haga sombra, ya sea por formación académica o por un pasado heroico del que carece.

»Cuando se iniciaron las purgas de 1937 se dedicó a denunciar a muchos inocentes, aunque no apuntaba a antiguos burgueses, sacerdotes u oficiales zaristas que por aquellos años malvivían tras la instauración del marxismo. Él puso el foco en sus competidores más cercanos: secretarios del Comité del Distrito del Partido, periodistas que ensalzaban a Stalin, los responsables de instaurar la ideología marxista en los colegios y universidades, etcétera. Eran gente soviética, no del antiguo régimen; incluso había combatientes que lucharon contra el Ejército Blanco. Fue el causante de la muerte y de la deportación a campos de trabajo en Siberia de cientos de amigos, vecinos y compañeros del Partido.

»Terminada la guerra se fanatizó aún más, con un fervor que utilizaba como protección para avanzar en su carrera política. Su primer puesto de responsabilidad fue en Dresde como comisario político. Allí fue implacable con los alemanes sospechosos de espionaje y fueron muchos los compañeros y compatriotas destinados en la zona a quienes acusó sin pruebas sólidas. Posteriormente se incorporó al KGB, donde ha desarrollado una carrera fulgurante, llegando a sustituir hace poco a su inmediato superior, el jefe de la Primera Dirección del KGB en Berlín, el general Karpenko. Según nos han informado, era conocida la animadversión de Karpenko hacia Kozlov, su subordinado, a quien menospreciaba por no estar preparado para el cargo que estaba desempeñando.

»Y es aquí donde interviene el marido de Despina. Boris

Ivanov fue informado por la Stasi de la detención en Berlín Oriental de uno de nuestros colaboradores, que al ser torturado les proporcionó una relación de nombres.

Levantó de nuevo la mirada por encima de las gafas.

—Se refiere al primer mensaje que envió Despina, intercalado en una partitura sobre la Operación Luciérnaga por medio de su amiga Laura Braun —sugirió Gisela.

—Exacto. Gracias a ella nuestros agentes en Alemania consiguieron poner a salvo a todos los integrantes de ese listado. Según nuestro informante, esos nombres nunca llegaron a la mesa del general Karpenko. Boris Ivanov se los entregó a Kozlov, y poco después la Stasi acusó a Karpenko de haber sido visto en compañía de una mujer cuya identidad aparecía en aquel directorio. No había pruebas, porque ella había huido ya, pero la sospecha se instaló en la jefatura del KGB y llegó a Moscú.

—¿Estás diciendo que Kozlov pudo haber conspirado contra Karpenko para ocupar su puesto y que la relación con esa mujer no era real? —preguntó Fischer.

—Está confirmado. La secretaria del ministerio que aparece en esa lista está a salvo en Bonn y ha negado a nuestros agentes cualquier relación con él. Todo fue un montaje. Kozlov utilizó la información facilitada por Ivanov para crear una trama con pruebas falsas y acusarlo así de traición. Después fue a por él utilizando ese listado y actualmente ocupa su puesto. Según relata nuestro informador, no se fía de nadie y solo ve adversarios a su alrededor. Exige fe ciega en el Estado... y en él.

—¡Vaya! Parece que Despina corre más peligro de lo que creemos —comentó Gisela.

—Aún hay más. He recibido un interesante informe sobre su marido. Os confieso que he quedado algo... conmocionado. Creo que no sabe con quién duerme cada noche. Es un auténtico fanático, más bien un psicópata... —dijo moviendo la cabeza—. Como sabéis, pensaba internar al pequeño en una institución para enfermos mentales. Pero eso es intrascendente comparado con lo que hizo con su familia...

Ambos agentes le dirigieron una mirada curiosa, impaciente. El director adjunto abrió un cajón de su mesa y extrajo otro expediente.

—Iván Tumánov, el padre de Boris, fue corresponsal del diario *Pravda* en diferentes países durante la Primera Guerra Mundial. Boris nació en 1923 en Londres, donde se encontraba Tumánov como reportero en aquellos años. Su esposa falleció al dar a luz y Tumánov regresó a la recién constituida Unión Soviética. Dos años después volvió a contraer matrimonio con Elsa Schulze, una joven perteneciente a la comunidad alemana del Volga, un conjunto de colonias de origen alemán cuyo origen se remonta al siglo XVIII, cuando la zarina Catalina II de Rusia los invitó a asentarse en el margen izquierdo del río ofreciéndoles tierra para cultivo. En estos asentamientos vivían de manera autónoma, con su idioma, costumbres y educación alemanas. En 1927 nació su hija María y durante los siguientes años la familia acompañó a Iván en las diferentes misiones para el Komintern en Alemania, Reino Unido y Francia. Iván Tumánov fue nombrado Héroe de la Unión Soviética por el gobierno bolchevique, pues no solo ejerció como periodista, sino de espía, como miembro del Servicio de Información de la Internacional Comunista.

»En 1941, tras la invasión alemana, el Kremlin decretó la deportación para todos los alemanes residentes en la Unión Soviética. Elsa y su hija María fueron internadas en un campo de trabajo en Kazajistán. A pesar del prestigio en el Partido y después de llamar a numerosas puertas, Iván Tumánov no consiguió que su esposa e hija fueran liberadas. Siguiendo la estela de su padre, Boris había ingresado en el Instituto de Relaciones Internacionales dirigido por el Ministerio de

Asuntos Exteriores, un lugar de instrucción para diplomáticos, políticos y espías donde también estudió Periodismo, aunque no pudo evitar, a pesar de no tener sangre alemana, los interrogatorios y la estrecha vigilancia a la que fue sometido. Iván fue obligado a divorciarse y continuó ejerciendo como periodista, pero ya en labores sin relevancia, y fue expulsado del Servicio de Inteligencia por falta de confianza.

»Tumánov conoció que su hija María había fallecido de hambre y frío en un campo de Kazajistán en 1942. Después recibió la noticia de la ejecución de su esposa. Meses más tarde se quitó la vida ahorcándose en su piso. Había dejado una carta despidiéndose de Boris, explicándole que se quitaba la vida "no solo por el dolor de haber perdido a su amada familia, sino por haber engendrado a un monstruo sin sentimientos que reencarnaba al mismísimo diablo. No quería seguir viviendo y comprobar cómo triunfaba en el Partido a costa de tanta sangre inocente. Su conciencia no le permitía perdonarlo y por esa razón prefería no existir más". Reivindicó en la misiva el amor a su esposa e hija difuntas, y afirmó que no se alegraba de que Boris se hubiera librado del castigo que merecía. "Más les habría valido a muchos inocentes que también a él lo hubiesen llevado preso", añadía la nota. Aquella carta fue interceptada por el NKVD antes de llegar a manos de Ivanov.

—¿Por qué esa reacción tan furibunda hacia su hijo? ¿Qué hizo para que renegara de él con tanta dureza? —preguntó Gisela.

—En el informe se detalla que, cuando llamó a su padre para informarle del fallecimiento de su mujer, no solo no mostró sentimientos de dolor ni le ofreció palabras de consuelo, sino que vertió insultos y desprecio hacia él por haber elegido a una alemana como esposa. Estaba avergonzado por haber vivido durante años con una enemiga de la gran patria soviética. Le informó de que había sido él mismo quien había solicitado a sus superiores la orden de ejecución para Elsa y que le fuera retirado a su padre el título de Héroe de la Unión Soviética por alta traición.

Fischer movió la cabeza con incredulidad y lanzó un silbido.

—Con un hijo así, cualquiera no se tira por un puente... —bromeó.

—Pero no se detuvo ahí —continuó el director—. Para demostrar su lealtad, Ivanov se dedicó a denunciar y perseguir a conocidos y familiares de su madrastra que habían escapado a la deportación escondiéndose en casas de amigos o consiguiendo una nueva documentación de ciudadanía soviética. Aquello le valió la confianza de los superiores e inició su fulgurante carrera en el NKVD, cuyos dirigentes vieron en él a un patriota convencido de que la construcción del Estado en el marxismo justificaba cualquier medio y estaba por encima de todo. Su lema es: «El Partido y la Patria antes que la familia, antes que tú mismo».

»Más tarde pasó a ser miembro del KGB cuando se creó en 1954, y hasta la fecha ha realizado un trabajo impecable, con numerosos éxitos tanto en el país como en el extranjero. Actualmente está adscrito al Primer Alto Directorio que gestiona el espionaje en el extranjero y se encarga de supervisar y de dar apoyo a los "ilegales", los espías que suelen establecerse en un país occidental con documentación falsa y llevan una vida corriente dedicada a captar adeptos a la causa, vigilar objetivos que le ordenan o limitarse a quedar como "durmientes".

Todos permanecieron en silencio durante unos instantes.

—¿Despina sabe quién es realmente su marido? —preguntó Fischer.

—Es posible que no.

—Ahora sí que no me gustaría estar en su pellejo... —murmuró Gisela.

Sonata 13

Peligro

Primer movimiento

Una semana después del incidente del 27 de octubre de 1961 pude ofrecer al fin el concierto de Shostakóvich, aunque con menos público de lo habitual debido al cierre de la ciudad, pues eran muchos los ciudadanos de Berlín Occidental, entre amantes de la música y turistas, que antes acudían al edificio de la ópera. Tras conocer el futuro viaje a España, algo se había removido en mi interior con sentimientos encontrados. Por un lado, la ilusión de ver de nuevo a Nicolás, y por otro, el temor ante el riesgo que iba a correr me nublaban el juicio.

Las dudas que albergaba sobre la recepción del mensaje quedaron resueltas al poco tiempo a través de Helmut, el entrañable conserje. Al llegar una mañana comentó que su amigo, el padre del estudiante de música, era un gran aficionado y le había pedido que me expresara su más sincera enhorabuena. Había asistido al ensayo general gracias a su mediación y había quedado admirado por mi gran interpretación.

El mensaje había llegado a su destino.

A la espera de viajar a España comenté con Boris durante la cena que iba a componer una sonata llamada *Madrid*, en honor a nuestros futuros anfitriones. A él le pareció un bonito detalle con el país que iba a visitar cuando recibieran de una vez en la sede del ministerio alemán la respuesta por parte del español. También le expresé mi intención de componer un dueto para piano y violonchelo al que iba a titular *Moscú* para interpretarlo junto a mi antiguo compañero de conservatorio, y también le agradó la idea.

—Estoy feliz de que hayas superado el dolor por nuestra pérdida. Me gusta verte ilusionada. Vas a dejarlos impresionados en Madrid —dijo tomando mi mano sobre la mesa.

Sonreí aceptando su halago. Él ignoraba que era la excusa perfecta para escribir unas composiciones que se habían convertido en el único medio de comunicación con el extranjero.

Fue a mediados de diciembre cuando Boris informó de que habían recibido noticias desde Madrid. Los agentes allí habían dado cuenta de las reticencias del gobierno español para establecer relaciones, aunque fueran culturales, con un país comunista, por mucha sangre española que corriera por mis venas. La burocracia y la desconfianza regían la dictadura de Franco y seguían dando largas a la autorización para invitarme, a pesar de las peticiones que los condes de Fuentes de Oca, a instancias de Silvia Gómez de Quesada, habían hecho a sus importantes amistades en el ministerio.

Mi vida transcurría con monotonía y sin sobresaltos, encerrada en la sala de música practicando a diario y componiendo. A menudo asistía con Boris a diferentes eventos sociales y culturales, donde él aprovechaba para contactar con corresponsales extranjeros que supuestamente estaban destinados en Berlín Oriental solo para cubrir noticias, o con personal de las diferentes embajadas establecidas en la ciudad. En uno de ellos avisté una importante confidencia entre Boris y un periodista estadounidense del *New York Times* que podría ser de gran utilidad para mis «amigos» al otro lado del océano.

Se acercaba el mes de diciembre y se me ocurrió crear

una pieza para niños. Lo hablé con el director y le pareció una idea excelente, así que compuse una partitura haciendo un guiño a las canciones infantiles tradicionales de Alemania. Preparé el mensaje y lo incluí para interpretarlo en el ensayo previo al concierto de diciembre.

Mis alarmas saltaron cuando, al concluir el ensayo general, el director indicó que no era necesario que interpretara la nueva composición. Había estudiado las partituras y los comisarios de Cultura la habían aprobado, así que prefería oírla por primera vez el día del concierto que se celebraría tres días más tarde.

Regresé a casa desolada. Como último recurso, eliminé el mensaje tal como lo había preparado para enviarlo en el ensayo general y me dispuse a reescribir la partitura. Aprovechando que los temas infantiles podían ser algo anárquicos, lo intercalé de nuevo en frases cortas y telegráficas a lo largo de la composición:

> Elías Philips... corresponsal *New York Times*... Vende listado de agentes CIA a KGB... Cuenta en Suiza.

Al interpretarla al piano comprobé que no había disonancias que llamasen la atención. Al día siguiente regresé al edificio de la Ópera del Estado y le entregué al director las nuevas partituras, indicándole que había ampliado la composición con algunas canciones infantiles más. A la salida me dirigí a saludar con calidez a Helmut, el conserje. A modo de confidencia le informé de que en el concierto que se celebraría dos días más tarde iba a estrenar una obra inédita al piano que ni siquiera había interpretado en el ensayo general del día anterior, pues iba a ser un estreno mundial.

—Dígale a su amigo que no puede perdérselo. Creo que le va a gustar.

—Por supuesto que lo haré. La admira muchísimo. Él me envidia porque tengo la suerte de escuchar sus conciertos, aunque sea desde la puerta. —Sonrió con bondad.

La función fue un éxito y al finalizar la programación el director informó al público que Julia Lerner, «nuestra gran pianista y compositora», iba a ofrecer el estreno mundial de una obra infantil inspirada en canciones tradicionales alemanas.

La prensa se había hecho eco meses atrás de mi dolorosa pérdida familiar. Quizá fue la razón por la que, al finalizar la interpretación, recibí un emocionante y cálido aplauso durante varios minutos por parte del público, puesto en pie. Las lágrimas acudieron a mis ojos mientras saludaba y agradecía desde el escenario aquel homenaje.

Al día siguiente la prensa fue unánime al aclamar la nueva obra, cubriendo de alabanzas tanto la interpretación al piano como mi talento como compositora. Boris estaba pletórico aquella mañana leyendo las reseñas de prensa.

—Ha sido un gran éxito, cariño. Jamás había escuchado un tema más hermoso y emotivo. ¡Si hubieras visto la cara desencajada del coronel Kozlov en el palco...! —dijo moviendo la cabeza—. Estaba tan emocionado como yo. Hasta vi llorar a su esposa, te lo aseguro. Me felicitaron efusivamente, nunca lo había visto tan satisfecho.

Boris nunca llegó a saber que aquella noche había enviado a la CIA una información trascendental obtenida a través de él.

Segundo movimiento

Estábamos a primeros de febrero de 1962 y Boris llegó aquella tarde después de dos días sin aparecer por casa. Vestía la misma ropa, estaba sin afeitar y olía a sudor. Tras darse una ducha se sentó frente a mí para la cena. Tenía el rostro desencajado y apenas probó bocado.

—¿Qué te pasa, Boris? ¿Te encuentras bien?

Me miró de tal manera que todas mis alarmas saltaron de repente. Parecía asustado.

—Son cosas del trabajo.

—Ah, entonces no puedo preguntar...

—No debes.

De nuevo un silencio prolongado y tenso.

—Voy a fumar un rato. —Se levantó y me hizo una señal para que lo siguiera al jardín.

Me quedé unos minutos recogiendo la mesa y me reuní con él. Estaba de pie junto a la fuente con un cigarro en la mano.

—Escucha, Julia, es posible que me llamen a Moscú y tarde un tiempo en volver. No debes preocuparte.

—Me estás asustando... ¿Qué ocurre?

—Nunca has sabido nada sobre mi trabajo, ¿verdad?

Yo negué con la cabeza, expectante.

—Conozco lo que tú me has contado y las instrucciones que me dio el coronel Kozlov la noche que cenamos en su casa. ¿Quieres explicarme qué haces exactamente?

Él paseaba nervioso alrededor de la fuente.

—Me dedico a contactar con agentes extranjeros que trabajan para mi país. Me pasan información, les doy instrucciones... Cosas así.

—¿Ha ocurrido algo?

—¿Te acuerdas de aquella lista donde estaba el farmacéutico que visitaste? —Asentí—. Pues ha vuelto a pasar, se ha producido otra fuga de información. Recibí un listado de agentes soviéticos que estaban pasando información secreta a los americanos y se lo entregué a mi superior, pero cuando fueron a detenerlos, la mayoría habían sido ya avisados y lograron escapar. Apenas hemos cazado a una cuarta parte.

En la anterior filtración acusaron al general Karpenko y fue detenido por conspiración. Creíamos que la brecha de seguridad se había cerrado, pero estábamos equivocados. En estos días he perdido a varios compañeros de mi unidad.

—¿Cómo? ¿Han muerto?

—No. Han sido interrogados, pero no han conseguido arrancarles una confesión y los han trasladado a Moscú para continuar con la investigación. La desconfianza se ha instalado en el mismísimo corazón del KGB y no pararán hasta que encuentren al culpable.

Lo miré con espanto.

—¿También a ti te van a investigar?

—Todos somos sospechosos ahora. Fui yo quien recibió el listado de manos de un periodista norteamericano que era confidente mío.

—Pero tú no eres un traidor... —afirmé convencida—. El coronel Kozlov te tiene en gran estima...

—En estos momentos nadie confía en nadie. El KGB tiene por norma que es mejor que sufran diez inocentes a que se escape un traidor, ¿entiendes?

—¿Por qué están tan seguros de que la filtración ha salido del KGB? Quizá te han engañado y el mismo agente que te entregó ese listado los avisó después para que escaparan. Los americanos no son de fiar... —traté de razonar con ingenuidad.

Boris me miró con condescendencia, como si se dirigiera a una niña de diez años, e intentó explicarme que aquellos asuntos no funcionaban así.

—Eso es absurdo. Tan absurdo como que ese periodista ha sido detenido en cuanto ha regresado a Estados Unidos. A él también lo han vendido.

—¡Vaya! Parece que ha sido un incidente muy grave... —comenté con suavidad.

—Debes tener mucho cuidado, cariño.

—¿Yo? ¿Por qué? ¿También soy sospechosa? —pregunté con un temor real.

—Pueden ponerte a prueba, igual que están haciendo conmigo. Vamos a estar muy vigilados.

—Pero no pueden dudar de nosotros. Saben cómo amas a Rusia y que eres leal al Partido; también conocen mi adhesión y mis creencias políticas.

—Kozlov no cree en nada, solo quiere hechos demostrables.

—Me estás asustando...

—No debes preocuparte, en estos momentos solo yo soy el objetivo. Si me ocurriese algo, prométeme que continuarás con la música y con tu vida, ¿de acuerdo?

—Dios mío, Boris, ¿qué haría yo sin ti? Has sido mi apoyo estos años, no quiero que te ocurra nada. Eres lo mejor que me ha pasado...

—Ya lo sé... —contestó sin una pizca de modestia—. Tú también eres muy especial para mí, pequeña. Pero tenemos que estar alerta, ¿de acuerdo? Debemos cuidar de todo lo que hacemos y lo que hablamos.

—Pero si yo no hablo con nadie...Estoy todo el día encerrada y practicando al piano. Apenas tengo amigos desde que se fue Laura, ya lo sabes. Solo te tengo a ti.

—Cuídate de lo que hablas con tus compañeros de la orquesta, con los vecinos, con los diplomáticos con los que coincidimos en las fiestas... Cualquiera de ellos puede intentar utilizarte o hacerte caer en una trampa. En este asunto todos son culpables hasta que demuestran su inocencia.

—¿Y si no consiguen demostrarla? ¿Cómo puedes probar que no eres culpable?

—Hay muchos métodos para hacer confesar, y no quiero hablarte de ellos. Ojalá no los conozcas nunca...

Boris captó mi expresión de terror al escuchar aquello.

—No debes temer, cariño. Tú no eres sospechosa y daré

mi vida para para protegerte —dijo en un tono que me sonó muy falso—. Espero que algún compañero confiese de una vez. De lo contrario, seguiremos todos bajo sospecha.

Aquella noche vi confirmado que el mensaje había llegado a su destino.

En el KGB de Berlín se seguían preguntando quién había dado el soplo de la famosa lista, y desde Moscú llegó la orden urgente de localizar al topo que había desenmascarado al periodista estadounidense, uno de sus mejores agentes dobles.

Más tarde supe por Boris que, tras salir a la luz los nombres de los integrantes de la lista, se desató una cacería contra agregados de embajadas, militares y asesores en numerosas delegaciones. Muchos salieron de forma clandestina asistidos por miembros de la Central de Inteligencia estadounidense; otros consiguieron refugiarse y pedir asilo en embajadas occidentales, pero hubo algunos que no tuvieron tanta suerte, ya fuera porque no recibieron el aviso a tiempo o porque habían sido ya reclamados por Moscú para asuntos administrativos, familiares o de trabajo. Nunca más se supo de ellos.

En la CIA se resignaron a perder a valiosos confidentes soviéticos, pero al menos habían desenmascarado, gracias a la valiosa información que les envié, a un traidor entre sus filas. La noticia de la captura del periodista fue publicada en la prensa estadounidense. Por su parte, la embajada soviética en Washington emitió un airado comunicado desmintiendo tal conspiración y negando relación alguna con el detenido, pero no pudo evitar la expulsión de un numeroso grupo de diplomáticos adscritos a su legación acusados de espionaje.

Una semana después, Boris regresó a casa muy contento. Al fin habían descubierto el origen de la filtración y todo estaba aclarado. Procedió de uno de los integrantes de la lista de agentes que el periodista norteamericano había vendido al KGB, un miembro de la embajada de la URSS en Polonia que, al ser reclamado por Moscú y constatar que también lo habían sido otros colaboradores, pidió ayuda a la CIA para ponerse a salvo. Al detectar aquella fuga de seguridad, la Central estadounidense activó un plan de rescate para los agentes que podrían haber quedado al descubierto.

Según la información que llegó a Moscú, fue ese mismo traidor el que meses antes del incidente había puesto en alerta a los norteamericanos al detectar contactos sospechosos entre ese reportero y un miembro del KGB destinado en Varsovia. Ahí acabó todo. El periodista fue detenido al llegar a Estados Unidos y la persona que dio el aviso al resto había sido identificada. Supuse que la CIA habría ofrecido aquella versión con el fin de proteger a su fuente, encubriendo así mi intervención y desviando la atención hacia otra persona.

—Bueno, ya podemos dormir tranquilos, no estamos bajo sospecha —le dije a Boris.

—Tú nunca lo has estado, querida, pero yo sí, y te aseguro que lo he pasado muy mal al conocer la verdad. Hemos tenido que sacrificar a varios compañeros que eran grandes agentes.

—¿Te refieres a los que habéis interrogado y llevado a Moscú?

—Sí, y ahora que hemos sabido la verdad, ha sido doloroso...

«¡Vaya! Parece que en el fondo tiene sentimientos —pensé para mis adentros—. Pero no le importó torturarlos y encerrarlos aun sabiendo que podrían ser inocentes».

Boris jamás sospechó de mi intervención en aquel asunto, un factor de suerte que durante un tiempo le vino muy bien a la CIA. Pero decidí ser más prudente hasta que las aguas se calmaran tras aquel ruidoso asunto. Debía estar alerta para sobrevivir en aquel campo de minas en el que se había convertido mi vida.

Durante varias semanas, la tensión había desaparecido y todo pareció regresar a la normalidad. Mientras tanto, yo seguía trabajando en la composición dedicada a Madrid a la espera de una invitación para viajar allí que parecía no llegar nunca. Para darle un toque personal y homenajear a mi segunda patria, introduje unas notas con aire flamenco.

Boris llegó muy contento aquella tarde de marzo de 1962.

—Vas a ir a España. ¡Ha llegado la respuesta! Al fin el gobierno español ha aceptado invitarte. Viajarás a primeros de abril y ofrecerás varios conciertos en Madrid.

—¡Qué bien! ¿Podrás acompañarme?

—No. Ya sabes lo que dijo el coronel. Me tengo que quedar, aunque solo sea por cubrir el expediente. En las siguientes salidas ya veremos. Ahora tenemos que acatar sus órdenes. Pero no viajarás sola, lo harás en buena compañía.

—¿De quién?

—De Zoa Petrova, nuestra antigua niñera.

Mi semblante se descompuso por completo.

—¿Zoa Petrova? ¿Por qué tiene que venir conmigo?

—El coronel ha pensado, con buen criterio, que estarás más cómoda acompañada por una mujer, y como ha vivido con nosotros y la conoces bien, considera que puede ser de gran ayuda...

—Sabes que no me gusta esa mujer. —Lo miré con rabia.

—Lo sé, cariño, pero son sus órdenes y no he podido rebatirlas. Será tu asistente para que solo te dediques a los ensayos y a interpretar. Ella se encargará del resto. Vamos, vamos, no te pongas así. Yo no lo veo mal y el coronel lo ha hecho pensando en tu bienestar.

—Bueno, pues si el coronel lo ha dicho, es una orden. Te echaré de menos... —Me acerqué melosa.

—Yo también. Estaré aquí esperando tu regreso y aguardando noticias del gran éxito que cosecharás en España.

—Te quiero, ¿lo sabes? —le dije, fingiendo dependencia de él—. Y voy a añorarte todos los días...

—Lo sé —respondió el muy fatuo.

El director de la orquesta solo había incluido en el repertorio de esa temporada un par de obras de piano donde yo intervenía; una de ellas se ejecutaba en aquellos días. Semanas antes había obtenido una interesante información durante un evento, a través de la conversación de Boris con un invitado relacionada con una agente infiltrada en el gobierno de Bonn. Para transmitirla en el siguiente ensayo general, la transcribí a música y cuando llegó el día la envié antes del comienzo del concierto dentro de una corta melodía a modo de calentamiento. Al finalizar, mientras los músicos se preparaban para abandonar el escenario, continué tecleando otro mensaje que anunciaba mi próxima visita a Madrid y el inicio de la farsa urdida por Kozlov, además de un cariñoso saludo a mis hijos.

Semanas después, cuando terminé de componer el dueto para violonchelo y piano que pensaba interpretar con Nicolás en España, preparé un mensaje en clave musical para él y lo mezclé entre las hojas de pentagramas. Allí le narraba todo lo que me había acontecido desde que nos vimos por última vez en París y la verdad sobre los hijos de Boris. Por último, le expresé mi amor sincero y el deseo de estar a su lado para siempre.

Estaba impaciente por iniciar aquel viaje a Madrid que iba a cambiar mi vida.

Al menos eso creí...

Suite 2

Annapolis, Estados Unidos
Marzo de 1962

Habían pasado varios meses desde el último mensaje de Julia Lerner en diciembre del año anterior, donde informó sobre el periodista traidor entre las filas de la CIA. Era mediados de marzo y tampoco tenían noticias sobre el frustrado viaje a España. La pianista no había aparecido en Madrid en la fecha señalada ni había enviado mensaje alguno desde entonces. Sabían que seguía viviendo en Berlín y que llevaba una vida rutinaria.

Los agentes Keller y Fischer se hallaban de nuevo en el despacho del director adjunto de la CIA. Fischer estaba informando sobre las últimas novedades procedentes de Berlín. Acababan de recibir una grabación musical y esperaban que esta vez incluyera un mensaje de Julia Lerner. Leon Morell tomó la palabra.

—Tengo que hablaros de un programa de Contrainteligencia que no conocéis. Se trata del Proyecto Venona. Tenemos desde hace años miles de mensajes captados entre los servicios diplomáticos soviéticos y Moscú con un alto nivel de encriptado, pero el porcentaje de descifrado no es demasiado alto. El sistema de mensaje soviético consiste en un conjunto de plantillas en las que cada palabra, letra o carácter tiene asignado un grupo de números. Tanto el emisor como el receptor poseen el mismo cuaderno con plantillas de un solo uso que van rotando, lo que hace difícil que se mantenga el mismo código en los diferentes mensajes. Sin embargo, la confianza en su invulnerabilidad les ha hecho cometer errores que hemos sabido aprovechar. El principal ha sido el uso de las mismas plantillas en repetidas ocasiones por parte de algunos agentes, lo que ha ofrecido un patrón a nuestros criptógrafos para desentrañar parte de los mensajes.

—¡Vaya! Qué interesante. No había oído hablar de esto... —comentó Gisela.

—Es alto secreto. Desde hace años, más de cien personas han trabajado en ese proyecto, a pesar de que el porcentaje de descifrado es relativamente bajo en comparación con el volumen de las comunicaciones. En los últimos años hemos desenmascarado a numerosos agentes dobles, entre ellos los espías británicos integrantes del grupo Los Cinco de Cambridge, miembros todos del MI6 que ocuparon altos cargos tanto en el Servicio Secreto británico como en la embajada de Washington y que, tras ser descubiertos a través de Venona, huyeron a la Unión Soviética. Pero la tarea de descifrado es muy lenta debido a su gran dificultad, que exige un alto nivel de esfuerzo. Actualmente los medios dedicados a este programa han sido derivados a otros asuntos más urgentes. De modo que he pensado que, si ese chico tiene el cerebro que me has descrito, Joseph, podríamos implicarlo para agilizar las transcripciones.

Lo miró, esperando su respuesta.

El agente exhibió un semblante de triunfo. A Gisela no le gustó la propuesta. Conocía los métodos secretos de la Agencia y sintió inquietud por el pequeño, pero se abstuvo de manifestar su disconformidad.

—¿Quieres que le hagamos una prueba? —preguntó el aludido.

—Sí, pero prefiero no traerlo aquí, sería exponerlo peligrosamente. Según el informe psicológico que me ha llegado, aconsejan no moverlo de su entorno. Voy a acompañaros esta vez, así podré conocerlo y ver cómo actúa. Llevaré las últimas comunicaciones captadas entre la embajada soviética en Washington y Moscú en las que estamos trabajando ahora. Quiero comprobar si su mente es tan especial como habéis descrito.

Salieron los tres en un coche oficial hacia Annapolis comentando las cualidades del pequeño.

—Y volviendo a Despina, ¿alguien ha contactado con nuestra agente en Madrid? —preguntó Gisela cuando divisaban ya la casa.

—No —respondió el director adjunto—. Hasta que visite España y establezca contacto no vamos a ofrecer información alguna. Los agentes de Madrid están vigilando discretamente a Silvia Gómez de Quesada y han verificado ya sus contactos con el KGB.

Oliver los estaba esperando en el salón junto a Heather. Leon Morell llegó enfundado en un traje muy caro, y por su mirada autoritaria, la agente supuso que era un alto cargo de la Agencia y desconfió de él. Si ya recelaba de los otros dos, no auguraba nada bueno para el pequeño.

Gisela, con tono amable, se acercó a Oliver.

—Hola, ¿qué tal estás? ¿Te encuentras bien? —El crío bajó la cabeza y no abrió la boca.

—Debes hacerle solo una pregunta, Gisela —sugirió la cuidadora con prudencia.

—OK. Oliver, ¿estás bien?

Él levantó la mirada y respondió con educación.

—Estoy bien, gracias.

—Voy a presentarte a un amigo mío. Se llama Leon Morell.

—Hola, Oliver, encantado de conocerte.

El director le habló en ruso para ganarse su confianza y le

ofreció la mano a modo de saludo, pero el niño no hizo ademán de devolverle el gesto. Heather volvió a salir en su ayuda.

—No le gusta el contacto físico.

El hombre aceptó con condescendencia.

—*Oliver, ich bin dein Freund. Vertraust du mir?* —Gisela preguntó en alemán: «Oliver, yo soy tu amiga. ¿Confías en mí?».

El pequeño la miró y ofreció un *Ja* («sí») algo dubitativo.

—Hoy voy a cuidarte yo. No debes tener miedo. Heather, esta vez no vamos a necesitarte —ordenó Gisela en inglés con frialdad.

—¿Seguro? —Heather dudó unos segundos—. De acuerdo. —Se dirigió al pequeño antes de salir—: Oliver, estaré en la cocina con Adelina y Karen. No debes preocuparte, estos señores son amigos de tu mamá y también tuyos. Puedes confiar en ellos.

—Ven, Oliver —dijo Gisela tomándolo por el hombro.

El niño dio un respingo al sentir aquel contacto.

—Por favor, ya sabes que no quiere que lo toquen; háblenle despacio y sin alzar la voz —pidió ya en la puerta.

El hombre sentado frente a él colocó los codos sobre la mesa observándolo y continuó hablándole en ruso.

—Oliver, hemos recibido una grabación de tu madre. Queremos saber si ha enviado algún mensaje para nosotros —dijo indicando a Gisela que conectara la máquina.

Unas notas antes del inicio del ensayo general sonaron al piano junto al sonido de fondo del *concertino* ofreciendo el tono para los instrumentos de cuerda. El pequeño alzó la mirada y comenzó a hablar en alemán mientras Gisela escribía en un cuaderno.

—«Secretaria ministro Exteriores RFA... Contacto con médico Albert Koch... Amigo del *rezident* KGB en Viena Genadi Penkovski... Entrega material clasificado».

Gisela dio un respingo en el sillón y miró al director con

los ojos muy abiertos. Después tradujo las notas al inglés y se lo mostró. Este levantó una ceja con aprobación.

Oyeron los golpes de la batuta del director y se hizo el silencio. El *Concierto para piano n.º 1* de Serguéi Prokófiev comenzó a sonar durante un buen rato. Tras finalizar, se oyeron algunos aplausos de los asistentes al ensayo general. El movimiento de las sillas y las voces de los músicos indicaban que había concluido. De repente, y durante unos segundos, varias notas volvieron a sonar al piano. Los visitantes dirigieron su mirada hacia Oliver.

—«Confirmado viaje a España abril... Varios conciertos Madrid... Silvia informada... Ayúdenme a escapar».

Gisela mostró de nuevo al director el cuaderno con el mensaje ya traducido.

—Excelente.

El pequeño hizo ademán de levantarse para marchar, pero el nuevo integrante del grupo lo detuvo y volvió a dirigirse a él en ruso.

—Un momento, Oliver. Verás, me gustaría jugar contigo a encontrar palabras escondidas. Tengo unos números que guardan códigos. Cada grupo de números es una palabra o un signo en ruso. ¿Tú sabes leer y escribir en ruso? —El pequeño afirmó con la cabeza—. Pues entonces te gustará el juego. Estos grupos de números —le enseñó un cuaderno con cifras escritas a mano— pertenecen a un código secreto que está mezclado con más cifras entre estas páginas. —Señaló una carpeta de hojas que contenían dígitos escritos a máquina—. Ahora tenemos que encontrar cuántas cifras coinciden con las que tenemos en el cuaderno, ¿entiendes? —El pequeño afirmó sin levantar los ojos de la carpeta—. Sé que es muy difícil, pero si quieres intentarlo y jugar un poco... —Oliver accedió—. Bien. Primero debes localizar en estas hojas escritas a máquina los grupos de números iguales a los que tenemos en el cuaderno. ¿Lo has entendido?

—Sí —dijo mientras tomaba el lápiz con manos inseguras.

Primero estudió la libreta donde estaban los números con las claves ya conocidas y durante unos minutos no levantó los ojos de ella. A continuación, la soltó y tomó la carpeta repleta de folios. En pocos segundos comenzó a hacer círculos alrededor de las cifras coincidentes con las halladas en el cuaderno. Pasaron cinco, diez, quince minutos. Había treinta páginas y en todas halló un patrón que fue marcando con vacilante pulso. El grupo de agentes lo miraba en silencio tratando de contener su asombro por la rapidez con la que había localizado las claves en aquel mar de números. Cuando concluyó, el director exclamó:

—¡Muy bien, hijo! Has hallado todos los números que aparecían en el cuaderno. Y ahora te lo voy a poner un poco más difícil —indicó, extrayendo de su maletín una nueva carpeta. La colocó frente a él y todos vieron que se trataba de otra serie de hojas repletas de números parecidas a las anteriores.

—¿Serías capaz de localizar las secuencias de cifras que se repiten aquí? Esta vez no te voy a dar un cuaderno para que te guíes en la búsqueda. Deberás hacerlo tú solo...

El chaval comenzó a estudiar las nuevas páginas. Media hora más tarde alzó su mirada hacia la ventana y durante unos minutos quedó inmóvil.

—¿Ocurre algo, Oliver? —demandó Joseph.

—Ese ruido... —dijo señalando al exterior.

Todos permanecieron en silencio tratando de averiguar a qué se refería.

—Son pájaros —respondió Gisela.

—Pájaros —repitió.

Los funcionarios intercambiaron miradas y se armaron de paciencia. Al ver que su actitud no cambiaba, Gisela le habló con suavidad.

—¿Continuamos el juego?

Oliver reanudó la búsqueda. Esta vez tardó un poco más, pero cuando llegó a la última página había señalado con círculos numerosas secuencias en cada una.

—Fantástico. Parece que has encontrado todos los números escondidos. Ahora vamos a complicarlo un poco más. Sabemos que cada uno tiene un significado —explicó extrayendo de su maletín una nueva carpeta con folios donde había palabras, signos y letras en ruso, y al lado de cada uno los grupos de números asignados que Oliver había estudiado en el primer cuaderno—. Algunos números corresponden a palabras completas, otros son letras sueltas y otros son signos. Por ejemplo, este conjunto de cinco dígitos —dijo señalando con su pluma una de las hojas del cuaderno— pertenece a la palabra rusa *kontakt*, que, como sabes, significa *contactar*, y esta otra cifra corresponde a la letra F. ¿Serás capaz de localizar entre los números que has encontrado antes las palabras o signos que tenemos aquí?

Tras un impaciente silencio, Oliver volvió a la segunda carpeta, y como un autómata comenzó a escribir letras en una hoja en blanco simultaneando su mirada con los folios atestados de números que tenía delante. Cuando se la entregó, el director no pudo ocultar su asombro.

> Charles Norton viaja a Frankfurt. Contacto con Amko de embajada Polonia. Contacto con Bradley Departamento Tesoro. Huber captado coronel Turner Inteligencia. Periodista Peter Wilson acceso presidente. Pagar a Huber.

—¡Lo has hecho muy bien! Me has dejado impresionado. Ha sido un placer jugar contigo. —Hizo ademán de darle la mano, pero se arrepintió—. Le diré a Heather que hoy te has ganado un premio. ¿Te gusta el helado? —Oliver respondió de manera afirmativa—. ¿Lo comes a menudo? —Negó con la cabeza—. Pues le voy a decir que te compre uno grande, porque te lo has merecido —concluyó con una sonrisa paternal.

—Bien, Oliver, ya puedes volver con tu hermana —concedió Gisela abriendo la puerta.

El chico salió con su andar cabizbajo. Cuando cerró la puerta, todos se miraron.

—¡Es impresionante! —exclamó Leon Morell—. Este niño acaba de descifrar en dos horas unos mensajes en los que nuestros técnicos han empleado varios meses. Coincide palabra por palabra y letra a letra con el resultado que han ofrecido en el departamento de desencriptado.

—¿Y qué hay del otro asunto? Su madre ha informado que irá a España en abril. Hay que poner en marcha la operación para su extracción —indicó Gisela—. Si se va a contar con él para el Proyecto Venona habrá que darse prisa en lo que queda de mes, hasta que se reúna con ella...

—No vamos a prescindir de Oliver en abril —afirmó rotundo Leon Morell.

—Pero... le prometimos a Despina que en cuanto saliera la traeríamos a Estados Unidos para ofrecerle una nueva identidad y protección junto a sus hijos —aclaró la agente.

—Este chico es muy valioso y vamos a necesitarlo durante más tiempo.

—¿Qué estás sugiriendo? —Gisela lo miró escamada.

—Pues está muy claro —respondió Joseph cazando al vuelo la idea de Morell—. Oliver nos puede ser de gran ayuda, pero en el momento en que se reúna con su madre lo perderemos.

—Se cancela la operación de extracción. Vamos a contar con él para el departamento de desencriptado. El Proyecto Venona es una importante fuente de información y, con diferencia, el sistema de mensaje más complicado al que nos hemos enfrentado hasta ahora. Si el chaval ha sido capaz de descifrarlo con tanta facilidad, podéis imaginar cómo lo hará con otros más simples.

—¿Estamos hablando de sacrificar a nuestra agente? —preguntó Gisela mostrando su desconcierto.

—No. Por supuesto que no —replicó el director con frialdad—. Se trata de un retraso. Nuestra seguridad está por encima de una reunión familiar. Despina nos está enviando desde el corazón del KGB una valiosa información. Es muy lista, y si ha conseguido sobrevivir hasta hoy sin levantar sospechas, podrá permanecer más tiempo allí trabajando para nosotros. Su hijo nos ayudará a avanzar con pasos de gigante en el descifrado de las comunicaciones entre Moscú y su embajada en Washington. No podemos prescindir de ninguno.

—Pero los pequeños están esperando reunirse pronto con ella... Se llevarán una gran decepción —insistió la mujer.

—Ya se les pasará —concluyó con dureza el superior, levantándose para regresar a Langley.

Oleg y Karina estaban ya en la cama cuando Adolfina entró a darles las buenas noches.

—¿Sabes algo de tu madre? —preguntó en un susurro.

—Sí. Ha dicho: «Confirmado viaje a España abril. Varios conciertos Madrid. Silvia informada. Ayúdenme a escapar». Y también: «Oleg, memoriza todo lo que mando a mis amigos. Confiad solo en Adolfina. Pronto nos veremos. Os quiero mucho».

—Has estado mucho tiempo con ellos, Oleg —sugirió la maestra—. ¿Te ha costado trabajo descifrar los mensajes de tu mamá?

—No, pero el amigo de Gisela quería que jugara con él a buscar palabras escondidas. Era muy difícil, pero he ganado y me ha dicho que le van a decir a Heather que me compre un helado muy grande —sonrió.

—¿Y cómo eran esas palabras?

El pequeño explicó cómo las encontraba entre los grupos de números iguales, y recitó todas las frases que había encontrado.

—¿Debo memorizarlas también? Mamá no ha dicho nada de este juego nuevo.

—Si no te ha dicho nada, mejor olvídalas —sugirió Adolfina con prudencia—. Y no podéis decirle a Heather que compartimos estos secretos, ¿de acuerdo? —pidió, colocando el dedo pulgar sobre los labios. Ambos sonrieron y la imitaron—. Buenas noches, pequeños.

Sonata 14

Madrid

Primer movimiento

Aún guardo en la memoria aquel primer día de abril de 1962, cuando aterricé en el aeropuerto de Madrid Barajas. Cuánta luz, cuánta calidez y simpatía hallé en la patria de mi padre. Fui recibida por un alto cargo del Ministerio de Cultura y nos alojamos en el hotel Palace, el más lujoso de la capital. A mi lado, como una sombra, estaba Zoa Petrova, y siguiéndonos de cerca, diez hombres más encargados de nuestra seguridad. Todos nos alojamos en el mismo establecimiento, en la misma planta y en habitaciones comunicadas.

La prensa se hizo eco de la llegada de Julia Lerner, «la gran pianista de Alemania del Este de origen español», que ofrecería varios conciertos en Madrid. Al día siguiente me reuní en el teatro María Guerrero con el director y la orquesta, que conocían ya la obra al haber recibido las partituras por vía diplomática. Todos me felicitaron por, según ellos, la excelente composición que les había dedicado. Yo agradecí su invitación y la posibilidad de volver a mi segunda patria, la patria de mi padre, un sueño que se había hecho realidad.

Fue un placer hablar en español durante aquellos días, sobre todo al saber que la Petrova, siempre pegada a mí, no entendía nada, y yo no me molestaba en traducirle ni integrarla en las conversaciones con los anfitriones. Era mi pequeña venganza.

La primera vez que vi a Nicolás, contuve a duras penas la emoción. Había cambiado, ahora llevaba barba y estaba más delgado, pero tenía los mismos ojos oscuros que me envolvían y abrazaban con la mirada. Nos saludamos con dos besos en la mejilla y a mediodía el director nos invitó a almorzar. Zoa se mantuvo en un segundo plano en otra mesa cercana junto a los escoltas.

El director me transmitió el entusiasmo de la orquesta con mi obra, que habían ensayado varias veces ya. El detalle de bautizarla con el nombre de *Madrid* había gustado mucho en el gobierno español y me informó con satisfacción de que al estreno asistiría la esposa de Franco, doña Carmen Polo.

—Es un gran honor para mí y a la vez una gran responsabilidad —dije con sinceridad.

—No tiene de qué preocuparse. La composición es magnífica y va a dejar impresionado al público.

—Por cierto, quería comentarle que, en homenaje a mi vieja amistad con Nicolás y a nuestros años de estudio en el Conservatorio de Moscú, también he compuesto un dueto para piano y violonchelo que he titulado *Moscú*. Fue allí donde nos conocimos y forjamos la bonita amistad que ha dado pie a esta visita.

—Es todo un detalle. —Nicolás sonrió con esa dulzura que tanto añoraba.

—Pues si les parece bien, pueden interpretarla al final, en el bis —sugirió el director.

—¿Qué te parece, Nicolás? —pregunté.

—Creo que estoy soñando, Julia. No sabía que habías creado un tema para interpretarlo conmigo. Por mi parte estaré encantado. —¡Qué feliz estaba!

—Tengo las partituras en el hotel, aunque sé que no vas a tener dificultad para ejecutarla. Te las llevaré mañana al teatro.

El ensayo fue impresionante. Era la primera vez que escuchaba la melodía y la emoción me desbordó. Los miembros de la seguridad, encabezados por la Petrova, estaban sentados en el patio de butacas, vigilantes. Solo cuando concluyó y nos dirigimos a las bambalinas pude reunirme con Nicolás. Yo portaba una carpeta con la partitura del dueto y el director nos ofreció su despacho con el fin de que pudiéramos comentar nuestra próxima interpretación.

Nada más acceder a la sala y cerrar la puerta, Nicolás tiró de mi mano, abrazándome. Nos besamos con desesperación. ¡Cuántas sensaciones se removieron en aquel instante! Recorrió mi espalda con las manos y sus labios se pasearon por mi cuello con auténtica necesidad.

—Te he añorado tanto, amor mío... —susurró—. No voy a dejarte marchar esta vez. Tienes que quedarte conmigo...

De repente, percibimos el sonido de unos pasos rápidos que se acercaban en el exterior. De un salto nos separamos para dirigirnos a la mesa. Me acomodé en el sillón del director y Nicolás lo hizo frente a mí, tomando la carpeta que contenía la composición. La puerta se abrió bruscamente y sin aviso previo, y los ojos vigilantes del responsable del KGB que me acompañaba se clavaron sobre nosotros.

—¿Algún problema? —le pregunté, mostrando mi molestia por la interrupción.

—Ninguno —respondió con frialdad.

—¿Podrían dejarnos un rato a solas para comentar la partitura?

Él lanzó una mirada de desdén y sin mediar palabra cerró la puerta, disponiéndose a esperar afuera. Nicolás me miró y movió la cabeza con impotencia.

—No sé cómo puedes soportarlo... —susurró. Yo alcé los hombros con resignación—. Cuéntame cómo estás.

—Añorándote, deseando poder reunirme contigo —musité tomando sus manos sobre la mesa—. Nicolás, en esta partitura hay un mensaje en clave para ti. Está en las cuatro últimas páginas.

—Tú y tus códigos... —sonrió—. ¿Te acuerdas del lío en que te metiste en Moscú cuando escribiste aquel diario cifrado?

—Sí, pero este es más importante. Será muy fácil de traducir. —Durante unos instantes le susurré las claves de la conversión de notas a letras—. Ahí lo tienes todo. Vas a conocer lo que he vivido, lo que me está pasando y lo que voy a hacer.

—¿Qué vas a hacer? —Me miró enarcando las cejas.

—Me han ordenado informarte de que mi marido y yo queremos colaborar con la CIA ofreciendo información sensible a cambio de ayuda para pasarnos al otro lado en un tiempo prudencial, pero no es cierto. Es una treta para contactar con ellos y ofrecerles información falsa. Quieren que te pida ayuda apelando a nuestra vieja amistad y también utilizando tu cercanía con Silvia Gómez de Quesada. —Advertí su desconcierto al mencionarle aquel nombre.

—Silvia es una de mis alumnas y somos amigos. ¿Cómo sabes...? —preguntó escamado.

—Trabaja para el KGB. —Nicolás abrió los ojos con espanto. Yo asentí con la cabeza y continué—: Debo utilizarte como enlace para que me presentes a Silvia, con el fin de llegar hasta su amiga, la condesa de Fuentes de Oca, que colabora con la CIA en Madrid. Ella es el objetivo. Tú la conoces...

—Sí. Sus hijos también estudian en mi academia. Pero creía que Silvia era una fanática anticomunista...

—Es lo que aparenta, pero se trata de una infiltrada de ellos y se ha ganado la confianza de la condesa. De esta forma controla sus movimientos. En este primer viaje, debo hablar contigo y exponerte mis intenciones con el fin de que hables con Silvia y ella se lo transmita a la condesa. Imagino que ésta estará ya al corriente, pues he informado a la CIA de los planes del KGB y...

—¿Has contactado con la CIA? ¿Cómo? —preguntó con espanto.

—Mejor que no lo sepas. No quiero involucrarte. Silvia está esperando a que tú le transmitas lo que supuestamente te estoy pidiendo: ayuda para mi marido y para mí a cambio de información. Después te quedarás al margen y yo seguiré el guion.

—¿Cómo puedes pedir que me quede al margen? —dijo enojado, procurando no elevar la voz—. Me estás pidiendo ayuda para realizar una misión muy peligrosa, puedes correr un gran riesgo y...

—Me voy a escapar, Nicolás —le interrumpí súbitamente—. Esta vez voy a dar el gran salto.

Él enmudeció y me miró de nuevo con alarma.

—¿Qué? ¿Cómo? ¿Cuándo? ¿Quién te va a...? —Yo coloqué el dedo índice sobre mis labios pidiéndole que callara.

—No lo sé. Aún no he contactado con ellos, espero hacerlo en estos días. ¡Voy a quedarme contigo, amor mío! —susurré, tomando sus manos sobre la mesa.

En aquel instante, unos impacientes golpes sonaron tras la puerta.

—Vamos, me están esperando —dije separándome de él.

Ambos nos levantamos y nos dispusimos a dejar la sala.

—Ahí está todo lo que debes saber. —Señalé la obra musical y alcé la voz para ser oída desde detrás de la puerta—. Bueno, Nicolás, estudia la partitura y mañana nos reunimos para ensayar.

Le di un beso apasionado antes de salir al encuentro de mis guardianes.

Ya en el coche camino del hotel, el miembro del KGB me interpeló con frialdad.

—¿Ha expuesto a Nicolás Toledo sus peticiones?

—Sí, aunque con demasiada precipitación, gracias a su impaciencia. —Lo miré con reproche.

—Era mi deber, debemos hacerles ver que la tenemos estrechamente vigilada para que se solidaricen con usted. Así se sentirán más motivados para ayudarla y empatizarán con su causa. —Sonrió sin ganas.

Al día siguiente, tras el ensayo general, unos solícitos funcionarios enviados por los anfitriones nos esperaban para realizar una visita turística por Madrid. Zoa me acompañaba y nos instalamos en la parte trasera de un descapotable. Yo lucía unas modernas gafas de sol y me cubría el pelo con un pañuelo. Ella no había renunciado a su clásica trenza de pelo negro rodeándole la cabeza. En el asiento del copiloto, un guía turístico nos fue ofreciendo una explicación en español sobre la Puerta de Alcalá y la fuente de Cibeles. Desde la Plaza de España recorrimos la Gran Vía plena de escaparates, restaurantes y de gente que bullía por las aceras. Recordé a mi padre. A él le habría encantado estar aquí a mi lado y unas rebeldes lágrimas reptaron por mis mejillas. Zoa me miró escamada.

—¿Le ocurre algo?

—No es nada, solo nostalgia.

—¿Había estado alguna vez aquí?

—Sí, pero era demasiado pequeña y apenas tengo recuerdos de una casa grande, la de mis abuelos, y algunos detalles. Estaba pensando en mi padre... ¡Cuánto lo añoro! Él tenía intención de traernos de visita cuando terminara la Guerra Civil, pero llegó la de Europa y no pudo hacer realidad su sueño. ¡Le echo tanto de menos! Y a mi madre —se me quebró la voz—, y a mi hermano...

La mujer guardó silencio mientras me enjugaba las lágrimas. Ella ignoraba que pronto iba a deshacerme de ella. Sí. En pocos días pediría asilo político. Aún no había contactado con la CIA y esperaba que tras el estreno y la recepción que se celebraría a continuación alguien me diera instrucciones sobre cómo actuar.

Segundo movimiento

La orquesta ya estaba sentada en el escenario cuando advertí que todos se ponían en pie a la llegada de la esposa de Franco al palco principal. Tras la interpretación del himno nacional comenzó el concierto, que estaba siendo retransmitido por Radio Nacional de España, dependiente del Ministerio de Información y Turismo del régimen. El estreno de mi nueva sinfonía fue todo un éxito. Al finalizar, el público se puso en pie, aplaudiendo con satisfacción; durante varios minutos salimos y entramos del escenario y la gente siguió allí, sin moverse. Mientras los operarios retiraban los atriles de los músicos, me ofrecieron un micrófono y con gran emoción agradecí aquella acogida, aludiendo a mis raíces españolas. Después ofrecí una breve explicación sobre el tema que también había compuesto para estrenar aquella noche, un dueto para piano y violonchelo que interpretaría junto a un antiguo compañero del Conservatorio de Moscú y miembro de la orquesta, Nicolás Toledo.

Era una composición intimista, de notas suaves y melodía pegadiza. Al finalizar, de nuevo el público se puso en pie y aplaudió con entusiasmo la «magnífica actuación», según palabras del director, quien exhibía un gesto emocionado. A continuación, fui invitada a visitar el palco donde se encontraba la esposa del dictador y nos hicieron varias fotos para la prensa.

Más tarde se celebró una recepción en el hotel Castellana Hilton a la que asistieron las autoridades políticas, sociales y militares más relevantes del país. Durante un buen rato estuve saludando y agradeciendo felicitaciones. Nicolás se me acercó acompañado por una joven de unos veinticinco años, de pelo lacio y castaño recogido atrás y unos grandes ojos verdes, con labios carnosos y sonrisa fácil que exhibía unos dientes blancos bien alineados.

—Julia, quiero presentarte a una alumna de mi escuela de música, Silvia Gómez de Quesada.

—Por favor, Nicolás, no me presentes como a una alumna, somos amigos... —le reprochó la joven con un mohín superficial de niña mimada. Después me ofreció dos besos en la mejilla—. Estaba deseando conocerla, Julia. Soy una gran admiradora suya, he oído hablar tanto de usted que me parece un sueño estar a su lado. Su nueva obra me ha parecido maravillosa, y el dueto con Nicolás... —Lo miró con admiración—. ¡Qué gran compenetración he visto entre ustedes! ¿Sabe que él ha sido en parte responsable de que la tengamos hoy aquí? —Le dirigí una mirada de asombro—. Es cierto. Cuando le hablé sobre mi admiración por usted y Nicolás refirió que fueron compañeros en el Conservatorio de Moscú, puse a trabajar a todas mis amistades para que movieran algunos hilos y la invitaran a venir a Madrid.

—¡Vaya! Me siento en deuda con usted, pues. Me hacía tanta ilusión visitar España...

—¡Claro! Es su segunda patria. Lo hablé en casa y mi padre comentó que había conocido al suyo, y también a sus abuelos. Hay varios invitados aquí que los trataron también. Voy a presentarle a algunos —dijo moviendo la cabeza de un lado a otro, buscando con la mirada—. Allí están, enseguida vuelvo... —señaló alejándose.

Aquella noche Nicolás estaba guapísimo ataviado con un elegante esmoquin y el pelo peinado hacia atrás. Yo vestía un traje largo y entallado de color negro con unos adornos alrededor del cuello.

—Estás... No sé qué palabras escoger... —murmuró mirándome con arrobo.

—¿Has conseguido traducir mi mensaje? —Él afirmó con la cabeza—. Ya lo sabes todo. Ahora quédate al margen, no quiero que te involucres más.

—Pero ¿y tú? Estás corriendo un gran riesgo...

—Es el precio que voy a pagar para ser libre. Debemos seguir el guion. Hay muchos pares de ojos pendientes de nosotros en este instante —añadí con una sonrisa forzada.

—¿Has contactado ya con...?

Le respondí con un movimiento negativo con la cabeza.

En aquel instante, Silvia llegó acompañada por una pareja. Él tenía unos cincuenta y tantos años, de abundante y recio pelo entrado en canas y mirada complaciente. Su esposa frisaba los cuarenta, morena y delgada, con un elegante moño recogido en la nuca y luciendo valiosas joyas. Tenía ojos negros y mirada inteligente, según pude observar, y sus modales exquisitos y altivos no pasaban desapercibidos.

—Julia, le presento a los condes de Fuentes de Oca, Joaquín y Mónica. Joaquín me ha comentado que fue amigo de su padre.

—Efectivamente —confirmó el aludido—. Estudiamos en el colegio del Pilar, con los jesuitas. Éramos de la misma edad y tengo gratos recuerdos de él y de su familia. Agustín era un gran tipo. Todos esperábamos que continuara la carrera diplomática de su padre, pero prefirió la aventura y se hizo periodista. Desde que se fue a Alemania a finales de los años veinte no volví a verlo. Pero compruebo que ha dejado un gran legado, Julia. Es usted clavada a él... —Sonrió con amabilidad.

—Sí, eso decían en mi familia... No sabe cuánto me complace conocer a un amigo de mi padre. Lo echo tanto de menos... —dije nostálgica.

—Es un gran honor tenerla aquí, Julia —habló ahora la condesa con un fuerte acento inglés—. He oído hablar tanto de usted en los últimos meses que estaba impaciente por conocerla. Silvia es una gran admiradora suya y no ha parado hasta conseguir que viniera a Madrid.

—Pero el mérito no ha sido mío —explicó la aludida mirando al matrimonio—. Si no hubiera sido por vuestra insistencia con algunos miembros del gobierno…

—El ministro es un viejo amigo de la familia… —refirió el conde restando importancia.

Uno de los invitados abordó al aristócrata y se separó de nosotros. Silvia aprovechó para pedirle a Nicolás que la acompañara a buscar un cóctel. Parecía que todo se había confabulado para dejarme a solas con la condesa, que miró alrededor y al comprobar que no nos oía nadie, comenzó a hablarme.

—Creo que ya ha oído hablar de mí.

Yo asentí. Era el contacto de la CIA en Madrid, la persona que supuestamente debía recibir a través de Silvia los mensajes que yo comenzaría a enviar desde el KGB.

—Soy muy aficionada a la música y su interpretación me ha parecido extraordinaria. ¿Sabe? Es la única mujer compositora a la que tengo el honor de conocer en persona. Es un mundo que parece estar acotado para los hombres, pero usted ha roto el molde. Estoy impresionada.

—Muchas gracias.

—Yo también toco el piano, pero cuando la he escuchado esta noche, me he dado cuenta de lo mal que lo hago delante del teclado. Nunca podré llegar a su altura —dijo mirándome fijamente durante unos instantes.

—Pues para eso solo cabe practicar, dedicarle horas y mucho amor a la música.

Me miró y comenzó a mover los labios sin emitir sonido.

—No va a ser posible su extracción. Lo siento. Son órdenes de la Agencia, asuntos políticos. Solo es un retraso, no desespere.

—Pero… mis hijos están solos…

—Me piden que le asegure que están siendo bien atendidos, no tiene que preocuparse por ellos.

—¿Para cuándo entonces?

—Ya le irán ofreciendo información más adelante. Lo siento, de corazón. Yo también soy madre... Ahora disfrute de la fiesta. Estoy al corriente de su misión. Siga adelante con el plan tal como le han ordenado y aguardaremos pacientemente el próximo movimiento. No debe desesperar. Van a ayudarla en cuanto les sea posible. Quizá en la próxima salida. —Sonrió con empatía, despidiéndose para regresar junto a su marido.

En aquel instante no pude disimular el impacto que me había provocado aquella novedad. Tenía tantas expectativas, tantas ilusiones al imaginar que en un par de días sería libre, que no podía aceptar la dura realidad de volver a casa con Boris y seguir representando un papel que cada vez detestaba más. A mi desolación se unieron la rabia y el desánimo, pero no podía más que callar y fingir que estaba disfrutando de la fiesta.

Nicolás se acercó a mí.

—¿Qué tal ha sido la conversación con la condesa?

—Mal.

—Julia, ¿Qué te pasa? —preguntó al ver mi gesto alterado.

—Tengo unas ganas locas de llorar y no puedo. Por favor, sonríe y haz que sonría yo también.

—¿Qué ha ocurrido?

—No habrá extracción. Tendré que volver a Berlín... —le dije mientras paseábamos por el salón en dirección a la terraza, con el fin de hablar con más intimidad.

—¡No! —exclamó a punto de gritar. Lo miré y emití una sonrisa forzosa—. Te quedas aquí, hoy mismo. No pienso dejarte volver.

—Ellos no van a ayudarme y no tengo posibilidad de conseguirlo sola, sin un plan coordinado. No puedes imaginar cómo estoy de custodiada... Sería un suicidio escapar ahora. Me han dicho que es solo un retraso, que tenga paciencia.

—Te ayudaré a fugarte.

—No puedes. Y sonríe, por favor. Nos están mirando... Aguanta un poco más, Nicolás, es solo cuestión de tiempo. Ya he cumplido con las instrucciones que me dieron desde Berlín. No debes involucrarte más. Tienes que mantenerte al margen. Podrías correr peligro.

—No puedes pedirme que me quede de brazos cruzados...Tienes que salir de allí. Muchos artistas lo han hecho, incluso de la Unión Soviética...

—No viviría segura. Tienen agentes por todas partes. Ya conoces a una aquí, en España, en tu propio entorno. Del KGB no sale nadie si no es en un ataúd.

—¿Quieres que localice a Laura Braun y me haga cargo de tus hijos?

—¡No! No remuevas nada. Nadie debe saber que están vivos... —supliqué—. Por favor, deja las cosas como están. Solo atraerías problemas...

—Pero no es justo...

—No hay otra opción. Nicolás, tienes una excelente posición aquí, en tu tierra, y un buen futuro. No tengo derecho a pedirte que sigas esperándome —murmuré mirando al suelo—. Debes seguir adelante sin mí.

—¿Estás loca? Llevo años esperándote, no concibo la vida con otra mujer que no seas tú. No me pidas que renuncie, porque mi voluntad es firme.

—A mi lado todo sería complicado. El día en que pueda reunirme con mis hijos, la CIA nos ofrecerá una nueva identidad en Estados Unidos y viviremos con protección. Julia Lerner desaparecerá para siempre y con ella también su carrera. No puedo ni debo pedirte que desaparezcas tú también. Lo último que deseo es complicarte la vida.

—Mi única complicación es no estar contigo. Iré a donde tú vayas, estaré donde tú estés. Esperaré —dijo con ojos brillantes—. Esperaré el tiempo que haga falta. Dime cuándo y adónde tengo que ir para estar contigo.

—Ojalá sea pronto. Pero debes tener cuidado de no señalarte. Hay muchos ojos puestos sobre nosotros ahora. Apenas puedo moverme o hablar con libertad.

—Cuando regreses, diles que estoy enamorado de Silvia; me acercaré más a ella y procuraré enterarme de todo lo que se cuece aquí. De esta forma alejaremos las sospechas sobre nuestro... secreto.

—Pero eso te involucrará más en este asunto... Quiero que te quedes al margen, te lo suplico...

—No. Esta vez no pienso dejarte sola. Le insinuaré que me gusta mucho, lo apruebes o no, y díselo a tu marido —ordenó, inflexible—. Hablaré después con la condesa a solas y me pondré a sus órdenes. Podremos intercambiar mensajes a través de las partituras, ya sabes que adoro tus composiciones —sonrió.

—Tenemos que regresar al salón. Vete ahora con Silvia y procura que os vean mis escoltas. Sigue el guion, háblale de mi petición de ayuda y de la disposición de Boris a colaborar con la CIA.

—De acuerdo —aceptó, mirándome de aquella forma tan especial que parecía abrazarme.

—Esto es una despedida. Mañana ofreceremos el último concierto y al día siguiente regresaré a Berlín.

—Te quiero, Julia. No sé cómo voy a soportar la espera. Estoy reprimiendo las ganas de besarte...

—Yo también, te lo aseguro, pero no podemos perder el control. Ten mucho cuidado, amor mío.

Me di la vuelta y regresé al salón para unirme a un grupo de invitados. Un rato más tarde advertí que Nicolás hablaba en un rincón con Silvia. Pude leer sus labios y confirmé que estaba siguiendo las indicaciones que le había dado. Ahora solo cabía esperar una respuesta que sabía de antemano que sería positiva.

Al día siguiente ofrecimos el último concierto y me despedí con emoción de los miembros de la orquesta, en especial de Nicolás, a quien dediqué una mirada de puro amor.

Tercer movimiento

Boris estaba esperándonos en el aeropuerto de Berlín aquella mañana y me recibió con efusión.

—Te he echado de menos, cariño.

—Yo también. Hubiera preferido que me acompañaras tú.

—¿Qué tal ha ido todo?

—Los he dejado impresionados... —Sonreí y él me secundó.

Zoa venía detrás y la saludó. Mientras esperábamos la salida del equipaje se detuvo a charlar con ella. Me adelanté con el carro de las maletas asistida por uno de los escoltas y cuando llegué al coche me dispuse a esperar a Boris, que caminaba lentamente hacia mí charlando con la Petrova. Se detuvieron en la puerta de salida, a unos veinte metros, y desde el interior del vehículo de cristales tintados podía ver sus labios y distinguir la conversación que compartían. Boris le preguntó qué tal había ido todo en Madrid.

—Tu mujercita se ha portado muy bien, no ha dado apenas guerra y todo ha sido un éxito. Por cierto, ya sabes que soy muy observadora y he tenido la sensación de que había algo más que una simple amistad entre tu mujer y su amiguito del conservatorio.

Él la miró, escamado.

—Me cuesta creerlo. Se conocen desde hace años y apenas se han visto. Y te aseguro que Julia está loca por mí, la tengo contenta... —replicó con una dura sonrisa—. ¿Qué has visto exactamente?

—No sé, miradas, gestos; había más complicidad entre ellos de lo que esperaba.

—No hay de qué preocuparse. Ella es de fiar.

Me intranquilizó aquel comentario. Las mujeres somos más intuitivas para ese tipo de asuntos y comprobé que Zoa Petrova me había observado de manera concienzuda.

—Por cierto, creía que ibas a volver el año pasado. Te echo de menos... —Lo miró suplicante.

—Tenía previsto regresar en octubre, pero ya conoces los problemas que surgieron tras el cierre de la ciudad y Kozlov me quería a su lado.

—¿Tienes fecha ya para el regreso definitivo?

—Pronto. Me han ascendido a editor jefe en el *Pravda* y tengo que incorporarme a la central en Moscú.

—¡Vaya! Eso se llama dar un gran salto en tu carrera. Es señal de que confían en ti. —Lo miró elevando una ceja.

—Sí, y también conlleva mucha responsabilidad.

—Y poder —afirmó solemne la antigua niñera—. ¿Vas a seguir con Julia?

—Por supuesto. Debo continuar con mi cometido. En la próxima salida seré yo quien la acompañe. Esta vez tenía que quedarme aquí para cubrir el expediente. ¿Sabes? Estoy deseando volver a Moscú.

—Yo también cuento los días para tenerte allí... —dijo emitiendo una pícara sonrisa—. A ver cómo se lo toma tu mujercita, porque ella no estaba muy de acuerdo en trasladarse allí....

Él le ofreció su particular mueca.

—Va a ser la estrella del Bolshói, no podrá negarse.

—¿Estás seguro? Porque tiene su genio, ¿eh?

—Las órdenes son las órdenes y no tendrá más remedio que acatarlas; es lo que hay.

—La verdad es que no te envidio, tener que lidiar con esa mujer con tanto carácter...

Boris dibujó una socarrona sonrisa.

—Lo llevo bien, es más agradable de lo que crees —murmuró al llegar a la altura del coche.

Boris se sentó a mi lado mientras la Petrova se despedía con la mano dirigiéndose a otro vehículo aparcado detrás del nuestro.

—¿Vuelve a vivir en Berlín? —pregunté.

—No. Regresa a Moscú. Bueno, cuéntame, ¿cómo te ha ido con ella? ¿Os habéis hecho amigas por fin?

—No mucho; es áspera y no me ha hecho el viaje demasiado cómodo.

—¿Y tu amigo Nicolás? ¿Crees que se lo ha tragado?

—Al principio mostró incredulidad, pues conocía mis convicciones políticas y quedó algo desconcertado. Estuve a punto de echarme a llorar mientras le contaba que necesitaba componer e interpretar en libertad, que deseaba vivir en Occidente y bla, bla, bla... —Sonreí con picardía—. Después de escuchar mi triste relato se ofreció incluso a colaborar para que nos instalásemos en España cuando consiguiéramos desertar. Él dice que está muy a gusto allí... —Lo miré expresando extrañeza.

—Ese hombre está enfermo. Dice que vive bien bajo una dictadura fascista...

—A pesar de ello, no es mal tipo. En el conservatorio compartimos una buena amistad gracias a nuestra lengua común. Era para mí lo más parecido a un primo cercano. Nos compenetrábamos en el aula de música y actué más de una vez de celestina con las chicas de las que se enamoraba. —Percibí una expresión de tranquilidad.

—Así que nos ha salido tímido...

—Sí, no es demasiado sociable, aunque me ha confesado que le gusta mucho Silvia, pero teme sus reticencias hacia él por haber vivido en la Unión Soviética. —Lo miré levantando una ceja.

—Pues sería el pretexto perfecto para reunirte con él y con Silvia sin levantar sospechas... —asintió complacido.

—¿Vamos a seguir contando con su colaboración?

—En principio no era esa la intención. Pero si, como me cuentas, quiere acercarse a Silvia, podríamos involucrarlo un poco más. Ahora todo depende de la respuesta de la condesa. Lo sabremos pronto.

Supe por Boris que el reporte de mi actuación en España había sido muy positivo y me transmitió la calurosa felicitación por parte del coronel Kozlov. Una semana después, en la sede del KGB recibieron una transmisión de los agentes destinados en Madrid en la que se informaba de que Silvia Gómez de Quesada había revelado a la condesa mi supuesta petición de ayuda y esta le había indicado que se disponía a realizar algunas gestiones.

Pasaron dos largas semanas hasta que llegaron nuevos comunicados desde España: Mónica Rider había accedido a colaborar como intermediaria gracias al poder de persuasión de Silvia y al aval de Nicolás, que nos había descrito como a una pareja íntegra y sensata. Ahora Silvia y el KGB tenían que fingir ante la CIA que nos transmitirían su respuesta. De esta forma, Silvia y Nicolás viajaron a Berlín Occidental aparentando ser pareja y cruzaron la frontera para asistir al concierto de «su admirada» Julia Lerner en la Staatsoper de Berlín Oriental. Durante el descanso, en los amplios pasillos se encontraron «casualmente» con Boris, a quien Nicolás ya conocía, y al saludarlo le transmitió la disposición por parte de la Central estadounidense de cooperar con él. Cuando terminó el concierto regresaron al hotel y dos días más tarde volaban de regreso a Madrid.

Boris me relató después que fue un saludo rápido a la vista del público asistente al concierto. Estaba satisfecho por lo fácil que había sido burlar a los americanos, que se habían tragado el anzuelo con total ingenuidad. Asentí con complicidad pensando en las tribulaciones que me esperaban para sabotear aquel plan del que se sentían tan orgullosos en Berlín, y recé para que no descubrieran las maniobras que había fraguado en connivencia con Nicolás.

Cuarto movimiento

Al poco tiempo se iniciaron los preparativos para mi próxima salida al extranjero.

—Vas a ofrecer un concierto en la Ópera de Viena —anunció Boris aquella tarde.

—¡Qué bien! —exclamé—. ¿Cuándo?

—En junio. A partir de ahora vas a salir a menudo. Ya sabes que tienes una misión que cumplir.

—¿Y cuál es exactamente? —pregunté con cara de boba.

—Te limitarás a entregar algo a alguien.

—¿Es peligroso este oficio?

—Bueno, depende de para quién. Hay veces que se complican las cosas, sobre todo cuando nos sorprenden en suelo extranjero. Pero te puedo asegurar que el cometido que vas a realizar es simple, y además eres la gran Julia Lerner. Nadie va a sospechar de ti. Ya has superado la primera prueba, eres toda una espía profesional... —Sonrió con condescendencia—. Esta vez me dejarán acompañarte, así que no tienes nada que temer.

—¿De verdad que vas a viajar conmigo? ¡Qué alegría! —Sonreí con hipocresía.

—He tenido que convencer a Kozlov para que lo autorice. Sé que me prefieres a mí en vez de a la Petrova, ¿verdad? —Se acercó, convencido de la respuesta.

—Por supuesto, ya lo sabes —sonreí besando sus labios fugazmente—. ¿Puedo preguntar qué clase de información vamos a enviar?

—Es clasificada. Ni siquiera yo la conozco.

—¿Y si alguien me pregunta?

—Nadie va a preguntarte nada. Te limitarás a entregar algo oculto en un objeto a quien se te indique. El resto ya es cosa nuestra, no tienes de qué preocuparte, cariño. No vas a correr ningún riesgo.

La misión de Austria fue muy fácil. El concierto con la Orquesta Filarmónica fue todo un éxito en el edificio de la Ópera Estatal de Viena, que había abierto de nuevo sus puertas tras la intensa restauración llevada a cabo después de la guerra. Yo estaba muy feliz, porque aquel era también —ya se encargaron de indicarlo en la propaganda que precedió a mi llegada— el país natal de mi abuelo paterno, y aunque mi padre apenas había vivido allí, la prensa destacó mi arraigo con Austria.

Tras el concierto se celebró una fiesta en la embajada a la que asistieron muchos invitados, entre ellos una muy esperada: Silvia Gómez de Quesada. Había llegado sola y sentí gran alivio cuando me explicó que Nicolás estaba muy ocupado con los ensayos de la orquesta en Madrid y no pudo acompañarla esta vez. Boris se unió a nosotras.

—Silvia, te presento a Boris.

—Ya fuimos presentados en Berlín, cuando asistí con Nicolás a su concierto —aclaró la joven—. Es un placer volver a verle —dijo estrechando su mano—. Enhorabuena por la maravillosa esposa que tiene. ¡Qué gran concierto!

En aquel momento, una mujer que frisaba los cincuenta años y vestía un elegante vestido largo en color azul se acercó a nosotros.

—Querida, no debes acaparar a la gran estrella para ti sola —pidió con amabilidad.

—Tienes razón. Disculpa, querida. Les presento a la baronesa Berta Von Kuffner, mi anfitriona. Estaba pasando unos días de vacaciones en su casa cuando conocimos la noticia de este concierto. Ha sido una maravillosa casualidad —declaró Silvia entusiasmada.

—Es un placer —saludé.

—El placer ha sido nuestro, señora Lerner —manifestó la baronesa—. Silvia nos ha hablado tanto de usted que no podíamos perdernos el acontecimiento. Realmente representa muy bien el espíritu vienés y ha hecho honor a sus raíces. ¿Y usted? —Miró a Boris—. ¿También es músico?

—Es periodista, corresponsal del diario *Pravda* en Alemania —se adelantó Silvia.

—Imagino que escribirá un gran artículo sobre la actuación de su esposa —sonrió la aristócrata.

—Por supuesto. Julia es una estrella mundial y mañana en toda la Unión Soviética se harán eco de otro gran éxito en Occidente —replicó Boris con su mejor sonrisa, encandilando a las dos mujeres.

—Y bien merecido. Estoy segura de que también aquí se hablará del magnífico concierto celebrado esta noche. Ha sido un placer conocerlos —se despidió.

—Yo también les dejo. Voy a retocarme el maquillaje —anunció Silvia.

Durante unos segundos posó sus ojos sobre los míos y entendí el mensaje inmediatamente.

Al quedarnos solos, Boris y yo compartimos una significativa mirada. Había llegado el momento de actuar. Minutos más tarde fui al baño. Había una joven que salía de uno de los excusados y otra señora mayor que se retocaba los labios delante del espejo. Silvia no estaba allí. Entré en uno de los baños y esperé una señal. Escuché la conversación de la joven con la señora, el ruido del agua del grifo y en pocos minutos se hizo el silencio. Abrí la puerta y Silvia salió también de otro baño. Me miró y fue abriendo todas las puertas para comprobar que estábamos solas. Yo la seguí a través del espejo.

—Hola de nuevo —susurró.

Con ademanes lentos, saqué del bolso una cajita redonda y plateada. La abrí y con una esponja me retoqué el maquillaje.

—¡Qué polvos tan favorecedores! —exclamó, cruzando su mirada con la mía a través del cristal.

—Se los regalo. Tiene usted una piel muy bonita y sé que hará buen uso de ellos.

—¡Oh! ¡Muchas gracias! —dijo tomando la polvera y guardándola en su bolsito—. ¿Qué tal va todo?

—Muy bien, ya lo ve. ¿Y la condesa?

—Impaciente. Se lo ha tragado todo, igual que Nicolás... —musitó con mirada traviesa—. Me hace mucha ilusión colaborar para la causa de...

La interrumpí colocando mi dedo índice sobre los labios para indicarle prudencia. Tenía la impresión de que, para Silvia, aquello era un juego, una nueva experiencia para recordar y contar a sus amistades en algún momento. Era una niña mimada que se había embarcado en aquella aventura de espías por puro esnobismo e ignorando el peligro que podría correr.

Silvia sacó de su bolso una barra de labios y comenzó a retocárselos.

—Es muy bonito ese color.

—¿Le gusta? Lo he comprado hace poco. Es de Avon.

La miré interrogante, no sabía a qué se refería. En aquel instante, dos señoras de edad accedieron al cuarto de baño. Silvia siguió hablando con naturalidad.

—La marca del carmín —aclaró—. Es una empresa de cosmética muy exclusiva que acaba de llegar a España desde Estados Unidos. No se vende en tiendas, solo a través de vendedoras particulares. Tengo una amiga que convocó una reunión en su casa y le compré algunos productos, entre ellos este pintalabios.

—Entiendo —sonreí. La joven alargó su mano para ofrecérmelo.

—Se lo regalo. Espero que se acuerde de mí cuando se ponga guapa.

—Gracias. Debemos volver a la fiesta.

Volví a entrar en el baño y esperé varios minutos. Al salir saludé a algunas invitadas y me uní a Boris, que había advertido ya el regreso de Silvia a la fiesta.

—¿Qué tal ha ido todo?

—Perfecto.

—Eres la mejor —dijo con doble sentido.

—Tengo un buen maestro.

Y ahí acabó todo. Aquella fue mi primera misión como espía: intercambiar una polvera. A cambio, recibí como regalo una barra de labios preciosa.

Esperé durante toda la fiesta a que alguien me hablara de pianos y teclados, pero no ocurrió, y mi ansiedad aumentaba al intuir que la extracción no iba a ser fácil ni inminente.

Sonata 15

Despedidas

Primer movimiento

Aquella tarde de agosto de 1962 acudí al edificio de la ópera respondiendo a la cita solicitada por el gerente de la orquesta. Supuse que se trataba de una reunión informal para comentar el contenido de la próxima temporada. Al llegar al despacho advertí en su semblante una gravedad que me puso alerta. Me invitó a sentarme frente a él y noté que no se atrevía a mirarme a los ojos. Durante un rato estuvo jugando con un bolígrafo antes de comenzar a hablar.

—Verá, Julia, hemos estado trabajando en el programa en colaboración con el responsable de Cultura y... bueno, me sabe mal, pero... debo informarle de que para la siguiente temporada no... no vamos a incluir obras que requieran piano.

—¿Significa que no van a contar conmigo?

Vi que sus ojos se dirigían a un punto de la mesa sin atreverse a levantarlos.

—Hemos pensado que, dado su gran renombre internacional, nos limitaremos a invitarla a conciertos extraordinarios... Lo siento.

Me miró y aprecié una mirada de rendición disimulada bajo la capa de falso aplomo.

—Bien —dije, tratando de ocultar mi decepción—. La verdad es que necesitaba tomarme un tiempo para descansar y componer.

Percibí su mirada de alivio; estaba segura de que él no era el responsable de mi despido y le había tocado el desagradable trago de trasladarme aquella incómoda notificación.

—Gracias. —Le ofrecí mi mano—. Ha sido un placer trabajar con usted.

Salí del despacho y caminé por los amplios pasillos hacia las escaleras. En aquel momento Franz Konwitschni, el director de la orquesta, salía de su despacho y quedamos frente a frente.

—Hola, Franz. Acabo de hablar con el gerente y...

El hombre bajó la mirada, derrotado.

—Julia, quiero que sepa que he mostrado mi total desacuerdo con esa decisión, pero usted sabe cómo funciona esto. Yo soy el director, pero...

—No debe preocuparse. Sé que no es responsabilidad suya.

—Lo siento. Ojalá más adelante... Bueno, ya sabe, quizá podamos contar pronto con su inestimable colaboración y nos siga deleitando con nuevas obras —dijo estrechando con fuerza mi mano—. La voy a echar de menos, todos vamos a añorarla. Ha sido uno de los puntales de esta orquesta y ha elevado su prestigio durante el tiempo que ha permanecido entre nosotros.

—Gracias, Franz.

Estaba ante un hombre derrotado que no se atrevía a expresar su vergüenza como alemán por tener que acatar las órdenes de unos compatriotas que se habían rendido a la ideología reinante. El cierre de la ciudad y las posteriores detenciones y atropellos habían calado hondo en los que hasta entonces se creyeron libres para escapar a Occidente cuando les viniera en gana. Ya nadie se atrevía a opinar, y cualquier insinuación por parte de algún superior entrañaba una orden. La desobediencia significaba señalarse gratuitamente y perder el empleo, el negocio o la libertad.

Las intimidaciones y sugerencias habían surtido efecto en

todos los estamentos de la ciudadanía y de las empresas. Las imprentas y editoriales ahora se dedicaban a publicar manuales sobre el marxismo y libros de Hegel o Lenin, tal como solicitaban los comisarios de Cultura. Ninguna se negaba. Al fin y al cabo, ¿qué más daba editar un libro u otro? Ellos no perdían nada y así mantenían a sus familias. Nadie quería problemas. Con los artistas pasaba igual: si querían llevar un sueldo a casa pintando el realismo socialista con imágenes de campesinos y obreros felices, pues lo hacían. Y si los universitarios tenían que hacer un curso de marxismo-leninismo para poder ejercer la carrera, acudían sin rechistar. La obediencia era el único medio para vivir con tranquilidad. De esta forma fueron secuestrando el pensamiento individual, adoctrinando a las nuevas generaciones en el socialismo y en una supuesta sociedad igualitaria implantada desde la Unión Soviética basada en el terror y la mentira.

Hasta aquel día había creído que la música en Alemania, a pesar de las censuras y el veto a algunos compositores —muchos menos que en la Unión Soviética— era una isla en aquel mar de sumisión, pero acababa de comprobar que también había caído en las garras de la dictadura artística y de la corrección política.

Al llegar a la planta baja divisé al bueno de Helmut, el conserje, quien me dedicó una acogedora sonrisa.

—Hola, Julia. Es un placer volver a verla. ¿Ha venido a preparar el repertorio para la próxima temporada?

—No, Helmut. No habrá próxima temporada para mí. —Capté la extrañeza en la mirada de aquel buen hombre—. Este año no van a contar conmigo.

—¡Vaya! ¡Qué lástima! La voy a echar de menos, y mi amigo también, porque, ¿sabe?, tanto a él como a mí, bueno, más bien a mí, nos gusta sentarnos frente al teclado del piano. —Me miró, observando mi reacción ante la palabra clave.

—Helmut, ¿era usted? —inquirí sin rodeos. Él sonrió.

—Sí. —Comenzó a hablarme sin emitir sonidos y me dispuse a leerle los labios—. Vivo en una casa en las afueras, muy cerca de la frontera con Berlín Oeste y tengo una emisora de la que nadie conoce su existencia. Yo grababa sus ensayos y los enviaba al mundo libre. Tengo acceso a este edificio y conozco sus rincones más secretos, algunos bajo el escenario. —Me guiñó un ojo.

—¿Qué podemos hacer?

—Yo sé tocar el piano. Si quiere enviarme una partitura para mi amigo, estaré encantado de interpretarla y transmitirla a través de las ondas... ¿Quién va a sospechar de una bella melodía?

—Lo haré, Helmut. Quizá sea la última. Gracias por su generosidad y su valentía.

—¡No, no! Gracias a usted. Ha sido un soplo de libertad —siguió diciendo en silencio—. No puede imaginar lo que ha significado para mí poder enviar sus mensajes al exterior con la esperanza de que vengan a rescatarnos algún día; aunque me temo que esa posibilidad cada vez está más lejana. Ya tengo una edad y estoy perdiendo la esperanza. Veo cómo están actuando las fuerzas de seguridad, al estilo de las soviéticas, lo que están haciendo con nuestros jóvenes, o lo que hicieron en Hungría... Ahora, con este muro que han levantado para encerrarnos... —Movió la cabeza con desesperanza—. Cada vez veo más lejos la libertad, pero podré morir con la satisfacción de haber contribuido con los escasos medios de que dispongo para que mi querida Alemania vuelva a ser lo que era. No sé si algún día lo logrará, pero al menos lo habré intentado.

—Se lo agradezco de corazón. Es usted un buen hombre. Voy a preparar algunas composiciones y se las traeré para que se deleite interpretándolas.

—Aquí estoy, a su disposición. Le deseo toda la suerte del mundo.

—Gracias, Helmut creo que la voy a necesitar. —Sonreí con tristeza.

Ya en la calle me propuse no llorar, ni siquiera lamentarme. No podía creer que la decisión de prescindir de mí hubiera partido de la dirección de la orquesta. Jamás me había señalado políticamente ni vertido comentario alguno que pudiera comprometerme. Las órdenes venían de un estamento superior; yo ya presentía que algo así podía pasar, pues estaba segura de que detrás estaba la mano de Kozlov y de Boris. Él le había comentado a Zoa Petrova, cuando regresamos de Madrid, que lo habían ascendido en el periódico y pensaba instalarse conmigo en Moscú después del verano. ¡Qué ingenua fui al pensar que podría alegar el trabajo para quedarme en Berlín! Ellos se habían encargado de eliminar obstáculos y el primer paso fue mi expulsión de la orquesta.

Segundo movimiento

Boris estaba desde hacía una semana en Moscú y la empleada del hogar ya se había marchado. Puse la grabación de uno de mis conciertos en la sala de música con el fin de despistar a los posibles oyentes a través de los micrófonos instalados en casa y abrí la puerta de su despacho. Fijé la mirada en su mesa para recordar cómo estaba todo y tomé la llave del cajón del mismo sitio donde solía guardarla. Boris era bastante simple a la hora de esconder sus cosas y no pensaba que yo sería capaz de hacer aquello.

Abrí el único cajón que estaba cerrado con llave y lo registré con cuidado. Había una diminuta cámara fotográfica y varias carpetas con las siglas del KGB. La que estaba encima tenía en su interior varias fotografías del tamaño de un folio que contenían el logotipo de la Central de Inteligencia británica. Estaban en inglés y en la primera hoja aparecía el organigrama de la sección soviética del MI6 y el listado de funcionarios que lo conformaban, junto a sus respectivos cargos. En las hojas siguientes se enumeraban con detalle las operaciones realizadas por dicho departamento a través de sus agentes infiltrados en diferentes países del Pacto de Varsovia. Yo no salía de mi asombro leyendo aquellos folios, pues era una información altamente delicada, y tenía que haber sido ser alguien de muy alto rango en la central británica quien la había filtrado.

Las siguientes hojas eran fotocopias escritas en ruso con la firma del responsable de la *rezidentura* del KGB de la embajada en Londres. En ellas aparecían varios nombres junto a sus alias de personas británicas y europeas que colaboraban con la Inteligencia soviética, y junto a ellos, la información que habían obtenido. Había dos agentes pertenecientes al MI6, varios integrantes del cuerpo diplomático de diferentes embajadas occidentales afincadas en Londres y destacaba el apartado dedicado a un profesor de Cambridge, quien bajo su tapadera como académico se dedicaba a captar a los alumnos más radicales, cuyos nombres también aparecían allí, en su mayoría estudiantes británicos y estadounidenses pertenecientes a influyentes familias.

En otra carpeta había hojas escritas a máquina con el anagrama del KGB, esta vez eran las copias resultantes de haber utilizado papel carbón. En ellas había dos nombres de agentes británicos pertenecientes al MI6 que había leído en el organigrama inicial; sin embargo, sus seudónimos eran los mismos que tenían adjudicados los dos espías británicos incluidos en las hojas de la *rezidentura* del KGB de Londres. Además, la información que aparecía como ofrecida a los soviéticos era la misma que habían facilitado los anteriores, y estaba firmada por la misma persona del KGB de Londres.

¿Era esa la estrategia de confusión del KGB? ¿Adjudicar a otras personas las operaciones que estaban realizando los auténticos traidores infiltrados en el MI6?

Fui a la sala de música y regresé con un cuaderno de pentagramas vacío. No quería olvidar los nombres y me dispuse a escribirlos junto a las operaciones adjudicadas a cada uno, sin omitir el detalle de la aparición del organigrama y de las discrepancias con los protagonistas de las misiones ofrecidas por el KGB.

Cerré la carpeta y abrí otra que estaba debajo. En esta había informes escritos a máquina por el propio Boris sobre sus compañeros más cercanos, según pude comprobar, pues a algunos de ellos los había conocido en diferentes eventos. Tenía fecha de junio de aquel año y, por el listado y el contenido, averigüé que era una especie de evaluación periódica de los agentes que estaban a su cargo.

Seguí leyendo algunos nombres hasta que uno captó mi atención: el mío.

> Julia Lerner se mueve por sentimientos primitivos como la pasión o la lealtad heredados de su padre, de origen español. La procedencia de familia acomodada le ha conformado una conducta arrogante, con episodios de ira en algunas ocasiones. No obstante, gracias a su exquisita educación, jamás pierde el control. Desde que sufrió la pérdida familiar está totalmente volcada en su profesión y no ha mostrado interés por asuntos políticos ni de otra índole. Dada la estrecha vigilancia a la que está sometida y la cercanía de su principal supervisor, concluyo que no se albergan dudas sobre su lealtad hacia la causa marxista en la que ha crecido. Suele mostrar en público una imagen de humildad impostada, y gracias a su creciente popularidad la considero idónea para realizar diferentes misiones como correo.

¡Vaya! Jamás habría imaginado que Boris creyera ciegamente en mi «idoneidad para hacer de correo». Me ofreció una cierta tranquilidad su convencimiento de mi «lealtad hacia la causa marxista» en la que he crecido.

Tres días más tarde, las sospechas sobre mi despido de la orquesta se confirmaron cuando Boris regresó de Moscú. Antes de que pudiera hablarle, soltó la bomba:

—Querida, adivina quién es actualmente el asistente de la ministra de Cultura, su número dos. —Me miró expectante. Yo le hice un mohín de curiosidad para que siguiera hablando—. Tu antiguo compañero, Iván Naomóvich.

—Pero ¿no estaba como agregado de Cultura de la embajada de la URSS en París?

—Eso fue hace dos años. Al poco de coincidir con nosotros allí, Ekaterina Furtseva fue nombrada ministra de Cultura y le ofreció un importante puesto en el ministerio. Trabajan intensamente para presentar al mundo nuestra cultura y se están organizando grandes eventos culturales, invitando a artistas extranjeros y permitiendo viajar al extranjero a músicos, estrellas del ballet o directores de cine. Iván supo que yo estaba en Moscú y me citó en la sede del ministerio para hablarme de los nuevos proyectos en los que están inmersos. Me ha trasladado el deseo de la propia ministra de que te instales en Moscú para que deleites al pueblo soviético con tus composiciones. ¿Qué te parece?

—¿La... la ministra de Cultura? —pregunté sin resuello, pero no de emoción por tan alto honor, sino porque acababa de confirmar lo que ya intuía: que todo había sido orquestado para llevarme a Moscú.

—Sí. Iván me pidió que te transmitiera la admiración de la ministra por tu trayectoria, y que es su deseo que representes a la Unión Soviética por todo el mundo. ¿Sabes lo que significa? Que serás una estrella internacional, ofrecerás conciertos en los mejores auditorios del mundo y grandes orquestas y músicos visitarán Moscú para tener el honor de acompañarte en las actuaciones. ¡Has llegado a la cumbre, cariño! ¡Rusia te está esperando con los brazos abiertos...! —exclamó eufórico ofreciéndome un abrazo.

Aquello era una encerrona. Él lo sabía y yo también. Ambos éramos conscientes de que esta vez no podría negarme. Habían provocado el despido en la orquesta de Berlín y él tenía que incorporarse a su nuevo puesto en el *Pravda*, una novedad que aún no había compartido conmigo.

—Es una oportunidad que ni en mis mejores sueños podría imaginar —expresé con solemnidad—. Gracias por cuidar de mí, cariño. Todo lo que soy te lo debo a ti.

—No, Julia. Lo has conseguido con tu talento. Nuestra vida va a cambiar a mejor, te lo prometo. —Me acarició la mejilla aparentando emoción.

Días más tarde, Boris llegó con la gran noticia de que le habían propuesto el cargo de editor jefe en el periódico donde trabajaba. Trató de convencerme de que había sido una casualidad, ahora que pensábamos instalarnos allí, que le hubieran ofrecido ese ascenso tan importante en su carrera. Yo me hice de nuevas, celebrando el acontecimiento y felicitándolo «sinceramente». Aquella noche brindamos con champán por su, mejor dicho, por nuestra buena suerte y por el maravilloso futuro que nos esperaba en Moscú.

Una semana antes de la partida me reuní con los miembros de la orquesta para despedirme. Al entrar en el edificio y comprobar que estábamos solos, le entregué al entrañable conserje una carpeta con partituras en cuyo interior anunciaba mi inminente traslado a Moscú y ofrecía la información hallada en el despacho de Boris sobre los movimientos en el MI6. Les indicaba que, una vez instalada, saldría más asiduamente al extranjero y rogaba ayuda para escapar lo antes posible. Por último, les escribí a mis hijos pidiéndoles paciencia por aquel nuevo retraso y ofreciéndoles todo mi amor.

Suite 3

Washington, Estados Unidos
Julio de 1962

«Operación Northwoods» era un informe clasificado como Alto Secreto elaborado por el departamento de defensa de Estados Unidos y por la Junta de Jefes de Estado Mayor que fue remitido al secretario de Defensa Robert McNamara en marzo de 1962. En el documento denominado «Justificación para intervención militar estadounidense en Cuba» se detallaban las posibles acciones a realizar en diferentes zonas de Estados Unidos con el fin de conseguir apoyo internacional y del pueblo norteamericano para una intervención militar en Cuba.

El método consistía en la propagación de falsos rumores contra el gobierno de Castro con la simulación de agresiones o sabotajes orquestados a través de pruebas falsas, con la finalidad de culpar al régimen marxista recién implantado en la isla caribeña y hallar así la excusa perfecta para invadirla. Entre la variedad de acciones destacaban la realización de atentados en la base naval de Guantánamo, derribos de aviones comerciales aparentemente llenos de pasajeros estadounidenses, hundimientos de navíos de bandera norteamericana o tiroteos en las calles de Washington o Miami.

Cuando el microfilm pasó en Viena de manos de Julia Lerner a Silvia Gómez de Quesada, y después a la CIA a través de la condesa de Fuentes de Oca, se produjo un gran terremoto en la sede de Langley. La información sobre la Operación Northwoods era tan secreta que, excepto el director, nadie más la conocía en la Agencia, pues el presidente Kennedy no llegó nunca a autorizarla.

En el microfilm aparecía el documento íntegro y también el nombre del supuesto autor de la filtración: Lewis Cohen, el asistente del presidente Kennedy, además de otros cuatro altos cargos de la administración estadounidense. No obstante, y a pesar de contener el documento auténtico, en la CIA sabían que aquel mensaje entrañaba una trampa y no tardaron en detectar la estrategia de los soviéticos.

El secretario de Defensa de Estados Unidos tenía una cita aquella calurosa mañana de julio con el director de la CIA y con el presidente del Estado Mayor Conjunto y asesor militar del presidente de Estados Unidos. Estaban acomodados en el extremo de una larga mesa de madera pulimentada en la sala de reuniones del departamento de defensa, donde había tres carpetas que contenían el informe elaborado por la Central de Inteligencia sobre la filtración a los soviéticos de la Operación Northwoods y la lista de los supuestos traidores. El director indicó que la habían recibido a través de un agente doble infiltrado en la Unión Soviética, aunque no se especificaban detalles del lugar ni de la persona, con el fin de preservar su seguridad.

El secretario de Defensa se retrepó hacia atrás en su sillón de cuero negro tras leer el expediente.

—¿Cómo puede haber caído en manos de los rusos este memorándum si el presidente Kennedy ni siquiera llegó a aprobarlo? Solo era un proyecto de alto secreto que muy pocos en la Junta de Jefes de Estado Mayor conocían... —bramó, dirigiendo su mirada al militar, un hombre de recia corpulencia que frisaba los sesenta años, de pelo cano y vestido con un uniforme del que colgaban varias medallas.

—Estoy tan sorprendido como usted. Y más aún al leer

el nombre del filtrador: Lewis Cohen, el asistente del presidente. Tenemos más topos de los que habíamos imaginado —respondió el aludido.

—Un momento. No debemos acusar a nadie con precipitación. Ya saben que el mensaje enviado por el presunto disidente soviético a través de nuestro agente es un señuelo para desconcertarnos, pero les llevamos ventaja y conocemos su juego —aclaró el director de la CIA.

—¿Quiere decir que los nombres de estos altos cargos que aparecen como traidores son un ardid? —preguntó el secretario de Defensa.

—Así es. Todos son inocentes excepto uno. Cuatro de esos cinco nombres, incluyendo el de Lewis Cohen, el supuesto filtrador, aparecen en diferentes mensajes enviados desde la embajada soviética de Washington a Moscú durante los últimos meses, donde se solicita que sean eliminados.

—¿Eliminados? ¿Qué quiere decir? —preguntó el secretario de Defensa.

—Hemos llegado a la conclusión de que la orden de «eliminar» significa en su argot que deben ser neutralizados, acusados de espionaje. Cuando recibimos el microfilm desde el KGB con el documento y los cinco nombres de los supuestos espías soviéticos, fuimos a detenerlos a la vista de sus compañeros. Pero, tras investigarlos, hemos confirmado que sus conductas han sido irreprochables hasta hoy: no hay indicios de que hayan colaborado con los rusos ni de que sean un peligro para nuestra seguridad. Los hemos interrogado y ninguno parece haber tenido contacto con agentes externos. Ahora están aislados. Hemos registrado sus despachos y sus casas e indagado en sus cuentas bancarias, y aunque han aparecido algunas pruebas que los incriminan, sospechamos que han sido colocadas a propósito por los auténticos culpables.

—Esa es su estrategia: los verdaderos traidores están señalando a gente inocente, quieren deshacerse de los auténticos patriotas para impedir que las sospechas recaigan sobre ellos —afirmó el secretario de Defensa señalando con el índice el informe.

—Exacto. Son personas cercanas a ellos y de su total confianza: asistentes, secretarios e incluso inmediatos superiores. Gracias al descifrado de las comunicaciones hemos descubierto la trampa —explicó el director de la CIA.

—Es un plan realmente diabólico. ¿Cómo han conseguido llegar a esta conclusión? —inquirió el militar.

—Teníamos una sospecha que se ha convertido en certeza: el quinto nombre que aparecía en el documento filtrado por el KGB era el de Marc Elliston, hombre de confianza del jefe de Operaciones del Proyecto Cuba. Él fue quien filtró el expediente y ordenó neutralizar a algunos de los nombres que aparecen en esa lista.

—¿Marc? ¡Dios santo! Pero si falleció hace una semana en un accidente. Yo mismo asistí a su entierro… —exclamó consternado el militar.

—Estamos seguros de que no se trató de un accidente. Fue atropellado en plena calle por un coche a gran velocidad que se dio a la fuga. Ocurrió al día siguiente de la llegada del microfilm a Langley. Habíamos concertado una cita con él para interrogarlo, igual que con los cuatro restantes, pero se nos adelantaron los rusos. Tras investigar sus cuentas hemos localizado una ingente cantidad de dinero de origen sospechoso que ha estado recibiendo durante los últimos años, y al registrar a fondo su casa hemos hallado numerosas pruebas irrefutables sobre su traición. No obstante, hemos silenciado su colaboración con el enemigo para no alimentar dudas sobre el fallo de seguridad en el entorno más cercano a la cúpula de la Inteligencia Militar.

—Me cuesta creerlo… —murmuró el secretario de Defensa.

—Su nombre no ha aparecido nunca en los mensajes enviados a Moscú desde la embajada soviética en Washington. Era el único espía real de los cinco. De los otros cuatro no tenemos pruebas inculpatorias.

—De manera que nos envían el microfilm de un falso disidente del KGB para demostrarnos que tienen acceso a nuestra información clasificada y ofrecen como señal de buena voluntad el nombre de falsos espías, con el fin de deshacerse de ellos para que los verdaderos traidores queden libres de sospechas... —resumió el político.

—En algunos casos incluso para ocupar sus puestos... —señaló el responsable de Inteligencia.

—Y para hacerlo más creíble, nos entregan la cabeza de uno de sus auténticos colaboradores situado en pleno corazón del Pentágono, pero se encargan de silenciarlo antes de que podamos acceder a él. Es una demostración de su poder. Intentan derribarnos desde dentro acusando a gente inocente para crear el caos y la desconfianza en nuestras instituciones —añadió el militar con indignación.

—Ese es su juego. Pero ignoran que nosotros vamos un paso por delante —concluyó John McCone, el director de la CIA.

—¿Cómo han conseguido esta información en la Agencia? Han llegado muy lejos en la investigación... —indagó Robert McNamara.

—Tenemos a un agente muy cerca de un alto cargo del KGB en la Unión Soviética. Y contamos con una persona que está descifrando los mensajes entre los rusos con gran rapidez. Me van a permitir que guardemos en secreto sus identidades, por seguridad —concluyó sin dar más explicaciones.

—Por supuesto. ¿Y qué hay de los auténticos espías? ¿Se sabe quiénes son? —preguntó el militar.

—Al ampliar la vigilancia del círculo laboral y personal más cercano de los señalados hemos descubierto al fin a los verdaderos traidores y estoy en condiciones de informarles de que los tenemos identificados.

—¿Los han detenido ya? —preguntó el responsable de Defensa.

—Vamos a esperar. No queremos llamar la atención para no poner en peligro a nuestro agente infiltrado. Les estamos haciendo creer que hemos mordido el anzuelo y hemos relevado de sus cargos a los falsos espías que nos han enviado.

—Y ahora, ¿cuál será el siguiente movimiento? —preguntó el militar.

—Sugiero la posibilidad de utilizarlos ofreciéndoles información falsa para que la transmitan a Moscú. Ahora controlamos sus comunicaciones de una forma más fluida y sabremos pronto si nuestra estrategia surte efecto. Veremos quién tiene la carta más alta en este endiablado juego —sugirió el jefe de Inteligencia.

—Me parece una idea excelente —añadió el militar.

—Nos enfrentamos a una grave filtración, y en unos momentos muy delicados en pleno conflicto con Cuba —murmuró el responsable de Defensa—. Bien. Les haremos llegar a los rusos nuestra propia información utilizando sus mismos canales. Lo hablaré con el presidente esta misma tarde, solo con él —dijo levantándose y dando por terminada la reunión.

Sonata 16

Moscú

Primer movimiento

Llegamos a Moscú a mediados de septiembre de 1962 y mientras terminaban de dar los últimos retoques a una vivienda adecuada para nuestro estatus, nos alojamos durante varias semanas en el impresionante hotel Ucrania, situado en el distrito de Kievskaya y conocido también como «el rascacielos de Stalin». Boris indicó que, ya que el ministerio se haría cargo de todos los gastos de nuestra estancia en el país, había decidido cerrar su casa familiar, pues estaba situada en las afueras y sería más incómoda debido a nuestros desplazamientos diarios en la ciudad.

La ciudad que había dejado seis años antes había cambiado. Jruschov y su gobierno se habían empleado a fondo para desligarse del pasado de Stalin, quien había controlado desde el despacho del Kremlin no solo la política o la administración de la Unión Soviética; también pasaron por su mesa las directrices sobre la arquitectura, las artes, los planes industriales e incluso la moral de los ciudadanos.

Pero el paso más significativo del portazo al pasado fue la retirada de los restos mortales del anterior dirigente del mausoleo de Lenin, situado en la Plaza Roja. Durante su mandato, la imagen de Josef Stalin aparecía por todas partes en los muros de los organismos públicos, desde las oficinas de telégrafos de Georgia hasta los dispensarios médicos de

Siberia, incluso en los dormitorios privados de muchos soviéticos. También daba nombre a las principales avenidas de la mayoría de las ciudades y pueblos en aquel gran país. Tres años después de su muerte, tras el discurso de Jruschov en el XX congreso del PCUS de 1956, donde criticó el culto a la personalidad del anterior dirigente, comenzaron a retirarse sus fotos y estatuas, aunque con lentitud y discreción. No obstante, los que clamaban ahora contra Stalin jamás lo hicieron contra Lenin, a quien el pueblo consideraba el auténtico padre de la patria soviética, y sus imágenes permanecieron en su lugar.

El nuevo dirigente se afanaba por descentralizar la gigantesca administración y por aparecer más cercano ante el pueblo, con un lenguaje sencillo y maneras diferentes a las de su predecesor. El cambio social se dejó ver en las grandes ciudades como Moscú o San Petersburgo, adonde se habían desplazado durante aquellos años millones de campesinos huyendo de la miseria y buscando mejores salarios y calidad de vida, gracias a la posibilidad del libre empadronamiento en cualquier lugar que les había otorgado el nuevo gobierno. Este éxodo obligó a las autoridades a crear nuevos barrios y a construir masivamente miles de bloques de viviendas prefabricadas a bajo coste por todo el país.

La Plaza Roja era el centro neurálgico, político y económico de la ciudad, donde convergían las grandes avenidas agobiadas por un tráfico caótico y muy lento, con automóviles de fabricación rusa que recordaban a los modelos norteamericanos y europeos de después de la guerra. Sin embargo, hallé una ciudad limpia, con el metro más bello del mundo y asequible para todos los ciudadanos.

La política de apertura de Jruschov, tanto a nivel social como artística, se percibía en las celebraciones de nuevos festivales internacionales que atrajeron a miles de turistas, en la emisión en los cines de películas extranjeras, en la publicación de libros de autores foráneos como Ernest Hemingway y de otros soviéticos que habían estado censurados, como el escritor Aleksandr Solzhenitsin, quien pudo ver publicada su obra *Un día en la vida de Iván Denísovich*, cuyo argumento trataba sobre la dura estancia en un *gulag* de un preso político. También los libros de Fiódor Dostoyevski, a quien Stalin acusó de reaccionario, se estaban editando de nuevo. Habían comenzado las salidas a Occidente de cineastas, artistas y músicos, un privilegio otorgado solo a aquellos en quienes el Partido confiaba plenamente por su firme ideología marxista. Muchos compositores y directores de orquesta vetados por el antiguo régimen fueron rehabilitados, como fue el caso de Dimitri Shostakóvich, Nikolái Miaskovski o Prokófiev.

Fue emocionante subir las escalinatas del Kremlin aquella blanca y húmeda mañana de primeros de octubre. En el despacho del Ministerio de Cultura me esperaban Iván Naomóvich y la titular, Ekaterina Alekseevna Furtseva, de unos cincuenta años y ojos claros y vivos que me estudiaron con curiosidad. Boris se quedó afuera en el recibidor y parecía más emocionado que yo. Durante un buen rato, la política me habló de los nuevos proyectos para el Bolshói, de los conciertos de ópera y de ballet ya programados, de las visitas que se estaban recibiendo por parte de orquestas y de compositores extranjeros, del intercambio cultural y musical que tenían en marcha y del deseo de contar conmigo para apariciones estelares en aquel prestigioso templo del arte.

—¿Qué tal le suenan estos proyectos? —preguntó observando mi reacción.

—Yo... Estoy abrumada... —confesé con modestia—. Es un honor que me haya recibido y que cuente conmigo. Espero estar a la altura de lo que esperan de mí...

—Julia, si estás aquí es porque la ministra y todo el país

confía en ti —señaló Iván mirando a la Furtseva, molesto por mi inseguridad.

—Me gusta su actitud. Tiene frescura, humildad y responsabilidad. Estoy segura de que no va a defraudarnos —dijo ella esbozando una escueta sonrisa e indicando que la reunión había finalizado.

El gobierno soviético mimaba a sus artistas rodeándolos de comodidades y de unos privilegios que me provocaban remordimientos. Me habían asignado un sueldo muy alto, incluso más que el de Berlín, que ya era generoso por el temor de las autoridades a la fuga de talentos. Pero la mía no era la realidad del país, y podía comprobar a diario que el resto de los moscovitas no tenían la suerte de vivir en un amplio apartamento en pleno centro de la ciudad donde me acababa de instalar, que posiblemente perteneció a un aristócrata antes de la Revolución. Estaba lujosamente equipado con muebles de madera labrada, tapices en los muros, suelo de carísimos mármoles, techos altos decorados con frescos, cinco habitaciones, además de las del personal de servicio, tres baños y un espacioso salón. Tenía además a mi disposición a dos personas para el trabajo doméstico y un chófer que conducía una Chaika, la limusina destinada al uso exclusivo de los miembros del Partido, de científicos o de personas de relevancia. Todo por gentileza del Ministerio de Cultura soviético.

Una vez instalados en Moscú, pensaba que mi salida a Occidente sería inminente, pero no fue así debido al grave incidente que se produjo entre la Unión Soviética y Estados Unidos a cuenta de Cuba y de la ayuda que el Kremlin estaba suministrando en forma de armamento nuclear y misiles de largo alcance al gobierno de Fidel Castro. En aquellos días, el mundo estuvo en peligro, a punto de desembocar en un holocausto nuclear en lo que se conocería en Estados Unidos como «La crisis de los misiles de Cuba», mientras que en la Unión Soviética se denominó «La crisis del Caribe».

No fui consciente de la gravedad de los acontecimientos hasta que terminó todo, pues apenas publicaban noticias sobre aquello. Notaba que Boris estaba muy nervioso en aquellos días en que regresaba de madrugada desde el periódico. A veces comentaba algo en el desayuno, la mayoría imprecaciones e insultos contra el presidente Kennedy, quien, según él, le estaba echando un pulso a un imperio económico y militar como era la Unión Soviética, y todo por una pequeña isla en el Caribe. A finales de octubre todo cambió, y lo escuché comentar, exultante, que le habían dado un buen revolcón al presidente estadounidense, obligándolo a retirar las armas nucleares que apuntaban a Rusia que tenía situadas en la frontera con Turquía.

—¿Y a cambio de qué? Imagino que el acuerdo habrá sido para ambas partes, ¿no?

—Bueno, Jruschov retirará los misiles nucleares de Cuba. De todas formas, no creo que haya tenido intención de utilizarlos. Pero era la manera de plantar cara a los yanquis y hablarles de igual a igual. Ahora nos respetarán más.

—Quieres decir que todo ha sido un farol, como lo de la construcción del Muro de Berlín...

—Bueno... en diferente nivel, pero algo similar.

Los días que siguieron tras el acuerdo y el final del conflicto fueron de total euforia y propaganda. Los titulares del *Pravda* sobre la victoria de la Unión Soviética y la ridiculización del presidente estadounidense se repitieron durante días. También se ensalzó la figura de Fidel Castro, el gobernante de una minúscula isla que le había hecho frente al «imperialismo más salvaje y cruel del mundo», el de Estados Unidos. Ahora, la Unión Soviética era capaz de vencer a cualquier potencia que se atreviera a coartar la expansión de su modelo comunista por el mundo.

El diario donde trabajaba Boris le dedicó numerosas portadas a Nikita Jruschov, ensalzando su actuación como el garante de la paz mundial. A su vez, la prensa norteamericana hacía lo mismo con su «inteligente y perspicaz» presidente, que había plantado cara y vencido a una potencia nuclear y peligrosa como la Unión Soviética, obligándola a hacer regresar su flota de barcos que se dirigía a Cuba cargada con armamento nuclear y arrancando también el compromiso de desmantelar todos los misiles de la isla que apuntaban hacia las principales capitales estadounidenses.

Boris solía desaparecer semanas enteras y comencé a contar la frecuencia de sus salidas: una semana sí y otra no, a veces dos semanas seguidas fuera y otra en casa; en una ocasión hasta veinte días. Me decía que viajaba a Checoslovaquia, o a Siberia, o a cualquier zona del país para cubrir noticias. Yo fingía creerle, pero estaba segura de que se reunía con su amante, Zoa Petrova. En realidad no me importaba demasiado, y en cierto modo prefería la soledad a su presencia a mi lado. Yo solo era para él una misión, y él para mí la única vía de escape a Occidente en cuanto llegara el momento.

Una de las habitaciones del gran apartamento fue para Boris, que la acondicionó como despacho, y en otra más amplia había un gran piano y una elegante mesa donde me sentaba a escribir composiciones. Más de una vez accedí al despacho para registrar entre sus cosas, pero no hallé nada. Todos los cajones estaban accesibles y sobre la mesa solo había carpetas conteniendo recortes de artículos escritos por él mismo o por otros periodistas. Ya no guardaba allí los secretos, quizá lo hacía en el periódico.

La mejor forma de conocer los entresijos y el pensamiento de los moscovitas era hablar con ellos. Cuando estudié en el Conservatorio de Moscú siete años antes viví aislada y solo me relacionaba con los compañeros, la mayoría procedentes de diferentes repúblicas de la Unión Soviética o de otros países del Pacto de Varsovia. Excepto por lo que me refería Nicolás sobre su familia, realmente no llegué a profundizar en las costumbres o en la vida cotidiana.

Hallé una moral muy estricta en el país. Los hombres que tenían amantes estaban mal vistos, la familia era el puntal de la sociedad y el adulterio era causa de divorcio. También reparé en los contrastes ideológicos y sociales que los jóvenes parecían no advertir, pues habían crecido en aquella sociedad completamente cerrada al exterior. Los gobernantes no se preocupaban en exceso por el bienestar de los trabajadores ni por el consumo de los ciudadanos, que no tenían acceso a las tiendas de lujo y debían emplear medio sueldo en adquirir ropa y calzado de pésimo gusto. Pero todos se sentían muy orgullosos de sus científicos y de la industria aeronáutica, y de haber sido los primeros en lanzar un satélite al espacio.

Los aparatos de radio, la fuente de información más extendida en los hogares, eran baratos y observé que solo tenían un botón para escuchar Radio Moscú, la única emisora del país. En cuanto a la prensa, el periódico de mayor tirada era el *Pravda*, que significa «verdad», controlado por el Partido y que se distribuía por todo el inmenso territorio soviético en un corto espacio de tiempo. El otro diario era el *Izvestia*, que significa «noticias», controlado por el gobierno, además de algunas revistas de publicación semanal.

Entre las páginas de prensa escrita solo había noticias locales y nacionales sobre planes quinquenales, los nuevos logros científicos y algún que otro suceso, pero ningún reporte del extranjero. Solo de vez en cuando, muy de vez en cuando, se publicaba una noticia importante sobre algún país occidental, aunque con un sesgo muy marcado y orientado a crear una opinión dirigida desde el Estado. La mayoría de los editores pertenecían al Sindicato de Periodistas, que estaba bajo la supervisión del Partido Comunista. Tampoco existía publicidad en prensa ni en radio, exceptuando algunas marcas de coches de fabricación nacional. Nadie sabía lo que era un anuncio. ¿Para qué? Todos los medios eran propiedad del Estado, y bastante se promocionaba ya desde el Comité Central, que indicaba las noticias que tenían que aparecer en ellos. Al no haber propiedad privada, ni fábricas privadas, no había nada que publicitar. Aun así, todos eran conscientes de la existencia de una economía sumergida en la mayoría de los estamentos y negocios. Los abogados defensores, por ejemplo, tenían un tope máximo de sueldo oficial estipulado por el gobierno; sin embargo, extraoficialmente, cobraban a los clientes una cantidad proporcional a las particularidades de cada caso.

Katia era de ojos claros y labios carnosos, con grandes pechos y amplia cintura. Tenía veinticinco años y se había casado hacía dos. Trabajaba en casa desde muy temprano en las labores de limpieza y recibía, según me contó, un buen sueldo por parte del Ministerio de Cultura, el encargado de mi manutención. Nunca me atreví a preguntarle cuánto, pues vestía ropa modesta muy usada y un abrigo con los característicos bordados afganos que exhibía remiendos con una tela ajena, disimulada por varias hileras de costuras. A veces me sentía tan sola que solía entablar conversación con ella. Tenía un aire ingenuo y provinciano y me inspiró confianza desde que apareció el primer día para trabajar allí junto a la cocinera, una mujer de más edad y menos dada a la conversación que solo acudía por las mañanas.

El marido de la joven era conductor de autobuses urbanos y vivían en uno de los barrios atestados de bloques de apartamentos construidos tras la llegada de Jruschov al poder, que, según Katia me contó, no eran tan sobrios como los erigidos durante el régimen anterior. Compartía la vivienda con sus suegros, que le cuidaban a su bebé de un año. Su dormitorio solo tenía el espacio justo para la cama y un pequeño armario. La otra habitación estaba ocupada por los padres de su marido y se sentía afortunada porque en el salón había sitio para un sofá y dos sillones, además de la cocina y un pequeño cuarto trastero que le ofrecía algo de desahogo. Me confesó que era muy feliz por tener un piso propio para ellos solos, pues había crecido con sus padres y tres hermanos en la habitación de una *kommunalka*, un piso compartido con tres familias más donde tenían que turnarse para hacer uso del baño y de la cocina. Decía que mi casa era un palacio, pero no había envidia ni rencor en sus palabras. A pesar de haber nacido y crecido en el país del proletariado, donde todos eran iguales, según los adoctrinaban en el colegio, Katia aceptaba con una naturalidad asombrosa las brutales diferencias sociales, con una élite integrada por dirigentes políticos, funcionarios, artistas o científicos que vivía en la abundancia y de la que yo formaba parte.

Katia había nacido en aquella claustrofóbica sociedad y era muy joven para detenerse a analizar el porqué de la situación política o cómo sería vivir en un régimen diferente, en una democracia, pues no conocía otra cosa y creía firmemente que el Partido y el gobierno eran invencibles, que iban a existir siempre y que la tímida apertura iniciada por Jruschov era un gran paso para adecuarse a los tiempos modernos. Estaba convencida de que los científicos soviéticos eran los mejores del mundo, igual que los artistas como yo, según me dijo una vez. No había nada ni nadie que nos superase en Occidente. Aseguraba que vivía muy bien y los que realmente lo pasaban mal eran los campesinos de las zonas rurales. No había salido nunca fuera del país y hasta que me instalé en Moscú, nunca había hablado con un extranjero. Me describía con orgullo lo mucho que había cambiado la ciudad, y hablaba de los grandes eventos internacionales que se habían organizado, a los que habían asistido muchos visitantes.

—Cuando se celebró el gran Festival Internacional de Cine hace tres años, la ciudad estaba preciosa, y se hicieron muchas obras por las calles y jardines. Algo ha quedado de aquello, pero ya hemos vuelto a la rutina. Ojalá organicen más espectáculos para que vengan más turistas. Así la ciudad estará siempre bonita. ¿Sabe, señora? Llegó gente de Estados Unidos y de Sudamérica, y también desde algunos países de Europa. Mi hermano conoció a un italiano y aprendió algunas palabras. Me enseñó a decir *buona mattina*, que significa «buenos días» en italiano.

Me enternecía la inocencia de la joven; era el ejemplo de la ingenuidad de un pueblo que no aspiraba a más porque no conocía otra forma de vida. Una vez me atreví a hablarle de política y le pregunté si consideraba que había libertad en la Unión Soviética.

—Bueno, este secretario es mejor que el anterior; tenemos más libertad y no hay tantos milicianos por las calles deteniendo a la gente. Pero se cometieron muchas injusticias en el pasado. Mi padre estuvo preso en un campo de trabajo de Siberia durante diez años. Salió en libertad en el cincuenta y cuatro, aunque lo habían condenado a veinticinco.

—¿Por qué lo encerraron?

—Llevaba una cafetería en la estación de Kurski, pero alguien denunció que allí se reunían algunos enemigos del pueblo y lo detuvieron. Él no conocía a la mayoría de los clientes, eran gente de paso, viajeros, pero... —Levantó los hombros mostrando resignación.

A pesar de la tímida apertura que se había producido, había temas que continuaban siendo tabú, sobre todo para aquella joven, empleada en la casa de una extranjera invitada y protegida por el Estado. Quizá podía pensar que pretendía sonsacarle información, como los delatores que abundaban todavía en aquella sociedad menos cerrada que antes, pero aún con miedo.

—Se cometieron muchas barbaridades cuando gobernaba el del bigote... —se animó a continuar.

—Te refieres a Stalin. —Ella movió la cabeza confirmando.

—Ahora estamos mejor que antes, ¿sabe? Ya no hay tantas detenciones y la gente vive más tranquila. Mi padre regresó de Siberia muy enfermo. Ya está mejor, solo le quedó una cojera, pues perdió parte de un pie a causa de la congelación. Trabaja en una tienda de repuestos de coches.

—Pero no se habla demasiado de política...

Ella me miró.

—¿Para qué? ¿Se va a solucionar algo hablando? —preguntó, con una sensatez que me dejó pasmada.

—Tienes razón.

—¡Claro! Hay que hablar de música, de cultura, de ciencias. Estamos recibiendo a muchos turistas y enseñando la ciudad a todo el mundo.

—Pero ¿les mostráis cómo vivís realmente?

—¡Ah no, señora! Eso no. Visitan la parte más bonita, duermen en los hoteles de lujo y compran en las tiendas que hay para ellos.

Segundo movimiento

Durante los meses que siguieron no conseguí salir del país debido a la resaca de la crisis de octubre. Dediqué el tiempo a practicar al piano y a componer. Ofrecí varios conciertos en el Bolshói que cosecharon gran éxito y repercusión. Con la esperanza de que alguien de la embajada estadounidense pudiera captar mis mensajes, envié en los inicios de los ensayos generales algunas notas cifradas, incluso en los mismos conciertos, pues sabía que se radiaban a través de Radio Moscú. Me atreví a teclear que estaba bien y a la espera de autorización para salir a Occidente.

Mis únicos amigos, más bien conocidos, eran los integrantes de la orquesta del Bolshói y las esposas de dirigentes del Partido que Boris me presentaba en los eventos sociales, donde también eran invitados diplomáticos de las diferentes embajadas instaladas en la ciudad. Esperaba con impaciencia que alguien se dirigiera a mí para hablarme de un teclado, pero no obtuve noticia alguna.

El año 1963 empezó sin pena ni gloria. Cada vez estaba más impaciente y comencé a tener problemas para dormir, cuando la ansiedad se apoderaba de mis sentidos y tenía que hacer un esfuerzo para no sufrir una crisis. Pasaba el tiempo componiendo para desahogar aquellos duros momentos. Estaba sola, con un marido cada vez más ausente y en un país ajeno y frío, de calles cubiertas de nieve y sin nadie con quien hablar. Pensaba en Nicolás y en cómo habría sido mi vida si hubiera reunido el valor para escapar aquella noche en Madrid, tal como él suplicó. Solo su recuerdo me ofrecía la calidez que tanto añoraba.

Meses más tarde leí en la prensa que las relaciones entre Estados Unidos y la Unión Soviética se habían suavizado. Desde la crisis de los misiles, ambos presidentes acordaron mantener una línea directa a través del famoso Teléfono Rojo, que en realidad ni era rojo ni era un teléfono, sino un teletipo, con el fin de evitar más conflictos como los acaecidos el año anterior.

Poco tiempo después llegó la esperada noticia.

Aquella tarde sonó el teléfono y oí la voz enérgica y alegre de Iván Naomóvich, el asistente de la ministra de Cultura. Mi corazón dio un vuelco al escuchar que estaban organizando una gira mundial para varios artistas soviéticos y el ballet del Bolshói. El primer destino sería Nueva York, donde ofrecería varios conciertos.

—¿Visitar a esos capitalistas? —exclamé, reprimiendo la emoción y mostrando antipatía hacia ellos.

—Por supuesto, vamos a mostrarles nuestra superioridad en las artes. Eres la mejor pianista del mundo y debes ir para dejar en evidencia a esos músicos de los que tanto presumen esos mascachicles —dijo con voz autosuficiente. Reí por la ocurrente forma de describirlos.

—Tienes razón. Ya es hora de cerrarles la boca y de que presuman menos. Esos yanquis no tienen talento, solo dinero.

Boris ya estaba enterado de la noticia cuando regresó a casa tres días después y anunció que le habían ordenado acompañarme, no solo por ser mi marido, sino como periodista.

—Nadie mejor que yo para enviar soberbias crónicas sobre tu gira por Estados Unidos —sentenció con su peculiar mueca de ojos quietos.

Estábamos en septiembre de 1963 y faltaban solo dos meses para iniciar la gira por Estados Unidos. Una tarde asistimos a la sede de la embajada de México, que celebraba la fiesta nacional por el aniversario de su independencia. Tras los saludos protocolarios y el discurso del embajador, se ofreció un cóctel. Estaba junto a Boris cuando se nos acercó el agregado de Cultura de la embajada de Estados Unidos junto a su esposa, ambos de unos cincuenta años. Nos saludaron en perfecto ruso y me felicitaron por mi carrera. Él nos comunicó que era el encargado de gestionar los próximos conciertos que ofrecería en Estados Unidos.

—Hay una gran expectación por su llegada y estoy seguro de que la van a recibir con los brazos abiertos.

—Por supuesto —replicó Boris con suficiencia—. Es la mejor pianista del mundo.

—Tengo entendido que su padre era austriaco —intervino la esposa del diplomático. Yo asentí.

—Así que procede usted del país de Mozart... —añadió el marido.

—Bueno, mi esposa tiene varios ancestros. Por una parte, la mitad alemana de su madre, y la otra se divide entre España y Austria por parte de familia paterna —presumió Boris.

—Entonces habla usted español, alemán y ruso...

—*I also speak English* —respondí aclarando que también hablaba su idioma.

—*Oh, that's perfect!* —dijo la esposa.

—Yo también hablo con fluidez el español. Mis abuelos eran mexicanos —explicó el diplomático—. De todas formas, y es una opinión personal, el lenguaje más universal es el que usted domina a la perfección: el de la música. Por eso la admiramos tanto.

—Desde que se instaló en Moscú hemos asistido a todos sus conciertos —explicó ella—. Yo también toco el piano, pero cuando veo su virtuosismo, siento que necesito más horas frente al teclado.

En aquel instante nuestras miradas se cruzaron y vi un destello en sus ojos. Aquel comentario había sido previamente planeado por la pareja.

—Todo es cuestión de práctica —repliqué con una sonrisa.

—Pronto nuestros compatriotas podrán deleitarse con sus obras —añadió el marido—. Ha sido un placer conocerlos, estaremos en contacto —se despidieron con amabilidad.

Boris y yo nos unimos a un grupo de invitados, aunque yo seguí con la mirada al diplomático estadounidense, que se había colocado en una esquina del salón de tal manera que podía verle el rostro mientras que su esposa me daba la espalda. Durante un instante cruzó su mirada con la mía, levantó una ceja y miró a su mujer, pero advertí que movía los labios y hablaba en español. Me concentré en su boca y avisté el mensaje:

—Sus hijos están bien —vocalizó mirando a su mujer, que actuaba como cómplice.

Después siguió hablando con ella en inglés.

—El caviar está estupendo, querida —dijo tomando unas canastillas de la bandeja de un camarero y ofreciéndole una.

Por mi parte aparentaba seguir la conversación de mis acompañantes, pero no lo perdía de vista. Más tarde dirigí la mirada hacia él y volvió a hablarme sin alzar la voz:

—En Londres están muy agradecidos por su última composición.

Segundos más tarde, un invitado se acercó a saludarlos y se desplazaron por la sala. No hubo más mensajes, pero aquella noticia me elevó el ánimo e hizo renacer mi esperanza. Estaba segura de que tendrían preparado un plan de escape en Nueva York y al fin sería libre.

Boris había bebido más de la cuenta en el cóctel; al llegar a casa se fue al salón, tomó una botella de Johnnie Walker del mueble y se sirvió un vaso, ofreciéndome otro. Me senté frente a él en el sofá y aproveché su estado para sonsacarle información.

—¿Tendré que hacer otra entrega en Estados Unidos? —inicié la conversación con suavidad.

—Sí. Ya están preparado el microfilm.

—¿Crees que nos ofrecerán la posibilidad de escapar? Quizá piensen que estamos en peligro. ¿Cuál sería nuestra respuesta? —pregunté con cautela.

—No seas ingenua. A ellos les interesa que continuemos aquí para que sigamos enviándole una valiosa información que creen auténtica. Además, estaremos acompañados por una escolta superior a la que llevaste a España. En Estados Unidos, tanto en el consulado Nueva York como en nuestra embajada en Washington, tienen ya preparado un amplio dispositivo de seguridad para hacerles ver lo bien custodiados que estaremos.

Al escuchar aquello me estremecí.

—¿Estará Silvia allí?

—No lo sé —dijo llenando el vaso de nuevo.

—Aún no me has contado qué es exactamente lo que les entregamos.

—Estamos ofreciendo información que tiene una parte real y otra falsa. Les hacemos creer que somos superiores a ellos en tecnología y de paso también protegemos a nuestros agentes en el exterior que podrían estar bajo sospecha.

—¿Los ayudáis a volver?

—No. Desviamos la atención hacia otras personas a quienes señalamos como espías, aunque no lo son. Ya hemos conseguido quitarnos de encima a varios miembros de la CIA y del MI6 que les estaban pisando los talones a algunos de nuestros mejores agentes. Cualquier método es bueno para engañar al enemigo.

—Por supuesto, es un plan muy inteligente y brillante, como tú —le dije para engordar su ego.

—Pues sí. La idea de señalar a los otros fue mía. En el próximo viaje a Estados Unidos vamos a crear el caos en el estado de Nevada.

Lo miré interrogante, esperando su respuesta. Estaba eufórico y hablador aquella noche.

—Sabemos que tienen empleados allí a muchos científicos alemanes que trabajaron en la época de Hitler, e incluso se llevaron algunos soviéticos, pero lo van a pagar caro. En el próximo envío vamos a señalar a sus más brillantes especialistas; así paralizaremos los proyectos con ensayos nucleares que tienen en marcha. —Sonrió con sus peculiares ojos inmóviles—. Incluso les vamos a enviar los planos de la última bomba atómica que acaban de construir.

—Pero ¿los tenéis? —demandé con asombro.

—Por supuesto. Hemos infiltrado allí a varios científicos que tienen acceso a ellos.

—Y así nos desharemos de los más importantes, sembrando la duda sobre ellos, ¿no? —Sonreí con malicia.

—Esa es la idea. Vamos a enviarles fotos de todo lo que han hecho hasta ahora, para indicarles que estamos al corriente.

Los dos reímos y chocamos nuestros vasos de whisky.

—Genial, cariño; es un gran plan.

—Bueno, esa idea no ha sido mía —aclaró con falsa modestia—, pero estamos colaborando, sobre todo tú, cariño, con esa mano inocente que regala polveras a las amigas... ¿Quién va a pensar que la gran pianista Julia Lerner, que desea cosechar grandes éxitos en Occidente junto a su marido, está engañando a la mismísima CIA? Se lo han tragado todo, creen que odias a este país y que lo estás traicionando. Son así de ingenuos.

—Así es, pero ¿y si nos descubren? ¿Y si se dan cuenta de nuestro engaño y de que seguimos fieles a la Unión Soviética? ¿Qué podría ocurrirnos?

—Nada. Nos declararían «personas non gratas» y nos expulsarían del país. Los diplomáticos y los periodistas gozamos de protección a través de la embajada. Si se diera el caso, regresaríamos a Moscú y el gobierno de Estados Unidos no nos permitiría volver. Pero no tienes que pensar en eso. Nadie sospechará de ti, con ese aire inocente y esos ojos tan preciosos que tienes. —Sonreí agradeciendo su galantería.

—Si ocurriera algo así... ¿Sabes lo que más me asustaría? El hecho de haber fallado y que al regresar tomasen represalias contra nosotros.

—No tienes que preocuparte por eso, cariño. Todos conocen nuestra lealtad, y el peligro que vamos a correr es mínimo. Tenemos a mucha más gente infiltrada allí de la que ellos imaginan y corren más riesgos que nosotros.

—¿En la política?

—En todas partes. Los llamamos «durmientes». Se trata de ciudadanos normales con nacionalidad estadounidense, con una familia y un trabajo normal, pero son soviéticos y están a la espera de ser activados para que realicen las misiones que se les ordene.

—Pero ¿qué clase de cometidos puede hacer esa gente si tienen allí una vida normal?

—Más de lo que imaginas. Hace poco hemos recibido fotografías de una central nuclear que se está construyendo; también envían información sobre trabajos de ingeniería, como las construcciones de puentes o presas, por ejemplo. Nos gusta aprender de lo que ellos hacen bien allí. Hemos sido los primeros en poner en órbita un satélite en el espacio, nuestro Sputnik, y no vamos a dejar que nos superen. Ellos tienen mucho dinero y son capaces de pagar a los mejores ingenieros, pero nosotros no vamos a quedarnos atrás. Tenemos que hacerles creer que estamos a su altura.

—Por supuesto. Yo creo que ya los hemos superado... —exclamé con admiración.

—No, esa no es la realidad, pero no es relevante. Lo importante es que ellos crean que lo es —concluyó con una carcajada.

Boris estaba bastante borracho aquella noche y lo llevé a rastras a la cama.

Sonata 17

América

Primer movimiento

Llegamos a Nueva York en los primeros días de noviembre y nos alojamos en el hotel Plaza acompañados de un nutrido séquito de seguridad. Los miembros del Bolshói habían iniciado un mes antes la gira por Estados Unidos y habían obtenido un gran éxito de público y de crítica, según me informó Boris.

Mientras paseábamos por la Quinta Avenida protegidos por una nada disimulada escolta, miraba a todos lados, asombrada y maravillada por la cantidad de gente que caminaba con prisa por las calles, por el bullicio, los escaparates de los grandes almacenes, las luces que adornaban las calles para la próxima Navidad, por los coches tan modernos, los colores, los olores... Todo era diferente y especial en aquella selva de rascacielos.

—¿Te gustaría vivir en esta ciudad? —pregunté a Boris.

—No. Esto no es lo que parece. Dicen que es el país de la libertad, pero aquí tienen que trabajar durante quince horas diarias para llevar un mísero jornal a casa, cuando en la Unión Soviética lo tienen asegurado. No te dejes engañar por las luces de colores, como le pasó a Jruschov.

Lo miré interrogante incitándolo a continuar.

—Sí, estuvo aquí con su familia en 1959. No debió venir; ofreció una imagen patética de nuestro país. Los periodistas estadounidenses lo bautizaron como Niki el Gordinflón y se cebaron en él, burlándose de su físico y de las estupideces que hizo, como hartarse de hamburguesas y perritos calientes o visitar Hollywood y fotografiarse con actrices famosas como Marilyn Monroe. ¡Qué vergüenza! Hizo un ridículo espantoso. Cuando regresó, accedió a importar esta cultura de bárbaros a nuestro país. Tenemos a un primer secretario muy débil e influenciable.

Por un instante guardé silencio intentando procesar lo que acababa de escuchar: Boris estaba criticando a la máxima autoridad de la Unión Soviética, acusándolo de haber sucumbido al capitalismo. Su fanatismo me inspiraba miedo e indignación a partes iguales, por estar lleno de incongruencias y de cinismo. Él había crecido en una lujosa mansión y ahora vivía en otra similar conmigo, había tenido acceso a una educación superior y a conocer el mundo exterior. Pertenecía desde la cuna a una élite que jamás había padecido necesidades, ni siquiera durante la guerra. Quizá por esa razón no creía que los americanos pudieran vivir mejor que nosotros en Moscú. Pero el resto del pueblo soviético no tenía esa suerte y él parecía no ser consciente de ello.

—¿Quién es Marilyn Monroe?

—Era una actriz muy famosa. Murió el año pasado. Oficialmente a causa de un suicidio, pero las malas lenguas dicen que «la suicidaron».

De nuevo lo miré, aguardando su aclaración.

—Era un secreto a voces que había tenido relaciones íntimas con el mismísimo presidente John F. Kennedy, y también con su hermano Robert, el fiscal general.

—¿Es algo que habéis averiguado en el KGB?

—No, ese rumor es de dominio público.

—¿Y a quién señalan como responsable del supuesto suicidio?

—Puede que no se sepa nunca. El Servicio Secreto estadounidense presume de demócrata, pero carece de escrúpulos, te lo aseguro, y si tiene que deshacerse de alguien que pueda causar problemas al gobierno de turno, pues se le elimina y asunto arreglado. Así se despachan las cosas aquí.

«Igual que allí», pensé.

—Ahí tienes al director del FBI, John Edgar Hoover —continuó Boris—, un invertido que se ha convertido en el azote de los homosexuales y se dedica a vigilar a los políticos y a los hombres de negocios, grabándolos en sus encuentros íntimos para después chantajearlos. Ese hombre tiene más poder que el propio Kennedy.

—¿Y tú cómo sabes eso? —pregunté fascinada para que continuara hablando.

—Cariño, de la política norteamericana conocemos todos sus secretos; pero a mí no me engañan como a Jruschov.

Definitivamente, Boris estaba en contra de la política aperturista que había realizado el dirigente soviético. Parecía añorar a Stalin y su sistema represivo.

—En fin, creo que nunca está de más conocer e intercambiar costumbres y culturas. Nosotros también les estamos mostrando nuestro potencial artístico y lo están apreciando mucho, ¿no te parece? —comenté.

—No estoy tan seguro. Estos yanquis nos miran por encima del hombro, se consideran moralmente superiores a nosotros y no llego a entender por qué. Además de explotar a los trabajadores y venderles que viven en un mundo libre, segregan a los negros. Hay organizaciones como el Ku Klux Klan cuya diversión consiste en apalearlos e incluso quemarlos vivos con total impunidad; los consideran seres inferiores y ni siquiera permiten a los niños estudiar en sus mismas escuelas. Eso no pasa en la Unión Soviética. ¿Tú crees de verdad que viven mejor que nosotros, por muchas luces que veas por las calles y coches grandes que circulen por ellas? La mayoría de esta gente no ha ido a buenos colegios porque son caros y no pueden pagarse unos estudios universitarios como en nuestro país, donde ofrecemos becas y ayudas a todo aquel que se esfuerza —explicó con pasión—. Aquí, la mayoría de las universidades son privadas, y la sanidad también. Si no tienes dinero para pagar un buen hospital, te mueres. En cuanto a los científicos, la mayoría de los que trabajan en proyectos nucleares y espaciales son europeos: alemanes, franceses y algunos rusos disidentes que se han dejado encandilar por este modo de vida. No creas todo lo que ves, cariño; son gente salvaje y sin cultura, aunque vivan en grandes rascacielos y presuman de joyas y lujos. Son como las estrellas de Navidad que ponen en sus árboles: tienen una cara que brilla mucho, pero el reverso es de cartón.

No llegaba a discernir si Boris era un auténtico cínico o no era consciente de la realidad diaria de su país. Las políticas marxistas exigían austeridad y un estricto dominio sobre el pueblo a través del miedo o de la fuerza, y él formaba parte de aquella maquinaria que ejercía una autoridad absoluta haciéndoles el trabajo sucio a los dirigentes del Partido, quienes, desde su trono de poder, sometían a los súbditos ofreciéndoles lo justo para comer, una vida precaria y la amenaza de ser detenidos.

Tras la visita a Estados Unidos, el sucesor de Stalin se había imbuido de la libertad que, a pesar de lo que dijera Boris, tenían aquí. Jruschov había iniciado una tímida apertura, aflojando la presión con el fin de evitar las revueltas que se habían producido en algunos países del Pacto de Varsovia como Hungría, la cual se saldó con más de veinte mil detenidos y deportados a campos de trabajo soviéticos.

Cuántos millones de inocentes habían muerto en aquellas prisiones heladas unas décadas antes, cuántas familias destrozadas a causa de unas purgas totalmente desproporcionadas a la que les siguió una guerra que terminó de agotar la escasa fuerza que quedaba en aquel gran país. En la actualidad, los jóvenes soviéticos crecían viendo en el cine películas de Yul Brynner y las chicas leían novelas románticas, pero no había desaparecido el miedo a ser detenidos y la desconfianza hacia sus políticos.

Llevábamos dos días recuperándonos del cambio horario y aún no había conseguido hablar con alguien que me ofreciera información sobre mis hijos o un plan de escape para abandonar de una vez aquella vida de pesadilla e iniciar otra en libertad. Oleg y Karina estaban cerca y anhelaba reunirme pronto con ellos.

Al día siguiente acudí al primer ensayo en la Ópera Metropolitana, un grandioso edificio que ocupaba toda la manzana entre las calles Treinta y nueve y Cuarenta Oeste de Manhattan, en pleno corazón de Broadway. Boris no me había acompañado aquella mañana, pues había acudido al consulado soviético para una reunión. Aguardaba impaciente alguna noticia y de repente mi corazón dio un vuelco al ver allí a Laura Braun, mi querida amiga con la que estuve por última vez poco antes del cierre de Berlín en 1961.

Habían pasado dos largos años y la hallé madura y feliz por el reencuentro. Nos abrazamos con gran emoción, y me comentó que hacía unos meses que vivía en aquella ciudad, ya que le habían ofrecido una plaza como violinista en la orquesta de la Ópera Metropolitana de Nueva York y había aceptado sin dudar. Aquel era otro mundo y se había adaptado muy bien, incluso le habían concedido la nacionalidad estadounidense. Cuando terminó el ensayo nos quedamos charlando un rato entre bambalinas y pudimos al fin hablar a solas.

—Nicolás contactó conmigo, me habló de ti... —murmuró mirando a todos lados, temerosa de ser oída.

—¿Lo has conocido? ¿Ha venido?

—No, que yo sepa no está aquí. Hace un año me envió una carta y nos citamos en París, donde ofrecí varios conciertos con la orquesta de Berlín Occidental. Fue poco después de tu visita a Madrid y me habló de vuestros planes para un futuro próximo. Antes de que llegaras, nuestros... amigos se han puesto en contacto conmigo. Yo conocía al coronel Kaplan de Berlín, la persona con quien hablaste aquella vez a través de un micrófono en el zoo. —Le hice un gesto indicando que lo recordaba—. Él no está aquí, pero los responsables en Nueva York me han pedido que te diga que soy tu enlace, por si quieres enviarles algún mensaje. También desean que sepas que tus hijos viven en los alrededores de Washington y están muy bien cuidados y protegidos, deseando verte. Los han cambiado de identidad, hablan perfectamente el inglés y Oleg les transcribe todos tus mensajes. Les pregunté por Adolfina y me han informado que anda regular de salud.

—¿Qué le ocurre?

—No lo sé, solo que están haciéndole pruebas médicas.

—¿Cuándo, cuándo voy a salir? ¿Tienen ya preparado el plan de escape?

Laura bajó los ojos.

—Me dicen que en esta visita va a ser imposible y que tendrás que volver a Moscú. Lo están preparando para tu siguiente salida a Europa. Piensan que allí será más fácil.

El mundo cayó sobre mis pies y sentí como una bajada de tensión.

—Pero ¿cómo pueden hacerme esto? Les estoy facilitando una información muy importante a costa de arriesgar la vida; qué menos que me ofrezcan su ayuda...

—Dicen que son asuntos políticos, que las órdenes vienen desde muy alto y ya sabes... Esto es un tablero de ajedrez. En cuanto les den vía libre te van a ayudar, pero piden que tengas paciencia; han abierto una cuenta en un banco de la ciudad donde han ingresado una buena suma, para que el día que salgas te instales donde quieras con total libertad y sin problemas económicos. Quieren que te comunique que valoran mucho todo lo que estás haciendo, pero que este no es el momento para ayudarte a escapar.

—No, no. Por favor, no. No puedo volver, esta es mi gran oportunidad, estamos en Nueva York... ¡Ayúdame, Laura!

Ella me tomó las manos y vi dolor en su mirada.

—Lo siento, Julia, no puedo hacerlo sola, es muy complicado. Estás rodeada, ¿no lo ves? Saben que hay más vigilancia de lo normal por parte de los rusos.

—¿Y si lo hago por iniciativa propia?

—Ni lo intentes, por favor. Te lo suplico. Podrías correr el riesgo de que no aceptaran tu petición de asilo político.

—Lo siento...

Laura me abrazó mientras yo permanecía callada, noqueada. Una nueva posibilidad de libertad se había venido abajo.

—Bien, envíales un mensaje de mi parte. A partir de ahora voy a intentar escapar, con o sin su ayuda. No puedo más...

—Por favor, Julia, no cometas una locura. Tienen a tus hijos y si lo haces quizá no quieran apoyarte. Temo que te detengan y te envíen de vuelta a Moscú...

—Solo puedo confiar en ti —dije derrotada—. De acuerdo. No soy tan estúpida como para arriesgarme aún más y poner mi futuro en peligro. Quedaré a la espera de nuevas instrucciones.

—De acuerdo. Se lo transmitiré.

Al día siguiente se celebró una recepción en el consulado soviético de Nueva York para dar a conocer mi visita al país y los próximos conciertos, adonde acudieron periodistas y fotógrafos de los más importantes medios de comunicación. Entre los invitados hallé uno que llamó mi atención: el coronel Kozlov, el máximo responsable del KGB en Berlín Oriental. Me informó que desde hacía ocho meses vivía en Washington, adonde había sido destinado en la embajada soviética como agregado militar. Nos saludamos con sincera alegría, y a pesar del temor y la desconfianza que me inspiró siempre, percibía una simpatía paternal, como si me considerase responsabilidad suya, al contrario que con Boris, a quien se dirigía como a un subordinado.

En aquel corrillo de importantes invitados relató con satisfacción que él fue el primero en escucharme tocar el piano en Dresde cuando era una adolescente (aunque omitió el detalle de que estaba ocupando mi hogar), y que me recomendó personalmente a Samuil Samosud, el director de la Orquesta Filarmónica de Moscú por aquel entonces para que me hiciera una audición, gracias a la cual fui aceptada en el Conservatorio de Moscú, el más prestigioso del mundo.

—Le debo mucho, coronel.

—Bah, no es cierto. —Levantó la mano con falsa modestia—. Me limité a solicitar que la escucharan interpretar el piano y sus composiciones, Julia. El resto fue cosa suya. Y mire adónde ha llegado. Es usted un orgullo para nuestro pueblo, y en especial para mí —concluyó, levantando su copa en mi honor e invitando al resto a hacer lo mismo.

Quedaban solo tres días para el concierto. Aquella mañana no me encontraba demasiado bien, con un fuerte dolor en el abdomen debido a la menstruación. No le dije nada a Boris, que desapareció de nuevo con el pretexto de otra reunión en el consulado. Me dirigí al Metropolitan acompañada por la escolta. Laura estaba allí y notó mi semblante descompuesto. El dolor no remitía y estaba débil. Al terminar el ensayo y levantarme del taburete, comencé a ver mariposas plateadas y todo alrededor se oscureció. Según supe después, varios músicos acudieron a sujetarme para evitar que cayera al suelo sin sentido. Desperté en una ambulancia y Laura me acompañaba tomando mi mano.

—¿Qué ha ocurrido?

—Te has desmayado. Ahora van a examinarte.

Después de varias pruebas, comencé a sentirme mejor y saludé a un doctor que accedió a la habitación donde me habían ingresado. Era un hombre de unos sesenta años, alto y de complexión ancha, de piel morena y grandes entradas de cabello también oscuro, como sus ojos.

—Hola, señora Lerner. Soy el doctor Manuel López, ginecólogo. ¿Se encuentra mejor? —preguntó con voz suave y acogedora.

—Creo que sí. No sé qué me ha pasado…

—No debe preocuparse, no es nada grave. Solo ha sido una bajada de tensión debido a una regla abundante. En un principio creímos que se trataba de una hemorragia, pero no hemos hallado nada anormal. ¿Suele tener estas menstruaciones?

—A veces. Pero nunca me había pasado algo así…

—Es posible que haya sido causado por el estrés, el trastorno del viaje o el cambio horario. Ahora debe descansar para que pueda deleitarnos con su próximo concierto. —Sonrió con amabilidad.

—Es usted español…

—Mexicano —contestó en nuestro idioma común—. Pero conozco muy bien España. ¿Dónde ha aprendido mi lengua?

—Mi padre nació en Madrid.

Tras unos segundos de indecisión, se me ocurrió aprovechar aquella circunstancia para salir de una duda que llevaba martirizándome durante mucho tiempo.

—Doctor…

—Para usted soy Manuel… —se ofreció amable.

—De acuerdo, Manuel. Verá, llevo casi cinco años casada y no he conseguido quedarme embarazada... No sé si tendré algún problema.

—Si lo desea, puedo hacerle más pruebas, aunque también necesitaría un análisis seminal de su marido.

—Mi marido ha tenido hijos.

Él se cruzó de brazos durante unos instantes.

—Bien, esta factura la pagará la embajada soviética —dijo haciendo un guiño con el ojo en señal de complicidad—, así que voy a seguir haciéndole pruebas. Solicitaré una analítica hormonal y le haré una histerosalpingografía. No se asuste —añadió al observar mi expresión de alarma—; es un examen por rayos X con contraste que me ayudará a examinar su cavidad uterina y las trompas de Falopio.

Mientras esperaba los resultados de las pruebas, los dos jóvenes fornidos que custodiaban mi habitación permitieron el acceso a Laura. Dos horas después, el doctor apareció al fin con gesto grave. Miró a Laura y le rogó que nos dejara solos.

—No, por favor. Es mi amiga, la única persona en quien confío... —le rogué, presintiendo malas noticias.

—De acuerdo.

—¿Tengo algún problema, Manuel? ¿Es grave?

—Julia, usted no podrá tener hijos. Está esterilizada.

—¿Esterilizada? ¿Eso qué quiere decir?

—¿Acaso no lo sabe? Le han realizado una ligadura de las trompas de Falopio.

—¿A mí? No... —negué con seguridad, moviendo la cabeza.

—Tengo los resultados y no hay lugar a dudas. —El doctor me miraba desconcertado.

—Pero... Yo no me he sometido a ningún tipo de esterilización. Me operaron hace unos años de... —Callé de pronto y me toqué la cicatriz del abdomen, recordando las vacaciones en Sochi nada más casarme con Boris, y aquel dolor, y la operación—. Me extirparon el apéndice, es la única vez que he entrado en un quirófano...

El médico me miraba con aprensión.

—¿Y no te informaron de esta... circunstancia? —preguntó Laura, tan aturdida como yo.

—No. Sentí un dolor muy fuerte en el vientre y fui a un hospital, donde me operaron de urgencia...

—Quizá no le ofrecieron el diagnostico exacto —sugirió el médico con poca convicción—. Debería hablar con el hospital o con el cirujano que la operó para que le aclaren exactamente qué ocurrió.

—Solo me dijeron que fue una apendicitis que necesitaba operación urgente. ¿Es posible que surgiera alguna complicación y tuvieran necesidad de ligarme las trompas, Manuel?

El aludido mantenía el semblante serio.

—No. Las pruebas que le he realizado indican que esta operación fue intencionada. Efectivamente, está operada de apendicitis, y al observar la situación de la cicatriz en su abdomen es factible que se le pudiera haber realizado, además, la ligadura de trompas...

—¿Tengo alguna posibilidad de ser madre, entonces?

—No. Lo siento. Es irreversible. ¿Su marido no le informó de esta circunstancia?

—No. Él estuvo todo el tiempo conmigo en el hospital y me refirió que la operación había salido bien.

—Pero los doctores deberían haberte informado de lo que te habían hecho... —sugirió Laura mirando al médico. Este guardó un prudente silencio.

—A no ser que obedecieran órdenes... ¡Malnacido! Lo hizo aposta. Sé que lo hizo. Ahora entiendo muchas cosas...

—¿Te refieres a tu marido? —preguntó Laura.

—Sí, fue él. Todo estaba preparado desde el principio. No podían permitir que tuviera hijos para no perjudicar mi carrera; mi futuro ya estaba planificado, como los planes quinquenales de los *koljoses*... —exclamé con lágrimas de rabia—. Manuel, por favor, no informe a la embajada sobre estas pruebas ni de los resultados, se lo ruego. Mi marido pertenece al KGB y no puede saber que lo he averiguado...

Me dirigió una mirada de conmiseración; a continuación, abrió la carpeta, tomó el informe recién redactado y lo rompió en varios trozos, entregándoselo a Laura.

—Deshágase de él. Estas últimas pruebas no se han realizado nunca ni van a constar en el informe. No tiene de qué preocuparse. El diagnóstico inicial explica que todo es normal y solo ha sufrido una bajada de tensión. Le recetaré unas pastillas, pero no es necesario que las tome, es solo para cubrir el expediente. —Trató de sonreír—. Lo lamento de veras, Julia. La admiro como artista y siento lo que han hecho con usted.

Traté de sonreír, pero me quedó una mueca mientras las lágrimas corrían por mi rostro.

—Gracias. Es usted un buen hombre.

—No hay por qué. No debe preocuparse por mi discreción. Es usted tan joven... —Advertí su rictus de contenida indignación al despedirse.

Cuando nos quedamos solas, Laura sacó un mechero Zippo de su bolso y se dirigió al baño, quemó el informe y arrojó las cenizas al inodoro. Después regresó a mi lado.

—¡Dios! Y quieren que vuelva a Rusia con él. ¿Tú crees que podría ahora sabiendo esto? Le odio, quiero matarlo, quiero que muera, no pienso volver... Laura, ayúdame a escapar, por favor...

—Hay dos gorilas en la puerta y estás débil...

—Vamos a prepararlo para el concierto. El viernes, cuando termine, nos intercambiaremos la ropa y...

—Pero tú eres morena y yo rubia...

—Pues busca unas pelucas...

—¿Y qué harás después? Quizá ellos no quieran ayudarte... —Hablábamos en un susurro.

—Me da igual, viviré escondida por las calles. Estoy dispuesta a correr el riesgo.

—De acuerdo. Tengo unos amigos que podrían colaborar. No voy a dejar que vuelvas con ese monstruo, pero vamos a pensarlo despacio. Pasado mañana es el concierto y...

La puerta se abrió de golpe y Boris apareció en el umbral con aire preocupado.

—¿Qué te ha ocurrido cariño? Me he alarmado cuando han dado el aviso de que estabas hospitalizada... —dijo sentándose en la cama y abrazándome. Sus manos en la espalda me quemaban como si me hubieran colocado unos clavos al rojo vivo. Miré por encima de su hombro a Laura y cruzamos una mirada de rabia e impotencia a la vez.

—No es nada de importancia, por suerte. Solo ha sufrido una bajada de tensión —respondió Laura, tratando de ser amable con Boris.

—Me han hecho pruebas y todo está normal; ha sido debido al cansancio.

—Pues ahora tienes que reposar. Falta muy poco para el concierto y debes reponerte. Yo voy a cuidarte. —Luego desvió su mirada hacia ella—. Gracias por acompañarla. Menos mal que tenía a su lado a una buena amiga.

—No hay de qué. Era mi deber. Bueno, Julia, ya estás bien acompañada. Nos vemos el viernes en el concierto.

Una hora más tarde salí del hospital en silla de ruedas empujada por Boris. No sabía si llorar, gritar, correr o suicidarme. Jamás había sentido tanta ira, tanto odio, tanta desesperación. Me imaginaba clavándole a Boris un cuchillo en el corazón, aunque luego me llevaran presa.

Al llegar al hotel salí a la terraza a tomar el aire y reflexionar. No podía actuar con aquella inquina y debía tomar una resolución, tenía que seguirle el juego, pero me juré a mí misma que Boris iba a pagar. Sí, tenía que pagar, no iba a salir indemne de la agresión que me había infligido.

Puede que solo estuviera cumpliendo órdenes, pero yo no quería seguir ni un día más al lado de aquel monstruo.

Mi madre decía que la venganza se servía en un plato frío y ahora debía cuidar de mí misma y del futuro al lado de Oleg y Karina. Él había ordenado truncar mi capacidad para ser madre, me había utilizado desde el principio. ¿Acaso creía que era idiota? Pronto iba a saber hasta dónde era capaz de llegar la ingenua de su mujercita. Tenía que trazar un plan para que Boris sufriera el tormento que él había causado a tantos compañeros suyos con el fin de seguir medrando en su organización. Deseaba que lo deportaran a un campo de Siberia y así me libraría de él para siempre.

Pasé la noche en vela pensando en una estrategia, recordando y poniendo en orden recuerdos y detalles de mis años en Berlín junto a Boris, en particular aquel informe del KGB sobre varios miembros de la orquesta que hallé en un cajón de su despacho, donde alguien escribió que había observado «un sospechoso acercamiento a la esposa de un alto mando del KGB en Berlín Oriental» por parte de Laura Braun. Recordé también la misión en Viena, cuando le transmití un microfilm dentro de una polvera a Silvia, la joven española amiga de Nicolás y de la condesa que tuvo la amabilidad de regalarme una barra de labios...

Cuando asomaron las primeras luces del alba, ya tenía madurada mi venganza. Boris se había marchado cuando desperté a mediodía y pasé el día en el hotel descansando y estudiando paso a paso mi estrategia.

Segundo movimiento

Al día siguiente me preparaba para el concierto en el Metropolitan. Boris habló durante el desayuno de la importante recepción que se celebraría posteriormente, a la que acudirían importantes personalidades políticas y sociales de la ciudad.

—¿Han invitado a los miembros de la orquesta? —pregunté de manera inocente.

—No lo creo. Lo correcto es que sea invitado solo el director.

—¿Podrías pedir que invitaran a Laura? Se ha portado muy bien conmigo, y ya sabes que es mi única amiga aquí. Necesitaré compañía en esa recepción donde tú estarás de un lado para otro saludando y a mí me agobiarán con sus felicitaciones. Aún no he recuperado del todo las fuerzas y me aburro tanto en estos actos... —Lo miré con cansancio.

Él sonrió comprensivo.

—Por supuesto. Hablaré con el responsable del protocolo para que le envíe una invitación esta misma mañana.

El concierto resultó un éxito de público y fue retransmitido por una cadena de televisión y otra de radio. Al final del recital incluí un corto mensaje para mis hijos, prometiéndoles que pronto íbamos a estar juntos.

Antes de comenzar el concierto me había reunido con Laura en un rincón apartado del pasillo, pues ni siquiera me atrevía a hacerlo en el camerino por miedo a que hubieran colocado micrófonos. En voz baja y sin ofrecerle demasiadas explicaciones para no comprometerla, le di instrucciones de lo que debía hacer en la recepción a la que, según me confirmó, había sido invitada a última hora.

Las autoridades de la Gran Manzana, con el afán de impresionar a la delegación soviética, ofrecieron una fiesta en uno de los salones del emblemático hotel Waldorf Astoria, el impresionante rascacielos de cuarenta y siete plantas que abarcaba una manzana entera, situado junto al Empire State y la estación Grand Central. Acudieron miembros de la alta sociedad neoyorquina, numerosos políticos encabezados por el alcalde y personalidades del mundo de la música y del cine.

El coronel Kozlov asistió con su uniforme de gala, del que colgaban varias y coloridas medallas. Durante más de una hora me dediqué a saludar, a recibir felicitaciones, escuchar comentarios sobre el excelente concierto que había ofrecido y bla, bla, bla...

Boris iba de un lado a otro hablando con periodistas y miembros del consulado soviético, que a su vez le presentaban a invitados locales; mientras tanto, yo me acerqué con disimulo al coronel Kozlov, que charlaba con un grupo de soviéticos. Tras algunas detenciones para recibir cumplidos, conseguí colocarme justo a su lado. Laura estaba atenta, y al comprobar que había llegado a mi destino se dirigió al corrillo de Boris. El objetivo era captar la atención del coronel mientras ellos charlaban.

—Enhorabuena, camarada Lerner. ¡Qué magnifico concierto! Esta ciudad se ha rendido a su música. Es un orgullo para nuestra gran Unión Soviética presentar aquí a la mejor pianista del mundo —exclamó en ruso.

—Gracias, coronel. Estoy feliz por haber traído nuestro arte a este país. No quisiera pecar de soberbia, pero he comprobado que ni siquiera la orquesta que me ha acompañado llega al nivel de la del Bolshói —murmuré con desdén. Todos sonrieron mostrando su acuerdo.

—Tiene toda la razón. Por cierto, me han dicho que ha sufrido un pequeño percance. Espero que no sea grave —me preguntó Kozlov a solas, separándome del resto.

«¡Como si él no supiera todo lo que me había pasado!», pensé.

—Sufrí una lipotimia, pero fue una simple bajada de tensión debido al cansancio y al cambio horario. No ha sido grave. Boris se preocupó mucho, pero ya está más tranquilo.

Hablaba mirando a mi marido, que estaba junto a Laura y parecían compartir una animada charla. Había llegado la hora de poner en marcha mi estratagema.

—¿Conoce a Laura Braun? —le pregunté con ingenuidad, señalándolos con la mirada.

—¿Quién es?

—La joven que está hablando con Boris.

Le estaba leyendo los labios a Laura, que se había colocado de tal manera que podía ver su rostro. Coqueteaba con mi marido y le decía que había llegado la hora de recuperar la cena que tenían pendiente desde Berlín. Boris estaba de perfil y no podía ver bien lo que decía, pero percibía su mirada de satisfacción al pensar que iba a tener una cita con ella.

—¿Debería conocerla?

—Es alemana, de Berlín Oriental, aunque ahora vive aquí y es miembro de la orquesta del Metropolitan que me ha acompañado esta noche. Ha sido una sorpresa verla de nuevo. Me ha contado que llegó a Nueva York hace solo unos meses y le han ofrecido la nacionalidad estadounidense en un tiempo récord.

—Interesante. ¿Y usted? ¿La conoce bien?

—¡Claro! Fuimos compañeras en la orquesta en Berlín y nos hicimos muy amigas; bueno, también es amiga de Boris, por supuesto. Pero dejamos de verla unos meses antes de la construcción del Muro, pues le ofrecieron integrarse en una importante orquesta de Berlín Occidental y decidió instalarse allí. En pocos años su vida ha dado un cambio radical.

Hallé en su mirada un destello de curiosidad y los estudió con más atención.

—Laura quería mucho a los hijos de Boris —continué con naturalidad—. Nos acompañó en algunas ocasiones a visitar el zoológico, porque a ellos les encantaba el hipopótamo... —Suspiré con nostalgia—. Mis niños... Cuántos recuerdos... Parece que ha pasado una vida desde aquellos años tan felices. Si supiera cuánto los añoro a diario...

—Entiendo su dolor, querida. Es muy duro lo que han vivido...

—Pero la vida debe continuar, es lo que dice Boris. Procuramos superar nuestra pérdida de la mejor manera que podemos. Él con su trabajo y yo con la música.

Dirigí de nuevo la mirada hacia ellos y entreví que el coronel hacía lo mismo. Laura estaba coqueteando con Boris, tal como le indiqué. El anzuelo había sido lanzado. Estaba segura de que Kozlov conocía la debilidad de mi marido por el sexo femenino.

—Dentro de unos días partimos hacia Washington. Espero tener el mismo éxito que aquí —traté de cambiar de tema.

—¡Por supuesto! Estoy seguro de que los va a dejar impresionados.

—¿Estará usted allí?

—Sí. Solo he venido estos días para supervisar el operativo de su visita. Regresaré un poco antes de que lleguen a la capital.

En aquel momento alguien vino a saludarme y volvimos a cambiar de contertulios.

Conocía lo suficiente al coronel como para haber sembrado dudas sobre Boris. Le había indicado las fechas aproximadas en que Laura vivía aún en la RDA, cuando filtré la conversación obtenida en Dresde entre Boris y un periodista inglés que mencionaba a varios espías en suelo británico; y también cuando le envié, a través del hijo de un miembro de la orquesta que estudiaba en Berlín Oeste, la partitura que compuse para la CIA conteniendo el listado de la Operación Luciérnaga, gracias a la cual los inscritos allí consiguieron escapar mientras que el general Karpenko era destituido y encarcelado, acusado de aquella filtración. Y al poco del cierre de la ciudad, envié un nuevo mensaje dando noticia de un corresponsal del *New York Times* que había vendido al KGB un listado de agentes soviéticos que colaboraban con la

CIA, por el que Boris y yo fuimos investigados. Esperaba haber lanzado la sospecha en el coronel sobre quién había filtrado realmente aquellos datos.

Amanecí nerviosa. Aquella mañana no teníamos visitas programadas y pensaba que saldríamos a dar un paseo por la ciudad, pero nada más desayunar Boris me dijo que tenía que salir de nuevo a una reunión en el consulado. Esa tarde daba el último concierto en Nueva York y al día siguiente volaríamos hacia Washington para ofrecer el día 22 de noviembre el primero de los dos programados.

Llegué al Metropolitan una hora antes de la gala y me dirigí al camerino para dar el último retoque al maquillaje. Estaba impaciente por hablar con Laura y saber qué había ocurrido la noche anterior con Boris. Oí unos suaves golpes en la puerta, y al abrirla divisé a Laura en el pasillo, caminando lentamente hacia un pequeño cuarto cercano a la escalera que conducía al escenario. Tomé una carpeta llena de partituras donde informaba a la CIA de que Kozlov sospechaba de Boris por las filtraciones de Berlín Oriental y solicitaba ayuda para escapar, expresando mi temor de ser también represaliada. Había iniciado una cruzada contra él y no estaba segura de salir indemne. Con aquel aviso pretendía forzarlos a mover ficha para mi extracción.

A solas y a oscuras, mi amiga me explicó que Boris se había lanzado la noche anterior al ver que accedía a mantener un encuentro con él. Le indicó que iba a reservar una habitación a nombre de Carla Smith en aquel mismo hotel para el día siguiente a las doce de la mañana y le pareció bien.

—¿Has estado hoy con él? —pregunté con ojos de pánico.

—Estuve en el hotel; entré por la puerta principal, recogí

la llave y les indiqué que estaba esperando a una persona. Espero que haya acudido a la hora prevista, pero no nos hemos visto. Dejé la llave en el interior de la habitación y salí inmediatamente hacia las escaleras de servicio, donde me cambié de abrigo, me coloqué una peluca de pelo corto y moreno y esperé un buen rato. Acto seguido bajé hasta la planta sótano y salí por la zona de la lavandería hasta un callejón trasero de servicio. Creo que no me ha visto nadie.

—Laura, el plan solo era darle conversación en la fiesta para llamar la atención del coronel del KGB. Podrías haber corrido peligro...

—¡Bah! No debes preocuparte por mí.

—Sí me preocupo. La idea era hacer que el coronel dudase de la lealtad de Boris y dirigiera sus ojos hacia él, pero es posible que también los haya puesto sobre ti.

—¿Y que podrían hacerme? No he hecho nada, supuestamente —sonrió—. ¿Acaso sospechan que soy un enlace de Boris? Pues como otros tantos que tienen en la CIA. De verdad estoy colaborando con ellos, ¿no? —Me dedicó un mohín libre de todo miedo.

—¡Ay, no sé! Creo que no debí implicarte en esto...

—Julia, solo quiero verte libre y que te deshagas de ese malnacido. Si los yanquis no quieren ayudarte, lo haré yo. Ojalá lo detengan antes de que regreses y puedas quedarte aquí...

—¡Ojalá! Bueno, debemos volver, el concierto está a punto de comenzar...

Laura entreabrió la puerta, asomó la cabeza para comprobar que el pasillo estaba despejado y se dirigió a la sala para unirse al resto de los músicos. Había mezclado en su carpeta las hojas de pentagramas que le entregué con las que contenían las partituras del concierto. Luego regresé con sigilo al camerino y esperé hasta escuchar el aviso para salir al escenario.

Tras el lleno total y una gran ovación por parte del público, dos horas más tarde circulábamos por Manhattan de vuelta al hotel. Laura y yo nos habíamos despedido con un discreto saludo y no se atrevió a acercarse a Boris, que me esperaba a pocos metros.

Aquella noche percibí su desazón. Estaba a mi lado en la cama, pero daba vueltas y vueltas y no dormía. Debido a las frecuentes vigilias conocía su sueño y sabía que algo lo atormentaba, y apostaba a que estaba relacionado con el plantón que le había dado Laura en el hotel. Yo también tenía miedo. Kozlov era implacable, y si averiguaba que le había incitado a sospechar de Boris a través de mi amiga, quizá me arrastraría también. No debí preparar aquella estratagema. ¿Y si todo se volvía en contra? ¿Y si apuntaban hacia ella y le hacían daño? Yo tampoco pegué ojo aquella noche, aunque apenas me moví en la cama.

Durante el vuelo en primera clase a Washington, Boris presentaba grandes surcos bajo los ojos, pero no hice comentario alguno. Estaba silencioso y pensativo mientras yo me mostraba alegre y positiva, comentando el éxito obtenido y cómo se habían rendido los neoyorquinos a nuestra música. Él respondía con monosílabos, como si tuviera la mente en otro lugar.

—¿Cuándo será mi próxima misión? No me has dicho nada en Nueva York, y tampoco Kozlov —pregunté fingiendo ingenuidad.

—El coronel lo tiene todo previsto. La entrega se hará en el último concierto de Washington.

—¿Quién va a ser mi interlocutor?

—Silvia Gómez de Quesada.

Por un instante sentí alivio al comprobar que esta vez no habían implicado a Nicolás. Me había embarcado en una peligrosa cruzada y no quería que corriera riesgos innecesarios.

—¿Y qué será esta vez? ¿Una barra de labios?

—Es posible. No lo sé.

—La otra vez, cuando... ya sabes... Ella me regaló una barra de labios preciosa. Es esta que estoy usando —dije cerrando los labios y poniendo morritos—. La utilizo mucho y está ya casi acabada; por lo visto es de una firma americana que se llama Avon. Me habría gustado comprar algunos de sus productos.

—Podrás hacerlo en Washington —propuso con cansancio, cerrando los ojos para intentar dormir.

Tercer movimiento

En la víspera del primer concierto se celebró una rueda de prensa y un cóctel en los salones de la embajada de Washington. El coronel Kozlov estaba esta vez acompañado de su esposa y nos saludamos con efusividad.

—Es un placer volver a verla, Ludmila —exclamé con sincera alegría.

—Yo también me alegro de verla, Julia. Cómo nos ha cambiado la vida desde la última vez que coincidimos en Alemania, ¿verdad? Ahora usted vive en Moscú y yo aquí, en Washington.

—Es cierto. Nosotros volveremos pronto a casa; tengo ya ganas, necesito reponer fuerzas.

—¿Cómo se encuentra, Julia? —preguntó Kozlov, interesado por mi salud.

—Estoy mejor. Es muy emocionante todo lo que estoy viviendo aquí: los conciertos y cómo ha respondido el público. Pero, ¿saben? Añoro mi nuevo hogar. Siempre me sentí muy a gusto en Moscú y les confieso que estoy deseando llegar para descansar, después de tanto trajín de vuelos, cambios horarios...

—Yo también añoro nuestro querido Moscú. Tengo allí

a mis hijos, que están estudiando en la universidad, y espero volver para pasar las vacaciones.

Me uní junto a Ludmila a varias esposas de diplomáticos para charlar de cosas triviales. Observé que Kozlov hablaba con Boris, y por su mirada parecía estar interrogándolo, pero estaban de perfil y no podía leerle los labios. Sin embargo, no me gustó la mirada que le dirigía; de nuevo veía aquel desprecio de ocasiones anteriores hacia mi marido. Más tarde el coronel se acercó al grupo y se dirigió a mí ofreciéndome una copa.

—Brindemos por su próximo éxito —dijo mientras avanzaba conmigo y nos alejábamos del resto para hablar a solas.

—Brindemos, coronel.

—Mañana será un gran día en Washington. Asistirán muchos políticos, hemos invitado a la plana mayor del Congreso y del Senado y a gente importante para que la conozcan.

—Es un honor.

Entonces lo miré y él me miró.

—¿Y del otro tema? Boris me ha dicho que va a venir Silvia, pero no la he visto aquí...

—Me temo que esta vez no va a ser posible. Hemos suspendido la operación.

Lo miré con desconcierto.

—¿Ha ocurrido algo?

—Nada de importancia, un simple retraso.

—Aquí me tiene para cuando lo necesite —me ofrecí antes de incorporarnos a nuestros respectivos grupos.

Reparé en Kozlov y en varios agentes que no nos perdían de vista a Boris y a mí. Cuando regresé al grupo, una de las señoras me miró y dijo de repente:

—Estoy encantada de conocerla. Soy una gran admiradora suya. Yo estoy aprendiendo a tocar el piano, aunque tengo las manos algo pequeñas y el teclado se me resiste... —Era la esposa del embajador de Francia en Estados Unidos.

Le respondí una banalidad para seguir charlando con el resto, y luego volví a cruzarme con su mirada antes de dirigirme a la *toilette*. Observé que otra señora del grupo se encaminaba detrás de mí. Entré en un baño y esperé un rato. Oí como se abría la puerta y después como se cerraba otra por dentro. Salí y me coloqué delante del espejo. Me estaba retocando los labios cuando la francesa accedió al interior. Todo pasó con rapidez. Se colocó a mi lado para retocarse el maquillaje y desde el espejo me dijo un rápido mensaje sin voz y en inglés.

—Vamos a ayudarla a escapar. Mañana después del concierto, un operario con camisa de cuadros azules y vaqueros la estará esperando junto al camerino. Vaya con él.

En ese instante oímos el clic de la puerta de un servicio y ella corrió hacia otro, dejándome sola. Reparé en la mujer que acababa de salir, observándome con poco disimulo mientras me secaba las manos. Mi corazón latía a mil, eufórica al comprobar que habían decidido ayudarme a escapar. La suerte estaba echada. Al día siguiente sería libre al fin y estaba muerta de miedo.

Amanecí preocupada. Boris tampoco durmió tranquilo y lo notaba pensativo en el desayuno. De repente hizo una pregunta que me dejó descolocada.

—Cariño, ¿qué sabes de Laura Braun?

Yo levanté los ojos de mi taza de café.

—¿Laura Braun? ¿Qué se supone que debería saber de ella? Pues que es alemana y amiga nuestra.

—¿Tú crees que es tan virtuosa como para haber sido aceptada aquí en una orquesta tan importante?

—Bueno, en Berlín era *concertino* de la orquesta; después fue admitida en otra de Berlín Occidental en el mismo puesto. Es una de las pocas chicas que he conocido con ese virtuosismo.

—¿Crees que podría ser una espía?

Lo miré y exhibí una incrédula sonrisa.

—¿Qué? ¿Una espía? —repetí, a punto de soltar una carcajada—. ¿Espía de qué? ¿De quién? ¿De los americanos? ¿Qué quieres decir? ¿Que nos estaba espiando?

—Sí. Sí, Julia, sí. Eres demasiado ingenua —mascculló con severidad—. Te fías demasiado de la gente. ¿Por qué no podría ser Laura una espía?

Mi expresión quedó congelada, simulando desconcierto.

—Boris, en serio, nunca me lo había planteado. La conozco desde que llegué a Berlín, tiene mi edad, nunca hemos hablado de política ni he notado en ella inclinación alguna. Me explicó que se fue a Berlín Oeste porque le habían ofrecido un buen contrato, pero jamás habría imaginado que pudiera estar implicada en un asunto como el que estás hablando.

Boris seguía callado.

—Pues creo que nos la ha jugado.

—¿A nosotros? ¿Qué se supone que nos ha hecho?

—No sé, no sé; está tramando algo a nuestras espaldas.

—¿A nuestras espaldas? —repetí—. ¿Has tenido algún contacto con ella que no me hayas contado? —Lo miré, inquisidora.

—No, no. Pero nunca me inspiró confianza y temo que esté conspirando contra nosotros.

—¿Has dicho «nosotros»? ¿Acaso conoce nuestra misión aquí? —Me alarmé sobremanera.

—Aún no lo sé.

—Tú estás en el KGB y se supone que debes saberlo todo. ¿Es que no la habéis investigado? ¿Ni siquiera la Stasi?

—Sí, en Alemania estuvo bajo vigilancia, sobre todo por ser amiga tuya.

—¿Y averiguaron algo sobre ella?

—No, nunca llegamos a encontrar nada, ni siquiera cuando se fue a Berlín Oeste.

—¡Ah! Pero ¿continuasteis vigilándola allí?

—Por supuesto. ¿Acaso crees que íbamos a dejar salir a cualquiera? Y más teniendo relación contigo o conmigo.

—No sabía que estábamos tan vigilados. Me dejas algo inquieta. ¿Acaso no confían en nosotros?

—Hasta ahora sí, pero hay algo que no suena bien en esta música y tiene que ver con ella.

—¿La habéis interrogado?

—Han registrado su apartamento en Nueva York y le están haciendo un seguimiento.

—¿La han detenido? —pregunté ocultando el temblor de piernas.

—No podemos. Es ciudadana estadounidense y estamos en territorio enemigo. Pero sabemos que se relaciona con la CIA.

—¿Laura? ¿Con la CIA? —exclamé abriendo los ojos con incredulidad—. No puede ser... ¿Estáis seguros?

—Sí, querida, sí. Eres demasiado ingenua —repitió—. Laura colabora con la CIA.

—Me cuesta creerlo.

Él me miró con desaprobación.

—Eres demasiado inocente, Julia. Te dejas engañar por cualquiera —escupió con desprecio.

«Eso es lo que tú crees, que me has engañado...»

—Boris, yo no me considero tonta —repliqué, ofendida—. Suelo creer en la honestidad de las personas. La he visto siempre en ti, y creía que Laura también era íntegra y leal a su país, o al menos a sus amigos...

—Pues te has equivocado más de una vez. No sé cómo puedes ser tan simple, solo vives para el piano y tu música. A veces me desesperas con tanta candidez. La gente no es tan buena como crees, no hay que confiar en nadie. ¡En nadie! ¿Me oyes? —gritó.

—¿Ni siquiera en ti, Boris? —murmuré, amedrentada por sus reproches.

Él arrojó la servilleta sobre la mesa con violencia.

—¿Acaso no confías en mí?

—Yo siempre he confiado en ti, sé que eres una buena persona.

—Eso está bien —dijo más tranquilo—. Pero has ofrecido tu confianza a quien no debías.

—Escuché una vez a mi padre decir que prefería dejarse engañar mil veces antes que perder la confianza en las personas.

—Ese es tu problema, que crees demasiado en la gente.

—Y ahora, ¿qué va a pasar?

—No lo sé, no lo sé... —resopló, tocándose los cabellos—. Estamos en un lío. Laura se ha acercado a nosotros y nos ha contaminado. Nunca habían investigado a alguien tan cercano a mí. Cuando se produjeron aquellas filtraciones en Berlín, pasé todas las pruebas porque saben que soy leal. Pero las maniobras de Laura y su relación con nosotros nos están perjudicando, colocándonos en el punto de mira de Kozlov. Veremos cómo termina todo esto —concluyó, levantándose y saliendo de la habitación.

Aguardaba con angustia a que dieran las cuatro de la tarde para ofrecer el concierto en Washington. Después sería libre al fin y podría olvidarme de Boris, de la vigilancia y de aquella claustrofóbica sociedad donde había vivido hasta ahora.

Pero algo ocurrió aquel nefasto 22 de noviembre de 1963, un hecho que cambió por completo mi destino y mi vida.

Estábamos a punto de abandonar el hotel cuando Boris entró en el dormitorio con el rostro demudado.

—Ven —ordenó mientras encendía la televisión.

—¿Qué ocurre?

—¡Ven inmediatamente al salón!

Me coloqué junto a él para ver las imágenes que estaba mostrando la televisión.

—Ha habido un atentado contra el presidente Kennedy; le han disparado en Dallas.

—¡¿Qué?! ¡Dios santo! —exclamé.

En todos los canales se repetían las imágenes del descapotable negro donde el presidente iba acompañado de su esposa Jacqueline. Vimos como recibía un disparo en la cabeza, el tumulto que se organizó en pocos segundos y a la esposa del presidente intentando escapar del coche gateando por la parte trasera.

—Dicen que está muy grave. Tenemos que esperar, aún no hay noticias.

—¿Qué va a pasar ahora?

—Todos los eventos han sido cancelados, como era de suponer. Estoy esperando instrucciones de Kozlov, así que puedes ir a cambiarte, no habrá concierto.

Durante unos segundos entré en pánico. Tenía que salir de allí. Miré hacia la puerta de la habitación, hacia la ventana. Buscaba un medio de escape, pero ¿con quién podría hablar? ¿Quién iba a comunicarse conmigo? Eran horas de confusión, de estado de alarma, y nadie estaría pendiente de mí. Todo se había puesto patas arriba en aquel país, en mi vida, en mi futuro.

Me cambié de ropa y aguardé impaciente una llamada de Boris, que se fue a la embajada. Estaba sola y custodiada por dos hombres en la puerta de la habitación y unos cuantos más que rondaban por el hotel. A las diez de la noche regresó alarmado y con prisa.

—Haz el equipaje, nos marchamos.

—¿Cuándo? ¿Adónde?

—Ahora. Hay un vuelo especial de Aeroflot esta noche en el que regresaremos toda la delegación. Los conciertos se han cancelado. Volvemos a casa. Son órdenes de Kozlov.

Mientras hacía las maletas rezaba una y otra vez para que sonara el teléfono, para que alguien apareciera por la puerta y dijera «vente conmigo».

Pero la llamada no llegó y, como en una pesadilla, me vi sentada en un avión rumbo a Moscú.

Sonata 18

Detención

Primer movimiento

Tras un interminable e insomne vuelo, aterrizamos al fin en Moscú una oscura y nevada noche de noviembre. Al llegar a casa nos dispusimos a descansar, comentando los especiales acontecimientos que acabábamos de vivir en Estados Unidos. Toda mi esperanza de quedarme allí se había esfumado. Rezaba a Dios para que la treta preparada con Laura con la intención de acusar a Boris diera resultado y pudiera librarme de él para siempre, y también para no resultar implicada.

Conecté la televisión y pude comprobar que el atentado contra el presidente estadounidense también había tenido una gran repercusión en Rusia. Boris estaba intranquilo y me ordenó apagarla. Lo veía nervioso, esquivo. Se asomó en varias ocasiones por la ventana a través de los visillos, como si temiera que alguien estuviera en la calle vigilándonos. De repente sonó el teléfono y fue veloz a atenderlo. Apenas le oí pronunciar el saludo inicial cuando vi que su rostro palidecía. Tras responder con varios monosílabos colgó, pero no se movió, y su mirada quedó perdida en un punto de la cortina.

—¿Quién era? —pregunté con suavidad.

—Del periódico. Nada importante. Tengo que estar mañana allí a primera hora.

—¡Vaya! No te van a dejar descansar ni siquiera un día…

A pesar del cansancio del largo viaje, aquella noche tampoco durmió y dio vueltas en la cama. De madrugada se levantó y no volvió al lecho. Cuando las primeras luces asomaron por la ventana, Boris se había marchado. Yo tampoco había descansado demasiado en los últimos dos días, así que cuando llegó Katia a realizar la limpieza le indiqué que seguiría durmiendo un poco más.

A las seis de la tarde era noche cerrada y me dispuse a cenar sola. Esperé despierta hasta la madrugada, pero Boris no regresó. Al día siguiente llamé al *Pravda* para hablar con él, pero me indicaron que aún no se había incorporado al trabajo. El día anterior no había estado allí y ese detalle me inquietó sobremanera. Pasaron dos largos días y seguía sin tener noticias. No sabía a quién llamar, apenas tenía amigos en la ciudad, excepto algunos miembros de la orquesta y compañeros del diario donde él trabajaba.

Al día siguiente, dos hombres llamaron a la puerta. Katia los condujo al salón y vino a la sala de música donde estaba practicando al piano para anunciarme la visita. Al encontrarme con ellos, vi que el primero tenía unos cuarenta años, pelo rubio desordenado y mejillas sonrosadas; iba enfundado en un traje barato de color negro y un abrigo muy usado. El segundo era más joven y de menor estatura, con grandes entradas de cabello oscuro y ojos semicerrados en unas mejillas hinchadas por el exceso de peso.

—¿Puedo ayudarles? —pregunté con amabilidad y ocultando a duras penas mi pánico.

—¿Julia Lerner?

Asentí.

—Tenemos una citación para usted. Debe presentarse mañana a las nueve en la Lubianka —ordenó el de más edad entregándome un documento.

—¿Para qué?

—Ya la informarán allí —respondió el otro haciendo uso

de su autoridad—. Procure ser puntual, no nos gustaría tener que volver y llevarla arrestada.

Tras un saludo con la cabeza, abandonaron la estancia con aires de superioridad.

Katia regresó al salón tras acompañarlos a la puerta y me miró con aprensión.

—¿Qué ha pasado, señora?

—No lo sé. —Moví la cabeza de un lado a otro, intentando contener mi pánico.

Al día siguiente madrugué y llegué a la plaza Dzerzhinski media hora antes de la cita. Paseé alrededor del imponente edificio de ladrillos amarillos. Era una mañana gélida, de cielo gris y ambiente oscuro. Cuando llegó la hora subí al segundo piso que me habían indicado en la carta de citación y golpeé con los nudillos en el despacho número cinco. Escuché al otro lado la autorización y entré en una sala no demasiado grande con una mesa delante de la ventana. Había un hombre de unos cincuenta años, de cara delgada y pelo oscuro peinado con raya a un lado vestido con el uniforme verde del KGB. Era el capitán Paulóvich y mostraba una mirada soberbia, un gesto que se me haría familiar entre los funcionarios de las prisiones que visitaría posteriormente.

El hombre me invitó a sentarme y abrió una carpeta.

—Camarada Julia Lerner, nacida en Dresde en 1933. De profesión pianista. Afincada en Moscú desde hace un año. Casada con Boris Ivanov. —Se detuvo un instante y alzó su mirada hacia mí a la espera de que confirmara los datos. Yo asentí—. ¿Sabe por qué la hemos citado?

—No.

—Su marido fue detenido hace tres días y está siendo interrogado —dijo, esperando una reacción.

—¿Mi... marido? ¿Detenido? —Lo miré con temor—. ¿Por qué? Él pertenece al KGB... Deben de estar en un error...

—¿Acaso cree que aquí detenemos a personas sin pruebas? ¿Qué clase de cuerpo de seguridad supone que tiene la Unión Soviética? —espetó con dureza.

—No, por supuesto... es que... no sé por qué estoy aquí... —murmuré amedrentada.

El oficial ignoró la respuesta y advertí que tenía un folio rellenado a mano en la parte izquierda, donde había escrito un cuestionario que comenzó a poner en práctica con voz tranquila y pausada.

—Tengo que hacerle algunas preguntas.

La mayoría eran rutinarias sobre origen, familia, marido, fecha de nuestra boda, domicilios donde habíamos vivido... y luego fue al grano.

—¿Desde cuándo colabora con potencias extranjeras enemigas de la Unión Soviética? —lanzó a bocajarro.

—¿Qué? Yo nunca he colaborado con potencias extranjeras.

—La Comisión de Investigación tiene pruebas, camarada Lerner.

—La Comisión de Investigación se equivoca.

—¿Se ha equivocado también con su marido?

—Por supuesto. Él es un fiel marxista y leal al Partido. Y yo también.

—Boris Ivanov ha confesado su traición y la ha señalado a usted. Ambos han vendido información a la Inteligencia extranjera aprovechando las giras de conciertos que ofrecía fuera de la Unión Soviética.

—¡Eso no es cierto! Jamás hemos actuado así. Nos hemos limitado a cumplir las órdenes dictadas por el coronel Kozlov. Pregúntele a él y se lo aclarará todo.

—¿Conoce a Silvia Gómez de Quesada? —continuó con las preguntas escritas, ignorando mis protestas.

—Sí. La conocí en Madrid cuando visité España. Sé que colabora con el KGB y era mi contacto en el exterior —respondí serena.

—¿Qué pasó en Viena?

—Volví a verla allí y tenía instrucciones de entregarle un mensaje. Hice lo que me ordenaron.

—Fue una polvera lo que le transfirió. Tengo aquí el informe que dice que cuando hizo el intercambio con la camarada Gómez, ella le proporcionó una barra de labios. ¿Es cierto?

—Sí. Pero solo fue un regalo. No tenía nada que ver con la misión.

—¿Su marido conoció ese detalle?

—Por supuesto.

—¿Cuándo le informó de que Gómez le había regalado ese carmín?

—Pues… creo que fue esa misma noche —mentí.

—¿Esa misma noche? ¿Está segura? Ivanov ha declarado que se lo confesó hace unos días, durante el vuelo desde Nueva York a Washington.

—No, no. Ni siquiera lo llevé a Estados Unidos. Lo tengo en casa.

Comencé a enredar sin saber cómo salir de aquel aprieto y sin pensar demasiado en lo que estaba haciendo; solo quería implicar a Boris de una forma sutil, pero pronto entendí que había cometido un error.

—¿Cuándo lo usó por última vez?

—No me acuerdo. Seguramente fue antes de viajar a Nueva York.

—¿Cómo fue esa conversación con su marido?

—Pues no sé… Déjeme recordar… —Me quedé pensando—. Creo que fue esa misma noche, cuando llegamos al hotel y me preguntó cómo había salido todo; le respondí que muy bien, que había sido fácil y, como premio, Silvia me había regalado una barra de labios muy bonita. No pasó nada más…

—Él le había informado de que Silvia tenía que dársela, ¿no es cierto?

—No.

—¿Cuándo hablaron de la entrega de esa barra de labios?

—¡Nunca! Ya le he explicado que fue un regalo espontáneo. No estaba previsto.

—¿Se la pidió su marido para examinarla?

—Claro que no. Apenas le dio importancia.

—¿Cuándo le habló de ese regalo? —volvió a preguntar.

Suspiré con cansancio.

—Esa misma noche, en el hotel, a la vuelta del concierto.

—¿Y él no le indicó que quería verla? ¿No le hizo ningún comentario más?

—No.

—¿Qué había en ese carmín?

—¡Nada! Estábamos rodeadas de señoras que observaron nuestro inocente intercambio. Ella me dijo que le gustaba la polvera donde se escondía el mensaje y se la entregué. Se estaba retocando los labios y le dije que el color era muy bonito. Comentó que era una marca americana que acababa de llegar a España, y como yo no la conocía, me la regaló. Eso fue todo.

—No me mienta. ¿Acaso cree que soy estúpido? —gritó provocándome un sobresalto.

—No, por supuesto que no... —respondí intimidada y a punto de echarme a llorar—. Pero es que no sé por qué me hace esas preguntas... Fue un detalle inocente...

Él me miró fijamente y en silencio, regodeándose con mi miedo.

—Bien. Es todo. Mañana la espero a la misma hora.

Respiré aliviada al estar de nuevo en la calle, y caí en la cuenta de que ni siquiera le había preguntado por Boris, tras el terrorífico rato que había pasado frente a aquel hombre.

Aquella noche apenas concilié el sueño, pensando en las preguntas que me había hecho aquel hombre y en las respuestas que le había dado. Había desmentido a Boris con respecto a cuándo le hablé de la barra de labios con el fin de que recayera la sospecha sobre él y quizá no debí hacerlo, pero ya no había marcha atrás. Era su vida o la mía, su libertad o la mía, su futuro o el mío. Jamás le perdonaría su infamia y había jurado que iba a pagarlo. Pero las dudas me estaban mortificando. Quizá había ido demasiado lejos, y conociendo a Boris, estaba segura de que estaría haciendo lo imposible para librarse de las imputaciones que caían sobre él, aunque para ello tuviera que lanzarlas sobre mí, aun sin estar seguro de que yo fuera la responsable. Nunca fue un caballero y temía que me arrastrara en su descenso a los infiernos.

Al día siguiente me presenté en el mismo despacho y a la misma hora. El capitán Paulóvich estaba esperando con una actitud que llegó a preocuparme. Después de sentarme frente a él, abrió una carpeta y comenzó un nuevo interrogatorio.

—Hábleme de su estancia en Berlín Oriental. ¿Recuerda a August Klein?

—Sí, por supuesto. Era un miembro de la orquesta, tocaba el fagot.

—Su marido ha confesado que usted lo acusó de delatar a algunos de los músicos.

—Sí, es verdad.

—¿Quién le informó de que ese hombre los estaba denunciando?

—No recuerdo exactamente qué miembro de la orquesta lo comentó; creo que fue uno de los violinistas, quien lo sorprendió hablando con alguien de la Stasi.

—¿Está segura de que no fue usted?

—¿Yo? ¿Por qué iba a hacer algo así?

—Quizá para deshacerse de él porque estaba controlando a Laura Braun, su amiga y cómplice.

—¿Controlando a Laura? ¿Mi cómplice? ¿De qué está hablando?

—Su marido ha declarado que ambas conspiraban contra la Unión Soviética...

—¡Qué está diciendo! —exclamé con genio—. ¡Míreme! ¿Tengo yo pinta de ser una conspiradora? Crecí bajo un gobierno socialista y todo lo que soy se lo debo al Estado, tanto el soviético como el alemán. ¡Jamás los traicionaría!

—Julia, hemos torturado —me miró con ojos fríos al ver mi expresión de pánico—, sí, torturado, al camarada Ivanov, y no hemos conseguido arrancarle una confesión. Se limita a señalarla a usted.

Lo miré con incredulidad.

—No va a conseguir que me lo crea. Pretende que hable contra él. Boris me quiere demasiado y jamás lanzaría una acusación de esa clase para salvarse.

—¿Por qué está tan segura?

—Porque lo conozco bien y sé el amor que siente por mí. Me ha protegido siempre, desde que nos conocimos. Ha sacrificado incluso su trabajo para acompañarme en las giras. Lo nuestro es amor, capitán. A Boris no le habría importado quedarse en Alemania, pero cuando recibí la oferta desde el Ministerio de Cultura en Moscú me animó a aceptarla y regresó.

Estaba mintiendo de la manera más sincera que podía. Tenía que hacerle creer que creía ciegamente en Boris para desviar la atención solo hacia él.

—¿Cómo conoció al señor Koch, el dueño de la farmacia situada en la calle Spandauer de Berlín Oriental?

Le devolví una mirada confusa.

—Yo... recuerdo haber estado en una farmacia en esa calle hace mucho tiempo... Ni siquiera sabía cómo se llamaba el farmacéutico.

—¿Por qué fue a esa farmacia?

—Estuve varios días con un terrible dolor de cabeza y no me lo mitigaban los analgésicos que tenía en casa.

—¿Quién le recomendó esa farmacia? Porque tenía algunas más cercanas a su domicilio.

Recordé entonces que Boris también preguntó por qué había ido a esa farmacia cuando saltó la alarma sobre una filtración desde el KGB en Berlín, y le indiqué que había sido una recomendación de Laura.

—¡Conteste! Por qué fue a esa farmacia en concreto.

Mi cabeza tenía que funcionar con rapidez, tenía que defenderme y salir de aquel atolladero.

—Me la recomendó Boris —me escuché decir. El capitán se incorporó vivamente interesado—. Dijo que le habían hablado muy bien de aquel farmacéutico porque elaboraba unos medicamentos especiales; fórmulas magistrales, creo que se llaman.

—Afirma entonces que fue allí por recomendación de su marido. —Me miró con interés—. ¿Y qué pasó?

—Nada especial, que yo recuerde. Le expuse lo que me pasaba, dijo que iba a prepararme unas pastillas y que volviera más tarde. Al día siguiente fui a recogerlas. Eso fue todo.

—¿Él sabía quién era usted? ¿Entabló conversación con él?

Hice el ademán de estar recordando.

—Pues no recuerdo nada especialmente que se saliera de lo normal. Creo que indicó que sabía quién era y que había ido a alguno de mis conciertos, o que le gustaría ir. No sé, es lo que suelen decir cuando desean ser amables. Hace mucho tiempo de eso.

—Así que él sabía quién era. ¿Acaso se lo dijo usted?

—No.

—Entonces, declara que no recuerda nada en concreto de aquel encuentro.

—No, fue una simple consulta.

—¿Qué medicamento le dio?

—Un bote de pastillas.

—¿Cómo era el bote?

—Pues...de cristal, como la mayoría...

—¿Lo conserva todavía?

—No tengo ni idea de dónde puede estar. Quizá lo tiré. Eran pastillas para el dolor de cabeza y yo las uso con frecuencia... Me está haciendo unas preguntas un poco extrañas.

—Bien, ahora hablemos del doctor Julius Schwarz.

Lo miré, indicando desconcierto.

—¿Debería conocerle?

—Sí que lo conoce. Es cirujano.

—¿Cuándo se supone que lo conocí?

—Dígamelo usted.

Yo seguía con la confusión grabada en el rostro, fingiendo que no sabía de qué doctor me hablaba.

—¿Se está refiriendo al médico que operó a mi hijo cuando sufrió el dolor de apendicitis y tuvo que ser intervenido de urgencia? Estuve con Boris en el hospital y el cirujano nos explicó cómo fue la operación, pero no tengo un recuerdo especial de él, ni siquiera de su nombre... Sí le puedo hablar del doctor Martens, nuestro médico de familia, que lo atendió y recomendó que lo lleváramos al hospital. ¿Se refiere a él?

—No. Intente recordar a otros médicos con los que ha hablado.

Lancé un suspiro de cansancio.

—Veamos, otro médico. Cuando mis hijos tuvieron el accidente y fallecieron, recuerdo que cuando llegamos al hospital en Berlín Oeste nos recibió un médico. ¿Se refiere a ese?

—No —seguía siendo su seca y corta respuesta.

—Pues me rindo. No recuerdo haber conocido a más doctores en Alemania.

—Este habló con usted en una fiesta.

—¿En una fiesta? Pues es posible... —Alcé los hombros.

—Les comentó que le gustaba tocar el piano, pero que se dedicó a la cirugía.

—Verá, en las recepciones a las que suelo asistir es frecuente que hablemos de música; algunos invitados comentan que son grandes melómanos, que les gusta tocar el piano... Cosas así —respondí en un intento de empatizar con él—. Son conversaciones triviales, pero soy tan despistada que no retengo los nombres, a veces ni siquiera sus caras... ¿Hay algo en especial que debería recordar de este doctor?

—Dígamelo usted.

—Al menos deme una pista del lugar, de la fecha, en qué situación pude haberlo conocido.

—¿De veras no recuerda el nombre del doctor Schwarz?

—Le puedo asegurar que no tengo ni la más remota idea de quién es ese doctor.

¡Claro que sabía quién era! Formaba parte de la lista de la Operación Luciérnaga junto con el farmacéutico por el que me había preguntado antes, además de varios nombres más que lograron escapar al otro lado antes de que la Stasi iniciara la redada. Nos comentó en una fiesta que era cirujano y también un pianista frustrado. Boris le respondió que al menos había sacado utilidad a sus manos o algo así. Fue él quien me indicó, moviendo los labios, que debía visitar la farmacia de la calle Spandauer para preparar la salida de mis hijos. Seguramente Boris habría hablado de aquella visita a la farmacia con el fin de dirigir las sospechas hacia mí. Ahora tenía que defenderme por cualquier medio desviándolas hacia él.

El capitán llenó un vaso de agua de una jarra de cristal situada en una mesa auxiliar y me la ofreció con amabilidad. Se sentó de nuevo y comenzó a revolver documentos en la carpeta. Llevaba más de tres horas allí y esta vez no parecía que iba a dejarme marchar tan pronto.

—Bien, volvamos al principio. ¿Por qué fue a esa farmacia?

—¡Dios! ¿Me va a preguntar otra vez? —protesté.

—¡Conteste! —ordenó con desagrado.

Mi respuesta fue la misma, y así permanecí toda la noche, respondiendo a preguntas sobre unos nombres desconocidos que posiblemente eran los integrantes de aquella lista. Estaba agotada, pero no me moví un centímetro de las explicaciones a pesar de su insistencia.

Eran las diez de la mañana del día siguiente cuando, impotente ante mi escasa colaboración, el capitán me permitió volver a casa, citándome para la mañana siguiente. La limusina estaba esperando en la puerta para llevarme de vuelta.

Era tal mi nerviosismo que apenas pude conciliar el sueño. ¿Qué les habría contado Boris? Estaba segura de que habían revisado todos los movimientos de los años en que viví en Berlín, y mi relación con Laura, y la relación de Laura con Boris.

Aunque parecía que la trampa que preparé había surtido efecto, temía quedar también atrapada en ella. La visita a la farmacia era un punto en mi contra y esperaba que fuese el único. El hecho de que Boris me estuviera acusando no me hacía presagiar nada bueno. Tenía que estar alerta, y la única protección era manifestar mi total ignorancia: no debía reconocer nada, no sabía nada, tenía que seguir representando el papel de mujer ingenua, una compositora que solo se dedicaba a la música y tenía confianza ciega en su marido.

Segundo movimiento

Al día siguiente, de nuevo en la Lubianka, un oficial me guio a la segunda planta, pero esta vez accedí a un amplio despacho con paredes forradas de madera. Sentada detrás de una mesa labrada divisé la inconfundible silueta del coronel Kozlov, un hecho que me insufló un aliento de esperanza. Estaba segura de que él me sacaría de allí.

—Hola, Julia. Volvemos a encontrarnos, aunque en circunstancias muy... dolorosas para mí... —dijo con benevolencia, a pesar de que su mirada destilaba pragmatismo y autoridad.

—Coronel Kozlov, ¿qué está pasando? No entiendo nada. Dicen que Boris está detenido y me están acusando de traición, pero usted sabe que no es verdad... Esto es una pesadilla, no sé de qué están hablando —supliqué.

—Julia, Julia... —suspiró, moviendo la cabeza—. Me tiene confundido, nos tienen confundidos a todos. Me han hecho volar desde Washington especialmente para esto.

—Pero ¿por qué estoy aquí?

—Julia, tiene que decir la verdad, no deseo que utilicen la fuerza con usted, no me gustaría que le hicieran daño... —amenazó con tono paternal.

—Por favor, coronel —supliqué con la voz quebrada—. Soy una simple pianista, me conoce desde que era una adolescente. No sé qué hace Boris, él no habla de su trabajo. ¿Acaso ha hecho algo ilegal? ¿Ha cometido algún delito y me está acusando? Es que están hablando de una persona que no se parece a la que yo conozco. Boris no es así, él jamás me responsabilizaría de nada. Bastante hemos sufrido ya para que ahora estemos en esta situación —dije con lágrimas en los ojos.

—Julia, yo quisiera creerla, pero no llevo esta investigación, solo la he iniciado porque hay algo que no nos cuadra.

—Hable con Boris. Él sabe que no soy una traidora, me conoce bien...

—Yo también la conozco, pero tenemos algunas dudas y debemos averiguar la verdad.

—Estoy segura de no ha podido verter sobre mí las acusaciones que me indicó el capitán Paulóvich...

—Muy al contrario, Julia. Tanto Boris como Zoa Petrova, a quien también estamos interrogando, se declaran inocentes y dirigen toda la responsabilidad hacia usted.

—Zoa es una mala persona. Trataba muy mal a los niños y no me llevaba bien con ella. Entiendo que sienta animadversión hacia mí, yo también la sentía hacia ella y se lo dejé claro más de una vez. Pero eso no es motivo para que me acuse de unas monstruosidades que ella sabe que no he cometido.

—¿Y Boris? ¿Por qué cree que la acusa?

—No lo sé. —Bajé los ojos con tristeza—. No puedo creer que esté haciendo esto. Me casé muy enamorada, adoraba a sus hijos, los acogí como si fueran míos; éramos una familia feliz. Yo le he amado desde que lo conocí y me he sentido muy apoyada por él.

Lo miré sin parpadear para mostrarle mi honestidad. Sus ojos parecían querer atravesarme, pero hallé en ellos una sombra de duda. Estudiaba el tono de mis palabras, estaba acostumbrado a interrogar, así que continué hablando con el fin de convencerlo de mi inocencia.

—Boris es un hombre frío y nuestra comunicación quizá no es tan fluida como la que tuvieron mis padres —continué—. Ellos tenían mucha confianza entre sí y lo hablaban todo. Cuando nos casamos, no sabía que Boris pertenecía al KGB. Lo conocí un poco antes de que usted nos invitara a su casa aquella noche en Berlín. Entendía que tuviera secretos por su trabajo como periodista; yo no le hacía preguntas, pero creía que estaba a mi lado, que me protegía y cuidaba. Él sabe cómo soy; puedo tener episodios de furia y a veces incluso de mal genio, pero nunca, nunca, nunca lo he traicionado. Nunca, coronel. Jamás.

El coronel me miró pensativo. Esperaba haberle sembrado algunas dudas; al fin y al cabo, yo era su mejor creación, presumía de haberme descubierto en Dresde, conoció a mi padre y acababa de volver de una gira triunfante por Estados Unidos.

—Veamos, y responda con sinceridad —ordenó—. ¿Le suena el nombre de Albert Todd? Es un periodista británico del diario *The Times*.

¡Claro que me sonaba! Era uno de los contactos de Boris; lo sorprendí hablando con él en una fiesta en Dresde sobre los planos de un submarino de la armada británica que habían conseguido a través de un infiltrado del que le hablé después al agente de la CIA aquel día en el zoológico, junto a Laura.

—Quiero recordar que Boris me presentó a un periodista inglés en una fiesta, pero no recuerdo su nombre. Creo que fue en Dresde hace unos años...

—Tres, exactamente —confirmó el coronel, vivamente interesado—. ¿De qué hablaron?

—Él se acercó a nosotros y se presentó como corresponsal de ese diario. Boris le dijo que también era periodista en el *Pravda*. Más tarde alguien me reclamó y los dejé solos.

—¿Qué más habló con él?

—Nada más. Los dejé charlando de sus respectivos trabajos. No volvimos a cruzar una palabra en toda la noche.

Advertí una mirada de duda en su rostro.

—Hablemos de Elías Philips...

Durante un instante fingí que no sabía de quién me hablaba.

—¿Quién es? —pregunté.

—Un periodista estadounidense, fue corresponsal del *New York Times* en Berlín Oriental cuando ustedes vivían allí.

—Lo siento. No sé de quién me habla.

—Intente recordar, Julia —ordenó molesto.

—Le juro por la memoria de mis hijos que no conozco a ese hombre —afirmé mirándolo a los ojos.

Esta vez era verdad. Jamás lo conocí personalmente. Había enviado ese nombre a la CIA por medio de un concierto en directo en Berlín, en la Navidad de 1961, en una composición infantil donde informaba que vendió un listado al KGB de agentes que colaboraban con la Inteligencia americana. A causa de esta filtración, Boris me confesó su temor de que lo llamaran a Moscú para ser interrogado, pues había sido el intermediario en la recepción de la lista de traidores.

El coronel no insistió. Parecía que empezaba a creerme.

—¿Qué le parece que Boris la haya inculpado? ¿Por qué cree que lo ha hecho?

—Aún me cuesta aceptar que haya sido de forma voluntaria.

—¿Y si le dijera que la ha señalado nada más iniciarse los interrogatorios?

—¿Quiere decir que no ha defendido mi inocencia? —pregunté aparentando un dolor que no sentía—. No le creo. Pretenden enfrentarnos. Él me ama. Somos un matrimonio feliz. Estoy segura de que jamás me traicionaría. Le pido un careo ante él, tráigalo aquí y que repita esas acusaciones delante de mí... Estoy segura de que lo han torturado para que diga esas barbaridades.

—Hemos sido un poco más duros que con usted —me miró, amenazador—, pero su versión siempre ha sido la misma: que era usted quien pasaba información a Occidente. Hasta que fue detenido era, como bien conoce, un agente brillante que realizaba una excelente labor y tenía un gran futuro en el KGB, pero hemos comprobado que se corrompió. Y todo comenzó al poco de contraer matrimonio. Él cumplió la orden de conquistarla con el fin de tener una tapadera. Pero, según afirma, fue usted quien lo utilizó a él para... Ya sabe... Hacer lo mismo...

—¿Cómo que cumplía órdenes de conquistarme? —Abrí

los ojos con asombro—. ¿Quiere decir que mi matrimonio es una farsa? ¿Que nunca ha estado enamorado de mí?

—Exactamente eso —dijo con severidad, comprobando mi expresión de estupor—. La misión de Ivanov era casarse con usted y así contactar, mientras la acompañaba en las giras musicales, con nuestros agentes diseminados por todo el mundo sin llamar la atención. —Habló con crueldad, espoleando mi amor propio.

Durante unos instantes quedé callada, sin retirar mis ojos de los suyos. Tenía que aparentar una rabia sorda por aquella nueva traición. Ya lo sabía, pero al escucharlo de su boca me dolió. El coronel había lanzado aquel órdago con el fin de hacerme confesar, o al menos para que traicionase a Boris, ya que este no tenía empacho en hacerlo conmigo.

—¡Bastardo! —rugí con sincera rabia, moviendo la cabeza de un lado a otro y echándome a llorar con desconsuelo. Lo miré rendida, sin fuerzas ya para mostrar asombro a esas alturas—. Dígame que eso no es verdad...

Él pareció disfrutar observando mi reacción.

—Lo es.

Un incómodo silencio tronó en la sala. Me crucé de brazos mirando al suelo mientras los ojos del coronel se clavaban como dos puñales sobre mí.

—Entonces, todos estos años a su lado han sido una patraña...

—Bien, Julia... Ahora que lo sabe todo puede hablar con total tranquilidad. Procuraré que sean benevolentes con usted.

—Aún me cuesta creerlo, coronel —insistí por última vez para defender que en nuestro matrimonio hubo amor real—. En cuanto a mí, ¿cómo puedo convencerlo de que solo soy una pianista, de que en los ratos de soledad solo me dedico a componer música? He sido engañada y utilizada, y si consideran que Boris es culpable, pues enciérrenlo, pero dejen de involucrarme en esta guerra —concluí agotada, limpiándome las lágrimas con las palmas de las manos.

El coronel se cruzó de brazos y se retrepó hacia atrás en el asiento.

—Solo queremos la verdad. Vamos, Julia. —Su voz era ahora suave, convincente—. No destroce su vida por una lealtad mal entendida, o por un amor que él nunca le ha profesado.

Durante un instante me quedé callada, con los brazos cruzados.

—¿Le ha hablado Boris sobre su pasado? —continuó.

—A veces, pero solo de su familia. Nunca de su trabajo.

—Boris tiene un gran historial desde que ingresó primero en el NKVD y luego en el KGB. Ha sido un agente eficiente, con una hoja de servicios impecable. Sin embargo, tras contraer matrimonio con usted comenzaron a abrirse algunas grietas de seguridad, como ya le he informado. Nadie, según consta en los informes, sospechó de su lealtad hasta que se obtuvieron pruebas irrefutables en algunas operaciones fallidas que lo señalaban directamente a él.

—Pretende convencerme de que aprovechó las circunstancias de nuestro matrimonio para traicionar al país...

—Eso es lo que se deduce, y por esa causa ha sido detenido. Pero él defiende su inocencia y dice lo mismo de usted. La señala con tanta vehemencia que no tenemos más remedio que asegurarnos... —Sonrió aparentando empatía.

—Primero me utiliza y luego me acusa...

—Le estoy dando la oportunidad de defenderse —continuó, invitándome a traicionarlo—. ¿Recuerda algún comentario que la hiciera dudar sobre su lealtad? Haga memoria, ahora que tiene otra perspectiva sobre él...

Yo continuaba en shock, aparentando asimilar una verdad que ya conocía. Tenía que pensar con rapidez. El coronel esperaba que declarase contra Boris tras aquella dura revelación, así que decidí que había llegado la hora de iniciar una ofensiva leve, pero eficaz.

—A veces manteníamos conversaciones triviales, pero apenas les daba importancia... Recuerdo que, hace unas semanas, en Nueva York, mientras paseábamos por la Quinta Avenida, me preguntó si me gustaría que nos instaláramos allí en el futuro. Le gustaba mucho la ciudad, los restaurantes de lujo, los coches... Pero fue un comentario banal, por hablar de algo. Ahora todo cobra sentido...

—¿Y qué le respondió usted?

—Yo sonreí sin darle importancia. Creía que no hablaba en serio.

—¿Qué le ha contado de su familia? —inquirió, cruzándose de brazos sobre la mesa.

—Él me hablaba a veces del dolor que sintió cuando se quedó solo. Su madre murió al poco de nacer él y su padre se volvió a casar con una mujer de origen alemán con quien tuvo una hija.

—Lo sabemos —afirmó, animándome a seguir.

—Me contó que su madrastra y hermanastra fueron deportadas a un campo de trabajo de Kazajistán en 1941, cuando Hitler invadió la Unión Soviética y todos los ciudadanos de origen alemán fueron detenidos. Ellas fallecieron allí, y el padre murió de pena al conocer la noticia; fue otro duro golpe para él, porque estaban muy unidos. Una vez confesó que se sentía muy solo y que no deberían haber sido tratadas con tanta dureza, después de todo lo que él se había sacrificado por el país... —mentí de la manera más inocente que pude.

La realidad era que Boris apenas me habló de ellas, excepto el asunto de la deportación a Kazajistán donde fallecieron, y tampoco mostró dolor por la pérdida de su padre. Al contrario, una vez que había bebido demasiado vodka me confesó que fue un cobarde y un traidor a la Patria y que se avergonzaba de él y de su «sucia familia alemana».

Reparé ahora en el interés de Kozlov.

—¿Qué le dijo exactamente? Trate de recordar sus palabras... —invitó con suavidad.

—No podría reproducirlas con exactitud. —Intenté quitarle importancia—. Eran comentarios triviales; a veces hablábamos de nuestra infancia, de nuestras familias... Esas conversaciones se repitieron más a menudo desde que nos quedamos solos, tras perder a nuestros hijos.

—Dígame una cosa, Julia, y quiero la verdad: ¿creyó que su marido estaba realmente enamorado de usted?

—Sí —afirmé rotunda—. Me sentía querida y... deseada, ¿me entiende? —El coronel asintió—. Veía que él estaba orgulloso no solo de mi carrera, sino de mí. Hablábamos del futuro, de los viajes que íbamos a realizar... —suspiré—. Ahora me parece estar viviendo una pesadilla... —Moví la cabeza derrotada.

El coronel se inclinó hacia delante, mirándome fijamente.

—Julia, lamento decirle que se equivocó con él. Y nosotros también. La confianza en Ivanov se reforzó cuando antepuso la Patria a su familia. Quizá Boris no le ha contado que, cuando su madre y su hermanastra fueron detenidas y deportadas, demostró su lealtad repudiándolos a todos, incluyendo al padre.

—Eso no puede ser verdad... Él lo añoraba mucho, me decía que era un modelo a seguir, una persona íntegra y buena. A veces recordaba a la madrastra con cariño, decía que fue una mujer extraordinaria; en cuanto a su hermana, sentía adoración por ella. Una vez me dijo entre lágrimas que no mereció morir tan joven y de aquella forma... —Seguí lanzando dardos envenenados contra Boris.

—Su hermana murió en un campo de trabajo y la madrastra fue fusilada. La orden de ejecución llegó al campo desde Moscú, firmada por un oficial al que Boris se lo había solicitado.

Durante unos instantes me quedé muda, estupefacta, intentando asimilar aquella revelación. Esta vez no fingía.

—Me... parece que estamos hablando de otra persona... No puedo creer que le hiciera eso a su familia. Era un hombre cariñoso... Pero ahora sé que solo estaba cumpliendo una misión.

—Bueno... La información que acaba de ofrecer confirma una fisura en su lealtad y ratifica que estaba conspirando contra la Unión Soviética... Quizá había hecho planes de futuro con usted. Hay circunstancias que no podemos controlar, me refiero a los sentimientos más íntimos del ser humano.

—Pero antes ha dicho que Boris me está acusando... —Lo miré confundida.

—Es una reacción de manual. Si se es detenido, hay que desviar la atención hacia otro... —sonrió mordaz.

—¿Aunque ese otro sea tu propia esposa?

—Usted solo era una misión para él —replicó veloz—. No obstante, lo que ha contado no ha hecho más que ratificar las sospechas de que Boris la habría utilizado como tapadera para sus propios planes de escapar a Occidente, pero al verse descubierto, ha decidido acusarla para librarse de los cargos que recaen sobre él.

—No entiendo nada... —Moví la cabeza con dolor—. ¿Qué me va a pasar ahora?

El coronel se levantó dirigiéndose a la puerta.

—Redactaré un informe —concluyó, invitándome a salir y despidiéndose con un apretón de manos.

Esta vez abandoné el edificio sin ser citada para el día siguiente y sentí alivio. Estaba segura de que aquella conversación había surtido efecto en la percepción del coronel sobre Boris, por lo que pude deducir de sus últimas palabras.

Nada más llegar a casa me fui a la cama y caí en un profundo sueño.

Sin embargo, duró muy poco...

Tercer movimiento

Eran más de las dos de la madrugada cuando oí fuertes golpes en la puerta de entrada. Estaba sola. Katia y la cocinera solo trabajaban durante el día y cuando llegué la tarde anterior les dije que se tomaran unos días libres. La puerta seguía vibrando y no tuve tiempo de vestirme, así que me coloqué una bata sobre el pijama y acudí a abrir.

En el umbral reconocí a los dos hombres de negro que días atrás me visitaron para entregar la citación en la Lubianka. Esta vez informaron que debía acompañarlos. Con manos temblorosas me vestí mientras ellos aguardaban en la sala y salí escoltada con toda la dignidad que pude reunir. En la calle, subí a un «cuervo negro», como llamaban allí a los vehículos que utilizaban en el KGB para las detenciones. Era un coche especial cerrado y muy viejo destinado al transporte de los detenidos. El interior estaba dividido en pequeñas cabinas individuales, una especie de perreras cubiertas por paneles negros que impedían ver al ocupante de al lado.

Al llegar a la central del KGB, un joven perteneciente a la Milicia me ordenó que lo acompañara y recorrimos un laberinto de pasillos oscuros y puertas metálicas con cerrojos por fuera. El miliciano se detuvo al fin frente a una de ellas, la abrió y me ordenó entrar. Después cerró la puerta y me dejó sola en el interior. Era una habitación cuadrada y sin ventanas, con paredes cubiertas de azulejos blancos sucios y deslucidos. Había también una mesa de madera desportillada y dos sillas. Durante unos instantes sentí pánico. Aquello no era un despacho, sino una sala de interrogatorios.

Oí el sonido del pasador y vi cómo se abría la puerta. En el umbral apareció la silueta de un hombre de mediana edad, cuyos ojos se parapetaban tras gruesos cristales montados sobre unas monturas redondas de carey. Su mirada siniestra se posó sobre mí. Tomó asiento en la silla colocada detrás de la mesa y encendió un cigarro con parsimonia, ordenando que me sentara frente a él. Aquel recinto sin ventilación se llenó de humo en pocos minutos. Luego abrió una carpeta que portaba bajo el brazo y la abrió informando de que tenía allí el acta de mi detención. Aquella última palabra me provocó una sacudida.

—¿Estoy detenida? ¿Por qué? Soy una simple pianista...

—Está demostrado que colaboraba con su marido en la traición a la Unión Soviética.

—¡Eso no es cierto!

—Es lo que pone aquí —señaló impasible.

—Pero si yo no he hecho nada. Pregunte al coronel Kozlov, ayer estuvo interrogándome y...

—Estas son las órdenes que tengo, camarada Lerner... —cortó con indolencia—. Y ahora, firme la confesión —ordenó, colocando un papel mecanografiado en la mesa.

—No tengo nada que confesar ni firmar. No pueden acusarme sin pruebas... —insistí con arrojo.

—Julia Lerner, existen pruebas concluyentes sobre su culpabilidad en los cargos de los que se le acusa. Firme la confesión —exigió de nuevo, ofreciéndome una pluma.

—Tendré que leerla antes...

El hombre no esperaba aquella petición y se retrepó en la silla.

—Adelante.

Al terminar, un sudor frío subió por la espalda hasta el cuello y no pude controlar el temblor de las piernas.

—Aquí dice que me declaro culpable de los cargos de traición a la Patria, sedición y conducta inapropiada, y acuso también a mi marido, a Zoa Petrova y a Silvia Gómez de Quesada... ¿Silvia también está aquí? —pregunté con alarma.

—Es la conclusión a la que ha llegado la Comisión de Investigación. Firme —apremió de nuevo ignorando la pregunta.

—No. Jamás he conspirado contra este país. Estoy segura de que están en un error.

—La Comisión de Investigación tiene evidencias irrefutables. Acepte y recibirá un mejor trato.

—No voy a firmar nada porque soy inocente.

El tono de aquel hombre cambió radicalmente: comenzó a gritarme, acusándome de traidora y mentirosa. Por un instante creí que iba a golpearme, pues se levantó airado ante mi negativa a obedecer.

—¡Llévensela al calabozo! —gritó a los soldados que custodiaban la puerta—. Cuando esté dispuesta a firmar, avise al guardia. Yo también sé esperar, camarada.

Los guardias me condujeron por los pasillos hasta llegar a una sala pequeña con varios armarios y una mesa en el centro. Me dejaron sola, y tras una tensa espera, una mujer vestida con el uniforme de la Milicia apareció y me acompañó a otra sala donde tuve que soportar que sus maestras y ásperas manos hurgaran entre mi ropa interior y recorrieran mi cuerpo con indolencia. Se quedó con el reloj y los pendientes de perlas, que depositó sobre la mesa, entregándome una bata gris y unos zapatos que me estaban grandes.

Después vino la toma de las huellas y las fotos de frente y de perfil. Al finalizar, un guardia me escoltó durante cientos de metros por unos tenebrosos pasillos. Llegamos a una escalera y comenzamos a descender varias plantas. No recuerdo cuántas fueron, pero en cada peldaño que bajaba, mi pánico aumentaba. Al llegar al piso de destino atravesé un lúgubre y maloliente pasillo apenas iluminado con una lámpara desnuda en el techo. La pared de la izquierda era un muro de cemento desconchado y en la derecha había puertas cerradas con cerrojos oxidados y candados grandes y antiguos. Imaginé que en el interior habría personas inocentes, hombres y mujeres que nunca pensaron, como yo, que terminarían allí, muertos de pánico y con la incertidumbre sobre su futuro.

Nos detuvimos frente a una puerta de hierro y quedé paralizada al cruzar el umbral. Era una pequeña estancia sin ventanas, iluminada por dos tubos fluorescentes que siempre estaban encendidos. Había dos catres metálicos sostenidos por ganchos que, según informó el carcelero que me había acompañado, solo se podían bajar desde las once de la noche hasta las seis la mañana. Mientras tanto, estaba prohibido acostarse. También expuso las normas para la entrega y recepción de las escudillas con la comida, que se hacía en el suelo. Esta consistía en pescado hervido y gachas de avena.

Cuando quedé sola miré con aprensión el catre, lo bajé y cubrí con el abrigo la funda de una almohada llena de moho y mugre. Me tumbé como pude, pero apenas pude cerrar los ojos. Así comenzó mi vida carcelaria, una experiencia que jamás habría imaginado conocer.

A las seis de la mañana avisaron para ir al retrete. Salí y me coloqué en fila junto a varias mujeres y hombres, la mayoría jóvenes, en completo silencio. Recordé el relato que Nicolás me contó durante los primeros años del conservatorio, sobre un amigo de su madre que había regresado a casa después de pasar veinte años preso en cárceles y campos de trabajo. Eran otros tiempos, los de la Gran Purga, y me costaba aceptar que, en plena década de los sesenta, esas prisiones existieran aún y en aquellas deplorables condiciones en un país que había superado y criticado la era estalinista.

Aquella noche y las dos siguientes, a duras penas pude conciliar el sueño debido a la potente luz del techo y al miedo. Cuando cerraba los ojos desfilaban ante mí las caras de los carceleros, el instante de la detención, la mirada del capitán Paulóvich, del coronel Kozlov... Después me veía delante del piano en el Metropolitan de Nueva York repleto de público y aplaudiéndome. ¿Sabrían en Estados Unidos lo que me estaba pasando? ¿Estarían haciendo alguna gestión para liberarme? ¿Habrían informado a mis hijos de la detención? Aquella incertidumbre me robaba el sueño.

Tres días más tarde, de madrugada, el sonido del cerrojo al abrirse me provocó un sobresalto. Vi una sombra vestida de carcelero en el umbral y oí una voz me que ordenaba seguirle. Recorrí tras él aquel pasillo en sentido contrario y subí de nuevo a la zona de las salas de interrogatorios.

Un hombre de unos treinta y cinco años estaba sentado tras la mesa, donde había varias carpetas. Vestía con el uniforme del KGB y era el capitán Andreyevsk, según me informó. Tenía un aspecto relajado, recién afeitado y olía a colonia. Yo, en cambio, apestaba a sudor. Me invitó a sentarme frente a él y comenzó con total tranquilidad a leer unos documentos.

—De manera que es usted Julia Lerner, la famosa pianista alemana. ¡Qué manera de arruinar su carrera... y su vida! —exclamó con falsa sutileza.

—Yo... yo soy inocente... No soy ninguna espía ni he hecho nada para perjudicar al país.

—Pero su marido sí. Y usted estaba al corriente.

—¡No! —respondí con vehemencia.

Aquel hombre comenzó a hablar de música, de las suites para piano de Bach y de Debussy. Decía que era un gran aficionado y no escatimó medios para que lo supiera. Hablaba en tono paternalista, informándome de que la Stasi había solicitado mi traslado a Berlín Oriental para ser interrogada allí.

—Pero no debe preocuparse, aquí estará mejor... Siempre que nos informe de los contactos y los cómplices soviéticos con los que ha conspirado.

—No puedo darle esos datos porque no existen. No he participado en ningún complot, y tampoco he traicionado a mi país ni al suyo.

—Vamos, hable. Así podré ofrecer un buen informe y... quién sabe, hasta podría hacer que volviera a casa, y a los conciertos... Todo depende de usted.

—Es lo que más deseo, se lo aseguro. Pero no voy a mentir ni acusar falsamente a nadie.

Ahora tomó una hoja en blanco y una pluma estilográfica.

—Escriba ahí los nombres de las personas que han colaborado con usted para traicionar al país que tanto la ha ayudado en su carrera.

Por toda respuesta, me crucé de brazos. Nada podía hacer más que callar y pregonar mi inocencia. De pronto, el capitán dio un golpe en la mesa que me hizo estremecer. Su semblante había cambiado y exhibía furia al comprobar que con amabilidad no conseguiría hacerme hablar.

—¡Te estás jugando el futuro! —bramó tuteándome—. De ti depende volver a casa o no ver jamás la luz del sol.

—Proceda según su conciencia, capitán Andreyevsk —respondí con un hilo de voz, a punto de echarme a llorar—. Yo ya no tengo casa, ni familia. En cuanto a mi marido, estoy segura de que correrá la misma suerte que yo, a pesar de que somos inocentes.

El capitán se revolvió en su asiento, se levantó con energía y comenzó a andar por la sala hasta que se detuvo a mi espalda.

—¿Me estás tomando por estúpido? —musitó con suavidad, conteniendo su furia.

—No sé qué quiere decir...

Ahora se giró, colocándose frente a mí e intimidándome desde su altura.

—Julia, mi paciencia tiene un límite y lo estás colmando. No sé si realmente eres tan estúpida como aparentas o el cerebro de este asunto. Quizá estabas desde el principio con la CIA para hacernos caer en una trampa.

—No sé de qué me está hablando.

—No me trago esa ingenuidad que exhibes. Estás fingiendo, eres más lista de lo que aparentas. A mí no vas a engañarme como lo has intentado con el coronel Kozlov.

—Yo nunca me he tenido por torpe —repliqué ofendida—. He cumplido de forma adecuada con el trabajo que se me ha encomendado en el KGB. No he hecho nada malo.

Me miró, y hallé en sus ojos impotencia ante la seguridad de que no me haría hablar. Se encaminó hacia la puerta y ordenó al guardián que me mantuviera allí hasta el día siguiente. Acto seguido abandonó el despacho dejándome a solas con él.

Fue una larga noche, escuchando los gritos de aquel joven cada vez que cerraba los ojos. Estaba agotada, hambrienta, sucia. Pero por segunda vez había ganado el combate. No sabía cuántos más vendrían después. Solo deseaba volver a la inmunda celda y poder tumbarme en aquel catre mugriento.

A la hora del almuerzo del día siguiente fui conducida a mi anhelada mazmorra. El vigilante de la puerta abrió la mirilla desde el exterior para vigilar que no bajara el catre ni me tendiera en el suelo. Las órdenes eran estar de pie o sentada, como el resto de los presos. A las once de la noche pude abrirlo y cerrar al fin los ojos, aunque tuve un sueño intranquilo. En el silencio de la madrugada cualquier ruido, por nimio que fuese, me despertaba sobresaltada: las pisadas de los guardianes, el sonido de puertas al abrirse y cerrarse, murmullos y lamentos por los pasillos de algún desgraciado a quien posiblemente iban a torturar.

Durante los días que siguieron no volvieron a interrogarme. Parecía que se habían olvidado de mí. Ojalá hubiera sido así.

Cuarto movimiento

Una madrugada oí cómo se abría la puerta y vi a una silueta femenina que accedía tambaleante, a punto de desmayarse. Corrí hacia ella para evitar que se golpeara contra el suelo; con mucho esfuerzo la conduje hasta el catre y la ayudé a tenderse. Le calculé unos veinticinco años y tenía el pelo sucio y pegajoso, igual que su ropa, que olía a excrementos y a óxido. Estaba tiritando, con el cuerpo helado y a punto de desfallecer. Durante unos instantes la miré en silencio, observando su gesto de terror. De repente, aquel rostro me resultó familiar y al abrir sus grandes ojos verdes la reconocí al instante. ¡Era Silvia Gómez de Quesada!

—¡Silvia! —exclamé, incrédula—. ¿Qué haces aquí? ¿Qué ha pasado?

Cuando recuperó el resuello y consiguió reconocerme, advertí su conmoción al hallarme allí corriendo la misma suerte que ella. Narró con detalle que le habían ordenado viajar a Moscú desde Madrid para que el KGB le diera instrucciones de la misión en Washington. Yo debía entregarle algo que contenía un mensaje para llevárselo a la condesa en Madrid, como en la anterior ocasión. Pero poco antes de salir el vuelo hacia Estados Unidos, fue detenida por el KGB en el aeropuerto de Moscú y desde entonces había estado encerrada, sufriendo duros interrogatorios en los que le impidieron dormir y la amenazaron con hacerle daño a su familia en España. Querían que delatara a todos los que habían colaborado en el complot de Boris, y al no poder ofrecerles esa información fue interrogada durante varias jornadas en que la mantuvieron despierta. Durante los últimos cuatro días había estado encerrada en una celda de castigo situada dos plantas más abajo, de pie, en un habitáculo del tamaño de un ataúd donde apenas podía moverse, con los brazos a lo largo del cuerpo y la luz encendida.

La piel se me erizó al escuchar el relato.

—¿Les has dicho algo?

—No, yo no sé nada. Pero ellos dicen que tú eres una espía, y Boris también... —Estalló en un acongojado llanto.

—¿Acaso crees que estaría aquí si fuera tal cosa?

—No sé cuánto tiempo podré negarme a firmar la declaración que me tienen preparada...

—Aguanta, Silvia. No pueden acusarnos sin pruebas. No tienen nada, solo mentiras...

—Han amenazado a mi familia. Y todo es por tu culpa. Me has denunciado...

—¿Yo? ¿Eso te han contado? ¿Cómo puedes creer eso?

—Me han dicho que lo has hecho por despecho, porque Boris no te quiere... —Me miró con rabia.

—¿De qué estás hablando? ¿Qué sabes tú de Boris y de mí?

—¿Acaso no sabías que estaba liada con él? ¿Te vas a hacer ahora la ingenua?

Mi desconcierto era brutal. No podía creer lo que acababa de oír.

—¿Tú? ¿Con Boris? ¿Desde cuándo?

—Desde hace tres años. Cuando estudiaba en la Sorbona conocí a miembros del Partido Comunista y me presentaron a alguien muy importante que nos visitó desde Alemania Oriental; era Boris, y me enamoré de él como una idiota. Me hizo creer que algún día te dejaría para casarse conmigo. Yo estaba dispuesta a venirme a vivir aquí con él.

—¿Fue en el invierno de 1960, cuando visité París para ofrecer varios conciertos?

—Sí. Y lo seguí hasta Italia. Mantuvimos contacto cuando regresé a España y volvimos a vernos en Praga, en Viena, en Berlín Oriental... Yo volaba a los lugares que él me indicaba. Estaba muy ilusionada con nuestro futuro encuentro en Washington.

«Eres una inconsciente —pensé para mí—. ¡Qué estúpida he sido! ¿Cómo no pude darme cuenta de que Boris me estuvo mintiendo con aquella joven durante tres largos años...?».

— ¿Y ahora? ¿Por qué te han encerrado?

—Me acusan de ser cómplice en la conspiración de Boris, pero es mentira. Han preguntado por la barra de labios que te regalé en Viena... Dicen que había dentro un mensaje de la CIA para Boris y que tanto vosotros como yo estábamos con ellos. No sé por qué han llegado a esa conclusión tan absurda... —Movió la cabeza—. Yo no he conspirado con nadie...

—Yo tampoco. Pero ellos conocen muy bien la técnica de la intimidación, saben que el terror lo paraliza todo y qué teclas pueden tocar para hacerte confesar lo que ellos quieren, y que acuses a quienes ellos te ordenen. Yo no te he delatado, Silvia. Ni siquiera sabía que estabas detenida.

—No puedo creerte; él me quería. —Me miró con rabia—. Has sido tú quien nos ha denunciado...

—Silvia, acabo de enterarme de que tenías una relación con mi marido. ¿Crees que estaría aquí encerrada si fuera así?

—Entonces ¿quién ha sido?

—Quizá otra de sus conquistas.

—¿Qué quieres decir? —Me miró con asombro.

—Boris es un donjuán, era amante de la niñera de sus hijos mientras estuvo casado conmigo. Y sé que también lo intentó con alguien más cercano a mí —dije para abrirle los ojos de una vez—. Él es el verdadero traidor y nos está incriminando para librarse del castigo. Por su culpa estamos aquí.

Silvia se quedó en silencio intentando asimilar, en su ingenuidad, que solo había sido un instrumento de Boris. El muy infame me había incriminado sin pruebas, y ahora su amante me acusaba de ser una delatora. Tenía que seguir jugando el papel de víctima, una perfecta idiota que había cargado con las felonías supuestamente cometidas por él.

—¡Qué imbécil he sido...! —Movió la cabeza con rabia.

—Debiste pensarlo antes de jugar a los espías.

—Pero estoy segura de que cuando todo se aclare nos dejaran marchar...

—¿Acaso no sabes cómo funcionan las cosas en este país? Aquí la gente desaparece, y a la más mínima sospecha de traición acaba en este lugar.

—Pero soy española, y tú también lo eres en parte... No pueden hacernos esto.

—No estés tan segura. Si supieras cuántos inocentes han sufrido sabe Dios qué en estas cárceles o en los campos de trabajo de Siberia.

—No, no, no... Mis padres habrán dado la voz de alarma por mi desaparición y las autoridades españolas me estarán buscando.

—¿Tú crees que cuando el gobierno de Franco se entere de que estabas colaborando con la Unión Soviética va a mover un dedo por ti? Despierta, Silvia. Tenemos un gran problema.

La joven empezó a llorar y continuó así buena parte de la noche hasta que al fin se entregó al sueño por agotamiento. Yo estaba desvelada, temiendo el mismo castigo que le habían infligido a Silvia. Pensaba en todo lo que había conocido aquella madrugada y presagiaba un futuro incierto. Ya no era la «mejor pianista» de la Unión Soviética; era una simple traidora, la esposa de un traidor. Y con la mala suerte que me había acompañado en los últimos años, dudaba de que aquel encierro tuviera un final feliz. Por otra parte, otra incertidumbre me seguía golpeando: ¿Qué había pasado con Boris? ¿Conseguiría librarse de aquella acusación a costa de acusarnos a Silvia y a mí?

Al día siguiente me llevaron a la sala cubierta de azulejos, donde me aplicaron un cuestionario ininterrumpido durante cuatro días sin comer y sin dormir. Gritaban, insultaban y amenazaban con llevarme a la celda de castigo. Los interrogadores se turnaban y aparecían al día siguiente limpios y bien descansados. Unos sorbos de agua contados fueron lo único que me permitieron. La intención de aquella tortura era debilitarme física y mentalmente para que firmara una confesión y ofreciera los nombres de mis supuestos cómplices.

El capitán Andreyevsk llegó la mañana del quinto día y tomó mi mano entre las suyas, mirándome de soslayo y murmurando que sería una lástima que, por un desgraciado accidente, se me rompieran los huesos y no pudiera volver a tocar el piano.

—Vamos, firme la confesión y la llevaremos a la celda para que descanse. ¿De verdad cree que vale la pena seguir encubriendo a su marido? Podría volver a dar conciertos... Nadie tiene por qué enterarse de que ha sido usted... —susurró acercando su rostro al mío. Yo lo miraba con la escasa rebeldía que me quedaba—. No tiene que sacrificarse por ellos...

—Soy inocente y no voy a mandar a otro inocente a la cárcel.

—¿Le gusta ser una mártir? Vamos, Julia. Tenemos toda la información, pruebas, contactos. No puedo creer que usted no estuviera al corriente de las maniobras de su marido. Seguro que tenían un grupo de amigos...

—Piense lo que quiera. Yo no puedo hablar de lo que no sé.

—Allá usted, tendrá que asumir todo lo que le pase a partir de este instante.

Y haciendo un ademán a los soldados, ordenó devolverme a la celda. No sé en qué instante perdí el conocimiento. Desperté en el catre y Silvia estaba sobre mí con los ojos llenos de lágrimas, en la terrible certeza de que iba a morir. Me procuró unos terrones de azúcar que había guardado durante aquellos largos días. Con ellos y un poco de agua recuperé las fuerzas que necesitaba. Aquella noche caí en un sueño tan profundo que ni siquiera oí que abrieron la puerta de la celda y se llevaron a Silvia. Durante dos días no volvieron a interrogarme, pero temía por la joven española y rezaba para que soportara las torturas a las que posiblemente estarían sometiéndola.

De madrugada, el ruido del candado me despertó sobresaltada. Allí estaba uno de los guardias ordenándome que lo acompañara a la misma estancia donde me torturaron la semana anterior. Entró un interrogador nuevo y comenzó a hacerme preguntas. Cuando llevaba veinticuatro horas sin dormir, apenas lo escuchaba debido al agotamiento, pero los soldados me sacudían la espalda si cerraba los ojos, ordenándome que estuviera despierta. El cuarto día lo recordaba en una nebulosa, en duermevela, respondiendo a las preguntas con melodías musicales que tarareaba. Ellos no lo sabían, pero en ellas me dirigía a Oleg y a Karina diciéndoles que pronto estaríamos juntos, que algún día les contaría quién era realmente Boris, que los amaba con locura y tenían que mantenerse vivos hasta que volviéramos a vernos.

Aquello sacó de quicio al interrogador, impotente ante mi escasa respuesta. Esta vez la tortura fue algo más leve porque sabían que no la soportaría, así que me llevaron a la celda a mediodía, cuando las camas estaban ya alzadas y no tenía oportunidad de descansar. A las once de la noche me sumí en un sueño profundo sobre el inmundo catre, que me parecía ahora la cama más confortable del mundo.

Al día siguiente, tras darme algo de comer, la puerta se abrió y el soldado de la puerta me miró con desagrado y me ordenó salir delante de él. Un nuevo interrogatorio. Esta vez fui a otro despacho, donde el capitán Andreyevsk estaba sentado detrás de su mesa. Me invitó a sentarme y mostró un listado. En él estaban, además de mi nombre, el de Boris y el de Zoa Petrova.

—¿Sabes qué es esto? —Sin esperar una respuesta, continuó—: Es la declaración de Silvia Gómez de Quesada donde te acusa de conspirar contra la Unión Soviética...

—Eso no puede ser verdad...

—Pues en su declaración expone con todo detalle que en la barra de labios que te dio en Viena había un mensaje de la CIA para que se lo entregaras a tu marido.

—¡Eso es mentira! —exclamé, levantándome de la silla llena de rabia.

—¡Siéntate!

Después extrajo otro documento de la carpeta y lo colocó sobre la mesa para que lo leyera.

—¿Reconoces la letra? Es de tu marido. Te ha acusado de colaborar con agentes extranjeros. ¿Me lo vas a contar ahora?

Le dirigí una mirada atormentada

—En lo que respecta a mí, pueden torturarme todo lo que quieran, porque no voy a firmar una declaración llena de falsedades.

—Nos has mentido, Julia Lerner. Le hablaste al coronel Kozlov del amor que sientes hacia tu marido, de la familia tan perfecta que habías construido, de la confianza mutua... —Esbozó una sarcástica sonrisa—. Tú conocías los líos de faldas de Boris. Sabías que mantenía una relación con Zoa Petrova y con Silvia Gómez a la vez mientras vivía contigo en Berlín; incluso con Laura Braun, tu amiga la violinista.

—¡Eso no es cierto! Yo no sabía de su relación con Silvia, fue ella quien me lo confesó en el calabozo. Y no conocía su lío con la Petrova ni con Laura Braun… —respondí con energía.

—Tenemos ya firmadas las declaraciones de Silvia Gómez, de Zoa Petrova y de Boris Ivanov, y todos te señalan a ti.

—No sé qué clase de tormento les habrán aplicado para que firmen ese disparate. Boris sabe que soy inocente. En cuanto a Silvia, no creo que lo haya hecho de forma voluntaria. Y Zoa me ha odiado siempre…

—Te consideras más fuerte que ellos, entonces…

—Mi padre me enseñó que la honestidad y la conciencia están por encima de nuestra propia vida. ¿Acaso cree que me importa ya mi futuro? He perdido a mi familia, y sé que mi carrera ha terminado. No tengo ningún aliciente para seguir viviendo. No, capitán, solo me queda mi dignidad y está intacta. Moriré con ella. Lléveme a la celda de castigo, quizá no salga de allí y así todos quedaremos en paz.

—Bien, parece que nos vas a obligar a hacer un trabajo extra —amenazó con mirada gélida—. El Estado soviético invirtió mucho tiempo y dinero en tu preparación, es una vergüenza cómo se lo has devuelto…

—¡Yo jamás he conspirado! Créame de una vez. He sido leal al gobierno, al Partido, a la música. No me interesa la política y fui feliz tanto en Berlín como en Moscú.

—Tenemos pruebas irrefutables de los contactos y movimientos que realizó tu marido y…

—Y de mí, ¿qué tienen? —le interrumpí con energía—. Hemos estado acompañados por una férrea escolta durante las salidas al exterior; pregunte al personal que nos custodiaba si en algún momento me vieron hacer algo fuera de lo normal. Le responderán que no.

—Usted facilitó esos contactos… —Su afirmación era menos categórica ahora.

En aquel instante lo entendí todo: no tenían nada. Todas las pruebas, tal y como esperaba, apuntaban a Boris, y él las había desviado hacia mí al no hallar una explicación plausible sobre las abrumadoras evidencias que habían aparecido en su entorno. Ahora tenía que persuadirlos de mi inocencia y mostrar su mezquindad al tratar de implicarme para librarse del castigo, al igual que del resto de las acusadoras.

—Yo solo me he dedicado a la música. Boris viajaba conmigo y se encargaba de todos los asuntos y de nuestra seguridad. Con él asistía a compromisos sociales y me presentaba a personas con las que se relacionaba. Eso es todo. No puedo creer que estuviera haciendo algo ilegal a mis espaldas... —insinué con aire demudado, convencida de que él era el único culpable de aquellos cargos.

—Vamos, Julia. No siga por ahí. No le servirá de nada.

—Es que no puedo aportarle pruebas ni hechos. Jamás lo he visto hacer algo ilegal o en contra de sus obligaciones...

—Está bien —se rindió al fin.

Un soldado accedió al despacho y el capitán le ordenó devolverme a la celda. Regresé con la esperanza de haberlo convencido, pero mi angustia se acrecentaba día a día. Estaba aislada, no sabía qué estaba pasando afuera, en el mundo real, si mi detención habría tenido alguna repercusión, si en la CIA estarían al tanto, si mis hijos tendrían información sobre mi desaparición.

Apenas dormía al pensar en todos los que habían firmado una declaración acusatoria contra mí y en las consecuencias que esto acarrearía. Boris era un donjuán y se había enredado con todas las mujeres que me habían rodeado: Zoa, Silvia... No lo consiguió con Laura, a pesar de haberlo intentado. En los últimos años nuestros encuentros sexuales eran cada vez más esporádicos. Él no me reclamaba y yo no ponía interés, tras haber descubierto su verdadero cometido para conmigo. Nunca conocí su vínculo con Silvia, que también se había rendido y firmado la declaración que le exigieron. En cierto modo podía excusarla porque era débil y demasiado joven para soportar las torturas a las que la sometieron, amenazando incluso a su familia. Pero yo me sentía traicionada por todos.

Dos meses pasé en aquel impasse en el que no fui molestada ni llamada a nuevos interrogatorios. Fue un tormento diario. Estaba desquiciada, pendiente de la puerta, esperando a que me llevaran a la sala de torturas. ¿Y Boris? ¿Estaría preso en otra celda cercana? La idea de la muerte me rondó más de una noche en la Lubianka, y solo el rezo diario rogando a mi familia para que me sacaran de aquel atolladero me ofreció algo de consuelo y esperanza.

Quinto movimiento

Una mañana, tras subir el catre y pasada la revisión de la celda consistente en levantar los colchones de paja y el cubo que hacía de retrete, un soldado desconocido me ordenó seguirle hacia un despacho situado cuatro plantas por encima. Nunca había subido tan alto, y cuando se detuvo ante una puerta me hizo un gesto para que accediera y se quedó afuera. En el interior había un hombre de unos cincuenta años, con ojos achinados y cabello oscuro y lacio, enfundado en un traje marrón de mala calidad. No me invitó a sentarme y comenzó el interrogatorio, que más bien fue una sarta de improperios.

—¿Cómo ha podido hacer esto? ¿Por qué ha traicionado a la patria soviética con todo lo que ha hecho por usted? Le proporcionó educación, fama, una casa, criados, viajes, lujos...

—Ya he declarado que yo no he hecho nada... Fue mi marido...

De repente dio un golpe en la mesa, interrumpiendo mi explicación.

—¡Usted lo sabía todo! Cooperó con él para conspirar.

—¡No! ¡Soy inocente! Hable con el coronel Kozlov. Él se lo aclarará todo...

—Kozlov ha emitido un informe acusándola de complicidad con Boris Ivanov en la traición a la Patria. Usted sabía lo que estaba haciendo y no lo denunció.

—¡Eso no es cierto! ¡Él es el culpable, no yo! —grité, presa de desesperación.

—¡No me alce la voz o la envío a la celda de castigo! ¿Quién se ha creído que es, camarada Lerner? Yo se lo diré: una traidora que no hizo nada cuando su marido pasaba información a nuestros enemigos a cambio de mucho dinero.

—Pero... Yo no lo sabía... —rogué, a punto de echarme a llorar.

—Usted era su esposa y conocía los deseos de Ivanov de vivir fuera de la Unión Soviética. Es tan traidora como él. Tuvo la oportunidad de servir al Estado denunciándolo, pero prefirió callar y dejarlo hacer con la intención de marcharse cuando llegara el momento.

—¡No, no, no! —grité envuelta en lágrimas—. ¿Cómo puedo convencerle de que soy una buena soviética? Amo a este país y...

—¡Cállese! —me cortó con desagrado—. Ha sido condenada a diez años de reclusión y a la confiscación de todos sus bienes.

—Pero... ¿cuándo se ha celebrado el juicio?

—Hace una semana; el juez ha emitido ya la sentencia.

—Pero no he asistido ni firmado mi declaración. Soy inocente, no tienen pruebas contra mí. ¿Cómo pueden haberlo celebrado sin que estuviera presente? Tengo derecho a ser representada por un abogado...

—¡Usted no tiene derechos! El fiscal ha presentado suficientes cargos sobre su culpabilidad, y con los testigos que han declarado contra usted, el veredicto del juez está sobradamente justificado y razonado.

—¿Y mi marido? ¿También ha sido condenado?

—Ahora lárguese. Un coche la espera para trasladarla a la cárcel de Butyrka. Buenos días —cortó con desagrado aquel hombre.

—No pueden encerrarme, yo no he hecho nada... —supliqué con lágrimas en los ojos mientras forcejeaba con el soldado que se había quedado en la puerta para sacarme de allí.

Salí casi a rastras escoltada hasta el patio posterior del edificio, donde un cuervo negro estaba esperando. Me introduje en uno de los compartimentos y a los pocos minutos escuché voces masculinas de otros detenidos que dejaban entrever el miedo.

¡Qué estúpida había sido! Boris estaba acusado de traición, tal como yo lo había planeado, pero a costa de otra sentencia contra mí. No debí darle tantos detalles a Kozlov. Había cometido un error que pagaría con mi salud y con mi libertad.

Sonata 19

Prisión

Primer movimiento

El vehículo circulaba despacio y no permitía la visibilidad. Llegamos a la cárcel de Butyrka, situada cerca de la Puerta Butýrskaya, una inmensa prisión-fortaleza donde eran internados los presos políticos y también, según supe por experiencia propia, los que estaban a la espera de ser enviados a campos de trabajo. Allí se repitió la misma ceremonia: requisaron el reloj y las perlas que me habían devuelto al salir de la Lubianka y estrené un uniforme de tela basta y áspera que me provocaba rozaduras en la piel.

Subí escoltada por una guardiana hasta el tercer piso y pensé que al menos esta vez no sería un sótano donde permanecería confinada no sabía aún por cuánto tiempo. La celadora se detuvo ante una puerta de madera cerrada con una cerradura normal. Al abrirla, reparé en que ya estaba ocupada. La estancia era más grande que la de Lubianka y había una ventana casi pegada al techo por la que entraba la escasa luz del día.

—Haced hueco, tenéis una nueva compañera —ordenó.

—Pero si apenas hay sitio ya... —protestó una de ellas.

—Pues os arregláis entre vosotras —sentenció, cerrando la puerta a mi espalda.

La celda estaba preparada para tres personas y ahora éramos cuatro. Había tres camastros de madera en sendos muros y por la tarde instalaron otro en el centro. Todas me dirigieron una mirada curiosa y comenzaron a preguntar por las razones del encarcelamiento. Durante un buen rato les relaté cómo me habían condenado por no haber denunciado al traidor de mi marido, del que no había tenido noticias desde que fui detenida. Aquella noche apenas pude dormir debido al olor a humedad, a los cuerpos sucios como el mío y a orines, una situación a la que no conseguía habituarme a pesar del tiempo pasado en la Lubianka.

En los días que siguieron fui conociendo la historia particular de las compañeras de celda. Algunas tenían la certeza de que sus maridos habían sido fusilados, mientras otras abrigaban la esperanza de que hubieran sobrevivido a los tormentos que, estaban seguras, les habrían infligido. Yo compartí con ellas la incertidumbre sobre el destino que habría corrido Boris.

Una de ellas me reconoció. Se llamaba Ania y había asistido a uno de mis conciertos en el teatro Bolshói. El motivo por el que estaba allí no tenía nada que ver con la política. Al parecer su marido, un comisario del Partido dedicado al control de grandes extensiones de cultivo de trigo en Ucrania, había apremiado a un ingeniero agrónomo a preparar los abonos para la cosecha. Este, presionado por las prisas, cometió un error a la hora de redactar las cantidades de los componentes que debían mezclarse, por cuya causa el brote no floreció y se perdieron decenas de toneladas de grano. Junto al comisario y su esposa, fueron detenidos el ingeniero y los empleados implicados de la fábrica de abonos, que se habían limitado a mezclar los componentes según las instrucciones recibidas.

La mayoría de mis compañeras llevaban solo unos meses allí y estaban pendientes de juicio. Pensaban, como yo al principio, que pronto se aclararía el error, pues las causas de su detención en algunos casos eran tan absurdas que rayaban lo ilógico, y mantenían la ilusión de que las puertas se abrirían un día y saldrían corriendo a casa para reunirse con sus familias.

Todas menos una: Ivana Emerenka, quien no se sorprendió por la injusticia que habían cometido conmigo. Al contrario, aseveró que no era la primera vez que escuchaba aquella historia por parte de otras reclusas que habían corrido la misma suerte. Le calculé unos sesenta años. Había sido profesora de Economía en la Universidad Estatal de Moscú y era la segunda vez que estaba presa. La primera vez fue en 1941, debido a la denuncia de un alumno que consideró poco patriótico que explicara en las clases cómo funcionaba el sistema económico en los países capitalistas. En esta segunda detención, la delación provino de otro profesor de la universidad, un compañero que la acusó de «relacionarse con un enemigo del pueblo». Ese «enemigo» era un colega británico, un catedrático de economía de la Universidad de Cambridge y ferviente comunista que había solicitado una estancia de seis meses en la Unión Soviética para profundizar en la economía marxista de la URSS. Durante una conversación con su homónimo británico, este mostró su decepción manifestando que aquel sistema no funcionaba bien, por mucho que Ivana intentase convencerlo de lo contrario. Aquella charla fue escuchada por un colega que desde hacía más de dos años aspiraba a la cátedra de Economía Marxista que recientemente había conseguido Ivana. Después llegó la detención de ambos, la posterior protesta del gobierno británico ante el soviético y la expulsión del profesor. A ella le tocó la peor parte, y esta vez, al ser reincidente, fue condenada a diez años de encierro en un campo de trabajo. Estaba a la espera de su destino definitivo.

Una tarde se sentó a mi lado mientras tratábamos de tolerar el almuerzo: una sopa de pescado que olía a podrido y gachas.

—Parece que hemos regresado a los tiempos de Stalin. Creía que habíamos superado la época de las purgas y delaciones, pero me equivoqué. Cuando habíamos perdido el miedo a las detenciones arbitrarias... ¡Zas! Llegó la obsesión por el nuevo enemigo: Occidente y su pandilla de espías. Ahora los ven por todas partes.

—No puedo creer que me esté pasando esto... —me lamenté.

—Si yo te contara lo que he visto a lo largo de mis sesenta años... —Sacudió la cabeza, resignada.

De la Butyrka aún recuerdo las noches terroríficas, escuchando desde la celda los insultos y golpes de los torturadores y los aullidos y gritos de dolor de hombres y mujeres inocentes, unos sonidos que aún hoy me sobrecogen al recordarlos. Sin embargo, advertía con espanto que la mayoría de mis compañeras dormían profundamente en medio de aquel horror, excepto las presas más recientes, que no conseguíamos conciliar el sueño hasta bien entrada la madrugada, cuando regresaba el silencio.

Segundo movimiento

Pasé seis meses en la Butyrka hasta que una mañana aparecieron varias celadoras y mencionaron mi nombre y el de Ivana Emerenka, la profesora, y nos ordenaron recoger nuestros escasos andrajos. Cuando llegamos a la estación de Kazán nos unimos a varias parejas de presas que esperaban también para embarcar en los últimos vagones reservados para los reclusos, en la tercera clase de un tren de pasajeros. Los vehículos estaban divididos en compartimentos de cuatro plazas y vigilados por un guardia en el pasillo. Nos instalaron de dos en dos en cada compartimento y una hora después noté un golpe seco en el vagón, indicando que acababan de enganchar la locomotora. La partida estaba próxima. Uno de los guardianes nos informó de la disciplina del viaje: el horario para ir al retrete, el de la comida y la prohibición de hablar durante las paradas. Ivana tuvo la osadía de preguntar adónde nos llevaban y recibió el grito destemplado de un joven con ínfulas de general, ordenándole callar y respondiendo que no era asunto suyo saber el lugar de destino.

Los cristales de la ventana en nuestros vagones estaban pintados, o más bien ensuciados con pintura gris que impedía ver el exterior. No obstante, estábamos en pleno agosto de 1964 y el olor del campo penetraba con fuerza. Mientras el tren estaba en marcha nos dejaban hablar entre nosotras, pero en cuanto se detenía en una estación debíamos estar en silencio, bajo pena de no comer durante todo el día. Ivana me habló de su marido durante el trayecto, de sus hijos, de su hogar. No sabía qué suerte habían corrido desde que fue detenida. Yo le conté la pérdida de los míos y de cómo era mi vida en Berlín con ellos.

Tras interminables horas de viaje, el tren se detuvo en una estación. Por una pequeña rendija y en silencio, observamos a la gente que había allí: familias con niños pequeños preparadas para emprender un largo viaje, cuyas madres portaban canastos de mimbre repletos de comida. Había también obreros que se desplazaban a trabajar a los pueblos cercanos comunicados por aquella vía del tren. Aquellos pasajeros ignoraban que, en los vagones de cola, un puñado de mujeres hambrientas y harapientas compartirían el mismo recorrido hacia un tormento que aún desconocían. Todo parecía normal, un pueblo pequeño donde se vivía en paz, en plena naturaleza, donde las familias criaban a sus hijos, donde los jóvenes tenían ilusión por su futuro... Y nosotros los mirábamos extasiadas, añorando nuestra vida anterior. Durante unos minutos recé, rogando a mi padre que me permitiera algún día vivir como esas madres, disfrutando de una libertad que, estaba segura, ellas no valoraban porque nunca la habían perdido.

El tren circulaba muy despacio y hacía numerosas paradas. Antes de cada una, los guardianes cerraban las puertas de los compartimentos. En el vagón de cola estaba el almacén con el agua y la comida, que se reponía en algunos pueblos. En una de las estaciones fuimos trasladadas a otro tren y esta vez las ventanas no estaban cegadas con pintura, lo que nos permitió contemplar los extensos campos y disfrutar de la luz del sol en todo su esplendor. Aquello fue una bocanada de aire fresco para nuestro estado anímico.

Cuatro días después de la partida, el guardián se dignó a responder la pregunta que a menudo le hacíamos las presas a su cargo: ¿Adónde nos llevaban?

—Queda poco. Ya estamos en Mordovia.

Mordovia era una de las repúblicas pertenecientes a la Unión Soviética situada en la parte oriental, a unos seiscientos kilómetros de Moscú. Cuando el tren se detuvo al fin en la estación, unas sombras grises nos estaban esperando, acompañadas por perros que ladraban con fiereza al grupo de mujeres agotadas y sudorosas del que yo formaba parte. Nos agrupamos muy juntas, atemorizadas por las voces que ordenaban alinearnos en filas de tres. Formamos una larga hilera escoltadas por las fieras, tanto humanas como animales, y recorrimos un largo trecho de subidas y bajadas en medio del campo, donde no divisamos ni un alma. Pero el olor a naturaleza limpia me impulsó a seguir, a pesar del cansancio.

Tras varias horas de agotadora caminata alcancé a ver a lo lejos, entre las copas de los árboles, una torre de vigilancia con la estrella roja en la parte superior. Allí estaba ubicado el Campo Especial número 3 de Dubravny, conocido como el Dubravlag, donde se internaba a los presos políticos y a disidentes soviéticos. Según supe al poco de llegar, aquellos no eran ya «campos de trabajo» como se los denominaba en la era de Stalin. El Comité Central y el Consejo de Ministros les habían cambiado el nombre por el de «colonias», donde los presos debían ser reeducados a través del trabajo, aunque seguían igualmente encerrados y continuaban trabajando. La única diferencia radicaba en que ahora no lo hacían gratis, sino que recibían una remuneración. La condena a trabajos forzados gratuitos había pasado a la historia, y a partir de 1960, un gran número de campos de trabajo ubicados a miles de kilómetros por el norte y la zona asiática, donde antaño fueron asentados a la fuerza millones de condenados, habían sido clausurados y muchas sentencias reducidas o suspendidas.

No obstante, era difícil transformar los hábitos de impartir justicia entre las fuerzas de seguridad del Estado, los fiscales o los jueces. Estaban habituados a imponer castigos y sentencias sin apenas tener en cuenta las pruebas que demostrasen la inocencia del reo. Yo era una demostración palpable de aquella injusticia. Jamás obtuvieron una evidencia de mi culpabilidad, pero fui condenada debido a las acusaciones, firmadas bajo tortura, de los implicados en el caso.

Por las dieciocho colonias ubicadas en Mordovia habían pasado y aún seguían presos numerosos escritores y artistas. Tras la muerte de Stalin, muchos consiguieron ver recortada su condena al haber desaparecido el famoso artículo 58 del Código Penal por el que los sujetos eran condenados por «enemigos del pueblo». Ahora había sido sustituido por otros apartados que regulaban los «crímenes especialmente peligrosos contra el Estado», por los que yo había sido condenada. La única diferencia con el anterior Código Penal era que los presos políticos no podían ser condenados a muerte.

En cuanto a los dirigentes soviéticos, al poco de instalarnos en el campo conocimos que, en octubre de aquel año de

1964, Nikita Jruschov había sido destituido de su cargo, víctima de una conspiración por parte de los miembros del Presídium encabezada por Leónidas Brézhnev, quien sería elegido primer secretario y posteriormente secretario general. Con él regresó la represión de escritores y artistas y se dio carpetazo a la tímida apertura de su antecesor. Cuando conocí esa noticia pensé en Boris y en la crítica feroz que le dedicó al entonces mandatario. Las luchas de poder en el Kremlin eran una constante desde que nació la Unión Soviética y nadie, tanto en política como en la sociedad, podía estar exento de ser encausado por cualquier nimiedad en aquel país del proletariado.

Nada más llegar comprobé la correcta disposición de los barracones en perfectas hileras. Conocimos que en el Dubravlag había una zona de hombres y otra de mujeres separados por un alambre de púas, el mismo que rodeaba el campo. Nos condujeron a unos vestuarios amplios y limpios donde pudimos darnos una refrescante e higiénica ducha. Después nos facilitaron nuevos uniformes que agradecí como si se tratara de un camisón de seda de los que me regaló Boris en París.

Al salir al patio percibimos el olor a amoniaco y cloro que desprendían las letrinas. Las presas estaban famélicas, con la piel quemada por el sol y el frío, con las cabezas rapadas por los piojos, mal vestidas con blusas y vestidos ajados y zapatos remendados. En sus semblantes hallé dolor cuando acudieron a recibirnos. Sentí miedo al imaginar que estaría como ellas en un corto espacio de tiempo. Después nos instalaron en un pabellón con varias hileras de camas y las veteranas nos pusieron al día sobre el trabajo y la rutina diaria del campo.

En los primeros días nos relacionamos con las recién llegadas desde otras cárceles que habían compartido el mismo tren que nos había llevado hasta allí, relatando la experiencia de nuestra detención, los interrogatorios, el tiempo de incomunicación en las celdas y el dolor por las familias que habíamos quedado atrás.

Durante el reconocimiento médico, fuimos seleccionadas para trabajos forzados o a un destino más leve, como las cocinas del campo, la lavandería o la limpieza y mantenimiento tanto de los campos masculinos como femeninos. Fue entonces cuando reparé en que aquella selección no tenía nada que ver con el estado físico de las presas, sino con la tipología de su condena. Tanto Ivana Emerenka como yo fuimos seleccionadas para el duro trabajo de la tala y recogida de madera en los bosques. Ella tenía sesenta y un años y aparentaba más debido a su debilidad, y yo solo treinta y uno. Pero ambas cumplíamos condena por la misma acusación de «crímenes especialmente peligrosos contra el Estado».

El primer día de trabajo nos montaron en un remolque tirado por un tractor hacia un bosque de robles. Allí, la leña talada por los hombres estaba esparcida por el suelo y nuestra misión era apilarla y cargarla en remolques que esperaban ser llenados. Era un trabajo duro, sobre todo cuando las primeras nieves comenzaron a caer y nuestros pies se hundían en ellas provocando un crujiente sonido. Algunas afortunadas estaban provistas de botas que protegían sus pies y de guantes de ganchillo para las manos. Otras, como Ivana o yo, sentíamos como el frío nos calaba los huesos. Por la noche se oían los llantos y lamentos de las recién llegadas y las quejas de las veteranas. Era difícil conciliar el sueño al principio, pero cuando pasaron unas pocas semanas, el agotamiento y la debilidad hicieron su trabajo y después de la cena caíamos como fardos.

Con el tiempo fui conociendo la naturaleza de las condenas: a un grupo de reclusas se les había conmutado el ya citado artículo 58 por «crímenes especialmente peligrosos contra el Estado». Algunas fueron liberadas tras la muerte de Stalin, pero otras quedaron allí por haber sido condenadas a veinticinco años, aunque la pena había sido reducida y les restaban pocos para volver a casa. Nos contaron que muchas de sus compañeras de encierro no lograron sobrevivir a la dureza de los diferentes campos de trabajo por los que habían deambulado durante aquellos años. Solo las más fuertes, o las que dejaron atrás sus escrúpulos para sobrevivir por cualquier medio, ya fuera decente o indecente, o las que sentían tal añoranza de sus familias que era firme su voluntad de volver a casa, o las que se apoyaban en sus fuertes creencias religiosas, habían llegado vivas a aquel campo.

Hallé también grandes diferencias de clases entre las reclusas: estaban las presas comunes y las políticas. A Ivana y a mí nos incluyeron en el último grupo, el más numeroso integrado por profesoras, intelectuales, científicas y esposas de diplomáticos o de artistas. Algunas veteranas se habían ganado la confianza de la dirección del campo y se encargaban de controlar los turnos de trabajo, por cuyo cometido recibían un estipendio superior. Eran claramente diferenciables del resto al estar resguardadas con abrigos de gran calidad, botas forradas o guantes de piel. Yo también hice mentalmente otra clasificación entre las afortunadas que recibían paquetes de ropa y comida de su familia y las que, como yo, no tenían a nadie que les enviara una sola carta. En la misma situación estábamos un grupo que mirábamos con fraternal envidia a las otras.

Todos tenemos un ángel de la guarda y el mío lo envió mi familia desde el cielo. Se llamaba Esperanza Sevelova, hablaba español y sabía tocar el piano. Tenía el pelo castaño y corto, como la mayoría, debido a los piojos. Era alta, de ojos marrones y nariz recta. Su mirada destilaba una energía que transmitía al resto de las reclusas, incluso a los enfermos del hospital donde estaba destinada. Gracias a ella pude sobrevivir en aquel infierno helado mucho mejor que otras que no corrieron la misma suerte. Esperanza tenía veintitrés años, era de padre ruso y madre española, que había llegado exiliada, como la madre de Nicolás, durante la Guerra Civil de su país en 1937. Vivía en Leningrado, donde su padre era profesor de música en una academia y su madre trabajaba como cocinera en un restaurante de lujo.

Esperanza cometió el error de enamorarse de un joven al que sorprendieron repartiendo octavillas en la universidad a favor de la paz y el desarme nuclear, y todo el grupo de amigos fue detenido, incluida ella, su novia. Llevaba tres años presa y había mentido al llegar afirmando que en la universidad estudiaba Medicina cuando en realidad estaba en segundo curso de Enfermería. Pero aquello no tenía importancia, según me refirió una vez. Había demostrado su pericia colocando vendas y entablillando huesos, aunque la labor real que ejercía en el hospital era la de consolar a los moribundos o recomendar a los médicos las bajas para el trabajo de las presas que llegaban exhaustas. Allí las recuperaban un poco ofreciéndoles mejor alimentación; la comida diaria en el campo constaba de un mendrugo y sopa de agua oscura para el desayuno y gachas de avena o sopa con algún trozo de pescado o carne en la cena. Las enfermedades con las que se enfrentaban a diario en el hospital eran la diarrea, la congelación de extremidades o el escorbuto, debido a la escasez de vitaminas y al duro trabajo.

Esperanza era vecina de cama y nos hicimos amigas. Por la noche, susurrábamos en español sobre música, libros o de nuestra anterior vida fuera de aquel campo, donde no fuimos conscientes de los privilegios que teníamos entonces. A veces me pedía que le hablara de los sitios que había visitado con verdadera curiosidad.

—¿Nueva York tiene tantos rascacielos como dicen? ¿Es verdad que allí solo comen hamburguesas? ¿Es cierto que la Torre Eiffel mide más de mil metros de altura?

—No, qué va. Mide poco más de trescientos.

—¿En Londres está siempre lloviendo? ¿Es verdad que los trabajadores en Occidente viven explotados y en la miseria?

—¿Quién te ha dicho eso? ¡Pero si allí viven mucho mejor que aquí! Cada familia tiene una casa para ellos solos y pueden salir del país cuando quieran, y los negocios son privados. Algunos trabajan duro y consiguen ganar mucho dinero y hacen lo que les da la gana: viajar por el mundo, comprarse ropa cara, coches, joyas, pieles... Y también expresan sus opiniones libremente —susurré—. Hablan de política sin cortarse un pelo, los comunistas conviven con los capitalistas y suelen ser amigos. En Occidente no detienen a nadie por manifestarse ni por hablar mal de los políticos, incluso del presidente. De hecho, es un deporte nacional meterse con ellos, ¿sabes?

—¡No me lo puedo creer! —decía con los ojos como platos—. ¿Estás de broma?

—¡Claro que no! Y si vieras cómo viste allí la gente... Los trajes de fiesta tan bonitos que mi marido me compró en París...Y esos peinados tan modernos, y los jóvenes en vaqueros y camisas a cuadros...

—¡Pantalones vaqueros...! Yo tenía amigos que se compraron unos, pero eran demasiado caros y escasos. Había que acudir a un tipo que los traía de contrabando desde Finlandia.

—Pues allí están por todas partes, todo el mundo los usa.

—¡Cuánto me gustaría conocer París...! —suspiró con espontaneidad—. Pero con mi condena, no creo que me dejen salir. Estoy marcada para toda la vida...

—No pierdas la esperanza.

—¡Vamos, continúa! —pidió expectante.

Le describí la última cena de Año Nuevo en Moscú al lado de Boris, en un hotel reservado en exclusiva para los miembros del Comité Central, altos mandatarios y los invitados entre los que nos encontrábamos. El establecimiento tenía suites de lujo y había sido propiedad de un aristócrata antes de la Revolución. Le narré que los miembros del Partido llegaban en coches con chófer; a diario se renovaban las bandejas de frutas en las habitaciones, y las toallas. Aquello no parecía la Unión Soviética, sino un palacio europeo con criados y cocineros especializados que nada tenían que envidiar a la cocina francesa. En las cenas, las mesas estaban repletas de manjares venidos de diferentes partes del mundo, y las mujeres de los dignatarios vestían modelos de diseño francés. La orquesta incluso interpretaba música de jazz, que estaba prohibida en el país.

—¿Te estás burlando de mí? ¡Eso no puede ser real...! —Se irguió hasta sentarse en el catre, incrédula. Yo afirmé, recreándome con su asombro.

A diario salía al bosque con el resto de las presas bajo grandes nevadas y a veinte grados bajo cero. Durante aquel duro invierno muchas fallecieron de frío y hambre mientras recogían la leña, ante la impasible mirada de los carceleros que ni se molestaban en auxiliarlas, en la certeza de que en pocas horas estarían muertas. «Los presos no son personas», le oí decir a un guardián mientras atizaba con un palo a una fila de reclusas que apenas se guarecían con sacos y mantas raídas y sucias, unas prendas por las que llegaban a golpearse entre ellas, con el fin de conseguir un trozo con el que cubrir sus exhaustos cuerpos. La dureza y la inhumanidad formaban parte del día a día de aquellas mujeres que solo luchaban por sobrevivir, aunque para ello tuvieran que cerrar los ojos ante el dolor ajeno sin apenas mostrar un mínimo sentimiento de lástima.

Aunque la muerte era una constante a mi alrededor, no conseguía habituarme ni permanecer indiferente. En esos instantes me obligaba a seguir viva para escribir algún día sobre aquel horror, para que el mundo supiera las atrocidades que se cometían a diario con personas inocentes, un sinsentido que me negaba a tolerar. Pensaba que no hay nada más terrible que conformarse con la injusticia, aceptar la rutina de la muerte y contemplar el sufrimiento sin profesar un ápice de compasión. Cada vez que una compañera nos dejaba, pensaba en su vida anterior, si la estarían esperando unos hijos, un trabajo, un hogar. Recé por cada una de las almas que se habían rendido, y también por las que, como yo, padecíamos un castigo injusto e intolerable, desgajadas de las familias y de la sociedad en loor de un bien imaginario que nadie llegó nunca a conocer. Recordé entonces el lema que, según me contó Ivana, rezaba en un cartel a la entrada de un campo de trabajo ya clausurado en Solovki, donde ella estuvo presa en su primera condena: CON PUÑO DE HIERRO, LLEVAREMOS A LA HUMANIDAD A LA FELICIDAD.

Los que no han vivido una experiencia como esta jamás podrán llegar a imaginar hasta dónde se es capaz de soportar el sufrimiento, no solo el físico, provocado por el hambre, el frío y las condiciones infrahumanas en las que vivíamos, sino el anímico, la incertidumbre de no saber lo que habría pasado con los hijos, con los padres, con los maridos, si mañana serías la próxima en caer sobre la nieve, consciente de que nadie acudiría a ayudarte por temor a ser reprendida, y tú, sin aliento para levantarte, tendrías que dejarte llevar, cerrar los ojos y esperar esa muerte por congelación que es dulce y placentera, según decían.

Aquel día había correo y las presas estaban expectantes por recibir noticias. Esperanza se acercó y me ofreció unas botas forradas que acababa de recibir. La miré, entre agradecida y extrañada.

—No puedo aceptarlo, Esperanza. Son tuyas, te las han enviado tus padres...

—Se las he pedido para ti. Es mi regalo. Tienes que sobrevivir y volver a los escenarios.

—No sé cómo podré devolverte todo lo que haces por mí... —le dije emocionada.

—Es fácil: debes seguir componiendo. En el economato venden cuadernos y voy a comprarte unos cuantos. Quiero que escribas un tema para que, cuando vuelva a casa, pueda interpretarlo y presumir de que la gran Julia Lerner lo ha compuesto para mí.

Acepté el regalo y las condiciones, pero no me quedé las botas. Con el permiso de ella se las ofrecí a Ivana, que apenas tenía ya energías para realizar el duro trabajo en el bosque y me dolía verla en aquel lamentable estado. La había adoptado como mi segunda madre, y ver sus manos congeladas y sus ojos salidos de las órbitas debido a la extrema delgadez y debilidad me rompía el corazón.

Una noche, tras tomar la escasa cena en el comedor y regresar al barracón, Ivana me llamó a su cama y me entregó una carta para su familia. Me dijo que era la última y deseaba despedirse de ellos.

—No, Ivana. Tienes que resistir.

—Ya no tengo fuerzas para continuar, Julia. Sin embargo, tú debes permanecer viva. Eres joven, tienes la música. No te dejes vencer... Aguanta, tienes que salir de aquí... —balbució estrechando mi brazo—. Por favor, envíales esta carta...

Instantes después sentí que su mano caía inerte sobre el catre.

—¡Ivana! ¡Despierta, por favor...! ¡Tienes que seguir...! —grité sobre ella envuelta en un desconsolado llanto.

Todas en el barracón guardaron un respetuoso silencio mientras Esperanza me sujetaba por los hombros, alejándome de allí. Luego llegaron los presos de confianza, quienes la traspasaron a una camilla y se la llevaron.

Esa noche recordé las palabras de mi padre cuando vivíamos en la casita del jardinero. Uno de los pocos amigos que le quedaban lo visitó una tarde para contarle las últimas noticias sobre los compañeros periodistas detenidos por no acatar las líneas editoriales que marcaba el nuevo director, y también sobre la desaparición de muchos vecinos, mujeres y hombres que habían destacado en el partido nazi, o jóvenes que habían militado en las Juventudes Hitlerianas y habían aparecido en las afueras de la ciudad con un tiro en la nuca. Cuando se marchó, papá me miró con tristeza y murmuró que rogaba a Dios para que yo no creciera habituándome a escuchar aquellas atrocidades, y con voz serena me dijo: «Cuando la humanidad se acostumbra a vivir en medio de tanta injusticia, puede llegar a normalizarla. El origen de la maldad de los hombres, hija mía, es la indiferencia ante el dolor de los demás. No podemos permanecer impasibles observando la suerte que corren nuestros vecinos o amigos. Nunca pierdas la capacidad de discernir entre el bien y el mal...».

Esperanza Sevelova me oyó llorar en silencio.

—No debes encariñarte con nadie, Julia. La muerte es aquí tan habitual que ya no duele. Debes mirar por ti, por seguir viva...

—No he llegado todavía a ese nivel de dureza —murmuré, volviéndome hacia ella en la oscuridad.

—Piensa en tu familia. En unos años volverás a verlos. Concéntrate en el futuro, en tu carrera, cuando salgas de aquí.

Entonces alcé mis manos llenas de sabañones y callos.

—Así no se puede tocar el piano…

—No dejes que te hundan. Tenemos que sobrevivir. No van a doblegarnos estos malna… —Se calló, por temor a ser escuchada—. Piensa en tus próximos conciertos, has sido y seguirás siendo una estrella.

—¿Sabes? Nunca me importó el éxito profesional. Creía ser feliz viviendo en un hogar de Berlín con mi marido y unos hijos… Pero resultó que todo era prestado. Nada era mío, excepto la música. Es lo único que tengo y hasta ahí no podrán llegar, y voy a defenderla.

—Así me gusta, esa es la Julia que quiero ver —me animó.

Tercer movimiento

Estábamos en el verano de 1965 y las temperaturas habían dado un respiro. Durante aquellos meses y los años de encierro que siguieron, aumentaron en el campo el número de presos políticos. El nuevo gobierno de Leónidas Brézhnev había endurecido las condiciones a los artistas y a los soviéticos en general. El libro Aleksandr Solzhenitsin, *Un día en la vida de Iván Denísovich*, fue prohibido de nuevo, y escritores soviéticos como Andréi Sinyavski y su amigo Yuli Daniel engrosaron las listas de detenidos y encerrados en un campo cercano al nuestro por haber publicado bajo pseudónimo unas obras de ficción en el extranjero en las que realizaban una crítica mordaz sobre la vida en la Unión Soviética. Aquellos escritos obtuvieron una gran repercusión en Occidente y llamaron la atención del KGB, que comenzó a investigar hasta llegar a desenmascarar a los autores que se ocultaban bajo aquellos alias. Parecía que habíamos vuelto a la era de represión estalinista, tal como indicó la difunta profesora. El tímido soplo de aire fresco que se había respirado en el país durante los años de Jruschov se disipó como un azucarillo en el café. De nuevo las cárceles y los campos empezaron a llenarse, y los detenidos por cualquier nimiedad se contaban por cientos.

Esperanza me habló una noche de la responsable de la distribución de trabajos en el campo, la veterana Tamara Bersenova, una mujer adusta e insensible. Yo la conocía bien, pues a diario seleccionaba a las presas para el duro trabajo en el bosque.

—Mañana después del almuerzo ve a la enfermería; ella la visita todos los lunes para interesarse por la evolución de las reclusas internadas. Toma —dijo entregándome un abrigo forrado de color azul—. Acabo de recibirlo de mi familia. Llévalo puesto y procura que se fije en él. Si te hace algún comentario, ofréceselo.

—¿Crees que lo aceptará?

—Si no se lo regalas, estás perdida. —Me miró guiñando un ojo—. ¿Cómo crees que consiguen algunas ser trasladadas a otros trabajos en vez de ir al bosque?

Y fue así como sucedió. Llegué a la enfermería a la hora prevista y Esperanza hizo un gesto desde el otro lado de la sala para que me acercara con la excusa de preguntar por la salud de una amiga allí internada. Tamara Bersenova hablaba en aquel momento con la doctora responsable del pabellón y al pasar por su lado advertí como sus ojos se posaban en el abrigo que estrenaba. Era una mujer de unos cincuenta años, con el pelo negro y largo recogido en una larga trenza, de tez morena y complexión ancha y ojos pequeños y fríos acostumbrados a infundir miedo y respeto.

Durante unos minutos estuve consolando a mi compañera de pabellón, a la que, según había comentado Esperanza, apenas le quedaban días, o tal vez horas, debido a la diarrea que se había convertido en la causa más frecuente de mortandad. Allí no había remedio para ellas, solo les ofrecían agua y algo de carne de pollo que la mayoría no toleraba ya.

De la decena de enfermas internadas solo saldrían adelante un tercio de ellas, según su resistencia. Lo que más chocaba de sus explicaciones era su natural conformidad ante la próxima muerte de aquellas mujeres, un hecho que formaba parte de la rutina diaria.

Tamara Bersenova pasó a nuestro lado cuando me despedía de Esperanza en la puerta de la sala y se detuvo a saludarnos. Fijó la mirada desde su altura no solo física, sino de estatus, e hizo un comentario sobre mi abrigo.

—Es una buena prenda. Debe de abrigar mucho, por lo que veo.

—Sí, es de buena calidad. ¿Le gusta? —le pregunté mientras me desabrochaba los botones—. Puede quedárselo.

—Eres muy amable —murmuró, recibiéndolo con auténtica codicia. Inmediatamente se dio la vuelta y abandonó el hospital.

Esperanza y yo nos miramos con complicidad.

—A ver qué pasa... —sonrió.

Dos días más tarde, mientras formábamos las filas para subir al remolque, Tamara Bersenova estaba allí al amanecer distribuyendo el trabajo. A veces nombraba a algunas presas y les exigía salir de la hilera. Aquella orden no era una garantía de mejora, pues habíamos comprobado que a veces las seleccionadas eran destinadas a la tala de árboles en vez de la recogida de leña, un trabajo aún más duro. Otras, sin embargo, tenían la suerte de ser enviadas a tareas más «cómodas», como la limpieza de las letrinas, de los suelos, la lavandería o la cocina.

La Bersenova pronunció mi nombre y ordenó que saliera de la fila. Esperé a que el tractor partiera con las compañeras y se acercó, indicándome que tenía un nuevo empleo: la limpieza de los barracones.

—Vaya a la barraca principal. Eugenia Polosova la espera para llevarla a su nuevo destino —ordenó.

La nueva ocupación consistía en limpiar los alojamientos masculinos. La jefa de la cuadrilla distribuyó la faena y comenzamos a fregar el pavimento de los amplios pabellones. El contacto de las manos con el agua caliente era agradable, a pesar de la incómoda postura, inclinada y de rodillas en el suelo. Pero estaba bajo techo y en una sala cálida; no podía más que agradecer a Dios por haber puesto en mi camino a Esperanza, que me regaló el abrigo, y también a la Bersenova, que se encaprichó de él y me cambió de puesto. En aquel trabajo también recibíamos una ración extra de pan, que contribuyó a mantenerme fuerte, tanto de espíritu como físicamente.

Gracias a la generosidad de mi amiga española conseguí ropa limpia y de abrigo, guantes e incluso parte de la comida que le enviaban sus padres, y con la exigua retribución que recibía pude comprar productos de higiene en el economato del campo que me hicieron la vida más llevadera.

La percepción de bienestar había cambiado. Dormir en una cama mullida en un hogar cálido o consumir mi comida preferida estaba tan lejos que ni siquiera me lo planteaba. No. El placer significaba ahora la ausencia de dolor, de hambre y de frío. Me conformaba con no sentir agotamiento, no tener piojos, no sentirme sucia, calzar botas, cubrirme con un abrigo raído… Aquello sí que era un lujo.

El único estímulo que me mantenía fuerte era el Amor con mayúsculas. El amor por los niños que adopté y, para mi satisfacción, salvé. No sabía cómo estaban, ni si Adolfina se habría curado de su dolencia o habría dejado este mundo, si me añoraban o se habrían olvidado de mí… Pero estaban libres, vivos, a salvo de las garras de aquellos carceleros déspotas y destructores de almas.

Mi amor por Nicolás también seguía intacto, aunque era consciente de que, después de mi encierro y al no tener noticias mías, se habría resignado a perderme para siempre. No podía reprocharle que rehiciera su vida; de hecho, lo deseaba. No quería pensar que, además de arruinar la mía, también lo había hecho con la suya. Yo en cambio, me aferraba a su recuerdo, al último beso atropellado que nos dimos en Madrid mientras los guardianes nos esperaban tras la puerta. Entendí que el ser humano puede tener ráfagas de felicidad en medio de la desolación total si dedica sus escasas energías a sobrellevar con dignidad el martirio. Y el recuerdo de Nicolás, de Oleg y Karina me daba la fuerza necesaria para seguir viva.

Cuarto movimiento

Estuve cuatro años entre labores de limpieza y lavandería, gracias a los regalos que Esperanza me ofrecía y que yo entregaba a Tamara Bersenova. En 1969 conseguí un destino más cómodo que me permitió recuperar peso y salud: la cocina. Allí servía en escudillas la sopa aguada que elaboraban las cocineras, las recogía y me entregaba a la ardua tarea de fregarlas en un lebrillo en el que debía cambiar el agua cuando tomaba un color parduzco y espeso. Tenía que hacerlo con rapidez para el siguiente turno, pues no había suficientes recipientes para el número de presas allí agrupadas. La gran ventaja era que tenía acceso a la comida.

Desde el interior de la cocina, y a través del hueco donde depositaba las bandejas, podía ver las caras demacradas de mujeres envueltas en andrajos con las manos moradas por el frío, las mejillas quemadas y sin dientes debido al escorbuto. Trataba de imaginarlas en su vida anterior, en sus casas, en el metro, en el trabajo, pero no lo conseguía. Había algo común en ellas: la falta de brillo en los ojos, la vejez prematura y la insistencia de algunas en seguir vivas. No podía imaginar cuántas eran culpables de los cargos por los que las condenaron. Estaba segura de que ninguna lo era, pero todas aceptaban con resignación aquel destino, un destino que se burló de ellas y destrozó sus vidas y las de sus familias. Algunas procedían de la clase alta, eran intelectuales o fueron «esposas de» que, como yo, habían tenido cierta relevancia, pero allí éramos consideradas como ganado, humilladas y degradadas. A veces manifestaban en secreto su malestar por el trato recibido, pero se guardaban de quejarse ante las veteranas que ostentaban el mando por miedo a las represalias. Ni siquiera éramos personas, solo mano de obra prescindible y sustituible cada vez que llegaba al campo una nueva expedición de penadas.

Con el paso del tiempo percibí un cambio en el comportamiento de las mujeres que habían llegado conmigo al campo unos años antes. No había una conducta idéntica en todas, sino una reacción personal que quizá era consecuencia de su educación o de las experiencias vitales. Algunas cerraban los ojos ante el calvario que sufría la compañera de catre, mientras que otras se levantaban de madrugada con un trozo de pan que se habían guardado para ofrecérselo a otra que estaba más débil. Siempre desconfié de las que decían de sí mismas que eran buenas personas y se daban golpes de pecho por haber favorecido a alguien con una acción que a ellas realmente les suponía poco esfuerzo. Entendí en aquel campo que las personas buenas de verdad nunca están satisfechas con su proceder y piensan que podrían haber dado más de sí o haber actuado mejor con el prójimo.

Aquella experiencia sirvió para fortalecer mi carácter y comprobé que solo unas pocas mantuvimos esa fortaleza interior, convirtiendo aquella monstruosa experiencia en toda una hazaña. En aquel lugar donde te lo quitaban todo excepto el derecho a decidir qué hacer con tu propia conciencia, reconocía a las que conservaban aún su libertad personal y a quienes la habían perdido para siempre.

Una tarde del verano de 1970 estaba en la cocina cuando alguien se me acercó. Era uno de los responsables del campo masculino.

—¿Eres Julia Lerner?

—Sí. —Lo miré, escamada.

—Hay alguien en este campo que te conoce; está moribundo y quiere hablar contigo. No creen que llegue a mañana.

—¿A mí? ¿Dices que me conoce?

—Sí, perteneció al KGB. El coronel Serguéi Kozlov.

Fue tal mi espanto que no pude articular una palabra al escuchar aquel nombre.

—¿El coronel Kozlov está aquí?

—Sí, desde hace un año.

—¡Vaya! No lo sabía.

—Quiere hablar contigo. Está en el hospital.

—De acuerdo, cuando termine el trabajo en la cocina pediré permiso para ir a visitarlo.

Al llegar al hospital me dirigí a una cama donde yacía una sombra compuesta por piel y huesos, nada que ver con el hombre que yo recordaba, de complexión ancha cercana al sobrepeso. Su rostro cuadrado había perdido volumen y la marca del escorbuto en las encías sangrantes y los dientes salidos significaba que estaba en la recta final, según me había explicado Esperanza.

Me acerqué y permanecí de pie junto a la cama cuando unos ojos azules sin luz se posaron en los míos.

—Hola, Julia —habló sin apenas aliento.

—Hola, coronel.

—Sabía que estabas aquí...

—Pues yo ni siquiera sabía que usted estaba preso.

—Fue por culpa de aquellas malditas filtraciones en Berlín Oriental...

—¿Y Boris? ¿También está aquí? —pregunté, temerosa por la respuesta.

—¿Boris? ¿Acaso no sabes lo que pasó en...? —Se quedó callado y me miró con cansancio.

—Siga, por favor, dígame dónde está mi marido.

—Murió durante los interrogatorios en la Lubianka. ¿No lo sabías?

—No, nadie me informó. Me mantuvieron incomunicada allí y después pasé seis meses en la Butyrka. No tengo familia ni a nadie que me escriba. No recibo noticias del mundo exterior.

—Fuiste tú, ¿verdad? —preguntó a quemarropa—. Vamos, dímelo. Sé que voy a morir pronto, pero quiero conocer toda la verdad. Estoy seguro de que fuiste la responsable de aquellas filtraciones.

Me miró esperando una respuesta. Yo callé durante un largo rato.

—¿Importa a estas alturas quién fue el responsable?

—¡Sí! —alzó la voz haciendo acopio de sus débiles fuerzas—. Quiero saber por qué estoy aquí, por qué se torturó a Boris y nunca admitió su culpa, a pesar de que firmó la confesión.

—¡Claro! Todos confesaron, coronel. Tenían que firmar lo que ustedes les obligaban, pero ¿se supo la verdad? ¿Le interesaba conocerla? En aquel momento no, porque tenía que salvar su cuello... Pero veo que tampoco lo consiguió —me regodeé.

—Siempre tuve dudas contigo. Ya que voy a morir, deseo saber si fuiste la responsable de que acusaran a tu marido.

«No —pensé—. No pienso darte el gusto de corroborar tus sospechas. Vas a morir con esa incertidumbre».

—Coronel —dije tras otro silencio—. Le deseo que se reponga, y si tiene que partir, hágalo, pero antes pida perdón por el daño que ha hecho no solo a mí, sino a todas las personas a las que ordenó torturar para averiguar una verdad que nunca va a conocer.

—Tú y Laura Braun lo urdisteis todo. Te comunicabas con ella, ¿verdad?

Durante unos segundos sentí pánico, tenía que hacerle hablar para ver hasta dónde conocía la verdad sobre la situación de mis hijos.

—La CIA urdió un buen plan. Detectamos en Nueva York que la violinista estaba con ellos y tú le pasabas información cuando se instaló en Berlín Oeste. —Hizo una pausa, agotado—. Pensábamos que eras de los nuestros, la mejor pianista de la Unión Soviética, te hicimos famosa y así lo pagaste: traicionando al país, a tu marido, a todos. Advertiste a la CIA en España para sabotear el plan que habíamos preparado, ellos lo sabían todo antes de que iniciaras la misión que te encomendamos...

Yo seguía en silencio.

—¡Vamos, admítelo! Me manipulaste en Nueva York para que sospechara de Boris, pero eras tú la traidora. Quiero morir con la satisfacción de saber que no estaba equivocado. Me engañaste. Eres una chica lista. Vamos a ver cómo sales de este campo. Ojalá te pudras aquí. ¡Te maldigo, Julia Lerner! —masculló, agotado.

Esta vez no pude quedar callada.

—No coronel, no hice nada de lo que me está acusando, pero ahora soy yo quien lo maldice —musité, acercando mi rostro al suyo—. Soy católica, como mi padre, y creo en el cielo y en el infierno. Y usted merece un castigo por tantos inocentes a los que ha destrozado la vida ordenando encerrarlos injustamente en estos campos, a los que ha mandado torturar hasta la muerte... ¡Ojalá arda en las llamas del infierno! —mascullé entre dientes—. Adiós, coronel.

Me erguí con la íntima satisfacción de que moriría sin

saber la verdad, aunque la sospechara. ¡Jamás le daría esa satisfacción!

—¡Has sido tú...! —Escuché su voz cavernosa a lo lejos, mientras abandonaba la sala—. ¡Fuiste tú, maldita, fuiste tú, fuiste tú...!

Aquellas fueron las últimas palabras que pronunció. Según supe después, expiró una hora más tarde.

Cuando llegué al barracón estaba confusa, pues no me sentía demasiado resarcida por conocer que el coronel también había acabado sus días en las mismas circunstancias que yo, devorado por su propio sistema. Él me acusó con el fin de no ser relacionado con Boris o conmigo, pero no lo logró, a pesar de sus maniobras. Nunca consiguieron que firmara una confesión, aunque ese detalle no me sirviera para aliviar la condena, y estaba segura de que no obtuvieron una sola prueba de mi participación en aquel complot por mucho que Boris descargara sobre mí toda la responsabilidad, aun sin conocer la verdad. En cuanto a mi difunto marido, había recibido su merecido, aunque no estaba satisfecha con su muerte. Me hubiera gustado que lo llevaran preso a un campo de trabajo para que sufriera y pasara calamidades; le había deseado una vida negra, oscura como su alma, como su maldad. Sin embargo, era yo quien había recibido aquel castigo y padecido el infierno que había pretendido para él.

Ahora, ambos estaban muertos, pero yo seguía en pie, y esa rabia me insufló fuerza. Tenía que sobrevivir a unos monstruos que habían confinado el alma de un gran país que vivía con miedo, sometido a unas leyes arbitrarias e injustas. Boris y Kozlov ya lo habían pagado, aunque solo fueron una pieza de aquel perverso engranaje dirigido a implantar un pensamiento único, de aquella dictadura de maldad, de falta de empatía y de escasa compasión por las personas y las familias.

Sabía que aquella pesadilla no iba a acabar en un futuro cercano y no estaba en condiciones de luchar contra ella, pero recordé una de las sentencias del abuelo, cuando decía que unos pocos granos de arena podían hacer una playa. Por un instante disfruté de mi propia playa al saber que dos de aquellos verdugos habían recibido su merecido castigo.

Una mañana llegó a nuestro campo un numeroso grupo de mujeres. Dos días más tarde también vimos desde el patio la llegada de una fila de hombres a través del alambre de espino que separaba nuestros campos. Una de las recién llegadas comentó que buscaba a su marido entre ellos y otra a su hijo, pero era difícil distinguirlos entre aquel grupo que vestía el mismo uniforme y caminaban lentos y cabizbajos. En sus rostros cetrinos hallé el mismo rictus de sufrimiento, de injusticia y resignación por el cruel destino que les había tocado —más bien golpeado— y llevado a aquel campo.

Ninguna identificó una cara conocida, pero en su desahogo comenzaron a hablar de las detenciones arbitrarias de las que habían sido objeto los maridos y, por ende, ellas también. Una refirió que el suyo no fue arrestado porque hubiera sido desleal al Estado soviético, sino porque existía la posibilidad de que lo hiciera al haber viajado como científico varias veces al exterior por motivos de trabajo. Yo expuse mi caso tras la detención de mi marido por sospechas de colaboración con el enemigo occidental y algunas de ellas afirmaron estar en la misma situación. En la nueva era de Brézhnev, de nuevo se ejercía la coacción de manera preventiva contra escritores, científicos o artistas, con el fin de persuadirlos en sus tentaciones de traicionar a la Patria.

Una madre que buscaba entre las filas a su hijo comentó que estaba allí porque este había repartido unas octavillas acusando al Estado de encarcelar a gente inocente. Las había escrito él mismo con letras mayúsculas y por la noche las había pegado en algunas calles de Moscú. Cuando lo arrestaron, no solo se lo llevaron a él, también a su madre. Su marido, militar de profesión, ya estaba preso en un campo de trabajo por haber criticado ante un grupo de amigos que fue duro participar en la represión de civiles en Checoslovaquia, en la llamada Primavera de Praga, cuando, en agosto de 1968, más de 2.300 tanques y 200.000 soldados del Pacto de Varsovia invadieron el país para cercenar la tímida apertura de libertad de desplazamiento y de expresión iniciada por el presidente Alexander Dubček, unas reformas que no gustaron en Moscú y que fueron reprimidas por la fuerza. Al principio solo fue detenido el padre de familia, pero debido a la imprudencia del hijo adolescente, ella también fue arrestada y condenada. Ahora ignoraba qué había sido de ambos.

Lo que más me sorprendía de las reclusas que realmente habían sido activistas y criticado al sistema soviético era el hecho de que nos considerasen inocentes al resto de las presas políticas que estábamos allí. Ellas sí reconocían su culpabilidad, pero el resto, encarceladas por ser esposas de posibles disidentes, merecíamos estar libres.

Esperanza cumplió su condena a finales de 1970 y salió en libertad al fin. Se despidió de todas y me regaló parte de la ropa y enseres que poseía allí. Al no tener familia, yo no recibía correo, pero ella le regaló a Tamara una blusa muy elegante con la petición de que, haciendo una excepción, le permitiera mantener correspondencia conmigo. De esta forma comenzó a enviarme paquetes con comida y ropa, con el fin de que continuara sobornando a la responsable de mis privilegios.

Esperanza me escribía de su nueva vida en casa junto a la

familia, que también había sufrido de alguna forma el procesamiento, aunque se guardaron de informarla durante los años de encierro. Su padre había sido expulsado de la academia de música donde trabajaba y ahora daba las clases particulares en su propia casa. A su madre la despidieron del restaurante de lujo donde solo tenían acceso los altos mandatarios del Partido y funcionarios, y ahora trabajaba como cocinera en la mansión de un militar de alto rango. Se habían mudado a un piso más humilde, pero al menos eran libres y ella tenía un hogar donde se estaba recuperando. Había retomado los estudios de enfermería y por las tardes ganaba dinero extra cuidando a un anciano enfermo.

Lo que ambas desconocíamos es que pronto mi vida daría otro vuelco...

Suite 4

Alexandria, Estados Unidos
1971

Gisela recordaba en su despacho la última conversación que había tenido con Adolfina Neumann porco antes de que falleciera por un cáncer de hígado en la primavera de 1964. La maestra había constituido para los chavales el único referente familiar en los últimos años y presentía que lo iban a pasar muy mal cuando se marchara para siempre. Ambas habían hablado ya sobre la escasa esperanza de que Julia Lerner siguiera con vida después de haber caído en manos del KGB.

Una tarde, Gisela fue a hablar con Adolfina tras conseguir la información recuperada en el Proyecto Venona a través de Oliver. La anciana le confesó que su final estaba cerca y le expresó su miedo a dejar solos a unos niños desvalidos, utilizados por su agencia para unos fines que nada tenían que ver con la piedad o el altruismo. Estaban llegando a la adolescencia y no conocían lo que había fuera de aquellos muros. «¡Julia no se sacrificó para que sus hijos acabaran de esta forma...! ¡Ayúdelos, Gisela! ¡Cuide de mis niños!», le suplicó haciendo acopio de sus escasas fuerzas.

Aquella demanda removió la conciencia de la agente, que resolvió iniciar un plan a medio y largo plazo para auxiliar a los chicos. El día que el corazón de Adolfina dejó de latir, fue un duro golpe para ellos; además ya habían sido informados sobre la detención de sus padres y de la escasa esperanza de volver a verlos. Se quedaron solos en manos extrañas y pasaron unas semanas de llanto y tristeza, de largas charlas recordando anécdotas junto a su madre y a la maestra cuando practicaban al piano o visitaban el hipopótamo de Berlín Occidental. Gisela comprobó una vez más la forzosa madurez de Karen, que había asumido aquellos acontecimientos como si de un adulto se tratara. Por el contrario, Oliver apenas mostraba emociones y parecía no estar afectado.

La primera medida que planteó a su superior fue el cambio de residencia de los pequeños a Alexandria, una ciudad situada a pocos minutos de Langley, donde ella tenía su hogar. Así estaría más cerca y podría visitarlos regularmente para hacerles compañía, incluso se ofreció a encargarse, fuera de las horas de trabajo, de la tarea de recabar la información que Oliver seguía hallando entre el mar de números con los que jugaba a encontrar mensajes. De esta forma liberaba a su compañero de aquel cometido que les hacía perder toda la jornada cada vez que se desplazaban a Annapolis para verlos. Todos conocían la exhaustiva dedicación de la agente en su trabajo, y Fischer recibió con agrado aquella propuesta, que le permitiría dedicarse a otros asuntos de más relevancia para su carrera en la Agencia, por lo que apoyó la iniciativa y el director adjunto accedió al traslado.

Meses más tarde, la mudanza fue un hecho y los niños se instalaron junto a Heather en una casa rodeada de jardín en la parte antigua de la acogedora y tranquila ciudad de Alexandria, de estilo colonial y calles adoquinadas, en cuyo casco antiguo estaban ubicados numerosos edificios históricos. Después, Gisela sugirió a sus superiores relajar un poco la estricta protección a la que estaban sometidos los chavales, pues nadie conocía sus circunstancias especiales y los padres habían sido dados por desaparecidos. Aquella ciudad era muy tranquila y no debían llamar demasiado la atención.

Por otra parte, supondría un considerable ahorro en gasto de personal de seguridad. Así consiguió que Karen, que había tenido profesores particulares durante aquellos años, fuera matriculada en un colegio cercano a la nueva residencia mientras Oliver quedaba al cuidado de Heather y de los miembros de seguridad.

También Gisela se preocupó de que los hermanos salieran, siempre acompañados por las dos mujeres y el escolta, a visitar los parques cercanos como el Jones Joint Park o el Belle Haven, donde daban largos paseos rodeados de naturaleza y Oliver se quedaba absorto, sentado en un banco, contemplando la inmensidad del río Potomac.

Habían pasado ya siete años y la vigilancia de los hermanos se había relajado en la misma medida que Gisela había ido asumiendo más responsabilidad sobre ellos. Vivía sola y solía llevar a los jóvenes a su propia casa situada muy cerca de la de ellos, donde enseñaba a cocinar a Karen y le ofrecía a Oliver manuales de electricidad, de mecánica, incluso le daba clases con sus libros de Física, comprobando complacida que aprendía con extraordinaria rapidez. A pesar de los modales autoritarios que exhibía y de las órdenes estrictas que daba a la cuidadora, Karen tenía la sensación de que estaba representando un papel, pues cuando estaba a solas con ellos era una persona diferente, amable y nada rigurosa. Le parecía que era la única que se interesaba por ellos y no los veía únicamente como un medio para conseguir información para su Agencia. Si tenía que poner en la balanza a Heather y Gisela, algo le decía que debía confiar más en esta última.

La agente decidió que había llegado el momento de poner en práctica el plan secreto que había trazado durante años, ahora que los jóvenes habían llegado a la mayoría de edad. Por la cabeza de Oliver pasaba demasiada información, era muy valioso para su gobierno y estaba segura de que no los dejarían marchar fácilmente y sin tomar medidas.

Pero todo se precipitó de manera inesperada, y la decisión sobre el futuro de Oliver se tomó antes de lo que Gisela había previsto debido a un «inexplicable» incidente que marcó un punto de no retorno.

Estaban a las puertas del nuevo año de 1971 y en la televisión emitían un concierto de la Orquesta Sinfónica de Berlín Oriental, que había sido invitada al Metropolitan de Nueva York para el concierto de Navidad. Oliver y Karen lo escuchaban de fondo en la sala mientras hacían los deberes. De repente, el joven levantó la mirada y como un autómata comenzó a recitar frases en alemán aparentemente incoherentes:

—Elías Philips... corresponsal *New York Times*... Vende listado de agentes CIA a KGB... Cuenta en Suiza.

Heather giró la cabeza hacia él con estupor y luego miró a Karen.

—¿Qué ha dicho tu hermano?

Tras escuchar la traducción al inglés de lo que había dicho Oliver, la cuidadora se levantó sin disimulo y dejó la sala con apremio para informar a Gisela, quien se vio obligada a dar parte al día siguiente. Aquel incidente activó todas las alarmas en la Central de Inteligencia. A la circunstancia de que Oliver fingía tener más dificultad para localizar palabras entre las páginas de números del Proyecto Venona —siguiendo las instrucciones que Gisela le había dado en secreto—, se le acababa de unir aquel suceso, corroborando así que el joven entrañaba un riesgo para la seguridad nacional debido a su inestabilidad emocional. No podían permitir que se produjera una filtración de los proyectos de desencriptado en los que colaboraba habitualmente.

Todos ignoraban, pues nadie prestó atención al programa que emitían en la televisión, que la Orquesta Sinfónica de Berlín acababa de interpretar aquella tarde una obra que compuso y estrenó Julia Lerner en la Navidad de 1961 en homenaje a los temas infantiles tradicionales de Alemania. Fue en esa composición donde se vio obligada a enviar aquel mensaje que no pudo interpretar durante el ensayo general, pues el director de la orquesta no consideró necesario escucharlo previamente. De esta forma, aquella información quedó incorporada para siempre en la partitura original.

Aquel incidente forzó a Gisela a tomar una inmediata decisión.

El hotel Washington Hilton, situado en la avenida de Connecticut, era conocido por su original diseño de estructura en doble arco y se había puesto de moda desde su inauguración entre los visitantes de aquella ciudad donde residían el mayor número de políticos, diplomáticos y espías por metro cuadrado del país. Gisela había reservado una suite para pasar allí el fin de semana, aunque la auténtica razón era acudir a una cita muy especial.

A las dos de la tarde recibió a un hombre de unos cincuenta años, con ojos claros y abundante pelo plagado de canas y peinado hacia atrás. Vestía un caro traje a medida y sus modales exhibían una exquisita educación. Era Harry Maynor, el agregado de Comercio de la embajada de Reino Unido en la capital estadounidense. Gisela y él se conocían desde hacía décadas. Estaba casado con una rica y elegante heredera inglesa y tenía dos hijos. Llevaba muchos años en Washington y solía ser invitado a numerosos eventos de carácter social o político que se celebraban en la ciudad.

—¡Cuánto tiempo sin tener noticias tuyas! —se dirigió a Gisela ofreciéndole un efusivo beso en la mejilla—. ¿Cómo está mi antigua compañera de aventuras?

—Peor que tú, por lo que veo. —Levantó una ceja la anfitriona—. Estás hecho un pincel. Observo que te cuidas muy bien...

—Bueno, son gajes del oficio. Tengo la obligación de ofrecer una buena imagen de mi país... Y ahora, ¿puedo preguntar a qué se debe esta sorprendente cita a escondidas?

—Ven, vamos a comer algo, he pedido el almuerzo —dijo, dirigiéndose a la terraza y llenando dos copas de vino blanco.

—Adelante. Te escucho.

—Necesito cuatro pasaportes británicos para dos personas. —Al percibir la mirada escamada de su amigo, Gisela decidió continuar antes de que protestara—. Aquí tienes cuatro fotos, dos de cada uno de ellos. Diferentes nombres y diferentes lugares de nacimiento. El resto de los datos los dejo a tu elección.

—¿Sabes lo que me estás pidiendo?

—Sí. Necesito sacarlos del país. Sin preguntas. Es personal.

—No es tan fácil como supones.

—Vamos, Henry, cosas más complicadas hemos hecho. Solo te pido documentaciones legales, no ayuda para sacarlos. Es un asunto muy...

—No me lo cuentes —la interrumpió—. Mientras menos sepa de qué va esto, mejor. Confío en ti... —La miró sin ocultar su incomodidad.

—Yo jamás te traicionaría. Me conoces bien.

—¿Con esto estaremos en paz?

—Sí. Tu deuda quedará saldada, te doy mi palabra.

—De acuerdo. Dame algo de tiempo, no es tan fácil como crees.

—Muy bien, y ahora disfrutemos de este estupendo almuerzo —invitó, al comprobar que la tensión se había relajado y que Henry continuaba con sus bromas.

Henry Maynor y Charles Dawson pertenecieron al MI6 y estuvieron destinados en los inicios de la década de los cincuenta en Berlín Occidental. Fue allí donde conocieron a Gisela, que ejercía su labor en el sector estadounidense al servicio de la CIA. Fueron años convulsos e interesantes a la vez, y a fuerza de compartir información sensible, enemigos comunes —los soviéticos—, y noches de tertulia y cervezas, entablaron una estrecha amistad; más tarde, Charles y Gisela mantuvieron un apasionado romance que a punto estuvo de terminar con su carrera y con la de Henry. Y todo ocurrió debido a una triste casualidad. Un día Gisela sorprendió a su pareja mientras depositaba con disimulo un pequeño objeto dentro de una papelera en plena calle de Berlín Occidental. La agente guardó silencio y durante un tiempo se dedicó a acecharlo. Una tarde lo siguió hasta un edificio de viviendas del extrarradio, esperó pacientemente y lo vio salir una hora después. Quince minutos más tarde observó como abandonaba el bloque un miembro del KGB al que tenían identificado, confirmando así que aquel era el punto de reunión donde se fraguaba una conspiración. Definitivamente, Charles era un traidor, y a Gisela no le tembló el pulso para informar al servicio británico, que organizó de inmediato una operación de seguimiento. Lo cazaron en el lugar que la agente les había indicado tras una nueva reunión con el agente ruso afincado en Berlín Oeste.

Henry Maynor, su compañero y amigo desde la universidad donde fueron captados, estaba en la cuerda floja y todas las miradas apuntaron hacia él. Gisela actuó en su defensa declarando con rotundidad que no había hallado pruebas de la implicación de Maynor. Con el aval de la agente de la CIA, Henry fue exonerado de toda sospecha por parte del MI6 y se libró de una sombra en su brillante expediente.

Después de aquello Gisela regresó a Estados Unidos y años más tarde volvieron a coincidir en Washington, donde

Henry había continuado su ascendente carrera en el MI6. Desde entonces, y a pesar de no verse con frecuencia, seguían manteniendo una cómplice amistad y unos secretos que solo ellos conocían. Nunca volvieron a hablar del incidente de Berlín, aunque ambos eran conscientes del gran favor que Gisela le hizo. Ahora, la agente no había tenido más remedio que recurrir a la única persona que podía ofrecerle ayuda con la máxima discreción, en la seguridad de que no iba a negársela.

Aquella mañana Gisela observó que su compañero Joseph recibía la visita de uno de los médicos que trabajaban en proyectos de experimentación con drogas psicotrópicas en laboratorios secretos que el gobierno financiaba. La puerta de Fischer se había quedado entornada y no pudo evitar la curiosidad. Al comprobar que el pasillo estaba desierto, se dispuso a escuchar para conocer el motivo de aquella visita, colocándose detrás del muro sin ser vista.

—... hemos comprobado que es mentalmente inestable y no podemos permitirnos una fuga de información —decía Joseph—. El director adjunto me ha hablado sobre la posibilidad de practicarle una lobotomía, dicen que es una operación poco invasiva que no entraña peligro...

¿Operación? Al escuchar aquello, las alarmas comenzaron a sonar en la cabeza de Gisela. ¡Estaban hablando de Oliver!

—Bueno, considerando que es un chico muy joven, no lo recomiendo. —Era la voz del médico—. Es cierto que en pacientes con problemas de conducta violenta o de esquizofrenia ha dado buenos resultados, pero, según me han informado, el chaval no presenta esos síntomas. Además, la lobotomía ha dejado de practicarse ya por los riesgos que entraña en los pacientes. En los sanatorios mentales se realizaba con frecuencia para mantener más tranquilos a los internos, pero no se ha demostrado una eficacia plena para lo que me has sugerido...

—¿Qué recomiendas entonces? —siguió preguntando su compañero.

—Estamos experimentando con unos fármacos que no afectan a la psicomotricidad, pero sí a la mente. Los pacientes se vuelven silenciosos y apenas recuerdan nada.

—Esa podría ser una solución. Después lo ingresaremos en un sanatorio y todos quedaremos más tranquilos... De acuerdo, informaré a Morell y ya recibirás noticias...

Gisela corrió a su despacho y cerró la puerta antes de que el visitante abandonara la sala. Ya había oído suficiente, tenía que iniciar a marchas forzadas el plan de fuga.

Esa misma tarde fue a visitar la casa de sus protegidos y los invitó a salir al parque. Heather estaba con un fuerte resfriado y fiebre, por lo que no pudo acompañarlos. Gisela aceptó con su habitual seriedad la indisposición y montó a Oliver y a Karen en el coche. El guardaespaldas se disponía a seguirlos, pero le indicó que debería quedarse allí por si Heather empeoraba y necesitaba ayuda. No era la primera vez que los dejaban solos, sobre todo cuando los chicos visitaban la casa de la agente. La vigilancia se había relajado notablemente desde que Gisela se había hecho cargo de los chavales. Era una de ellos al fin y al cabo, y estaban bajo su responsabilidad.

Esta vez no fueron al parque, sino a un descampado en las afueras de la ciudad donde la agente quería enseñar a conducir a Karen. Se cambiaron de asiento mientras Oliver las observaba desde los asientos traseros. Tras varios intentos, el vehículo se puso en marcha con la chica conduciendo y, tras varias vueltas e instrucciones sobre los mandos, miró a su hermano, divertida con aquella nueva experiencia.

—¡Ahora yo! —pidió Oliver—. Yo también quiero conducir...

Gisela miró a Karen con inseguridad.

—Déjalo, Gisela; seguro que se ha fijado en todo y ya ha aprendido.

La mujer lo dejó hacer y comprobó que no solo conducía bien, sino que conocía el funcionamiento de todos los interruptores. Al comprobar que ambos controlaban el coche, decidió avanzar un poco más, arrancó y condujo hasta los alrededores de Washington, vigilando de vez en cuando el retrovisor para comprobar que nadie los seguía. Llegaron a una explanada donde aparcaron junto a un enorme centro comercial. La mujer observaba los ojos curiosos de Oliver, que nunca había estado rodeado de tanta gente. Mientras recorrían los largos pasillos repletos de comida, ropa y accesorios de todo tipo, se acercó a Karen sin perder de vista al chico, que iba delante de ellas.

—Karen, desde que Oliver recitó aquel mensaje hace unas semanas, mis superiores ya no confían en él... ¿Me entiendes? —Karen la miró con temor, atenta a sus palabras—. Y si no confían en él, va a tener serios problemas. Para ellos tu hermano es un enfermo. Ya sabes lo que tu padre quería hacerle...

—Encerrarlo en un manicomio... —La agente asintió.

—Ellos... también lo están pensando; tu hermano ha tenido acceso a información sensible, incluso tú misma... Hablamos de asuntos de seguridad para el país y aquí no hay sentimientos.

—¿Qué van a hacer conmigo?

Gisela bajó la cabeza sin saber qué decirle.

—No lo sé, pero no esperes que te permitan llevar una vida normal en el futuro. Tienes que estar alerta, no dejes que le den ningún medicamento a tu hermano, ¿de acuerdo?

La agente reparó en las lágrimas que avanzaban sin control por el rostro de Karen y trató de consolarla con un abrazo.

—Tranquila, no voy a tolerar que os hagan daño. Tengo un plan.

Durante un buen rato siguieron paseando y compraron

unas maletas y ropa, además de mochilas y todo lo necesario para realizar un viaje. Tras ofrecer dinero a Oliver y explicarle cómo manejarlo, lo dejó solo a la hora de pagar la cuenta, un examen que aprobó con sobresaliente.

Una semana después los pasaportes estaban ya emitidos desde la embajada de Reino Unido, y cuando la agente los recibió de manos de su antiguo compañero, se dirigió a una cabina de teléfonos para reservar dos billetes de avión desde Nueva York a Londres para cuatro días más tarde. La suerte estaba echada y tenía poco tiempo para aleccionarlos.

En los días que siguieron, Gisela los recogía y decía que los llevaba a su casa con el fin de no ser acompañados por el guardián, pero la realidad era otra bien diferente. El primer día los trasladó a la estación de autobuses de Washington para que conocieran el trayecto, pues pronto tendrían que hacerlo solos en un coche que conduciría Karen y después tomarían un autobús hasta Nueva York. Luego los llevó al aeropuerto para que supieran desenvolverse entre la multitud de gente que iba y venía desde cualquier parte del mundo; les indicó cómo facturar el equipaje, dónde comprar billetes o hacer transbordos sin levantar sospechas cuando llegaran al aeropuerto de Nueva York, su punto de salida del país. Los pasaportes tenían apellidos diferentes y había dos para cada uno. Al llegar a Londres tenían que dirigirse a una ventanilla y comprar billetes con el segundo pasaporte a Ciudad del Cabo, en Sudáfrica, para impedir que siguieran su rastro. Allí debían instalarse durante el tiempo que considerasen oportuno mientras se sintieran a salvo.

—En cuanto estéis fuera del país viviréis con otros nombres y, como ya os he explicado, tendréis que buscar trabajos donde no podáis ser detectados. Nada de dar clases de idiomas ni decir que sois hermanos —les dijo al regreso del aeropuerto.

—¿Cómo vamos a comunicarnos contigo cuando estemos lejos?

—He pensado que deberé tener un nombre en clave para vosotros. Anda, invéntate uno, Karen. ¿Cómo te gustaría llamarme?

La joven quedó pensativa unos instantes.

—March, como la protagonista de *Mujercitas*. —Gisela sonrió por la ocurrencia.

—OK, mi nombre en clave será la tía March.

—La tía March —repitió Oleg—. Me gusta...

—Cuando oigáis este nombre en algún sitio poneos en alerta, porque será una señal de aviso o de peligro. Para mayor seguridad, solo vosotros podréis enviarme un mensaje con vuestro teléfono de contacto cuando os instaléis, y será a través del *Washington Post* en un día en concreto de la semana. El miércoles, por ejemplo. Deberéis contratar un mensaje en las páginas de anuncios por palabras para que yo lo pueda localizar aquí. Algo que no llame la atención, como «se busca persona responsable para cuidar a enfermo de equis años». A la hora de ofrecer el teléfono, indicaréis los números correlativos a los reales. Es decir, el 0 será el 1, el 1 será un 2, el 2 el 3 y así todos. Indicaréis el prefijo del país en la edad de la persona a cuidar, también añadiendo un número más. ¿Lo habéis entendido?

Los jóvenes asintieron, excitados por el inminente cambio que se avecinaba en sus vidas.

El día acordado para poner en marcha el plan de escape era el martes 25 de febrero de 1971. El día anterior Karen había puesto a Heather en el café un potente laxante líquido que Gisela le había proporcionado, y por la noche vertió otra dosis en la sopa. A la mañana siguiente, la joven se fue al instituto como cada día y observó la tez pálida de su cuidadora, pero no hizo comentario alguno. Por la tarde, Gisela venía dispuesta a salir con los chicos y vio que Heather apenas se mantenía en pie para recibirla.

—¿Estás bien?

—Sí, es solo una descomposición, parece que algo me sentó mal ayer...

—¿Quieres que llame al médico? —preguntó solícita la agente.

—No. Ya se me pasará... —dijo mientras salía corriendo hacia el baño.

Gisela ordenó al responsable de seguridad que se quedara en casa por temor a que el estado de Heather empeorase y necesitara ayuda. Montó a los jóvenes en el coche y dijo que los llevaba a dar un paseo al Jones Point Park, un parque situado en los alrededores, al sur del Old Town y a orillas del río Potomac.

Gisela estacionó su vehículo en el aparcamiento. Había varios coches allí, pero no vieron a nadie. Abrió un pequeño neceser, de donde sacó una aguja hipodérmica y una jeringa de gran tamaño mientras observaba la mirada horrorizada de los jóvenes.

—No debéis temer. Tengo que sacaros un poco de sangre para rociarla en el coche y hacerles creer que estabais heridos...

El primero fue Oliver, quien con total impasibilidad observó a su protectora atarle el brazo con una goma elástica y pincharle en una vena. La sangre brotó enseguida en la cánula y se depositó en un bote de plástico. Repitió la misma operación con Karen, que cerró los ojos para no verlo y dio un respingo al sentir el pinchazo. Gisela sacó unos botellines de Coca-Cola y sándwiches para cada uno y los tomaron mientras daban un paseo alrededor del parque infantil situado cerca. Después les dio las últimas instrucciones:

—Nadie debe saber lo que va a pasar, ni mi participación, ¿lo entendéis? —Los jóvenes asintieron—. La versión que voy a ofrecer es que Oliver se ha sentado al volante sin mi permiso, ha perdido el control y el coche ha caído al río. Ahí tenéis ese para vosotros. —Señaló a otro vehículo aparcado cerca—. Deberás conducir hasta la estación de autobuses y dejarlo en el aparcamiento con las llaves debajo del asiento del conductor. Ya me encargaré de él más adelante. —Miró a Karen—. En tus dos pasaportes se indica que tienes dos años más, veintidós, y en el de Oliver tiene veinte. Cuando os instaléis deberás maquillarte a menudo, cambiar de peinado y vestir de forma que aparentes esa edad. Durante los próximos trayectos en autobús y en avión no os sentéis juntos ni os relacionéis demasiado.

—¿Es que van a seguirnos? Has dicho que nos van a dar por muertos... —preguntó Karen con inquietud.

—Esa es la intención, pero hay que esperar hasta estar seguros de que se lo van a creer en la Central. Yo estaré alerta desde dentro. Me estoy jugando mucho en este asunto. Si todo sale bien, me enviaréis un mensaje en la prensa cuando estéis instalados, aunque yo tardaré un tiempo en responder con el fin de no levantar sospechas.

Los hermanos asintieron, aterrados por el paso tan peligroso que iban a dar.

—No debéis confiar en nadie, solo en vosotros mismos. Cuando os instaléis en Sudáfrica, deberéis vivir en alojamientos diferentes. Estad siempre pendientes del retrovisor por si os sigue algún coche, y poned trampas en las puertas para comprobar si alguien ha entrado en vuestras viviendas.

Esperaron a que se hiciera de noche y cuando vieron que el aparcamiento quedaba vacío, llevaron el coche al borde del río. Allí Oliver, que era el más fuerte, pateó desde dentro el parabrisas provocando una telaraña de cristal, aunque sin romperlo. La agente pidió una de sus zapatillas deportivas al joven, y el gorro de lana y el abrigo a Karen; los roció con la sangre que les había extraído y los introdujo en el coche. Después esparció el fluido sobrante sobre los asientos delanteros para simular una escena violenta. Por último, Gisela se sentó al volante y arrancó el coche dando marcha atrás para tomar impulso. Después se detuvo, introdujo la marcha, aceleró y avanzó con la puerta abierta. Cuando el vehículo llegó al borde del río, de un salto se lanzó estrepitosamente contra el suelo mientras el automóvil continuaba su recorrido y caía al agua. Los tres observaron en silencio, en medio de la oscuridad, cómo desaparecía bajo las frías aguas del Potomac.

—De nuevo habéis fallecido, chicos... —Gisela los rodeó por los hombros cuando el río regresó a su estado natural—. Y yo me he quedado sin coche... —Todos rieron.

Como unas sombras se dirigieron al aparcamiento, donde un sedán de color crema los esperaba cargado con los equipajes ya preparados. Al llegar se cambiaron de ropa, Gisela les facilitó los nuevos pasaportes, los billetes de avión a Londres y un abultado sobre con billetes.

—Esto es una despedida. Rezaré por vosotros para que todo os vaya bien... —Abrazó a Karen, que se aferró a ella llorando sin consuelo—. Vamos, pequeña. Tienes que ser fuerte. Sé que lo conseguiréis, vais a iniciar una nueva vida fuera de aquí. A partir de ahora seréis otras personas, e insisto, procurad pasar desapercibidos. —Después miró a Oliver—. ¿Puedo darte un abrazo? —El chaval asintió.

La agente rodeó con los brazos su espalda y se conformó con la escasa respuesta de aquel ser entrañable y extraordinario, a pesar de su limitada empatía.

—¿Qué vas a hacer ahora? —preguntó Karen.

—Iré caminando hacia vuestra casa y ensayaré por el camino una crisis de histeria para contar lo sucedido a mis superiores. No debéis preocuparos.

—No te vamos a olvidar nunca, Gisela... —se despidió

Karen con lágrimas en los ojos, a punto de poner en marcha el coche.

—Adiós. Sed felices... —respondió ella con emoción—. Y no regreséis nunca a este país.

Al amanecer, una grúa extraía el coche de Gisela del punto donde ella indicó que había caído. Estaba colgado en vertical y expulsando el agua de su interior. Al lado, el director adjunto de la CIA y los dos agentes encargados del cuidado de los hijos de Despina observaban en silencio. Parecían haber creído la versión de Gisela, que había llamado la noche anterior a su superior, y habían puesto en marcha aquella rápida operación con el fin de no alertar a las autoridades locales.

La agente declaró que había dejado el coche en el aparcamiento para dar un paseo y poco después Oliver dijo que había olvidado su mochila dentro. Le dio la llave a Karen para que fuera a recogerla, pero él se empeñó en acompañarla mientras los esperaba a solo veinte pasos. Entonces vio como Oliver forcejeaba con la hermana para quitarle las llaves, se sentó en el asiento de conductor y las introdujo. Karen, en un intento de sacarlo de allí, se sentó a su lado para evitarlo. Gisela corrió hacia ellos, pero ya era demasiado tarde. Oliver lo había puesto en marcha y contempló impotente como iniciaba una carrera haciendo eses sin control y caía al río. Todo pasó en pocos segundos.

Días más tarde, el informe del análisis del vehículo indicaba que habían hallado restos de sangre en él y que las circunstancias del accidente coincidían con la versión ofrecida por la agente. Debido a las fuertes corrientes del Potomac, consideraron imposible que hubieran sobrevivido y había pocas probabilidades de hallar los cuerpos.

—Un problema menos —murmuró con crueldad el director adjunto cuando reunió a los agentes para informar sobre las últimas conclusiones.

Gisela se cruzó de brazos con la mirada hacia el suelo.

—Sí, pero no es justo. No debieron acabar así... Me siento tan culpable por lo sucedido... —Movió la cabeza, compungida.

—Vamos, Gisela. Es cierto que no debiste confiar en ese chico ni sacarlo tan a menudo —le lanzó un dardo su ambicioso compañero—, pero estamos de acuerdo en que era inestable y se estaba convirtiendo en un problema. En los últimos meses apenas colaboraba. Al menos no tienen a nadie que les llore. Estaban solos y nadie los echará en falta.

—En eso llevas razón —suspiró la agente, conteniendo la indignación por aquellas duras reflexiones.

—Bien. Volvamos al trabajo. Asunto cerrado —concluyó Leon Morell.

Sonata 20

Soledad

Primer movimiento

Habían pasado ocho años desde que fui detenida cuando en la primavera de 1971 llegó la noticia de mi traslado a la cárcel del Yaroslavl. No tenía ni idea de dónde estaba esa ciudad ni cómo serían las condiciones del encierro. Cuando lo compartí con las compañeras en el barracón, algunas me miraron con horror, comentando que era una prisión de aislamiento donde los reclusos apenas salían de la celda un rato al día. Según relataron las que habían estado allí, vivían «enterradas en vida», con tanta dureza que algunas perdieron la cabeza o intentaron suicidarse. Pensaban ingenuamente que estarían mejor en un campo de trabajo, pero al llegar al Dubravlag comprobaron cuán equivocadas estaban y confesaban que a veces añoraban aquellos años.

Ahora que estaba habituada al trabajo en la cocina y había ganado algo de peso, me consolé pensando que al menos el encierro sería menos duro. No sabía lo que me esperaba, y la mayor preocupación era perder el privilegio de mantener correspondencia con Esperanza.

Un soleado día de agosto, el tren se detuvo en la estación de Yaroslavl, situada a doscientos kilómetros al noreste de Moscú y a orillas del Volga en su vertiente alta. Nuestros guardianes ordenaron esperar a que un furgón con cristales limpios nos condujera por las calles de la ciudad hasta la nueva cárcel. Todo era nuevo para mí. Había madres paseando con sus hijos por las calles, niños jugando, ancianos, gaviotas sobre el río... Nunca pensé que volvería a ver aquella normalidad. Después de la dureza del inmundo campo de trabajo, incluso el sol me parecía más brillante, y aquel olor a ciudad...Creí volver a la vida en aquel trayecto.

El furgón continuó su ruta hasta detenerse en el patio de Korovniki, la conocida prisión de aquella ciudad. Tras enfundarme el nuevo uniforme, anduve un largo trayecto por pasillos silenciosos hasta que el guardián se detuvo y me dio acceso a una fría celda pintada en su mitad inferior de rojo sangre y la otra de un gris del color de la humedad. Apenas medía cuatro metros de largo y tres de ancho, y había un catre de hierro en un muro y una pequeña mesa metálica con una silla plegable en el otro, con el espacio justo para moverme entre ellas. Había una ventana pegada al techo, pero apenas ofrecía vistas, ni siquiera una luz decente, debido a las celosías colocadas en el exterior. Durante los primeros minutos sentí claustrofobia y añoré los grandes espacios del Dubravlag.

Tras instalarme, el guardián me explicó la rutina: salidas mañana y tarde para ir al retrete y un paseo diario por el patio. El pasillo era largo y muy ancho comparado con mi celda, y el suelo, al contrario que el de esta, que era de piedra, estaba cubierto por una alfombra mullida que silenciaba los pasos.

La primera noche no pude dormir apenas, pues la luz de la bombilla permanecía encendida y no facilitaba el descanso. Después, los quince minutos de paseo diario se convirtieron en un acontecimiento donde podía ver el cielo, escuchar las gaviotas y las sirenas de los barcos y, sobre todo, respirar aire puro y no tan viciado como el del calabozo. El patio adonde me conducía el celador estaba situado en la planta baja y era un pequeño y sombrío corredor del tamaño de una celda, aunque sin techo. Había una torre centinela donde dos guardianes no nos perdían de vista en ningún momento. La comida era escasa, compuesta de pan y azúcar en el desayuno, gachas para el almuerzo y sopa de pescado o de carne para la cena.

El horario estricto me impedía ir a dormir antes de las once de la noche por lo que, con la prohibición también de hacer ejercicio, solo tenía autorización para estar sentada a la mesa, donde me pasaba horas enteras mirando a la nada, componiendo y memorizando melodías. Así pasaba algunas noches en que el insomnio provocado por la incandescente bombilla hacía acto de presencia en aquel silencio ensordecedor. No obstante, concluí que era mejor aquel sitio que el campo de trabajo. Al menos estaba en reposo, y numerosas melodías se repetían de forma machacona en mi cabeza.

Aquella mañana, uno de los guardianes que custodiaban la puerta con la orden de abrir continuamente la mirilla para impedir que me echara a dormir informó de que habían vuelto a abrir la biblioteca y podía solicitar dos libros al mes; también de la autorización para tener correspondencia, algo que me llenó de alegría.

Los días, las semanas y los meses fueron pasando de manera lenta y silenciosa. Los libros de la biblioteca que solicitaba tenían dos funciones: una, la de la lectura y evasión de la mano de Tolstói, Dostoyevski o Balzac; otra, la de ofrecerme la posibilidad de dormir sin que el guardián se diera cuenta al alzar la mirilla, pues hallé la manera de hacerle creer que estaba leyendo durante el día, sentada a la mesa, cuando en realidad estaba recuperando el sueño que tanto me costaba conciliar por la noche con aquella luz sobre mi cabeza.

Las cartas de Esperanza llegaban esporádicamente y mi corazón latía más fuerte cada vez que veía su letra en un sobre que ya se había abierto y con algunos tachones. Seis meses más tarde recibí la visita del director de la cárcel, Aleksei

Golodkin, un hombre de facciones cuadradas, barriga prominente y pelo abundante y oscuro. Me saludó con educación, informando que sabía quién era yo y el motivo del encierro.

—¿Puedo hacer algo por usted? —preguntó con una amabilidad que apenas recordaba ya.

—Pues... no sé si será mucho pedir, pero, como sabe, además de pianista soy también compositora. Tengo tantas horas de soledad que invento en mi cabeza muchas melodías. Si pudiera proporcionarme cuaderno y lápiz para escribirlas... —Lo miré con amable súplica, aguardando una respuesta negativa. Pero me equivoqué.

—Como bien conoce, el reglamento solo permite escribir cartas al exterior, pero podría buscar una solución... —Me miró pensativo, como si se le acabara de ocurrir una idea.

Se despidió con cortesía dejándome una luz de esperanza en aquella soledad. Días más tarde, el guardián me trasladó una orden del director informándome de que tenía derecho a comprar un cuaderno cada quince días en la tienda de la cárcel, aunque, según el reglamento, los escritos debían ser revisados y, a potestad de la dirección, podrían ser requisados.

Aquella celda se convirtió sin esperarlo en un impulso para mi estado anímico. Los ojos se me llenaron de lágrimas el día en que el centinela me proporcionó un cuaderno con tapas de cartón y unos lápices de plástico con minas de grafito a la vista, con la idea de que no se necesitara afilarlos. Con ellos dibujé línea a línea los pentagramas y comencé a escribir notas en ellos. Pero no era música, sino un diario donde empecé a plasmar mis memorias rellenando los pentagramas con signos musicales, que en realidad eran letras del código con el que llegué a comunicarme con mi hijo en las mismísimas narices del KGB. Rememoré mi infancia en Alemania, primero bajo el yugo nazi y después en el hermético régimen estalinista, la estancia en Moscú, mi primer amor y las grandes traiciones de que fui objeto por parte del ser infame con quien compartí los últimos años de libertad.

Una mañana, el guardián entró en la celda y me ordenó entregarle el cuaderno. Dos días más tarde fui conducida al despacho del alcaide, quien lanzó la libreta sobre la mesa con furia. Según dijo, había comprobado la escasa calidad de mi composición, que sonaba absurda y disonante, y amenazó con no ofrecerme más facilidades para componer. Yo no entendí al principio por qué le había molestado la escasa calidad de mis composiciones y le supliqué una nueva oportunidad, pues estaba algo desentrenada tras los años de encierro, y le prometí que me esforzaría por hacerlo mejor. De manera inesperada, rompió el cuaderno y lo tiró a la papelera, dándome un plazo de dos semanas para comprobar si decía la verdad.

Durante los días que siguieron me dediqué a componer bellas melodías que elaboraba con inusual rapidez y completé el cuaderno para ser entregado al director. Esperé un comentario suyo de aprobación, pero no lo recibí, y tampoco me lo devolvieron. Al sospechar que no iba a recuperarlos, decidí colocar en cada composición un mensaje oculto por si alguna vez fuesen interpretadas. Era un grito desesperado pidiendo ayuda que pasaría desapercibido para todos excepto para una persona en el mundo: Oleg.

Mezclado entre las notas musicales, insertaba detalles como: «Soy Julia Lerner... Presa en Yaroslavl... Ayúdenme...».

También añadía la fecha en que lo escribía.

Aquellas composiciones eran mi propia clave y al escucharlas recordaría cada vivencia, cada anécdota; una vida, al fin y al cabo. Tenía todos los datos ordenados en compartimentos clasificados por etapas y años, recordaba detalles y acontecimientos que dejarían sorprendido a más de uno si tuviera la oportunidad de contarlos algún día. Mientras tanto me conformaba con revivir paso a paso cada período importante de mi vida mientras componía obras de gran calidad.

El guardia fue ofreciéndome regularmente libretas con la orden de entregárselas cuando las completara. De esta forma conseguí ganarme la confianza del alcaide, que se apropiaba de mis composiciones con el fin de impulsar la carrera musical de su hijo, quien, según conocí muchos años después, declaraba con descaro ser el verdadero compositor.

Pero si poco me importó cederlas durante el internamiento, menos aún cuando, estando ya libre en Moscú, reconocí en la radio una de mis composiciones durante un concierto en el Bolshói, cuya orquesta interpretaba la obra de un brillante compositor soviético, Arkadi Morozov, que no era otro que el hijo de mi antiguo carcelero. Un gran patriota. Pero yo las tenía registradas en la memoria y en ellas estaban mis recuerdos vitales y los mensajes para Oleg.

Segundo movimiento

Durante aquellos años tuve acceso a ejemplares del *Pravda* con los que me puse al día sobre la sociedad que había dejado diez años atrás. De esta forma, supe que el escritor Alexandr Solzhenitsin había sido galardonado con el Premio Nobel de literatura, pero que declinó acudir a recogerlo. Más tarde conocí que el principal motivo fue el temor a que no lo dejaran regresar a la Unión Soviética, pues estaba escribiendo su gran obra, *Archipiélago Gulag*, donde detallaba, según sus propias palabras: «las atrocidades de un Estado enfrentado demencialmente a su propio pueblo casi desde sus inicios» y analizaba el sistema de prisiones, el terrorismo de Estado ejercido por la policía secreta contra los ciudadanos inocentes y las crueldades que describieron los supervivientes de los campos de trabajo durante los años de Stalin.

Y así, entre composiciones musicales y solitarios paseos en aquella cárcel, cumplí los últimos años de condena hasta que en octubre de 1973 llegó la noticia de mi próxima excarcelación. Gracias al encierro había alcanzado un nivel de soledad al que me había acostumbrado con la única compañía de la música, aunque después fuera requisada. Ya nadie podría arrebatarme mi pasado.

La desazón me sobrevenía a menudo durante las insomnes noches de espera. Había vivido diez años fuera de la realidad, rodeada de altos muros y cercas de alambres. Debía estar preparada para enfrentarme a un mundo exterior diferente al que dejé, y por primera vez desde que ingresé en aquella última prisión, sentí miedo. Pensaba que merecía ser desagraviada por el excesivo castigo, aunque la compensación que anhelaba era la posibilidad de salir a pasear por las calles, dormir en una cama propia y a oscuras, componer —esta vez para quedármelas— nuevas obras y poder interpretarlas. Con mis antecedentes quizá no volvería a ejercer como pianista profesional, pero no me importaba demasiado. Bastante me habían explotado ya. Mi mayor deseo era vivir fuera de aquellos muros. Solo eso.

Igual que el día en que recuperé la libertad me pareció un milagro, ahora, después de tantos años transcurridos, me cuesta aceptar cómo pude sobrellevar aquella pesadilla sin perder la razón, la conciencia y la confianza en el ser humano. Durante el encierro experimenté lo que era no tener nada, solo un corazón que se negaba a dejar de latir dentro de un cuerpo maltratado. Solo pude conservar mi vida interior, la fe en Dios y mi dignidad, un patrimonio del que no consiguieron despojarme por no estar al alcance de los carceleros.

Los historiadores no coinciden en la cifra exacta de los

millones de reclusos y muertos que provocó la era soviética desde su Revolución, pero el hecho de hablar de números solo consigue deshumanizar a las víctimas, convirtiéndolas en cuerpos y nombres anónimos en lugar de tratarlos como seres individuales que tuvieron una vida, unas ilusiones, una familia, que podrían haber llegado a convertirse en eminentes científicos, grandes artistas o políticos que quizá habrían cambiado el curso de la historia.

Sonata 21

Libertad

Primer movimiento

Aquel 14 de noviembre de 1973, al llegar a la estación de Kazán de Moscú con escaso equipaje y enfundada en un abrigo digno que me había enviado Esperanza, tuve la extraña sensación de estar en otra ciudad. Había gente por las calles, jóvenes que vestían de forma diferente, mucho tráfico; incluso llegué a ver turistas alrededor de la Plaza Roja y del Kremlin. ¡Era libre! Podía moverme por las calles y respirar un aire gélido que en aquel instante me pareció acogedor. Al ver a los niños con sus madres recordé a Oleg y Karina, pensando en que ya no lo eran. Karina tenía ahora veintidós años y su hermano uno menos.

Esperanza me había enviado la dirección de unos amigos de la universidad que trabajaban en Moscú y se habían ofrecido a alquilarme una habitación en su propia casa en el distrito de Arbat, un pequeño edificio de fachada deslucida situado en el centro histórico junto al río Moscova. Jamás podré agradecerle cuánto hizo por mí aquella generosa amiga que había pagado muy cara su inconsciencia juvenil.

Nastia y Antón frisaban los treinta; él era ingeniero en una empresa de electricidad y ella profesora de ballet en una academia. Me acogieron con esa cálida complicidad de los jóvenes que conservan aún la rebeldía de la adolescencia, aunque habían aprendido con castigos ajenos que debían mantener la boca cerrada y obedecer las consignas del Estado. Sobre todo ahora, cuya tarea más acuciante era conservar sus respectivos trabajos para pagar el alquiler de la casa y criar a dos hijos pequeños. Pero cuando estos se iban a dormir, escuchaban a los Beatles, cuyos discos ocultaban en fundas de otros de música clásica. Cuando les pregunté si no tenían miedo a las represalias por aquellas travesuras después de lo que le ocurrió a Esperanza, Nastia afirmó con tranquilidad que aquellos tiempos de terror y de arrestos arbitrarios habían pasado a la historia.

—Ahora, por el mismo delito que condenaron a Esperanza no se detiene a nadie, pero los someten a una especie de aviso preventivo: son convocados en la Lubianka para una entrevista con un miembro del KGB, quien les ofrecerá una breve pero efectiva exposición de lo que podría ocurrirles en el futuro si continúan con sus «acciones delictivas», así que les recomiendan portarse bien —concluyó la joven con una mueca de ironía.

—Y te puedo asegurar que es muy efectivo —añadió Antón—. No amenazan con llevarte a la cárcel si te pillan otra vez, sino a un hospital psiquiátrico donde te aplican medicinas correctivas para curar los supuestos delirios paranoicos, que consisten en expresar unas opiniones políticas diferentes a las que dicta el Estado. En realidad te someten a un cóctel de drogas y electroshock, y sales de allí incapacitado para tener una vida normal, tanto físicamente como de cabeza. Hemos conocido algunos casos entre conocidos que no se doblegaron ante las amenazas del KGB... —Bajó la mirada con impotencia.

—Pero este no es nuestro caso, ni el tuyo, así que no tenemos nada que temer —me tranquilizó Nastia con calidez.

La primera vez que me sumergí en una bañera de agua caliente me pareció que había vuelto a la vida, una vida que me habían robado durante diez largos años y que intentaba dejar atrás con mucho esfuerzo, pues a veces despertaba a medianoche creyendo que aún estaba en la celda de la Lubianka oliendo a excrementos sobre un sucio catre.

Durante los días que siguieron comencé a buscar trabajo y me dirigí a la Unión de Compositores de la Federación Rusa. Al llegar a la sede pregunté por Iván Naomóvich, con la esperanza de que siguiera allí. La última vez que nos vimos ostentaba un alto cargo en el Ministerio de Cultura y fue el responsable, en parte, de que me instalara en Moscú. Ahora no estaba en política, pero seguía perteneciendo a la junta directiva de aquella asociación como secretario, según me informaron cuando pregunté por él.

Tras una larga espera, vi aparecer a mi antiguo compañero del Conservatorio de Moscú. Habían pasado diez años y lo hallé diferente, más grueso y con algunas canas que poblaban sus sienes. El saludo fue muy frío y ni siquiera me invitó a acompañarlo a su despacho.

—Hola, Iván.

—Hola. ¿Qué te trae por aquí?

—Acabo de salir de la cárcel y...

—Ya me he enterado. ¿Qué quieres?

—Trabajar.

—Lo siento. Te dimos de baja en la asociación y no vamos a volver a inscribirte.

—¿Por qué?

—Porque eres una exconvicta.

—Ya he cumplido mi condena.

—No era una condena normal. Fuiste acusada de traición.

—Iván, por favor, necesito volver a la música.

—Lo siento. No podemos permitir que una traidora del pueblo soviético esté inscrita en este selecto y patriótico grupo de músicos. Espero que te vaya bien.

Y así se despidió el antiguo amigo, dándome la espalda sin una palabra de aliento.

Nastia habló de un trabajo cerca de casa, en una peluquería de la calle Arbat. Casi no se atrevía a insinuarlo por temor a ofenderme, pero era lo único que había conseguido hablando con sus compañeras de trabajo y en el vecindario. La miré agradecida y dije que lo aceptaría. Nunca había trabajado en algo parecido, pero necesitaba urgentemente estar ocupada y comenzar a pagar el alquiler de la habitación que me habían ofrecido con tanta generosidad; no quería abusar de la buena voluntad de mis anfitriones.

En aquellos diez años todo había cambiado y apenas nadie se acordaba ya de la «pianista más famosa del mundo» que un día dejó los escenarios y canceló todos sus conciertos por «problemas de salud», según rezó el comunicado oficial ofrecido por el ministerio de la mano de mi «querido» amigo Iván Naomóvich. Ahora era Julia a secas, y cada día acudía a un local donde aprendí con rapidez a cortar el pelo y a poner tintes y rulos.

Mientras tanto realizaba gestiones en oficinas de los distintos ministerios con la intención de regresar a la República Democrática Alemana. Acompañando a la solicitud debía presentar el documento de la Fiscalía en el que se detallaba que había estado diez años presa en campos de trabajo correccionales condenada por «crímenes especialmente peligrosos contra el Estado». Para mi desesperación, los trámites se eternizaban por la lentitud de unos indolentes funcionarios que nunca tenían prisa, y semana tras semana volvía a casa con las manos vacías. Solo quería volver a Dresde, mi ciudad natal, o a Berlín Oriental, donde quizá podría solicitar un trabajo acorde con mi preparación musical y, quién sabe, escapar de una vez de aquel asfixiante régimen.

Cuatro meses después, un encapotado día de marzo de 1974, mi vida dio un vuelco inesperado.

Segundo movimiento

Aquella mañana, una clienta entró por primera vez en la peluquería recomendada por una amiga, y comenzó a hablar de su trabajo en una fábrica de juguetes. Tenía unos cincuenta años y su nombre, Isabel, me llamó la atención. Mientras le colocaba los rulos refirió que era española. Le señalé que yo era de origen alemán pero que mi padre había nacido en España, y al comprobar que la entendía comenzó a hablar en nuestro idioma común y a contarme su vida: Había nacido en Asturias y llegó a la Unión Soviética en el año 1937, en plena Guerra Civil española, junto con varios miles de niños que fueron alojados en diferentes internados repartidos por todo el país. Tras la guerra, el gobierno no les permitió su regreso y años más tarde se casó con un ruso, así que estableció su vida allí definitivamente.

—¿No vas por el CEU, el Centro Español en la URSS? —preguntó.

—No. Ni siquiera sabía que existía...

—Es el punto de reunión de todos los españoles aquí. Tenemos un local donde enseñamos español, cocinamos nuestra comida típica... En fin, es un trocito de nuestra tierra lo que tenemos allí. Acércate cuando puedas, serás bienvenida. Allí el ruso se considera una lengua extranjera —concluyó con un mohín simpático.

Por la tarde apenas pude concentrarme al conocer aquella noticia. Si allí se reunían los españoles en Moscú, quizá acudiría la madre de Nicolás...

El domingo siguiente tomé el metro hasta la estación de Kuznetski Most. Estaba ya en la calle cuando me crucé con una mujer que se dirigía a las escaleras de acceso al subterráneo cuyo rostro me resultó familiar. Parecía tener sesenta años, de piel muy blanca y unos ojos marrones y pequeños que reconocí al instante.

—¿Zoa? —la abordé, y noté un ligero sobresalto al reconocerme.

Aquella mujer era una sombra de la que había conocido. Su pelo oscuro estaba plagado de canas en la peculiar trenza que hacía de diadema; el rostro que recordaba estaba ahora lleno de arrugas y manchas en la piel, y en su boca advertí la falta de algunos dientes.

—¿Qué haces aquí? —fue su frío saludo.

—He salido de la cárcel después de cumplir diez años de condena; soy una ciudadana libre —respondí mirándola a los ojos.

—Poco has cumplido para lo que te merecías... —escupió con rencor añejo.

—No merecí ese castigo porque era inocente —repliqué furiosa.

—¡Mientes! ¡Traidora! Siempre sospeché que estabas compinchada con tu amigo español, ese músico a quien conociste de joven.

—No, Zoa, te equivocas —repliqué más calmada—. Yo amaba sinceramente a Boris, y sé que tú también.

Ella empezó a respirar de forma muy profunda con las aletas abiertas.

—Eso es mentira...

—¿Acaso crees que era tonta y que no me fijaba en las miradas que le dedicabas cuando vivías en mi casa? Siempre lo amaste y tuviste que compartirlo conmigo. Por eso me odiabas tanto.

—Nunca me fie de ti, no eras lo suficientemente buena para él...

—¡Claro! Boris se merecía a alguien como tú, ¿verdad?

¿Qué pasó cuando supiste que también estaba enredado con la chica española?

—¿Cómo sabes tú eso? —Advertí desconcierto en su mirada.

—Me lo dijo Kozlov. Boris era un traidor y nos engañó a todas.

—¡Él nunca fue desleal a la Patria! Tú lo traicionaste, estoy segura de que eras el cerebro de todo; fingías ser una mosquita muerta, una artista despistada, pero te calé bien desde el principio.

—No, Zoa. Estás muy confundida, el amor por él te cegó.

—El coronel Kozlov te acusó; nunca te creyó. ¿También él estaba equivocado?

—Sí. Y tú también. Declaraste contra mí, y Boris, y Silvia. Ni siquiera tuve opción de defenderme. Pero al final todos pagaron por su maldad, excepto tú...

—¡He pasado cinco años presa en la Lubianka! —gritó con rabia—. ¿Acaso no lo sabías?

Un silencio atronador se interpuso entre nosotras.

—No. Me entero ahora. Y te puedo asegurar que solo hubo un culpable y se llamaba Boris Ivanov. Él fue quien quiso desertar, quien sucumbió a la tentación capitalista, quien decidió traicionar a la Patria. Boris era culpable.

La miré con firmeza, tratando de convencerla.

—Yo conocía bien su lealtad... —replicó con menos seguridad.

—Solo fuimos peones en su juego. Boris me utilizó, igual que a ti, igual que a Silvia. Todas pagamos un precio demasiado alto por sus pecados.

—No te creo...

—Como quieras. —La miré con indiferencia.

Agarró el bolso con las dos manos y continuó caminando sin despedirse. Mis piernas aún temblaban. Nunca había hallado tanto odio en una mirada. Ella fue una de mis testigos de cargo. Estaba enamorada de Boris y aceptó compartirme con él, y consintió los numerosos devaneos de un hombre que se había dedicado destrozar las vidas de personas inocentes.

Supe más tarde, cuando conocí la verdad sobre la pantomima de juicio al que me negaron el derecho a asistir y defenderme, que, tras cumplir condena, la Petrova trabajaba como portera en un hotel, donde ganaba una miseria y seguía maldiciéndome a diario por su mala suerte.

Continué hasta el Centro Español, que, según me había explicado Isabel, estaba situado en un local justo enfrente de la estación, en Ulitsa Kuznetski Most. Subí las escaleras hasta el tercer piso y accedí al local, en cuyas paredes había carteles de corridas de toros y cuadros con imágenes de ciudades y pueblos españoles, incluso una barra que recordaba a las tradicionales tabernas. Olía a comida casera y había varias mesas ocupadas por hombres jugando a las cartas y al dominó. Tenían un salón de actos donde organizaban coros y danzas típicas de las diferentes regiones de España y supe que el local fue cedido por las autoridades soviéticas al Partido Comunista de España en 1965; un año más tarde se fundó aquel centro que reunía a todos los españoles diseminados por la ciudad y en el resto del país, que abría las puertas a cualquier compatriota, ya fuera de paso o residente.

Una señora salió a mi encuentro. Se llamaba Angustias y frisaba los sesenta años, de pelo corto entrado en canas y unos profundos ojos oscuros. Le dije quién era y le hablé de Isabel, la persona que me había recomendado visitar el local. Angustias me acogió con calidez y, alzando la voz para que la oyeran, me presentó a todos. Recibí una afectuosa bienvenida y tuve la sensación de estar en un trocito de España, lejos de Rusia.

Tras un delicioso almuerzo compuesto por fabada y tortilla de patatas, les hablé con sutileza de Nicolás, el hijo de una mujer española que había llegado en los años de la Guerra Civil de España junto con la mayoría de ellos. Comenté que habíamos sido compañeros en el Conservatorio de Moscú, y mi corazón dio un vuelco al escuchar que todos lo conocían, y también a su madre, Juana, que solía acudir al centro con sus hijas. Uno de ellos refirió que Nicolás había estado en Moscú hacía un tiempo.

—Creía que vivía en España… —insinué, con el corazón a mil por hora.

—Sí, vive en Madrid, pero viene a visitar a su familia. La última vez fue… —La mujer se detuvo, pensativa—. Creo que fue hace tres años. Lo comentó Juana aquí.

—Es un músico de primera, está en la Orquesta Nacional de España —añadió con orgullo Teófilo, un asturiano de unos cincuenta años de pelo castaño y bigote, sentado junto a su mujer.

—¿Y usted, qué instrumento aprendió en el conservatorio? —preguntó esta.

—El piano.

—El piano… —repitió otro de los comensales, mirándome con curiosidad—. Te llamas Julia… ¿No serás la pianista a la que metieron presa?

Todos dirigieron sus ojos hacia mí y se instaló un incómodo silencio.

—Sí. Soy Julia Lerner, hace meses salí en libertad después de cumplir una condena de diez años.

—¡Virgen santísima! —exclamó una de las mujeres—. Hemos oído hablar de ti. Dijeron que te llevaron presa y que habías muerto…

—¿Quién lo dijo?

—Juana, la madre de Nicolás, hace ya muchos años. Contó que su hijo se había enamorado de una pianista famosa que estaba casada con un indeseable y quería divorciarse, pero que se os llevaron presos y que no habíais sobrevivido… —añadió otra mujer.

—Juana ha referido más de una vez que Nicolás preguntaba por ti en las cárceles cuando venía a Moscú. Pero nadie le daba norte. Y cuando se enteró de que tu marido había muerto, pues... —Calló Angustias, alzándose de hombros.

Apenas pude balbucir una palabra al escuchar aquello. Todos comenzaron a hablar al mismo tiempo, comentando que había tenido mucha suerte al regresar viva de esos campos de los que habían oído hablar durante años.

Tras la comida, me despedí de ellos con la promesa de volver más a menudo. Durante el regreso, una nueva ventana se abrió ante mí dejando atrás un túnel oscuro por el que había transitado durante aquellos duros años. ¡Cuántas emociones me vinieron esa noche a la cabeza! Hasta aquel día, todo mi deseo era conseguir el permiso para salir del país y tener una vida corriente y en paz. Ahora, en mis pensamientos solo había un nombre: Nicolás. Pero había pasado demasiado tiempo y no quería hacerme ilusiones. Me había dado por muerta durante todos estos años y era posible que hubiera rehecho su vida.

Sin embargo, una nueva pirueta del destino me hizo llegar al convencimiento de la existencia de un ser superior que velaba por mí. Quizá fue mi familia, a quien invocaba a diario, la que intercedió...

Tercer movimiento

Aquella tarde del verano de 1974 volvía a casa después del trabajo. La semana anterior había visitado por enésima vez las oficinas del Ministerio de Relaciones Exteriores intentando conseguir la autorización para viajar a la República Democrática de Alemania, y por enésima vez me emplazaron a volver a la semana siguiente. Estaba oscureciendo y sentí un escalofrío al distinguir una sombra masculina en la puerta. Conforme me iba acercando la silueta se hacía más nítida. Era un hombre de complexión fuerte y pelo oscuro que vestía un caro abrigo de piel forrado. Mi corazón latió desbocado al sospechar que podría ser un agente del KGB que venía a detenerme por la insistencia de dejar el país, o quizá por otra denuncia falsa de la Petrova. Seguí caminando más lentamente y advertí que se dirigía a mí con paso lento pero firme. No sabía si avanzar o quedarme quieta, temblando de los pies a la cabeza.

«¡Dios, no! Otra vez no. Papá, mamá, no permitáis que vuelvan a encerrarme», recé mientras la silueta se aproximaba.

El hombre se detuvo a unos metros. Mi vista no era demasiado buena desde los años de encierro y solo cuando lo tuve más cerca pude distinguir sus facciones y no pude evitar dejar escapar un grito.

—¡Nicolás! —exclamé sin poder contener la emoción.

¡Era él! Eran los ojos oscuros y cejas pobladas que tanto recordaba, aquel pelo negro que ahora se había cubierto de canas. Nicolás dibujó una sonrisa y me dedicó la entrañable mirada que había añorado durante años, a pesar de que hallé arrugas en su rostro.

—¡Julia! —le oí decir—. ¡Julia, eres tú, estás viva...!

Nuestros rostros se habían unido, estábamos frente con frente, nariz con nariz, boca con boca, aún dudosos.

—Nicolás, dime que estoy soñando. Abrázame, tócame, esto no puede ser real...

Él me envolvió en un emocionado abrazo donde perdí el control y descargué la conmoción en un llanto histérico de incredulidad, de necesidad. Rodeada por sus brazos y sintiendo el calor de su pecho recordé la sensación de seguridad que casi había olvidado. Regresé a mi adolescencia y al último abrazo de mi padre. No recuerdo cuánto tiempo estuvimos allí, pero cuando aflojó su caricia reparé en que él también lloraba.

—¡Julia, Julia! Eres tú... Creía que habías muerto. —Movía la cabeza de un lado para otro sin poder contener su emoción—. Cuántos años añorándote, creyendo que te había perdido para siempre... Pero, ¿sabes? Había una luz en mi interior que me decía que debía esperar, que debía guardar un resquicio de esperanza. Y mira por dónde esa luz llevaba razón. No quería, no podía admitir que te había perdido para siempre... ¡Julia, Julia, Julia...! —repitió, ciñéndome de nuevo, envueltos ambos en lágrimas.

—¡Nicolás! ¡Oh, Nicolás! Cuánto he soñado con este momento. ¿Qué haces aquí? ¿Cuándo has llegado? ¿Cómo me has localizado? —De repente se me ocurrió una pregunta a bocajarro—: ¿Estás casado?

—No. He estado esperándote.

—Pero... Deberías haber rehecho tu vida —le regañé envuelta en lágrimas—. No tenías que esperarme, pues ni yo misma sabía si iba a volver...

—Sabía que eras fuerte y que ibas a resistir.

—Nicolás... ¡Dios mío! Cuánto te he añorado... Creí que nunca volvería a verte...

—Mujer de poca fe. —Alzó mi barbilla para mirarme con ojos vidriosos—. Yo sí mantenía esta esperanza, y no voy a dejarte sola ni un minuto más. Esta vez no te librarás de mí.

—Vamos adentro. —Tiré de su mano para acceder al hogar compartido. Antón y Nastia no habían regresado aún y nos sentamos en el sofá del pequeño salón—. Nicolás, tengo problemas. No me dejan salir...

—Mira lo que tengo aquí —indicó, extrayendo un sobre del bolsillo—. Es una invitación formal cursada desde el Ministerio de Cultura español para que formes parte de la Orquesta Nacional de España. Llevo varios días en Moscú realizando gestiones y hoy al fin he recibido respuesta. Mañana irás al Ministerio de Relaciones Exteriores a recoger el permiso para viajar.

Durante unos segundos quedé paralizada.

—No puede ser...Hace una semana estuve allí y aún no estaba firmado...

—Esto ha ido por otros conductos y al más alto nivel. Moví algunos hilos en España cuando mi madre escribió diciéndome que estabas de vuelta en Moscú. Contacté con los amigos que ya conoces y se pusieron a trabajar para llevarte a Madrid.

—¿Estás diciendo que puedo salir? —Lo miré, aún incrédula—. ¿Que me han autorizado a viajar a España?

Él afirmó con la cabeza.

—Sí, Julia. Eres libre. Mira —continuó, mostrándome otro sobre—. Dos billetes de avión en primera clase hasta París, y desde allí volaremos a Madrid. Nuestro avión sale pasado mañana, así que ve despidiéndote del trabajo y de tus amigos.

—No me lo puedo creer...

—Ven aquí...

Nos besamos y unidos llegamos al dormitorio, donde nos regalamos besos y caricias añoradas. Hicimos el amor despacio, recreándonos, convenciéndonos de que estábamos juntos y esta vez era para siempre...

—Julia, no pienso separarme nunca más de ti...

—No merezco tu amor ni tu lealtad, Nicolás. Me siento tan culpable por todo el daño que te he hecho...

—¡Calla! Tú no me has hecho nada. No debí marcharme de Moscú sin ti... Fue culpa mía...

—Has sido el único amor de mi vida, pero me casé con Boris al creer que no volvería a verte. Y más tarde, cuando tuve la ocasión de escapar contigo en París, sacrifiqué nuestro amor por proteger a unos niños de su propio padre. No te he guardado la fidelidad que tú me has dedicado. Pero si he de serte sincera, no me arrepiento. Creo que valió la pena mi renuncia para salvarles la vida.

—Yo nunca te culpé. Eres testaruda y eso me hace quererte aún más. Olvidemos todo lo pasado y pensemos en el futuro, nuestro futuro.

—¿Sabes algo de los niños?

Nicolás quedó en silencio y hallé una nube de aprensión en su mirada.

—Vamos, habla. ¿Has estado en contacto con mi amiga, la violinista de Nueva York? —Él permaneció en silencio y presentí que algo iba mal—. ¡Háblame de una vez! —rogué con alarma.

—Lo siento, Julia.

—¿Qué ha ocurrido?

—Hablé con Laura. Tus hijos vivieron protegidos y felices. Adolfina murió en 1964 y los trasladaron a otro pueblo cerca de Washington. Pero hace tres años hubo un accidente de coche. Por lo visto cayó al río Potomac y... murieron ahogados. No quería hablarte de esto tan pronto, pero tampoco debo mentirte.

De repente sentí que todo lo que había padecido no había servido de nada. Mi mundo se vino abajo y prorrumpí de nuevo en un desconsolado llanto.

—Sé lo mucho que has sufrido y el gran sacrificio que hiciste por ellos —continuó—. Al menos vivieron unos años muy felices, según me contaron. Karina iba al colegio y tenía muchas amigas. De Oleg también dijeron que estudiaba mucho y llevaba una vida normal. Por desgracia, su destino ya estaba marcado y tuvieron un final que no merecieron.

Yo seguía en silencio, pegada a él, intentando aceptar que no volvería a verlos, que el futuro idealizado junto a ellos para después del encierro jamás se haría realidad. No era justo. Sentía un gran vacío, todo el padecimiento había sido en vano. Aquellos diez años pensando en ellos e imaginando sus vidas plenas de felicidad se habían derrumbado como un castillo de arena.

—No es justo. No es justo… —clamé enfadada—. Dios, ¿por qué me has hecho esto después de todo lo que he pasado? Tanto sacrificio para nada. Ellos y tú erais mi motor, la ilusión que me mantenía viva. ¿Por qué? ¿Por qué, Dios mío? No merecieron ese final…

Nicolás acariciaba mi rostro y besaba mis ojos, que de nuevo estaban húmedos.

—Lo siento, Lo siento. —Me envolvió de nuevo—. Ahora estoy a tu lado y para siempre. No vas a estar sola mientras me quede un hálito de vida.

—Tenemos que salir de este país. Por nada del mundo me quedaré aquí más tiempo —respondí secándome las lágrimas.

Nicolás me ayudó a hacer la maleta y cuando llegaron Antón y Nastia me despedí de ellos con gran emoción. Esa misma noche nos alojamos en el hotel Ucrania y al día siguiente fuimos a visitar a la familia de Nicolás en el distrito de Tverskoy, en los alrededores de la plaza de Sverdlov, en el centro de Moscú. Conocí a Juana, la madre de Nicolás, una mujer cariñosa y amable que había quedado viuda dos años antes. Tenía el pelo corto y lleno de canas, y reconocí en ella la mirada soñadora de su hijo. Fue una comida entrañable hablando en español con ella y las hermanas, que habían formado sus propias familias.

—Nicolás nunca perdió la esperanza de volverte a ver. Cada vez que nos visitaba recorría las cárceles de Moscú para saber de ti. Me alegro tanto de que os hayáis reunido y de que puedas volver con él a mi querida España, a nuestra querida España…

—Ya tengo los vuelos. Nos vamos mañana.

La madre lo miró con pena.

—Me habría gustado disfrutar más tiempo de tu compañía, hijo.

—Ya sabes cómo están las cosas…

—Lo sé, y sé que es inevitable.

—Mamá, ¿por qué no te vienes a Madrid?

—No. Mi vida está aquí... —respondió con sencillez—. Tengo a mis hijas, a mis nietos... En cuanto a ti, Julia, espero que después de todo lo que has sufrido encuentres un poco de paz y recuperes tu vida.

—No te preocupes, mamá, de eso me encargaré yo.

Sonata 22

Vida

Primer movimiento

El día que aterricé en el aeropuerto de Madrid recordé aquella primavera de 1962, cuando vine a dar varios conciertos acompañada —vigilada— por la Petrova. Pero esta vez el sol brillaba de forma diferente, con una luz que penetró en todos los poros de mi piel. Por una vez en muchos años, décadas quizá, me sentí libre, y pensé que había dejado atrás la pesadilla de terror, de miedo y frío. Iniciaba una nueva vida junto al amor de mi vida, y aunque la felicidad no era completa, no podía más que dar gracias a Dios por haberme dado la oportunidad de recuperar la serenidad, la libertad y la vida. Nadie podría imaginar, pues ni yo era capaz de describirlo, las sensaciones que me invadieron al bajar las escalinatas del avión en aquel soleado y caluroso día de agosto de 1974.

En Madrid tuve la impresión de que no merecía la nueva vida que iniciaba junto a Nicolás, rodeada de su amor en un hogar cálido y confortable. Al llegar me instalé en el bonito piso del barrio de Salamanca donde él vivía, y nos casamos en cuanto los trámites lo permitieron. Cada día rezaba dando gracias a Dios y a mis padres por haber velado por mí en los tiempos oscuros que pasé y por haber puesto en mi camino a un hombre bueno y leal. Él fue mi motor durante los largos años de encierro, y aún hoy me despierto de noche con la única necesidad de sentir su cuerpo al lado del mío.

Esperaba que mi recuperación fuera más rápida, pero el estado anímico al conocer la pérdida de Oleg y Karina fue el detonante de una gran herida que tardó en cerrar, y el físico tampoco era el idóneo para volver a la carrera musical de forma inmediata. Los años del campo de trabajo bajo la nieve y el frío me habían dejado huella en las articulaciones, y los últimos de encierro en la celda de Yaroslavl sin apenas movilidad habían debilitado mis músculos.

Fue un año después de mi llegada a Madrid, en 1975, cuando pude al fin ofrecer el primer concierto y recibí con gratitud el respeto de los miembros de la orquesta y de su director, quien, alentado por Nicolás, había contribuido a mi salida de Moscú. Durante las temporadas siguientes actué esporádicamente como artista invitada en la Orquesta Nacional de España, pero mi calidad interpretativa no era ya la misma y decidí retirarme a tiempo para dedicarme a componer y a tocar el piano en casa. Nicolás había reunido un buen capital con la red de escuelas de música repartidas por numerosas ciudades españolas y años más tarde nos mudamos a una bonita casa en las afueras de Madrid, donde teníamos una sala de música en la que interpretábamos mis composiciones.

Pero los fantasmas del pasado estaban ahí, y un día se hicieron reales. Fue durante una recepción en la embajada de Reino Unido en 1979, tras el recital de la Orquesta Sinfónica de Londres, que había sido invitada a dar un concierto en el Teatro Real. En aquel evento saludé a algunas caras conocidas, como a Mónica Rider y su marido, los condes de Fuentes de Oca. Desde que me instalé en Madrid manteníamos una excelente amistad y solíamos invitarnos en nuestros respectivos hogares para compartir cenas informales. Mónica sentía auténtica curiosidad por saber cómo era la vida tras el telón de acero y las costumbres tan diferentes que tenían allí.

Aquella tarde charlábamos en un corrillo de invitados cuando un bello rostro femenino de grandes ojos verdes y pelo castaño me resultó familiar. Era Silvia Gómez de Quesada. Habían pasado más de quince años desde la última vez que la había visto en la Lubianka. En aquel entonces, ambas estábamos encerradas en una celda que olía a humedad y a excrementos, sucias. Ahora lucía un vestido negro de alta costura, se recogía el pelo en un elegante moño y un valioso collar de diamantes le colgaba del cuello. Durante unos segundos nuestras miradas se cruzaron y observé un destello de terror al reconocerme. Iba del brazo de un hombre elegantemente vestido con frac, de unos cuarenta y cinco años con pelo rubio y lacio. Era un conde inglés, según me contó Mónica, que también había reparado en su presencia.

—¿Cuándo regresó Silvia a España? —le pregunté.

—¿Volver? Bueno, a veces viene a visitar a su familia. Se casó con ese aristócrata y vive en Londres.

—Pero ella estuvo presa en Moscú, la detuvieron al mismo tiempo que a mí. Creía que también la habían condenado...

La mirada de la condesa exhibía incredulidad.

—Nunca la hemos echado de menos, ni conocía esa circunstancia.

—Cuando Boris cayó en desgracia, todos los que tuvimos relación con él fuimos detenidos. Silvia y yo compartimos celda durante los primeros meses de interrogatorios. Contó que la habían apresado en Moscú cuando se disponía a desplazarse a Washington para hacer de correo entre tú y yo. Fue entonces cuando me confesó que mantuvo una relación con mi difunto marido. De ahí le venía su amor por la sociedad marxista... —concluí en tono irónico.

Mónica quedó callada durante unos instantes.

—Estoy tratando de ordenar las fechas. Poco después de tu detención, en marzo de 1964, celebré mi cuarenta y cinco cumpleaños y Silvia asistió a la fiesta que organicé en casa.

Tú llevabas unos meses desaparecida y recuerdo que Nicolás y yo compartimos con ella la preocupación por la suerte que habrías corrido, pues me habían informado de la muerte de tu marido.

—¿Silvia no te habló nunca de su detención en Moscú, o de mí? ¿No te explicó por qué se suspendió la entrega en Washington en el sesenta y tres? —La miré con extrañeza.

—Solo supimos que la operación se canceló debido al magnicidio de Dallas. Ella pasó las navidades de aquel año en París, según recuerdo que comentó en mi fiesta. Meses después dijo que se marchaba a Londres a estudiar inglés y dos años más tarde se casó allí. Su marido pertenece al Foreign Office. Tienen dos hijos y suelen venir por Madrid a visitar a la familia.

Noté como Silvia evitaba acercarse a nuestro grupo durante la velada. Pero el destino tenía dispuesto que cruzáramos una conversación al fin. Estábamos ya en las escaleras de salida cuando la joven y su marido salían del edificio. Nicolás se había desplazado al aparcamiento para recoger su coche y lo mismo hizo el diplomático. Durante unos minutos nos dejaron solas frente a frente.

—Hola, Silvia. Me alegro de verte. Estás radiante. He oído que te ha ido muy bien...

—No puedo quejarme —habló sin atreverse a mirarme a los ojos.

—¿Cómo te dejaron salir tan pronto? —Mi pregunta llevaba implícita que estaba al corriente de su pasado.

—No tenían nada contra mí, sabes que era inocente...

—Yo también lo era y me condenaron a diez años. —Silvia continuó con la mirada perdida—. Sé que firmaste una declaración contra mí. Pero no te guardo rencor. Eras demasiado joven y tenías miedo. Como yo.

—Julia, mi marido no conoce esa parte de mi pasado... —Clavó sus ojos sobre los míos en una súplica.

—¡Qué buena manera de formar una familia! —ironicé—. No sé a qué acuerdo llegaste para salir tan pronto de la cárcel, pero acabo de saber quién es tu marido y dónde trabaja, y no me parece casual.

—No me dieron otra opción... —susurró, bajando de nuevo la vista y confirmando mi sospecha.

—Te entiendo. Allá tú con tu conciencia, pero quédate tranquila. No voy a venderte, como tú lo hiciste conmigo.

—Lo siento...

—Solo aspiro a llevar una vida en paz aquí, junto a Nicolás y lejos de intrigas políticas.

—Eres muy afortunada... —musitó con los ojos húmedos.

—Te deseo lo mejor.

Cumplí mi palabra y acordé con Nicolás no delatarla. Había decidido pasar página definitivamente y concluí que aquella no era mi guerra y que Silvia, como diría mi padre, llevaba en su pecado la penitencia. Otro apartado era la conversación que había mantenido con la condesa en esa misma velada. Meses más tarde se produjo un escándalo de espionaje en el Ministerio de Exteriores británico que salpicó a algunos de sus miembros, entre los que se encontraba el marido de Silvia.

Nunca más volví a verla.

Segundo movimiento

Los años que siguieron fueron de total serenidad y felices reencuentros. Volví a ver a mi querida amiga Laura Braun, que seguía viviendo en Nueva York, donde había continuado su carrera musical con notable éxito y se había casado con un médico. Tras la caída del Muro de Berlín y la disolución de la Unión Soviética en los inicios de la década de los noventa, mi compañera en el campo de Mordovia, Esperanza Sevelova, pudo cumplir al fin su sueño y la invité a visitar España. Ahora vive en Madrid, donde ejerce su profesión de enfermera y sigue contagiando esa energía positiva que tanto me ayudó en aquellos años.

Y cuando creía que había tomado al fin una senda de estabilidad junto a Nicolás y rodeada de amigos muy queridos, una inesperada visita procedente del pasado vino a dar un vuelco a mi vida, desvelándome el engaño en que habíamos permanecido tanto mis hijos como yo durante más de dos décadas en que nos creímos muertos mutuamente…

Suite 5

Múnich, Alemania
Febrero de 1993

—Hola, Gisela, soy Henry Maynor.

—¡Henry! Cuánto me alegro de saber de ti después de tantos años. ¿Qué tal estás?

—Muy bien. En la Costa Azul. Nos hemos instalado en Saint-Tropez, en la mansión que mi mujer heredó de sus padres.

—¡Vaya! Eso es vida.

—No me puedo quejar, estoy disfrutando de una buena jubilación y de mi familia, que nos visita en verano. Ya soy abuelo, ¿sabes?

—¡Enhorabuena!

—¿Y tú? Me dijeron que habías dejado Estados Unidos...

—Sí, regresé a Múnich, mi ciudad natal.

—¡Cuánto frío debe de hacer ahí!

—Bueno, yo también tengo mi casita de veraneo en Italia, adonde voy a menudo. —Se produjo un incómodo silencio—. Cuéntame, Henry.

—Verás, te llamo porque no sé si sabes que mi hijo mayor ha seguido mis pasos en la carrera diplomática y está ahora destinado en la legación británica de Moscú. Hace unos días, cuando estuvo aquí de vacaciones, me refirió que en la embajada alemana, donde tiene buenos amigos, habían recibido una carta solicitando información sobre Julia Lerner, una pianista de la antigua Alemania del Este que tuvo un gran éxito en los años sesenta y fue encarcelada en la Unión Soviética...

—No sé adónde quieres llegar, Henry... Supongo que a estas alturas ya sabrás que estuve trabajando en un caso relacionado con esa mujer cuando estaba en activo.

—Sí. Algo de eso oí hace años...

—¿Y qué relevancia puede tener ahora?

—No demasiada. Ha sido un comentario sin importancia, es solo que al conocer el nombre de la persona que ha solicitado esa información me ha llamado la atención, porque se trata de un ciudadano británico: Conor Taylor. ¿Te suena?

Se hizo un silencio al otro lado de la línea.

—Sí. Sé quién es. —De nuevo otro silencio—. No tienes de qué preocuparte, Henry.

—Yo ya no me preocupo por nada estas alturas, querida; solo quería informarte, por si fuera de tu interés.

—Sí, ha sido de gran utilidad. Todo está bajo control, gracias por la llamada.

—No hay de qué. Disfruta de tu jubilación.

—Te deseo lo mismo, Henry.

Cuando Gisela Keller colgó el teléfono se quedó pensativa. Había rebasado ya los setenta años y aunque se sentía fuerte y ágil, estaba completamente sola. En los dos últimos meses había detectado cada miércoles un mensaje destinado a ella por parte de sus antiguos pupilos en el *Washington Post*, al que estaba suscrita en Múnich. Desde hacía dos décadas había estado recibiendo comunicaciones de ellos desde Sudáfrica, Portugal, Australia, Irlanda y por último, con mucha insistencia, desde España, comprobando así que se habían estado moviendo regularmente tal como ella los había instruido. Desde que salieron de Estados Unidos en 1971 no había respondido a sus anuncios e imaginaba que habrían desistido de recibir noticias por parte de la tía March. Pero algo debía de haber ocurrido para que se arriesgaran a solicitar a Moscú información sobre su madre y le estuvieran enviando aquellos insistentes mensajes.

Poco después de conocer que los jóvenes se habían instalado en Portugal tras abandonar Sudáfrica en 1974, Gisela Keller supo a través de la embajada estadounidense en Moscú que Julia Lerner había sido excarcelada y había abandonado la Unión Soviética para instalarse en Madrid, donde contrajo matrimonio con Nicolás Toledo. En aquellos años la situación profesional de Gisela había cambiado y no podía permitir que el acto de bondad que realizó años antes se le volviera en contra. Nada podía hacer para informar a alguna de las partes de que seguían vivos y era de vital importancia que no se produjera un reencuentro familiar mientras ella estuviera en activo, ya que le habría supuesto la obligación de ofrecer unas explicaciones que podrían hacer peligrar su nuevo e importante cargo como directora de Operaciones en el recién creado Servicio Central de Seguridad, el CSS, una agencia adscrita al departamento de defensa encaminada a analizar e interpretar mensajes cifrados de interés para la seguridad nacional a través de diferentes disciplinas como el criptoanálisis.

Consideró por entonces que había cumplido con su conciencia ayudando a los jóvenes a escapar de las garras de la Central de Inteligencia. Corrió un gran riesgo aquel día en que simuló su muerte bajo las aguas del río Potomac mientras estaban bajo su responsabilidad y convenciendo a sus superiores de que había sido un desgraciado accidente. Al conocer la excarcelación de Lerner, resolvió que debía ser el destino el que hiciera su trabajo, igual que ella presumía de haber realizado bien el suyo librándolos de un futuro más que incierto.

Sin embargo, ahora todo era diferente. Se había jubilado

y regresado a su Alemania natal, lejos de las intrigas y zancadillas de Washington. A pesar de las duras decisiones que se vio obligada a tomar durante su vida laboral en la Agencia, una pequeña luz se había quedado encendida y decidió que había llegado la hora de actuar y de poner fin de una vez y para siempre a aquella anomalía que desde hacía dos décadas la corroía por dentro. El telón de acero había caído, las relaciones con Rusia se estaban normalizando y los jóvenes ya no corrían peligro alguno. Solo eran nombres en un expediente olvidado que no tenía apenas interés para nadie, excepto para los protagonistas.

Había llegado el momento de actuar.

Conor Taylor había enviado una carta a la embajada de Alemania en Moscú solicitando información sobre Julia Lerner, pero seguía sin respuesta después de varios meses. Aquella mañana halló el e-mail de un remitente anónimo en la carpeta del correo basura. En el apartado de «asunto» leyó algo que le provocó un sobresalto. Tecleó despacio y accedió al correo. El mensaje era muy breve:

> Asunto: Julia Lerner
>
> Nicolás Toledo, miembro de la Orquesta Nacional de España.

Conor estaba desconcertado y su mirada quedó detenida en aquel texto que releía una y otra vez. Miles de preguntas se amontonaban en su cabeza: ¿Quién lo había enviado? ¿Quién era Nicolás Toledo? Inmediatamente entró en internet, buscó aquel nombre y halló numerosa información sobre él, sobre su trayectoria profesional y la vinculación con la orquesta que se mencionaba en el correo. En su currículum se detallaba que había estudiado en el Conservatorio de Moscú y era propietario de prestigiosas escuelas de música repartidas por toda España. Buscó la guía telefónica de Madrid y halló un domicilio y un número de teléfono. Durante unos segundos dudó, pero se atrevió al fin a marcarlo.

Una señora respondió a la segunda llamada.

—Casa de los señores Toledo. ¿Dígame?

—Ah... hola... —dijo en español—. ¿Julia Lerner?

—Sí, ¿de parte de quién?

En ese instante, Conor quedó mudo y sintió que su pulso se aceleraba. «De parte de quién», había dicho aquella mujer. ¿Acaso estaba allí?

—¿Sí? ¿Oiga?

Conor colgó inmediatamente y permaneció inmóvil mirando al vacío. Después se dirigió a la casa de su hermana.

—¡He localizado a mamá!

Linda estaba en la cocina secando un plato. De repente, sus manos se aflojaron y este cayó al suelo haciéndose añicos en un aparatoso estruendo.

—¿Qué has dicho?

—Mamá está viva, en Madrid...

—¿Qué? ¿Cómo? ¿Qué dices? ¿Cómo lo has averiguado? —preguntó a trompicones con el rostro desencajado.

Conor le hizo un resumen de todo lo que había acontecido aquella mañana.

—Pero ¿has hablado con ella?

—No, no me he atrevido. Esa mujer me preguntó con naturalidad quién era yo, parecía que Julia Lerner estaba en esa casa...

Linda se sentó en la silla de la cocina, demudada y tratando de aceptar aquella noticia.

—¿Cómo ha llegado hasta aquí? ¿Por qué no nos ha buscado? ¿Por qué no la hemos encontrado antes?

—Estábamos oficialmente muertos, Linda. Tanto ella para nosotros como nosotros para ella.

—¿Quién te ha enviado ese e-mail?

—No lo sé, quizá fue la tía March...

—¿La tía March? ¿Ahora? ¿Después de veinte años? No tiene sentido. Ella debía de saber toda la verdad y debió avisarnos antes, ¿no crees?

—No debemos juzgarla. Ya sabes dónde trabajaba.

—¿Qué vamos a hacer ahora?

—Nos vamos a Madrid. He reservado dos vuelos para mañana. Melanie puede quedarse con la nanny.

—Vamos a asegurarnos. Dame ese número de teléfono. Voy a hablar yo ahora...

Coda

Aquella tarde de marzo de 1993 mi empleada anunció una visita imprevista. Cuando accedí al salón, una mujer me esperaba allí, de pie. Le calculé unos setenta años y observé que conservaba una delgadez que le confería una elegancia innata. Su melena corta y teñida de castaño reposaba sobre los hombros y su mirada transmitía severidad.

—¿Jean Osborn? —pregunté en español, ofreciéndole la mano—. Soy Julia Lerner. ¿Prefiere que hablemos en inglés? —le dije en ese idioma.

—Como quiera —respondió—. Si lo desea, podemos hacerlo en alemán. Nací en Múnich.

—*Sehr gut* —sonreí, continuando en esa lengua e invitándola a sentarse en un sofá—. ¿Cuál es el motivo de su visita? Me ha dicho mi empleada que tiene información sobre unas partituras que serían de interés para mí...

La desconocida me dirigió una mirada extraña.

—Verá, Julia, no sé por dónde empezar. No me llamo Jean, pero no es necesario que conozca mi verdadero nombre.

Por un instante quedé desconcertada, pero ella continuó hablando.

—Conozco su pasado, todo su pasado. He tenido que esperar un largo tiempo para venir a verla hasta que este asunto cayera en el olvido. —Hizo una pausa mientras observaba mi reacción de total confusión—. Trabajé en Estados Unidos para la CIA y conocí a sus hijos.

—Mis hijos... —repetí, poniéndome a la defensiva—. Yo no tengo hijos.

—Cuando Oleg y Karina Ivanov llegaron junto a Adolfina Neumann a Estados Unidos en 1961, yo era una de las responsables de su cuidado. Karina interpretaba al piano las partituras donde usted enviaba los mensajes cifrados a la CIA y Oleg las traducía a palabras.

Mi desconcierto iba en aumento, unido al temor de que la pesadilla de mi pasado estuviera de regreso.

—¿A qué ha venido? Ellos fallecieron hace más de veinte años, me lo confirmó alguien de su organización...

—Sí, fue nuestra agente Mónica Rider, que vive en Madrid, quien informó a su marido Nicolás Toledo.

Afirmé con la cabeza, mirándola con atención, convencida de la veracidad de sus palabras.

—¿Estuvo con ellos hasta el... final? ¿Qué les ocurrió? ¿Cómo fallecieron?

—Julia, sus hijos no están muertos.

Un escalofrío subió desde mi espalda hasta el cuello.

—¿Qué está diciendo? —Me levanté como un resorte mientras ella permanecía sentada y continuaba hablando.

—Cuando Adolfina Neumann murió en el sesenta y cuatro, quedaron devastados y los tomé bajo mi responsabilidad. Oleg era un niño muy especial y Karina, un ángel de la guarda para su hermano. Lo pasaron muy mal cuando les contamos que usted había sido detenida y encarcelada en Moscú. Verá, Oleg no solo se limitó a descifrar los mensajes musicales que nos enviaba. En la Agencia lo utilizaron para el desencriptado de códigos muy complicados. Esa fue la razón por la que mis superiores decidieron retrasar su extracción, que estaba prevista para la primera vez que visitó Madrid. La realidad es que querían contar con él un tiempo más prolongado, y yo no pude evitarlo... —dijo bajando los ojos.

—Ahora empiezo a entender por qué se resistían a ayudarme a escapar... —murmuré con rabia contenida tras un silencio y sentándome de nuevo.

—Así fue. Lo siento... Por su cabeza pasó mucha información clasificada. Demasiada, ¿me entiende?

—Sí —afirmé, aún en shock.

—Con los años, se convirtió en... no quisiera decir la palabra «estorbo», pero sí en un problema, y cuando conocí a través de mis superiores el futuro que proyectaban para él, parecido al que su propio padre planeó, decidí actuar y tomé una decisión a espaldas de mi organización, igual que hizo usted en el sesenta y uno. —Bajó la voz, como si temiera que alguien más la escuchara—. Simulé su supuesta muerte en un accidente, les ofrecí una nueva identidad y los saqué de Estados Unidos.

—¿Por qué no ha venido antes a contarme esto? —pregunté con reproche.

—Todos creímos que usted también había fallecido junto a su marido en 1963 y así se lo dijimos a los chicos. Cuando tuvimos noticias de que había salido en libertad, ellos ya habían escapado y estaban oficialmente muertos. Por otra parte, las circunstancias de mi trabajo para el gobierno me impedían sacar a la luz este incidente, porque habría comprometido mi carrera, incluso mi libertad. No espero que lo acepte, pero sí que lo entienda...

—Veinte años... Veinte años llevo en Madrid creyendo que habían fallecido...Veinte años de soledad, de mentiras, de traiciones... —La miré con furia contenida.

—Lo lamento de veras... —murmuró la mujer tras un incómodo silencio.

—¿Sabe dónde están ahora?

—Sí. Los instruí bien. He estado recibiendo en los últimos

meses varios mensajes de ellos indicándome el lugar donde se han instalado recientemente. Espero que puedan reunirse pronto. Tendrán muchas experiencias que compartir.

En aquel momento, la empleada entró en el salón.

—Señora, han llamado de nuevo preguntando por usted, esta vez es una mujer también con acento extranjero. Dice que su nombre es Karina, como la cantante... —Sonrió con ingenuidad.

Durante unos segundos cruzamos nuestras miradas.

—Son ellos; envié a Oleg información sobre su marido para que la localizara. Dígales que la tía March siempre los ha tenido en su corazón. Lamento el dolor que les hemos causado —terminó con la voz quebrada de emoción.

—Gracias, March, o Jean, o como se llame, por salvarles la vida... No puede imaginar cuánta luz acaba de traer a mi vida.

Me despedí de ella con lágrimas en los ojos y acudí presta a responder a la llamada.

—Diga —respondí en inglés.

Se hizo un silencio al otro lado.

—¿Diga? —Silencio de nuevo—. ¿Karina? —insistí.

—*Bist du... Julia?* —«¿Eres... Julia?», preguntó al otro lado una temblorosa voz femenina en alemán.

—*Ja* —«Sí», respondí—. *Ich bin Julia Lerner...* —«Soy Julia Lerner»—. *Ich bin Mama.* —«Soy mamá».

—Estas viva... creímos que...

—Yo también os creía muertos... Acaba de visitarme una mujer, la tía March, y me lo ha contado todo...

—La tía March... —repitió la joven.

—¿Podemos vernos?

—Mañana estaremos ahí...

Aquella noche Nicolás y yo apenas pegamos ojo, emocionados e impactados por el alcance de aquella buena nueva. Sentía que la herida que había permanecido abierta durante tantos años se había cerrado de golpe. Su recuerdo me había animado a resistir y a mantenerme con vida durante los dos lustros que duró el encierro en Rusia. Era como una fuerza que emanaba de mi interior, instándome a soportar aquel infierno con el único anhelo de abrazarlos de nuevo para contarles los motivos por los que renuncié a ellos. Fue la decisión más dura que tomé en mi vida, pero no me arrepentí nunca. Lo hecho, hecho estaba. Ahora, al pensar en ellos, ya no sentía dolor, sino impaciencia por verlos. El sentimiento de orfandad provocado por su recuerdo había desaparecido, sustituido por una ola de incertidumbre. Ansiaba poder contarles el amor que les profesé y conocer cómo había sido su vida, una vida que me habría gustado compartir con ellos, que tenía derecho a compartir. El destino había tomado cartas en este asunto, dando un vuelco inesperado en nuestras vidas a través de los mensajes que inserté en las obras musicales que compuse cuando estaba presa y que me fueron robadas por el director de la cárcel para mayor gloria de su hijo, el impostor que asumió la autoría.

Nicolás estaba a mi lado aquella mañana cuando el timbre de la puerta sonó y nos dirigimos a la entrada. El impacto fue brutal y mi corazón dio un vuelco al hallarme frente a una pareja de desconocidos. Llegué a pensar durante un segundo que el tiempo me había jugado una mala pasada. Habían pasado más de tres décadas desde nuestra separación y las imágenes infantiles que conservaba ya no existían. Quería dar marcha atrás para volver a contemplar a mis hijos tal y como los recordaba.

Reconocí al instante los ojos azules de Oleg en una mirada indescifrable que se clavó en la mía. Era ya un adulto, alto y bien formado de rostro atractivo. A su lado estaba Karina, menuda y delgada, con el mismo aire ingenuo que tanto recordaba. Estábamos inmóviles, callados, observándonos mutuamente, sin saber cómo reaccionar. Nicolás tomó la iniciativa invitándolos a acceder al interior y presentándose como mi marido. Tanto ellos como yo seguíamos en silencio, abrumados, impactados, examinándonos con incredulidad, tratando de convencernos de que éramos realmente nosotros.

—Mamá... —Aquella palabra me pareció mágica en boca de Oleg, que alzó la mano para dirigirla a mi rostro. Con el dedo índice recorrió la cicatriz que me nacía desde la frente hasta la nariz, un gesto que hacía cuando era pequeño en los escasos contactos físicos que compartimos. De repente, las emociones contenidas se desbordaron y no pude evitar que los ojos se me llenaran de lágrimas.

—Oleg... Eres tú... —exclamé al fin.

Él afirmó sin dejar de acariciar ahora mi mejilla.

—Sí, mamá. Y no deberías llorar...

—Es porque soy muy feliz... ¿Puedo... abrazarte? —pregunté con timidez.

Él accedió, y con lentitud rodeé su cintura apoyando el rostro contra su pecho sin esperanzas de obtener respuesta. Pero me equivoqué, y él me correspondió con un abrazo estrechándome con fuerza. A pesar del tiempo que habíamos estado separados, comprobé que nuestro fuerte vínculo seguía intacto y sentí de repente que la vida regresaba en una explosión de emociones, al hacerse realidad el instante con el que había soñado durante tantos años.

—Estás aquí... Estás viva... —dijo Oleg con los ojos húmedos.

Karina, que había permanecido inmóvil, se derrumbó uniéndose a nosotros. No sabíamos qué decir, estábamos abrazados y envueltos en lágrimas.

—Mamá... Mamá... Creí que nunca volveríamos a verte... —Karina apenas podía hablar de la emoción.

—Hijos míos... Me cuesta aceptar que os habéis convertido en adultos... Os sigo viendo como los niños que erais la última vez que os abracé...

—Cuánto te hemos añorado, mamá —sollozaba Karina sin soltar mi abrazo.

Nicolás nos observaba conmovido sin atreverse a dar un paso.

—Vayamos al salón, tenéis mucho de que hablar... —pidió con delicadeza.

Fue un día pleno de euforia, de ternura, de risas y lágrimas, compartiendo tribulaciones y anécdotas de nuestras vidas, unas vidas que habían sufrido un paréntesis demasiado largo y que tratábamos de recuperar en un instante. De nuevo éramos una familia, y esta vez para siempre.

Sentí que a partir de aquel instante tenía la oportunidad de crear nuevos recuerdos y que debía componer una obra musical: la sinfonía de mi nueva vida.

Agradecimientos

Cuando finalizo una novela siempre me queda la sensación de inquietud y vacío al despedirme de unos personajes que inician solos su andadura, lejos de mi protección y expuestos al juicio de vosotros, los lectores, que compartiréis con ellos sus peripecias, sus tragedias y pasiones.

Esta vez mi curiosidad me ha llevado a profundizar sobre la sociedad de una época que, para los que vivíamos al otro lado del telón de acero, nos era desconocida, debido a la opacidad del régimen soviético. Tras una interesante investigación he tratado de ofrecer de forma didáctica y amena una historia ficticia y a la vez creíble dentro de un contexto histórico real, con datos y hechos fácilmente identificables, con protagonistas que dudan, que cometen errores, que tratan de sobrevivir en un ambiente hostil y con la música como telón de fondo.

Y como bien nacida, deseo mostrar mi más sincera gratitud a todos los que me habéis acompañado durante el proceso de creación de este trabajo. En primer lugar, a mi editora, Ana María Caballero, por su calidez y sus valiosas recomendaciones. Y al equipo de diseño y maquetación, que ha realizado un excelente trabajo.

A Manuel López Quecuty-Puig, ginecólogo, por compartir sus conocimientos en relación al método de esterilización femenina en los años en que se desarrolla esta historia.

A Isabel Valero, mi lectora cero, por el tiempo dedicado en revisarlo y por asesorarme en materia musical, una información que me fue de gran utilidad para ofrecer veracidad a la obra.

A mi familia, en especial a mis hijos Isabel María y José Manuel, por el apoyo emocional que me brindan siempre; y a mi marido José Manuel, mi primer lector, quien me ofrece una opinión honesta y me anima a continuar en esta solitaria y a la vez enriquecedora vocación.

Y por último, a todos los amigos y lectores que habéis confiado en esta nueva historia en la que he empleado tantas horas de trabajo y de ilusión.

Hasta pronto.

Córdoba a 15 de septiembre de 2023